群体的选择

——唐宋人词选与词人群通论

肖鹏 著

凤凰出版传媒集团 凤凰出版社

图书在版编目(CIP)数据

群体的选择:唐宋人词选与词人群通论/肖鹏著. —南京:凤凰出版社,2009.4

ISBN 978-7-80729-353-8

Ⅰ.群… Ⅱ.肖… Ⅲ.词曲史—研究—中国 Ⅳ.I207.23

中国版本图书馆 CIP 数据核字(2009)第 047058 号

书　　名	群体的选择——唐宋人词选与词人群通论
著　　者	肖　鹏
责任编辑	郭馨馨
出版发行	凤凰出版传媒集团 凤凰出版社(原江苏古籍出版社) 南京市中央路 165 号　邮编 210009 发行部电话 025—83223462
集团网址	凤凰出版传媒网　http://www.ppm.cn
照　　排	江苏凤凰制版有限公司
印　　刷	扬中市印刷有限公司 扬中市科技园区东进大道 6 号　邮编:212212
开　　本	880×1230 毫米　1/32
印　　张	17.875
字　　数	481 千字
版　　次	2009 年 4 月第 1 版　2009 年 4 月第 1 次印刷
标准书号	ISBN 978-7-80729-353-8
定　　价	42.00 元

(凤凰出版社图书凡印装错误可向承印厂调换,电话:0511—88420818)

目　录

序　一

词之为学，堂庑深广。昔贤筚路蓝缕，后世继以开拓，用力勤而维绩夥，嘉惠学者亦可谓钜矣。然于词选研究一端，则或局于一隅，或重于实证，或专于版本。其能自细处入手，爬罗剔抉，匡谬正误，复能从大处着眼，辨析流变，寻绎规律者，求之往者，实尠其人。肖鹏从余攻读词学有年，慭前贤于词选之学犹未及尽其涯涘也，因慨然为作是编，于诸选集既必探其选源，辨其选型，察其选心，观其选域，列其选阵，通其选系；亦必考厥背景，究厥群体，贯厥脉络，评厥得失，论厥影响，于是历代词选集之本来面目及其文献价值，乃尽为发蕴，昭然于人心目。孔子云："后生可畏，焉知来者之不如今也。"余于肖生亦云然。生年方而立，已获博士学位，倘能循此以进，异日必有大成。跂予望之，生其勉诸。

唐圭璋

一九九〇年九月

序　二

肖鹏君从先师圭璋先生攻读词学博士，三年而成《群体的选择》一书。余忝列先师左右，常得与君相切磋，因获先睹之快。君尝告余曰："词之为学，畛域可谓广矣，其所以专力于词选研究者，盖因前贤往往局于某一选集之考察，而能综合词坛创作、词人群体、时代风尚以作宏观探索者几稀。选词既为词坛活动之一端，词选尤为词学研究之重要组成部分，则旁搜远绍，补苴罅漏，踵武前贤之业而益光大之，此后学义不容辞之责也。"余闻斯言而壮之，又籀讽其书再四，知君非徒作夸饰之豪语者。综言厥善，要有数端焉。

全书勾勒唐五代以迄元、明、清词史之发展总貌，进而梳理唐宋词坛以为十大词人群体，屏弃主观臆想，悉凭历史真实，故词选史之研究基此坚实础石，乃有高屋建瓴之势，其善一也。词人群体之区划，盖基于社会、人文、地理诸因素，故举凡词人间之政治关系、师友关系、社团关系、唱和关系、地域关系等，靡不爬梳董理，条分屡析，言必有据，信而有徵，其善二也。在词史基础之研究中，新见创见叠出，如谓元祐宋音之共同特征系自由奔放之精神而非豪放；唐宋词人人格意识经历三种不同之发展阶段；清初阳羡词派乃一艳冶、雄奇兼存不废之过渡性流派；清代浙西、常州、吴中三重要词派并渊源于南宋体等，皆发前贤之所未发，言前贤之所未言，其善三也。其于词选研究，角度与方法亦常能另辟蹊径，自立机杼，若选型、选阵、选系、选心、选源、选域诸方面之探索，尤可见其匠心之独运，故创获亦甚夥。如通过选型研究，谓

《草堂诗余》系应歌而选；通过选系研究，谓《尊前集》实乃《花间集补录》；通过选源研究，谓《乐府雅词》不选东坡词乃曾慥家藏阙如之故；通过选阵研究，谓《阳春白雪》确为江湖词人群典型之选；通过选心研究，谓《乐府补题》非为宋陵被发而作。若是之类，亦可见肖君之笃学覃思，不甘为前人辕下驹之意，其善四也。

前岁春暮，肖君以此专著参加答辩，孙望、施蛰存、吴熊和、马兴荣、刘乃昌等评审专家皆为之首肯，一致同意授予博士学位，时圭璋师尚健在，于君亦勗勉有加，未及半载而先师遽归道山，不复能见此编之付梓。然绛帐薪传，代有其人，九泉之下，亦当含笑。余追随先师近四十年，世路屯邅，岁月蹉跎，未克绍继其业而老冉冉已将至，以视肖君之年少有成者，徒有歆羡而已。君春秋正富，前程未可限量，倘天假余年，尚可拭目以观其大成焉，君其勉乎哉！

是为序。

常国武

第一章　词选学的研究视角

一、词选的形态与角色

（一）词选家族

没有哪一部书，能够像《诗经》那样持久地感动过中国。黄河流域的先民们胸腔中迸发出来的那些悲愤、欢快、惆怅、叹息，有一种迷人的远古芬芳，它以东方民族所特有的浑朴和粗率，赢得了两千年的心迷神醉，两千年的商榷纷争。

它是一部上古时代的歌曲总集，也是中国文学的始祖。叙述词选，我们不能不首先表达对文学始祖的敬意。更重要的是，词选是诗选家族在中古时代分出来的一个支脉，论最初的社会功能，也是一种歌曲总集。作为《诗经》的苗裔，词选几乎拥有自己祖先所有的遗传基因，并且复制了诗选的整个进化过程：从民间歌咏演变为文人创作，从歌曲选本演变为文学读本，从单纯朴拙演变为千姿百态。最早出现的抄卷《云谣集》，差不多就是曲子词史上的另一部《诗经》。

与《诗经》的高寿相比，词选产生的时代比较晚。选词为集，大约起于中晚唐前后，也就是乐府变体词和民歌变体词逐渐向成熟的新体曲子词进化的前后阶段。南北朝隋唐以来流行的各种乐府诗总集、古近体诗总集，可以视为它们的近亲和前身。《云谣集》就有可能抄录自乐府歌谣一类的总集。从唐五代到晚清，中国的词选家族伴随曲子词的创作，走过了一千年左右的漫长发展历程。论历史的厚度和读者群的规模，它当然比不上诗选那样蔚为泱泱大国。毕竟它的历史短了一千多年，毕竟曲子词在历史上从来没有得到过诗歌那样崇高而正统的文学地位。但要论流变之多样，思辨之细密，分体之专业，内容之繁杂，却可能要在文选、曲选、赋选之上。

对词选家族的完整普查非常困难。所有传世词选的情况普查，所有已失传词选的记载普查，所有词选家族关系（如续选、补选、精选、重选）的普查，每一种词选不同版本的普查等等，都还没有全面展开。除了唐宋人词选的情况比较清晰之外，明代和清代词选的家底情况，至今还相当模糊。据各种正史艺文志、公私藏书目录、地方文献、文集序跋的记载，以及今天各大图书馆的馆藏情况，曾经在我们这块土地上出现和流传过的词选，保守估计应该有五百种以上，实际的数字可能更多。可惜它们许多都已经失传，无缘于今天的读者了。作为一种大型作品，它们的命运与历史上的那些诗词作品一样，经过千千万万读者的反复选择和淘汰、忘记和重新发现、丢失和访求寻找，流传至今的，不过是当时芸芸众生中的一些幸运者而已。

这些幸运者们经历了怎样的欢呼喝彩，究竟是什么让天下读者为之疯狂？那些走失者们又遭遇了什么样的薄情和冷眼，它们为什么失和于读者，最终被遗忘在历史深处？每一部词选都埋藏着一个曲折的故事，每一部词选都是中国曲子词史的不同章节、不同段落和不同注脚。

（二）词选的基本形态

走近它们，我们首先要界定清楚什么是词选。

按照传统的四部分类法，词选属于集部·总集类·词总集范畴。词选是后起的概念。古人经常把词总集与词选这两个外延不同的概念混为一谈，词谱、丛刻、合刻都被视为词选。清人沈时栋《古今词选》就把属于丛刻的毛晋《宋六十家词》、孙默《十五家词》、龚翔麟《浙西六家词》等指为词选；[①]《四库全书》及其提要也把属于词谱、词集合刻者归入“词曲类词选之属”。有鉴于此，我们应该清晰地给出词选与非词选的定义，以确定本书的研究范围。

我们所说的词选，必须同时具备两个基本要素：部分作品，部分词人。也就是说，词选必须既选人，又选词。部分词人的全部作品、全部词人的部分作品、全部词人的全部作品，都不构成词选。丛刻与合刻尽管有选人，但没有选词；单个词人的选本尽管有选词，但没有选人；纯粹的词谱既不选人也不选词，所选的只是体。这些类型的总集都不是我们所要讨论的对象。

剩下的被称为词选的总集，仍然混杂着各种各样的形态。我们把这些总集分为狭义的词选和广义的词选两种类型：狭义的词选，指编选者按照某种取舍标准，选择部分词人的部分作品而编成的总集。选人、选词、标准三个要素缺一不可；广义的词选，则是除了狭义词选之外，还包括编选者受某种条件制约，直接将部分词人的部分作品汇总成编，而形成的总集。广义和狭义的区别在于：狭义词选仅仅是出于选者主观因素而进行部分的挑选（在我），是有选择权的词选；广义词选则可能是限于选源条件、地域定义、指定活动等原因，不得不部分地辑录（在他），它们或者仅有作品选择权而无作者选择权，或者仅有作者选择权而无作品选择权，甚至既没有作者选择权也没有作品选择权，仅仅是部分辑录而已。甚至有可能连编选体例都没有，只是一个简单的部分曲子词的集合。如《云谣集》和《乐府补题》。作为对词选历史的研究和词选的历史研究，我们当然应该尽量采用广义的概念。

① 清·沈时栋《古今词选·选略》：“古今选本，若《绝妙好词》、《唐词小令》、《金荃》、《兰畹》、《万选》、《广选》、《草堂》、《汲古阁宋词六十家》、《倚声》、《词综》、《花钿》、《十六家词》、《浙西六家》、《今词初集》、《清平初选》、《西泠词选》、《名家词抄》及各家专集，指不胜偻。”

广义词选的几种主要类型

类 型	举 例	特 点
狭义词选	周密《绝妙好词》	部分作品、部分词人、选录标准
郡邑词徵	缪荃孙《国朝常州词录》	方志体的作品汇总
辑佚勾沉	陶梁《词综补遗》	文献资料型
社课词存	曹尔堪等《秋水轩唱和词》	着眼于创作活动
谱体总集	吴绮、程洪《记红集》	介于订谱和选词之间
个人词选	邵亨贞《蚁术词选》	不在本书讨论范围之内

词选家族是这样一个种群多样的庞大群体，种类和体裁极为繁多。操选政者可以从不同的角度、抱不同的目的、依不同的标准和用不同的体例来选择。

根据词选的编排方式来分类，就选词目的和词选功能而言，有选歌体，存史体（包括存词与存人），选派体；就体例的整理加工方面而言，有白文体，笺注体，词论体，词法体，订谱体；从选择者的角色身份来看，有乐工歌者之词选，诗人之词选和词人之词选。前人有云："文人选词与诗人选词，总难言当行者。文人选词，为文人之词；诗人选词，为诗人之词。"①从被选择的对象来看，又存在三种不同的类型：着眼于词人来划分，着眼于词来划分，以及着眼于词人之创作活动来划分。

根据词人的时代跨度来分类，有通代词选，如沈时栋《古今词选》、沈辰垣等《御选历代诗余》、夏秉衡《清绮轩词选》、黄承勋《历代词腴》等；也有断代词选，如董逢元《唐词纪》、蒋景祁《瑶华集》、姚阶《国朝词雅》等。蒋重光《昭代词选》三十八卷，专录清词，凡顺治朝词人六卷，康熙朝词人十八卷，雍正朝词人二卷，乾隆朝词人十卷，附闺秀、名妓、词僧、羽衣、女尼，以史家编年体和列传方式选词，是典型的断代词选。通代词选和断代词选以人为本，时

---

① 清·沈雄《古今词话·词品》卷下引《梅墩词话》。

代脉络清晰，作品归属完整，选人选词对称，是最常见的选本类型。我们把它们称为词选的正体。

根据词人性别、姓氏和籍贯来分类，又有女性词选，如周铭《林下词选》、顾嘉容、金寿人《本朝名媛诗余》、吴灏《历代名媛词选》、徐乃昌《闺秀词抄》等；也有氏族词选，如山阴《吴氏词抄》、柯氏《四子词》等；还有郡邑词徵，如叶申芗《闽词抄》、朱祖谋《湖州词徵》、况周颐《粤西词见》、温訇《长兴词存》、陈去病《笠泽词徵》等。这类词选变体过于迁就词人特征，较轻视作品的挑选，甚至为了保存史料而只收不选，完全放弃了选词的功能。氏族词选和郡邑词徵几乎是文献资料，没有什么文学读本的意味。

根据创作活动来分类，有社课词存，如仇远、陈恕可《乐府补题》、汤贻汾《江东词社词选》、易顺鼎《榕园词课》、柳弃疾《南社词录》；还有词人之间的唱和汇编，如宋琬等人的《广陵唱和词》、程大戴等人的《梁园唱和词》、王鹏运等人的《春蛰吟》、朱祖谋等人的《庚子秋词》，等等。①它们也都属于词选变体，对于后代学者还原词坛背景、研究词流词派，有重要的参考价值。

除此之外，还有专题词选，如黄大舆《梅苑》、周履靖《唐宋元明酒词》等；还有专为拾遗补缺、辑佚勾沉而编选的辑补词选，如温博《花间集补》、黄燮清《国朝词综续编》②、林葆恒《补国朝词综补》等。这些相对边缘的变体，对于读者来说意义不大，主要是学者史家研究的对象。

（三）词选的历史角色

形态类别容易说清，要追问词选是什么，扮演什么样的历史角色，则难以准确表述。

无论歌本词选，还是读本词选，都是一种重要的传播媒介。南宋以前，它们主要作为唱本为社会所消费，所使用。南宋以后

---

① 以上四种词人唱和汇编，所题名为集中撰词者，非编选人。

②《国朝词综续编》的编选者，一说为黄安涛。

逐渐转为读本被社会所阅读，所把玩。南宋以前，人们囿于词为小道的文学观念，较少有词别集的刊刻流行。甚至收拾辑录在一起都懒得做。何况唐人发明雕版印刷，北宋人发明活字印刷，首先想到的是那些相对神圣庄重的书籍，例如佛经、九经三传等。词集这样身份比较低下的书籍很难有份刻印。别集既然少见流传，选录和传抄为词选，辗转流通，就显得格外重要了。我们说，选词为集是当时入乐传唱、勒石题壁之外最主要的公共传播形式之一。

流传到今天的宋词，作者有一千四百二十一家，而他们中有词别集传世的，仅仅只有三百多家。其他一千多家的作品，都是凭借词选等其他传播媒介保存下来的。试想，没有《尊前集》，我们唐代的词史将是多么的单调和空旷；没有《阳春白雪》和《绝妙好词》为我们保存大量的零玑碎璧，南宋江湖词坛也不会像今天这样繁星满天。作为一个令人痛心的反证，南唐数十年间，始终没有人出手选词，致使今天我们对南唐词坛的了解，除了李璟、李煜、冯延巳寥寥三五家之外，谁也不知道。远远比不上拥有《花间集》的西蜀词坛。清人李调元辑录《全五代诗》，所收录的南唐诗人有名有姓者多达一百多家。这一百多家诗人里面，怎么可能只有三五位词人呢？

无论词选是存史体，还是其他体，它们都构成一种独特的历史文献。它们凝固下来的是一段历史，一种词史模式。所有这些词选连缀成的词选史，又不仅仅是词学批评史的一部分，同时还是词坛创作发展史本身的重要组成部分。南宋以来至明代、清代的词家别集极为繁多，词选家们在词山曲海中精挑细选，向社会一遍遍推荐。不仅弥补了零篇散章无人收拾的传播缺口，而且还选热了一大批好作品，建立起了各自不同的词史模式，以及不同的词史观和词论观。所以，我们更愿意把词选看作一种“脉象”，它们反映出整个词坛的生态状况、健康状况、精神状况和营养状况。我们看到的，不仅仅是一批词人，一批作品，还有一个时代、一个社会的背影。这些词选叠加在一起的总和，就是整个词坛的完整面貌。

词选还是一种态度历史，无论它们是否有明显的宗派倾向。我们看到，在不同的选家手里，词选总是成为一种特殊的筛选工具，一种独具个性的舆论形式。在保存历史的同时，它们还执行淘汰的任务。词选适应某种时代审美潮流和社会需要而产生，操选政者事实上扮演了社会舆论化身的角色。哪些词人、哪些词作被反复选出流播人口，甚至家喻户晓，都足以成为舆论和观念影响社会。它是舆论形成的原因，同时也是舆论影响的结果。词选中所挟带的词论，更是直接的社会态度和舆论形式。由于持不同的态度，集合不同的作品群，词选还往往会总结出一种词风、一种词体、一种词派。仅就唐宋人词选而言，它们的努力，就产生了词史上著名的“《花间》体”、“《草堂》体”、“《乐府补题》体”等体式。尤其《绝妙好词》的出现，直接推动了“南宋体”的凝定形成。

在更高的发展阶段上，词选往往还是一种二度创作，是一种复杂的审美语汇和理论表达。一般说来，任何词选或多或少都带有编选者自己的主观意志和个性色彩，它们在客观记录和传播作品的同时，通过对不同词人、不同词作的取舍和排列，对作品的不同理解和发挥，掺入编选者自己的审美理想，从而使这些词作“再生”。词选可以专为填词者选成词法门径体，而非词法门径体的普通词选也能够被当作词法门径之选来阅读，来接受。词选因之而成为一件个人的“作品”。清人陈廷焯就有“求之《词选》，以探其本。博之《词综》，以广其才。按之《词律》，以合其法”①的议论。陈匪石《声执》卷下更有以选为法的详细入门步骤：

> 初学为词，宜从张惠言《词选》或周济《宋四家词选》入手。既约且精，毫无流弊，以奠其始基。再进一步，则《唐五

① 清·陈廷焯《白雨斋词话》卷六。

代词选》、《宋六十一家词选》为必读之书。而广之以《词综》,参之以《七家》、《十六家》、《三百首》,既各补其所未备,如《七家》之草窗、碧山、玉田,《十六家》之方回、蜕岩;又可因取舍之不同,而见其流别,如《三百首》之途径,《七家》、《十六家》之倾向。由是而读宋人四总集以及《花间》,再观各名家专集,就其性之所近,专学一家,或兼采数家,互相补益。

明清以来,选诗选词逐渐演变为一项专门学问,堂奥越来越深,难度越来越大。明人李东阳就曾经说:"选诗之难,必识足以兼诸家者,乃能选诸家。识足以兼一代者,乃能选一代。一代不数人,一人不数篇,而欲以一代人选之,不亦难乎?"[①]精研词学的清人叹息说,"作词难,选词尤难。"[②]甚至还说,"选词之难,十倍于诗。"[③]这是前人的甘苦之言,也许有些夸张。我们理解,选词的专业要求可能比诗歌更高,除了诗家必须的才学识之外,选词者还要面对谙熟韵调声律、曲子词的体式流变和诗词分野、道德判断与权衡等各种艺术审美之外的因素。

选词如此,词选的解读和研究当然就更需要我们付出巨大努力。选词者可以有他们的自由,可以"作者之用心未必然,而读者之用心何必不然"[④]。它可以是公正的裁决,也可以是任性的挑选。而词选的解读和研究则必须冷静客观,最忌任性而为。只有完整地重建它们的历史原貌,复原或基本复原曾经的文化现场和社会生态,才能真实准确地把握词选全貌,读懂词选者的本意,从而沟通词坛、词人、词选,建立起词选群和词人群的关系图谱来。

这是我们叙述词选所面对的主要挑战。

---

① 明·李东阳《麓堂诗话》。

② 清·陈廷焯《白雨斋词话》卷八。

③ 清·周铭《林下词选·凡例》。

④ 清·谭献《复堂词录序》。

二、观察词选的六种途径

词选是这样多姿多彩，正体变体，选人选词，远景特写，正像人类有不同的种族、不同的语言、不同的道德、不同的信仰、不同的风俗一样。凭借任何一种单一尺度来谈论它们，要求它们，都是不公平的。我们坚持认为，词选的任何评估都必须分组别进行。它们之间的所有较量、媲美、考核、竞争，都应该有不同的评分标准，不同的加权系数，不同的度量衡。

词选的外部构成比较简单，形式要件包括词选名称、编选者、序跋、体例、卷帙、所选词人、所选作品、时代跨度、品评议论、附录资料、刊刻版式、刊刻时地、刊刻者等。这些要件所包含的历史信息是极为丰富的。作为一种创作，编选者选谁不选谁，先选谁后选谁，谁多选谁少选，选某一词人的这些词还是那些词，这些词或那些词作这种理解还是那种理解，把哪些词人按哪种方式排列组合在一起，甚至何人首选，何人末选，何人缺选等等，无不凝定为态度、情绪、风格、观念，无不凝定为独特的词史模式。

众多的信息、指数、形态让我们眼花缭乱。什么才是最重要的解密工具？什么才是最合理的测量点？从哪里开挖探沟，才能完整地发掘这些古老的金字塔呢？我们把词选的多方位观察研究，归并简化为六种基本途径，即：辨其选型，观其选域，察其选心，列其选阵，探其选源，通其选系。

（一）选型

选词目的不同，编选体例各异，故词选有不同的类型。有像清人周济《宋四家词选》、近人陈匪石《宋词举》一类以论为选的词选；有像宋人黄昇《花庵词选》、金人元好问《中州乐府》一类以史为选的词选。有唱本词选，如宋人《家宴集》、《金奁集》；有读本词选，如清人朱彝尊《词综》、夏秉衡《历朝名人词选》。

龙沐勋曾依据选词目的的不同，将词选分为四种类型："一曰便歌，二曰传人，三曰开宗，四曰尊体。前二者依他，后二者为我。操选政者，于斯四事，必有所居。"①

这个四分法漏掉了传词，开宗和尊体也常常有混淆不分的情况。所以粗按词选的功能，实际上只有应歌、存史、立论三体。存史包括传人和传词，立论则兼有开宗和尊体。细按词选的传世用意和注意力重心，龙沐勋的四体说还可以概括为四种类型：选歌型词选、存词型词选、存人型词选、选派型词选。"《尊前》就词以注调，《金奁》依调以类词"，②是典型的选歌型词选。黄大舆《梅苑》重在选词而不重选人，因此卷内题名或字或号，或书官爵，或竟阙如，根本没有小传和本事记载。《草堂诗余》除了应歌之外，也部分具有类似的重词轻人倾向。选人型词选最鲜明的特征是按照词人排列作品，按照时代排列词人，并附列小传等项内容。黄昇《花庵词选》以选人为主，兼重选词，是存史的选法。胡德芳为之作序云："玉林此选，博观约取，发妙音于众乐并奏之际，出至珍于万宝毕陈之中。使人得一编，则可尽见词家之奇。"可以尽见词家之奇，证明它不是选派之作，其选择标准不具有任何宗派倾向。

一部词选，可以属于某种选型，也可以兼有两种或两种以上选型的特征。例如明人陈耀文辑选《花草粹编》，原来是有感于《草堂》盛行，《花间》不显，故拟就"花草"选粹，以备一代典章。这本来是一个带有宗派倾向的选法。但后来选者在与淮阴吴承恩、苏州吴岫的交游中，得阅二家藏书，乃逐渐转变为辑佚存词的选法。词选的选型发生了转换。（吴承恩另有《花草新编》一种。）又如朱彝尊的《词综》是一部选派为主兼为存史的词选。该选意在推举姜、张，开南宋体之宗派门户。但同时又广为搜罗，以存佚勾沉为己任。说是"博观约取"，结果更像是博观博取，选词范围和

① 龙沐勋《选词标准论》，载《词学季刊》第一卷第二号。

② 吴昌绶《松邻遗集》卷二《金奁集跋》。

数量相当庞大：选词二千二百五十三首，比宋人的大型词选《花庵词选》多出一倍。选人六百五十九家，比《花庵词选》多出两倍。对此我们的理解是，浙西词人群这种"上穷碧落下黄泉"的寻访，是一种不信任前人（主要是明人）而采取的全视野、大范围的筛选过滤方法，为的是保证选词质量，不放过古人的每一处精彩。同门王兆鹏君论钱钟书《宋诗选注》，称其几乎是以编全宋诗的功夫在精挑细选宋诗的精品。即与朱彝尊选词同一做派。与后来常州一派的轻选重论相比，朱彝尊党人的努力更值得我们尊敬。

唐宋人词选选型对照表

词选名称	基本选型	附加选型	排序方式	首选词人	选择重心
云谣集	选歌		漫录		
花间集	选歌	选派	词人为序	温庭筠	西蜀词人群
遏云集	选歌				
家宴集	选歌				
尊前集	选歌		词人为序	唐明皇	
金奁集	选歌		宫调为序	温庭筠	
梅 苑	存史		漫录		
复雅歌词	存史				
乐府雅词	存史	选派	词人为序	欧阳修	
群公词选	存史		词人为序	寇 准	
中州乐府	存史		词人为序	吴 激	
花庵词选	存史		词人为序	李 白	
草堂诗余	选歌变体		题材为序	张 先	北宋词坛
混成集	选歌变体	存史			
阳春白雪	选歌变体	选派、存史	词调为序	周邦彦	江湖词人群
绝妙好词	选派	存史	词人为序	张孝祥	临安词人群
乐府补题	选派		词课为序	王沂孙	临安词人群
名儒草堂诗余	选派	存史	词人为序	刘顺德	江西词人群

我们想特别强调的是:不同选型的词选相互之间具有不可比性。不能用某一个标准来衡量两种不同选型词选的高下。正像一种比赛规则无法裁决两个不同的体育项目,不同的体育项目不能同场竞技一样。明人对“花草”的崇拜,清康熙以来词坛对“花草”的批判,不仅都带有宗派的功利性,更带有不同程度的选型盲目性。没有人把它们还原为应歌的唱本,而是一律视作宗派之选来对待。他们对“花草”的所有夸奖和呵斥,几乎都是出于自身的派别实用目的,而不具备历史公正性。朱彝尊们选《词综》,张扬新发现的《绝妙好词》,为的是取代“花草”,驱逐淫艳俚俗的明词。他们没有认识到也不愿意承认前者与后者选型不同,是不可比的。对于清词,他们做出了伟大的贡献;但对于宋选,却未必公道,不能成为词史定论。清代还有人把选史的《花庵词选》与选派的《绝妙好词》相比,批评后者“一味轻柔圆腻而已”,不如前者不名一家的选法。[①] 今人也有说《绝妙好词》存在较大的片面性,说“它反不及《花庵词选》选得更合理、更全面”。[②] 这些不公正的判断,都根源于缺乏选型的观念。

不同的选型,承担着不同的使命和作用。对于词史来说,它们都是平等的。但在实际流传中,选歌体是传播寿命最短暂的选型,它只能适应当代,只能在曲谱流行的条件下生存。没有跨代的延展性。一旦曲谱失传,它要么结束使命,要么被后人当作其他选型读本来看待。而一旦变成其他选型读本,其优势和特点立刻黯淡下来。相对而言,存史体词选最安全,但是又最不容易流行。它们不偏不倚,平衡照顾,比较缺乏自身特色。它们所做的努力,三分在选择,七分在收拾。有点像王国维所说的“无我之境”,选择者个人的审美烙印不在词选之中,或者流露得极其稀微。《花庵词选》就是这种选型的典型代表。不同的群体流派都不会反感它、抵制它,但也没有哪一个群体流派有兴致来狂热地

---

① 见清·焦循《雕菰楼词话》。

② 见詹安泰《詹安泰词学论稿》。

追捧它、发挥它。《花庵词选》一生寂寞，大概就是这个原因。相比之下，选派型的词选最有创造性，也最有流传风险。去取别裁，自己的地盘自己做主，想怎么选就怎么选，想怎么发挥就怎么发挥。结果是要么被读者高度冷落，要么被读者狂热追捧，就看它是不是契合了后人的阅读兴奋点，是不是把到了时代的审美脉搏。[①]

（二）选源

选词者所采选的对象和范围称作选源。它反映的是编选者所拥有的词籍文献资料的丰富程度。选词如采矿，采出来的矿物的质量、产量，不仅取决于采矿者的素质、工具、采掘方式，而且更取决于矿床的地貌和蕴藏量。

上古时代的选诗，是真正的"民间大选"。传说《诗经》中的那些作品，都是当年行人振木铎于道路，根据百姓传唱记录下来，"献之大师，比其音律，以闻于天子。"唐宋人的词选，尤其是早期的选歌词选，也许还部分保留有这种民间广采的遗风，但随着文化的发展，渠道变得越来越多样。我们相信唐宋人词选的矿源，有民间口头的流传，也有瓦肆勾栏的曲目，有题壁刻石的传抄，也有来自各种官私文献、作家别集、谱志野史等等众多书籍资料。编选者们越来越多地倚赖各种已有的文献记载，从中转抄摘录，整理筛选，直至演进为直接从现成的前人词选中挑选中意的作品。

这个研究角度，向来为词选研究者所忽略。不知道是否有人

---

① 当代中国学术界的情况，可以作为参考。对古代名著、历史事件和诗人哲人的学术研究，从来没有引起过大众的热情关注。近年来，余秋雨对古代文学的阅读发挥、于丹对《论语》、《庄子》的阅读发挥、易中天对三国历史和老庄思想的阅读发挥，盛极一时，无论电视节目还是相关书籍都受到了大众的热烈追捧。这些阅读发挥的主观选择性大多较强，可以视为另一种文化形态的"选派词选"。

留意过:《金奁集》是一部《花间集选》,《蓼园词选》是一部《草堂诗余选》,冯煦的《宋六十一家词选》以毛晋所刻汲古阁《宋六十一名家词》为唯一的选源,陈耀文《花草粹编》并不仅仅限于粹编《花间集》和《草堂诗余》,陶梁的《词综补遗》主要是依据新发现的《阳春白雪》而补。又譬如,朱彝尊极其推尊姜夔,但他在选《词综》时,没有见到姜夔的词集以及《绝妙好词》、《阳春白雪》等书,故于姜夔词只能从《花庵词选》中录出二十余首,数量远不及吴文英、周密诸家为多。康熙二十年(1681)汪森为《词综》补人补词,就是凭据新近发现和刻版的《梅苑》、《绝妙好词》等书。曾慥《乐府雅词》不选苏轼词,曾经引起后人的各种猜测。有的人认为是不录已成为万流宗仰的词,有的人则认为曾慥以苏词横放杰出,不符合雅词标准,故不选。还有人考证,曾慥另刻有《东坡词》二卷,拾遗一卷,所以不再选苏词。殊不知苏轼著作因遭遇元祐党祸,大多被查禁和焚毁,南渡初年社会上已经非常稀见。曾慥系据家藏词集而选词,苏轼词集不在其藏弆之列,当然无从甄选。(参见本书第五章)这是一个颇为典型的选源问题。

从现代商业角度看,选源是品质的保证。对于学风严谨、诚信较高的清代词选家们,我们可以信任地接受并放心阐述他们词选的方方面面。而对于浮躁狡黠的明代词选家们,我们的任何基于词选的判断都必须高度谨慎,他们关于自己词选的选源说明,往往是不能相信的,至少不能完全相信。其中许多表述都是夸张和假托,借以招徕读者。举例来说,杨慎谪居云南永昌时,编选了一部《词林万选》。刊刻者楚雄府知府任良榦作序称,该书是根据杨慎家藏的唐宋五百家词采择而成,所选都是《草堂诗余》没有收录的作品,选录标准是"取其尤绮练者"。但仔细一读这部词选,就会发现这三个卖点没有一句是真话,都是骗人的(参见本书第八章)。选源的考察,对于研究明代词选,有着非常重要的鉴伪作用。

一部词选的选源,有时候会发生变化。也就是说,一部词选可能拥有两种以上的选源。编选者在选词过程中或选词结束后,由于居住地的转移、新朋友的交结、任职的变化等种种原因,拥有的词籍文献会突然放大，从而接触到许多新的作品和新的词人。作为选美者，他们当然会有对比，会对新欢爱不释手，觉得弃之可惜。这时候，编选者往往作出两种选择，要么不怕麻烦重新再选一稿，要么简单地另选出一部分附在原稿后面作为补遗。前者工程浩大，往往还会导致原稿基本选型的变化。陈耀文的《花草粹编》就是一个例子。后者相对简单，但后续补遗部分常常与正体部分不能结合为一个整体，难以称为完璧。历代诗选、词选很流行这种补遗方式，也有少数选家故意采用补遗方式来区别不同的审美标准、不知姓名的作品。对于研究者和阅读者来说，这是一种非常累赘的"双选源"选本。编选者所尽职责没有一步到位，接受者不得不付出更多的阅读艰辛。对于我们分析选阵、量化评估词选，也带来许多统计口径上的麻烦。《乐府雅词》有拾遗二卷，《阳春白雪》有外集一卷，都属于这种情况。

用苛求的标准看，在选源不够理想、不够稳定的状况下，不应该匆忙动手选词。只有相对能够确认选源已经不再会有大的变化，或者经过漫长时间的征集寻找，基本可以确认不再会有更多的发现，才可以坐下来进行统一的挑选甄别，分卷归纳。这与编选者的素质高下非常有关。周密是唐宋选家中做得最好的，而曾慥则做得比较心浮气躁，匆忙中留下了许多历史遗憾。

（三）选心

所谓选心，是指选词的目的和意图。它可以是尊体，也可以是开宗，可以是存史，也可以是寄托。也指选词的审美态度和思想观念，它是选择者希望通过选词而传达出来的词论主张和选择标准。

对于那些有序跋、发凡的词选，把握选心也许并不困难，但要准确地理解那些没有序跋、发凡的词选，就不是一件容易的工作了。比如《绝妙好词》的选录标准是什么？《乐府补题》的选心何在？《草堂诗余》体现了什么样的审美倾向？《绝妙好词》以张孝祥为首选，宋翔凤《乐府余论》因此推断该选意在寄托中原恢复。凤林书院的《名儒草堂诗余》将元人刘秉忠、许衡列于卷首，厉鹗曾经猜测说："元凤林书院《草堂诗余》三卷，无名氏选至元、大德间诸人所作，皆南宋遗民也。词多凄恻伤感，不忘故国。而于卷首冠以刘藏春、许鲁斋二家，厥有深意。"[①]这个深意究竟是什么？如此等等，不辨不明。选心对于我们阅读词选，进而为词选作出准确的历史定论，极为重要。

选心研究有一种特例。编选者自己没有意识到而词选强烈流露出来的倾向和意图，是否也是选心？是否也需要我们代为总结挑明，作为词选定性的依据？我们认为当然应该。它与那些没有序跋、发凡的词选一样，是一种无声的观点表达。理由是：我们无法区别哪些是编选者意识到而没有挑明的主张，哪些是编选者还没有意识到却自然流露的主张，哪些是编选者意识到而不愿意说出来的主张。所以，客观公正的研究应该像法律裁决一样，既要听取当事人的证词，又不能因为没有当事人的直接证词，或假意的否认证词，而作出不符合事实的裁决。

我们看到，唐宋人的选心进化，有一个从无到有、从模糊到清晰、从不自觉到自觉的过程。与清代词人的选心相比较，它们显得过于散漫凌乱，而且飘忽不定，完整准确地叙述重建是非常困难的。对于一些具体的本事起因，也许容易辨别考证，但对于比较复杂的理论体系，在资料缺乏的情况下，就变成了一项艰巨的挑战，一项充满风险的揣测。稍有不慎，就会有随意发挥唐突古人的可能，犯张惠言曾经犯过的错误。如《绝妙好词》的宗派理论和艺术追求，叙述起来就非常困难。由于它影响了整个清代词派的思维演绎，不叙述重建很难解释清楚清词变化的内在规律。有鉴于此，我们倾向于把选心研究视为最高层次的返实入虚研究，也是最有学术风险、最应该接受挑剔和商榷的理论研究。

（四）选域

选源是词选的外部资源范围，选域则是词选成书之后的内部

① 清·厉鹗《名儒草堂诗余·抄跋》，秦恩复《词学丛书》附。

覆盖范围。它包括所选及词人的时代跨度和社会身份覆盖面，也包括所选作品的内容丰富程度，题材广阔程度，以及风格样式的多少。选域越宽，越含有备史的意味；越狭窄，越体现有以选成派、以选尊体的意思。有些词选本来并不是为选派立论而选，但由于选域过于狭窄，后人往往不辨选型而直接当作选派之什来接受。《花间集》的传播完全是一场历史误会。这部以香艳为体的选集原属于选歌唱本，因其时代相对集中于五代十国，地域相对集中于西蜀一地，风格与内容也比较狭窄单一，因此明清两代词家推其为宗派鼻祖，或褒或贬纷争不已，这是原编选者赵崇祚始料未及的。

我们把词选看作是一种视窗。它所展示的词坛历史、社会历史的丰富性和深度，很大程度上取决于这个视窗的大小。宽选域是一种大屏幕的效果，它能容纳尽可能多的细节和内容。可能是高清晰的长卷，也可能是走马观花的浏览。而窄选域则是放大镜和显微镜的效果，只对词坛的一个局部作详细观察，得到的是词坛某一个方面的调查结果。选域宽阔，需要编选者对词坛有广泛了解，但比较容易做到。选域狭窄，需要编选者有高度的智慧和独到的眼光来驾驭。否则就只能是东抄西摘，一鳞半爪。黄大舆选《梅苑》，就是这样一个不成功的典型。

有意思的是，宋代的绘画也存在这种宽选域和窄选域两种模式。北宋范中立（宽）、燕文贵那种气势恢弘的全景山水，李公麟画有一千二百多匹马的《临韦偃牧放图卷》长卷，武宗元的《朝元仙仗图》长卷，张择端的《清明上河图》长卷，王希孟的《千里江山图卷》长卷，都是“宽选域”体的绘画。而南宋马远、夏圭的残山剩水，一角半边，马麟的梅花，赵孟坚、郑思肖的兰草，则都是“窄选域”体的绘画。对应于绘画上的北宽南窄，宋代词选则表现为宽窄相济，由宽而窄，每遇朝代更迭，保存历史的宽选域词选会重新抬头。但总体而言，它们在选域的宽窄上都没有太走极端。清代词选走得比较远，宽选域能够宽到数千首，接近于没有选择的全录极限，如《御选历代诗余》；窄选域能够窄到只剩下寥寥十几首，仅表个意思，如端木埰的《宋词十九首》。

唐宋人词选选域跨度对照表

词选名称	唐代				五代	北宋				南宋				元	
云谣集	■	■	■	■											
花间集				■	■										
家宴集				■	■										
尊前集		■	■	■	■										
金奁集				■	■										
兰畹曲会		■	■	■	■	■	■	■							
梅　苑		■	■	■	■	■	■	■	■	■					
复雅歌词		■	■	■	■	■	■	■	■						
乐府雅词						■	■	■	■	■					
群公词选										■	■	■	■		
草堂诗余		■	■	■	■	■	■	■	■	■	■	■	■		
混成集		■	■	■	■	■	■	■	■	■	■	■	■		
花庵词选		■	■	■	■	■	■	■	■	■	■	■	■		
阳春白雪						■	■	■	■	■	■	■	■		
绝妙好词										■	■	■	■	■	
乐府补题														■	
名儒草堂诗余													■	■	

黑色块为选域范围

（五）选阵

选阵是词选所开列出来的清单，我们把它理解为编选者所设计的词坛结构编码。

它决不仅仅是一份名单。选阵所提供的信息极为丰富，它让我们可以窥见词选所列出的全部词人（或主要词人）的排列规模、排列结构、排列层次、排列方式、数量比例、时代比例、类型比例、风格布局、题材布局、地域布局。面对这些清单，我们常常感觉它们近于谱牒，让人想起吕本中的诗人宗派图，想起宗族世代的关系图谱。

我们意识到，对于选者来说，每一个富有个性的词人都类似于一种颜色，或者类似于一个有特点的将士，通过不同的组合排列，能够变化出不同的图案或军阵，从而体现出选者自己的风格和思想，兵法和战略。同时，他所排列出来的选阵，无疑是当时词坛布局结构的一种模型。可能是编选者所观察到、所理解到的一种模型，也可能是相对逼近历史真实的客观结构模型。无论前者还是后者，它们都像战争中使用的兵力布局沙盘一样，是推演观察词史的最好工具。因此，在本书的研究叙述过程中，只要可能，我们都会尽量将词选的选阵开列出来，以便于读者推演分析。

选阵研究对词人群的研究有重要参考作用。群体的构成，当然主要是词坛交游唱和天然形成的，词选记录它们。但有时候词选也起到重要的反向凝聚作用，江西词人族群的凝聚就与《名儒草堂诗余》的总结密不可分。选阵的概念对于讨论清代词选尤为重要。周济《宋四家词选》列周邦彦、辛弃疾、王沂孙、吴文英四家为其宗派门径之路标，各自统领若干词人，企望学者“问途碧山，历梦窗、稼轩而还清真之浑化”。与之不同，戈载《宋七家词选》则家家门户洞开，皆成法度。学者可以随便取一家奉为师法，从而登堂入室悟填词之道。一条路四个台阶，与七条路一个台阶，阵法如此不同，宽严如此迥异。此外，如周之琦《心日斋十六家词录》开列宗派十六家，陈匪石《宋词举》开列两宋十二家，都自成选阵，极有议论特色。

选阵未必都要作全民调查，选阵不等于简单的词选目录。词选中那些占主要地位的词人，也构成核心选阵，他们的群体指向形成选词重心。排列的地位、选词的数量、词人时代的比例，都能够为我们指示出这种重心所在。《草堂诗余》重心在北宋，因而使崇拜晚唐五代与北宋的明人欣喜若狂，不忍释卷。《绝妙好词》只选南宋，特重宋末元初浙中的临安词人群，故为清初康熙年间倡导南宋、推尊姜夔、张炎的浙西词人群奉为宗派之大纛。《阳春白雪》以江湖词人群为重心，与陈起刻《江湖集》一样，开列了一个“江湖词人宗派图”。另外像朱彝尊《词综》的重心在南宋，张惠言《词选》的重心在晚唐五代和北宋，等等。选阵经常是理解和把握选心的关键。

选阵常常会拥有一位主帅。这位主帅当然就是该词选的主盟者、领袖人物。如《花间集》为温庭筠，《乐府雅词》为欧阳修，《草堂诗余》和《阳春白雪》为周邦彦，《绝妙好词》为周密，等等。在许多情况下，词选的主盟者往往就是当时词坛的最高精神偶像。作为这一规律的意外，《乐府雅词》限于家藏书，它的主帅本应该是苏轼，却仓促中没有选及，留下了不可原谅的遗憾。而《绝妙好词》从理论上判断，主帅本应该是姜夔。周密自封为主盟者，又是一个不按规律出牌的特例。清代许多词选，如邹祗谟等《倚声初集》、张渊懿等《清平初选后集》，都沿袭了这种自封盟主的传统。

选阵主帅与词坛精神领袖对照表

时代时期	词坛精神领袖	代言词选	选阵主帅	对应词人群
十国北宋	温庭筠	《花间集》	温庭筠	西蜀词人群
南渡时期	苏　轼	《乐府雅词》	欧阳修	南渡词人群
南　宋	周邦彦	《草堂诗余》	周邦彦	江湖词人群
南　宋	周邦彦	《阳春白雪》	周邦彦	江湖词人群
宋末元初	姜　夔	《绝妙好词》	周　密	临安词人群

（六）选系

选系是对词选相互之间外部关系的把握。我们确信，任何词选都存在不同的“社会关系”。它不仅以类相聚构成群体，不仅与词坛有着千丝万缕的联系，而且还与其他词选之间存在着种种互补关系、母子关系、姊妹编关系、前后编关系等，从而结合为词选家族。甚至还有可能跨出词坛，与诗选、文选构成选系。这些千变万化的裙带关系，有些摆在明处，编选者会自己声明系继某书而续选，系据某书而精选；有些则没有这些声明，要靠读者细心体察和发现。

举例来说，《尊前集》是为增补《花间集》而作，分成补人、补词和自我补遗三个部分。《尊前集》与《金奁集》在体例上又存在互补关系，前者就词注调，后者依调类词。清初扬州词坛邹祇谟、王士祯合力编选近五十年间词人词作为《倚声初集》，就声称在时代上系衔接卓人月的《古今词统》。明人陈仁锡《无梦园遗集》卷二有《古今文统序》一篇，清人田雯《古欢堂集》卷二十五《历代诗选序》中又提到有《诗统》一书。《词统》、《文统》、《诗统》就是一个系列，虽然它们已经跨出了词选的范围。

又如以博徵词的浙派之选《词综》之下，衍生出一系列以"综"为体、重在搜零辑散而宗派意味逐渐淡化的"子词综"、"分词综"，如王昶《明词综》、《国朝词综》、黄燮清（一说黄安涛）《国朝词综续编》、陶梁《词综补遗》、丁绍仪《国朝词综补》、林葆恒《补国朝词综补》（未刊）、无名氏《女词综》、薛绍徽《国朝闺秀词综》、刘会恩《曲阿词综》、邓健庵《杭郡词综》，等等。沿前人书名、前人体例，以前人词选为选源的各种续选、补选、重选、精选，在选词史上不胜枚举，不通其选系作整体的考察观照，难免会作出一些错误的判断。

大自然的生物进化，不同的生命种属都有自己的祖先。那些原创的词选就是后代词选的祖先。对于原创词选，包括选型体例的原创、选源的第一手占有，我们不必在意它们的选系。因为它们是老祖宗，一切都是它们自己刀耕火种开垦出来的。不存在抄袭别人、迁就别人、依赖别人、继承别人遗产的问题。如古老的《花间集》，就是多条派生选系的最早祖先。《草堂诗余》也是身后支脉纷繁的老祖宗型词选。除了它们之外，大部分非原创的词选，都必须接受选系的严格审查。只要有家族关系存在，它们的血型、相貌、性格、健康、乃至终身的命运，都将受到基因上的影响。

上述六种观察途径，也是理解词选的六种不同视角。其中选型、选心、选域、选阵构成词选的内部肌体，需要研究者望闻问切，仔细诊断，辨析分明。而选源、选系是孕育词选的环境土壤。选源是词选产生的先天营养条件，选系是词选的家族姻亲关系，可以说，任何一部词选都不可能是没有亲戚朋友的孤儿。词选研究最有意义的工作，几乎都是这六种视角下的推演和发现。

唐宋人词选容量对照表

词选名称	卷数	选词数	选人数	作品最多者
云谣集	一卷	30		
花间集	十卷	500	18	温庭筠 66 首
尊前集	二卷	289	36	刘禹锡 38 首
金奁集	一卷	142	5	温庭筠 62 首
兰畹曲会	五卷以上			
谪仙集	十卷			
梅苑	十卷	413		
复雅歌词	五十卷	4300 余		
乐府雅词	三卷拾遗二卷	934	34	欧阳修 83 首
群公词选	三卷			
草堂诗余	二卷增订为四卷	367		周邦彦 83 首
中州乐府	一卷	113	36	蔡松年、王庭筠各 12 首
混成集	一百册以上			
花庵词选	二十卷	1277	223	辛弃疾、刘克庄各 42 首
阳春白雪	八卷外集一卷	671	238	周邦彦 21 首
绝妙好词	七卷	390	132	周密 22 首
乐府补题	一卷	37	14	王沂孙 6 首
名儒草堂诗余	三卷	194	62	彭元逊 20 首
平均值	八卷	690 首	80 家	

《乐府雅词》选人数未包括拾遗二卷

三、编选者与编选过程勘验

我们的全部努力,是希望建立起词选与对应词选群、词人群的关系图谱。

如果把词选视为一件文化消费产品,那么,对它的完整的研究应该包括:社会需求生态背景的评估研究(社会环境),生产者背景、素质、意识表达的研究(编选者),消费品具体生产过程的重建叙述(编选过程)、消费品本身质量性能的评估研究(词选本身)、市场同类竞争产品与相关产品的延伸研究(词选群),消费品的流通过程以及社会影响反馈的研究(传播史)。

我们发现,以往的词选研究,大多数集中在编选者和选本两个基本落点上,而其他环节则较少触及。尤其是社会生态背景的研究、市场相关竞争产品的研究、生产者背景的研究等,大多还处于薄弱甚至空白状态。

(一)编选者的浮现

传统的词选研究,较多地注意到了对编选者的考察和评价。但主要集中在他们的生平事迹的考证叙述、诗文词作品的创作特点分析等方面。相对来说,这些基础研究已经能够建立起对编选者的基本判断。但远远不够。我们还希望看到更多的历史细节,来还原他们的身份背景,还原他们更逼真的生活影像。

我们更渴望了解他们扮演着什么样的社会角色,他们归属于什么样的词人群体和社会群体,他们的家庭生活境况如何,他们拥有什么样的特殊性格和气质,谦卑还是狂妄,沉静还是张扬。诗词的风格与作者性格一般情况下呈正相关关系,但是与他们的相貌呢,是身材魁伟声若洪钟,还是黑瘦矮小五短身材?与他们的体质健康呢,是经常病体支离恹恹无绪,还是精力充沛记忆超人?他们的酒量如何,胆量如何,令尊高堂如何,门客乡邻如何,经济收入如何？他们常年居住地的气候植被如何，雨水温差如何，物产丰歉如何？他们有什么样的个人嗜好和生活习惯，平常忙于赌茶校书，还是忙于狎妓纵酒？是忙于公务应酬，还是寒窗苦吟？是忙于在家点数钱财，还是吹火蜡屐擦鞋子？他们有多少藏书，多少朋友，多少妻妾，多少家产？这一切，都是我们热切想知道的历史细节和生活原态，都是我们研究词人和词选的评估点。①

从野史笔记中我们得知，晏殊清瘦如削，饭量极少。王安国貌丑陋而黑肥，性格嫉恶太甚。张元幹身材矮小，貌不惊人。贺铸眉目耸拔，状貌奇丑，面色青黑而有英气。和凝性情焦躁，极吝啬钱财。后唐庄宗、前蜀后主、后蜀后主都喜欢吹拉弹唱，扮演优伶，填词作曲，他们的嗜好和狂热，带动了整个朝廷上下的淫靡风气。苏轼曾经说自己平生三不如人：吃酒、下棋、唱曲子。尽管懂音律，但嗓子不好，五音不全，与他平生作词横冲直撞，不肯俯首迁就音律曲谱，是不是有某种因果关系？我们常常想，如果东坡老人有梅兰芳那样的金嗓子，能够男作女声，会不会还是今天我们所读到的苏轼？会不会变成另一个多情任性的晏幾道、纳兰性德？

由于历史文献不足，很多有关他们的生活原态，今天都无从得知。尤其是词选编选者的记载，非常稀少。这使我们很难作出全面公允的生活状态考察评价。在今存的唐宋人词选中，只有《乐府雅词》的编选者曾慥和《绝妙好词》的编选者周密，他们的事迹记载比较全面。可以让后人大致窥见到一部词选是诞生在一个什么样的人的手里，以及在编选它们的时候主客观先天条件

① 关于编选者暨词人的研究，以往多集中在文学艺术领域，而科学领域较少涉及。随着科学的进步，以及历史文献的大量整理出版，我们有理由期待出现更多的关于唐宋词人的疾病研究报告，唐宋词人的寿命、身高、婚姻、财产研究报告，唐宋词人地域迁徙与人口变化调查报告，唐宋时期自然灾害与词人生态研究报告等等，从而在此基础上建立起词学生态学、词学社会学、词学心理学。

如何。

周密是个高雅博学的湖山清客。家中藏书丰富，性情诙谐而高贵。各种主观客观条件都非常适合充当词人群的代言人，来编选词选。他原籍山东，具有北方豪爽开朗的性格。他在《弁阳老人自铭》中描写自己，是“刚肠疾恶，闻见不平，怒发抵掌，毅然亦不少贷也。”但同时另一方面，他又很豁达，动能悲歌狂啸，静能闭门读书。“性滑稽，益刓去垠堮，简易混俗。然汶汶者正自不能污我。”“间遇胜日好怀，幽人韵士，谈谐吟啸，觞咏流行，酒酣，摇膝浩歌，摆落羁絷。有蜕风埃、齐物我之意。客去，则焚香读书晏如也。”①尤其是他在词坛上的交游非常广阔，是各种吟咏活动的积极参与者，便于收集、交换和传抄各家手中的作品。宋亡之前，他没有抱任何干谒邀功的目的去选词；宋亡之初，他也没有急于动手选词。直到很多年之后，故国如烟，官职无缘，年华冉冉老去，隐居在野，群书簇拥，再也没有任何人任何事来打扰，他才开始全身心沉浸在亡国之痛和故国文献中。这种从容状态，正是钱钟书氏所谓“荒江野老屋中二三素心人”的状态，我们认为是最有利于整理词籍、选词论词的。

相比之下，曾慥的生活状态就不太有利于选词。编选《乐府雅词》的时候，他正在虔州地方官的任上。公务之余应酬不暇，时间不够充裕，家藏书也不能齐备。加上个人性情比较急躁，贪图速成，更加上多次受到朝廷弹劾，人当中年，气盛自负，总希望在某些方面证明自己的价值。整体精神状态不利于心平气和地编选出高质量的词选来。黄大舆、黄昇、赵闻礼都是社会中下层的一般士子，生活比较悠闲从容，有利于选词校勘，但相对经济上比较拮据，藏书量也不可能像周密那样，能够三代积累，达到数万册之多。另外江湖之士多有以诗书干谒权贵的做法。如果带有求仕目的，那么词选的质量就难以得到保证了。是不是有这种情

① 明·朱存理《珊瑚木难》卷五《弁阳老人自铭》。

况,我们不好轻率下结论,需要新发现的文献史料来支持(参见本书第十章《唐宋选词者生活状态评估表》)。

总体上说,已知的这些编选者生活状态和文化条件,是朝着越来越有利于选词方向发展的。这些客观因素和主观因素,为一部好词选的诞生提供了先天营养。

我们想强调的是,不管是以往对编选者生平事迹、自身创作、审美理想的传统研究,还是我们所主张的对编选者生活状态、人际关系全方位的研究,都只能构成对编选者个体评估的度量衡。建立词史模式,仅有个体的观察研究远远不够。编选者所归属的词人群,词选所归属的词选群,以及它们之间的相互关系,是我们深入探讨的兴趣所在。

许多情况下,我们甚至可以说,一部词选不仅仅属于编选者个人,它更多地属于他所归属的那个词人群,它所归属的词选群。是整体的生态背景孕育了它,决定了一部词选的性别、性格、品味、角色,从而也决定了它未来的命运。这种情况常常是不可避免的:某些词选甚至不是哪一个人编选出来的,它应该直接判为词人群所作出的共同选择。对词选产生环境的宏观考察,能够让我们发现词选之所以出现的文化因子,解释为什么会出现这样的词选,而不是别的词选。社会环境大背景、词坛小背景,由远而近共同构成词选的生长土壤。

本书取名"群体的选择",包含了这样几层意思:第一,词选是编选者所归属的那个群体的集体选择的结果,而不仅仅属于编选者个人(群体选择);第二,词选以前代或当代词人群体及其创作为主要选择对象,甚至有的词选直接就是单群体的选本(选择群体);第三,一些词选以其相近或相同的类型构成词选群,共同对词坛进行审视和选择(词选群选择);第四,后代读者群也在进行着一次次二度的群体选择,尤其清代的不同词派和不同词人群对前代词选刻意拔擢,他们拥戴不同的词选,对这些词选进行不同的阐释发挥,构成了选择行为的第二落点(群体选择词选)。

(二)编选过程勘验

对具体编选过程的查证和重建叙述,坐实本事,也是我们的观察重点之一。

一部词选,其最初的编撰起因是什么?编选人用何种手段或方式、在何种条件下编选成书的?这对理解词选至关重要。王安石选唐诗,因选篇不精为人讥议,据说就是在誊抄过程中被人做了手脚。宋人邵伯温《邵氏闻见后录》卷十九记载说:

> 晁以道言:王荆公与宋次道同为群牧司判官,次道家多唐人诗集,荆公尽即其本择善者签帖其上,令吏抄之。吏厌书字多,辄移荆公所取长诗签,置所不取小诗上。荆公性忽略,不复更视。唐人众诗集以经荆公去取皆废。今世所谓《唐百家诗选》曰荆公定者,乃群牧司吏人定也。

王安石选诗的方式很简单,同僚宋敏求(字次道)提供家藏的唐诗百余编,他阅读一过,将要选录的作品分别作出标记,让手下小吏抄录出来,汇成诗选。宋人周辉《清波杂志》卷八也记载了此事,内容与邵氏的记载大同小异:"王荆公与宋次道同为三司判官时,次道出其家藏唐诗百余编,托荆公选其佳者。荆公乃佥出,俾吏抄录。吏每遇长篇字,多倦于笔力,随手削去。荆公醇德,不疑其欺也。"

这是名儒巨公最有富贵气的选诗方式,也是比较原始的不科学的选诗方式。抄选汇总之后竟然再看一眼都懒得,也忒不负责任了。我们推测晏殊编选历代诗文选,曾慥编选《乐府雅词》,也有可能采用了这种方式。在官府任上编书,少不了要利用官府的某些资源,如小吏誊抄、幕僚代笔、藏书借阅、委托寻访、书坊刻印、赠送交换等等,只不过程度不同而已。甚至我们怀疑,今天出版界常见的挂名主编现象,可能古已有之,词选也不能例外。正如官做得越大学历越可疑一样，官做得越大，著作是否亲力亲为也越可疑。以今论古，正如以古论今。无论这种怀疑是否靠谱，身在高位编书，与隐居乡里独自编选，独自抄校，再三斟酌，自得其乐，完全是两种境界。又据严羽《沧浪诗话》的考证，王安石所选各家，列名在储光羲之前者，全部都是根据现成的唐人选本《河岳英灵集》、《中兴间气集》抄录的，“无少增损，次序亦同，孟浩然止增其数，储光羲后方是荆公自去取。”这是典型的选源指证。

在野编书选词也有各种不同情况。南渡初年江淮各地战乱频繁，蜀人黄大舆居于岷山之阳，暇中检读藏书，见有梅花词辄随手抄录一纸，积累日久而总萃成《梅苑》一编。因此该书属于漫录之什，题名混乱，没有完整统一的体例。金人元好问编选《中州集》(附《中州乐府》)则是另一种情形。金国灭亡前夕，元氏即开始寻访金代文献，拟撰《金史》，未果。于是转向辑录野史笔记和诗文总集。兵燹之后文献散失严重，故其选诗选词与野史笔记的记事方式相近，不少作品出于自己的记忆。同时由于他留心史料，故该选存史的意味也特别浓厚。自序称：“念百余年以来，诗人为多，苦心之士，积日力之久，故其诗往往可传。兵火散亡，计所存者，才什一耳。不总萃之，则将遂湮灭而无闻，为可惜也。乃记忆前辈及交游诸人之诗，随即录之。”在野为选固然艰辛，但选本与编选者对应关系相对清晰，从编选者研究推及选本研究，是相对可以信赖的逻辑渠道。

编选过程勘验之重要，最典型的例子是宋遗民社课词选《乐府补题》。清人考证该选系因元僧杨琏真伽盗发宋皇陵，词人乃发起咏物聚会，借作词以寄托哀思。而事实上，有记载证明当时词人并不清楚发陵事件。寄托发陵之说纯粹属于清人推测悬想。甚至它还有可能是一部没有来得及编选完成的词选素材汇抄(参见本书第七章)。类似这样的问题，同时涉及到对词选、词作的两重理解，不可不慎重。

四、词人群研究法

（一）词人群的构成

词人群研究法，是贯穿本书的基本思维方法。

词坛茫茫，万人如海。每一个时代，都有许多不同地域归属的词人、不同身份地位的词人、不同风格特点的词人、不同成就和影响的词人，在从事创作、讲论、编书、授徒，以及各种各样的文学活动。他们都有自己的声音，都有自己的人脉交往。纷繁众多的头绪面前，怎样才能把握到词坛跳动的脉搏？怎样才能找到整个词坛的运行规律、理清彼此的关系？词人群研究法强调寻找那些最活跃的背影、最密集的声音、最有影响力的群体。而词坛的核心领袖往往就在这个群体之中。把握住了这个群体，就等于把握住了整个词坛的主脉，等于找到了词坛创作的心脏和中枢神经系统。

我们所定义的词人群，是指生活在大致同一时代、相互往来熟识的亲密者所结成的天然形态的词人群体。他们由于社会身份的趋同，政治立场和人脉关系的相近，由于地域同乡因素、交游往来因素、唱和商榷因素、师友僚属因素、社集活动因素等各种人际要素，自然形成词坛上的“文化党人”和“知交群落”，而明显区别于周围其他相对散沙状的词人。他们既各自活动，更以群落的整体姿态在词坛上高谈阔论和驰骋纵横。

这种以文化结为“党人”的现象由来已久。孔门弟子三千，通六艺者七十二，得意弟子更是出入相随，彼此商榷鼓吹。“竹林七贤”也是非常典型的隐逸诗人群的例子。南朝宋宗室刘义庆雅好文艺，“招聚文学之士，近远必至。太尉袁淑文冠当时，义庆在江州，请为卫军咨议参军。其余吴郡陆展、东海何长瑜、鲍照等，并为辞章之美，引为佐史国臣。”[①]南朝齐“竟陵王子良开西邸，招文

---

① 南朝梁・沈约《宋书・宗室刘道规传》。

学，高祖（萧衍）与沈约、谢朓、王融、萧琛、范云、任昉、陆倕等并游焉，号曰八友。”①都是比较典型的幕府文人群、君臣诗人群的例子。宋代则有元丰中贺铸等人结为彭城诗社，大观、政和年间徐俯、吕本中、向子諲等人结为豫章诗社，景定年间杨缵、周密等人结为西湖吟社等等，不胜枚举。明人方九叙《西湖八社诗贴序》云：

> 夫士必有所聚。穷则聚于学，达则聚于朝。及其退也，又聚于社，以托其幽闲之迹，而忘乎阒寂之怀。是盖士之无事而乐焉者也。古之为社者，必合道义之志，择山水之胜，感景光之迈，寄琴爵之乐，爰寓诸篇，而诗作焉。

唐五代北宋以来出现的词人群体，有些是宫廷君臣型的，有些是师友弟子型的，有些是官员同僚型的，有些是幕僚门客型的，有些是宗亲乡党型的，有些是社集盟约型的，更多的则是两种以上形态混合型的。这些词坛群体如同宇宙星空中大大小小的银河系、太阳系。日月星辰不是毫无关系的散沙，它们有不同的星系归属。词人也有不同的星系归属，词坛也有大大小小的银河系、太阳系，当然也有不属于具体星系的彗星、流星。任何时代的诗人词人，相互之间都呈现为密集、松散、不相关三者彼此交错的正态分布。这是诗坛词坛最真实的原生常态。

法国经济学家帕累托（Vilfredo Pareto）1897年在研究英国公民收入分配时，发现过一个惊人的规律：不管什么时期，也不管什么国家，总是大约20%的人口占有80%的财富，而80%的人口只占有20%的财富。更重要的是他还发现，总是20%的生产者生产出80%的效益，而80%的生产者只生产20%的效益。他的结论是：在任何一组事物中，最重要的通常只是其中起关键作用的

① 唐・姚思廉《梁书・武帝本纪》。

那一小部分。后来人们把这一重要规律命名为帕累托定律、二八定律,也称为犹太法则、帕累托效率法则。

比如20%的道路总是拥挤着80%的车流,20%的地毯面积总是被80%的脚印踩踏磨损,20%的人口和疾病总是消耗掉80%的医疗资源;80%的读者只在阅读20%的书籍,人生80%的时间总是在与他20%的朋友相处,等等。这个法则在文学研究领域同样适用,具体到词坛上,永远是20%的词人贡献80%的作品;80%的词人贡献20%的作品。天下人传唱的大部分作品,总是来自于一小群优秀作家。所以,寻找和研究那20%的关键词人,便是我们首先要解决的核心问题。对于某一个时代的词坛来说,我们所说的词人群,就是这个20%中的大部,甚至全部。

帕累托两宋词人贡献率对照表①

分 类	总人数	存词量	贡献率	帕累托比重	偏差率
已知全部宋代词人	1422家	21055首	100%	100%	0%
存词最多的20%词人	284家	17176首	81.6%	80%	+1.6%
存词最少的80%词人	1138家	3879首	18.4%	20%	-1.6%

词人无名氏者按一家统计

当然,在主要的核心群之外,可能还有同级或次一级的群体同时存在,还有诗坛文坛的群体同时存在。一个时代未必只有一

① 王兆鹏《宋词作品量的统计分析》计算方式与此稍有不同。其统计按照有名有姓的宋词作品总数19181首计算,两宋无名氏1874首作品不纳入计算分母。按此统计,作品保存下来31首以上的高产词人共115家,占全部词人比例8.1%。词作14277首,占全部作品的74.2%。作品保存下来10首以上30首以下的多产词人共120家,占全部词人比例8.4%。词2569首,占全部作品的13.4%。两者相加,16.5%的高产多产词人,创作了87.6%的曲子词作品。参见其《唐宋词史的还原与建构》。这个结果,更突出了少数人决定历史的帕累托定律。

个词人群体，一个群体可能还兼跨不同的领域。它们相互之间既有吸引交流，又有对抗竞争。北宋徽宗时期并列词坛的元祐词人群和大晟词人群，南宋孝宗时期并列词坛的南渡词人群和中兴词人群，度宗时期并列词坛的江湖词人群和临安词人群，都是这样的例子。它们之间的摩擦、吸引、能量交换、审美对抗，到现在我们还很少了解。清代嘉庆词坛上常州词人群与吴中词人群同时存在，两大群体之间并不发生直接的交锋论战，只是专注地各行其是，暗中较劲，形成了争夺词坛正统地位的对峙和冷战。相互关系就非常特别（参见本书第九章）。双子星词人群组（Twin Association）是词史研究中非常重要的课题。

需要强调的是，任何词人群都是没有清晰边界的，它的周围，按照关系的亲疏程度还簇拥着更多的外围词人，他们的重要程度和影响力处于边际递减状态。我们观察到，十国两宋四百年的词坛上，没有哪一个词人群拥有精确的人数。词人群不像词社，有成员和非成员的区别。这一点是需要特别说明的。主盟领袖者地位越高，外围词人簇拥得越多，这个群体的惯性质量就越大，光芒辐射当然也就越大，是词坛上的红巨星。例如元祐词人群。这个群体的内部关系越私密，外围词人追随簇拥得越少，它的群体特征就越明显，与周边环境的反差也就越突出，是词坛上的白矮星。例如临安词人群。

其他游离于核心群之外踽踽独行的词人，偶尔也有较大的作家，他们如同擦身而过的耀眼彗星。像台阁词人群时代孤独抑郁的通俗词人柳永，元祐词人群时代退居京城的王孙公子晏幾道，临安词人群时代很少人认识来往的词人蒋捷，都是例子。他们也许属于别的群系、别的族群，但在词坛的那个时段他们是孤体，是散沙。一般情况下，群体之外游弋的词人大多是不太重要的芸芸众生。不妨先搁置一旁，另作个案研究。

词人群不仅没有清晰的边界，还往往没有明确的起讫时间点。有些词人群有标志性事件作为群体的起点和终点，如西蜀词人群和南唐词人群分别终结于国亡祀绝；大晟词人群因为有大晟府的建立和废除，而有清晰的开始和结束年代；其他大多数词人群则没有这样幸运。它们也许是逐渐聚集在一起的，也许是因为某种机缘而强化了群体的色彩，如元祐更化之于元祐词人群，西湖吟社成立之于临安词人群。但群体的退出词坛，几乎都有一个逐渐淡化、逐渐衰落的递减过程。采用模糊数学（Fuzzy Mathematics）的方法，将群体形成和衰亡过程以模糊集合区间来分析，不强行给出精确的结果，比较合乎实际情况。也能够避免众多的学术纷争。①

① 模糊集合（Fuzzy Sets）是一九六五年美国控制论学者扎德（L. A. Zadeh）提出的模糊数学概念，指某种现象是与非之间的过渡区间。例如，八十岁肯定是老人，三十岁肯定不是老人。80—1 岁到 80—n 岁区间，就是老人的模糊集合。一万粒种籽肯定是一堆，一粒种籽肯定不是一堆。10000—1 粒到 10000—n 粒之间，就是堆的模糊集合。扎德引入"隶属函数"概念，来描述差异的中间过渡，这是精确性对模糊性的一种逼近。所谓隶属函数，就是用一个[0,1]闭区间的函数，来刻画一个元素隶属于一个模糊集合的程度。函数值越大，隶属程度也越大。我们发现，词人群的解体终结，也有这样一个不断衰减直至完全退出词坛的模糊集合区间。按照能量衰减从高到低，有多种终结标志：群体不再聚集活动（个体仍然存在）、盟主退出群体（群体仍然存在）、盟主去世（核心词人仍然存在，盟主还有可能更替）、主要核心词人陆续退出词坛（核心词人仍然存在）、主要核心词人陆续去世（其他词人仍然存在）、最后一位成员去世（词人群完全消失）。值得注意的是，群体之外的重大标志性事件（如改元、战争、亡国、其他群体崛起等）如果与上述标志重叠，会强化群体终结的确认。以元祐词人群为例，这个群体的终结，我们既可以取苏轼去世、徽宗登基的建中靖国元年（1101），也可以取黄庭坚去世、大晟府成立的崇宁四年（1105），也可以取核心骨干苏门四学士全部去世的政和四年（1114 年张耒去世）。至于最晚的群体成员赵令畤去世（1134），元祐词人群肯定已经不存在了。在某些情况下，取最早和最晚的模糊集合中间值，也是可以参考的评估方法。同样，词人群的出现，除了极少数例外，也是一个渐渐逼近的模糊集合。在此，我们列出部分两宋事件标识码，作为词人群生存周期的参照系，供读者参考。（转下页）

（二）为什么采用词人群研究法

词人群研究模式不同于过去常用的流派归纳法，追求的是以词人为研究之本，以群体为研究之本，强调梳理人际关系，观察理解群际关系，从而有可能把词史研究集成到更为宏观的层面上。

第一，词人群研究法强调还原和重建历史本来的面貌，尽可能减少研究者自己的主观臆断和按需归纳的努力。像考古发掘一样，不仅要探底遗留态地质层，更要下探到原生态地质层，观察那些隐性存在和词坛“暗物质”。按照以主观标准定义的流派或

（接上页）

两宋词人群标识码对照表

群体	时间码	帝王年号	标 识 事 件
台阁词人群	1005 年	真宗景德二年	王钦若、杨亿始编《册府元龟》
	1032 年	仁宗明道元年	晏殊除参知政事
元祐词人群	1086 年	哲宗元祐元年	哲宗立，元祐更化，苏轼除翰林学士
	1094 年	哲宗绍圣元年	哲宗亲政，新党得势，旧党云散
大晟词人群	1105 年	徽宗崇宁四年	朝廷新设立大晟府
	1125 年	徽宗宣和七年	金兵南侵，诏罢大晟府
南渡词人群	1126 年	钦宗靖康元年	汴京城破，北宋亡。次年宋室南渡
	1142 年	高宗绍兴十二年	朝廷弛天下乐禁。张元幹送行胡铨
中兴词人群	1163 年	孝宗隆兴元年	孝宗立，张浚北伐
	1206 年	宁宗开禧二年	韩侂胄北伐失败
江湖词人群	1225 年	理宗宝庆元年	理宗立，江湖诗禁
	1234 年	理宗端平元年	江湖诗禁解禁
临安词人群	1264 年	理宗景定五年	杨缵组织临安西湖吟社
	1276 年	恭帝德祐二年	临安破，南宋亡
江西词人群	1276 年	恭帝德祐二年	临安破，南宋亡
	1282 年	元至元十九年	文天祥卒

词体论词，我们比较容易得出适合于研究者理论观点的判断。因为使用概念不一致、审美角度不一致、作品归纳方式不一致，学术界产生出各种各样的分派、分体、分期说法。这些分派、分体、分期说法，往往是研究者的经验回忆和主观站队的概括。它们从不同角度揭示了历史规律，重建了词坛的原貌，各有发现，各成体系，但相互之间很难承认并达成共识，缺乏兼容的基础。更重要的是，它们与历史原态之间，或多或少存在一定的距离。

人们越来越清楚地看到，晚近以来的归纳法研究始终无法避免这样的窘境：分派、分体、分期过于粗略，难以概括词坛全貌；分派、分体、分期过于细密，又肢裂了风格多样的大家。在唐宋词究竟应该分几派、几体、几期的问题上，在某一词人究竟应该归入哪一派、哪一体、哪一期的问题上，学者们各持己见，你有你的分法，我有我的分法，总是纠缠不清。这是永无尽头的探索，也是根本没有标准答案的争执。相比之下，词人群的存在是客观事实，有天然的唱和交游等人际关系作为依据，不能随意杜撰。比较容易得到判断认同并形成公论。在最大程度逼近历史原貌的基础上，由词人群而定位词派、追问词体、梳理源流关系，建立起流派研究的兼容平台，可以减少许多不必要的争议。（群本）

当然，词人群的梳理也有主观成分。哪些词人属于这一群，哪些词人属于那一群，不能简单地以相互认识为标准。周邦彦认识苏轼，苏轼认识欧阳修，欧阳修认识晏殊，晏殊认识柳永，我们不能说周邦彦、苏轼、欧阳修、晏殊、柳永就是一个词人群。他们的差别也太大了点。单线交往不构成群体蛛网关系。姜夔、刘过与辛弃疾同处一个时代，交往唱和频繁，我们却不能把姜夔、刘过划归中兴词人群，只能按照他们的社会身份和行迹，判他们回到江湖词人群。在这里，形迹、心态、审美、地位又成为分群的重要参照依据。用逻辑语言说，交游是群体的必要条件，形迹、心态、审美、地位则近于群体的充分条件。

第二，词人群研究法强调以词人和词人行为作为研究的第一观察点，而曲子词作品仅仅是研究的第二观察点。立法上的下位法必须服从上位法，学术上的下位判断必须服从上位判断。宋代、清代的学者都警觉到曲子词与词人之间，不能简单划等号，更不能以词品证明人品。词学研究的复杂性在于，词人和词作有时候一致，有时候完全两回事，任何判断都必须高度谨慎。这也意味着我们必须决定首先应该相信谁，首先应该观察谁。显然，人比词更重要。理解作品较之判断词人，更有失之主观偏见的危险。建立在部分作品基础上的分派、分体判断，很容易引起争议。况且我们所面对的曲子词作品，仅仅是流传到今天的一部分，词人还可能有面貌完全不同的其他作品未流传下来，还可能有面貌完全不同的诗歌和古文，讲述着另外一个完全不同的心灵。苏轼的豪放词只有很少的数量，陈子龙的词里面根本没有英雄的影子，迦陵词集中有竟然两个甚至三个陈维崧，我们怎么办？根据词人的部分作品下结论、站队伍、判归属，难以让人放心。（人本）

第三，词人群研究法是一种结构切片式的断面观察。不仅强调以词人为研究的基本观察点，更强调词人与词人之间的远近关系、主从关系、差异关系、功能关系、模仿关系等等为基本观察点。仅仅主观地把某些词人归为同群、同派、同类、同代，对他们逐一进行考察，是远远不够的。词人是宇宙中的星族，不是恒河中的沙砾。个别谈论天狼星、火星、地球、太阳，永远无法知道它们之间的轨道变化、星级地位、演化阶段。词人群是关系复杂的家族，不是电梯中拥挤的乘客。上到一族之长，下到儿孙姻亲，结构决定群体的功能，甚至决定个体成员的性格倾向。研究词人群不同的内在结构，从而得出整体判断，是我们叙述努力的重点。（人际）

期待不久的将来，词学研究能够对全部词人的交游关系进行普查汇总。根据书札、唱和、师从、结社、家族等文献资料，将所有词人的已知交游亲友关系列出，区分不同的关系类型、私密程度、交往周期、地域分布，最终建立起词人群的电脑蛛网模型。比如已知苏轼与“苏门四学士”关系，我们可以查询到五人共同认识的有哪些，四人、三人、二人共同认识的有哪些。毫无疑问，只有一人认识的当然是这个群体的最外围部分。

第四，词人群与其他群体在地域环境上的同处、传承变异上的进化、群与群之间的相生相克，相互依赖，也是我们的重要观察点。传统研究方法通常以词人和词作为基本解剖单元，研究单位是“位”和“首”。词人群研究法除了这两种传统单位之外，基本解剖单元更强调“群”和“群组”，观察分析它们相互之间的递进关系、因果关系、对抗关系、范式传承关系。应该承认，这种观察把脉方式很像中医的整体论思维。词坛是一个有机整体，甚至词史也是一个有机整体。任何个案的局部病变都是五脏系统平衡关系出了问题，必须着眼于肝木、心火、肺金、肾水、脾土的相互关系，区分少阳体质和少阴体质，进行修复调理。词人不是孤立的存在，词人群也不是孤立的存在。(群际)

当然，没有哪个理论不存在例外，正像没有哪只木桶永不漏水。胡适曾经说：“凡治史学，一切太整齐的系统，都是形迹可疑的。因为人事从来不会如此容易被装进一个太整齐的系统去。”(《致罗尔纲书信》)词人群研究法并不完美。大尺度的宏观叙事，总是难以兼容各种例外情况，也不追求微观的精密度。抓大放小，就重避轻，这既是词人群研究法的优势所在，也是它的缺陷所在。

第五，词人群的综合研究，对于十国两宋词坛有着重要意义。这个时期词派形态还没有真正发育成熟，大多数聚集在一起的词人部落只能被称为词人群，相对成熟的元祐词人群、临安词人群等，都不足以构成严格意义上的词派，最多只能称为亚词派。采用词派研究方法讨论唐宋词坛，像拿错了高倍的放大镜，要么看不清词坛的真相，要么看到的只是变形扭曲的词坛真相。不能因为用它看清代词坛非常清晰，就认为方法完全适用。

明末清初以后，词坛派别观念有了充分的发展，逐渐形成了环太湖地区的不同词派，最后阳羡、浙西词人群登上词坛，词史上才有了真正自觉而完整的词派。也只有在这个时候，词人群结成词派,词派依托词人群,词人群研究法才能与词派研究法相互对接,相互打通,实现理论模式的最终融合。

(三) 词人群与词派的关系

词人群与词派是两个不同级别的原态概念。建立它们之间准确的逻辑关系,是一项艰难的工作。在此,我们不妨参考自然科学的研究方法。

现代天文学发现,宇宙大爆炸后形成的结构非常规则。由于宇宙物质的角动量作用,单星体的周围常常有其他星体围绕旋转:卫星围绕着自己的行星旋转,构成行星系;多个行星系组成行星系群,围绕恒星旋转成为恒星系;众多的恒星系又组成更庞大的恒星系群共同运动,形成巨大星团。微观世界也是如此,夸克构成中子和质子,中子和质子构成原子核,原子核与核外电子构成原子,原子构成分子,分子构成基本物质。每一级别都由低一级的群体围绕核心而组成。

生物学分类是一项系统工程,物种是它的基本单位。不同生物按照门、纲、目、科、属、种,区分不同的归属,有时还需要列出次一级的亚门、亚科、亚种。人类就属于脊索动物门、脊椎动物亚门、哺乳纲、灵长目、类人猿亚目、人科、人属。再往下分类则进入人类学范畴,不同种群和不同亚群再往下分,又进入社会学领域,区分为不同的民族和不同的地区群体、亚群体。

植物群落生态的分类方法对我们特别有启发。生物学家将植物群落分为高中低三个层次:植被型、群系、群丛。植被型如温带草原、热带荒漠等,群系如落叶松群系、羊草群系等,群丛是植物群落分类的基本单位,相当于植物分类中的种。三个层次又可以与平行的同类型形成组别。中国的群落分类系统有九个级别:植被型组(Vegetation Type Group)、植被型(Vegetation Type)、植被亚型(Vegetation Subtype)、群系组(Formation Group)、群系(Formation)、亚群系(Subformation)、群丛组(Association Group)、群丛(Association)、亚群丛(Subassociation)。高层次分类侧重于外貌、结构、生态地理特征，中下层次分类侧重于种类组成。

词史生态群落分类表

组别	植被群落分类	词史群落分类	英文术语	词史举例
高级组	植被型组	时代组	Times Group	晚唐五代北宋组
	植被型	时 代	Times	北宋
	植被亚型	亚时代(时期)	Period	明末清初时期
中级组	群系组	词派组	School Group	清初环太湖地区词派群
	群系	词 派	School	清代浙西词派
	亚群系	亚词派	Subschool	北宋元祐亚词派
初级组	群丛组	词人群组	Association Group	云间支脉的各词人群
	群丛	词人群	Association	南宋临安词人群
	亚群丛	亚词人群	Subassociation	北宋大晟亚词人群

自然科学的思维方法对我们社会科学领域的词派研究，有很大帮助。至少我们可以得到如下几点初步结论：

第一，任何个体的存在都不是孤立的，他(它)们是自然生态、社会环境、种群关系、文化遗传等要素的总和。超越词坛的视界，任何词人或词选，都能找到他(它)们对应的群体。第二，不管怎样分类，总是同类型的个体组成群体，同类型的群体组成群落组。不同的群体之上，有更高一级的群体单元。群体构成稍弱者，形成次一级的亚群。第三，在某一区域或某一时段中，可能单体与群体同时存在，也可能以某一群体为主，多种群体同时存在。第四，归类分级是为了准确地展现大自然的原生态秩序，系依据其自然属性和它们的存在逻辑。任何出于研究者主观审美理论或伦理观念的强行分类方法，都可能导致自然状态还原的失真。第五，大自然通过亿万年的进化，形成了完整的树枝金字塔。而文学领域里的词史演变只有短短的千年，偶然因素较多。因此，如果分类系统缺失某些组别类型和环节，或者群落大小不够对称均衡，应该被看作是正常的事情。

我们认为：词派是词人群演化的高级形态，词人群是词派的原生状态和生长胚基。词派可以等于相应的那个词人群，由一个单体词人群支撑，如清代的阳羡词派、吴中词派。这个词人群解体了，这个词派也就随之宣告终结；也可以大于那个词人群，由若干个不同时、不同地的词人群共同组成，这种词派往往时间跨度较长，地域跨度较广。如宋代的江湖亚词派，清代的浙西词派、常州词派。在这种情况下，作为最初寄体和胚基的原词人群，是我们研究该派的重心所在。我们把它称之为“第一群体”。如浙西词派的第一群体嘉兴词人群，常州词派的第一群体宛邻词人群。词派必须有词人群作为存在前提，没有词人群的词派，是后人主观归纳虚构的词派，没有法理上的身份。[①]

作为常见现象，大多数词人群往往未必能够最终发育形成词

① 考虑到传统词学研究中使用“词派”概念比较混乱，我们认为应该将原生态的词派概念与主观归纳的词派概念区分开来，使两种思维方式和研究途径各自都有发挥空间。同样，人们在使用“词人群”概念时，也有原生态概念和主观归纳概念混合不分的情况，也应该区分开来。在此，我们建议引入“时代期”、“词流派”、“词人族群”三个组合概念，拆分开来，分别以“时代”、“时期”、“词派”、“词流”、“词人群”、“词人族”区别原生态和主观态。它们的域名定义区别如下表：

词史分类系统概念表

群　组	分类概类	区　别	举　例
高级群组	时　代	原生态	唐五代、北宋、南宋、元、明、清
	时　期	自由定义	沉沦期、明晚期、冰河期、变革期
中级群组	词　派	原生态	浙西词派、常州词派、吴中词派
	词　流	自由定义	婉约流、抗战流、骚雅流、清空流
初级群组	词人群	原生态	中兴词人群、临安词人群、阳羡词人群
	词人族	自由定义	隐逸词人族、谐谑词人族、市井词人族

派。许多词人群过于松散(如宋代的江湖词人群、江西词人群),过于短暂和临时(如清代的兰陵词人群、扬州词人群),来不及形成稳定的宗派结构,商榷出共同的宗派理论主张,相互之间缺乏创作对话和能量交换,甚至来不及推举出自己的宗派领袖。这些词人群也许拥有了词派的某些要素,比如仅仅有了一部共同的词选、有了一家共同宗法的偶像、有了一个群体的盟主、有了一个共同的词学纲领,也许还同时具备了两个以上要素。但词人群能不能最终发育为词学史上普遍认同的词派,必须具备所有或大部分关键性的宗派要素,而且艺术审美观念和创作风格已经基本趋于一致。

词派构成基本要素表

代码	细分要素	代码	细分要素
D01	**多个彼此交往相对固定的词友**	B09	编有体现群体观念的前代词选本
R02	**若干成就较大的核心词人**	Y10	拥有本词人群的总结性词选
G03	**公认的群体领袖盟主**	X11	信奉一种说法或概念
J04	**基本审美观念和艺术趣旨接近**	H12	活动地域密集于某一地理范围
D05	**多次集体唱和活动和作品**	C13	词人籍贯高度集中
G06	共同宗法的前代偶像	G14	共同致力于某项词学工程
G07	固定的社集组织形态	H15	后人常常视为整体来谈论总结它
G08	纲领性的词话、序跋、书信	Z16	自定义为某词派

黑体字为构成词派的必备选项

我们遗憾地看到,许多词人群在朝着词派的演化过程中,由于能量不足、时间不够、盟主退出、主将孱弱、纲领阙如、群体成员过于参差不齐等等原因,还没有演化成熟就匆匆解体。其兴也勃焉,其亡也忽焉。说它们是词派还不够格,说它们仅仅是词人群却又已经具备了词派的雏形。借鉴自然科学的分类概念,我们把这些没有完全发育为词派的词人群体,称作亚词派。它们是介于词人群和词派之间的过渡形态。例如北宋的元祐亚词派、清代初年的柳洲亚词派。

曲子词发展史上,哪些词人群体可以确认为词派,哪些不能被称为词派，学术界争议较大。为避免不同观点在不同的标准和不同的语境下相互对话，我们按照模糊集合的评估方法，进行词派的成熟度考核。每项指标满分为 5 分，总积分越高，词派发育程度越高。（要素必备选项未作加权处理，如加权计算则更为符合实际。）唐宋明清主要词人群按总积分多少，降序列表供读者参考。

历代词人群词派成熟度等级评估表

词派要素	**固定群体**	**核心名家**	**群体盟主**	宗法偶像	社集组织	**群体唱和**	纲领文献	信奉概念	前代选本	群体自选	**审美趣旨**	活动地域	籍贯集中	词学工程	讨论整体	自定义	总积分
浙西词人群	5	5	5	5	3	4	5	5	5	3	5	4	5	5	5	4	73
吴中词人群	5	3	5	4	5	5	5	5	5	3	5	5	5	4	4	3	71
阳羡词人群	5	4	5	5	4	4	5	5	4	5	5	5	5	1	5	3	70
临安词人群	5	4	4	5	5	5	5	5	5	4	5	4		4	2	2	64
扬州词人群	5	4	5	3	4	5	3	5	4	3	5	5	3	5	1	4	64
常州词人群	4	3	4	5	2	3	5	5	5	4	5	4	4	2	5	2	62
云间词人群	5	5	5	4	4	3	4	4	5	5	4	2	4	1	4	2	61
岭南词人群	3	5	3	4	1	3	4	5	4	3	3	2	2	4	3	5	54
元祐词人群	4	5	5	1	4	3	3	3	1		3	2		1	4	3	42
柳洲词人群	5	2	4	2	2	3	2	2		5	3	4	5		3		42
南渡词人群	4	4	1	4	3	3	2	4	2		4	1		1	2		35
西蜀词人群	3	1		4	1		3	2		5	5	4	2		3	1	34
江湖词人群	2	3	2	4	3	2	3	2	4	3	3	1		1	1		34
中兴词人群	4	5	5	2	2	3	3	1			5	1			2		33
西泠词人群	4	2	2	2	2	3	2	2		5	2	3	4				33
太仓词人群	4	1	2	3	2	1	1	2			3	4	5				28
台阁词人群	3	4	2	2	2	1	1	3			4	3			1	1	27
大晟词人群	3	3	1		1	1	2	3			4	2		4	3		27
江西词人群	2	2		1	1	2	1	1		4	2	2	3		3	1	25
南唐词人群	2	4	2	2							4	5	2		2		23
兰陵词人群	2	4		2	1	4		1			2	2	3		1	1	23

黑体字必备要素未作加权计算

词派的甄别和定性是词史研究的专门课题。为避免叙述枝蔓和争议,本书尽量采用词人群概念。已有定论的词派如阳羡词派、浙西词派、常州词派等,则视情况斟酌使用词人群或词派概念。

(四) 词人群与词体的关系

词人群与词体也是两个不同的概念。

群派体组合类别表

组合形态	出现概率	词史上出现过的组合
一个群体一个词派一种词体	典型的标准流派	云间、柳洲、西泠、吴中词人群
一个群体一个词派多种词体	常见	元祐词人群、中兴词人群、阳羡词人群
一个群体不成词派一种词体	常见	南唐、台阁、扬州、太仓词人群
一个群体不成词派多种词体	常见	西蜀、大晟、南渡、江西、兰陵、岭南词人群
一个群体多个词派一种或多种词体	词史上没有	
数个群体一个词派一种或多种词体	多为大型词派	江湖词派、浙西词派、常州词派
数个群体不成词派一种词体	常见	草堂体、中州体、明词体
数个群体不成词派多种词体	词史常态	
数个群体多个词派一种词体	词史上仅有孤例	花间体(台阁、云间、柳洲、西泠、扬州群)
数个群体多个词派多种词体	词史常态	
不成群体一个词派一种或多种词体	不可能	(前人所谓俚俗派、风雅派等,皆主观归纳)
不成群体不成词派一种或多种词体	词史常态	谐谑体、小山体、柳体、晦翁体、介庵体等
不成群体多个词派一种或多种词体	不可能	

词体是一个极为宽泛的学术判断，不同的人按照自己的经验标准可以有不同的说法。它可以是某一词人的语言习惯、意境特色、风格体式（如稼轩体），也可以是某一时代的整体叙述方式、精神面貌、思维定势（如南宋体），可以是一部词选的主要艺术特色（如草堂体），还可以是一个词人群的语言共同体和审美共同体（如江湖体）。唐代就已经出现了较为成熟的诗体概念，人们谈论的诗体有上官体、富吴体、王杨卢骆当时体、元和体等。宋人著作中提到的诗体更多，严羽《沧浪诗话》除了提到一些唐诗体之外，宋诗体还有本朝体、元祐体、江西宗派体、东坡体、山谷体、后山体、王荆公体、邵康节体等。宋人诗词序跋中提到的宋词体有：乐天体、花间体、南唐体、柳永体、东坡体、山谷体、易安体、希真体、稼轩体、晦翁体、白石体、介庵体等。

这些概念，大致包括了朝代体、选本体、作者体三种基本形式。很显然，这些命名和定义的主观随意性非常大，宽严缺乏统一的尺度和定义。正像唐宋人诗话、词话的理论批评普遍强调个体的审美感受，主观随意性非常大一样。对此，不必过于认真计较。

明清以来，对于词体的研究日趋复杂。明人张綖《诗余图谱凡例》说："词体大略有二：一体婉约，一体豪放。婉约者欲其词调蕴藉，豪放者欲其气象恢宏。"这本来是一个对词体非常清晰的主观判断，但后人将之置换为词派概念，就出大问题了。① 此外，清代高佑釲《陈其年湖海楼词序》总结出宋词分为三体，郭麐《灵芬馆词话》提出唐宋词分为四体，陈廷焯《白雨斋词话》细列出唐宋词十四体，都是按照不同的划分标准和审视角度，得出的主观结论。②

---

① 如清·王士祯《花草蒙拾》云："张南湖论词派有二：一曰婉约，一曰豪放。"

② 清·高佑釲《陈其年湖海楼词序》："宋名家词最盛，体非一格，苏、辛之雄放豪宕，秦、柳之妩媚风流，判然分途，各极其妙。而姜白石、张叔夏辈，以冲淡秀洁，得词之中正。"又郭麐《灵芬馆词话》卷一："词之为体，（转下页）

在我们看来，词人群和词派是客观存在，词体则是主观归纳；词人群和词派着眼于人之群，词体则着眼于词之群。词派最小的单元是词人群，词体最小的单元是词人个体。词派须有天下公论，词体可以百家争鸣。一个词派拥有多种词体是常见现象，而一种词体拥有多个词派则非常特殊。词史上仅见有《花间》体先后被云间词派、柳洲词派、西泠词派以及扬州词人群所共同拥戴。《草堂》体虽然也盛行天下数百年，但很少有词人群取之为创作楷模。词体乃天下公器，不同的研究者按照不同的标准和角度可以总结出不同的词体，不同的时代也可以有不同的词体观和分体结论。我们都必须予以尊重。而词人群如同民族，词派如同国家，两者都随意不得。如何科学冷静地对待前人的词体结论，不深陷和纠缠于前人命题，按照现代学术眼光，恰当地解释前人的词体概念，提出更准确、更合理的词体命题，是摆在我们面前的重要任务。

(接上页)大略有四：风流华美，浑然天成，如美人临妆，却扇一顾，《花间》诸人是也。晏元献、欧阳永叔诸人继之；施朱傅粉，学步习容，如宫女题红，含情幽艳，秦、周、贺、晁诸人是也，柳七则靡曼近俗矣；姜、张诸子，一洗华靡，独标清绮，如瘦石孤花，清笙幽磬，入其境者，疑有仙灵，闻其声者，人人自远。梦窗、竹屋，或扬或沿，皆有新隽，词之能事备矣。至东坡以横绝一代之才，凌厉一世之气，间作倚声，意若不屑，雄词高唱，别为一宗。辛、刘则粗豪太甚矣。其余幺弦孤韵，时亦可喜，溯其派别，不出四者。”又陈廷焯《白雨斋词话》卷八：“唐宋名家，流派不同，本源则一。论其派别，大约温飞卿为一体，皇甫子奇、南唐二主附之。韦端己为一体，牛松卿附之。冯正中为一体，唐五代诸词人以暨北宋晏、欧、小山等附之。张子野为一体。秦淮海为一体，柳词高者附之。苏东坡为一体。贺方回为一体，毛泽民、晁具茨高者附之。周美成为一体，竹屋、草窗附之。辛稼轩为一体，张、陆、刘、蒋、陈、杜合者附之。姜白石为一体。史梅溪为一体。吴梦窗为一体。王碧山为一体，黄公度、陈西麓附之。张玉田为一体。其间惟飞卿、端己、正中、淮海、美成、梅溪、碧山七家，殊途同归。余则各树一帜，而皆不失其正。东坡、白石，尤为矫矫。”

本书所涉及词体类型对照表

类　型	主 要 词 体	论述章节
源范式词体	飞卿体、**东坡体**、**清真体**、**稼轩体**、**白石体**	第五章
传承变体	宫体曲子词、骚体曲子词、诗经体曲子词	第四、三、五章
时代体	北宋体、南宋体、明词体	第六、七、八章
词人群共同体	**元祐体**、大晟府体、英雄体、江湖体	第四、五、六章
词法体	以境写心体、纪实抒愤体、托物言志体	第三章
词选体	**花间体**、**草堂体**、补题体	第四、六、七章

黑体字者为前人已有定义的词体

五、十国两宋的主要词人群

在研究具体的词选之前，我们非常需要一份唐宋词人群的具体清单在手，需要它们准确的经纬方位、兵力布局、郡邑疆界、识别系统，作为我们的指南地图，以便在叙述词选的过程中，随时可以对照所出现的群体背景。在此，我们对十国两宋词坛进行初步梳理，列出十个比较密集的主要词人群，我们称之为词坛上的“一级词人群”。

其他次一级的亚词人群(Subassociation)，由于它们或者偏于一隅，词坛影响较小，在词坛上处于边缘状态，只能构成一级词人群的次级组成部分；或者偏重于诗文创作、理学讲论，旁涉到其他领域；或者一强多弱，主仆关系过于明显，难以构成相互商榷的对等者群体。为避繁琐，暂不阑入。①

1. 西蜀词人群　这是一个以帝王为核心的君臣贵族词人群

① 亚词人群除了群体规模较小之外，还有类型的不同，其主要者列表如下，供读者参考。（转下页）

体，尚未发育成为完整的词派。前蜀后主王衍和后蜀后主孟昶是这个群体的核心。《花间》词人族与这个群体大部分重叠。他们中间有太尉、太保、司徒、宰相、侍郎、中书舍人、学士、给事、参卿、秘书等。他们在创作上对南朝宫体的无限神往，在出处行为上的集体放浪无检束，构成了对南朝齐梁君臣贵族诗人群和宫廷文学的抄袭和翻版。详见本书第四章的背景叙述。

十国两宋词人群生态特征表

群　体	地域分布	主盟领袖	群体规模	结构类型	群派关系	朝野重心
西蜀词人群	高度集中	不明显	中型	较紧密型	有群无派	宫廷型
南唐词人群	集中	不明显	小型	较紧密型	有群无派	宫廷型
台阁词人群	集中	不太明显	小型	较紧密型	有群无派	朝廷型
元祐词人群	高度分散	突出	大型	紧密型	单群成派	亦朝亦野
大晟词人群	集中	不明显	小型	较松散型	有群无派	朝廷型
南渡词人群	高度分散	无	大型	松散型	有群无派	亦朝亦野
中兴词人群	高度分散	不太明显	中小型	松散型	单群成派	亦朝亦野
江湖词人群	高度分散	无	超大型	极松散型	多群成派	在野型
临安词人群	高度集中	突出	小型	紧密型	单群成派	在野型
江西词人群	分散	无	中型	较松散型	有群无派	在野型

（接上页）

亚词人群主要类型对照表

类型	特　点	词坛视野下的亚群体举例
诗人群	创作重心在诗文	向子諲豫章诗社群、贺铸彭城诗社群
理学家群	重心在学术讲论	濂溪理学群、朱子理学群
幕僚门人群	附和性群体往往一强多弱	钱惟演洛阳幕僚群、稼轩门人群
宗族群	相同或相近的家学背景	巨野晁氏族群、南昌洪氏族群
地域乡党群	相同的地域乡贤文化背景	山阴群、永嘉群、兰溪群、莆田群、建阳群
酬唱群	临时组合性较强	杨亿西崑酬唱群、苏轼嘉祐礼部唱和群

2. 南唐词人群　也是以帝王为中心的君臣宫廷文学群体，有比较明显的贵族特征。但不像西蜀词人群那么极端。毕竟他们的吟咏多少搀杂了末世的惶恐，李煜的亡国之唱更为这个群体增添了一抹超越于宫廷文学之上的辉煌。遗憾的是到目前为止，我们还没有发现两宋人以这个词人群为背景的词选。由于词选的缺席，这个交织着轻佻和悲伤的词坛没有一个视窗，让我们窥见它的全景。那么富庶辽阔的江南烟花之地，只有李璟、李煜、冯延巳、成彦雄等三五个词人的背影，无论如何让人无法相信。诗歌有互文法，上下文之间省略的部分，可以相互补充文义。西蜀、南唐、吴越三个词坛，无论地理、人文还是时代都大致相同，由于文献记载不足，许多细节我们无从得知，但它们之间可以通过互文式推理进行还原和修复。甚至可以直接将它们归并为一个完整的江南词坛。

3. 台阁词人群　活跃于北宋仁宗时期，以晏殊为首，晏门师友门生和同僚为核心骨干，基本上是以京官为主体的名公宰执词人群。就身份角色看，似乎是十国时期君臣词人群落的旧范。但君王退出，教坊无缘，以往词坛的宫廷色彩已经褪去。其创作与西蜀、南唐（尤其是南唐）存在明显的嫡系血缘关系，而强化了士大夫官员个人精神生活的色彩。清人词论中“南北宋之争”所谓的“北宋词”概念，主要是指这个群体的作品体系。详见本书第四章的词坛背景叙述。

4. 元祐词人群　这是第一个初步发育成型的早期词派，我们把它称为元祐亚词派。主要活跃于宋神宗、哲宗时期，以苏轼为首，“苏门四学士”为核心成员，苏轼门客、弟子、幕僚、好友共同构成该群体。这是一群走出都城台阁、奔向大江南北的词人，一群主要由文化官员组成的放臣逐客。台阁词人群笔触所至，是一种心灵的境界；而元祐词人群所展示的，更多的是一种人生的境界。元祐词人群的创作个性鲜明，呈现出强烈的自由奔放精神。各人有不同的风格，甚至一个人有几种风格。师友之间既切磋交流，也彼此讥讽斗法。苏轼嘲笑秦观学柳七作词，陈师道嘲笑苏轼不是曲子词正统，苏轼嘲笑黄庭坚书法如死蛇挂树，黄庭坚嘲笑苏轼书法如石压蛤蟆，都是例子。详见本书第四章叙述。

十国两宋词人群标识对照表

群　体	主要帝王	主声部	主要身份	主要偶像	主地域	主盟者
西蜀词人群	后蜀后主	女声	君臣	温庭筠	成都	（孟昶）
南唐词人群	南唐后主	女声	君臣		金陵	（李煜）
台阁词人群	仁宗	女声	大臣集团	（冯延巳）	开封、洛阳	晏殊
元祐词人群	哲宗	男女双声	文化官员			苏轼
大晟词人群	徽宗	女声	音律专家		开封	
南渡词人群	高宗	男声	流亡者	苏轼		
中兴词人群	孝宗	男声	中兴名臣			辛弃疾
江湖词人群	理宗	男女双声	草野士子	周邦彦		（刘克庄）
临安词人群	度宗	男声	湖山清客	姜夔	两浙路	杨缵、周密
江西词人群		男声	仁人志士	（苏轼）	江南两路	（文天祥）

含括号者为存疑判断或局部判断

5. 大晟词人群　与元祐词人群的时期部分重叠而时代略晚，主要活跃于宋徽宗时期。这是一个由朝廷音乐机构文字制撰官们组成的词人群。由于交叉任职和词人相互之间的交往较少，他们不仅构不成一个稳定的词派，甚至只能看作是一个较松散的亚词人群。不过他们在创作上敛才守法，变自由而为严谨。皇家音乐机构的崇高地位，谀颂升平的主旋律限制，使他们的创作先天拥有一种仪范天下的样板心态，不能任情而为，更不能纵笔恣肆。市井的放浪、文士的自由都与他们无缘。也许可以把他们的创作视为当时官方倡导的曲子词正体。但对这个群体，我们至今仍然了解得很少。详见本书第四章。

6. 南渡词人群　南北宋更替之际出现的词人群体。这是一个属于苏轼的时期，模仿苏轼的时期。他们中间，一部分偏于愤世和救世，是真正的志士词人；另一部分偏于遁世和玩世，是一些隐士词人，分别构成不同的亚词人群。我们发现，这些词人对于词品和人品突然开始抱有莫大的兴趣，以景境传达心境成为他们创作的常见套路，咏物言志也开始流行。向子諲就曾经约请陈与义、朱敦儒、苏庠、韩璜等词人共咏木犀花，借花表达内心诉求。[①]两宋词总体而言体式不同：北宋惯于托虚作空中语，重于言情；南宋惯于纪实作身世语，重于言品。在南渡词人群手中，词体和词脉开始了由北而南一系列的转变过渡。详见本书第五章的背景叙述。

7. 中兴词人群　这是一个较为成熟的词人群体。以辛弃疾为首，主要活跃于南宋高宗、孝宗时期。这个时期前有张浚的北伐，后有韩侂胄的北伐，虽然都以失败告终，但毕竟给词人和整个社会带来了中兴的刺激和憧憬，带来了光荣和梦想。南宋词人黄昇选词，把这个时期的作品命名为《中兴以来绝妙词选》。宋理宗时，三衢人郑景龙曾经编选过《中兴诗选》。陈起刻诗集，亦称《中兴江湖集》。"中兴"一词，包含了那个时代的政治憧憬、民望主流、创作热点。就词坛而言，这也是一个中兴时期。辛弃疾、陈亮、陆游、张孝祥们的仰天长啸和俯首沉吟，都浸渍着沉重的时代悲剧精神，劲峭刚健的时代风骨触手可及，同时又时时流露出无可奈何收束起济世雄心、转而独善其身的黯淡情绪。可惜，这个时期竟然没有出现一部以他们为群体背景的词选。

8. 江湖词人群　主要集中在光宗、宁宗、理宗时期。到了度宗时期，尽管仍然还有许多江湖词人在奔走歌唱，但风头光芒已经被继之而起的临安词人群所掩。这是一大群草野布衣、流浪吟客和食客，一大群散发披襟、弊衣破履的高士狂人，一大群处于才与不才、仕与不仕之间的所谓名流。其现实人格与理想人格往往不一致，以雕琢为美的时代风尚，同时表现在艺术创作和个人精神品质两方面。他们的真正偶像是周邦彦，但苏东坡又始终是他们用来装饰潇洒的桥段。他们的词既作极其纤细的软语，又作极

---

① 见宋·王灼《碧鸡漫志》卷二。

其粗豪的狂歌，把周、苏的风格都推向极致。江湖词人群是多个地域亚群组合成的松散群体，由于特征鲜明而具备了亚词派的雏形。详见本书第六章叙述。

十国两宋词人群兴衰周期对照图

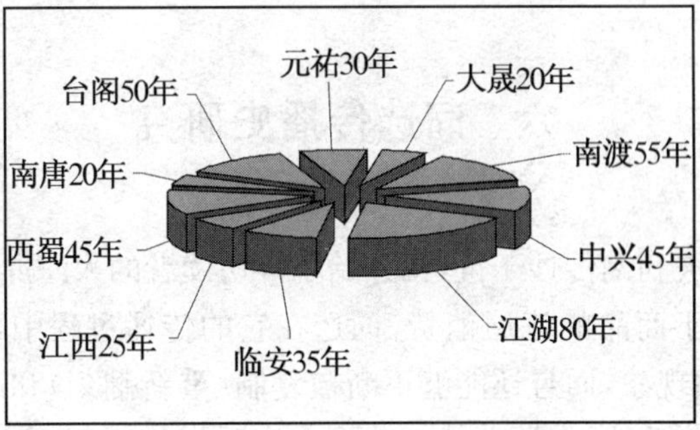

词人群生存周期采用模糊集合推算

9. 临安词人群　宋理宗后期至元代初期，以杨缵、周密为首的词人群体。这个群体整体上的宗派色彩比较明显，相互之间私交密友的群体意识也非常强烈，已经发育成相当成熟的词派群体。他们有自己的词社（西湖吟社），自己的词选（《绝妙好词》），自己的词论（《词源》），自己的词法（杨缵《作词五要》、张炎《要诀四则》），还有共同尊奉的词宗：姜夔。在这里，对富贵的奔波寻访宣告终结，悄然无声的湖山隐居、师友之间的商榷音律成为生活日常。所有填词、选词的功利目的，都遭到蔑视而一去不返。理想人格与现实人格开始走向统一。以往词人与世俗社会之间时即时离、若即若离、貌合神离的种种暧昧关系被一扫而空。中兴词人群“为现实而艺术”的精神，江湖词人群“为个人而艺术”的精神，进一步演变为“为艺术而艺术”的精神。详见本书第七章叙述。

10. 江西词人群　与临安词人群大致同时，主要影响在入元以后。也是由宋遗民词人所组成，创作上近于诗人之词，同时隐逸成为这个群体最流行的主题。他们的吟咏构成了元词的先声，从而为整个元词确定了框架和基调。江西词人群中很多作家都不是专业词人，他们的主要身份，更倾向于是奔走疾呼的政治家、隐姓埋名的诗人，都不是致力于曲子词的专门词客。志士和隐士的双声部合唱，与南渡词人群极为相似。这个词人群在词坛上的活跃程度以及影响力，明显要弱于临安词人群，是当时词坛双子星中较弱的一星。详见本书第七章。

六、词选传播史研究

词选被刊刻传抄于世，便开始了拜访读者的人海漂流。

不同于商品的流通消费，词选在它的传播过程中，不仅存在消耗、磨损现象，而且还能够不断被复制（重新翻刻）和改造（包括改选、增补、重选、点评），从而获得内容附加值而再现人间。是越传越鲜为人知，还是越传越家喻户晓，是盛行一时还是经久不衰，是信息越传越衰减还是越传越膨胀，词选的流通在共时和历时两个方向上的广度和深度，都是值得我们深入探索的。词选既编成书，在后世漫长的岁月中不断被刊刻的历史（版本史），以及这些刊本的特点、学术价值及其渊源，当然也是我们关注的对象。

从接受美学的观点来看，词选的消费行为就是“接受”过程。包括认读或使用（选唱）、解释阐发、思维受到影响、对原选进行“二次创作”。我们所关心的是：哪些词选的知名度最高或最低？哪些词选在哪个时代因为哪些原因受到哪种程度的欢迎或冷落？什么词派从什么角度接受了或者批评了什么词选？不同的时代和不同的词派对同一部词选有什么不同或者相同的认识？后代词论中，哪些成分来自于前代的哪些词选？有什么变化和发展？什么词人群或词派以什么词选为号召？什么词选从什么时候开始销声匿迹或被重新发现？后人哪些词选在宗旨、体例、选目等方面受前人哪些词选的影响和暗示？这些追问，都将不同程度地帮助我们了解词史，发现宗派流变的基因来源。为此，我们将花费大量篇幅，进行传播过程的细节重建（参见本书第八章和第九章）。

《草堂诗余》是有明一代的第一大选本。各种各样的重选本、翻刻本、增删本、节选本、续补本数不胜数，以至于当时人都惊愕不已，叹息说："几百年来，凡歌栏酒榭丝而竹之者，无不抚髀雀跃，及至寒窗腐儒，挑灯闲看，亦未尝欠伸鱼睨，不知何以动人一至此也！"[①]之后清初康熙年间的嘉兴词人登上词坛，《草堂诗余》遂被视为导致明词衰微的罪魁和鄙俗浅陋的典型，遭到普遍唾弃。一时之间，不少意在取代《草堂诗余》的词选陆续出现。这部古老选本的兴衰，生动体现了明、清两代词坛审美风尚的转变，词学理论亦因之而得到发展深化。大名鼎鼎的《花间集》也有类似的遭遇。

再如《绝妙好词》和《乐府补题》在元、明时期沉湮不传，康熙年间始被朱彝尊、柯崇朴、汪森等浙西词人发现，结果引起了词坛的一场革命。对它们的整理、校勘、笺注、传播，起到了凝聚浙西词人群体、刺激浙派词学理论一步步成熟，并提供南宋骚雅清空的作品标本的作用。阳羡词人蒋景祁说："得《乐府补题》，而辇下诸公之词体一变。继此复拟作《后补题》，益见洞筋擢髓之力。"[②]即是当日的词坛证词。

唐宋人词选的传播，从来不是一场公平的传播竞争。它们分别经历了七八百年至一千多年的历史，既不是在同一起跑线上的平行传播，也不是在平滑无碍的文化真空中辗转流传。它们拥有不同的天时、地利、人和，各自的机遇和挑战不同，命运和遭遇也不一样。每一次被翻刻、传抄，每一次被阅读、议论，都有相互的感染和能量的交换，都有当时的词坛创作同时存在，有新的词选不断出现，并加入到传播大军中来，与它们平起平坐争夺读者市场和词人眼球。也就是说，唐宋人词选是在一个个不同的选坛背景和词坛背景下传播流通的，环境的干扰影响非常大。甚至可以

① 明·毛晋《词苑英华》本《草堂诗余·刻跋》。
② 清·蒋景祁《瑶华集·刻瑶华集述》。

说，一部词选不仅仅是编选者和他所属的词人群创造的，更是众多的传播消费者七嘴八舌、添油加醋、涂抹更改、赞美叫骂一层层叠加起来共同创造的。不了解这一个个选坛背景和词坛背景，就无法讲述唐宋人词选的传播影响史。这两重背景，都将是我们传播史叙述分析的重点。

由于明代词坛与清代词坛的成就不同、重心不同、特点不同，我们的叙述策略也有所不同：明代传播史研究偏重于叙述选坛的翻云覆雨，清代传播史研究则偏重于叙述词坛的流派推演。

传播环境是我们考察唐宋人词选的重要叙述对象。唐五代两宋，既是这些词选的生产环境，也是它们的传播环境（参见本书第四、第五、第六、第七章）。元代以后的社会和词坛，构成它们单一的传播环境（参见本书第八、第九章）。我们把词选的出现、成长、繁荣、衰落，大致分为以下四个不同的时期：

唐五代至北宋，是最初的萌芽期。此期较少词人选词，多系乐工和无名氏操持选政。选词目的在于方便选唱，与当时作词的目的及消费形式相吻合。故可称此期为选歌时代。词选的一般特征是：选者不明（个别例外），重歌轻词，体例稚拙，面向歌者，易于失传。

宋室南渡以后至元代初叶，是词选的成熟期。此间出现的词选较多，刘辰翁之子刘将孙说："乐府有集，自《花间》始，皆唐词。《兰畹集》多唐末宋初词。曾慥集《雅词》，近年赵闻礼集《阳春白雪》，它如称'大成'，称'妙选'，数十家未慭。"①明季毛晋也证实说："宋元间词林选本，几屈百指。"②这些词选，大部分都是成熟期的产物。此期词选的特点是：选型多样，选歌之外选史、选派逐渐成为主流。书坊选词与词人选词并驾齐驱。词选与词人群关系日趋紧密。

元代中叶以后至明代末年是词选的衰微期。如果仅仅从词

① 元·刘将孙《养吾斋集》卷九《新城饶克明集词序》。

② 明·毛晋《词苑英华》本《草堂诗余·刻跋》。

选的数量来看，这个时期并不萧条。尤其嘉靖、万历年间词坛选风特盛。但这众多的词选却令人悲观，多数为书商渔利、士子钓誉和名家漫不经心的产物，词人选词也很少有态度严肃者。带有广告色彩的词汇如“群英”、“名贤”、“精选”、“增修”、“新锓”、“新刊”等等汹涌而来，占据了大多数词选的书名。正像今天的房地产楼盘，一窝蜂使用“帝苑”、“御景”、“皇庭”、“豪苑”、“王府”、“皇都”、“龙庭”之类名称一样，时代痕迹非常明显。元选萧索而明选芜杂。明人选词与明人作词一样，似盛而实衰。也与明人刻书一样，明人刻书而书亡，明人选词而词选敝。这是学界的共识。

历代词人群与词选群对应表

时代	词人群	所对应词选	词人群自选自刻
唐五代北宋	西蜀词人群	《花间集》	(《花间集》)
	台阁词人群	《家宴》、《尊前》、《金奁》、《遏云》	
	元祐词人群	《兰畹曲会》	
南宋	南渡词人群	《梅苑》、《复雅歌词》、《乐府雅词》	
	江湖词人群	《花庵》、《阳春白雪》、《草堂》	(《阳春白雪》)
金	金源词人	《中州乐府》	
宋末元初	临安词人群	《绝妙好词》	《乐府补题》
	江西词人群	《名儒草堂诗余》	
明末清初	云间词人群	张渊懿等《清平初选后集》	沈亿年《支机集》
	柳洲词人群		戈元颖等《柳洲词选》
	西泠词人群	卓人月等《古今词统》	陆进等《西陵词选》
	扬州词人群	邹祗谟等《倚声初集》	孙默《十五家词》
清	阳羡词人群	蒋景祁《瑶华集》	曹亮武《荆溪词初集》
	浙西词人群	朱彝尊《词综》	龚翔麟《浙西六家词》
	常州词人群	张惠言《词选》	郑善长《词选》
	吴中词人群	戈载《宋七家词选》	王嘉禄《吴中七家词》
	岭南词人群	朱祖谋《宋词三百首》	朱祖谋《烟沽渔唱》等

清代是词选的全盛时期。这期间佳选纷呈，种类繁多，派系各异。主要存在宗派之选和存史之选两大主流。康熙年间和道光以后，是词选的两个极盛时代。浙西词派好以博徵词，他们出手阔绰，眼法精准，选词大多卷帙浩繁。而常州词派轻选重论，词选的理论色彩比较浓，同时又有词论之选和词法之选两种分支，从而将选派一体推向登峰造极。

这一千年间词坛上出现的词派、词人群、词选、词选群，除了元代短暂的空白之外，缤纷满眼，异说杂陈，都是我们渴望了解、渴望叙述的对象。

七、本书叙述体例

这部书所要清理的，是一组古老词选的生平档案和它们身后的遭遇命运。

每部词选的个案研究，构成一篇篇相对独立的列传。我们发现，考证它们的姓氏起源、血缘宗亲，讲述它们的一件件具体琐碎的身世故事，辨析它们的每一处得失、功过、缘由、证据，这些必须的基础工作，始终是一件相当枯燥的事情。稍不留神，就会滑向文献学、版本史、考证索引式的档案记录。不断地重复这种呆板记录，不仅会让读者感到厌倦，也是我们所不愿意看到的。

怎样才能走出枯燥的档案记录呢？《红楼梦》很琐碎。问题是它在讲述这些鸡零狗碎的家庭故事的同时，向我们展现了一幅宽广的封建社会衰落的历史背景。任何微不足道的细节，只要与这个封建社会大背景发生联系，立即变得摇曳多姿，充满震撼人心的力量。哥伦比亚作家加西亚·马尔克斯(Garcia Marquez)著名的长篇小说《百年孤独》也是如此。它重复地讲述着马孔多小镇上布恩蒂亚家族一代又一代琐碎的故事，甚至同样的人物用名奥雷连诺、阿卡蒂奥也反复在家族中出现，却通过它们展现了拉丁美洲近代以来遭受文明冲击的悲壮历史画卷。最终读者发现：它不是一个家族的故事，也不是一个小镇的故事，而是整个南美大陆的故事。

由小见大，任何优秀的艺术作品都是如此。觉悟到这一点，我们才如此强烈地渴望叙述唐宋元明清的社会风俗演变、曲子词的整体流变发展、道德观念和艺术观念的变迁、每一朝每一代的词选进化。我们渴望宽银幕、大景深，渴望词学研究的宏大叙事。在这些大的历史背景下，寻找每一部唐宋人词选的坐标方位，建立它们各自的"星系"归属和"家族"地位，从而对每部词选进行精确的诊断评估。学者吴宓曾经说："文学史之于文学也，犹地图之于地理也，必先知山川之大势，疆域之区画，然后一城一镇之关系可得而言。"[①]就是这个意思。问题是我们能做到吗？也许能，也许不能。但这样的重建始终让我们感到兴奋，感到乐此不疲。它不仅让枯燥乏味的考证叙述变得生动可感，同时也为读者提供了广阔的背景参照，带来更多、更丰富的联想。

唐末江南诗人张为曾经编撰《诗人主客图》，将若干唐代诗人分类排列。以白居易、孟云卿、李益、鲍溶、孟郊、武元衡六家为主，其余八十余家为客，开启了后代体派流变研究的先河。北宋徽宗年间，吕本中又作《江西诗社宗派图》。南宋人胡仔记载说："吕居仁近时以诗得名，自言传衣江西，尝作《宗派图》，自豫章以降，列陈师道、潘大临、谢逸、洪刍、饶节、僧祖可、徐俯、洪朋、林敏修、洪炎、汪革、李錞、韩驹、李彭、晁冲之、江端本、杨符、谢薖、夏倪、林敏功、潘大观、何觊、王直方、僧善权、高荷，合二十五人以为法嗣，谓其源流皆出豫章也。"[②]这份宗派图的文体形式，非常接近于开列宗派清单、师法传承关系表，接近于元人方回的"一祖三宗"宗法谱系，是一个类似于谱牒体的宗派家族作品选集。宋末金履祥编选理学家诗文为《濂洛诗派图》，沿袭了这种谱牒体式（参见本书第六章）。

① 吴宓《希腊文学史附识》，载《学衡》1923年1月第13号。
② 宋·胡仔《苕溪渔隐丛话》前集卷四十八。

清代的陆蓥，也曾经提出过“唐宋词派图”的类似概念，[①]这种党人集合的归纳法，是一种古老的谱牒体话语方式。王灼《碧鸡漫志》论北宋诸家词，就是采用这种谱牒体方式来讲述的。他列举苏轼群体家族，分别有学东坡者晁无咎、黄鲁直，有后来学东坡者叶少蕴、蒲大受，有入东坡门者苏在庭、石耆翁，有东坡客赵德麟、李方叔等。而滑稽无赖一系，则有源流从柳氏来的沈公述、李景元、孔方平、处度叔侄、晁次膺、万俟雅言，北里狭邪间横行者田中行等。限定交游要素，这种古老的谱牒体话语方式就是我们所说的“词人群研究法”。明人胡应麟就曾经按照苏轼的交游线索，叙述了一个“苏门族群”：“从东坡游者”有黄庭坚等二十三人，“与子瞻善者”有李之仪等十八人，加起来四十多人，几乎是一个完整的《苏门诗社宗派图》。[②]

这种开列清单、梳理关系、确立源流、分清角色、推举宗师的传统研究方法，让我们深受启发。我们看到的是词坛布局的阵营和结构，看到的是每一个群体组合起来的角色特征和地位，看到的是他们与领袖宗师之间的关系、与前代氏族始祖的血脉渊源。我们读到的是一份类似于族谱的历史文献。这是多么古老而又新鲜的研究方法！有鉴于此，我们在叙述中普遍采用了开列清单、附列对照图表的方式，花费了大量笔墨来梳理和重建群际关系，尤其是跨代隔群的血缘传承脉络。这是一项复杂的亲子鉴定工程，每一项证实或证伪，都关系到一个家族的荣誉，关系到词史演变的走向。

---

① 清·陆蓥《问花楼词话》。

② 明·胡应麟《诗薮》杂编卷五。其所列“苏门族群”，“从东坡游者”有黄鲁直、秦少游、陈无己、晁无咎、张文潜、唐子西、李芳叔、赵德麟、秦少章、毛泽民、苏养直、邢惇夫、晁以道、晁之道、李文叔、晁伯宇、马子才、廖明略、王定国、王子立、潘大观、潘邠老、姜君弼等二十三人；“与子瞻善者”有王平甫、王晋卿、米元章、张子野、滕元发、刘季孙、文与可、陈述古、徐仲车、张安道、刘道原、李公择、李端叔、苏子容、晁君成、孔毅父、杨次公、蒋颖叔等十八人。

如果要为本书确立一个清晰而简单的叙述体例，我们希望它是一部历代词人群的聚散演变史，一部词人群与词选的谱牒关系史，一部词选和它们时代的对话史。

第二章　唐宋人词选形态史

一、选歌时代的词选群特征

（一）选歌体的出现与盛行

词选来自于诗选家族。它是在唐代各种文选、赋选、诗选已经非常成熟和繁盛的沃土上，孕育成长起来的，而且还可能有一个形态渐变的探索过程。

《新唐书·艺文志》所著录的先宋选集，凡九十九部，四千二百二十三卷。南宋人陈振孙《直斋书录解题》所著录的历代选集，凡一百零三部，三千四百七十五卷。这些选本的选型非常丰富，后来词选在一千多年间陆续尝试采用的选法和角度，如郡邑之选、族人之选、唱和之选、单诗体之选、专题咏物之选、存史之选、宗派之选等等，大部分已经被这时的选家们尝试过了。词选的起来，正如曲子词的出现一样，与汉魏以来乐府诗体存在一定的联系。乐府诗与曲子词同属于音乐文学，其消费方式都是入乐传唱，只不过分别属于清商乐系统和燕乐系统而已。早期的词选大多出于乐工歌者之手，系为方便选歌而设。这使我们联想到，在它们与汉魏六朝时期所流行的郊祀歌、燕射歌等之间，存在某种契合。

《新唐书·艺文志》"乐类"，著录有郑译《乐府歌辞》八卷、翟子《乐府歌诗》十卷、《三调相和歌辞》五卷等，我们把它们视作词选的前身。相信它们对选词的产生，有直接或间接的影响。又

《旧唐书·音乐志》载：

> 时太常旧相传有宫、商、角、徵、羽䜩乐五调歌词各一卷，或云贞观中侍中杨仁恭妾赵方等所铨集，词多郑、卫，皆近代词人杂诗。至縚，又令太乐令孙玄成更加整比，为七卷。又自开元已来，歌者杂用胡夷里巷之曲。其孙玄成所集者，工人多不能通，相传谓为法曲。

这是盛唐前后太常、教坊中流传的声诗歌词选集，我们猜测其中可能选有部分早期形态的曲子词。此外，类似的曲辞唱本的编撰时见记载。[①] 宋人郭茂倩《乐府诗集》一百卷，将宋以前乐府诗厘为十二大类：

《乐府诗集》作品分类表

郊庙歌辞	燕射歌辞	鼓吹曲辞	横吹曲辞
相和歌辞	清商曲辞	舞曲歌辞	琴曲歌辞
杂曲歌辞	近代曲辞	杂歌谣辞	新乐府辞

这基本是一个依音乐特征分类的排列方法。所有这些情形，对我们推测词选之起源，颇有启发。已知最早的词选《云谣集》中，大量作品为盛唐前后的产物，其编选年代约在中晚唐之际。唐人所编的应歌选本，相信不会仅此一部。如果唐代确实有不少这类介于乐府歌辞选本和曲子词选本之间的集子，我们认为应该把它们视为乐府诗选的变体、词选尚未独立成型的过渡体。敦煌石窟中保留下来的《云谣集》，其抄录所依据的祖本，就可能属于

① 宋·郭茂倩《乐府诗集》卷一："武帝时，诏司马相如等造《郊祀歌》诗十九章，五郊互奏之。又作《安世歌》诗十七章，荐之宗庙。"又同书卷十三："隋炀帝初，诏秘书省学士定殿前乐工歌十四曲，终大业之世，每举用焉。"这些乐府唱本虽然还不能称作是诗选，但对唱本型乐府诗选的出现，无疑存在刺激作用。

这种变体和过渡体。

遗憾的是，我们已经无法找到更多的材料来说明词选的起源。在此，我们参考汉魏六朝乐府诗的编撰选唱情况，初步认为：词选起源于唐代教坊或民间歌肆，由乐工为方便选歌需要而编制之歌本册子衍变而来，它们与乐府曲辞选本有直接或间接的血缘继承关系。当然，这个结论还有待进一步证实。

这是往前的追溯。往后看，我们发现，元人散曲选本的情况也可以作为参考。今传四种元人散曲选中，杨朝英《朝野新声太平乐府》、《乐府新编阳春白雪》、无名氏《梨园按试乐府新声》，俱为选歌型曲选，选曲依宫调排列，同一宫调之下，又依曲牌类分。与词选初起时的情形极为相似。无名氏《类聚名贤乐府群玉》以作者为序，同一作者的作品又以曲牌类分，属于选歌变体。这些早期的曲选，与唐宋早期词选一样，与梨园乐工有关，属于应歌的唱本。

早期词选数量不多。在编排体例方面，至少已经有漫录、以人为序、以宫调为序三种形式，其选词目的和标准彼此相同，因而具备同一选型。已知的唐五代和北宋所编的词选，几乎无一不是为了徵歌选唱而设。当时曲子词的消费形式也纯粹是为了应歌侑觞，受制于这种需要，词选的编选者当然不能例外。在此漫长的萌芽时期中所涌现的词选，结合成选歌型词选群。

《云谣集》，推测是一部歌曲总集，“杂曲子共三十首”，仅为其中的一部分。该书的编纂疑出于唐代乐工之手。三十首所使用的十三种词牌，除了《内家娇》外，都见载于唐人崔令钦的《教坊记》。《内家娇》词系唐皇的御制，敦煌“伯 3251”号卷子此词注明是“林钟商”宫调，显然是提供给宫廷教坊演唱的。据此证明《云谣集》在当日是首首可歌的。现存敦煌残卷中有《工尺谱》一卷，卷内《倾杯乐》调在《云谣集》中即有之。又敦煌残卷有《舞谱》二卷，卷内《浣溪沙》、《凤归云》两种，都见于《云谣集》，说明这些词除了可以小唱侑觞之外，还有可能可配合歌舞剧表演。《凤归云》之三、之四两首联章对唱，以戏剧形式演古老的题材“陌上桑”故事,有力地证实了这一猜测。所以王国维直接把这部古老的词选称作“当时歌唱脚本”。

晚唐与五代十国时期的帝王们特别醉心于声妓歌舞和唱曲子词。唐宣宗爱唱《菩萨蛮》,遣相国令狐绹秘密进献温庭筠的新词在宫中演唱。[①] 唐昭宗更能自撰《菩萨蛮》词付唱,又在宣宗之上。前蜀后主王衍甚至能够“自执板,歌《后庭花》、《思越人》曲”。四川发现的前蜀主王建墓,其棺座石基四面雕刻有多幅妓乐演奏浮像,给参观者留下深刻印象。足见当日帝王享乐的风气。西蜀词人今存作品中,有不少表现这种风气时尚的。如毛文锡《甘州遍》咏歌妓唱词侑觞写道:

> 春光好,公子爱闲游。足风流。金鞍白马,雕弓宝剑,红缨锦襜出长楸。 花蔽膝,玉衔头。寻芳逐胜欢宴,丝竹不曾休。美人唱,揭调是《甘州》。醉红楼。尧年舜日,乐圣永无忧。

赵崇祚《花间集》就是在这样一个作词应歌的环境中产生的曲子词唱本。欧阳炯《花间集序》称:“是以唱云谣则金母词清,挹霞醴则穆王心醉。名高白雪,声声而自合鸾歌。响遏行云,字字而偏谐凤律。”又谓编定该集的目的是,“庶使西园英哲,用资羽盖之欢。南国婵娟,休唱莲舟之引。”概括了这部选集的可歌特点和主要功能。

《尊前集》和《金奁集》的应歌特征更为明显。《尊前集》所录之词不少都注明了所用宫调,以取便歌者。《金奁集》按宫调分类排列作品,凡设九调十项:越调、南吕宫、中吕宫、黄钟宫、双调、林钟商调、高平调、仙吕宫、歇指调、黄钟宫(重出)。北宋的一些词人别集,如柳永《乐章集》、张先《张子野词》等,也是用这种宫调分

---

① 见五代·孙光宪《北梦琐言》卷四。

类法来排列的。近人吴昌绶论云："(《金奁》一编)盖宋人杂取《花间集》中温韦诸家词,各分宫调,以供歌唱。其意欲为《尊前》之续,故《菩萨蛮》注云'五首已见《尊前集》'。《尊前》就词以注调,《金奁》依调以类词,义例正相比附。"①

从这些词选的命名上,我们也能够轻易发现唱本的痕迹烙印。"云谣"之名原出于《穆天子传》:"吉日甲子,天子宾于西王母。乙丑,天子觞西王母于瑶池之上,西王母为天子谣曰:白云在天,山陵自出。道里悠远,山川间之。将子无死,尚能复来。"此歌谣即《白云谣》,简称《云谣》。② 后人多借以作歌曲之美称。后唐庄宗《歌头》:"长宵宴,《云谣》歌皓齿,且行乐。"柳永《巫山一段云》:"一曲《云谣》为寿,倒尽金壶碧酒。"前引欧阳炯《花间集序》:"是以唱《云谣》则金母词清,挹霞醴则穆王心醉。"《云谣集》换成今天的流行说法,实际上就是《妙歌金曲集》。二十年代末,向达《论唐代佛曲》一文,曾认为欧阳炯序中所提到的"云谣",就是实指《云谣集》一书,因此断言该选系蜀人所编而由蜀入陇者。实属误解。五代吕鹏所编《遏云集》也是一部歌曲集。"遏云"典出《列子·汤问》,秦青善歌,其歌喉响遏行云。"遏云"比喻嘹亮美妙之歌声。《尊前》、《家宴》书名,更明显指示了其书的功能所在,乃酒宴上侑觞陪酒,家宴伴唱。宋人陈振孙记载说:"(《家宴集》五卷)卷末有《清和乐》十八章,为其可以侑觞,故名家宴也。"③明末毛晋沿其说亦云:"雍熙间,有集唐末五代诸家词,名《家宴》,为其可以侑觞也。又有名《尊前集》者,殆亦此类。"④

(二)非词人操选政

选歌型词选的突出特征之一是,非词人操选政。

---

① 吴昌绶《松邻遗集》卷二《金奁集跋》。

② 清·沈德潜《古诗源》卷一录该诗,即拟题作《白云谣》。

③ 宋·陈振孙《直斋书录解题》卷二十一。

④ 明·毛晋《词苑英华》本《尊前集·刻跋》。

选歌型词选原不是“目治”的文学读本，它以乐工歌妓为中间媒介（演奏歌唱）而为达官贵人、文人雅士、市井小民所享受消费。真正的直接消费者和使用者是歌妓乐工。当然，文人也可以直接取来阅读。早期词选即具备有面向群工、面向歌妓的特点。词人没有直接的使用需要，故而很少插手选坛。乐工歌妓则正相反，奏乐者需要记住曲谱，唱曲子者既要记住曲谱，又要记住曲辞。词选就这样产生了。此外，熟悉梨园教坊的帝王、厮混于声妓群工之间的纨绔贵族，成为词选使用者和染指编选的可能性也远远大于社会上的一般词人。在已知的几位编选者之中，赵崇祚是后蜀的贵胄公子，未见有诗词文传世。吕鹏有诗集一卷，见《新唐书·艺文志》著录，词未见。惟有时代较晚的孔夷有词，属于例外。孔夷的词坛背景是元祐词人群，他的创作和选词同时并举，体现了词选发展由选歌而过渡为选词、而选词人的中间状态。

乐工选词或非词人选词，虽然没有直接的记载可以查证，但从以下这些方面能够大致作出推断：

一是唐五代和北宋的词选，多出于无名氏之手，选者不名，暗示了编选者要么是社会地位和知名度较低，要么属于多人整理、集体编纂，难以署具体个人的姓氏。二是他们在选词时，不重文字优劣，只重谐畅与否，附记宫调，词选卷末还兼附音律资料作为参考。如《家宴集》卷末附有《清和乐》十八章。南渡初年鲖阳居士选《复雅歌词》，“末卷言宫调音律颇详，然多有调而无曲。”就是选歌传统所残留的痕迹。三是以南宋证唐五代和北宋，周密《齐东野语》卷十记载有《混成集》一书，“修内司所刊本，巨帙百余，古今歌词之谱，靡不备具。只大曲一类，凡数百解，它可知矣。然有谱无词者居半。”显然出自乐工之手。南宋有之，唐五代和北宋亦必有之。四是南宋词人选词，引致词选产生一系列变化。这些变化从反面充分说明，唐五代北宋时期决非词人在选词。关于这一点，后面我们将会详细展开讨论。

（三）重歌轻词与轻人

选歌型词选的突出特征之二是，重歌轻词与轻人。

龙沐勋曾经指出："南宋以前词，既以应歌为主，故其批评选录标准，一以声情并茂为归，而尤侧重音律。"①其选词的最高追求，不过是谐美婉转，不在于词之文学性如何，而在于词之音乐性如何。重歌轻词的结果是：词选的面目较为杂乱，忽而见到高雅之作，忽而又见到鄙俗之词；可以有这种风格、内容、情调，也可以有那种风格、内容、情调。除了音律协婉可歌这一条标准之外，没有统一的选择标准。换句话说，它们可能什么都有，就是没有编纂者自己。由于编选者自身的文化素养较低，艺术关注点指向不同等各种原因，他们所选出来的作品一般文学质量都不高，或者参差不齐。通常，选歌型词选没有统一的风格、固定的内容、稳定的艺术层次。作品的文字，也往往被乐工挖改以取便于上口谐唱，而与词人的原意原文形成一定的距离。《花间集》由于它选源相对狭窄集中，而成为一个特例，或者说，一个意外。

选歌词选还表现出不重视词人的倾向，似乎早期作品之消费传唱与作品的著作权没有联系，歌者只管唱词，而没有必要知道所唱的是何人之词，作于何处，为何而作，等等。我们发现，唐代歌妓唱诗的情形并非如此。王之涣等人的旗亭赌唱，就反映了诗人对名声的渴望。也许是因为唐代传唱的乐府声诗并不那么下道，那么淫艳，写了唱了会下犁舌地狱。北宋柳永及其作品广为歌妓女所熟知，是个例外。而一般文人士大夫似乎多耻于自己的小词在流传人口的同时，被获知出于何人之手。至少词人并不那么渴望自己的曲子词名声。当然这还需要文献来证实。陆游晚年追悔作小词，是间接的旁证。从元祐词人群开始，宋人野史笔记中陆续出现许多词的本事记载，歌词与词人的联系开始建立。

① 龙沐勋《选词标准论》，载《词学季刊》第一卷第二号。

可以视作这种断裂缺憾的社会补充。

在轻视曲子词作者上,《云谣集》不署词人姓氏,民间性特别强。《花间集》虽然注有词人姓氏,但却为了拼凑整齐的卷帙,不惜割裂一家的作品在两卷中。十卷每一卷都存在这种随心所欲的割裂肢解。千载之下,《花间》秀才们一个个身首异地。还有,已知的南渡以前的所有词选,都没有想到为词人设立小传。《花间》、《尊前》以人分选,就算是最重视词人的表现了。

重歌轻人的结果,造成了作品著作权的无数纠纷。唐五代和北宋词人如冯延巳、欧阳修、晏殊各家的词彼此混淆,以及这期间许多作品词人姓氏失传,无人认领,其原因固然与各家风格相近、个性不鲜明有关,也可能与当日众多词人不愿天下传唱者知道出于自己之手有关,而歌者、选者如此重歌轻人,也不得辞其咎。

二、南宋的词人选词

(一)南渡以来的词人选词

词选刚刚出现的那个时代,各种诗选和文选极为盛行,蔚为壮观。《新唐书·艺文志》著录的诗文总集,共有九十九种,四千二百二十三卷。而《宋史·艺文志》著录到的诗文总集,竟多达四百三十五种,一万零六百五十七卷。①

目睹了选歌时代的词选从无到有,从滥觞之水逐渐汇聚为涓涓细流,同时受到唐宋诗人们选诗热情的感染,宋代的词人们再也不肯袖手旁观,听由别人来对他们的创作挑三拣四,任意删改选唱了,他们要从创作中腾出手来染指词选了。南宋的词人选词,由此开始。

在此之前,虽然我们还不能断然说没有词人选过词,但可以

---

①《新唐书》和《宋史》艺文志所著录的诗文总集,其中有少数系重复著录,同时失载者也非常多。

肯定，那个时代忙碌于选词的主要还是乐工、说唱艺人和歌者之流。就今天所见的资料来看，词人选词约起于北宋中期以后。与之对应的是元祐词人群。《兰畹曲会》编选者孔夷，就曾化名鲁逸仲作词。该选也已经微微露出摆脱选歌的端倪。

在所有两宋的主要词人群中，台阁词人群和中兴词人群是仅有的两个未曾染指词选的群体。台阁词人群看不起小词，更看不起整理辑录词选这种小事。我们注意到，清代词坛几乎大大小小所有的词人群和词派，都曾借重唐宋人词选，或者自行选刻词选，以拥兵自重，挟以号令江湖。人人自谓握灵蛇之珠，家家自谓抱荆山之玉。对比清人的精明和狂热，北宋前期的词人们真是前辈老土，有眼不识金镶玉。而中兴词人群的无缘词选，就有些让人费解了。像陆游那样晚年有兴趣刻词论词的人，是有可能前来选词刻集的。我们猜测中兴词人群有可能也有过什么词选，但没有流传下来，或者不为外间所知。他们的缺席选坛，使我们丧失了深入讨论这个重要群体的理由。

南渡时期出现的三部词选都出自词人之手：《梅苑》编选者黄大舆有词集《乐府广变风》，《乐府雅词》编选者曾慥不仅能作词，而且还擅长创作转踏歌舞队词，《复雅歌词》编选者鲖阳居士事迹无考，从他大规模汇集唐宋词之举来看，似也是宣和年间的词人。明抄本《诗渊》载有他的一首词《满庭芳》，证实了这一点。这三部词选的选者原序都幸运地流传了下来，仿佛一并在向后人诉说当时的词人们不甘寂寞、欲一试身手于选坛的渴望。

此后出现的词选出自词人之手者越来越多，也越来越为读者所喜爱和重视。杨冠卿有词数十首，见于他的《客亭类稿》。黄昇有《散花庵词》一卷，赵闻礼有《钓月集》刻于当时。另外如周密、王柏、仇远、陈恕可等人都是宋末元初词家。尤其《绝妙好词》的编选者周密，为当时词坛的巨子，有词集《蘋洲渔笛谱》和《草窗词》两种传世。他在词选领域的精耕细作，把南宋的词人选词推向了巅峰，对后世产生了极为深远的影响。

词人参与选词，使得词选发生了很大变化。江到浔阳九派分，词至南宋始极其繁，始极其变。词选也由于词人操持选政，沟通了词坛和词人群，而一变单纯的选歌旧观，日新月异走向繁盛，并为后来的选家流派开辟出无数的蹊径和新的境界。

（二）词人选词的主要特征

我们发现，词人选词主要有以下几种明显的特征。

第一，随着编选者社会角色的变化，选词目的、词选功能和消费使用对象发生了一系列的转移。主要为乐工歌者所使用的“歌唱脚本”，变成了为大众所观赏把玩的文学读本。词选的消费方式，开始从使用转变为阅读。或许还可以说词人选词主要是面向士子文人，面向词人群自己。作为过渡阶段，选录的目的变得多种多样，可以是应歌，也可以是保存词史、申述词论、集合词人群体，甚至还有缺乏明确目的、纯粹为自娱消遣的漫录杂抄。

特别值得一提的是，词人选词往往具有较为明晰和较为强烈的借选以存历史的责任感。其角度和方式各有不同：南渡三选以存词为主。《复雅歌词》采录作品多至四千三百多首，似为见者即采，有则录之，很少选择的成分。显然系为保存一代文献而设。《梅苑》的主要特点在存词不存人。即使如《乐府雅词》选人选词不多，而首系帝王宫中传出的作品，末附女流，俨然正史家先帝王本纪、其次世家、其次本传、最后方外僧尼女流的体例结构。拾遗部分收录百余阕，“平日脍炙人口，咸不知姓名，则类于卷末，以俟询访，标目拾遗云。”[①]也是存词的意思。

南宋后期至元代初叶间，对应的词人群背景为江湖词人群时代及稍后阶段，这时的几部词选，又略侧重于存词人。试读《阳春白雪》、《绝妙好词》和《名儒草堂诗余》，卷内各家的词平均不过二三首，而所开列的词人名单却灿若繁星，动辄一二百家，极一时之盛。黄昇《唐宋诸贤绝妙词选》、《中兴以来绝妙词选》（两种通称

① 宋·曾慥《乐府雅词引》。

《花庵词选》)是最典型的存史之作,其选法亦人亦词二者兼重。观其断代意识明确,词人严格依时代先后排列,设立小传,兼存本事词话,选词不分宗派,不以个人好恶去取别裁等等做法,较之从前选歌型词选的那种一片混沌只见白文的情形,真不啻天壤之别。

第二,作为选择对象的曲子词,它们自身的文学性得到了正视。以往选词实际上是选声选调,词首先不是作为文学作品,而是作为音乐附庸、作为旋律节拍的载体来对待的。词人选词,才是真正在选择词的本体,他们关心的是那些词究竟写了什么题材,如《梅苑》仅录梅花词,它不阑入;其艺术水准是否令人满意,如黄昇只录佳制,自序称“佳词岂能尽录”;属于哪种风格类型,如《阳春白雪》正集只限于收录婉丽清新之作,外集一卷则尽罗列豪放慷慨之什;格调高雅还是鄙陋俚俗,如《乐府雅词》以雅为选,“涉谐谑则去之”。总之,文学的标准逐渐代替了音乐的标准,诉诸目治的欣赏逐渐代替了诉诸耳治的欣赏。只有在这时,词选才开始有资格和力量在同一水准线上,与诗选、文选竞争和抗衡。

第三,词人选词,具有一定程度的当代意识,词选的背景环境开始清晰地呈现出来。选词者们不再仅仅囿于过去,总结古人,他们把视线和触角伸进了当代词坛,欲对尚未凝定的千变万化的词坛现状进行整理和批判,甚至有所引导。作为词人,他们关心词坛动向,对议论时贤抱有浓厚的兴趣,是非常自然的事情。他们甚至不愿意站在选源之外,而是把自己也列入竞选的行列之内,并且为将自己摆放在词选中哪一个层次和位置而费尽心机。《花庵词选》是把编者自己的作品附在卷末,《阳春白雪》和《乐府补题》两选的编者都把自己的作品不露痕迹地散置于卷内,而《绝妙好词》里面周密自己的作品数量压倒群彦,颇有雄视词坛的意思。

南宋人的词选不再无所依傍,不再是找不到任何时代的印记。词人选词的优点之一,就是词选具有高清晰的“景深”:每一部词选的背后,都固定有一个确切的时代环境作远景,有一个词人群(通常是选者所归属的那个词人群)作中景,甚至还常常有一个同类型词选群作近景,共同成为它的基本依托。缘溪而行,忘路远近。芳草鲜美,落英缤纷。我们能够通过词选,走进它那个特定的时代和特定的词人群。也可以反过来,就时代和词人群叩问来人,细细解剖这些词选。

南宋各词人群主要的选词收获如下:南渡词人群拥有《梅苑》、《复雅歌词》、《乐府雅词》三部词选,江湖词人群拥有《草堂诗余》、《阳春白雪》、《花庵词选》三部词选,杨冠卿的《群公词选》也属于这个群体。王柏的《雅歌》是个例外,属于南宋后期的理学家文人群。临安词人群则拥有《绝妙好词》和《乐府补题》两部词选,江西词人群拥有《名儒草堂诗余》一部词选。

让我们举江湖三大词选为例,来看词人选词。

三选与江湖群之间,存在着千丝万缕的血缘联系。它们出于江湖词人之手。黄昇乃闽中之士,早弃科举雅意读书,时人誉其为泉石清士。曾干谒游九功未得结果,隐居终身。赵闻礼也是流落不遇的江湖之辈,曾携带金石珍奔拓本和诗卷前往蜀中干谒程公许。与江湖词人丁默、林表民之流有唱和。《草堂诗余》最初出于书坊贾人之手,南宋末年乃得何士信增选笺注。何氏事迹不详,推测也是当日的无名江湖之人。该选的取名即意在山林草野,"草堂"指隐居之所。因此,《草堂诗余》就是《江湖诗余》。它与《阳春白雪》选录作品最多的词人都是周邦彦,显然是推尊为词家创作楷模的意思,与江湖词人群的词论和创作实际非常吻合。三部词选都大量采摭江湖词人的作品,表现出对自己所归属、所熟悉的群体的偏爱。在这一点上,《阳春白雪》尤其突出。因此一举,南宋词坛才不像北宋词坛那样,仅仅是少数名家站在词坛上徘徊沉吟,成为万人瞩目的焦点。南宋词坛繁星如沙如海,无数小词人的唱和联吟此起彼伏,使得词坛决没有空阔寂寥之感。至少对于我们后人来说,这种大面积的采摭是极有价值的。还有,就审美观念来分析,《花庵词选》徘徊于雅俗之间,论词既主和雅,又于"词鄙意浓"、"词猥薄而意优柔"者恋恋不舍。《阳春白雪》以正变论词，前八卷取婉丽清新者为正，外集又兼录壮浪恣肆者为变。它们都恰与江湖词人群的矛盾人格，那种既狂放傲世，又媚颜卑膝非常世俗的双重人格形成对应。也与他们既作粗豪的盘空硬语，也作纤艳精美的软语的两极风格，存在某种暗合与默契。作为词选成熟的标志之一，这种“背景化”特征一直在不断地放大和加深。后来清代人选词，这种特征变得极其突出。

第四，词人选词主观色彩较浓，贯穿有特定的审美理想和追求。主观色彩的表现之一是存在心灵的自由，包括选型的自由创造、选择和完善，可以存人存词，也可以选派或选歌，即便选歌也能够变化出多种变体。于体例方面能够随意加点评，列词话，删削词序，附笺本事，汇录音律宫调。一部词选究竟如何选法，操持选政者越来越敢于放开手脚行使其生杀大权，从而将选词与论词、创作等同起来，词选也越来越像是选者创作出来的一篇词论、一部词史。每个词人都有自己的创作风格、审美观念、词学主张，既以类似创作的态度来选词，就不可避免会把这些主观的东西挟带进来。这样的结果是可以想象的：词选既然属于词人（编选者），词人又属于词人群，词选于是成为词人群之选，成为词坛的一部分。通过选者这个中间媒介，词坛和词选发生了多重关系的连带互动。

词选中的词论，应作广义的理解。除了序论和评点之外，词选整体上所流露出来的态度，所展示的重心，以及序列状况、取舍状况、先后状况、多寡状况等，都共同构成广义的词论。我们越来越欣喜地看到，南宋的词人选词逐渐向创作看齐，个性日益鲜明起来。当然是晚了一点：个性鲜明，词坛创作始于元祐词人群，选坛则相对滞后，始于南渡词人群。例如，南宋词选中明确主张以雅为选，批判淫艳哇俚之病者，就有《复雅歌词》、《乐府雅词》、《群公词选》、《雅歌》等多部。《阳春白雪》和《绝妙好词》虽然没有选序流传下来，但选词特具个性，有明显的词论倾向。这些在选歌时代都是从未梦见的。

词选的高度专业化、个性化、理论化，完成于清代。这条车水马龙的选词大道，最初荆棘丛生，坎坷而曲折，是南宋词人们辛勤探索出来的。

三、南宋的书坊选词

在词人选词的同时，南宋的书坊商人也大显身手。

中国的商业书坊大约出现于北宋。南宋时出现了遍地开花、高度繁荣的景象。如淳熙、绍熙年间刊行九经的建阳余氏万卷堂、理宗时期刊行《江湖集》的临安陈氏书籍铺、以刊行笔记小说为主的临安府太庙前尹家书籍铺，都是名声远播全国的著名书坊，影响非常大。这些大型书坊除了翻刻各类官刻本之外，还自行编选刊印各种文学读本和日用百科类书。如孝宗淳熙初年，临安书坊就曾印行江钿新编选的《圣宋文海》，卷帙达到一百二十卷。后由孝宗亲自赐名，改为《皇朝文鉴》。

南宋的书坊聚集地主要有三，它们分别是：以临安为中心的浙中地区，以建阳为中心的闽中地区，以成都为中心的蜀中地区。

据王国维考证，临安书坊可考者有：棚北睦亲坊南陈宅书籍铺、猫儿桥河东岸开笺纸马铺钟家、太庙前尹家书籍铺、中瓦南街东开印输经史书籍铺荣六郎家、洪桥子南河西岸陈宅书籍铺、钱塘门里车桥南大街郭宅经铺、众安桥南街东贾官人经书铺、中瓦子张家书铺、棚前南街西王念三郎经坊等。婺州（今浙江金华）也是浙中地区另一个书坊比较发达集中的地方。有刻本可考的书坊有：婺州市门巷堂宅、金华双桂堂、婺州义乌青口吴宅桂堂、婺州东阳胡仓王宅桂堂、婺州义乌酥溪蒋宅崇知堂等。另外，福建书坊可考者有：建安余仁仲万卷堂、建安刘日新宅三桂堂、麻沙镇水南刘仲吉宅、建安魏仲举家塾、建宁蔡琪一经堂、梅山蔡建侯行父家塾、建阳崇化陈八郎书铺等等。不胜枚举。[①]

① 参见黄镇伟《中国版本 · 坊刻本》。

在这种形势下，坊人积极参与刻词和自行动手选词，就成为很自然的现象。他们中间，有些人自己也是诗人词客，故其选得以与词人选词同流。如元初江西凤林书院所选刻的《名儒草堂诗余》，虽然是书坊所为，而格调不俗，眼光很高。其人想必也是词人骚客，或其名字也藏在选中名单之列。钱塘书肆商人陈起也是一个例子。陈起是书商，同时也是一位江湖诗人，在诗坛上交游非常广泛，曾刻《江湖集》以售。其人其书既属于诗人选诗，也属于商人选诗。陈振孙《直斋书录解题》著录有《指南赋笺》五十五卷、《指南赋经》八卷，说它们"皆书坊编集时文"（卷十五）。以诗文证词，可以知之。

另一些书商就有些不同了，他们的文化水准不高，其选词刻集，更关心的是赢利与否。这是可以理解的。不过，恰恰是因为他们目光盯在市井之间的流行时尚，关心最热门的文化消费潮流，他们的词选才特别面向大众，追随了也领导了另一个文化消费群体。没有书坊的《草堂诗余》，我们真没法想象市井间瓦肆勾栏的渴望是什么样。从某种角度看，它们与从前的选歌型词选有点相似。我们这样来理解书坊选词：书坊选词是变相的乐工选词，是唐五代北宋乐工歌者选词逐渐消失之后的一种替代和补充形式。其本相是市井选词。这是必然的：市井下层百姓不能没有自己的选择，不能没有自己的表达，不能没有自己的审美宿主。

南宋书坊曾经刻过三部大型的词籍丛书。嘉定年间，长沙刘氏书坊刻《百家词》，得各家词集共九十多种，其中有词选一种，为《家宴集》五卷。丛书的详目陈振孙《直斋书录解题》中有著录，陈氏云："自《南唐二主词》而下，皆长沙书坊所刻，号《百家词》。其前数十家，皆名公之作。其末亦多有滥吹者。市人射利，欲富其部帙，不暇择也。"[①]钱塘陈氏书棚另刻有《典雅词》，得数十家词集，凡数十巨册。南宋中叶福建书坊又刻有《琴趣外编》。可惜，

① 宋·陈振孙《直斋书录解题》卷二十一。

这些词籍丛刻绝大多数都散佚日久，无从寻访了。不过，他们刻书规模之大，气魄之大，足以令人想见当年商人刻词风气之盛，想见图书市场巨大的空间。

南宋书坊所编选的词选，可考者有：《类分乐章》二十卷，《草堂诗余》二卷（初选本），《群公诗余前后编》二十二卷，《五十大曲》十六卷，《万曲类编》十卷等。《直斋书录解题》卷二十一称它们“皆书坊编集者”。

试图谈论词学经济学也许是一种梦想。经济学所有的图表、曲线、规模、测算都需要基础数据。我们既没有两宋任何阶段文化产业比重的数据，书肆、歌肆、酒肆及其从业人员规模的数据，更没有词选的刻印发行量、码洋、阅读率、销售利润、赋税、满意度、传播周期等数据。曲子词的市场消费规模，我们只能从社会人口总量、艺文志所记载的书籍种类、传世的作品数量等不同侧面，来大致推断。这使我们面对曲子词与书坊的话题，显得如此神往好奇而又无可奈何。

四、两种选歌变体

（一）南宋乐禁前后的社会生态

在各种选型词选争奇斗艳的同时，选歌型词选并未消失，除了少部分继续沿唐五代和北宋旧轨之外，在南宋新的环境之下，它们又衍生出两种新型的应歌词选：分类选歌和分调选歌。

南宋乐禁始于建炎元年（1127）。绍兴十二年（1142），高宗下诏弛天下乐禁，“听中外用乐”。十四年，重新招募天下乐工，恢复教坊，史称“凡乐工四百六十人，以内侍充钤辖”。[①] 绍兴末年又废除教坊。孝宗以后不再设教坊机构。遇北使临朝或其他重要典

① 清·徐松《宋会要辑稿》卷二万一千六百九十二“乐五”。

仪，临时招集京城中瓦肆勾栏乐工，修内司提前两旬教习。[1] 周密的《武林旧事》卷六记载说：“瓦子勾栏，城内隶修内司，城外隶殿前司。”这种推向社会的管理，推动了市井之间歌舞音乐繁荣，同时，它并不说明朝廷不再提倡歌舞声乐，更非宫中没有歌舞之娱乐。

南宋教坊乐部组成表

乐部	人数	乐部	人数	乐部	人数
杂剧色	66	歌板色	2	拍板色	7
琵琶色	8	箫色	8	嵇琴色	11
筝色	6	笙色	12	觱篥色	71
笛色	84	方响色	10	杖鼓色	35
大鼓色	16	舞旋	5	杂剧三甲	23
筑毬等	39	鼓板	11	马后乐等	19
杂剧等	19	掌仪范等	29	总计	481人

据周密《武林旧事》卷四“乾淳教坊乐部”记载，孝宗的宫廷歌舞班子非常庞大。诸色人等凡三四百人之多(少数乐工姓氏重出)，相信其宫廷歌舞之盛远在高宗之上。野史又记载宁宗杨太后平素曲宴禁中，令宫人歌舞，“凡用三十人，每番十人，奏音极高妙”。[2] 宋理宗朝，一次禁中寿筵歌舞，凡用乐工一百五十八人，优伶六十五人，乐次安排极其繁复。整个过程从乐奏夹钟宫、觱篥起《万寿永无疆》

① 宋·耐得翁《都城纪胜》：“绍兴三十一年省废教坊之后，每遇大宴，则拨差临安府衙前乐等人充应，属修内司教乐所掌管。”宋·吴自牧《梦粱录》卷二十“妓乐”条：“绍兴年间，废教坊职名，遇大朝会、圣节，御前排当及驾前导引奏乐，并拨临安府衙前乐人，属修内司教乐所集定姓名，以奉御前供应。”《宋史·乐志》十七：“高宗建炎初，省教坊。绍兴十四年复置，凡乐工四百六十人，以内侍充钤辖。绍兴末复省。……乾道后，北使每岁两至，亦用乐，但呼市人使之，不置教坊，止令修内司先两旬教习。”

② 宋·周密《齐东野语》卷十。

引子，上寿第一盏、觱篥起圣寿《齐天乐慢》开始，历三场四十三盏，至觱篥起《万花新》为止。远远比北宋时代的上寿赐宴歌舞九盏的礼仪复杂得多。[①] 几乎就是整套春节联欢晚会的古代宫廷版。

与之同时，文人雅士逐弦管之吹，玩赏声妓歌舞酒筵小唱之风，也愈较前代为盛。如中兴词人群时代的张镃就曾营造别墅于海盐，"令歌儿衍曲，务为新声。"[②]又曾别出心裁为"牡丹会"，焚香设宴，用家中声妓百余人，每十人为一番，穿同样色彩的演出服装，头插同样颜色的牡丹花，轮番交替出场，唱前人的牡丹词以侑觞。江湖词人姜夔载雪访范成大，应范氏之请作《暗香》、《疏影》新词，"石湖把玩不已，使工妓隶习之，音节谐婉"。遂以家妓小红相赠。远离中原兵火战乱的西蜀地区，歌舞之风更盛。王灼《碧鸡漫志·自序》记载：

> 乙丑（绍兴十五年）冬，予客寄成都之碧鸡坊妙胜院，自夏涉秋，与王和先、张齐望所居甚近，皆有声妓，日置酒相乐，予亦往来两家不厌也。尝作诗云："王家二琼芙蕖妖，张家阿倩海棠魄。露香亭前占秋光，红云岛边弄春色。满城钱痴买娉婷，风卷画楼丝竹声。谁似两家喜看客，新翻歌舞劝飞觥。君不见东州钝汉发半缟，日日醉踏碧鸡三井道。"

甚至时代较早的建炎、绍兴年间天下禁乐之际，士大夫中歌舞之事也从未完全绝迹。据徐梦莘《三朝北盟会编》记载，王继先父子好淫，继先蓄养临安名妓刘荣奴，其子悦道则蓄养金盼盼。听说渊圣皇帝驾崩，仍然宴饮寻欢，令妓女舞而不歌，谓之"哑乐"。又毛幵《樵隐笔录》记载：

---

① 参见宋·周密《武林旧事》卷一"圣节"条，宋·孟元老《东京梦华录》卷九"宰执亲王宗室百官入内上寿"条，宋·吴自牧《梦粱录》卷三"宰执亲王南班百官入内上寿赐宴"条。

② 明·李日华《紫桃轩杂缀》卷三。

掌握调节演出时间，根据不同的需要而自由选择。设想唱词的环境和气氛不同：华屋兰堂、衣冠文会、小楼狭阁、月馆风亭、雨窗雪屋、柳外花前……歌者和听众的身份和情况也各异：天涯游客、洞里仙人、闺中怨女、江边商妇、场上少年、阛阓优伶、牛童马仆、闾阎女子……有的可能系匆匆而来，席不终听；有的则或拥香抱玉为长夜饮。凡此心境有差异，闲暇有短长，歌者有多少，说话艺人有不同之穿插需要，都会遇到是选择较长繁复的慢词，还是选择较短小简单的令词这个问题。

此外，当时唱慢词与唱小令似乎还存在专业上的分工，不属于同一歌法系统，歌者往往各有不同的擅长。借个不尽恰当的比喻，就像今天歌者区分为美声唱法、通俗唱法、民歌唱法一样，各有讲究，互不相属。元代燕南芝庵《唱论》叙述宋元唱法说：

> 凡唱曲之门户，有小唱、寸唱、慢唱、坛唱、步虚、道情、撒炼、带烦、瓢叫。

它们的具体内容虽不得而知，但仍可以大体看出，与唱词方式和演唱时间有关。宋人吴自牧记载："街市有乐人三五为队，擎一二女童舞旋，唱小词，专沿街赶趁。"①元人夏庭芝记载当时歌妓，其中有："解语花，姓刘氏，尤长于慢词。""王玉梅，善唱慢词（一本作慢调），杂剧亦精致。""李芝仪，维扬名妓也，工小唱，尤善慢词。"②都可以为这种新出现的分调选歌体作笺证。清人宋翔凤解释明代以来词家小令、中调、长调分类法之选歌功能，曾说："其分小令、中调、长调者，以当筵作伎，以字之多少分调之长短，以应时刻之久暂。（原注云：如今京师演剧，分小出、中出、大出相似。）"③大

① 宋·吴自牧《梦粱录》卷二十"妓乐"条。

② 元·夏庭芝《青楼集》。

③ 清·宋翔凤《乐府余论》。

致可以借来说明南宋人分调选歌之功能。

（三）变体之二：分类选歌

分类选歌的特征是按照词的题材内容分类编排，以方便歌者根据不同的对象和场合需要进行选择。北宋大晟词人万俟咏编订自己的词集，先分为“雅词”和“侧艳”两大类。名之为《胜萱丽藻》。之后削去“侧艳”，将“雅词”部分再厘为五类编排：曰应制，曰风月脂粉，曰雪月风花，曰脂粉才情，曰杂类。改题词集名称叫做《大声集》。这些分类界线和含义都比较模糊，很不科学，是较早出现的按题材分类选歌的雏形。南渡初年词人曹勋的词集《松隐乐府》，卷一为寿庆之词，卷二为咏物之词，卷三为唱和杂撰，也基本属于这种类型。南宋陈元龙集注周邦彦《片玉集》，将原书依以下六大子目排列：

春景　　夏景　　秋景　　冬景　　单题　　杂赋

另外一位词人赵长卿的词集《惜香乐府》，其分类也是这个模式而微有变化，分为春景、夏景、秋景、冬景、总词、贺生辰。宋人陈振孙《直斋书录解题》卷二十一著录的书坊所编词选《类分乐章》二十卷、《万曲类编》十卷等，我们猜测也是这种选型。

最初为书坊所编，后为何士信增订笺注的《草堂诗余》，是流传下来的分类选歌词选的代表。其分类法与上述词别集的情形非常接近，但更为丰富和详细。它的总目凡厘为十一大类，六十六子目。

这种分类方法在当时一定非常时兴，特别是其中的春、夏、秋、冬四景，以及庆寿、吉席等等名目为最流行常见。这些名目中相当一部分，我们推测，是当时歌者、听者所约定俗成，并非选词者随意落笔而为。元代燕南芝庵《唱论》中记载：

凡歌曲所唱题目，有曲情、铁骑、故事、采莲、击壤、叩角、结席、添寿，有宫词、禾词、花词、汤词、酒词、灯词，有江景、雪景、夏景、冬景、秋景、春景，有凯歌、棹歌、渔歌、挽歌、楚歌、杵歌。

证据之一：我们观察到，两宋人的词，在别集中大量存在词题简约和雷同的情况，如仅书节序名称，或所咏物象名称，如仅题闺怨、避暑、汤词、书怀、送别、怀人等等泛泛的名称。翻开《全宋词》，这种忽视标题重要性和独创性的作品比比皆是。好像词人们根本不在乎有没有题目，有什么样的题目。与翻阅《全唐诗》所见到的情况完全不同。

《草堂诗余》题材分类表

大　类	分　类　子　目
春景类	初春、早春、芳春、赏春、思春、春恨、春闺、送春
夏景类	初夏、避暑、夏夜、首夏、夏宴、适兴、村景、残夏
秋景类	初秋、感旧、旅思、秋情、秋别、秋夜、晚秋、秋怨
冬景类	小冬、冬雪、雪景、小春、暮冬
节序类	元宵、立春、寒食、上巳、清明、端午、七夕、中秋、重阳、除夕
天文类	雪月、雨晴、晓夜、咏雨
地理类	金陵、赤壁、西湖、钱塘亭
人物类	隐逸、渔父、佳人、妓女
人事类	宫词、风情、旅况、警悟
饮馔器用类	茶酒、筝笛、渔舟、庆寿、吉席、赠送、感旧
花禽类	花卉、禽鸟、荷花、桂花

据双照楼景明洪武本总目

证据之二：宋人选词普遍存在有删序拟题的做法，不独商人选词和乐工选词如此，也不独《草堂诗余》如此，词人所选的《花庵词选》、《阳春白雪》和《绝妙好词》也无不如此。例如姜夔的《念奴娇》(闹红一舸)词，原有一百多字的优美长序，《阳春白雪》删改作

"荷花"二字,《花庵词选》和《绝妙好词》删改作"吴兴荷花",都大杀风景。一首江湖雅人的纪游抒情词,遂变成了适应分类选歌体系的咏花词。当然,这并不证明三部词选就是选歌之什。它们既可能是编选者本人所删改,也可能是外间流传的作品已经在传唱过程中被作如此删改。

证据之三:大约在《草堂诗余》最初出现或稍晚的时候,江湖词人刘克庄编选过一部按题材分类的诗选《分门纂类唐宋时贤千家诗选》。从该选的书名上,我们可以看出有书坊参与的痕迹。与《增修笺注妙选群英草堂诗余》命名方式类似。《千家诗选》共十五卷,后集五卷,在编排上分为时令、节候、气候、昼夜、百花、竹林、天文、地理、宫室、器用、音乐、禽兽、昆虫、人品等十四门。每门之下,又分为若干类,如时令门就分为春、夏、秋、冬四类。共一百三十一类。与《草堂诗余》的分类选词极为相似。《千家诗选》的编选目的未见直接记载,但从该书所选大多为五、七言近体平易之作,五七言的古体只有极少数短篇入选。其他乐府体长篇、五古、七古长篇,皆不采录。过去人们都认为是为了便于初学者研玩学习。考虑到唐代即有歌妓唱诗的流行风气,我们推测,它有可能也是供当时分类传唱,属于分类选歌的声诗集。这是一个比较间接的旁证。

证据之四:东邻日本流传下来的古诗集中,也有不少是按照题材来分类编次的。如《古今和歌集》、《猿蓑集》等,都部分或全部依春、夏、秋、冬四景类列辑成,[①]与南宋的分类选歌之情形惊人相似。当是中国古代遗制东传的结果。

这些都证明,南宋当时确实存在和盛行过分类选歌、分类创作、分类唱词,也存在过许多时髦热门的唱词名目。

作为选歌型词选,《草堂诗余》特别注重通俗。我们知道,唐

---

① 参见乐黛云《比较文学原理》。

宋词许多作品都有各种流行版本，文字往往有出入。这些出入不同的字眼，可能很多出于乐工歌者的自行改易。《草堂诗余》所选作品的文字，一般都是依便于上口吐声者。虽然美听，但读起来就未必尽如人意，更不要说那些三流的芜杂作品了。元人刘将孙就曾指出这种文学审美标准和音乐审美标准的矛盾："歌喉所为喜于谐婉者，或玩辞者所不满，骚人墨客乐称道之者，又知音者有所不合。"[①]清人宋翔凤《乐府余论》从选歌便唱角度来认识《草堂诗余》，所论最为精到。他说：

> 《草堂》一集，盖以徵歌而设，故别题春景、夏景等名，使随时即景，歌以娱客。题吉席、庆寿，更是此意。其中词语，间与集本不同，其不同者恒平俗，亦以便歌。以文人观之，适当一笑，而当时歌妓，则必需此也。

类似《草堂诗余》这样的分类选歌词选，除了充作唱本之外，同时还兼说话人的手册。《京本通俗小说》、《清平山堂话本》中的众多作品可以为证。通常说话人在话入正题之前，都要依据内容需要铺唱一首或若干首曲子词，有时候则是诗。如《西山一窟鬼》洋洋洒洒铺唱十五首春词，《洛阳三怪记》引唱两首春词，《碾玉观音》入话前点缀四首春词等等。吴世昌先生曾经就《草堂诗余》这种说话人手册的特征，有过专门的论述。[②]

此外，《草堂诗余》得何士信的笺注故实，也是为丰富其应

---

① 元·刘将孙《养吾斋集》卷九《新城饶克明集词序》。

② 吴世昌《草堂诗余跋》云："《草堂诗余》将名人词分类编排，辄加副题，实为应此辈人（按指说唱艺人）需要而编，故虽为选集，而又名'词话'。说话人得之，才高者可借此取径，据以拟作。平庸之辈，亦可直采时人名作，以增加说话之兴味。其为宋代说话人而编之专业手册，非为词人之选读课本，昭然若揭。"载《社会科学战线》编辑部所编《中国古典文学研究论丛》一九八八年第一辑。

歌功能，使歌者、乐工、听众能够于听唱之外，玩其辞、道其事、达其意。南宋先后出现了不少词集注释本，如傅幹《注坡词》二卷，曹鸿《注叶梦得琴趣外编》三卷，曹杓《注清真词》二卷，陈元龙《注片玉集》十卷等。刘肃序陈元龙的《注片玉集》说："（美成词）欢筵歌席，率知崇爱，知其故实者，几何人斯？殆犹属目于雾中花、云中月，虽意其美，而皎然识其所以美，则未也。"因此笺注的目的就在于"俾歌之者究其事，达其辞，则美成之美益彰"。这个动机，相信也正是何士信笺注《草堂诗余》的动机。

五、唐宋人词选的地域分布

地域分布规律是曲子词史研究中尚待深入探讨的新课题。词人群的密集分布和城市人口密度的地域规律、词派出现与民风习尚的地域规律，作品题材（尤其是咏物）与地域植被物产的分布规律，词选与书坊印刷业的分布规律，以及它们之间相互制约、相互刺激的作用等，都是我们渴望深入了解的内容。

传世的十三种唐宋人词选中，关于地域属性的记载非常零散，确认其地域归属有较大的难度。我们认为，词选不仅有它的词人群归属，而且还有自己特定的地域籍贯。判断一部词选属于哪一个地域，首先应该看它所归属的词人群地域（家族地）。在归属词人群难以确认的情况下，其次应该看词选的编选抄录所在地（诞生地）。编选抄录所在地也无法确认的情况下，再看其书坊刊刻的所在地（出版地）、编选者生活居住的所在地、籍贯所在地、词选主要作品的创作所在地。按照下位服从上位的原则，确认其地域身份的归属。

唐宋人词选地域分布对照表

地域群组	词选名称	所属词人群地域	编选抄录地点	刊刻地点	选者居住地或籍贯	主要作品创作地点
西北群	云谣集		西北地区			
西蜀群	花间集	西蜀	西蜀		西蜀	西蜀
	梅苑		西蜀		西蜀	
江西群	乐府雅词		江西赣州		闽中	
	名儒草堂诗余	江西	江西	江西		
福建群	草堂诗余			闽中	闽中	
	花庵词选		闽中	闽中	闽中	
浙东群	绝妙好词	临安	临安		临安	
	乐府补题	临安			绍兴、临安	越中

由此我们得到了一份粗略的唐宋人词选地域分布图:撇开出现于西北地区的《云谣集》不论,西部有西蜀群词选《花间集》和《梅苑》,东部有浙东群词选《绝妙好词》和《乐府补题》,南宋官府修内司刊刻的《混成集》和失传的王柏《雅歌》,也应该属于浙东群词选(王柏为浙江金华人)。南部有闽中群词选《草堂诗余》和《花庵词选》,地域不详的《阳春白雪》也可能来自闽中地区。中部则有江西群词选《乐府雅词》和《名儒草堂诗余》。唯独北部地区茫茫大地,没有词选。中原的东京开封和西京洛阳,曾经有一百多年的曲子词繁衍兴盛,没有词选出现令人难以置信。已经失传的《兰畹曲会》,编选者孔夷是河南人,南宋人曾见过该选的闽刻本。把它归入北方词选群,勉强可补出京洛词坛的空白。除此之外,北宋时期较早出现的《尊前集》和《金奁集》,也有可能是来自京洛地区的选本。

可以对应的是,蜀、越、闽三个地区,正是南宋书肆印刷业最发达、最集中的地区(详见本章南宋的书坊选词)。同时,蜀、越、赣三地都出现有影响较大的词人群或诗人群,是中原两京地区之外最重要的词坛地域中心。闽中地区未见较大型的词人群聚集,但朱熹、黄昇所在的建阳，刘克庄、方信儒、黄公度所在的莆田等地，都聚集了规模不小的文人士大夫群体和理学家群体。著有《沧浪诗话》的严羽也曾长期隐居于建阳附近的邵武。他们都是南宋中期或中后期的文坛重要人物。

我们从词选的地域分布得出这样的结论：十国故都所在地都是经济文化相对发达的地区中心。入宋以后，尽管它们丧失了政治中心的地位，但文化区域中心的地位没有改变，自然也就成为诗人词客密集分布的地方。这些地方特别容易流传新的作品，新的词集，出现新的词选。词选追随着词人群而落地生根，哪里有词人群密集活动，哪里就成为词坛重镇，就容易出现影响天下的词选。同时，词选的刊刻需要有经济作为依托，除了文人士大夫私宅和官府的刻印抄录之外，往往需要跟着书商书肆走。地域人口的密度有多大，决定了曲子词的读者数量有多大；读者数量有多大，又决定了书商刻印词选的热情有多大；书商刻印的热情有多大，又在一定程度上反过来决定了词选产生概率的大小。我们注意到，浙刻本主产地的杭州、婺州、衢州、台州，闽刻本（建本）主产地的建宁、建阳、麻沙，蜀刻本主产地的眉山等地，都特别容易看到诗人词客奔走的身影，也是两宋词人作品中经常写到的地方。

十国两宋政治文化中心对照表

地域中心	王朝建都	文化群落举例	书肆印刷业聚集地	词选组
中原开封	北宋都	台阁群、西崑群、嘉祐群		
西蜀成都	前蜀都、后蜀都	西蜀词人群	蜀版区	花间、梅苑
东越杭州	吴越都、南宋都	临安群、浙东理学群	浙版区	好词、补题
南闽福州	十国闽都	闽中理学群	闽版区	草堂、花庵
赣中南昌	南唐南都	江西词人群、江西诗派		雅词、名儒
建康金陵	南唐都	南唐词人群		
楚湘长沙	十国楚都	楚湘理学群		

第三章　唐宋人词选心灵史

一、复雅尊体的呼声

（一）雅俗抗衡的北宋期

聆听满耳的吟唱，目睹词坛上奔走的身影，我们急切想走进他们的心灵世界。

从十国词坛的废墟中走来，北宋词坛文人士大夫阵营和市井百姓阵营之间从来没有平静过，对话与对抗如此变化无常，既充满敌意又相互吸引。瓦肆勾栏中的乐工歌妓和市井普通百姓喜爱传唱文士的佳作，而一些草野文士甚至在朝士大夫又受到大众潮流的诱惑，为适应通俗情趣、博得芸芸众生的喝彩，也或深或浅走向艳俗。

由此形成的雅俗冲突，贯穿了整个宋代词坛。俗，这个让众多文人士大夫痛心疾首的劲敌，其实是由淫艳和俚俗两个孪生概念纠缠在一起组成的。它们完全能够拆分开来：可以淫艳而不俚俗，南朝宫体诗、温庭筠词、《花间》体词是也；可以俚俗而不淫艳，唐代诗人王梵志、寒山、船子和尚的俚俗诗歌、易静的《兵要望江南》、北宋的文人俳谐词是也。当这两支力量逐渐靠拢，在柳永那里汇聚成既淫艳又俚俗的美妙合唱时，市井酒肆歌栏一片欢呼，文人士大夫阵营则一片喧哗，甚至愤怒。

其实早在柳永之前的中晚唐时代，《云谣集》那样的艳俗曲子词已经在民间盛行。我们察觉到，在宋人的雅俗冲突中，俗方阵营有四种角色:淫艳而不俚俗者、既淫艳又俚俗者、喜作滑稽无赖语的俚俗者、既不淫艳也不滑稽的俚俗者。而雅方阵营认定的敌人常常只有两种:淫艳而俚俗者和淫艳而不俚俗者。关键在是否淫艳。那些过分恶搞滑稽无赖的俚俗者也常常成为批判对象。但纯粹作俚俗口语的俳谐词,极少成为文人士大夫的攻击目标。所以,在许多倡导雅音的文人士大夫眼里,两个孪生概念常常是一个整体,没有必要区分开来。谈论俚俗就是在谈论淫艳,批判淫艳也就等于批判俚俗。淫艳本身就是市井小民最津津乐道的低级趣味,就是最大的俚俗;而俚俗如果不诉诸淫艳春闺题材,那就仅仅是语言风格的枝节问题,根本就不值得谈论了。苏轼和辛弃疾这样洁身自爱的士大夫,都写有许多俚俗而不淫艳的俳谐小词,可以为证。

宋人对柳永的指斥批评,并不集中在淫艳或俚俗哪个方面,而是或此或彼概念犹疑。陈师道说他"骫骳从俗"(《后山诗话》),李清照说他"词语尘下"(《词论》),严有翼说他"闺门淫媟"(《艺苑雌黄》),徐度说他"杂以鄙语"(《却扫篇》),王灼说他"浅近卑俗"(《碧鸡漫志》),张端义说他"以俗为病"(《贵耳集》),吴曾说他"好为淫冶"(《能改斋漫录》),黄昇说他"多近俚俗"(《花庵词选》),沈义父说他"有鄙俗语"(《乐府指迷》),陈振孙说他"格固不高"(《直斋书录解题》)。不同的用语指向,反映了文人士大夫对俗体词认识的不确定性。

宋仁宗以来,这些俗体词大行其道,几乎淹没了文人士大夫的曲子词声音。以写色情闺闱为主的淫艳词和以写滑稽无赖语为主的俚俗词相互烘托,相互缠绕,都很风光。尤其滑稽无赖词以语言的恶搞调侃为卖点,特别受市井百姓的欢迎。据宋人王灼《碧鸡漫志》的记载,这个族群中京师有以诙谐独步的张山人,有擅长无赖太甚的侧艳体的万俟咏,有供奉禁中的"曲子观察"张衮臣,出没于京洛间的有曹组,泽州有孔三传,河朔有王彦龄。在他们之外,"源流从柳(永)氏来"的艳俗词人沈公述、王齐叟、李甲、孔夷、田为、晁端礼等也被举证出来。"其后祖述者益众,嫚戏污溅，古所未有。”①

这已经足以构成一个阵容庞大的淫艳滑稽词人集团，而与台阁词人群、元祐词人群相抗衡。尽管松散，但人多势众。尽管下道，但有广泛的民间号召力。可惜的是，我们找不到他们之间交游往来的更多证据，证明曾经存在过这样一个“京洛艳俗词人群”。他们只能被视为宽泛的滑稽词人族、淫艳词流，而不是严格的词派。更可惜的是，没有好事者想到抄录编选出一部淫艳俚俗词选，来展现他们的群体面貌。(南宋人曾经编选过谐谑诗词集，但未见流传。)我们觉得，王灼的这段重要记载，应该与《云谣集》相互参看。都是民间市井的记录：一个时代有人抄录编选作品而没有人记录词坛状况；一个时代有人记录词坛状况却没有人抄录编选作品。曲子词史因为民间市井的残缺模糊，总是显得过于衣冠楚楚，不够真实。

有一个细节值得注意。真宗大中祥符二年(1009)，翰林学士杨亿、知制诰钱惟演、秘阁校理刘筠唱和《宣曲诗》，述前代后宫艳事。被御史中丞王嗣宗弹奏，称其“词涉浮靡”。一个本来属于文学领域的事件，被道德审查后变成朝廷上议政的重要话题。宋真宗也非常重视，回应说：“词臣，学者宗师也。安可不戒其流宕！”于是下诏告诫文人士大夫，“自今有属词浮靡不遵典式者，当加严谴。其雕印文集，令转运使择部内官看详，以可者录奏。”②

朝廷介入雅俗之争，有着重要意义。另一个流行现象也引起了朝廷的警惕：大量从异域传入的蕃夷音乐曲调歌舞，加入到市井消费的狂欢中来。宋人曾敏行回忆说：“先君尝言，宣和间客京师，时街巷鄙人多歌蕃曲，名曰《异国朝》、《四国朝》、《六国朝》、《蛮牌序》、《蓬蓬花》等，其言至俚，一时士大夫亦皆歌之。”③这种

① 宋·王灼《碧鸡漫志》卷二。

② 宋·李焘《续资治通鉴长编》卷七十一。

③ 宋·曾敏行《独醒杂志》卷五。

现象引起了朝廷的强烈不安。宋徽宗崇宁四年(1105),朝廷新开大晟府,又颁布大晟雅乐于天下。《宋史·乐志》载徽宗崇宁五年下诏云:"乐作已久,方荐之郊庙,施于朝廷,而未及颁之天下。宜令大晟府议颁新乐雅正之声,被于四海,先降三京四辅,次帅府。"接着又诏令禁止里中传播蕃乐俗曲,违者与听者悉坐罪。"政和三年(1113)六月,尚书省言:今来已降新乐,其旧来淫哇之声,如打、断、哨笛、砑鼓、十般舞之类,悉行禁止。"①

这实质上是朝廷对民间俚俗音乐歌舞的一次强制干预。实在是因为民间胡夷里巷的滑稽俚俗之风遍地开花,淫艳放浪之乐四处弥漫,有害于中土音乐,也有伤大雅风化。朝廷试图以大晟雅乐取而代之,从而达到转移风气的目的。我们注意到,两宋词史上,曾经出现过三次朝廷干预文化的著名禁令,都对词坛风尚的转移产生了重要影响:第一次就是北宋政和年间的这次禁淫哇令,意在禁俗归雅。打击效果如何无从评估。第二次是南渡建炎初年,朝廷以二帝未还,禁天下用乐。我们称之为禁声乐令。其时间长达十六年之久,导致了词坛轻歌重吟,对于扭转词坛风气产生了巨大的积极影响。第三次是南宋理宗宝庆初年的江湖禁诗令,朝廷不准文人士大夫作诗,时间前后长达十年,它促成了许多江湖诗人放弃诗歌创作,转而从事填写曲子词,我们称之为弃诗投词。这几项禁令,可以视之为影响两宋词坛发展进程的"三大禁令"。

与朝廷的焦虑不安相比,文人士大夫的抵制声音更集中在淫艳上。它威胁到了文学的健康,在不断地踩踏和试探社会道德的底线。

北宋中期以来,文人集团内部的雅俗之争,反映了市井与文士两大阵营之间的冲突和对抗更多于和谐相处。竞争之中存在着相互交流,相互感染,交流感染之中又充满了轻蔑和排斥。敌

---

① 宋·吴曾《能改斋漫录》卷十三。元·脱脱等《宋史·乐志》亦有记载。

意是难免的。晏殊面斥柳永作词过于淫亵猥琐,法秀道人诅咒黄庭坚口孽深重当下犁舌地狱,苏轼嘲笑门人秦观竟然学柳永作词。同一文人士大夫阵营的审美内讧,朝野之间相互的道德指责,都是两大阵营发生冲突的明证。

北宋词人批评淫靡鄙俗词风,并且日益发觉问题严重,一方面固然是因为当时市井层次声势浩大如洪水泛滥,大规模侵削了文人词坛的文化影响力和传播消费市场,分化了词人队伍,影响了时代的审美潮流。另一方面,也是受到当日诗坛、文坛复古复雅思潮的逼宫和推动。

晚唐五代之际,"徐庾体"重新盛行于世。前蜀主王衍曾经集艳诗二百首为《烟花集》五卷。《花间》词人牛希济对当日淫靡文风有过激烈的批评。宋初赵湘(958—994)论音乐,以"和雅"为标榜,远斥淫声。孙何(961—1004)撰《文箴》也攻击江左轻浅淫丽之风,提出"语思其工,意思其深,勿听淫哇,丧其雅音。勿视彩饰,亡其正色"[①]的主张。石介(1005—1045)是宋初古文运动的先锋,他在《上赵先生书》中疾呼:"今淫文害雅,世教堕坏,扶颠持危,当在有道。"[②]台阁词人晏殊选萧统《文选》以来迄于唐代的诗文,为五卷,"凡格调猥俗而脂腻者,皆不载也。"[③]王禹偁说"皇宋声诗归雅正",魏野说"红药宜吟雅正声",张方平说"典纯追古昔,雅正合周南",都代表了那个时代诗坛的共同心声。[④]

诗家所批判的淫靡之风,与词家所攻击的淫艳之风,概念并不完全重叠一致。前者常常体现为辞藻繁丽的形式下追逐色情内容,淫艳而不俚俗,是士大夫的宫体;后者常常体现为鄙陋浅俗格调之下追逐色情内容,俚俗而又淫艳,是市井坊间的宫体。但无论诗家还是词家,批判者所追求的审美理想是一致的,都是以

① 宋·吕祖谦《宋文鉴》载孙何《文箴》。
② 宋·石介《石徂徕集·上赵先生书》。
③ 宋·吴处厚《青箱杂记》卷五。
④ 参见陈元锋《北宋馆阁翰苑与诗坛研究》第十三章。

雅正为归，维护文学的精神地位，强调文学的社会责任和作者的道德尊严。北宋文人士大夫在诗文领域的“扫黄打非”，使自己陷入了进退维谷的矛盾境地：它强化了诗大词小、诗庄词媚的城乡差别，固化了曲子词天生香艳风流种的观念。诗歌古文领域既扫荡淫艳俚俗，这些内心深处的情感垃圾只好纷纷退守到曲子词中，继续它的纵情宣泄。反正在那里谁都有道德豁免权，谁都有正当的借口来遮脸。这样一来，曲子词这种新兴诗体又变成了惨不忍睹的文化垃圾箱、口无遮拦的放纵收容站。诗文干净了，曲子词却更脏了。这又是许多文人士大夫不愿意看到的。所以，诗文既追求大雅，曲子词从而向诗文看齐，不甘心其文学臣妾的地位，欲尊其体，欲大其境。这大概就是北宋词坛萌动复雅思潮的主要原因了。

与晚唐五代的冶艳主流相比，北宋的复雅尊体观念已经前进了一大步。艳俗曲子词在北宋的放纵狂欢，第一次遭遇了来自文人士大夫和朝廷的正面狙击，双方形成抗衡局面。不过这仅仅是开始，复雅思潮的真正起来，还是在宋室南渡以后。

（二）雅进俗退的徘徊期

没有什么能够比灾难更能使淫艳俚俗词风显得不合时宜，甚至荒诞可憎。

经历了靖康之变这场巨大的民族灾难之后，南渡词人在清理北宋词学遗产时，开始深刻反思宋词所走过的道路。他们在创作和理论两条轨道上尊苏（轼）贬柳（永），举起鲜明的复雅旗帜，全面清算北宋淫艳鄙俚之积习。较之北宋词人仅仅停留在不满和议论上，已经迈出了重要的一步。

理论界王灼是一个代表。《碧鸡漫志》对雅音郑声有专门的讨论。南渡时期的许多词人都处在这股思潮的笼罩之下，先后提出了类似的口号。黄大舆《梅苑·自序》把词与诗骚相提并论，说：“诗人之义托物取兴，屈原制骚或列芳草，今之所记，盖同一揆。”是向诗文正统回归看齐，以严肃文学自律，不甘为文学的臣妾。绍兴年间鲖阳居士编选大型词总集《复雅歌词》，在选序中专门讨论了倡雅黜郑的词学主张，说：

> 温、李之徒，率然抒一时情致，流为淫艳猥亵不可闻之语。吾宋之兴，宗工巨儒，文力妙天下者，犹祖其遗风，荡而不知所止，脱于芒端，而四方传唱，敏若风雨，人人歆艳，咀味于朋游尊俎之间，以是为相乐也。其韫骚雅之趣者，百一二而已。

与之几乎同时的绍兴十六年（1146），曾慥在虔州编选《乐府雅词》，也基本持同一观点，于《碧鸡漫志》所攻击的北宋柳永一系群体，防闲尤力，选择标准为"涉谐谑则去之"。如传为欧阳修的众多淫亵之词，以及曹组名噪一时的数百首滑稽无赖的篇什，皆痛加删削不予录取。而欧、曹两家，都另有数十首相对比较端庄平和的其他作品，录取在词选中。

以"骚雅"入词，倡导"骚雅之趣"为曲子词的最高标准，是南渡选家、词人的重要贡献。我们遍检前代诗文作品，发现"骚雅"这个词作为楚骚和诗经并称的名词术语，并非宋人的首创，在唐人诗歌中这个概念就已经频频出现。杜甫、高适、陆龟蒙等诗人都曾经使用过这个词语。[①] 北宋苏轼、苏辙、曾巩等人的诗集里面，也都能够找到它的踪影："行吟未许穷骚雅，坐啸犹能出教条。"（苏轼）"歌吟仿佛类骚雅，导引委曲师彭聃。"（苏辙）"少陵骚雅今谁和，东海风流世谩传。"（曾巩）都是例子。但将"骚雅"变成

---

① 唐人诗中多言及"骚雅"一词。检《全唐诗》，如杜甫《陈拾遗故宅》诗："有才继骚雅，哲匠不比肩。"高适《和贺兰判官望北海作》诗："缘情韵骚雅，独立遗尘埃。"章孝标《赠刘宽夫昆季》诗："天假声名悬日月，国凭骚雅变浮华。"陆龟蒙《村夜二篇》诗："诗从骚雅得，字向铅椠正。"李山甫《答刘书记见赠》诗："吟近秋光思不穷，酷探骚雅愧无功。"郑谷《寄前水部贾员外嵩》诗："相如词赋外，骚雅趣何长。"李中《寒江暮泊寄左偃》诗："不是凭骚雅，相思写亦难。"皆是。

曲子词的审美理想而引进词坛，变成约束词人创作的论词准则，大声疾呼，大加倡导，这还真是第一次。

借着弥漫在整个社会的国难悲情，南渡的雅进俗退如同旋风，几乎没有遇到什么抵抗。但细心观察，这个时代的词人、词选和词论对骚雅的追求都是相对有限的，远不够深刻和彻底。在选词上，黄大舆和鲖阳居士的词学主张都游离于词选之外，与词选本身脱节。说明问题的只是书名、书序，以及选本刊刻出来的这个基本事实。而词选的选域、选阵等，并不拥有或体现编选者的思想，并不能展现其选心。黄大舆无法让古人的梅花词一一托物起兴，义取骚雅，支持自己的词论。同样，《复雅歌词》四千多首作品，也绝不可能每一首都抒写了他所谓的“骚雅之趣”。《乐府雅词》虽然在选词过程中贯彻了雅词思想，依雅俗去取，却也是割舍未尽，颇有一些不该入选的“涉谐谑者”和“淫艳不可闻者”混杂在其中。如卷上陈莹中的《减字木兰花》：

> 世间药院，只爱大黄甘草贱。急急加工，更靠硫磺与鹿茸。　　鹿茸吃了，却恨世间凉药少。冷热平均，须是松根白茯苓。

几乎是民间的汤头歌诀，半是配方半带调侃，属于典型的插科打诨搞笑词，应该删去而没有删去。又如卷上王安石的《诉衷情》（莫言普化只癫狂）作滑稽无赖之语，卷中赵德麟《浣溪沙》咏刘平叔家妓女脚绝、歌绝、琴绝、舞绝，作侧艳之语，这些俚俗下道的作品，都与书名标榜“雅词”不符。

应该说，南渡的词学理论批评超越了北宋，甚至还走在了词坛的前面，至少对于当时词人的创作来说，它是一种召唤。

宋孝宗以后，词坛上复雅的呼声日见高涨，特别在江湖词人群时期的文集和词集序跋中，几乎成为一个热门话题。如作于淳熙九年(1182)的韩元吉《焦尾集序》云：“汉魏以来，乐府之变，《玉台》诸诗，已极纤艳。近代歌词杂以鄙俚，间出于市廛俗子，而士大夫有不可道者。惟国朝名辈数公所作，类出雅正，殆可以和心而近古。”①作于淳熙十六年(1189)的陆游《长短句序》云：“雅正之乐微，乃有郑、卫之音。郑、卫虽变，然琴瑟笙磬犹在也。乃变而为燕之筑，秦之缶，胡部之琵琶、箜篌，则又郑、卫之变矣。风、雅、颂之后，为骚、为赋、为曲、为引、为行、为谣、为歌。千余年后，乃有倚声制辞，起于唐之季世。则其变愈薄，可胜叹哉。”②

不过，这种高涨似乎主要还停留在议论上，创作和选词还缺少相应的热情与响应。《草堂诗余》出自书坊之手，面向市井，大开俗戒，完全不与文士集团同流，固然无可厚非。而黄昇论词则明显徘徊于雅俗之间，其选有皈依大雅之心，而又津津玩味那些“极能道闺闱之趣”、“词猥薄而意优柔”者。当然，这也与黄昇客观存史的选法有关系。《阳春白雪》选词有一定的艺术眼光，但也没有举出复雅的旗帜，相反选中却有不少“下里巴人”之唱。据史书记载，当时有陈晔者，甚至还特别编选过滑稽善谑的诗词为集。③

约成书于宋理宗年间的王柏《雅歌》，是南宋词坛上的一声焦雷。该选有感于词坛“怨月恨花，殢红偎翠之语，艳丽放浪，迷痼沉溺者”，特意选为雅音以放郑声，从理学家崇圣德、守心性的角度，对词坛淫靡风气进行了强烈抨击。其论云：“予尝谓郑卫之音，《二南》之罪人也。后世之乐府，又郑卫之罪人也。凡今词家所称脍炙人口者，则皆导淫之罪魁耳。而可一寓之于目乎？”反映了理学家这一族群相当普遍的激烈态度。值得注意的是，王柏对曲子词堕落的批判，主要集中在放浪淫艳的道德问题上，而不太关心鄙俗的问题。理学家捍卫道德尊严的意义远远大于文学批评的意义(参见本书第六章)。

---

① 宋·韩元吉《南涧甲乙稿》卷十四《焦尾集序》。

② 宋·陆游《渭南文集》卷十四《长短句序》。

③ 见宋·洪迈《夷坚志》卷二十九载。

我们特别留意到，南宋江湖词人绝大多数人格意识比较淡漠，并且是一种满不在乎的淡漠，就南宋整体上词重品格、词人重人格而言，江湖词人群是一股汹涌的逆流。他们犯了雕琢和夸张这种人格精神的错误，读他们的作品，很容易抱有一份“心画心声总失真，文章宁复见为人”[①]的怀疑情绪。现实人格与词中所表现出来的理想人格存在矛盾和距离。他们追名逐利，干谒攀附，形骸放浪，这种时代形象和精神影响到创作，使各种谀词、浮词、狂词、假豪放词泛滥成灾，冶艳淫靡之风也再次悄悄抬头。《阳春白雪》中就有描写性生活的作品。这里已经不是北宋的那种市井俚俗，而是变了味的文人俗气。北宋市井词坛的淫艳放浪，在这里失去了大胆，失去了天真和率性，被雕饰得矫揉造作，香词软语之下经常透露出一片淫迷的狂想。刘过的咏美人指甲、美人足等词是其中一例。江湖词人不能提出更响亮的复雅口号，并付诸选词实践，是毫不奇怪的。

在词论突进、词选迷茫、创作迟疑徊徨的矛盾中，临安词人群到来了。

（三）雅音主流的宋末元初期

南渡以来词家的复雅理想和追求，最终完成于宋末元初的临安词人群。

这是一群极其看重人品的词人，他们以骚雅、清空为号召，并于作词、论词、选词各个领域中付诸实践。他们的独到之处，在于首先追求心境的清净和空无罣碍，超尘拔俗皈依自然，从而一步步达到艺术之清空境界。首先追求人品之骚雅、醇厚、庄严、高洁，从而一步步达到词风之骚雅醇正。因此，他们较以前任何词人都更深刻地把握到了尊体倡雅思潮的根本精髓。

站在南渡词人群的肩膀上，临安词人群正式将“骚雅”格调确

---

① 金 · 元好问《论诗绝句》。

立为曲子词的最高审美理想，与协律、立意寄托并列为填词、选词、论词的标准，甚至还将它细化为词法，写进《词源》中。不仅如此，拿它检验这个群体的创作实践，衡量《乐府补题》的咏物作品，衡量《绝妙好词》的选词质量，我们不得不承认，临安词人群真正在理论和实践各方面推进了南宋的复雅运动，完成了“骚雅”理论的词学构建，向历史交出了南宋骚体词的艺术范卷。临安词人群的贡献值得在词史上大书一笔。

属于这个群体的两部词选：周密的《绝妙好词》严格以骚雅、清空、协律为选择标准，怨而不怒，凄婉低回。仇远、陈恕可的《乐府补题》托物言志，抒写家国之恨和身世之感，极骚雅幽怨之致，共同成为词坛上的两面大雅旗帜。

二、词品与人品的三个阶段

复雅思潮的兴起，有它深层的历史原因。魏晋以来七百余年，中国的文人士大夫从来没有像宋代这样，重新对人的精神世界和心灵自我充满了审视的狂热。

有宋一代，由于文化发达，更由于重文轻武、国势衰弱等等原因，导致了文士积极反观自身，走向内心。在“独善其身”的儒家理念下，人格意识普遍较前代为明晰、强烈。特别是宋朝理学盛行天下，注重心性对话，强调精神品格的高贵尊严，对士大夫的人格和心灵形成了重要影响。

我们看到，经历了晚唐五代阶段的低谷，北宋阶段的分裂与复苏之后，南宋时期尤其是宋末临安词人群开始特别注重人品和词品的双重追求。即如江湖词人群，也表现为对人品的虚幻追求。这是一个逐渐苏醒、逐渐高涨的心灵发现过程和自省过程，在它最后的发展阶段上，我们仿佛觉得那个遥远的魏晋时代（南宋词人更习惯称之为“晋宋时代”），在一个更高的层次上得以复制和循环，再现人间。人格意识，作为一种尺度，对于观察和解读宋人的作词和选词，有着特别重要的作用。

唐五代两宋词人心灵史的三个阶段分别是：人品与词品共同沉眠，人品觉醒词品沉眠，人品与词品共同觉醒。由于人的觉醒总是早于词的觉醒，批判的自觉总是先于创作的自觉，因此它们与词坛的雅俗抗衡、相互进退的发展阶段，常常有一个时间差。

（一）人品词品共同沉眠阶段

曲子词的"前科"众所周知。晚唐词人有不少属于"士行尘杂，不修边幅"和"德行无取"者。温庭筠是一个典型的例子（杜牧也有类似的特点）。至少在他们出入青楼妓馆大作侧艳之词的时候，表现出来的是一个对自我人格价值的漠视。

《花间集》所展示的西蜀词人群尤为典型。在那个特殊的社会环境中，词人共同缺乏社会责任感，对世俗生活的浓厚兴趣、对现世人生的尽情享受，淹没了一切君臣大义、道德准则和兼济独善的观念，淹没了一切"经国之大业，不朽之盛事"。据词人孙光宪记载，"蜀之将帅，鲜不好货"，而"蜀之士子莫不酤酒，慕相如涤器之风也"。[①] 词人很少去关心现实并发于吟咏，再也没有人像杜甫那样为苍生社稷而痛哭，面对割据纷争，词人诗客们漠然处之，绝无居安思危之想。

人品观念淡薄在出处行为上的表现之一是许多人历仕数朝不以为耻，不以为非，存在严重的政治道德危机。《花间》词人顾敻、牛峤、韦庄、牛希济、孙光宪等人，都曾经改仕新朝。尤为典型者，毛文锡为唐进士，而历仕前蜀、后唐、后蜀，欧阳炯历仕前蜀、后唐、后蜀，最后入于宋。北方的和凝原来是唐朝进士，历仕后晋、后汉、后周，赵崇祚之父赵庭隐也曾历仕后梁、后唐、后蜀。宋人记载说：

---

① 五代·孙光宪《北梦琐言》卷三，又宋·李昉等《太平广记》卷一百七十二引。

李昊仕于蜀，王衍之亡，为草降表。及孟昶降，又草焉。蜀人夜书其门曰："世修降表李家"。当时传以为笑。①

这无论在唐代还是在宋代，都是不可思议的。唐安史之乱中受伪官者，宋靖康之乱后受张邦昌、刘豫伪官者，都受到了朝廷的严厉追究和惩罚，为士林所不齿。《乐府雅词》编选者曾慥，就因为其外舅吴幵留仕伪楚和本人早年的出处表现，而屡被士大夫攻讦，仕途一再受挫，不得不上疏自讼不受张邦昌伪命。② 宋人田况说："自朱梁至郭周五十余年，凡五易姓。天下无定主，文武大臣朝比肩，暮北面，忠义之风荡然矣。"③通观中国历史，这种"士无全节，君臣义缺"的现象，凡朝代维系得越久，更替之际越不容易发生。朝代维系得越短，则更替之际越容易出现。类似五代十国的现象，南北朝时期亦曾有之。

总体上说，唐代士大夫以社会为中心的人生观，进取的、外向的心态，演化为宋代士大夫以个人为中心的人生观，保守的、内向的心态，这个转变始于五代十国。唐代诗人虽然还没有宋人那份自觉的人格意识，但远不像晚唐五代那么士风堕落。《花间集》所代表的西蜀词人群，是唐宋时期的人品低谷。

人品观念淡薄对创作的直接影响，是不重词品，淫心荡怀肆意涂写，无所顾忌地刻画渲染自己的放浪轻浮形象。后晋和凝的《柳枝》词："雀桥初就咽银河，今夜仙郎自姓和。不是昔年攀桂树，岂能月里索嫦娥？"完全是一副浪子的形象。甚至身为公卿宰相帝王，也毫无忌讳。源出于南宋旧本的毛晋汲古阁本《花间集》，词人署名皆列出各自衔爵，如署顾太尉敻、毛司徒文锡、薛侍郎昭蕴等等，未知这是否出于赵崇祚所为。若系赵氏所为，可证明当时词人并不介意"为艳词玷之"。姑系于此待考。

① 宋·赵与时《宾退录》卷三。

② 宋·李心传《建炎以来系年要录》卷一百六十六。

③ 宋·田况《儒林公议》卷上。

在这里,人品与词品基本是统一的,吻合的。晚唐五代词人的人格意识淡漠,不以曲子词中和现实中的放浪堕落的自我道德形象为耻,词品较低,构成了宋词创作心灵史变化发展过程的第一阶段。

朱崇才君在近年出版的《词话史》中分析欧阳炯《花间集序》,认为是一种分裂的矛盾语态,叙述事实是一回事,内心赞同与否又是一回事。他写道:

> 欧阳炯在序中指明词的功能是应歌之具,风格上艳丽娇娆,但这只是说出了《花间集》的实际情况,并不说明欧阳炯以及《花间》作者们在内心深处、在道德良心上就认为这样做是天经地义、无可指责的。序作者在承认这一事实的同时,又对这一事实抱着既欣赏又内疚、既自我赞同又自我批判的复杂心态。作为一名当时身居"武德军节度判官"这一较高地位,后又历事数朝的政治家或吃政治饭的具有一定政治敏感性的文人,他对以《诗大序》为代表的儒家诗教,一定不会陌生,也一定不会不知道像《花间集》这类作品对于政治的不良作用;而作为《花间集》作者之一,又作为要为朋友所编包括自己作品在内的唱本捧场的序言作者,他又必须说上一些既好听又得体的话。因而,这篇序便成了既正经又滑稽,既自吹又自嘲,既是政治批评家的指责又是放荡文人的自陈的大杂烩。

作者从心理学角度剖析作序者及《花间》词人的文学观念和人际变通,读来颇觉得在理。如果此说成立,则欧阳炯所代表的时代,已经提前进入了心灵史变化发展过程的第二阶段。该结论是否与事实相符,我们在专门讨论《花间集》时,再详细展开。

(二)人品觉醒词品沉眠的分裂阶段

进入北宋,时代变了,帝王和士大夫的精神品质也变了。

有一个细节很能说明问题。南唐词臣张洎降宋后，朝臣欲荐为翰林学士。太宗不同意，说："（朕）极知洎文学资任不下士安，第德行不及耳。"后来张洎终于以"文采清丽，巧于逢迎"得入翰林，太宗还是耿耿于怀地叮嘱近臣说："张洎富有词藻，至今尚苦心读书，江东士人中首出也。然缙绅当以德行为先，苟空恃文学，亦无所取。"①

我们看到，北宋词人尤其是士大夫词人越来越多地、越来越严格地约束自我行为，注重自我品格的高下，相互指责和嘲笑他人士行有缺。对于士子的青楼狎妓行为，越来越有不同的态度分歧和道德标准。不过，这种对人格的小心翼翼，主要仍然体现在现实生活，直接影响他们的诗歌、古文的创作，与曲子词则没有太大的关系。小词仍然没有词格，仍然想怎么风流就怎么风流，全然是五代十国的残脂剩馥。

台阁词人钱惟演为十国贵胄后裔，生长于富贵，雅好读书。晚年留守西京洛阳，欧阳修为其推官，常陪伴左右。钱惟演的生活习惯是：端坐则读经史，躺在床上休息则读小说，上厕所大小便则读曲子词。② 曲子词与人的生理需要，与排泄器官、生殖器官同时出现，这种"文体等级"的意识很像印度的种姓制度，它构成一种意味深长的象征：词是低贱的、不登大雅之堂的文学，是一种臣妾文学、风流文学、厕所文学，是文学世界里的首陀罗。只有经史诗文才是高贵的婆罗门、刹帝利。不同的阅读场合、不同的恭敬态度，清晰地划分了它们的阶级高下。

很多学者都谈论过这个著名的细节，但仍然值得我们反复追问。这当然是一种剥离，一种污点的摘清。表面上，它说的是手不释卷，利用各种时间读书，实际上暗藏了重要的潜台词：士大夫本身是正经的，有人格的，但阅读可以有不同的选择。只要不在正经的时间里读不正经的读物，或者在不正经的时间里读正经的

---

① 宋·李焘《续资治通鉴长编》卷三十二、三十四。

② 宋· 欧阳修《归田录》卷二。

读物，就应该被宽容。如果你同意这样的潜台词，也就意味着：词是词，人是人，淫艳俚俗的曲子词不能与士大夫文人之间画等号。阅读既然无妨，创作当然也无妨。偶尔填写几首淫词俚句，不过是游戏而已。就像文人士大夫偶然狎妓寻欢，不值得大惊小怪一样。如果你继续同意这样的潜台词，也就意味着：声名狼藉的曲子词的创作和阅读欣赏，应该有一个特殊的道德飞地，在这个特区中行走的文人士大夫，应该享有道德豁免权。

追问迎面而来：是理直气壮地建立诗歌特区，还是应该取消诗歌特区？唐五代两宋词坛甚至整个曲子词发展史，几乎都深深陷在这场困扰和犹疑中。所有的词人只要动笔，就必须表态，必须投票反对或者支持。一种诗体的独立，竟然还需要道德法庭也相应独立，伦理价值观也相应独立，这是中国文化千年来第一次遇到的难题。

时代稍晚于钱惟演的北宋人吴处厚，在其《青箱杂记》中就曾公开谈论这种分裂现象，并坚持认为这是一种合理常态。他说：

文章纯古，不害其为邪。文章艳丽，亦不害其为正。然世或见人文章铺陈仁义道德，便谓之正人君子。若言及花草月露，便谓之邪人。兹亦不尽也。皮日休曰："余尝慕宋璟之为相，疑其铁肠与石心，不解吐婉媚辞。及睹其文，而有《梅花赋》，清便富艳，得南朝徐庾体。"然余观近世所谓正人端士者，亦皆有艳丽之词，如前世宋璟之比。①

人不可貌相，文亦不可貌相。书未必为心画，言未必为心声。但吴处厚是不是混淆了内容下作和风格香软两者的不同。对于后者，人的气质性格可以与文章诗词不同甚至完全相反。这是艺术范畴的现象，没有人会提出异议；而内容的淫荡堕落，语言下作

① 宋·吴处厚《青箱杂记》卷八。

放浪，与作者的人格内心彼此分裂，互不坐实，“作空中语”而无法追究，则是道德范畴的现象。它所追问的，就好像今天的政府官员、道德楷模能不能写淫荡色情小说一样。法秀道人、铜阳居士和王柏认为不能，他们惊呼并大声诅咒的，就是这种分裂行为和堕落文字。而北宋众多词人却对这种分裂和堕落投赞同票，选择默认和纵容态度。这种人品已醒、词品仍然沉睡的普遍现象，构成了曲子词创作心灵史变化发展过程的第二阶段。

诗人说：人已彻骨，天尚含糊。北宋词坛就处在这样一种迷离的状态。

（三）人品词品共同觉醒阶段

我们发现，苏轼是一位超越自己时代的伟大先驱。他既重人品，又特重词品，遂开南宋人一代风气之先河。二品双绝，曲子词以来前无古人。两宋词坛上，只有后来的姜夔在这一点上与东坡相似，或许可以将他们并称为宋词心灵史上的“北苏南姜”。

南渡以后，词人以冷静严肃的态度审视批判晚唐五代以来淫哇鄙俗词风，倡导复雅，崇拜人格精神，像爱惜羽毛一样，珍视自己所创造的作品文字。经历了江湖词人群存在夸张和雕饰人格，词品和人品彼此矛盾的徘徊后，最终在宋末元初临安词人群时代，人品与词品实现重新回归，彼此统一，臻于大雅骚人的境界。从而构成了曲子词心灵史变化过程的第三阶段。

建炎三年(1129)，黄大舆辑录《梅苑》，可以说是宋人的人格意识全面苏醒在选词上的第一次表露，也是创作心灵史变化过程第三阶段的一个标志。《梅苑》的主要价值，也许并不在于它是一部词选读本，可以取资阅读，而在于它折射出宋人对人品价值的一种追求。唐人重牡丹，[①]而宋人特重梅花。梅花象征了高洁人品，成为不能兼济天下而返身追求独善其身的士大夫的理想人格

---

① 参见宋·洪迈《容斋随笔》卷二。

化身。黄大舆自序该书说:“目之曰《梅苑》者,诗人之义托物取兴,屈原制骚或列芳草,今之所记,盖同一揆。”意图非常明确。五代十国《花间》之花,是所谓“花重锦官城”的芙蓉花,是象征艳情的烟花(前蜀王衍有《烟花集》五卷)。北宋则变为高雅清丽的芳兰(北宋有《兰畹曲会》、《聚兰集》),南渡以后更变为傲雪凌霜品姿高绝的寒梅。我们注意到,同样处于中原战乱之际,同样在西蜀锦城,两百年间前有象征艳情的“花间”,后有象征高士的“梅苑”,这个变化意味深长。

北宋之词重言情,南宋之词重言品的现象,说明了宋人人品价值观念在变化。它对宋人选词的影响,更多的还是潜在的而非表面的。南宋人选词,出现了不同的走向。有些词选如江湖词人的《草堂诗余》、《阳春白雪》等重新回到选歌,回到市井,呈现为文人士子与市井的合流姿态;另一些词选如《雅歌》、《绝妙好词》等走向文人士大夫的选派,相对比较高雅纯正。《花庵词选》作为存史之选,也是一部比较严谨的词选。它们有的在选词的同时甚至还兼顾到了词人的人品优劣,也就是说,选人的注意点,不仅仅限于对作品的观察权衡。

如杨冠卿《群公词选》特别取寇准、范仲淹为首选,选者自称:“以寇忠愍公、范文正公冠篇首,庶几浮靡之议无所容声,而是集之作亦得所主盟焉。”[①]后来王柏的《雅歌》,亦以寇准为第一家。周密《绝妙好词》以张孝祥为首选,除了意在严格断代的体例之外,也有推尊其人品、词品,以为全书确定基调的含义。该书第一首为张孝祥的《念奴娇·过洞庭》,末选为仇远的《八犯玉交枝·招宝山观月上》(依今流传刊本),都是“以境写心”的东坡体和骚体词,非常旷逸高远。这些选本采录的作品多数词品较高,所选的咏物词也较前代为多,部分词选还贯穿着非常强烈的民族意识和爱国之忱。如《乐府补题》和《名儒草堂诗余》。

---

① 宋·杨冠卿《客亭类稿》卷七《群公乐府序》。

讲论、选择、创作几方面都证实，淫艳和俚俗词风，终于在临安词人群和江西词人群面前止步。尤其是温庭筠所引发的艳词厄尔尼诺现象，前后持续了四百年之久，终于渐渐平息下来。

曲子词心灵史阶段对照表

阶段	晚唐五代	北宋	南宋	宋末元初
词坛潮流	冶艳主流期	雅俗抗衡期	雅进俗退期	雅音主流期
心灵变化	人品词品 共同沉眠	人品觉醒 词品沉眠	人品觉醒 词选徘徊	人品词品 共同觉醒
群体代表	西蜀词人群	台阁词人群	江湖词人群	临安词人群
选词态度	纵容与同谋	失语	含混与迷茫	清晰倡导骚雅
选型变化	选歌主流	选歌主流	存史与选歌并重	选派主流

叙述罢词品与人品的三个阶段，我们有一种深深的不安。

地球在它四十多亿年的漫长地质演化史上，曾经有过三次大范围的冰河期。[①] 与此相应，《诗经》以来两千多年来的文明史上，也曾经有过三次这样的类冰河期。南北朝时期、晚唐五代时期、明朝时期，是中国传统伦理道德分崩离析、士大夫的精神世界出现大面积腐烂和坏死、并且逐渐感染到整个社会的“伦理冰河

① 在地质史上，曾经出现过气候寒冷的大规模冰川活动时期，称为冰河期(iceage)。这种大范围的冰河期曾经有过三次，即前寒武纪冰河期、石炭纪和二叠纪冰河期、第四纪冰河期。第四纪冰河期来临的时候，地球的年平均气温比现在低 10℃—15℃，全球有三分之一以上的大陆为冰雪所覆盖，冰川面积达五千二百万平方公里，冰厚达一千米左右，海平面下降一百三十米。第四纪冰河期又分为四个冰期和三个间冰期。间冰期时，气候转暖，海平面上升，大地重新恢复生机。第四纪冰河期的遗迹，目前世界各地保留下来的最多。许多科学家认为，冰河期可能与太阳系在银河系的运行周期有关。可能是太阳运行到近银心点区段时的光度最小，使行星变冷而形成地球上的冰河期。也可能是银河系中物质分布不均匀，太阳通过星际物质密度较大的区段时，降低了太阳的辐射能量而形成地球上的冰河期。

期”。问题在于，这三个特殊时期都规则地间隔了四五百年，而明王朝至今又已经四五百年过去了。这使我们有一种芒刺在背的感觉：在叙述和非议这些风流祖先的时候，我们是不是也应该检点自己，检点我们所生活的这个时代？

三、骚体词的表达方式

（一）骚体曲子词

读者也许已经注意到了，黄大舆把曾经狭邪卑微的曲子词，与屈原制骚联系了起来。

这是一个激动人心的表达。在他之前，也许曾经有人作过这样的联系。但只有到了南渡，这样的声音才屡屡出现，突然放大，吸引了我们的注意。就在黄大舆谈论“屈原制骚”的同时，鲖阳居士编选《复雅歌词》，也提出了“骚雅之趣”的曲子词尊体理想；也就在鲖阳居士谈论“骚雅之趣”的同时，王灼也在《碧鸡漫志》中以屈原《离骚》作为标准讨论北宋词人，说：“前辈云：‘《离骚》寂寞千年后，《戚氏》凄凉一曲终。’《戚氏》，柳（永）所作也，柳何敢知。世间有《离骚》，惟贺方回、周美成时时得之。贺《六州歌头》、《望湘人》、《吴音子》诸曲，周《大酺》、《兰陵王》诸曲最奇崛。”（卷二）

他们的意思是不是：曲子词必须越过唐五代，越过南朝宫体甚至汉乐府，直溯先秦。曲子词应该汲取《离骚》真髓，成为宋代的楚辞，宋人的骚体。如果我们没有理解错的话，这是多么令人浮想联翩的变化。

沿着这一思路我们意识到：讲论是一方面，大雅是曲子词的“政治理想”；创作又是一方面，拟骚才是曲子词的“实施细则”。南宋词人的尊体意识，一是复雅，二是拟骚。所谓复雅者，非恢复也，而是“克己复礼”的“复”，是遵循和守戒。词人们倡导大雅、雅正，努力把小词提高到严肃文学的地位，与诗歌同尊。南宋人文集序跋中，这类议论随处可见。学术界关于这方面的讨论分析也比较多；较少受到注意的是他们创作上的拟骚，在实践层面上对《离骚》传统的追摹，对屈原人格的寻访。所谓“拟骚”，即词人刘克庄所说的“借花卉以发骚人墨客之豪，托闺怨以寓放臣逐子之感。”[①]在南宋词人的努力下，一种新的曲子词体式“骚体词”逐渐浮出水面：以词言志，以词抒愤，以词造境，曲子词变成真正的《离骚》之唱，小词因此而成为地位崇高的骚人雅韵。

南宋以来的论词者，探讨曲子词与楚辞《离骚》的渊源关系者不乏其人，但大多集中在发挥香草美人、闺怨寄托上。如云间词人宋徵璧在《倡和诗余·再序》中就曾说：

> 词者诗之余乎？予谓非诗之余，乃歌《（九）辩》之变，而殊其音节焉者也。盖楚大夫有云“惆怅兮私自怜”，又曰“私自怜兮何极”，即所谓“有美一人，心不怿也”。词之旨本于“私自怜”，而“私自怜”近于闺房婉娈。斯先之以香草，申之以蹇修，重之以蛾眉曼睩，瑶台婵娟，乃为骋其妍心，送其美睇，振其芳藻，激其哀音。其丽以则者，则盘中织锦，寓意于刀环。菅蒯憔悴，兴怀于膏沐。而丽以淫者，玉卮金盎，翠帐翡衾，不难解琚珮以明心，指芍药而相谑。虽正变不同，流滥各别，要有取乎言简而味长，语近而指远。

与刘克庄所说的“托闺怨以寓放臣逐子之感”，基本上是同一思路。我们注意到，“骚体曲子词”的概念，宋人以及后来的明清两代词学家没有直接提出过。但“骚雅”则是南宋以来的老生常谈。“拟骚”出于汉代。楚辞的音律旧制既已失传，秦以后的诗人们只能模仿其句法语态作拟骚体诗歌，聊发思古幽情。楚骚、拟骚千年不灭，代有传人。南宋文人士大夫的曲子词终于接上了楚骚香

---

① 宋·刘克庄《后村先生大全集·跋刘叔安感秋八词》。

火,"骚体曲子词"开始浮出水面并逐渐走向成熟。尽管没有人打出旗号,我们还是能够感受到它的巨大热能:摆脱了宫体诗的遗传基因,曲子词直接叩问楚骚,不再是语言形式的简单复制,而是艺术精神和人格精神的深度模仿。

新兴的模仿有哪些特征呢?拆解骚体词,我们发现主要有三种形态。

（二）以境写心体

学界早已注意到,南渡词人和部分中兴词人追随东坡体,特别喜欢描绘渲染琼绝尘寰的自然山水景境,来象征自己的肝胆皆冰雪、表里俱澄澈的心灵境界,表现自己阔大高远的胸襟和品格。我们把它称为以景言志。此种体式,尤其以朱敦儒、张孝祥为典型。朱敦儒的《念奴娇》(插天翠柳)、张孝祥的《念奴娇》(洞庭青草),是这种体式的代表。应该说,这种体式直接继承了唐诗的传统,通过写景造境来讲述自己的内心感受。唐诗是以景抒情,这种体式则是以景言志,以景自证。表达目的不一样。"寒雨连江夜入吴,平明送客楚山孤。"表达的是送客者的孤独落寞的心情。"素月分辉,明河共影,表里俱澄澈。"表达的是游湖者清高绝尘的胸襟。心情是会变化的,品格却永远如一。

江湖词人群崛起词坛,这种体式开始发生微妙的变化:隐逸之乐被飘零之苦取代,赏景的潇洒变成了无处不在的孤独和凄凉,以景言志最终演变成了骚体的以境写心。姜夔词中许多凄冷空阔的名句,如:"双桨莼波,一蓑松雨,暮愁渐满空阔。"(《庆宫春》)"长记曾携手处,千树压、西湖寒碧。"(《暗香》)"最可惜、一片江山,总付与啼鴂。"(《八归》)"淮南浩月冷千山,冥冥归去无人管。"(《踏莎行》)"酒醒明月下,梦逐潮声去。"(《玲珑四犯》)"数峰清苦,商略黄昏雨。"(《点绛唇》)构成了这种清空意境的标准模版。追溯它们的源头,当然不再是东坡,不再是庄子。我们认为,这种表达方式与屈原的《九歌》有传承关系,与《离骚》中刻意描写和渲染自己插花弄草、置身于缤纷如茵的空寂江畔,来象征自己的美好品格，非常相似。

后来临安词人群尤其张炎对它进行了提炼发挥，把这种表达方式推向造景模式化的极致，定型成一种空旷廓落、四顾苍茫、孤寂清冷的圆润格式，并以“清空”作为它的专业术语。它当然吸取了东坡体的艺术精华，但绝不是东坡体。这种骚体词是伤心人的词体，以境写心所弥漫的凄苦忧伤、孤寂荒凉，是飘逸的东坡体中看不到的。

我们发现，周密、王沂孙、张炎等词人都有大量这种“清空体”作品，张炎更是以这种词体擅长。这种词体对清代浙西词派的创作，产生了重要的影响。清代初年，汉族文人士大夫普遍需要有一种恰当的抒情方式，表达他们内心的高洁、胸襟的阔远、易代的伤痛。南宋人以境写心的骚体词正中他们下怀。所以这种骚雅清空的格调才会如此大受欢迎，大行其道。姜夔、张炎才会成为他们的不祧之祖。临安词人群的代表作，如周密的《献仙音》（松雪飘寒）、《高阳台》（小雨分江），张炎的《扫花游》（烟霞万壑）、《高阳台》（接叶巢莺）、《壶中天》（扬舲万里）等，都采用了这种体式。

南宋江湖词人普遍注意到了这种骚体词的独特性。黄昇总结的“姜尧章体”，谭宣子提到的“白石体”，除了一些虚字语气的习惯应用之外，主要就是骚体词的这种情调凄苦、孤寂无边的表达方式。我们倾向于认为，“以境写心”体代表了骚体词最典型的形式特征。

（三）纪实抒愤体

这是中兴词人群的主体旋律，也是南渡以来最有震撼力的主流表达。传统所谓的豪放词、现实主义作品，多属于这一体式的词言志。辛弃疾、陆游、陈亮等词人的中兴伟唱，史达祖、戴复古、刘过等词人的江湖不平之鸣，它们大多慷慨直陈，不作曲笔。它们具有一种遭遇纪实的倾向，与屈原的艺术精神同出一揆。毫无疑问，它们是楚辞《九章》、屈原《离骚》传统最直接的继承者。代表作如辛弃疾的《永遇乐》(千古江山)、陈亮的《念奴娇》(危楼还望)等。

我们注意到,苏轼的词无论怎样奔放不羁,无论抒发了什么样的豪放情怀,都不具备这种"骚体词"的精神。苏轼词的精神超然于世外,他是在意自己的人品,但他永远不会翻来覆去在曲子词中讲述他的人品襟抱,永远不会倾诉他的悲愤离愁,他太聪明了,永远能够把人间的苦难和悲愤转化为大彻大悟,只剩下一片宁静。这是他与南宋"骚体词"根本不同的地方。

这丝毫不是贬低南宋体的言志抒愤,相反,作为读者,我们更愿意读到这一类痛楚不堪、展现人类心灵创伤的高贵作品。屈原《离骚》让千百年之下的读者为之哭泣,为之情不能已。魅力历久而弥新。英国哲学家维特根斯坦(Ludwig Wittgenstein)在他的哲学著作中大谈疼痛和疼痛行为,喜欢说"一瞬间我感到了剧痛",说"我变成了石头,而我的疼痛仍在继续"。疼痛之于诗词,具有一种穿透读者灵魂的力量。相信任何读者读过辛弃疾的这类作品,都会留下难以忘怀的震撼和伤痛。

纪实抒愤的骚体词最典型的代表是"稼轩体"。"稼轩体"是曲子词中的"英雄体",它有一种迹近圣徒的高度,一种担荷人间苦难的重量,一种兼济苍生的天下情怀(详见本书第五章)。把辛弃疾与苏轼列入同一个豪放词派,显然不合适。苏轼唱着"我欲乘风归去",唱着"拣尽寒枝不肯栖",他的奔放自由在天空中盘旋,放风筝的背影是庄子;辛弃疾唱着"剩水残山无态度",唱着"郁孤台下清江水",他的英雄悲歌在大地上回荡,流着眼泪的指挥家是屈原。他们之间的差别,就像李白和杜甫之间的差别一样大。没有人会把李白、杜甫列为同一个诗派阵营。

可惜的是,辛弃疾所开创的纪实抒愤骚体词在后世遭遇了四百年冷落。直到清初陈维崧倡为阳羡词派,清末王鹏运、文廷式、郑文焯放声悲歌,才算真正遇到了异代知音而大放光芒。"纪实抒愤"体代表了宋人骚体词最宏亮的形式特征。

（四）托物言志体

咏物词盛于南渡词坛。宋末元初以临安词人群为主的咏物创作，最终将托物言志这一体式推向了完美的高潮。

咏物起兴，物我象征，也是屈原楚骚的传统，是宋末词坛“骚雅”口号的一个重要组成部分。我们这样来理解这种最高形式的词言志：唐代诗人创造了情景交融、以景抒情的独特艺术表现方法，达到了主观客观完美结合的极高境界。以至于宋代诗人们在力图另辟蹊径，去追求理趣睿智而形成宋诗自己风格的同时，他们的词却不知不觉中沿袭了唐诗的旧轨。比如上片写景下片言情，或亦景亦情、情景交融等。而南宋咏物词开辟了这样一片新的世界：这里已经不再是有情有景、情景交融，而是心灵与自然物之间的彼此置换与替代，物我一心，物我一体。主观、客观已经完全合二为一。清人所谓的“隐然只是咏怀，盖其中有我在也”。①这是宋人在诗歌之外对唐诗传统的第二次超越和升级，也是与宋人绘画联手的第二次艺术发现。

托物言志咏物词的出现并不奇怪。在我们看来，这几乎是南宋文人诗、书、画的最高境界。我们仿佛看到了郑思肖的无根兰花，看到了马一角（远）、夏半边（圭）的残山剩水，读到了郑思肖的兰花自白：“纯是君子，绝无小人，深山之中，以天为春。”②你不知道他这是在说花还是说人，是在说别人还是在说自己。它们比屈原的《橘颂》走得更远，发挥得更缥缈无痕。它们是“南宋体”词中最杰出的代表，也是“骚体词”中最令人瞩目的体式。

---

① 清·谢章铤《赌棋山庄词话续编》卷三。

② 元·陶宗仪《辍耕录》卷二十：“（郑思肖）隐居吴下，一室萧然，坐必南向。岁时伏腊，望南野哭，再拜而返。人莫识焉。誓不与朔客交往，或于朋友坐上见有语音异者，便引去，人咸知其狷洁，亦弗为怪。工画墨兰，不妄与人。邑宰求之不得，闻先生有田三十亩，因胁以赋役取。先生怒曰：‘头可斫，兰不可画。’尝自写一卷，长丈余，高可五寸许，天真烂漫，超出物表，题云：‘纯是君子，绝无小人。深山之中，以天为春。’”

曲子词史上第一部咏物专集《乐府补题》，就是这种骚体词当之无愧的杰出典范。我们把它总结归纳为“《乐府补题》体”（参见本书第七章）。清代初年，《乐府补题》被浙西词人发现，众多词人纷纷追和这些宋代的咏物杰作。朱彝尊为新刊刻的《乐府补题》作序，特意提到这些咏物词是“骚人《橘颂》之遗音”。与前两种体式相比，“托物言志”体代表了骚体词最深刻的形式特征。

骚体词组成了“南宋体”最重要的内涵范式。白石的以境写心，稼轩的纪实抒愤，《补题》的托物言志，逐渐交融渗透，你中有我，我中有你，三重旋律混响成了那个时代最悲壮苍凉的骚雅吟啸。清代的浙西词派、阳羡词派、常州词派三大流派，都是在骚体词这三重旋律的启蒙和哺育下成长起来的。

南宋骚体曲子词三元构成表

以词人词选分类	以词法分类	以词体分类	词坛放大	词派衍生
白石体	以境写心	清空体	宋末临安词坛	浙西词派
稼轩体	纪实抒愤	英雄体	清初词坛	阳羡词派
《补题》体	托物言志	咏物体	清初词坛	常州词派

站在骚体词的巅峰，回望北宋以前曲子词的放荡风流、形迹猥琐，其间差别真不啻霄壤。宫体曲子词最终变成了骚体曲子词。文人士大夫的心灵历程跋山涉水，跨州越境，几代人的努力，三百年的守望，前赴后继讲论吟哦才有了今天。宋词的尊严由此建立，宋词的耻辱由此洗刷。曲子词至宋末元初，与晚唐五代当年真不可同日而语了。

四、唐五代崇拜的式微

宋词终于从品质上真正成熟。宋代的词选，也亭亭玉立，出落为绝世模样。

选歌时代的词选，由于多数或完全不出自词人之手，总体上存在着脱离词坛创作现实的倾向。这从两个方面表现出来：一是不展示或很少展示词坛现状，呈现为选域与背景的脱离。二是不直接反映或非常有限地反映词坛审美风尚及观念的变化，呈现为选心与背景的脱离。换句话说，由于选者置身于词坛创作之外，不能敏感到词坛的季候风雨变化，因此总是"慢一拍"，松散地、迟疑地走在创作潮流的后面。

不过，它们彼此之间的联系草蛇灰线，仍然有迹可寻。选歌毕竟是选择较为流行于市井里巷的曲子词，体现甚至领导着民间消费潮流，还对创作存在一定的刺激。同样，创作心态与观念的变化，早晚也会折射于选词之上。北宋时期词选所反映出来的"唐五代崇拜"的倾向，就是当日词人创作意识与实践中，宗法唐五代现象的一种共鸣。其中台阁词人群的表现，与词选的对应尤为突出。

元祐词人群登上词坛以前，北宋词一直基本沿袭南方十国词坛的旧轨。太祖时期，最初是十国的个别降臣亡君在继续其哀歌低吟，之后涵养数十年，台阁词人开始陆续走上历史舞台，形成群体，以京洛(开封和洛阳)为地域中心展开。这是宋代自己的第一批词人集体，但却不是宋代自己的第一批声音。他们的创作，仍然是晚唐体、西蜀体、南唐体，而不是宋体宋音。这种情形让我们联想到初唐时期的数十年诗坛，始终沿袭南朝的陈旧格局。两者非常相像。台阁词人群的主要代表词人晏殊、欧阳修都出生于南唐故地，受地域文化的熏陶很深。清人刘熙载说："冯延巳之词，晏同叔得其俊，欧阳永叔得其深。"[①]另一位清代词论家冯煦论欧阳修也说："文忠家庐陵而元献家临川，词家遂有西江一派。其词与元献同出于南唐，而深致则过之。"[②]稍后元祐词人群中的李之仪、张舜民，以及与元祐词人群同时却又身处群体之外的独行者

① 清·刘熙载《艺概》卷四。

② 清·冯煦《宋六十家词选例言》。

晏幾道，他们的创作也都大体是十国的残响。

与之相应，北宋时代的词选只选晚唐五代的词作，不选本朝人的作品，似乎选家与歌者眼里，只有晚唐五代的词才称得上正统，才值得传唱把玩，宋人自己的作品还没有资格占据人们的视野和消费市场。《尊前集》和《金奁集》，选域都局限于唐五代，《家宴集》五卷，"所集皆唐末五代人乐府"。当时其他的选歌词选相信也基本如此。即使有选及宋人时贤作品的，分量也很轻，晚唐五代始终是一尊巨大的偶像，一片浓厚的阴影。时代较晚以元祐词人群为依托背景的《兰畹曲会》，就可能属于这后一种情况。可惜原书今已失传，不能作进一步的考察评估。

在明代和清代的词学批评理论中，唐五代与北宋始终是连体孪生的"时代组"(Times Group)。云间词派曾经主张把它们拆分开来祭祀，以恭敬和傲慢的不同态度区别对待源与流，结果证明行不通。我们说，北宋体整体上属于西蜀词流和南唐词流，西蜀体和南唐体又同属于晚唐词流。它们是一个家族，辈分高下不同，长幼顺序不同，血缘却都一样。有鉴于此，本书特别将这个"时代组"放在同一章节中来叙述。

令人欣慰的是，元祐词人群第一个抛开了晚唐五代的创作模式，走自己的道路，表现为已经发育成熟的北地北腔，自己的时代，自己的声音，自己的情感。选词则略微滞后了一些：这时的词选，表现为由歌者选词而词人选词，由选歌型而以选歌为主之混合型，由纯选唐五代而兼选宋代人词等种种过渡特征。词选与词坛开始发生最初的生态关系。

北宋词坛与选坛的"唐五代崇拜"现象，反映了当时宋词还处在艰难的草创时期，未开辟出自己的宋体天地。词人们还习惯于模仿前贤，唱词者和社会大众仍然是从前的口味，于唐五代久玩而不厌，整个时代在曲子词文化上的"心理断乳期"还没有到来。

随着词选的逐渐成熟，选坛由北而南众流分竞。词人们一面在作词，一面又在选词，主体意识逐渐强化。南渡以来五大词人群，整体上说都个性自由发展，方向不同，形态多元。而宗派观念之滋生，群体意识之自觉，则呈不断向上的趋势。临安词人群是这个大趋势的顶峰。

这个时期的词选，保持着与词坛大体同步的运动。它们个性鲜明，主观议论的成分和色彩尤较前代为浓厚，选派型词选终于登上了选坛。词选逐渐成为词人群之选（of Association），词人群所选（by Association），选词人群（about Association），甚至专为词人群而选（for Association）。《阳春白雪》是以江湖词人群为主体并体现其审美思潮的选本，《乐府补题》是临安词人群之核心西湖吟社的后期社课之选。《绝妙好词》更属于这个群体，它与张炎词论、杨缵词法、词谱等，共同构成临安词人群的理论体系。《名儒草堂诗余》则又专选江西词人群，都是证明。

当然，在诗词发展史的上升阶段，崇拜前代、消化前代是正常的代际更迭模式。北宋人祭祀供奉唐五代，南宋人祭祀供奉北宋。南宋词人、词论、词选把热切的眼光从唐五代转到苏轼、周邦彦身上，转到元祐词人群身上，反复回味咀嚼，是一种正常的弃旧逐新。但我们注意到，宋词对唐五代的恋母情结在迅速褪去，甚至出现了对《花间集》的厌恶之辞，对晚唐五代北宋词坛的全面的道德否定；而对南宋词坛自己，却提前激发了咀嚼审视的热情。这两点，是我们在谈论南宋词选的过程中，需要特别予以关注的。

经历了南宋一百多年的大踏步成长，词选终于挟带着这种群体宗派意识，走向了自己最初的成熟。我们说，唐宋人选词结束在它们意犹未尽的辉煌之中，因为改朝换代而被突然打断，不得不落下壮丽的帷幕。但它们并没有烟消云散。它们散落在民间书箧，静静地等待着读者，等待着词坛春天，等待着属于它们的伟大与辉煌。

第四章 唐五代北宋的选歌

一、原始的选歌《云谣集》

（一）遥远而模糊的唐代词坛

谈论唐代词坛是困难的。一般认为，唐代是曲子词的孕育、诞生和初步定型的时期。严格地说，唐代还没有专业的词人、词人群体以及完整的词坛。

不过，我们是否可以作这样的整理：就流传下来的作品而言，唐代文人词大致有三个不同的类型和发展阶段：一是初唐、盛唐时期的乐府体词人，如《全唐诗》附词部分李景伯、沈佺期等人的《回波乐》，张说的《舞马词》，即是属于乐府诗中的杂曲歌辞，这时的作者，既可以目为乐府诗人，也可以目为曲子词人；二是中唐时期的民歌体词人，如张志和、刘禹锡、白居易等词人填《渔父》、《杨柳枝》、《竹枝》、《欸乃曲》诸调；三是晚唐时期的新体词人，如温庭筠、杜牧、皇甫松等人的创作。

这是文人词的基本状况。相比较之下，我们对市井民间和宫廷教坊情况的了解要可怜得多。在那里面，有宫廷调笑的产物，有教坊乐工的染指，有说唱艺人的创造，当然也有歌妓甚至市井痴儿騃女的吟咏。幸存到今天的敦煌词，仅仅给后人留下了一个朦胧而又模糊的面貌。《云谣集》的选源，就是这样一个非文人的刚刚起步的词坛。

值得庆幸的是，此时的词选，还没有来得及与词坛发生千丝万缕的联系,还没有延伸出互为因果的血脉根茎,甚至词坛本身还没有发育成形。市井百姓和文人士大夫传抄曲子词,处于一种非常随意的状态。这些抄卷能不能称为词选,都是问题。我们应该为此额手称庆:本来我们对这个背景一片茫然,几乎什么都不了解;本来我们无从下手,不知道该如何讲述这个时代的群体选择,群体倾向;本来我们根本无法重建词选、词人和词坛的血缘关系,只能对着那个遥远的时代垂手叹息。正是由于词选本身尚未发育成形,词坛本身尚未进化为它们的胎盘母体,叙述这个背景,对于词选研究暂时还并不特别重要。

所以我们尽管感到不安,却仍然可以掠过它们,直抵词选初祖《云谣集》。

(二)《云谣集》的发现与被盗

西北望,大漠苍凉,黄沙直上。沙漠中出现的《云谣集》是一个异数,唐五代北宋的异数。这部已知最古老的词选,早在一千多年之前沉湮失传,世人鲜知。宋代以来,人们一直认为赵崇祚《花间集》是最早的词选,说:"词之选本,以蜀人赵崇祚《花间集》为最古。"[①]说:"选录始于《家宴》、《花间》。迨《家宴》亡而《花间》为冠。"[②]谁也没有料到,在西北边陲的敦煌沙碛中,竟然沉埋着这样一部古老而迷人的词选,一部应该称之为选词家们最早祖先的曲子词选。

公元1900年,敦煌太清宫道士王圆箓(湖北麻城人)在清理被流沙掩埋的莫高窟第十六窟时,于该窟石壁侧发现了藏经洞。据光绪三十二年(1906)《重修千佛洞三层楼功德碑记》载:王道士"睹迤北佛洞寂寥,多为流沙所掩没,因设愿披沙开洞。庚子(1900)孟夏,新开洞壁偏北,复掘得一洞,内藏释典充宇,铜佛盈

---

① 清·陆蓥《问花楼词话》。

② 清·秦恩复《词学丛书》本《名儒草堂诗余·刻跋》。

座。侧有碑云:唐大中五年洪䛒立”。[①]

这就是近代学术史上与甲骨文、汉简、明清档案并称的古文献四大发现之一,大量的稀世秘帙从此回到人间。

说它们回到人间,意思是它们并非都回到了自己族人的手中。1907 年底,法国学者保尔·伯希和(Paul Pelliot)从乌鲁木齐出发,前往敦煌探险。1908 年 3 月 3 日,伯希和在王道士的带领下,走进了被他称为“至圣所”的藏经洞。他的震惊,他的狂喜,他的冷静,他快如闪电的手眼,足以让所有的中国人流下眼泪。伯希和以每天拆开一千捆古经卷的速度,对所有卷子进行了高速浏览和分类,准确地挑走了其中最精华的部分。然后继续他的远东漫游。第二年十二月,伯希和回到法国。在法国各界欢迎他归来的大会上,他毫无隐讳地讲述了整个盗经经过:

> (他)最终为我打开了那个小龛,整个龛不足三米见方,其中塞满了二三层文书。洞中有各种各样的写本,特别是卷子,但也有单页。既有汉文的,也有藏文、回鹘文和梵文写本。你们会毫无困难地想象,我当时该有一种什么样的令人心醉的激动心情涌遍了全身啊!我面对的是远东历史上需要记录下来的中国最了不起一次写本大发现。但看到这些写本,尚不是这一大发现的全部,我刻不容缓地琢磨,自己是否仅满足于对这些写本瞥一眼,然后就两手空空扬长而去,将这些注定要逐渐受到损坏的宝藏仍遗留在那里。非常幸运,王道士是个没有文化修养的人,属于热衷于搞建筑的修道人类别。为了建塔,他迫切需要银两。但我很快便放弃了获得全部文献的想法,因为王道士害怕轰动整个地区。我于是便蹲在洞子中,兴奋不已,整整三个星期。对全部藏书都编了简目。
>
> 在我经手的一万五千多份卷子中,我取走了所有那些以

① 马世长《藏经洞的封闭与发现》引《重修千佛洞三层楼功德碑记》。

其时代和内容而提供了一种重要意义者，也就是近全部写本的三分之一。在这三分之一写本中，我取完了用婆罗谜文或回鹘文写成的全部写本，许多藏文写本，但主要部分还是汉文写本。对于汉学研究来说，这都是一些无法估价的财宝。当然，其中的许多写本是佛教的，但也有历史、地理、哲学、经典、纯文学、各种契约、租约、逐日所作的札记。所有这一切都要早于十一世纪。[①]

除了掠走这六千多卷文书之外，伯希和还盗运走了两百多幅唐画与幡、织物、木制品、木制活字印字板、各种法器。除他之外，英国学者奥尼尔·斯坦因(M. Aurel Stein)也曾经潜入敦煌，盗运出多种精品。

两种《云谣集》抄卷的残本，混在这数千卷珍贵的古老文书中，分别流落到了英、法两国。清学部闻讯后，下令将劫余的一万多件卷子运回北京。在这些挑剩的典籍中，已经再也找不到《云谣集》的踪影了。

(三)《云谣集》的整理

最早发现这部词选并将它抄回中土的，是武进人董康。

董康(1867—1947)，字授经，自署诵芬主人，民国早期的古文献家兼法学家。一九二二年，董康旅游欧洲，从伦敦博物馆抄回了编号为“斯 1441”的《云谣集》卷子。原卷仅残存前十八首，而且讹误满纸。董氏边抄边为诓正，“未尽祛疑”。回国后，吴昌绶双照楼曾将抄件石印刊刻，后来董康将原件抄赠词学大师朱祖谋，朱氏如获至宝，即与词友况周颐参考吴刻本，“细意勾撢”，反复考校，一九二四年将此十八首残卷刻入《彊村丛书》卷首。

在此之前，日本学者狩野直喜博士曾抄得一种残卷，目录仅

① 法·伯希和《伯希和西域探险记》。

存前十八首，余俱不存。其来源不详，似亦出自斯坦因本。该抄本后来辗转归王国维收藏。一九二三年冬，法国人伯希和另外录过了一种残卷抄本，寄给大陆学者罗振玉。该本仅十八首，与伦敦藏本相同，而文字有异，俗称"伴小娘本"。它的来历，学术界一直争论不休。[①] 罗氏参考了狩野抄本之后"亟为印行，以传艺林"，刻入《敦煌零拾》中。该本将原卷中残缺、空白处一律删削，逐字连书，全失祖本旧貌。这有可能是伯希和过录时所犯的错误。

与此同时，伯希和所盗残本也被抄回。

一九二三年，北京大学教授刘复（半农）赴法国留学，研究语音学。他于闲暇中经常去巴黎图书馆阅读馆藏敦煌卷子，遂将所有一百零四种写本抄回，勒为三集，题作《敦煌掇琐》。"关于民间文学的归入上集，关于社会情事的归入中集，关于语言文字的归入下集。"[②]伯希和所盗走的《云谣集》残卷，编号"伯 2838"，赫然列于上集"小唱类"第二十五种。一九三一年中国科学院考古研究所考古学特刊第五号刊出此书。

这年夏天，龙沐勋获读《敦煌掇琐》中的《云谣集》残卷，发现与已经刻入《彊村丛书》的斯坦因本有异，乃亟奔走告其师朱祖谋。朱祖谋取两种残本对照，发现除了前二首《凤归云》词相同之外，余俱不同。伯希和本第三首正是斯坦因本最后一首之下仅残存词牌的那首《倾杯乐》。删去重复的两首，恰好符合原卷所题"云谣集杂曲子共三十首"之数，千年残编至此而成为完璧。[③] 朱

① 此本一般认为系出自斯坦因本。罗振玉《敦煌零拾》于《云谣集》卷首注云："出敦煌，今藏伦敦博物馆。"但其文字与斯本有些出入，如《柳青娘》一首"伴小娘"三字，为斯本所无。任半塘断为另一种抄本，与斯本、伯本皆无涉。见《敦煌歌辞总编》。

② 刘复《敦煌掇琐目录抄序》。

③ 斯本和伯本两种抄本合为完璧，实为龙沐勋所发现。龙氏将两种抄本呈朱祖谋，明显欲归功于其师。任半塘将两种残卷合并断为三十三首，并考证"共三十首"字样系抄手所妄加，不可信。（参见其《敦煌歌辞总编》）亦一家之说。

祖谋为之狂喜，即命弟子龙沐勋与杨铁夫等人一起细加校刊，“悉心钩稽”，又兼采董康、况周颐诸家的校刊成果，最后写定一本，打算补刻进《彊村丛书》。抗战事起，日寇进犯上海，朱祖谋因避兵火而稿本失其所在。是年冬天，朱氏病重卧榻，其子在整理旧物时发现了手稿。朱祖谋乃以手稿交付龙沐勋。朱死后，龙沐勋会同上海诸友，将该手稿刻入《彊村遗书》。

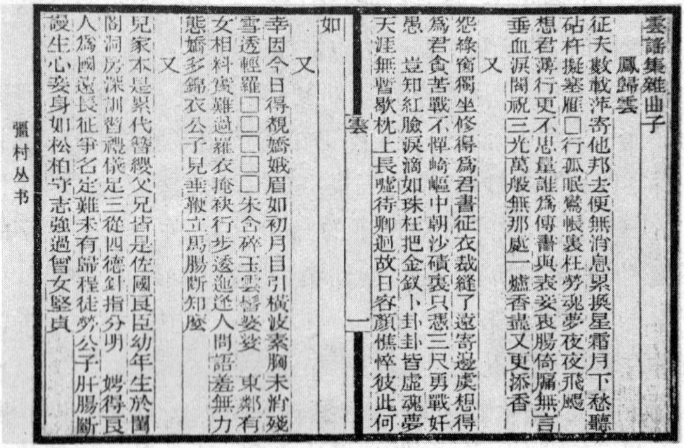
雲謠集雜曲子
鳳歸雲
征夫數載萍寄他邦去便無消息累換星霜月下愁聽
砧杵擬塞雁□行孤眠鸞帳裏枉勞魂夢夜夜飛颺
想君薄行更不思量誰為傳書與表妾衷腸倚牖無言
垂血淚闇祝三光萬般無那處一爐香盡又更添香
又
怨綠窗獨坐修得為君書征衣裁縫了遠寄邊虞想得
為君貪苦戰不憚崎嶇中朝沙磧裹只憑三尺勇戰奸
愚 豈知紅臉淚滴如珠枉把金釵卜卦卦皆虛魂夢
天涯無暫歇枕上長噓待卿迴故日容顏憔悴彼此何
雲 一
如
又
幸因今日得睹嬌娥眉如初月目引橫波素胸未消殘
雪透輕羅□□□□朱含碎玉雲髻婆娑 東鄰有
女相料實難過羅衣掩袂行步逶迤逢人問語羞無力
態嬌多錦衣公子見垂鞭立馬腸斷知麼
又
兒家本是累代簪纓父兄皆是佐國良臣幼年生於閨
閤洞房深訓習禮儀足三從四德針指分明 娉得良
人為國遠長征爭名定難未有歸程徒勞公子肝腸斷
謾生心妾身如松柏守志強過曾女堅貞
彊村丛书

彊村丛书本《云谣集》书影

稍后，北平图书馆与欧美各国图书馆交换馆员，王重民被派往巴黎，遂有《敦煌曲子词集》之辑。该书之中卷即为《云谣集》，其初版先后得到周一良、孙楷第、赵万里、阴法鲁、万斯年、曾毅公、杨殿珣等学者的参订，第二版又参考了刘盼遂校本、启功校本、孙贯文校本以及龙沐勋、任二北等学者的校刊成果。

除了上述各家之外，参与《云谣集》出土整理工程并有刊本的学者还有郑振铎、唐师圭璋、胡适、冒鹤亭、卢前、饶宗颐、任二北、潘重规、沈英名等人。俞平伯、夏承焘、赵尊岳、蒋礼鸿等众多学者也参加过整理校刊传刻的不同工作。在众多学者的共同努力下，《云谣集》正逐渐走出沙碛尘埃，显露出它的历史真容来。

（四）抄卷身世的几点推证

我们所知道并可以确信的《云谣集》最早版本，就是斯坦因所盗的十八首残卷本和伯希和所盗的十四首残卷本两种。

斯本卷首题“云谣集杂曲子共三十首”，前后计七十五行，行十七、十八字不等。词十八首抄写在《励忠节》抄卷的背面。伯本也题作“云谣集杂曲子共三十首”，共六十四行，行十六至二十字不等。较前本略草，词十四首。原卷一面抄有唐僖宗中和四年(884)《破除历》，另一面又抄金山天子时代所用的《杂斋文式》。《云谣集》即接书于《杂斋文式》之下。前后笔迹不同，决非同时一人所抄。根据抄本的线索和提示，我们作如下三点推测：

第一，《云谣集》系西北边地好事者所抄。

抄写者利用旧书卷空白处传抄《云谣集》，可能是因为边塞纸贵的缘故。据敦煌抄经记录，当时抄经者领取新纸皆须记账，抄错者则凭废卷换领新纸，而且废卷纸也不轻易丢弃。此外，两种抄卷都讹误满纸，除了别种原因之外，抄者文化水平较低是重要的原因之一。这些都使我们相信，不管《云谣集》是内地所编还是西北边陲的歌工、文士所编，（相信后者的可能性更大。唐师圭璋先生即主张系出自西北边陲歌工、文士之手。）其流行和抄录成卷，应该发生在玉门关外。

第二，两种抄本并非同一人所抄，其中一种可能出于有意补抄。

《云谣集》的两个抄本看来不是同一人所抄，它们字迹不同，抄写习惯也不完全一样。斯本抄者习惯将词牌抄于前一首末尾，而另行抬头抄第二首词；伯本抄者抄得行距细密，各词连书而下，基本不另行抬头。甚至常常漏书词牌“又”字，最后的《喜秋天》二词竟然连抄在一起。从所抄词的顺序来分析，我们推测存在这样的可能，即斯本在先而伯本在后，前者因为某种原因没有抄完《云谣集》三十首词，伯本的抄者见后有意另外补抄。两种抄本前二首《凤归云》词重复，似为取信同出一源。[①] 伯本第三首又恰好是斯本卷尾所残有题无词的《倾杯乐》，很难相信这仅仅是一种无意的巧合。

第三，《云谣集》原书可能是一部篇幅较大的歌曲总集。

根据以上推测，这两种抄卷都是过录本无疑，它们应该有一个共同的祖本。抄卷都题作"云谣集杂曲子共三十首"，毫无疑问"云谣集"是书名，"杂曲子共三十首"是什么呢？我们认为应该是书中的分卷（或分类）纲目。任二北《敦煌曲初探》曾经猜测，"杂曲子"不过是《云谣集》中各种可歌的诗歌体裁之一。这部歌曲总集应该有一定规模的卷帙，还有"云谣集大曲共□□首"，"云谣集杂曲歌谣共□□首"等诸多部分。岁久散失，后人不得窥其全豹。这样看来，《云谣集》就不大可能是市井之辈的随意抄撮，而是文士或乐工（疑是后者）有目的、有体例地编选成的。在所有与词有关的三十二卷敦煌卷子中，类似《云谣集杂曲子共三十首》这样的汇抄本而无书题者，尚有十余种之多，其中或其外有没有"杂曲子共三十首"的姊妹篇，很难断言。

《云谣集》中作品的产生时代，一般认为主要在盛唐前后。也可能有一些中唐甚至更晚的作品。近代学者张尔田（孟劬）曾经从词体格调上推断说："《云谣集》杂曲，若以格调论，的是唐教坊一种歌曲，似尚不及五代，何况北宋？"[②]龙沐勋则从这些作品的题材内容上分析，断为唐人之作，而且时代上溯到盛唐，他说："其曲词中所表现之情绪，乃往往与盛唐诗人'闺怨'、'从军行'等题相契合，则其词为开元、天宝间作品，出于刘、白之先，未可知也。……其为当世民间流行之歌曲，或且出于安史乱前，戍卒之远向西陲者，携以同去，故得存于敦煌石室。"[③]任二北《敦煌歌辞

① 今以二本对校，仅斯本第二首之第二句，较伯本多一"为"字，其余文字完全相同。

② 张尔田《与龙沐勋书》。

③ 龙沐勋《词体之演进》，载《词学季刊》创刊号。

总编》又逐首考证时代，大多确认为盛唐人所作。

《云谣集》编选成书的年代的下限，应该是斯坦因本与伯希和本的抄录年代。斯本抄之于前，伯本续之于后，“伯 2838”卷子正面为唐僖宗中和四年(884)《破除历》(或称《算会呈报都僧统之帐目》)，背面被利用来抄写金山天子之《杂斋文式》，《云谣集》接抄于其下。金山天子即归义军节度使张承奉，唐著名边帅河西节度使张议潮之孙。唐哀帝天祐二年(905)张承奉割据建国，号西汉金山国，自封白衣天子，后梁乾化元年(911)，甘州回鹘进攻沙州，遂降于回鹘，尊其可汗为父。张死，嗣绝。伯本《云谣集》的抄写年代应该在张氏立国以后，如果与《杂斋文式》的抄录时间相去不远，则可大致断在乾化元年(911)国亡以前。[①]

《云谣集》成书年代上限取决于三十首中最晚出的作品。争议较大的是《内家娇》(两眼如刀)一首。此词别见于敦煌“伯 3251”卷子，题作《御制临钟商内家娇》(案:“临钟”应为“林钟”)。这位御制作者是何人？饶宗颐断为后唐庄宗李存勗。依据此说《云谣集》之成书、抄录更在庄宗之后，去《杂斋文式》时代过远，似可商榷。施蛰存猜测是唐昭宗，因此断《云谣集》必编成于昭宗朝。[②] 任二北则肯定它是唐玄宗的作品，所咏之“两眼如刀，浑身似玉”的第一佳人，即杨玉环。[③] 另一首词《喜秋天》(潘郎妄语多)中，有“湛”字，此系唐敬宗的名讳，而书者不避，任二北据以考证说：

> 直书“湛”字不讳，足见所在卷子或其祖本，必写于公元八二五以前，“湛”字尚非帝讳之际。设谓写地在河湟失陷区

① 《敦煌遗书总目索引》载《敦煌遗书散录》云：“此《云谣集》即接书于《杂斋文式》之后，笔迹虽不同，其书写年代，不应距金山天子太远。金山天子与朱梁一代相始终，故可视为梁、唐间写本。则其著作与选辑时代，应在唐末矣。”其断著作时代似嫌过晚，系于此以备考。

② 参见舍之《历代词选集叙录》，载华师大《词学》第一辑。

③ 参见任半塘《敦煌歌辞总编》。

> 内，瓜、沙书手得从权不讳，则其时亦仅能在河湟收复以前，即宣宗大中二年，公元八四八以前。换言之：三辞之卷——包含《云谣》所在之“伯 2838”——均可能写于公元八四八以前。《云谣》之编选时期当然更早于此。而“伯 2838”卷内，在《云谣》文字之前，紧接金山天子时之文件，其书写时期限定在朱梁，无可动摇。①

《云谣集》的编选年代虽然不能具体确定，但在中唐以后至五代初年这一期间则是无疑的，尤其可能在中晚唐之交前后。这比编定于后蜀广政三年(940)的《花间集》约要早一百年。即使按成书于五代初假设，也比《花间集》早出三四十年。

（五）《云谣集》词人

《云谣集》所选录的曲子词，基本来自于非文士的创作。词人主体是市井百姓及乐工歌妓。三十首词中大量存在描写五陵年少、狎客薄情和女色荧惑之类的内容，反映了词人的生活环境和兴趣所在。同时，部分作品采用联章体，代言咏事，有较明显的戏曲痕迹。如《凤归云》第三、第四首，系歌舞曲辞，分别用男女双方口吻，演《陌上桑》求欢与拒婚之情节，较可能出自乐工歌妓之手。赵尊岳《读词杂记》曾说：

> 缅维当日，此三十首或出于歌楼酒人之口吻，或即为伎家操索之群工，见有旧谱，为撰新歌，率意取男女爱悦、伤离惜别之情事，纬之以音节，被之于歌筵，推其用心，正不在文字之求工，而务合于管色。

在群工歌妓之外，可能还有一些普通的市井小民之类的民间

---

① 任半塘《敦煌歌辞总编》。

作者。作为早期词，除了歌咏词牌本意、语言质朴等特点之外，作品内容往往与作者自身有最直接的联系，“饥者歌其食，劳者歌其事”。因此我们不仅可以根据其语言风格、审美情趣、思想境界来判定词人的社会身份，而且可以直接参考作品之口吻和所描写的内容。《云谣》词人中，相信还应该有思念征夫的戍妇，对生命和现实失却兴趣的小民，顾影自怜的闺秀，忠心耿耿事奉唐室的边疆武夫等等。敦煌抄卷有一个值得注意的现象：抄卷一般都存在大量的衍夺残缺和误字、别字，不细校对几乎无法阅读。《云谣集》也是这样。一些学者认为，误字别字是俗文学的书写习惯问题，也有人提出可能与藏经洞所藏系废弃抄卷有关。除了以上两种可能之外，是否还可以从另外两个角度来思考：其一，抄录者系根据口耳传播的讲唱歌舞作文字记录和整理，因此无从校误。其二，说明杂曲子的作者、唱者或传抄者汉文化水平较低，不是内地的市井之辈，就是边远州郡胡汉杂居地区的好事者。总之，我们认为《云谣集》与民间无名歌者、无名抄工有密切的关系。

《云谣集》中个别作品可能出于帝王之手。第二十二首《内家娇》（两眼如刀），“伯3251”卷子别题作《御制临钟商内家娇》。这位御制者，饶宗颐《敦煌曲》曾认定是后唐庄宗，引宋代的陶岳《五代史补》卷二记载云：“庄宗为公子时，雅好音律，又能自撰曲子词。其后凡用军前后队伍，皆以所撰词授之，使揭声而唱，谓之‘御制’。”施蛰存则以为是唐昭宗，证以宋代王灼《碧鸡漫志》卷二所记载：“唐昭宗以李茂贞之故，欲幸太原，至渭北，韩建迎奉归华州。上郁郁不乐，时登城西齐云楼眺望，制《菩萨蛮》曲。”施蛰存《历代词选集叙录》因而推断说：

> 《云谣》诸词均不著作者，唯《内家娇》（两眼如刀，浑身似玉）一首，王重民注云：“伯氏3251”号卷子亦载此曲子，题作《御制临钟乔内家娇》。临钟乔当是林钟商之误。按“斯氏2607”号卷子有御制曲子二首，无曲调名，又有《菩萨蛮》二

> 首,不著撰人,然即《中朝故事》、《梦溪笔谈》、《碧鸡漫志》诸书所载唐昭宗乾宁三年驾幸华州时所作者,此二卷当为同时写本。凡称御制者殆皆昭宗作。①

任半塘考证此词与前一阕《内家娇》(丝碧罗冠)同是唐玄宗所作,所咏之"风流第一佳人"乃杨贵妃。其《敦煌歌辞总编》有较详尽的讨论。

《云谣集》中还可能杂有文人的创作。如《拜新月》一首,被认为是"非民间文艺,但由乐工选之以应歌"。② 又比如《天仙子》二首,词藻工稳,文笔较为流畅清雅:

> 燕语莺啼三月半,烟蘸柳条金线乱。五陵原上有仙娥,携歌扇,香烂漫,留住九华云一片。　犀玉满头花满面,负妾一双偷泪眼。泪珠若得似珍珠,拈不散,知何限,串向红丝应百万。(其一)

> 燕语莺啼惊觉梦,羞见鸾台双舞凤。天仙别后信难通,无人共,桃花洞,休把同心千遍弄。　叵耐不知何处去,正时花开谁是主。满楼明月夜三更,无人语,泪如雨,便是思君肠断处。(其二)

二词俱以"燕语莺啼"起句,系联章体。前阕"烟蘸柳条"之"蘸",颇见雕琢刻画之功,泪珠串成珍珠的比喻想象,都不是民间词人能够吟得出来的。故王国维说:"《天仙子》特深峭隐秀,堪与飞卿、端己抗行。"③当是文人之笔。

---

① 华师大编《词学》第一辑。

② 任半塘《敦煌歌辞总编》。

③ 王国维《观堂集林·唐写本云谣集杂曲子跋》。

（六）以女性为中心的倾向

细心阅读这部词选，我们发现它与东汉末年流传下来的《古诗十九首》一样，弥漫着忧心忡忡的人生伤感。既没有任何高尚的思想和精神追求，也没有忧时念乱的家国情怀，它所展示的只是普通草民百姓的内心世界，草民百姓的苦恼和欢乐、悲戚和满足，是一幅难得的唐人世俗生活图卷。

从敦煌宝藏中发掘出来的众多曲子词，内容非常广泛。王重民《敦煌曲子词集叙录》曾经概括说，"今兹所获，有边客游子之呻吟，忠臣义士之壮语，隐君子之怡情悦志，少年学子之热望与失望，以及佛子之赞颂，医生之歌诀，莫不入调。其言闺情与花柳者，尚不及半。"任二北《敦煌曲初探》将这些曲子词按题材分类，竟列出二十项内容。

敦煌曲子词题材分类表

疾苦	怨思	别离	旅客	感慨
隐逸	爱情	伎情	闲情	志愿
豪侠	勇武	颂扬	医	道
佛	人生	劝学	劝孝	杂俎

根据任二北《敦煌曲初探》

但是，《云谣集》却并非如此。它除了第二十四首《拜新月》（国泰时清晏）系歌颂唐王朝海内升平天子万岁，第三十首《喜秋天》感慨人生短促、大自然更替无情之外，其余二十八首词都与女性有关，或者出以女性口吻，或者直接以女性为描写对象。这些与性爱和情色有关系的作品，大体有以下三种类型：

一是征妇之怨。这部分词以征妇的口吻，叙述其独守空闺的寂寞无聊生活，抒发其各种情感和愿望。或者埋怨消息不通："征夫数载，萍寄它邦，去便无消息，累换星霜。"（《凤归云》）或者忧伤青春红颜衰老："待卿回日，容颜憔悴，彼此何如？"（《凤归云》）或者沉醉在想象未来与意中男子重逢同眠共枕："早晚三边无事了，香被重眠比目鱼，双眉应自舒。”（《破阵子》）没有一点矫饰遮掩，非常朴实动人。

二是女性姿色。这一类词非常多，推测有的是歌妓美人的自夸之辞，有的则是风流男子对女色的观玩渲染，不外描绘女子体态如何姣好，容貌如何动人，服饰如何鲜艳等等。如《倾杯乐》一阕：“窈窕逶迤，体貌超群，倾国应难比。浑身挂绮罗装束，未省从天得知。脸如花自然多娇媚，翠柳画蛾眉，横波如同秋水。裙上石榴，血染罗衫子。”纯粹是简单的赋体写法，平面上渲染敷色，排比陈列，没有任何含蓄讲究和变化。

三是求欢与失恋。女子谴责性伴或情侣在外拈花惹草，冶游不归，渴望得到男子的性抚爱，这些词可能主要是歌妓的“杰作”，也不排除出自渴望异性的男子的风流狂想。如《渔歌子》词就写得极其大胆直率：“洞房深，空悄悄，虚把身心寂寞。待来时，须祈祷，休恋狂花年少！淡匀妆，周旋妙，只为五陵正渺渺。胸上雪，从君咬，恐犯千金买笑。”《凤归云》三、四两首描写五陵年少求欢于野，为少女所拒绝，也属于这一类作品。

为什么早期非文人词（主要是民间词）内容非常广泛，而作为选歌备唱的《云谣集》却题材内容相当集中，呈现为以女性为中心的倾向呢？我们认为，它可能是特殊环境之下特殊的消费群落强烈的消费选择所造成的。无疑，选歌型词选是大众共同选择的结果，代表了当日的传唱热点。曲子词在唐代原本与诗歌一样是泛题材的文体，而在敦煌沙碛，它第一次被作为性爱文化的一种特定形式来消费。无论创作曲子词，还是选择抄录曲子词，都以女性为中心展开，反映了边塞地区“文化沙漠化”和“社会性性饥渴状态”。

试想，那些玉门关外的沙漠之城远离中土，常年戍守征战于荒漠之中的将士由于缺少文化的消遣，更由于离开故乡热土，抛妻别子而倍感空虚寂寞，那些当地的市井乡间百姓同样由于缺少安定的生活环境，不能像中土人民那样多层次地享受汉族风俗文化，而需要相对原始的娱乐刺激和消遣。可以想象，在这些地方的井水道路之间，酒肆歌栏之内，最流行的曲子词当然会是那些描写戍妇幽怨、女色荧惑和男欢女爱者。这里，曲子词的传唱伴随着社会大众较为明显的情感饥渴的补偿宣泄。

边塞地区人口的男女性别比严重失衡，是曲子词女性化的重要诱因。“碛里征人三十万，一时回首月中看。”男人世界的凄凉绝望流露无遗。我们猜测，西北边塞地区人烟稀少，屯垦戍守和移民开荒者几乎都是青壮男性。不要说汉族年轻女子，就是少数民族女子恐怕都很少见到。城镇居民区这种情况也一定普遍存在。可惜我们没有具体数字来证明。汉武帝远征西域，设置“营妓”以待军士之无妻室者，是更早时代的例证；早期美国人开拓西部，荒凉的西部牛仔横行，女性很少见到，是域外的例证。二十世纪后期中国改革开放，大批移民涌入深圳，造成这座城市人口性别比严重畸形，女性多于男性若干倍，则是现代的一个反向例证。我们相信，边塞居民四处传唱以女性为主题的曲子词，将曲子词“改造”和“定型”为性文化的一种特殊诗体，是性别比失调环境下的必然选择。

晚唐五代以后文人词与非文人词都呈现以女性为中心的倾向（典型者如赵崇祚《花间集》），原因就有些不同了：它与曲子词的消费传播途径——歌妓传唱有关，与晚唐新体词人温庭筠的成功和示范有关，与全社会的人格精神堕落有关，与南朝宫体诗的影响有关。同样是以女性为中心，以性爱为兴奋点，后者属于“饱暖思淫欲”，而前者则为一种深沉的不幸。对此，我们应该予以区别对待。

（七）缺席词史意味着什么

传说汉代辽东人丁令威在灵虚山得道成仙后，化成仙鹤飞回故乡，结果发现从前熟悉的街坊邻居都不在了。原来在他修炼升仙的过程中，已经不知不觉过去了上千年，故乡已经面目全非。他只好失望地飞走。《云谣集》的走失和归来，很像丁令威的遭遇。它与唐五代北宋失散千年，等到重新相见的时候，无论性格还是外貌,相互间已经很难找到什么共同点了。

我们曾说,《云谣集》的原始性,与远古的《诗经》颇为相似。不知道作者姓甚名谁,不知道编者姓甚名谁,没有体例,没有序跋,只是一批来历不明的作品,挤挤挨挨地抄录在一起。有意思的是,生物进化研究发现,个体生命的基因包含有整个物种的进化信息。每一个个体生命的受孕、发育、成熟过程,总是要重复它所属物种的宏大进化过程。《云谣集》的出现,让我们不得不也有这样的联想。它的祖本,很可能只是唐代乐府歌辞的选本,或者这类选本的变体。

尽管只有萧萧寸帙,但它在词史上却具有极为重要的意义。它为后人补出了文人创作之外的一段市井民间词坛的空白。有了它,我们才分别具备了早期文人词的范本《花间集》和早期非文人词的范本《云谣集》。没有它,我们会误认为词选起源于文人士大夫。晚清的词学理论大师况周颐如果当年见到过《云谣集》,就不会那样捉襟见肘找不到证据,勉强以《花间集》为静穆、重拙、古朴的典范了。遗憾的是,它的发现太晚了,错过了宋代、明代、清代最黄金的称王阶段。

词选失而复得,《乐府补题》的例子让人浮想联翩。清初,《乐府补题》被浙西词人发现于常熟,由朱彝尊抄携至京师,传刻天下。结果引起了整个词坛风气的转变。词人们争相追和,婉转表达他们内心和品格,南宋骚体词从而大行其道,以"花草"为代表的唐五代北宋的流风余韵终于被迫退出历史舞台。《云谣集》没有这么幸运,它被发现的天时、地利、人和条件都不如《乐府补题》。它来晚了至少一百年,错过了一次次最佳的时间切口。如果它在乾隆、嘉庆年间被发现,被刊刻流传,落到常州词人群手里,落到周济手里,也许清代后期的词史就要部分改写了。如果再早一些,历史机缘让它现身于封窟不久的北宋,落到柳永等俚俗词人族手里,它那彻底而大胆的男女欢歌、情欲调笑,又会给宋代词人以怎样的惊喜呢?我们想象不出来。

我们怀疑,每一部词选身后都可能有一个最适合自己的时期，正像每一个伟大的词人身后都可能有一群属于自己的崇拜者一样。杰出的词选甚至能够创造一个完全属于自己的辉煌时代。关键是历史有没有提供这样的机遇。《花间集》和《草堂诗余》遇到明代，《绝妙好词》和《乐府补题》遇到明亡清兴，是它们的缘分，却未必没有历史机遇的因素。恰当的时间切口，出现了恰当的人物，利用恰当的事件，完成恰当的想法，历史就改写了。《云谣集》和《复雅歌词》等许多优秀的唐宋人词选，就像王昭君没有遇到善意高明的画师一样，要么没有遇到恰当的事件机缘，要么失去了恰当的时间切口，在激烈的传播竞争中落入下风，终于成为默默无闻的选本。

中国的文学始祖，北有《诗经》，南有《楚辞》，它们像黄河、长江养育了中华民族一样，养育了这个东方民族两千多年的文学。

谁也无法想象，中国文学如果没有《诗经》，会是一部什么样的历史。但这种可能，在词史上却是无法改变的事实：《花间集》就像词史上的《楚辞》，《云谣集》就像词史上的《诗经》。中国的曲子词家族就是这样一个单亲家庭，知其母而不知其父。一千多年漫长的词史，始终只有扮演母亲角色的《花间集》在哺育和滋润后代。《云谣集》的缺席词史，造成了曲子词世界中北方传统与南方传统的失衡，阴柔细腻之美与阳刚粗犷之美的失衡（当然，《云谣集》还不能完全代表阳刚之美），民间力量与文人士大夫力量的失衡。结果是如此的不公平：婉约成为主流，香艳成为正统，其他都不过是旁裔支脉。北宋词人与明代词人追随唐五代，显得那么理直气壮，轻松自如；而南宋词人和元代词人竭力开拓北方人文传统，却显得那么艰难，不断遭人诟病，非议四起。诗庄词媚，诗宽词窄，仿佛前世注定的命运。

我们常常想，北宋群贤在他们出发的时候，是不是问错了田夫，选错了方向？如果《云谣集》和《花间集》同时在场，各指左右一途，宋词、元词、明词、清词还会是今天这样的格局吗？

两组古老选集的要素对照表

对照组	选集	源地域	风格	题材	作者群	清晰度
父本	《诗 经》	北方	粗率朴实	宽泛	民间	作者不详
	《云谣集》	北方	粗率朴实	男女性爱	民间	作者不详
母本	《楚 辞》	南方	华美精致	忧患悲愤	文士	作者明确
	《花间集》	南方	华美精致	男女性爱	文士	作者明确

但为君故，沉吟至今。一切假设都为时已晚。唯一值得庆幸的是，曲子词进化史上缺失的一环毕竟被找到了，它证明曲子词像古老的诗歌一样，既有生母，也有生父。《云谣集》的历史地位不容置疑。朱祖谋评价《云谣》词曾经说："其为词朴拙可喜，洵倚声中椎轮大辂。"①作为传世的最早的词选，《云谣集》同样也是词选家的椎轮大辂。出于对词选始祖的敬畏，它的粗鄙，它的散乱，它的天真，我们只能祭拜尊重，而不能轻佻地嘲笑。

二、十国词坛与西蜀词人群

（一）三个词坛中心

从荒凉不堪的西北沙碛，切换到繁花似锦的都市，中国的曲子词要换妆变调了。

唐朝灭亡后，北方中原先后出现梁、唐、晋、汉、周五个政权，史称五代；南方则同时或先后建立了许多政权，合中原的北汉，史称十国。这个历史时期，传统与唐合称唐五代，或笼统地称为唐。其时，词坛的中心在南方诸国。因此词史上唐五代时期的起讫应该不同于历史时期的起讫，五代词坛确切地说应该称为十国词坛。它的终结，不是以后周政权的灭亡、赵宋王朝的建立为准，而

① 清·朱祖谋《彊村丛书》本《云谣集·刻跋》。

是以十国中最后灭亡的吴越国上版籍于宋，钱俶自请归于汴京的公元九七八年为准。十国词坛的最后一个词人群至此解体画上句号。这一年，词人李煜痛苦地死于牵机药，南唐最凄丽的背影也倒下了。

十国主要词坛生存周期标识表

词坛	时间码	标识事件
西蜀词坛（共59年）	907年	唐朝灭亡，王建称帝，国号蜀，史称前蜀。
	925年	后唐灭蜀，孟知祥始霸西蜀。
	934年	孟知祥称帝，仍国号蜀。史称后蜀。
	965年	宋人伐蜀，孟昶降，后蜀国亡。
吴越词坛（共86年）	893年	钱镠任镇海节度使，始霸吴越。
	960年	赵匡胤称帝，国号宋。史称北宋。
	978年	钱俶归顺，吴越亡。同年李煜卒。十国词坛终结。
南唐词坛（共39年）	892年	杨行密霸江南，定都扬州，始建吴国。
	937年	徐知诰（李昪）定都金陵，始建南唐。吴国亡。
	975年	宋伐南唐，李煜降，南唐国亡。

相应的词人群生存周期应短于词坛周期

我们猜测，当时南方长江流域先后有过三个词坛地域中心：一个是成都平原的西蜀词坛，一个是长江下游地区的南唐词坛，还有一个邻近南唐的吴越词坛。西蜀词坛和南唐词坛不用说，吴越词坛已基本被历史湮没，处于我们的视野盲区，情况不详。考南宋人王灼《碧鸡漫志》卷二谈论十国词坛时曾说：

> 唐末五代文章之陋极矣，独乐章可喜。虽乏高韵，而一种奇巧，各自立格，不相沿袭。在士大夫犹有可言，若昭宗“野烟生碧树，陌上行人去。”岂非作者？诸国僭主中，李重光、王衍、孟昶、霸主钱俶，习于富贵，以歌酒自娱。而庄宗同文，兴代北，生长戎马间，百战之余，亦造语有思致。

南唐、西蜀、吴越、后唐并举，显然认为吴越是有曲子词的。清人李调元《全五代诗》辑录到的吴越诗人，多达四十余家，更兼以钱俶、钱惟治、钱惟济、钱惟演父子都精通诗词书画，尚有个别曲子词作品传世，完全可能构成一个君臣曲子词群体。我们断定，吴越词坛应该大致与西蜀、南唐情况相似。只不过由于词总集、词别集的显影作用，这三个词坛依次呈现为明亮、灰暗、黑洞状态。[①]

十国三个词坛清晰度示意图

---

① 清人李调元《全五代诗》辑录到诗歌作品的吴越诗人凡有：钱镠、钱俶、钱惟治、钱惟演、钱惟济、钱昆、钱易、钱昭度、罗隐、章鲁封、杜建徽、皮光业、谢鹗、孙郃、邱光庭、林嵩、任翻、郑巢、周镛、屠环智、韦谦、李翰、叶简、殷天祥、舒道纪、吴仁璧、文喜、无作、延寿、赞宁、处默、仲休、吴越僧、杭州还乡和尚、吴越失姓名仁、方卜士、婺州山中人、越中狂生、蒋氏、王霞卿、越溪杨女、山阴老人、湖州人、吴兴神女、富春沙际鬼、牡丹妖、郭璞谶、钱氏琴、谑、无名氏。除了托名鬼神者之外，共四十五人。

强调吴越词坛和吴越词人群的隐性存在，有着重要的意义。谈论清代的环太湖词文化圈和杭嘉湖词派心脏地带（参见本书第七章），不能不追溯南宋临安词坛和临安词人群；同样，谈论临安词人群和江左风流，又不能不谈论钱塘人周邦彦，不能不追溯更早同一地域的吴越词坛和吴越词人群。

十国中的闽、楚、南汉诸国情况更为复杂。总体上看，这些区域历史上是南方百越民族的聚居地，唐宋时代仍然蛮夷杂居，汉族衣冠文化集中在少数人口稠密的城市。长沙、福州、广州经济比较发达，有歌舞诗乐方面的记载。考虑到它们曲子词的声音过于微弱，宋代以来这些地区都没有较大的词人群密集出现过（宋代闽中词人略多），我们倾向于把它们视为十国词坛的外围地区，不作过多涉猎。

从时间先后上看，吴越词人群和西蜀词人群都比南唐词人群早出现数十年。《花间集》十八家，南唐、吴越词人不与焉。《花间集》编选于后蜀广政三年（940），其时李昪篡吴称帝，建立南唐政权仅仅四年，李璟当时也只有二十五岁，封齐王。词人冯延巳为齐王府书记，词名未著，而后主李煜只有四岁。以帝王为核心的君臣词人群尚未形成。王国维《人间词话》曾经论断说："冯正中词虽不失五代风格，而堂庑特大，开北宋一代风气，与中后二主词皆在《花间》范围之外，宜《花间集》中不登其只字也。"结论是不对的。《花间集》十八家中，除晚唐温庭筠、皇甫松，后晋和凝以及荆南孙光宪之外，余十四家都是前、后蜀词人，而且多为时贤。编选者赵崇祚和作序者欧阳炯，都是后蜀的贵族子弟。至于皇甫松、和凝、孙光宪三人与西蜀地区有何特殊渊源关系，得以入选，尚待学界考证。很显然，《花间集》并不是一部十国词选，而是一部以西蜀词坛为主要背景和选源的区域性词选。

（二）西蜀词人群的基本特征

西蜀词人群整体特征鲜明，给后人留下了深刻印象。

在唐宋各词人群中，西蜀词人群有《花间集》，江西词人群有

《名儒草堂诗余》，都是缘由一部词选的召唤，而凝聚在一起的群体。这里存在一个微妙的差异：《花间》词人未必每个人全都互相认识，《名儒草堂诗余》中六十多位江西词人更不可能全都相互认识。严格地说，他们只能被称为《花间》词人族、江西词人族。在这两个词人族之中和之外，彼此相互认识、关系紧密的词人，才分别构成我们所说的西蜀词人群和江西词人群。其他没有关系或关系不明的同族词人，只构成群体的外围。

论身份特征，西蜀词人群主体是以帝王为核心的君臣贵族词人。前蜀后主王衍和后蜀后主孟昶是这个群体的核心。如果按照南唐李璟父子和吴越钱俶父子的情况类推，可能王建和孟知祥也与其子一样沉湎音乐歌舞，喜好曲子词。尽管他们是行伍出身。当然，这还需要新发现的文献予以证实。据源出南宋陆游跋本的汲古阁本《花间集》题名，在君王的领衔下，这个族群中有太尉（顾夐、魏承班），太保（鹿虔扆），司徒（毛文锡），有宰相（韦庄），侍郎（薛昭蕴），中书舍人（张泌、欧阳炯），有学士（牛希济），给事（牛峤），参卿（尹鹗），秘书（毛熙震）。布衣只有阎选和波斯秀才李珣。阎选虽为布衣，却是王衍左右相当于"待诏"地位的词臣，与欧阳炯、鹿虔扆、毛文锡、韩琮事后主，时号"五鬼"。

值得一提的是，唐宋词中出现了稀见的外国人：波斯人李珣。他的罕有，如同唐诗之有阿倍仲麻吕。李珣父辈从波斯迁来，因随唐僖宗入蜀，遂留蜀中。时人何光远《鉴诫录》记载："尹校书（鹗）者，锦城烟月之士，与李生（珣）常为善友。遽因戏遇嘲之，李生文章扫地而尽。诗曰：'异域从来不乱常，李波斯强学文章。假饶折得东堂桂，胡臭熏来也不香。'"（卷四）蜀中士大夫的这种轻佻浮滑习气，这种排外的大汉优越感，与盛唐时代李白、王维、储光羲对阿倍仲麻吕那种发自内心的深厚感情相比，真有霄壤之别。

论渊源关系，西蜀君臣词人群是南朝齐梁陈隋君臣诗人群的再世轮回。我们应该记得，梁简文帝萧纲、武帝萧衍、陈后主陈叔宝、隋炀帝杨广乃至唐太宗李世民的左右，都簇拥着一群不拘形迹的翰苑学士、文学弄臣。他们君臣之间的往来唱和，推动了宫体诗极盛一时。西蜀词人群完全复制了这种君臣群体的模板。宋人曾记载说："伪蜀欧阳炯尝应命作宫词，淫靡甚于韩偓。江南李煜时近臣私以艳薄之词闻于王听。盖将亡之兆也。君臣之间其礼先亡矣。"①又有记载云："五代和鲁公凝长于歌诗，初辟征西从事，军务之余，往往为歌篇。诏使往来，传于都下。当时籍籍，以为宫体复生。"②

还有一个相似的历史细节：后晋和凝风流放浪，为词浮艳。其《柳枝》词云："雀桥初就咽银河，今夜仙郎自姓和。不是昔年攀桂树，岂能月里索嫦娥？"及至入相，颇悔之，乃托人收拾焚毁这些艳词，而"终为艳词玷之"。同样的情况，几百年前的南朝就已经出现过：梁简文帝为太子时，好作艳诗，境内化之，浸以成俗。晚年追之不及，乃令徐陵选为《玉台新咏》以大其体。③ 尽管和凝作为《花间》词人族的一分子，仅仅是西蜀词人群的外围词人，但行迹和心态仍然具有鲜明的代表性。

所以我们说，无论从群体构成还是从创作风貌来看，西蜀词人群都是南朝齐梁陈隋君臣贵族诗人群和宫廷文学的再世和延伸。南唐词人群和吴越词人群如果存在，也必定是这种基本模式的拷贝、再拷贝。

这是我们的基本判断：西蜀词人群生活在繁华富庶的锦城，造就了放浪形骸痛享现世人生的世俗观念；生活在"蜀道之难难于上青天"的川中平原，养成了天险可恃的特殊升平心态（相比之下，处于平原地区的南唐词人似乎更多地流露出末世危机感）；生活在声妓歌舞特别发达的都市氛围之中，又刺激了"性爱文化"、"情色主题"的蔓延和升温。这些环境因素交织在一起，造成词人的人格观念极度淡薄，造成这个群体永远是以娱乐遣兴为主要创

① 宋·田况《儒林公议》。
② 宋·龚鼎臣《东原录》。
③ 参见唐·刘肃《大唐新语》。

作动机,以酒筵歌畔为主要创作环境,以男欢女爱为主要创作母题,以宫室闺阁为主要作品氛围,以歌妓小唱为主要消费方式。

刚刚走出唐代青楼,又深陷十国的宫廷官邸。曲子词的宿命,注定了它有一个难堪的童年。

三、香艳体鼻祖《花间集》

(一)《花间集》产生的自然生态环境

谈论词学伦理和词学心理,有时候我们会心怀不安,下笔迟疑。而谈论词学地理则很少这样的心理负担。有理由相信,词学地理学专著一定会比词学伦理学、词学心理学专著出现得更早,研究得更深入。唐诗地理学的成就是我们的榜样。地理是非常稳定的观察窗口。相对于交通、赋税、建筑、风俗、人口、兵役、集市等社会元素来说,地貌、山川、河流、气温、降水、植被、季候等自然元素,千百年来相对变化较小。取样和观察现代,可以直接还原古代。尽管它们与文学创作的关系更为间接,更为隐蔽,更为复杂。

《花间集》产生于四川盆地境内,属于一种非常特殊的盆地亚文化。

四川盆地总面积 26 万平方公里,底部面积 16 万平方公里。按其地理差异,境内大致分为盆西平原、盆中丘陵和盆东平行岭谷三部分。位于龙泉山和龙门山、邛崃山之间的盆西平原,系断裂下陷由河流冲积而成,面积约八千平方公里,习惯上称其为成都平原。平原地区海拔 450 米至 750 米,地势由西北向东南倾斜,地表平坦,相对高差不超过 20 米至 50 米。地表岩石主要为紫红色砂岩和页岩,这两种岩石极易风化发育成紫色土。紫色土含有丰富的钙、磷、钾等营养元素,有利于亚热带作物生长,是中国最肥沃的自然土壤。加以岷江、沱江、涪江、青衣江等八条河流纵横交错,盆地内气候温暖潮湿,成都平原很早就已经是著名的天府之国。

盆地边缘属强烈上升的褶皱带。西面是青藏高原的邛崃山、大凉山，南面是云贵高原的大娄山，北面是秦巴山地的米仓山、龙门山、大巴山，东面则有高耸入云的巫山。群山海拔大多在一千五百米至三千米左右。自古以来，蜀道难难于上青天。入蜀道路稀少而险阻，盆地与中原地区相对隔绝。

由于地形闭塞，盆地的气温要高于同纬度的其他地区。年平均气温在16—18℃之间，属中亚热带。东南部的长江河谷甚至相当于中国南岭以南的南亚热带气候。最冷月均温度为5—8℃，较同纬度的上海、武汉及纬度偏南的贵阳高2—4℃。极端最低温度为零下6—零下2℃。全年霜雪少见，年无霜期长达280—350天，十分有利于经济作物的生长。

四川盆地年降水量1000—1300毫米，盆地边缘山地降水特别充沛，如乐山和雅安间的西缘山地年降水量为1500—1800毫米，为中国突出的多雨区。但冬干、春旱、夏涝、秋绵雨，年内分配不均，70%—75%的雨量集中在六月份至十月份。最大日降水量可达300—500毫米。唐人即有"巴山夜雨涨秋池"的名句。夜雨占总雨量的60%—70%以上。盆地内雾大湿重，云低阴天居多。年相对湿度之高也为中国之冠。盆地年日照仅900—1300小时，年太阳辐射量为每平方厘米370—420千焦耳，都是中国的最低值。

成都开封杭州三地现代气候对照表

地区	年均降雨量（毫米）	相对湿度（%）	全年无霜期（天）	年平均气温（℃）	年均日照率（%）
成都	1300	82	280—350	16.4	28
开封	670	69	213—215	14.2	51
杭州	1435	76	230—260	16.2	45

对诗词创作影响最大的土壤、植被、物产等参数，是我们最感

兴趣的地理要素。但这些要素古今的变化还是过于大了一些。四川盆地的紫色土多年来流失严重，古汴梁的地面遗迹已经被湮埋在开封地下八到十二米地层中。想重建它们的生态环境难度很大。而降雨、日照、湿度、温度等参数，一千多年来变化较小，现代数据可以直接作比对。

我们看到，与杭州（古临安）、开封（古汴京）相比，成都（古蜀都）是最潮湿的地方、太阳照射最少的地方、气候最温暖的地方，无霜期最长的地方。总体上说，这一地区的季候特征大致类似于富庶的烟雨江南。略有不同的是，江南阳光明媚，西蜀阴郁多云，尤其是经常大雾弥漫，为其他地方所稀见。云雾之于中国山水画的空灵夭矫、虚实变化，有着非常直接的联系；而云雾之乡的多雾景象对曲子词有什么影响，我们却从来没有意识到。此外，江南水面空阔，河湖港汊密如蛛网，形成类似自然湿地的水乡泽国。前人说"许浑千首湿"显然过于夸张了，读过姜夔的词，才会知道什么叫做湿，什么叫作烟波之境；读过英国诗人的句子："我怎么才能让你看到，我身体里正在下着雨。"（斯铁西·格雷克）才会知道浸透诗人心灵的潮湿。西蜀缺少开阔的湖泊，却有着更多的山地丘陵；江南地域平坦，无险可依，百姓多谨慎胆怯，西蜀地域极端封闭，自成一体，百姓多闲暇从容而无所顾忌。

尽管有很多差别，在我们看来，西蜀仍然是西南版的烟雨江南，与杭嘉湖地区高度接近，有着非常相似的季候基因。把它们联系在一起谈论，有助于我们建立和认识南方系词坛群体。

关于古代的气温变化周期，竺可桢先生有较深入的研究。他根据中国五千年来古气候学、物候学、考古学的研究成果，以及古代文献的种种记载，曾经列出中国近五千年来的四个冷暖变化周期。①

① 王会昌等《长江流域人才地理》第五章引。

由此我们得出另一种形态的群体组别：温暖季候型群组，包括西蜀词人群、南唐词人群、台阁词人群、临安词人群、江西词人群；寒冷季候型群组，包括元祐词人群、大晟词人群、南渡词人群、中兴词人群、江湖词人群，以及所有的清代词人群。我们暂时看不出气温季候的变化对词人群创作的直接影响，但间接的影响一定存在，只不过我们还没有能力把握而已。如果一定要找出它们之间的大致规律，也许可以说：温暖季候型群组常常倾向于安详与守成，是富庶与享乐型群体，类似于南方系群组；寒冷季候型群组常常倾向于突破与创造，是焦虑与冲动型群体，类似于北方系群组。也许它们之间还有更深刻的区别，更直接的因果联系，限于专业视野，我们不能作更详尽的展开。词学地理学是一个需要更多关注的研究领域。

中国气候冷暖变化周期对照表

交替阶段	变化周期	主要气候特征及证据	延续时间	词人群
第一温暖期	前3000—前1000年仰韶文化，安阳殷墟	黄河中下游为亚热带气候，气温比现今高2到3度	2000年	——
第一寒冷期	前1000—前850年商—西周	周孝王时，江汉两次结冰	150年	——
第二温暖期	前770—公元初春秋—西汉	黄河下游遍生竹、梅	770年	——
第二寒冷期	公元初—600年东汉—南北朝	淮河、南京结冰，阴历四月降雪，气温比现今低1到2度	600年	——
第三温暖期	600—1000年隋唐—北宋初年	长安冬季无冰雪，8世纪至9世纪长安种梅，柑橘结实	400年	西蜀、南唐、台阁
第三寒冷期	1000—1200年北宋初年—南宋中叶	11世纪初，华北无野生梅树。12世纪太湖结冰，福州荔枝冻死	200年	元祐、大晟、南渡、中兴、江湖
第四温暖期	1200—1300年南宋中叶—元初	13世纪后半叶，西安与河南一带生竹，并设竹监司	100年	临安、江西
第四寒冷期	1400—1900年明—清	太湖结冰数尺，人可在冰上行走。江西柑橘全部冻死	500年	所有明清词人群

西蜀词人群和《花间集》所依托的自然生态环境，就是这样一个处在第三温暖期阶段，相对温暖而阴郁、潮湿而多雨、富庶而安详的封闭盆地。

强调盆地的封闭性非常重要。李白和苏轼也都是蜀人，但与盆地文化和自然生态没有太大关系。李白二十五岁（一说二十二岁）出蜀漫游天下，苏轼二十一岁出蜀入京，行踪遍及大江南北。而西蜀词人群生逢战乱割据，生活范围相对受到限制。是“留鸟型词人”，而不是“候鸟型词人”。

（二）《花间集》产生的社会生态环境

陆游读《花间集》，曾经叹息说：面对天下岌岌可危，老百姓逃难奔走命都难保，这些士大夫贵族词人竟然如此风花雪月，浅斟低唱，良心何在？

生当乱世，陆游自然会产生如此悲愤感慨。他还多年在蜀中王炎、范成大幕府中任过职，对蜀中比较了解。但这种“乱世风月”的推测，并不完全符合事实。西蜀与当时的中原地区很大的不同在于，战乱的时间短暂，承平享受的时间较长。《花间》词人是在一片富贵馨香中出现的。

我们知道，四川盆地有两大特点：一是群山环绕与中原地区隔绝，很容易形成割据独立的形势；二是物产丰饶，生活奢靡，有“天府之国”、“扬一益二”的美称。初唐人陈子昂说：“国家富有巴蜀，是天府之藏。自陇右及河西诸州，军国所资，邮驿所给，商旅莫不皆取于蜀。又京师府库，岁月珍贡，尚在其外，此诚蜀国之珍府。”[①]宣宗大中九年（855）卢求作《成都记序》也有同样的议论，说：“大凡今之推名镇为天下第一者，曰扬、益。以扬为首，盖声势也。人物繁盛，悉皆土著，江山之秀，罗锦之丽，管弦歌舞之多，伎巧百工之富，其人勇且让，其地腴以善，熟较其要妙，扬不足以侔

---

① 唐·陈子昂《上蜀川军事》，《全唐文》卷二百一十一。

其半。”唐末王建率大军围攻成都，曾以蜀中富贵劝励部下，说：“西川号为锦花城，一旦收剋，玉帛子女，恣我儿辈快活也！”[①]于是城池乃一鼓而克。唐王建、后唐孟知祥入蜀，先后割据称王，不听中原号令，因此贡赋皆省，府库充盈。尽管中原战乱不已，而蜀中君臣百姓仍然能安享升平和富贵生活。此类记载很多，当时人和稍后的宋人都有。如云：

后主时，(蜀中)城内人生三十岁，有不识米麦之苗者。每春三月、夏四月，多有游花院及锦浦者，歌乐掀天，珠翠填咽。贵门公子，华轩彩舫，共赏百花潭上。至诸王、功臣以下，皆各置林亭。[②]

是时蜀中久安，赋役俱省，斗米三钱，城中之人子弟不识稻麦之苗，以笋芋俱生于林木之上。盖未尝出至郊外也。村落闾巷之间，弦管歌诵，合筵社会，昼夜相接。府库之积，无一丝一粒入于中原，所以财币充实。[③]

前、后蜀君臣生活极为奢靡，尤其以王衍与孟昶为最。他们沉醉于淫乐槃游，极大地影响了蜀中士女百姓的生活风尚。据《蜀梼杌》等书的记载，王衍造宣华苑，延袤十里，内有宫殿亭阁不计其数，“土木之功，穷极奢巧。衍数于其中为长夜之饮，嫔御杂坐，舄履交错。”王衍出游浣花溪，“龙舟彩舫十里绵亘，自百花潭至万里桥，游人士女珠翠夹岸。”[④]毫不逊色于隋炀帝的南游。又作《醉妆词》云：“者边走，那边走，只是寻花柳。那边走，者边走，

① 宋·李昉等《太平广记》卷一百九十引孙光宪《北梦琐言》。
② 后蜀·景焕《野人闲话》
③ 宋·张唐英《蜀梼杌》卷下。
④ 宋·张唐英《蜀梼杌》卷上。

莫厌金杯酒。”[①]活画出了一个堕落昏君沉湎于酒色的生动形象。

孟昶稍微比王衍有所收敛，但也并不好多少。据《宋史》，“昶在蜀专务奢靡，为七宝溺器，他物称是。”[②]宋太祖伐蜀，孟昶派遣其子玄喆率兵扼守剑门，“玄喆辇其爱姬，携乐器伶人数十以从，蜀人见者皆窃笑。”[③]对照杜甫出征场面“牵衣顿足拦道哭，哭声直上干云霄”的描写，这哪里像是在打仗？将帅不像，百姓也不像。蜀中的老百姓对于发兵打仗，事不关己，安之若素，不仅没有四处惊慌奔走，反而毫不在乎地站在路边指指点点看热闹。

于是，上自文臣武将，下至里巷平民，安享富贵翕然成风。赵崇祚之父赵庭隐身为后蜀重臣，“久居大镇，积金帛巨万，穷极奢侈，不为制限。营构台榭，役徒日数千计。”[④]《花间》词人牛希济叙述当日士风说：“浮薄之子，递相唱和。……至于傅粉熏香，服饰鞍马之费，多致匪人，成于牧宰，取资货以利轻肥，朋党比周，交游酒食，乱其国政，于斯为盛。”[⑤]前引毛文锡《甘州遍》词咏士大夫沉湎于冶游，“醉红楼，尧年舜日，乐圣永无忧”，最可见当时的社会心态。

所以我们断言，《花间集》远离战乱，是在“乐圣永无忧”的特殊社会环境中产生的选歌词选。

（三）编选者赵崇祚

《花间集》的编选者为后蜀贵族子弟赵崇祚。崇祚字弘基。据明正德覆宋晁谦之跋本《花间集》总目行款，赵崇祚曾仕后蜀官至银青光禄大夫行卫尉少卿。据宋人记载，赵崇祚

① 清·彭定求等《全唐诗》引。
② 元·脱脱等《宋史》卷四百七十九《西蜀孟氏》。
③ 宋·欧阳修《新五代史》卷六十四《后蜀世家》。
④ 宋·路振《九国志》卷七《后蜀赵庭隐传》，载《永乐大典》卷 18136。
⑤《全唐文》卷八百四十六牛希济《贡士论》。

系庭隐之子，与赵崇韬为昆仲。赵庭隐原为开封人(一说系太原人)。初仕后梁为裨将，为后唐庄宗所执，遂归顺后唐。随孟知祥入西川，复仕后蜀，积功至金紫光禄大夫检校司空守汉州刺史，上柱国充左厢马步军都指挥使。受孟知祥遗昭辅政后主，官至太师中书令，封宋王，位极荣宠。[①]《太平广记》卷四百零九引《北梦琐言》载：

伪蜀主当僭位，诸勋贵功臣竟起甲第，独伪中令赵廷隐起南宅北宅，千梁万拱，其诸奢丽，莫之与俦。后枕江渎，池中有二岛屿，遂甃石循池，四岸皆种垂杨，或间杂木芙蓉，池中种藕。每至秋夏，花开鱼跃，柳荫之下，有士子执卷者、垂纶者、执如意者、执麈尾者、谈诗论道者。一旦，岸之隈有莲一茎，上分两歧开二朵，其时谓之太平无事之秋，士女拖香肆艳，看者甚众。赵廷隐画图以进，蜀主叹赏。其时歌者、咏者不少。

文中所描述的赵氏家族的生活状况，与《花间集》中的作品状况非常吻合。我们猜测，这个赵氏后花园池塘，有可能就是《花间》词人经常聚集吟咏的地方。

赵庭隐二子，赵崇祚从文，赵崇韬习武。史称崇韬少时骁勇，有其父风。累从征讨有功，著副兵马使。辅佐后主孟昶，与王昭远、伊审徵、韩保正等分掌机要，总内外兵柄。后宋师南伐被擒。崇韬之子赵文亮，尚孟昶公主。

赵崇祚生平事迹的其他记载较罕见。据王兆鹏《词学史料学》，尚有两则记载可考。其一是宋人陈思记载，称赵崇祚于后蜀明德二年至四年(935—937)间还曾经任大理少卿。[②] 时间差不多是编选《花间集》的稍前或同时。其二是宋人马永易的记载，称：

---

① 宋·路振《九国志》卷七《后蜀赵庭隐传》，载《永乐大典》卷 18136。
② 宋·陈思《书苑菁华》卷十六《后蜀林罕字源偏旁小说序》。

“五代后蜀赵崇祚以门第为列卿，而俭素好士，大理少卿刘翯、国子司业王昭图年德俱长，时号宿儒，崇(祚)友之，为忘年友。”①尽管都不是很重要，但补出了赵崇祚生平事迹的一些细节。

赵崇祚身居列卿，又为后蜀国戚，父兄执政总兵，地位尊崇可以想见。

(四)《花间集》释名

《花间集》的取名，有什么含义？它象征和体现了什么？

欧阳炯《花间集序》称：“(赵崇祚)以炯粗预知音，辱请命题，仍为叙引。昔郢人有歌《阳春》者，号为绝唱，乃命之为《花间集》。”这段表述意思含混，未正面说明取名“花间”的用心所在，又似是以花比喻绝妙好词。后人为《花间》释名者，仅见施蛰存一说：

> 集名“花间”，炯《序》中所释，其取义殊不明晓。然韩退之《进学解》云：“诗正而葩”，后人因称《诗经》为“葩经”。《说文》云：“葩，华也。”段玉裁云：“华，丽也。草木花最丽，故凡物盛丽皆曰葩。”又《一切经音义》引《声类》云：“秦人谓花为葩。”盖葩即古花字也。又三陇民间流行之小令曲，俗谓之花儿，至今犹然。又古希腊有诗铭集，曰 Anthologie，义云花束，今欧洲语谓诗文选集皆曰 Anthologie，其编纂者则谓之 Anthologist，义云采集花儿者。古今中外，以花喻诗，不谋而合。《花间集》之取义，殆亦同然。②

此说是否已完全得欧阳氏、赵氏之原意，还很难断言。我们觉得在此之外还可以从其他一些角度来诠释“花间”，把握其内涵和象征意义。或许古人命名之深心正在此中，亦未可知。

---

① 宋·马永易《实宾录》卷六“忘年友”条。

② 舍之《历代词选集叙录》，华师大《词学》第一辑。

其一，体现了《花间集》以锦城为选词主要范围的地域特征。《花间集》以西蜀词坛为主体选源和选择重心。而词人萃集的成都花繁如海，古有锦城的美誉。杜甫《春夜喜雨》诗："晓看红湿处，花重锦官城。"孟昶好赏花，经常游浣花溪观赏沿岸百花。"是时蜀中百姓富庶，夹江皆创亭榭，游赏之处，都人士女倾城游玩，珠翠绮罗，名花异香馥郁森列。"①孟昶还下令城上尽植芙蓉，以幄幕遮护。史载其时"城上尽种芙蓉，九月间盛开，望之皆如锦绣。昶谓左右曰：'自古以蜀为锦城，今日观之，真锦城也！'"②

其二，说明了《花间集》以女性为描写中心的内容特征。人们习惯于用花比喻诗歌，也习惯于用花来比喻年轻漂亮的女子。《花间集》所选五百首词之中，绝大多数是艳词，与性或女性有关。据宋人陈振孙《直斋书录解题》卷十五著录，前蜀后主王衍曾经

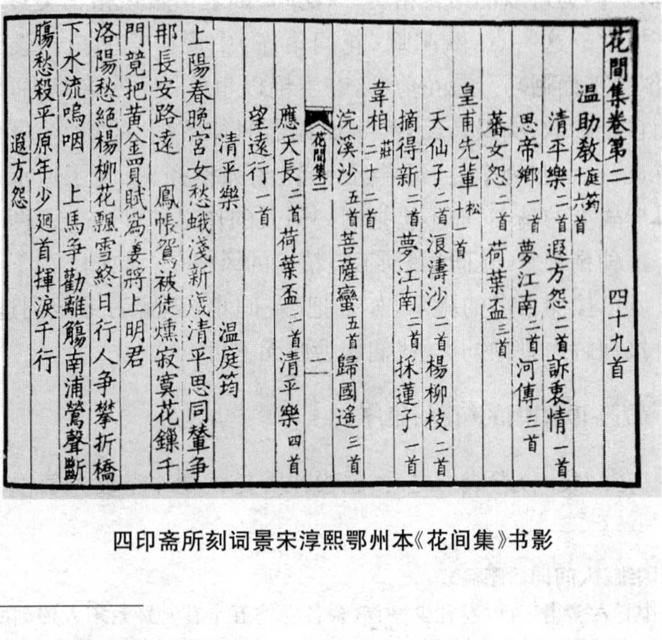
花間集卷第二　四十九首
温助教庭筠十六首
清平樂二首　遐方怨二首　訴衷情一首
思帝鄉一首　夢江南二首　河傳三首
蕃女怨二首　荷葉盃三首
皇甫先輩松十一首
天仙子二首　浪濤沙二首　楊柳枝二首
摘得新二首　夢江南二首　採蓮子一首
韋相莊二十二首
浣溪沙五首　菩薩蠻五首　歸國遥三首
應天長二首　荷葉盃二首　清平樂四首
望遠行一首
清平樂　温庭筠
上陽春晚宮女愁蛾淺新歲清平思同輦爭那長安路遠　鳳帳鴛被徒熏寂寞花鏁千門競把黃金買賦爲妾將上明君
洛陽愁絕楊柳花飄雪終日行人爭攀折橋下水流嗚咽　上馬爭勸離觴南浦鶯聲斷腸愁殺平原年少迴首揮淚千行
遐方怨

四印斋所刻词景宋淳熙鄂州本《花间集》书影

① 宋・张唐英《蜀梼杌》卷下。
② 宋・张唐英《蜀梼杌》卷下。

"集艳诗二百篇",命之曰《烟花集》,凡五卷,自为之序。《花间集》正是它的姊妹编,"花间"之花是芙蓉花,也是"烟花",象征女性和妓情。其次《花间集》的编选受到南朝徐陵《玉台新咏》的很深的影响。两者的选录标准非常相似,欧阳炯的骈文序与徐陵的骈文自序也有许多相同的地方。王国维说:"读《花间》、《尊前集》,令人回想徐陵《玉台新咏》。"[①]"玉台"一词,原出于王逸《九思》,后人专以指女性之居所,或用以"喻妇人之贞"。《玉台新咏》也是一部艳诗选集,其书名的涵义可以启发我们理解《花间集》的命名。又欧阳炯序云:"绮筵公子,绣幌佳人,递叶叶之花笺,文抽丽锦。举纤纤之玉指,拍按香檀。不无清绝之词,用助娇娆之态。"说明《花间》词人不仅以女性为主要描摹刻画对象,而且有女性直接参与创作活动,不仅心在烟花之间,也直接置身于烟花中间。

其三,提示了《花间集》辞藻工丽篇章华美的风格特征。以花喻诗,是因为诗歌的语言精美。《花间》词之语言风格精美玲珑又异于恒常。这一点,欧阳炯《花间集序》中说得很明白:"镂玉雕琼,拟化工而迥巧。裁花剪叶,夺春艳以争鲜。……名高白雪,声声而自合鸾歌;响遏行云,字字而偏谐凤律。"《花间》十八家词五百首,编选者厘为十卷,每卷五十首,颇为整齐。[②] 为了追求这种编排形式上的精美,而不惜把同一词人的作品割裂在上下两卷之中。这种精神与《花间集》词工整精美的风格是一致的。

所以按照书名的提示,如果把《花间集》理解为锦城词选,或者直接理解为香艳词选,我们认为亦无不可。

(五)欧阳炯的《花间集序》

《花间集》分卷成书之后,赵崇祚委托武德军节度判官欧阳炯

① 王国维《人间词话删稿》。

② 其中卷六多出一首,卷九少一首,余各卷均五十首。疑系宋人传刻所致。后蜀韦縠所选诗集《才调集》十卷,录诗一千首,每卷一百首,与《花间集》同时代而体例相似,可以参证。

作序。欧阳炯是前蜀降臣。前蜀亡，随王衍至洛阳，复仕后唐。孟知祥入蜀称帝，再为中书舍人。谄事后主孟昶，仕至宰相，与毛文锡、鹿虔扆等号称“五鬼”。人格复杂，心计很深。史书记载其人其事，有褒有贬，说法不一。《宋史·西蜀世家》称：“卿相以奢靡相尚，炯犹能守俭素。”“尝拟白居易讽谏诗五十篇以献，昶手诏嘉美，赉以银器、锦彩。”清人吴任臣《十国春秋》也有类似记载，说：“欧阳炯性坦率，守俭素。好为歌诗，尝拟何氏《讽谏》五十篇献昶，昶叹赏之。”给人印象是孟昶左右的一个忠臣。但北宋人李焘却记载了一个完全不同的形象，一个宋帝不能倚重、不能近狎的前朝弄臣：

> （乾德三年八月）以左散骑常侍欧阳炯为翰林学士。炯性坦率，无检束。雅善长笛。上闻，召至便殿奏曲。御史中丞刘温叟闻之，叩殿门求见，谏曰：“禁署之职，典司诰命，不可作伶人事。”上曰：“朕倾闻孟昶君臣溺于声乐，炯至宰相，尚习此伎，故为我擒。所以召炯，欲验言者之不诬耳。”温叟谢曰：“臣愚，不识陛下鉴戒之微旨。”自是亦不复召炯也。①

刘温叟谏太祖召见欧阳炯奏曲，是词史上的一个重要细节。十国的君臣词人群模式能够进化为北宋的大臣词人群模式，与宋初群臣的这些进谏努力分不开。显然，欧阳炯作为旧模式的肿瘤因子，作为曾经跨朝前后蜀的群体骨干，具有强烈的传染性。

推定欧阳炯人品心迹，对于深入理解他的《花间集序》，非常重要。欧阳炯作此序时，年龄四十五岁，地位仅至地方判官。九年后，始入朝拜为翰林学士。迁礼部侍郎，领陵州刺

① 宋·李焘《续资治通鉴长编》卷六。

史，转吏部侍郎。又十二年，得拜门下侍郎兼户部尚书、平章事，位极宰相。降宋后复充翰林学士。卒年七十有六。因此，我们在读《花间集序》的时候，第一要参照他一生多变、历仕诸朝的整体人格和心态，第二要考虑到作序时他正当风流无检束的中年，居位不高，言辞不必顾忌的事实，第三还要看他自己写的曲子词，看他在创作上的真实表现，第四也要听听当时人怎么谈论他，评价他。

我们还记得，宋人田况《儒林公议》曾记载说："伪蜀欧阳炯尝应命作宫词，淫靡甚于韩偓。"《花间集》选录了欧阳炯词十七首。这些作品是他在作序时已经完成并流传出来的部分，可能还得到他本人的入选首肯。总体上看，这些词香软玲珑，以倡家伎情为主旋律，笔触比较大胆。既有淫艳的狂想，卖笑的恣意，也有清丽质朴的风土人情，情绪落寞的怀古伤逝。如：

相见休言有泪珠，酒阑重得叙欢娱。凤屏鸳枕宿金铺。兰麝细香闻喘息，绮罗纤缕见肌肤。此时还恨薄情无？（《浣溪沙》）

路入南中，桄榔叶暗蓼花红。两岸人家微雨后，收红豆，树底纤纤抬玉手。（《南乡子》）

晚日金陵岸草平，落霞明，水无情。六代繁华，暗逐逝波声。空有姑苏台上月，如西子镜，照江城。（《江城子》）

我们注意到，除了《花间集》所收录的这些作品之外，宋人《尊前集》还选录了他的另外三十首词。这些《花间集》之外的作品，尽管基本上还是差不多的格局，但部分作品似乎更俚俗，更冶艳，更大胆：

儿家夫婿心容易，身又不来书不寄。闲庭独立鸟关关，

争忍抛奴深院里？　闷向绿纱窗下睡，睡又不成愁已至。今年却忆去年春，同在木兰花下醉。(《木兰花》)

胸铺雪，脸分莲，理繁弦。纤指飞翻金凤语，转婵娟。嘈囋如敲玉佩，清泠似滴香泉。曲罢问郎名个甚，想夫怜。(《春光好》)

这有两种可能，一种是《花间集》毕竟是贵族士大夫的审美结晶，相对比较婉雅，太过放肆的作品，赵崇祚没有选录进来；另一种可能是《花间集》选录之前，欧阳炯的艳词创作大部分还比较有节制，中年以后才变得大俗大艳，无所顾忌。不管哪种可能，欧阳炯行迹"放浪无检束"，作词淫艳大胆，风气所至，直接影响了后来的柳永等人，是毋庸置疑的。

有了这些基本认识，我们可以来讨论他的《花间集序》了。原序全文如下：

镂玉雕琼，拟化工而迥巧；裁花剪叶，夺春艳以争鲜。是以唱云谣则金母词清，挹霞醴则穆王心醉。名高白雪，声声而自合鸾歌；响遏青云，字字而偏谐凤律。杨柳大堤之句，乐府相传；芙蓉曲渚之篇，豪家自制。莫不争高门下，三千玳瑁之簪；竞富尊前，数十珊瑚之树。则有绮筵公子，绣幌佳人，递叶叶之花笺，文抽丽锦；举纤纤之玉指，拍按香檀。不无清绝之辞，用助娇娆之态。

自南朝之宫体，扇北里之倡风。何止言之不文，所谓秀而不实。有唐以降，率土之滨，家家之香径春风，宁寻越艳；处处之红楼夜月，自锁嫦娥。在明皇朝，则有李太白应制《清平乐》词四首。近代温飞卿复有《金荃集》。迩来作者，无愧前人。

今卫尉少卿字弘基，以拾翠洲边，自得羽毛之异；织绡泉底，独殊机杼之功。广会众宾，时延佳论。因集近来诗客曲

显然,《玉台新咏》、《烟花集》、《又玄集》、《才调集》属于同一选系。尤其前三选关系密切。将它们视为宫体选本的"一祖三宗",亦无不可。

(七)《花间集》的选域

《花间集》究竟选了些什么,让我们如此不安?

晚唐五代之际,徐庾体重新盛行于世,曾经被人们普遍唾弃的齐梁淫靡之风再度在文坛上死灰复燃。王衍编选《烟花集》就是一个很好的说明。这种倾向,曾引起过当时文坛诗坛的警惕。《花间》词人牛希济激烈抨击齐梁艳风,说:"浇季之下,淫靡之文,恣其荒巧之说,失于中正之道。"他在《文章论》一文中,对西蜀诗文风尚提出了尖锐的批评:"齐梁以降,国风雅颂之道委地。今国朝文士之作,有诗、赋、策、论、箴、判、赞、颂、碑、铭、书、序、文、檄、表、记,此十有六者,文章之区别也。制作不同,师模各异,然忘于教化之道,以妖艳为胜。夫子之文章,不可得而见矣。古人之道,殆以中绝。"[①]因此他进一步提出自己的主张:"今朝廷思尧舜治化之文,莫若退屈、宋、徐、庾之学,以通经之儒居燮理之任。"他在这里提到了所有文体,惟独没有新兴的曲子词。词以香艳为体,似乎已被视为当然,得到公认,没有人过问是非。这种观念助长了艳歌日益成为词坛上最热门最流行的主题。

选源的这些变化,必然影响到词选。《花间集》就是被选成以艳歌情词为基本内容域的一部词选。在所选的十八家之中,没有一家未选及艳情词。首选温庭筠六十六首,更篇篇皆为艳词。这使得后人不得不要将它与徐陵的《玉台新咏》相提并论。

从塞外荒凉无边的沙碛大漠,来到富庶如天堂的宫廷街市。

① 《全唐文》卷八百四十五。

王公贵族、文人雅士笔下展现出来的，是一幅幅完全不同于《云谣》风格和面目的画面。那是一种怎样香软低回、令人骨头酥散的文化呢？

《花间》艳歌，借前人的术语，可分为正、变二体论之。

所谓正体，也是"《花间》体"的主体，指那些描写贵族女性之衣饰、姿容、起居、欲念以及悲欢离合诸多感情，描写渴望这些贵族女性的男子的感情世界的作品，温庭筠词可以作为这类词的典范。事实上，十国词人也多以温庭筠词为楷模（赵崇祚以温庭筠为首选，并且选录数量特多，未知是否有推其为《花间》鼻祖、尊为词家正体典范的意思）。如其《菩萨蛮》（小山重叠金明灭），写女子夜来坐待情人不至，次晨起来梳妆，倍觉空虚无聊。又如顾敻《应天长》（瑟瑟罗裙金线缕），描写一位贵族女子仔细打扮好后，偷看心中的恋人，却又装出漫不经心的样子，不愿道破心事。这类词风格浓艳，辞藻华美，一般比较含蓄，语言既不谑浪也不俚俗，于《花间集》中最为常见。这是一种相对固定的题材内容，也是一种特定的风格。它们构成曲子词的正宫体。

南宋以来人们常常谈论的所谓"《花间》体"，基本上是对这类词总体特征的概括。清人说"蹙金结绣而无痕迹"，[①]又说"虽小却好，虽好却小"，[②]没有谁能够比王士祯和刘熙载更准确地形容它们了。

所谓变体（变宫体），在《花间集》中较为少见，大致有以下几种类型：

其一，描写民间女子的爱情生活。这类作品可以视为中晚唐民歌体词人创作的遗风。如皇甫松《采莲子》："船动湖光滟滟秋，贪看年少信船流。无端隔水抛莲子，遥被人知半日羞。"刻画一个情窦初开的单纯少女水上求爱，既大胆又害羞，极富有生活情趣。其二，描写戍妇幽怨。如毛文锡《醉花间》："昨夜雨霏霏，

---

① 清 · 王士祯《花草蒙拾》。

② 清 · 刘熙载《艺概》。

临明寒一阵。偏忆戍楼人，久绝边庭信。”又其《诉衷情》：“思妇对心惊，想边庭。何时解珮掩云屏，诉衷情。”这类作品多少保留着唐代乐府曲辞的痕迹。其三，描写两性交欢或色欲的狂想。这类词行笔无所避忌，过于淫亵放纵，可能受民间市井的影响较大。它们较齐梁艳诗走得更远，为明代词坛作了一个颇不光彩的示范。如牛峤《菩萨蛮》：“玉楼冰簟鸳鸯锦，粉融香汗流山枕。帘外辘轳声，敛眉含笑惊。”又如欧阳炯《浣溪沙》：“兰麝细香闻喘息，绮罗纤缕见肌肤。此时还恨薄情无？”这首赤裸裸描写男女做爱之后的调情词，后来被晚清王鹏运、况周颐推举为拙、重、大理想的样板。其四，描写声妓歌舞与文人冶游。如毛文锡《西溪子》：“昨日西溪游赏，芳树奇花千样。锁春光。金樽满，听弦管，娇妓舞衫香暖。不觉到斜晖，马驮归。”又如和凝《柳枝》：“雀桥初就咽银河，今夜仙郎自姓和。不是昔年攀桂树，岂能月里索嫦娥？”

《花间集》选阵

词人	首数	词人	首数	词人	首数	词人	首数
温庭筠	66	**皇甫松**	12	韦庄	48	薛昭蕴	19
牛峤	32	张泌	27	毛文锡	31	牛希济	11
欧阳炯	17	**和凝**	20	顾夐	55	**孙光宪**	61
魏承班	15	鹿虔扆	6	阎选	8	尹鹗	6
毛熙震	29	李珣	37				

黑体字者为西蜀地域以外的词人

正体变体，都属于宫体，都在“《花间》体”的范围之内。但这不是全部。在它们之外，还有为数不多的别调。

《花间》别调中，最引人注意的是那些以南方各地之风物人情为描写对象的风俗词和风景词。它们格调清新浅畅，语言活泼自由，饶有民歌风味而较少贵族气息。如皇甫松《采莲子》、孙光宪《竹枝》等词咏江南风景，欧阳炯《南乡子》组词，波斯人李珣《南乡子》组词咏西南少数民族地区的热带风景，都较为出色。像《楚辞》"书楚语，作楚声，纪楚地，名楚物"一样，这些风景词也十分注意捕捉南方风物，渲染南国特有的情味和色彩：

孔雀尾拖金线长，怕人飞起入丁香。越女沙头争拾翠，相呼归去背斜阳。（孙光宪《八拍蛮》）

渔市散，渡船稀，越南云树望中微。行客待潮天欲暮，送春浦，愁听猩猩啼瘴雨。（李珣《南乡子》）

相见处，晚晴天，刺桐花下越台前。暗里回眸深属意，遗双翠，骑象背人先过水。（李珣《南乡子》）

岸远沙平，日斜归路晚霞明。孔雀自怜金翠尾，临流水，认得行人惊不起。（欧阳炯《南乡子》）

风俗词如孙光宪《菩萨蛮》描述楚、越之间民间的淫祠活动："木棉花映丛祠小，越禽声里春光晓。铜鼓与蛮歌，南人祈赛多。"木棉乃南方特有的树木，铜鼓是南方百越民族特有的乐器。自古南方人即有"信巫鬼，重淫祀"的传统。王逸《楚辞章句·九歌序》中曾说："昔楚国南郢之邑，沅湘之间，其俗信鬼而好祠，其祠必作歌乐，鼓舞以乐诸神。"孙光宪长年游历江南，所仕荆南正是楚国故地，因此得以熟识南方风土人情。

《花间集》题材分类表

闺情 223	**艳情 107**	咏物 41	风土 25	羁旅 18
写景 18	怀古 13	闲愁 12	隐逸 8	边塞 7
交游 6	神话 6	宫廷 5	科举 5	人物 5
宗教 5	咏史 4	节序 3	闲适 3	哲理 3
亲情 1	咏怀 1			

根据许伯卿《宋词题材研究》，题材模糊者两计

《花间集》中还有少数风格苍凉的边塞词。毛文锡《甘州遍》云:“秋风紧,平碛雁行低。阵云齐。萧萧飒飒,边声四起,愁闻戍角与征鼙。青冢北,黑山西,沙飞聚散无定,往往路人迷。铁衣冷,战马血沾蹄。破番奚,凤凰诏下,步步蹑丹梯。”不涉一笔闺情,只极力铺写边塞疆场的苦寒悲壮,与唐人李华的《吊古战场文》相似。怀古词也偶然能够见到,如孙光宪《河传》咏隋炀帝荒淫误国:“太平天子,等闲游戏,疏河千里……如花殿脚三千女,争云雨,何处留人住。锦帆风,烟际红,烧空,魂迷大业中。”大业是隋炀帝的年号。词虽然是就词牌本意而赋陈,但在当时无疑有一定的现实意义。又毛熙震《临江仙》咏南朝风流天子旧事云:“南齐天子宠婵娟,六宫罗绮三千。潘妃娇艳独芳妍,椒房兰洞,云雨降神仙。纵态迷欢心不足,风流可惜当年。纤腰婉约步金莲,妖君倾国,犹自至今传。”末二语意味深长,是否有讽世之意不得而知。

《花间集》的选域,风格方面比较狭窄统一,呈现为一种轻倩艳丽的格调。它的题材内容也比较狭窄,但相对于风格的高度一致来说,还算比较宽泛,有一些新人耳目的篇章。其原因我们猜测主要有三个方面:

一是受词调本意的制约。《花间》词属于早期体制,通常习惯于咏词牌本意,如《渔父》写渔家生活和隐逸,《定西番》写西北边疆征战之事,《河传》写隋炀帝开运河南游,《南乡子》写南国风情等。上举各风俗词、风景词和怀古词,都基本如此。词人在自觉接受前人的填词规范(词调)的同时,也受制于前人的“题材域”。所幸词调的来源极为广阔,又所幸此时词调本意与词的内容尚未彼此脱离,故《花间集》得以有这些珍贵的别调,这些名目不同的“野花”。

二是《花间》词人虽然多为贵族,但也有少数词人来自他乡异域,有较广的游历,接触过贵族生活以外的世界。同时,贵族阶层对于处于汉文化和蛮夷文化边缘的西南地区风土人情存有一份新鲜好奇之心,时时吟咏,时时选唱,在一定程度上丰富了香艳体的狭窄视界。

三是推测判断,未必属实。我们没有忘记,梁简文帝后悔早年大作艳诗,为了掩饰行迹,让徐陵选《玉台新咏》以大其体。所谓“大”,包括宫体诗阵营的数量放大,和杂入其他邻近体式的作品,来提高这种诗体的地位,丰富它的内涵。《花间》的这些不同题材的别调,是不是也属于为了“以大其体”而延揽到香艳体的麾下,编选者是不是也有类似梁简文帝的掩饰心态,我们不得而知。姑系于此,以待新发现的文献佐证。

(八)“《花间》体”与选型的特殊性

我们承认,那些变体别调毕竟是《花间集》的少数。

毫无疑问,《花间集》是一部选歌型的词选。按照通常情况,由于编选者选择注意力集中于协律谐唱方面,其他方面没有约束,词选应该如《尊前集》、《草堂诗余》那样,有广阔的题材,参差不齐的艺术水准,多种多样的风格类型。可我们看到的《花间集》,却完全不是这样。它太整齐了,整齐得像精心梳妆打扮过的美艳妖姬:它有自己的主体内容(艳情),有统一的艺术风格(纤巧艳丽),有整齐划一的小令形式,五百首作品的艺术水准也相当整齐,这些从鬟髻发式到服饰眉眼都高度统一的娘子军,构成了曲子词史上最早的选本词体——“《花间》体”。

“《花间》体”也被称作“香艳体”,是一种形式上更加妩媚轻盈的香艳诗体,我们把它视为梁陈隋唐宫体诗的直系血亲后裔。发如韭,割复生。宫体诗销声匿迹二百余年,竟然顽强地重新以这样一种新的形态,再次出现在世人面前。所以,“《花间》体”的正式名称应该是宫体曲子词,或者类宫体曲子词。

造成这种“清一色”的原因,我们分析,主要在于它的选源特别狭窄集中:地域高度集中于西蜀,词人高度集中于公卿贵族,题材高度集中于艳情。如此高度集中的一地、一群、一题,无论谁来选择,也无论他怎样选择,最后总会得到一个大致差不多的整齐面貌。同时我们也不排除有这种情况:当年西蜀词坛上流行的就是这样一些香艳纤巧的曲子词,这是贵族们的嗜好,是整个贵族阶层反复遴选应歌的结果。甚至可能所有的词人都在写这类作品,根本没有或几乎没有其他类型的曲子词可选。当然,我们更倾向于相信,编选者赵崇祚作为贵族子弟,作为对曲子词有自己独特偏好和理解的整理者,其艺术眼光要较普通乐工歌妓和说唱艺人高出一些。"《花间》体"也是他刻意选择、精心剪裁的结果。

这确实是个意外,选歌选出了文学个性,选成了"《花间》体",成就了一个充满宗派意味的选派之卷。

这种貌似选派的表情很容易给读者造成幻觉。南宋以来,尤其明、清两朝,词论家和词人们都把《花间集》当作宗派之选加以推崇或攻击,模仿或抛弃,评价它的词话林林总总,而这一切都基于对其选型的模糊认识或根本误解。不过,误解也是缘分。正是这些自说自话的错误解读,铸就了明词的基本范式,推动了明词和清词的繁荣,推动了明清词坛向流派纵深和理论纵深的发展。"二度创作"式的理解接受,使得《花间集》有幸与《草堂诗余》一起,在后代词坛上经历了大起大落,备受奉承和冷眼,悲喜交集,得失参半,不至于遭到和《尊前集》、《金奁集》等选歌词选一样的命运,终身锁在冷宫之中。

(九)《花间集》在宋代的流传

不必说整个明代二百多年对《花间集》的痴情,明末清初的云间词人群、清末民初的岭南词人群,也都曾经把《花间集》当作完美的神祇来供奉崇拜。但离它最近的宋代人却态度各异,并非全都如此虔诚。

《花间集》在宋代流播很广。宋帝国在陆续平定荆南、后蜀、江南、吴越、北汉之后,曾遍收诸国府库藏书,并且多次派官员重金征集天下图书。这些图籍遗产中,《花间集》可能是其中的一部词总集，也可能是仅有的词选。我们猜测，北宋年间即可能已有不同的版本在社会上流传。但翻检北宋人野史笔记和诗文集，却较少有人谈论到它。李之仪《跋吴思道小词》曾经提到："至唐末，遂因其声之长短句而以意填之，始一变以成音律。大抵以《花间集》中所载为宗，然多小阕。"并且说吴思道的词专以《花间集》为准。

北宋台阁词人群是"《花间》体"遗产的第一继承人。由于词调本意与词的内容逐渐脱离，也由于不再有乱世四方漂泊的经历和对异域文化的好奇，他们大多只继承了《花间》体的正体艳情词部分，而对那些可爱的变体，尤其是那些珍贵的别调，那些"野花"小唱都视而不见，白白放弃了继承权。考虑到北宋人所继承的晚唐、西蜀、南唐曲子词遗产极为有限，词总集更是少得可怜，这些遗产更显得非常珍贵。可就是这样，宋词的第一批队伍在他们最初动身的时候，仍然行色匆匆，只取香艳一体，而忽略了它们的丰富多样。我们只能这样说：没有看到《云谣集》的大胆泼辣和民间情趣，无从继承创新，不是他们的错；而对《花间》变体、别调的漠视和麻木，就不能不让后人为之叹息了。宋词本来是可以有一个绚烂多样的开场的。

到了南宋高宗绍兴年间，《花间集》就经常见于记载了。流传到今天的两部珍贵的宋版，其中之一就刻于绍兴十八年(1148)。

这个绍兴十八年的建康郡斋刻本，有晁谦之氏刻跋，云："右《花间集》十卷，皆唐末才士长短句。情真而调逸，思深而言婉。嗟乎！虽文之靡，无补于世，亦可谓工矣。建康旧有本。比得往年例卷，犹载郡将、监司、僚幕之行，有《六朝实录》与《花间集》之赆。又他处本皆讹舛，乃是正而复刊，聊以存旧事云。绍兴十八年二月二日，济阳晁谦之题。"

南宋建康府治所在今南京。建炎三年(1129)以江宁府改名，为江南东路治所。晁谦之澶州人，南渡后居信州，官敷文阁直学士，绍兴二十四年(1154)卒。绍兴十五年至十八年，任建康知府。

宋李心传记载:"(绍兴十八年四月)癸丑,敷文阁直学士知建康府晁谦之罢。"①晁氏刻《花间集》,即在其离任之前。南宋马光祖、周应合《景定建康志》记载,建康府官所拥有的书籍共六十八种,包括礼、易、春秋、方志、诗集、野史、医方等。书版最富的是《礼记集说》,凡四千六百版。《花间集》一种也在其中,凡一百七十七版。《六朝实录》一种未见,但有《六朝事迹》一种二百三十版,疑即是同一书。另外还有《杜工部诗》五百二十版、《重编楚辞》五百七十版、《伤寒须知》二十六版、《小儿疮疹论方》二百二十版、《海上名方》六十五版等等,②它们有可能也是用来作为馈赠之物的。

晁氏《花间集跋》是最珍贵的宋代词选文献记录之一。短短的一百余字,至少反映了三方面的情况:第一,南宋官场上的通行风俗,官员或僚属移任卸职,地方上通常赠书作为礼物,《花间集》就是其中常见的一部。可见它作为闲情雅致的读物,是很受士大夫们欢迎的。这很有可能也是刻印该书的直接消费需要。第二,在晁氏刻印该书的时候,外间至少已流传有讹舛很多的"他处本",和官府所储藏没有赠送完的"建康旧有本",可以彼此校对异同。按照我们的推理,建康这样的大郡有批量储藏、赠送消耗、自行刻印的情况,那么经济文化比较发达的临安、嘉兴、建阳、绍兴、成都、隆兴、福州、泉州等等南宋大郡,都应该有这样的藏、赠、刻情况。第三,刊刻者晁谦之作为主事人,未必肯定就是这篇跋文的执笔者。不管作者是谁,他对《花间集》十个字的评价认识"情真而调逸,思深而言婉",基本上属于溢美之辞,不够专业,也不够深刻。大概代表了当时一般官员和大众的理解水平。后面的三句补充评价"虽文之靡,无补于世,亦可谓工矣",说到了它的香艳淫靡缺陷,但又以辞华工丽予以肯定。从这样的表述方式中,我们猜测《花间集》在当时一定有过赞美和批评

① 宋·李心传《建炎以来系年要录》卷一百五十七。

② 宋·马光祖、周应合《景定建康志》卷三十三"书版"条。

两种不同的态度。

时代大致同时的诗人陆游，读《花间集》先后有两篇跋文，就对其香艳淫靡感到痛心疾首，说："《花间集》皆唐五代时人作。方斯时，天下岌岌，生民救死不暇，士大夫乃流宕至此。可叹也哉！或者，出于无聊故耶？"开禧元年(1205)又有题跋云：

> 唐自大中后，诗家日趣浅薄。其间杰出者亦不复有前辈闳妙浑厚之作，久而自厌。然梏于俗尚，不能拔出。会有倚声作词者，本欲酒间易晓，颇摆落故态，适与六朝跌宕意气差近。此集所载是也。故历唐季、五代，诗愈卑而倚声辄简古可爱。盖天宝以后，诗人常恨文不逮。大中以后，诗衰而倚声作，使诸人以其所长，格力施于所短，则后世孰得而议。笔墨驰骋则一，能此而不能彼，未能以理推也。

陆游生当隆兴北伐和开禧北伐之间的动乱之世，目睹民生凋敝，对《花间集》词人群的醉生梦死感慨万分，是可以理解的。后一篇跋从诗词风会的转移角度，探讨了曲子词的发展和《花间集》应有的地位，显得比较冷静客观。这一年陆游已经八十一岁高龄，没有几年，他就去世了。

保存到今天的宋刻本还有一种。一九三五年，学者周叔弢收藏到聊城杨绍和海源阁散出的一种宋刻本，凡二册。后来将它捐赠给了北京图书馆收藏。这个刻本是用南宋淳熙十一年、十二年(1184、1185)鄂州公文纸的背面来印刷的，故后人把它称为淳熙鄂州本，推断大约刻印于淳熙十二年或稍后。纸背的墨笔衔名有：儒林郎观察支使措置酒务施、城忠郎监在城酒务贾、江夏县丞兼拜斛场温、鄂州司户参军戴、进义副尉本州指使监公使库范等等。鄂州治所在江夏，即今天的武汉市武昌。《中国版刻图录》叙述该版本说："此书原版疑刻于北宋末，中杂南宋初年补版。刻工余岩、吴永年、李浩等，他书亦无徵。”①

南宋人关于《花间集》的记载，除了陆游和晁谦之两家之外，还有很多。它们中有摹仿“花间体”作词的，如辛弃疾有《唐河传·效花间集》。有以《花间集》入词的，如翁元龙《菩萨蛮》：“玉纤闲捻《花间集》，赤阑干对芭蕉立。”刘克庄《满江红》词：“生怕客谈榆塞事，且教儿诵《花间集》。”有以《花间集》作为论词得失标杆的，如罗大经《鹤林玉露》卷二：“欧阳公虽游戏作小词，亦无愧唐人《花间集》。”胡寅《向子諲酒边词序》：“及眉山苏氏，一洗绮罗香泽之态，摆脱绸缪宛转之度，使人登高望远，举首高歌，而逸怀浩气，超然乎尘垢之外，于是《花间》为皂隶而柳氏为舆台矣。”刘克庄《题杨补之词画》：“（杨补之）所制梅词《柳梢青》十阕，不减《花间》、《香奁》及小晏、秦郎得意之作。”有极力推崇的，如陈善《扪虱新话》卷九说：“唐末诗体卑陋，而小词最为奇绝，今人尽力追之有不能及者。予故尝以唐《花间集》当为长短句之宗。”也有像陆游一样严厉批评的，如林景熙《胡汲古乐府序》：“唐人《花间集》，不过香奁组织之辞，词家争慕效之，粉泽相高，不知其靡，谓乐府体固然也。”

我们高兴地看到，这是一个健康的社会，健康的文化生态。从流行到警惕，从接受到思考，永远是有人欣赏，有人厌恶，有人追捧，有人诅咒。相比之下，《花间集》在明代人见人爱，花见花开，没有谁不匍匐在它的石榴裙下，显然就不是正常的状态了。

除了上举各例之外，宋人词集和野史笔记如沈括《梦溪笔谈》、陈鹄《耆旧续闻》、王楙《野客丛书》、张端义《贵耳集》、王灼《碧鸡漫志》、魏庆之《诗人玉屑》和《魏庆之词话》、胡仔《苕溪渔隐丛话》、黄昇《绝妙词选》、赵以夫《虚斋乐府》、陈振孙

① 参见张丽娟、程有庆《中国版本·宋本》。

《直斋书录解题》、张炎《词源》等，都提到过这部大名鼎鼎的词选。[1]

目睹《花间集》粉雕玉琢的美丽背影，嗟叹良久。

山涛第一次见到童年的王衍，曾经叹息说："何物老妪，生此宁馨儿。然误天下苍生者，未必非此人也。"此时，我们深有同感。我们无奈地看到，由于《云谣集》的沉湮，《花间集》代表着整个唐五代，随着孟昶举族降宋来到汴京，随着朝廷一次次广征天下藏书而出现在宋人面前。结果是，民间的、北方的父系传统香火中断，文人的、南方的母系传统不得不独断朝纲，母仪天下。阴阳对称的、南北平衡的天然生态遭到了破坏。这部精美的词选给中国曲子词史带来的恩泽和灾难，孰轻孰重，是耶非耶，真是一言难尽。

① 沈括《梦溪笔谈》卷五："李白集中有《清平乐》词四首，独欠是诗；而《花间集》所载'咸阳沽酒宝钗空'，乃云是张泌所为，莫知孰是也。"陈鹄《耆旧续闻》卷二："赵德庄词云'波底夕阳红湿'，红湿二字以为新奇，不知盖用李后主'细雨湿流光'与《花间集》'一帘疏雨湿春愁'之湿。"王楙《野客丛书》卷二十："唐《花间集》亦曰：'红窗寂寂无人语，黯淡梨花雨。'"张端义《贵耳集》卷上："《花间集》只有五字绝佳，'细雨湿流光'，景意俱微妙。"王灼《碧鸡漫志》卷五："《花间集》和凝有长命女曲，伪蜀李珣《琼瑶集》亦有之，句读各异。"魏庆之《魏庆之词话》："此篇杂之唐人《花间集》中，虽具眼未知乌之雌雄也。"胡仔《苕溪渔隐丛话后集》卷十七："庭筠工于造语，极为绮靡，《花间集》可见矣。"黄昇《绝妙词选自序》："长短句始于唐，盛于宋。唐词俱载《花间集》。"赵以夫《虚斋乐府自序》："唐以诗鸣者千余家，词自《花间集》外不多见，而慢词尤不多。"陈振孙《直斋书录解题》卷二十一："《花间集》十卷，蜀欧阳炯作序，称卫尉少卿字宏基者所集，未详何人。"又："《六一词》一卷，欧阳文忠公修撰。其间多有与《花间》、《阳春》相混者。""《家宴集》五卷，序称子起，失其姓氏，雍熙丙戌岁也。所集皆唐末五代人乐府，视《花间》不及也。"张炎《词源》卷下："粤自隋唐以来，声诗间为长短句，至唐人则有《尊前》、《花间集》。"

四、从北地南腔到真正的宋音

（一）台阁词人群

十国词坛更迭为北宋词坛，经历了一个野蛮拆迁式的掳掠过程。曲子词几乎被强行归零，重新回到起点进行自发性的酝酿再生。没有遗民词人，没有北渡群体，两个词坛之间的时间裂谷至少在三十年(978—1008)以上。

随着南方诸国平定，南唐后主李煜、后蜀后主孟昶等被俘入汴，吴越王钱俶携子钱惟演纳土归顺，迁徙到开封居住，词坛的地域中心由南而北，转移到中原的东京开封和西京洛阳。大量的群工、歌妓、词人随之涌入中原。《宋史》记载："宋初循旧制，置教坊，凡四部。其后平荆南，得乐工三十二人。平西川，得一百三十九人。平江南，得十六人。平太原，得十九人。余藩臣所贡者八十三人，又太宗藩邸有七十一人，由是执艺之精者，皆在籍中。"[①] 问题的关键是，这场大规模的文化移植并没有使南方曲子词存活下来。树挪死，人挪活。我们惋惜地看到，十国词人群和曲子词都在这场挪移中，先后枯萎消失。

宋初的词坛是重新受孕、重新破土成长起来的。北宋景德二年(1005)，宋真宗命王钦若、杨亿等人于秘阁中编纂《历代君臣事迹》(即《册府元龟》)。这项工程历时三年，至大中祥符二年(1008)方告结束。在此期间，杨亿、刘筠、钱惟演、丁谓等十七人迭相唱和，创作了大量诗歌作品。他们共同追摹晚唐李商隐，作品镂金错彩，堆砌典故，呈现出群体共同的宗风倾向。后来杨亿将这些唱和之作编辑为《西崑酬唱集》。这些诗人也因此集合为宋代第一个诗歌群体：西崑诗人群。在这些翰苑词臣中，杨亿、丁

① 元·脱脱等《宋史·乐志》十七。

谓、钱惟演等许多人也兼作曲子词。他们与同时或稍后起来的晏殊、欧阳修、宋祁、宋庠等台阁词人组成了词坛上最初的词人群体:台阁词人群。

杨亿的时代略早一些,又主盟宋初诗坛,可惜去世过早。台阁词人群的核心变成了晏殊。晏殊比杨亿小十六七岁。三十岁登翰林学士,四十二岁拜参知政事,五十岁加检校太尉枢密使,五十二岁为枢密使加同平章事。数十年富贵天下。欧阳修、韩琦、富弼、杨察等皆出其门下,比他年长的范仲淹也是他的门生。宋祁兄弟与之同榜进士。晏殊在朝日,宋祁为翰苑,颇得晏殊关照。张先官阶略低,曾经拜谒过欧阳修。晏殊为京兆,辟为通判,后仕至都官郎中。欧阳修与晏殊诗词交往最密,平常相互之间还有言语讥讽调侃。晏殊自恃甚高,始终以门生看待欧阳修。这种微妙的关系,我们倾向于把它看作是潜意识中的群体盟主之争。晏殊之子晏幾道曾经傲慢地说:"当今朝廷上半数大臣,都曾是我家过去的旧客。"可以视为间接旁证。此外,钱惟演作为前朝十国贵胄,身份特殊,与各大臣皆有不同程度交往。晚年留守西京,"通判谢绛、掌书记尹洙、留府推官欧阳修,皆一时文士,游宴吟咏,未尝不同。"①构成了台阁词人群的一个亚群分支。

尽管列表中词人的职衔未必同时,但就整体上的社会角色而言,这个群体以京官为主体,是一个出没于朝廷之上的大臣集团。他们中间有宰相、枢密使,有翰林学士、六部尚书等。这种身份组合让我们联想到《花间集》词人群的构成模式。《花间集》里的词人是否全部相互认识交往,我们没有资料坐实。但台阁词人群相互之间有密切交往唱和,却屡见正史、野史记载;就活动地域而言,尽管他们大多都是南方籍人,但却相对集中在中原地区,尤以东京开封、西京洛阳为多。

① 宋·魏泰《东轩笔录》卷三。

台阁词人群主体职衔籍里表

姓名	主 要 职 衔	籍贯	今地名	南北归属
钱惟演	太仆少卿、直秘阁、知制诰	临安	杭州	南方
丁 谓	右谏议大夫、枢密直学士	长洲	苏州	南方
杨 亿	翰林学士、户部郎中	建州	福建	南方
晏 殊	集贤殿学士、同中书门下平章事、枢密院使	临川	江西	南方
欧阳修	翰林学士、枢密副使、参知政事	庐陵	吉安	南方
张 先	知渝州、安州、尚书都官郎中	乌程	湖州	南方
范仲淹	知开封府、枢密副使、参知政事	吴县	苏州	南方
宋 祁	工部尚书、翰林学士承旨	雍丘	河南杞县	北方

仅列词人群中最主要者，较外围者未列举

台阁词人群的籍贯，是一个敏感的焦点。陆游曾经上奏说："伏闻天圣(1023—1032)以前，选用人才多取北人。寇准持之尤力，故南方士大夫沉郁者多。仁宗皇帝照知其弊，公听并视，兼收博采，无南北之异。于是范仲淹起于吴，欧阳修起于楚，蔡襄起于闽，杜衍起于会稽，余靖起于岭南，皆一时名臣。"①陆游没有提到的还有临川人晏殊、长洲人丁谓、临江人王钦若等。在北方士大夫相对密集的朝廷上，在满耳中原方言的两京环境中，这些南方籍大臣才学富赡，以学问诗词相交结，确实引人注目。我们把他们的曲子词创作，视为中原地区的南方乡音。

我们注意到，尽管太宗、真宗、仁宗朝帝王与宰辅词臣的御制诗唱和仍在延续，但帝王填艳词作小曲的风气收敛很多。宋真宗讨厌郑声，偶尔为杂词，总是严格对外保密。仁宗熟悉音律，常在禁中自度曲，辅臣劝谏指责，只好收敛，推说"朕于声伎固未尝留意，内外宴游皆勉强耳"。② 这是非常重要的历史细节：帝王不再混迹于教坊群工之间，不再以盟主身份组织唱和吟咏。他们从君

① 宋·陆游《渭南文集》卷三《论选用西北士大夫札子》。

② 元·脱脱等《宋史·乐志》十七。

臣词人群体中脱身出来，形成享受歌咏宴乐的观众和消费者，而不再是曲子词创作的主持人和表演者。这种收敛，使曲子词的创作开始撤出宫廷，回归到大臣们的日常生活和应酬宴乐之中。台阁群臣成了自己创作吟咏的主人。

尽管少了皇家君臣的色彩，但台阁词人群创作上的基本格局仍然大致与西蜀、南唐词坛一脉相承，属于晚唐五代的残响。其曲子词观念也与西蜀、南唐相接近。他们有些人的诗歌被当时指为“穷妍极态，缀风月，弄花草，淫巧侈丽，浮华纂组”[①]，这种风尚必然影响到他们的曲子词创作。我们看到，他们的小词主于言情，题材集中在风花雪月、男女相思，情境集中在深深庭院、楼台闺阁。他们沉湎于对生命情调的体味和展玩，对心灵境界的默观和思考。他们追求富贵气象、朝廷气象、升平气象，以“善言富贵”者为尊，讥笑“穷塞主之词”。[②] 典型地呈现为台阁体或者台阁风格。宋人吴处厚就曾经如是说：“文章虽皆出于心术，而实有两等。有山林草野之文，有朝廷台阁之文。山林草野之文，则其气枯槁憔悴，乃道不得行，著书立言者所尚也。朝廷台阁之文，则其

① 宋·石介《石徂徕集·怪说》。

② 宋·欧阳修《归田录》卷二记载：“晏元献公善评诗，尝曰‘老觉腰金重，慵便枕玉凉’，未是富贵语。不如‘笙歌归院落，灯火下楼台’，此善言富贵者也。”又宋·吴处厚《青箱杂记》卷五记载：“晏元献公虽起田里，而文章富贵，出于天然。尝览李庆孙《富贵曲》云：‘轴装曲谱金书字，树记花名玉篆牌。’公曰：‘此乃乞儿相，未尝谙富贵者。’故公每吟富贵，不言金玉锦绣，而惟说其气象。若‘楼台侧畔杨花过，帘幕中间燕子飞’。‘梨花院落溶溶月，柳絮池塘淡淡风’之类是也。故公每以此句语人曰：‘穷女儿家有这景致无？’”又宋·魏泰《东轩笔录》卷十一：“范文正公守边日，作《渔家傲》乐歌数阕，皆以‘塞下秋来’为首句，颇述边镇之劳苦。欧阳公尝呼为穷塞主之词。”又宋·王铚《四六话序》：“（宋庠宋祁）始以雄才奥学，一变山川草木人情物态，归于礼乐刑政、典章文物，发为朝廷气象，其规模闳达深远矣。”又宋·陈师道《后山诗话》：“王歧公（珪）诗喜用金玉珠璧，以为富贵，而其兄谓之至宝丹。”

气温润丰缛，乃得位于时，演纶视草者所尚也。”[1]以北宋的台阁词人群与南宋的江湖词人群对应之，两种极端呼之欲出。

台阁词人群对词选的无动于衷，让我们不胜惆怅。晏殊是北宋第一勤奋的大诗人，诗歌作品总数据说超过了一万首。他和苏易简都曾出手选过唐诗，但都不屑于选曲子词。试想，如果他们中间有人编选一部《南唐词选》，或者自选一部类似《西崑酬唱集》那样的《群臣唱和曲子词》，该有多好。作为读者，我们实在不甘心真宗、仁宗时期的词坛如此寂寞。

（二）元祐词人群

就在台阁词人大多凋零，闲居钱塘的张先也冉冉老去的时候，以苏轼为首、“苏门四学士”为核心的元祐词人群出现在词坛上，吸引了天下的目光。

元祐词人群任职贬责地对照表

姓名	主要职衔	贬责地	籍贯	南北归属
黄庭坚	著作郎、集贤校理、起居舍人	涪、黔、戎、宜州	洪州	南方
苏轼	翰林学士、知密、杭、颍、定	黄州、惠州、儋州	眉州	南北交界
秦观	宣教郎、太学博士、秘书省正字	杭、处、郴、横、雷州	高邮	南北交界
晁补之	秘书省正字、校书郎、扬州通判	处州、信州	济州	北方
张耒	秘书省正字、起居舍人	宣州、黄州	亳州	北方
李之仪	枢密院编修、原州通判	太平州	沧州	北方
赵令畤	安定郡王、宁远军承宣使	坐党籍	涿州	北方
陈师道	太学博士、秘书省正字		彭城	北方
贺铸	承议郎、朝奉郎、泗州、太平通判		卫州	北方

仅列词人群中最主要者，较外围者未列举

元祐党人，源于王安石变法新旧党争，宋徽宗即位后立元祐党人碑，大规模迫害保守党人，由此形成元祐党人政治群

① 宋·吴处厚《青箱杂记》卷五。

体。在此之前的神宗、哲宗年间,他们中的一些诗友词客围绕在苏轼周围,往来唱和,讲诗论词,逐渐形成了词坛上的元祐词人群。苏门四学士的并称,最早是苏轼自己总结出来的。元祐初年,他们先后聚集到京城。元祐二年(1087),苏轼、苏辙、黄庭坚、李之仪、晁补之、张耒、秦观等十六人汇聚于京城王诜西园,为西园雅集。李公麟绘《西园雅集图》。[①] 苏门四学士构成元祐词人群最核心的部分,再加上与他们交往密切的门客、诗僧、好友如赵令畤、贺铸、仲殊等,不限于党人的元祐词人群由此结成。

这是一群什么样的人呢?他们在政治上属于旧党集团,在京师为官的时间较为短暂,主要创作时期都处于地方任上、沉浮下僚或者贬责羁管的处境。与台阁的大臣集团相比,他们更像是一个地方官群体、文化专职官员群体、非京城群体。

十国两宋词人群主要活动半径对照表

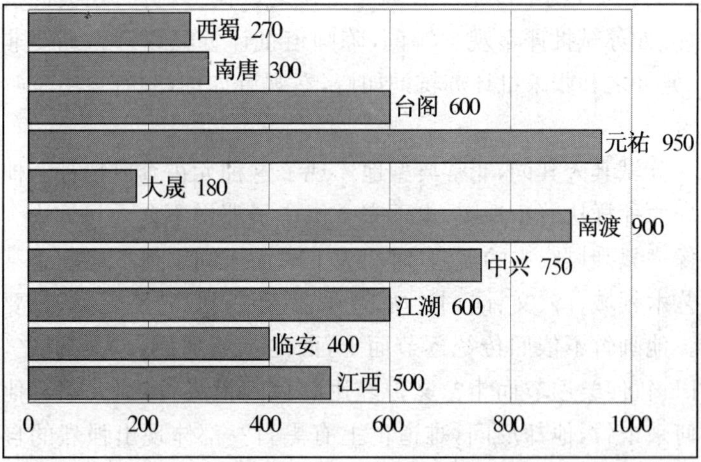

数据源测算:Google earth(单位:km)

是否可以这样概括:这是一群走出了都城台阁,奔向大江南

① 宋·米芾《西园雅集图记》。又宋·王明清《挥麈后录余话》卷一。

北的词人，其活动半径为所有两宋词人群之最，是一群兼尝了得意与失意（更多的是后者）、经历过大起大落而缺乏稳定的地位和宁静心绪的词人，是一群时时从闺情艳语中抬起头来直面现实人生和个人遭遇，并付诸沉吟的词人。他们的创作，是真正的“宋音”，而不再是“唐调”。

这种元祐宋音的主要特征，决不在于出现了所谓的豪放词并由此构成豪放一体或豪放派。元祐词人群及其创作的主要群体特征，在于对词体的恍然大悟，作词随心所欲而不逾矩，尽情地自由表达，从而迸发出一种以往从未有过的奔放和心灵自由：题材和内容可以自由选择，协律与不协律可以自由选择，墨守传统与独辟蹊径可以自由选择。同门师友之间，风格可以相同，也可以不同。如黄、晁学东坡，韵制得七、八。李之仪墨守晚唐五代小令，秦观慢词情韵兼胜，贺铸又兼雄姿壮彩与缠绵悱恻，互有特点，个性鲜明。甚至同一词人还有多种不同的风格和特点，如苏、黄、秦、贺等，就难以某一种风格范围之。同一群体，还彼此讥讽批评，如苏轼批评秦观学柳词，陈师道批评苏轼以诗为词要非本色，晁补之和张耒批评苏轼词如诗，秦观诗如词，颇有自由争鸣的气氛。

苏轼其人其词，非常典型地体现了这种元祐奔放精神。他不像屈原那样执着于现实，也不完全像庄子那样不食人间烟火。而是像一只乘风归去的孤鸿，时而天上时而人间。他不愿囿于某一种艺术领域，诗、文、词、书、画、音乐，甚至行医、造酒之类，都要染指。他画竹不依照传统逐节而上，而是一笔到顶。人或讥之，则对曰：竹何尝逐节而生？又曾经用红色判笔画竹，别人嘲笑他世上何来朱竹，他却反问：难道世上有黑竹？都体现出强烈的自由创造欲望。东坡作词，正是挟带这种没有什么不可能的叛逆精神来进行的。

元祐词人群多为北方籍，具有北方民族性格的共同特征。例如贺铸、秦观等人个性气质奇崛豪爽。秦观“少豪隽，慷慨溢于文词，举进士不中。强志盛气，好大而见奇，读兵家书与己意合”。[①] 贺铸“长七尺，面铁色，眉目耸拔。喜谈当世事，可否不少假借，虽贵要权倾一时，小不中意，极口诋之无遗辞，人以为近侠……是时，江淮间有米芾以魁岸奇谲知名，铸以气侠雄爽适相先后，二人每相遇，瞋目抵掌，论辩锋起，终日各不能屈，谈者争传为口实”。[②]

这几乎是整个元祐词人群的共同气质和性格。这种气质和性格，并不简单地意味着词风的豪放与慷慨，而是意味着叛逆不臣，意味着冒险与好奇。意味着他们是文学上任性的改革新党。用这样的眼光审视，贺铸的那些奔放刚劲的狂歌是这种气质的产物；秦观的缠绵婉转的长吟在传统的晚唐五代之外另开天地，自成气候，也是这种气质的产物，也是一种放笔恣肆，烂漫纵横。

有意思的是，如果大致以十国故地划分南北方，我们看到，台阁词人群绝大多数是南方籍词人，而元祐词人群大多数则是北方籍词人。再把十国词坛和南渡、中兴词坛放在一起比照，我们就看到了地域转移与风会转移的滞后规律。

词坛地域转移与群体籍贯对照表

词人群	词坛中心	词人群籍贯	特点	风会转移
西蜀、南唐词人群	南方	南方	文化重心在南方	南地南腔
台阁词人群	北方	南方	北方滞后	北地南腔
元祐词人群	北方	北方	文化重心在北方	北地北腔
南渡、中兴词人群	南方	北方	南方滞后	南地北腔

苏轼不仅是元祐词坛的主盟者，还是整个词坛的精神领袖。他完成了曲子词父本替代功能的再造，完成了唐五代曲子词定义

① 元·脱脱等《宋史·秦观传》。
② 元·脱脱等《宋史·贺铸传》。

的废除与疆域扩展，更重要的是，他完成了人品与词品的重新统一。在他身后，词人们在追求自我人格之完美的同时，也开始注意词品的完美。以人品铸就词品，以词品展现和夸示人品。南渡词人群便是沿了这条道路走下去的(参见本书第五章)。

滞后是必然的。不过，与这个群体相对应的词选，也开始悄悄出现了一些变化。北宋后期的选歌词选，如《兰畹曲会》，与其他早期选歌词选有些不同。这种不同，我们认为应该与元祐词人群对传统的反叛，以及元祐宋音的自由奔放精神结合起来观察。

(三) 大晟词人群

与元祐词人群同时而略晚的，是徽宗大晟府所聚集的一群专注于音律的词人。

这是一个非常特殊的词人群体，我们对它的了解非常少，既感到陌生又充满好奇。开列一张简单的群体履历表，都有许多无法填写的空白栏。据《宋史·职官志》，大晟府所设职位，以大司乐为长，典乐为贰，次曰大乐令、主簿、协律郎。又有按协声律、制撰文字、运谱等官。在官员编制上，大司乐一人，典乐二人，大乐令一人，协律郎四人，文字制撰官七人。此外还有提举和府丞之职。所司者有些属于朝廷的行政管理，有些是音乐制度的制订和规范，有些是非常专业的黍尺宫商、器乐律吕方面的研讨，只有一部分属于辞章创作。《宋史·乐志》中有关大晟府的记载，大多属于前者。张炎《词源》中也提到:“讫于崇宁，立大晟府，命周美成诸人讨论古音，审定古调，沦落之后，少得存者。由此八十四调之声稍传。而美成诸人又复增演慢曲、引、近，或移宫换羽三犯、四犯之曲，按月律为之，其曲遂繁。”

大晟府官员群体人数众多，今天可考者至少有近三十人。但其中有词流传下来的只有周邦彦、万俟咏、晁端礼、晁冲之、田为、江汉、徐伸七人。加上那些曾经作词却没有作品流传的隐性词人，大晟词人群由此构成。大晟词人群中成就最高的词人当然是周邦彦。但据学者考证，周邦彦在大晟府的影响并不像人们想象的那样重要。大晟府设立于徽宗崇宁四年(1105),早在周邦彦提举大晟府的政和六年(1116)之前,就已经华丽开张,并且聚集了大群御用词人。周邦彦提举大晟府的实际时间又比较短暂,很难说与其他大晟词人有多少唱和、交往和对话。另一位词人万俟咏在未登大晟府之时,曾经大写侧艳之词,编选为《胜萱丽藻》。后来感到后悔,再改名《大声集》,尽数删去侧艳之作。宋人王灼记载:"政和初,召试(万俟咏)补官,置大晟乐府制撰之职。新广八十四调,患谱弗传,雅言请以盛德大业及祥瑞事迹制词实谱,有旨'依月用律,月进一曲'。自此新谱稍传。"①其他词人的事迹尽管多少有些记载,但在大晟府的任职记录和创作情况都模糊不清,过于简略,致使我们无法窥见这个群体的整体风貌。

大晟词人群任职素养对照表

姓名	大晟任职	到任时间	才艺素养	今存词数量
周邦彦	提举	政和六年	音律、大赋、诗词	186
田　为	典乐、乐令	政和末、重和二年	琵琶、绘画	6
江　汉	制撰	政和初	长于诗	1
万俟咏	制撰			27
晁冲之	大晟府丞	政和间	诗歌	16
晁端礼	协律郎、制撰			142
徐　伸	典乐	政和初		1

仅列有词作传世者

清人曾经嘲笑说,北宋有无谓之词以应歌,南宋有无谓之词以应社。其实北宋还有无谓之词以应职。大晟词人的职业本来就是颂圣谀时,他们的职务创作当然属于歌功颂德的主旋律。有意思的是,徽宗时的翰林画院也设有画学正、艺学、待诏、祗侯、供奉、画学生等不同职位,一群皇家画师聚集在一起,共同形成了

① 宋·王灼《碧鸡漫志》卷二。

“院体画”风格。大晟词人群的职务创作,也形成了独特的“府体曲子词”,呈现为规范典雅、高度精致的群体风貌。但这些作品不应该看作是大晟群的作品主体,或者研究大晟词人群的主要对象。我们更关注的是这一群词人在任职大晟之前或离任之后的日常创作,更关注他们在“下班”时间里真正倾诉内心、表达个人情感的吟咏。对于周邦彦及其“美成体”来说尤其如此。考虑到大晟任职的经历对他们日后创作的重要影响,这些属于个人的“非职务创作”是否也应视为典雅精工的“府体词”,值得深入研究。

宣和七年(1125),金兵南侵,诏罢大晟府。《宋史·乐志》八十二记载:“七年十二月,金人败盟,分兵两道入,诏革弊事,废诸局,于大晟府及教乐所、教坊额外人并罢。靖康二年,金人取汴,凡大乐轩架、乐舞图、舜文二琴、教坊乐器、乐书、乐章、明堂布政闰月体式、景阳钟并虡、九鼎皆亡矣。”

波澜壮阔的北宋词坛,孕育了同样波澜壮阔的词选?没有。同时的选坛完全是另一种清冷的景象。三三两两的应歌,无精打采地跟随在《花间集》的身后。台阁词人群时代所出现的这几部词选,基本与词坛互不通问,未见彼此存在联系的证据。只不过,它们都有这样一个共同点:为应歌而作词,为应歌而选词。尤其让人难过的是,北宋后期千人唱、万人和,那么盛大的词坛,却只有一个与元祐词人群勉强沾亲带故的小诗人,前来选了一部叫作《兰畹曲会》的词选,稍稍显示了选坛与词坛的血脉因缘。

我们承认,北宋选坛的幼稚程度,与文化上的盛宋气象太不相配。连唐代的曲子词坛都比它成熟得多。选词者大多为歌者乐工,词人还没有对选词培养出浓厚兴趣。不管是谁,他们的偶尔出手,都只在意唐五代前贤,对北宋时贤大多视而不见。作为编选者,他们是如此木讷和懦弱,甚至自立为一家、独立选词的勇气还不具备。与词坛的极盛相比,选坛的麻木与滞后令人吃惊。

五、《尊前集》与《金奁集》

（一）《尊前集》的失传与确认

《尊前集》可能是北宋人的第一部词选。第一次起步，修修补补，牵衣垂髫，显得非常稚拙。它的形态和命运，都可以作为选歌词选的标本。

该书不知何人所为，原书不署编者姓氏，也没有序跋。凡录唐五代词人三十六家二百八十九首词。该书在宋代较为常见，屡见征引。如无名氏的《金奁集》原注："（《菩萨蛮》词）五首，已见《尊前集》。"南宋人著述中提到这部词选的还有：王灼《碧鸡漫志》、胡仔《苕溪渔隐丛话》、罗泌《欧阳修近体乐府跋》及校语、张炎《词源》等。元代以后此书失传。

明万历年间，存一居士顾梧芳发现《尊前集》旧本，遂稍加整理，厘为上、下两卷，付之手民。他在《尊前集引》中说：

> 若玄宗之《好时光》、李太白之《菩萨蛮》……下逮唐宋群彦若干人，联其所制，为上、下二卷，名曰《尊前集》，梓传同好。先是唐有《花间集》，及宋人《草堂诗余》行而《尊前集》鲜有闻者。

顾氏又称："余素爱《花间集》，胜《草堂诗余》，欲播传之。曩岁客于吴兴茅氏，兼有附补。而余斯编，第有类焉。"从"余斯编"的行文语气来看，似原书已经散佚日久，顾梧芳重新辑成一编刊刻，仍其旧名。因此后人多信其为顾氏重辑。毛晋刻《词苑英华》，乃断该书为顾氏重辑本，说："惜其本皆不传，嘉禾顾梧芳氏采录名篇，厘为二卷，仍其旧名。"

康熙二十年（1681）朱彝尊于吴下书肆见到明人吴宽手抄本，"书法精楷，卷首识以私印"，取校顾梧芳本，发现"词人之先后，乐章之次第，靡有不同。始知是集为宋初人编辑”。[1] 但是直到乾隆年间，四库馆臣作提要，仍不肯贸然相信这个结论，遂存疑焉。[2]之后，另外两种明本先后重现人间：一是丁丙善本书室所藏的明梅鼎祚（禹金）抄本。朱祖谋刻跋称：“是本为禹金珍弆，押以印记。丁氏《藏书志》谓，禹金去万历时不远，如果为顾辑，必不郑重如此。”[3]另一是明吴讷《百家词》抄本。《百家词》抄于明正统六年(1441)，远早于顾本一百多年。抄本未经刊刻，原藏天一阁，清人张德瀛(《词徵》的作者)、近人梁启超和林大椿等人都曾经藏过、抄过或者见过该本。

至此可以断定，今天我们所见到的《尊前集》，确实就是南宋以前所流传的原选本。

（二）谁是《尊前集》的编者

已经可以确认，《尊前集》的编者决非明人顾梧芳。他不过作了一些文字整理工作，将不分卷的原书厘为上下两卷而已。那么，《尊前集》的编选者又是谁呢？

其一，唐五代人说。王灼《碧鸡漫志》卷五记载：“今世所传《麦秀两歧》，今在黄钟宫。唐《尊前集》载和凝一曲，与今曲不类。”又罗泌《欧阳修近体乐府跋》云：“今观延巳之词，往往自与唐《花间集》、《尊前集》相混。”张炎《词源·自序》亦称：“粤自隋唐以来，声诗间为长短句，至唐人则有《尊前》、《花间集》。”罗泌、张炎所说的“唐”，实指五代而言。明人吴讷《百家词》抄本《花间集》，目录中各词人俱冠以“唐”字，称唐牛希济、唐欧阳炯、唐孙光宪等等，也是同一习惯。

---

① 清·朱彝尊《曝书亭集》卷四十三《书尊前集后》。

②《四库提要·尊前集》云：“陈振孙《书录解题》‘歌词类’以《花间集》为首，注云：此近世倚声填词之祖。而无《尊前集》之名，不应张炎见之，而陈振孙不见。彝尊定为宋本，亦未可尽凭。”

③ 朱祖谋《彊村丛书》本《尊前集·刻跋》。

其二，五代吕鹏说。胡仔《苕溪渔隐丛话》引《古今词话》云："赵崇祚《花间集》载温飞卿《菩萨蛮》甚多，合之吕鹏《尊前集》，不下二十阕。"[①]吕鹏为五代人，《新唐书·艺文志》著录有五代吕鹏诗一卷。但据黄昇《唐宋诸贤绝妙词选》卷一注语："按唐吕鹏《遏云集》，载应制词四首，以后二首无清逸之气，疑非太白所作。"则吕鹏乃《遏云集》的编者，《古今词话》所谓"吕鹏《尊前集》"，未知有何根据，疑出于误记。

其三，后蜀欧阳炯说。今人提出《尊前集》的编者可能就是为《花间集》作序的欧阳炯。其理由是《尊前集》选目有意与《花间集》匹配，先君后臣，与《花间集序》中语颇为吻合。其次《花间集序》中有"竞富樽前"之语，故别选一书取名"尊前"。第三是《尊前集》中录欧阳炯词最多，达三十一首。[②] 这一说法有些值得商榷。据王仲闻考证，《尊前集》所录的李煜《蝶恋花》（遥夜亭皋信闲步）一词，乃北宋真宗、仁宗时的词人李冠（字世英）所作。陈师道《后山诗话》、杨绘《本事曲》以及黄昇《唐宋诸贤绝妙词选》皆有记载可证。因此，《尊前集》的成书不能早于宋仁宗。欧阳炯卒于宋太祖开宝四年（971），绝无可能选及李冠词。若解释为欧阳炯原选，北宋人增补而误及李冠词，也不能成立。《尊前集》原选部分及两次增补李煜词，皆题名作"李王"，李煜死于太宗朝，死后被赠太师衔，追封为吴王。欧阳炯卒于李煜之前，如何能够预先知道李煜死后会封王呢？

其四，宋初人说。精于版本考证的清代学者朱彝尊认为，"是集为宋初人编辑"[③]，此说最为可信。所选三十六家皆唐五代词人

---

① 此条据舍之《历代词选集叙录》（华师大《词学》第一辑）征引。检《苕溪渔隐丛话》原书以及赵万里辑本杨湜《古今词话》，未见。或二书之佚文也。

② 欧阳炯编《尊前集》说，见今人蒋哲伦《〈尊前集〉和早期文人词》，载《上海师范学院学报》八三年第四期。又据《彊村丛书》本，《尊前》录词最多者为刘禹锡，凡三十八首。欧阳炯三十一首居次，非最多。

③ 清·朱彝尊《曝书亭集》卷四十三《书尊前集后》。

而不及宋代词人。其误录北宋李冠词为李煜词，说明原选或续补于仁宗以后。又神宗元丰年间，崔公度跋冯延巳《阳春录》已引及《尊前集》，证实原选的编定必在元丰以前。我们相信，《尊前集》的编选和增补是宋真宗与宋仁宗年间的事情，其人当与晏殊、欧阳修等台阁词人同时，不会相去太远。

宋初人编选《尊前集》的判断，与台阁词人群前后的词坛氛围，是完全吻合的。

（三）《尊前集》的选系

《尊前集》是赵崇祚《花间集》的补编。

今天我们所见到的《尊前集》，可能已经不是原编之旧，它不仅有过较大的增补，而且部分还经过前人的整理和挖改。比如集中所选各家俱有姓氏，而南宋罗泌所见的《尊前集》则有无名氏词，其校欧阳修词集曾经引用。又如卷内前后三次选及李煜词，两次选及冯延巳词（该选是按词人排列作品），显然是出于增补。

从《尊前集》的选人、选词全目情况，我们认定它不是一次成型的。依原顺序，我们可以将之拆分为如表的三个部分。

《尊前集》选阵的三部分拆分表

结构	入选词人及数量	选系
第一部分（原选）	明皇 1、昭宗 2、庄宗 4、李王 5、李白 12、韦应物 4、王建 10、杜牧 1、刘禹锡 38、白居易 26、卢贞 1、张志和 5、司空图 1、韩偓 2、薛能 18、成文干 10、冯延巳 3	续花间补人
第二部分（原选）	温飞卿 5、皇甫松 10、韦庄 5、张泌 1、毛文锡 1、欧阳炯 31、和凝 7、孙光宪 23、魏承班 6、阎选 2、尹鹗 11、李珣 18	续花间补词
第三部分（后补）	李王 8、冯延巳 7、李王 1、庚传素 1、刘侍读 1、欧阳彬 1、许岷 2、林楚翘 1、薛昭蕴 1、徐昌图 3	续尊前

这个选目向我们提示了许多重要信息。第一、第二部分为初始之原选，第三部分系后来增补上去的。第一部分编者有意补《花间集》选域的局限，时代上推及盛唐和中晚唐，下兼采南唐词人。重点补出了温庭筠时代前后的空白。其所选内容与风格也较《花间集》之选域为宽广。第二部分乃直接续补《花间集》，所录十二家，其顺序与《花间集》十八家完全相同（十八家依次是温庭筠、皇甫松、韦庄、薛昭蕴、牛峤、张泌、毛文锡、牛希济、欧阳炯、和凝、顾夐、孙光宪、魏承班、鹿虔扆、阎选、尹鹗、毛熙震、李珣），而词则另据别选。该部分共一百余阕，仅温庭筠《菩萨蛮》四首、李珣《西溪子》一首与《花间集》重见，其余皆新出。盖原编者之意，第一部分为《花间集》补人，第二部分则据《花间集》而补词。宋初，唐五代文献尚多，唐人之词真伪杂出，盛行于时。冯延巳有《阳春集》（陈世修辑于嘉祐三年），李珣有《琼瑶集》（王灼《碧鸡漫志》卷五载），如此等等，可供采录者远较赵崇祚所见为繁富。[①] 但也因此杂入不少讹传伪托之作，反不如《花间集》采录时贤为可信。

如果说第一、第二部分为《花间集补》，那么第三部分则是《尊前集补》，不是原编者所补，就是后来人所补。其根据有五：

首先，所录李王与冯延巳二家，已见原编，此处另为补选若干作品。其次，原选注宫调至李白词而止，以下俱不详宫调。补出部分重新一一注明宫调，显然与正编非同时所为。其三，所补各词人大多只有一首、二首作品，又后蜀词人刘保乂题作“刘侍读”，都是拾遗访阙的痕迹。其四，薛昭蕴系《花间》词人，原应列于第二部分韦庄之下，张泌之上（依《花间集》原序列），正编未及而置于此部分，也是后来增补的一个明证。最后，原编部分的选域以唐代和西蜀为主，而此部分所录的都是十国词人：庾传素、薛昭蕴是前蜀人，欧阳彬、刘保乂和许岷是后蜀人，李煜、冯延巳是南唐

① 北宋时期流行有不少晚唐五代人的词集，而宋人时贤极少见有将自己的小词勒集单行者。这似乎也反映了一种观念和心态。

人，林楚翘是荆南人，徐昌图是闽人。除了薛昭蕴录词一首《谒金门》，其人其词皆已见《花间集》可以删去之外，其他人和词俱为《花间集》所无。可见这部分作为《尊前集补》，也是为补《花间集》而选的。至于是否也出于原编选者之手，则不得而知。总之，《尊前集》与《花间集》属于同一选系。

《尊前集》所选词的时代（选域跨度），整体上要早于《花间集》，而与《云谣集》相去不远，三部词选形成一个由盛唐而中晚唐、而五代十国的序列。《云谣集》是盛唐以来的非文人俗唱，而《尊前集》却是盛唐以来的文人制作，主体是中唐的民歌体词人的吟咏。它的位置，似介于民间与文人的中间。《花间集》则完全属于文人的范畴，虽然它也有少数拟民歌体的作品。这也构成一种身份上的序列。

仅就选域跨度和选域层次而言，《尊前集》大致可以与《云谣集》、《花间集》鼎足而三。但若谈论词选的个性创造，谈论在词选史上的价值，《尊前集》远远不能与它们相比。这不仅表现在它依附《花间集》而缺乏独立性，不仅表现在选词多有讹误，可信程度低，更重要的是，由于它选域较广，所取芜杂，而未能形成该选的任何个性特征，没有一种鲜明的主体风格或者选择风格，没有确定的选择标准和判断尺度——选歌型词选所特有的缺憾在这里暴露无遗。它没有"花草"那样的幸运，只能随着音乐的流行而存活，随着音乐的失传而枯萎。因此后代词坛很少予以注意。选歌词选所注定的命运，本来就是如此。

（四）无名氏的《金奁集》

《金奁集》是一部更没有特点的选歌词选。

全编一卷，北宋无名氏从《花间集》和《尊前集》中选出若干篇目，注明宫调重新加以排列。另外，又附自辑无名氏的和张志和的《渔父》词。入选作品有温庭筠六十二首，韦庄四十八首，张泌一首，欧阳炯十六首，无名氏的和张志和《渔父》词十五首，共计一百四十二首。[①] 旧本皆题作温庭筠撰，朱祖谋《彊村丛书》归入别集一类。

今按，前人为词选署名有两种方式，一是题某编录者编选，二是在不详编选者姓氏的情况下，借题卷内词人，称“某某等撰”。《金奁集》题“温庭筠撰”（当题“温庭筠等撰”），即属于后一种方式。清人鲍廷博从钱塘汪氏处借抄得古本，曾经对此发生疑问说：“按飞卿有《握兰》、《金荃》二集，《金奁》岂即《金荃》之讹耶？”[②] 其实二者当各为别集、总集，彼此没有关系。

《金奁集》可能是有意续《尊前集》而作，编选者不是在内容篇幅上续补，而是从体例上与《尊前集》形成姊妹编。在所选的《菩萨蛮》词下，旧本注云：“五首已见《尊前集》。”如果这是编选者的原注，显然说明他曾经参考过《尊前集》。《金奁集》的编排方式与柳永的《乐章集》、张先的《张子野词》一样，都是以宫调类列。所用宫调九种（其中黄钟宫一种重出，见于卷尾，疑系后来补入），宫调下按词牌编序，以便于乐工歌女选唱。因此，近代学者以为，《金奁集》一书“盖宋人杂取《花间集》中温、韦诸家词，各分宫调以供歌唱，其意欲为《尊前》之续”。[③] 在体例方面，“《尊前》就词以注调，《金奁》依调以类词，义例正相比附”。[④]

该词选为后人留下的疑窦是书末所选的张志和十五首《渔父》词，这些词与《尊前集》所选的张志和五首《渔父》词无一首相同，也不见于诗文集、正史、野史的记载，来历可疑。民国初年，朱祖谋与曹元忠曾就此疑案作过考证，推断为后人和张志和《渔父》词。按《直斋书录解题》卷十五，著录有陈振孙自辑的《玄真子渔

① 清·鲍廷博《金奁集·抄跋》称词凡一百四十七首。然朱祖谋《彊村丛书》所用鲍抄本，仅一百四十二首。未知何故。

② 清·朱祖谋《彊村丛书》附鲍廷博《金奁集·抄跋》。

③ 吴昌绶《松邻遗集》卷二《金奁集跋》。又朱祖谋《彊村丛书》本《金奁集·刻跋》。

④ 吴昌绶《松邻遗集》卷二《金奁集跋》。

歌碑传集录》一卷,称:"玄真子渔歌,世止传诵其'西塞山前'一章而已。尝得其一时唱和诸贤之辞各五章,及南卓、柳宗元所赋,通为若干章。因以颜鲁公《碑述》、《唐书》本传以至近世用其词入乐府者,集为一编,以备吴兴故事。"曹元忠怀疑《金奁集》中的十五首《渔父》词,就是这些和作中的一部分。[①]

《金奁集》卷帙单薄,唯重备歌,选域不出于《花间集》和《尊前集》之外,没有独立的选源。后来词人学者很少有对它感兴趣的,是一部曾经流行过而遭到后人长期冷落的选歌词选。我们把它视为不成功的词选。

六、几部失传的十国北宋词选

(一)吕鹏的《遏云集》

原书今佚。南宋黄昇《唐宋诸贤绝妙词选》曾以此书以及《花间集》、《尊前集》等作为选源辑词,在所录的李白《清平乐令》二首之下注云:"按唐吕鹏《遏云集》载应制词四首,以后二首无清逸气韵,疑非太白所作。"吕鹏为五代人,《新唐书·艺文志》著录有五代吕鹏诗一卷,其书不传。黄昇称其为唐人,意当指五代。这是一部五代人选唐词或唐五代词的总集。从书名推断,当为应歌选本。

(二)无名氏的《家宴集》

已佚。不详何人所编,共五卷。南宋所流行的版本未署编者姓氏,仅有雍熙三年丙戌(986)"子起"的序。该词选可能即编成于这一年。陈振孙《直斋书录解题》卷二十一称:"《家宴集》五卷,序称子起,失其姓氏,雍熙丙戌岁也。所集皆唐末五代人

① 见朱祖谋《彊村丛书》本附曹元忠《抄本金奁集跋》。

乐府，视《花间》不及也。末有《清和乐》十八章。为其可以侑觞，故名‘家宴’也。”据此知其选域时代与《尊前集》相同，卷帙篇幅略不及《花间集》。而且有可能与《尊前集》、《金奁集》体例接近，注有宫调，以便歌者选唱侑觞。倘若该书没有失传，我们就可以将之与《尊前集》、《花间集》合参，得到唐五代词坛更完整的面貌了。

该书在南宋嘉定年间(1208—1224)为长沙刘氏书坊辑刻入《百家词》，列为第三种。其实它是词总集，列作百家之一，颇为不伦。书坊射利滥刻，往往如此。此外，元人脱脱等编纂《宋史》、马端临编纂《文献通考·经籍考》，都著录到了这部五卷的词选。可见该书在元代还有流传。

(三) 孔夷的《兰畹曲会》

北宋元祐年间诗人孔夷所编。孔夷字方平，孔旼(号宁极先生)之子，孔榘(字处度)之叔，汝州龙兴(今河南宝丰)人。有诗名，元祐间隐居不出。曾化名“鲁逸仲”作词，又化名“无为”、“莫知非”编选《兰畹曲会》。王灼《碧鸡漫志》卷二记载：“《兰畹曲会》，孔宁极先生之子方平所集。序引称‘无为’、‘莫知非’，其自作者，称‘鲁逸仲’，皆方平隐名，如子虚、乌有、亡是之类。孔平日自号滍皋渔父，与侄处度齐名，李方叔诗酒侣也。”南宋后期人也记载说：“隐士孔夷尝有《赠圣渊学士》诗云：‘吴越声飞二十年，缁衣空复叹遗编。紫芝眉宇风尘外，太白文章锦绣前。可是石渠方载笔，未应水国要归田。他时雪里相逢处，能记骑驴孟浩然。’夷字方平，号滍皋先生。刘攽、韩维之畏友。其称(关)沼如此，则沼之才望可知。(原注：以滍皋先生诗及曾慥《百家诗选》小序修)”①

李廌方叔为“苏门六君子”之一，孔氏作词又有模仿秦观风

① 宋·潜说友《咸淳临安志》卷六十六。

格的痕迹，[1]似与元祐词人群有一定的创作互动关系。黄昇《唐宋诸贤绝妙词选》卷八选有鲁逸仲三首词:《南浦·旅怀》、《水龙吟·梅花》、《惜余春慢·情景》，评曰:“词意婉丽，似万俟雅言。”

《兰畹曲会》又或作《兰畹曲令》、《兰畹曲集》，原书久佚，近人周泳先从各种记载中辑得一卷，仅十一家十六首，收入《唐宋金元词钩沉》。参照前人记载，从这些断简残篇中我们可以看出原书的部分面貌:它的选域比较广，时代跨唐、五代、北宋。[2] 辑本十一家中，唐有杜牧一家，五代有韦庄、牛希济、李珣、张泌、李煜五家，北宋有寇准、张先、晏殊、欧阳修、晏幾道五家。它可能是一部参考了《花间》、《尊前》等多种词选而又选及当世名贤的词总集。其卷帙，据宋本《欧阳文忠公近体乐府》卷三注:“此词(案指《水调歌头·和苏子美沧浪亭》)载《兰畹集》第五卷。”知原书至少有五卷。

宋人洪迈曾经说:“余家旧有建本《兰畹曲集》，载杜牧之一词。”[3]胡仔也有记载说:“旧本《兰畹集》载寇莱公《阳关引》，其语

---

① 如孔夷《南浦·旅怀》词云:“风悲画角，听单于、三弄落谯门。投宿骎骎征骑，飞雪满孤村。酒市渐闲灯火，正敲窗、乱叶舞纷纷。送数声惊雁，下离烟水，嘹唳度寒云。　好在半胧溪月，到如今、无处不销魂。故国梅花归梦，愁损绿罗裙。为问暗香闲艳，也相思、万点付啼痕。算翠屏应是，两眉余恨倚黄昏。”字面意境多从秦观《满庭芳》(山抹微云)一词脱胎变化而来。又如孔夷《惜余春慢·情景》词云:“弄月余花，团风轻絮，露湿池塘春草。莺莺恋友，燕燕将雏，惆怅睡残清晓。还似初相见时，携手旗亭，酒香梅小。向登临长是，伤春滋味，泪弹多少。　因甚却、轻许风流，终非长久，又说分飞烦恼。罗衣瘦损，绣被香消，那更乱红如扫。门外无穷路歧，天若有情，和天须老。念高唐归梦，凄凉何处，水流云绕。”也与秦观词风格相似。其中“天若有情，和天须老”，虽系用唐诗故语，然秦观《水龙吟》即有“天还知道，和天也瘦”。《瓮牖闲评》卷五引秦观词，又有“天若有情，天也为人烦恼”之句。

② 元·刘将孙《养吾斋集》卷九《新城饶克明集词序》:“乐府有集，自《花间》始，皆唐词。《兰畹集》多唐末宋初词。”。

③ 宋·洪迈《容斋四笔》卷十三。

豪壮，送别之曲当为第一。”①旧本大概是北宋本，而南宋初似已有人增订重刻了。

该选时代较晚，可能是一部具有转折意义的词选。以元祐词人群为其词坛背景，它表现出许多新的变化：词人开始自己选词，开始摆脱“唐五代崇拜”精神情结的约束而选及当代词人词作，开始摆脱选歌的传统模式，逐渐向选词和选人过渡，选坛与选本开始与词坛发生较多的联系和沟通。可惜，我们没有更多的材料来进一步说明这些变化。

（四）无名氏的《谪仙集》

原书久佚。元人脱脱等《宋史》卷二百零九艺文志著录云：“《谪仙集》十卷。勾龙震集古今人词，以李白为首。”勾氏生平事迹不详。其人其选都未见宋人著录。

朱彝尊《词综·发凡》云：“古词选本，若《家宴集》、《谪仙集》、《兰畹集》、《复雅歌辞》、《类分乐章》、《群公诗余后编》、《五十大曲》、《万曲类编》及草窗周氏选，皆佚不传。”朱氏为清初词家巨擘，所见宋人秘籍极多。该书既然在元代尚未失传，则有可能时见元明人著录收藏，散在民间。朱彝尊后来是否获睹，不得而知。清咸丰五年(1855)，陈庆溥为孙麟趾《绝妙近词》作序提到：“(余)生平无它嗜好，唯酷爱填词。窃见宋人选词，如《乐府雅词》、《阳春白雪》、《谪仙》、《兰畹》诸集，靡不精粹。元、明以降，词学遂废，亦从无选本。”《谪仙》、《兰畹》二书久已失传，陈氏如确实见过这些词选，则诸书尚在人间。但其所云未必属实，谓元、明从无词选也不符合事实。

（五）无名氏的《麟角集》

原书久佚。可能是一部北宋人所辑的唐五代词选。“麟角”取义凤毛麟角，比喻所选皆稀世之珍，金人元好问《新轩乐府引》中提到：“《麟角》、《兰畹》、《尊前》、《花间》等集，传播里巷。子妇

① 宋·胡仔《苕溪渔隐丛话》后集卷九。

母女,交口教授,淫言媟语,深入骨髓,牢不可去。”元人朱晞颜也说:“旧传唐人《麟角》、《兰畹》、《尊前》、《花间》等集,富艳流丽,动荡心目。其源盖出于王建宫词,而其流则韩偓《香奁》、李义山西崑之余波也。”①朱晞颜未见原书,所举四种词选其顺序完全同于元好问语,而随便冠以“唐人”非是。元好问的时代在南宋中期,疑该选系南、北宋之交前后人所编选。

(六) 无名氏的《聚兰集》

编选时代不详,疑在北宋末、南宋初。书名“聚兰”,与孔夷《兰畹曲会》意思相近,未知是否有联系。此书唯见南宋初人胡仔征引:

> 《古今词话》云:东坡在黄州,中秋夜对月独酌,作《西江月》词曰:“世事一场大梦(略)”坡以谗言谪居黄州,郁郁不得志,凡赋诗缀词,必写其所怀,然一日不负朝廷,其怀君之心,末句可见矣。苕溪渔隐曰:《聚兰集》载此词,注曰“寄子由”。故后句云:“中秋谁与共孤光,把酒凄凉北望。”则兄弟之情,见于句意之间矣。疑是在钱塘作,时子由为睢阳幕客,若《词话》所云,则非也。②

据此,仅可知该书选有东坡词,必编辑于东坡同时或之后。《苕溪渔隐丛话》后集成书于宋孝宗乾道三年(1167),《聚兰集》的编选也应该在此之前。

七、北宋选词收获评估

北宋结束了。一百六十七年国祚,先后出现过三大词人群,

---

① 元·朱晞颜《瓢泉吟稿》卷五《跋周氏埙篪乐府引》。

② 宋·胡仔《苕溪渔隐丛话》后集卷三十九。

涌现了那个时代最伟大的词人晏殊、欧阳修、苏轼、秦观、周邦彦等英雄豪杰。他们用毕生心血，写下了无数荡气回肠的曲子词，感动了千百年下一代又一代的中国人。

整个北宋究竟产生过多少词人，写过多少作品，我们无法详细统计。但我们面对的尴尬是：这样一个鸢飞鱼跃、百舸争流的大时代，只给后人留下来两部词选（宋初人的《尊前集》、无名氏的《金奁集》），而且还是依附在前人词选身上的"附属性词选"，没有独立成选。知道曾经有过但早已失传的词选，也只有五部（《家宴集》、《谪仙集》、《麟角集》、《聚兰集》、《兰畹曲会》）。也许还有一些我们不知道的北宋词选，曾经在当时流行过，但相信不会太多。勉强把它们算在一起，寥寥几部词选，就打发了这样一个中国历史上少有的文化巅峰时代。

一般说来，选词量和创作量之间，应该存在一个合理的比值。适当而充分地选择，既可以及时保存作品，又能够充分消化、传播、分解、认知作品，刺激创作进一步升温。比照现代林业的过度砍伐、现代渔业的过度捕捞概念，我们认为北宋的选词量与创作量的匹配情况正好相反，属于严重的开工不足。而在邻近领域，诗歌的选择量，尤其是对《诗经》的反复选择，可能已经出现了过度采伐和捕捞。

按照海因茨·韦里克（Heinz Weihrich）的 SWOT 分析方法，[①]我们承认，对于选词来说，这个时代的劣势明显大于优势。

---

① 海因茨·韦里克（Heinz Weihrich），美国旧金山大学国际管理和行为科学教授。SWOT 矩阵法也称道斯矩阵法、态势分析法，经常用于企业战略制定、竞争对手分析等领域。SWOT 分别代表自身优势（Strength）、自身劣势（Weakness）、外部机遇（Opportunity）、外部威胁（Threats）。优势机遇兼备，当取扩张战略。劣势威胁并存，当取防御战略。有机遇而处劣势，则当取扭转型战略。有威胁而处优势，则当取多种经营战略。将词人群的实际作为和当取战略相互比较，可做出相应的评估。中国传统的天时、地利、人和分析法，经常用于兵法、外交、政治等领域，较侧重外部环境的研判。中西两种研究方法相结合，对词人群的生态研究和作为研究，可以起到重要的参考作用。

外部环境的先天条件比较不利。北宋词坛的第一个五十年，基本上是茫茫空白。太宗、真宗两朝并非是文化真空，这个阶段朝廷君臣的文化注意力全部扑在大型类书的编纂上。除了宋真宗命王钦若、杨亿等人历时三年，编纂《册府元龟》一千卷之外，太平兴国二年(977)太宗命群臣编纂《太平总类》(后赐名《太平御览》)一千卷，前后也花费了六年多时间；太平兴国七年(982)，再命李昉等人编纂《文苑英华》一千卷，共计收录六朝以来至隋唐作家二千二百多家，诗文二万余篇。前后也花费了六年多的时间。此外，还编纂有汇总历代野史笔记的《太平广记》五百卷，汇总历代医方的《神医普救》一千卷等。

在这些宏大工程面前，曲子词显得微不足道，偶尔填词把玩，家宴传唱，完全是利用这些公卿巨儒们休闲放松的间隙；民间的创作虽然也有，但很难挤入主流。词坛的空白状态一直延续到仁宗时期，台阁词人群逐渐成型后，才开始听到他们的浅斟低唱。而且那些声音往往还捏着嗓子不敢放开，内心怀着几许道德愧疚。我们推算，北宋前一百年整个社会的宋词存储量，应该是非常不足的。传唱消费主要靠唐人作品和十国作品撑场面。没有成千上万的作品涌向社会，涌向读者，就不会有挑选的冲动和需要，也不会有手忙脚乱赶紧保存的紧迫感。只会出现一首传唱一首，写了什么传唱什么。

其次，曲子词为小道的传统观念，笼罩了前一百多年的词坛。有身份有地位的词人，很少染指选词。由于应歌的需要，这种挑选工作看上去一点不像优雅的著书立说，而更像是乐工的技术劳动。所以词人们普遍不愿意去选词，更不愿意积极主动去收集、商榷选词。我们看到，两宋的选词者从最初的无名氏、乐工歌妓，慢慢到三流词人、二流词人，最后才有大词人飘然而至，从事选词论词。到了清代，更有词坛领袖直接出手选词，号令天下。这是一个非常漫长的心理适应过程。

北宋处在这个适应过程的初期。据宋人记载，晏殊曾经编选过历代诗文，明人也曾记载他编选过唐诗，可惜已经失传。一代大学者例如司马光那样的巨儒当然更不屑于选词，他正带领着一群最优秀的学者在编纂他那卷帙浩繁的《资治通鉴》，几十年如一日埋头于书斋之中，“骸骨癯瘁，目视昏近，齿牙无几，神识衰耗，目前所为，旋踵遗忘。臣之精力，尽于此书。”[①]政治改革家王安石也没有闲着。同僚宋敏求尽出家藏唐诗百余编，委托王安石选其佳者。王安石根据这些藏书编选了二十卷的《唐百家诗选》，选录唐代诗人一百零四家，诗歌作品一千二百多首，刊行天下。这些大儒连填词都不肯轻易染指，或极少染指，更何况选词这样的小事。晏殊、苏轼这样的文坛重臣能够分出精力来作词，已经很不容易了。期望他们能够为后代选出一部杰出的词选，也是不可能的。经史最大，诗歌和野史笔记次之，编选词集则属于微不足道的书斋余事。几乎算不上“经国之大业，不朽之盛事”。这是词史的不幸，但也是社会智力资源的天然合理的配置：因为北宋还没有成千上万的曲子词作品储备，任何大词人、大学者前来编选词选，都会面临巧妇难为无米之炊，都是智力才华的浪费。在这种情况下，作词显然比选词更能体现他们的价值。我们不得不面对这样的无情现实：没有伟大的选词家出场。在这个时代，无名氏承担着选歌的主要职责。最高级别的选词者，不过是元祐年间的小诗人孔夷。

第三，北宋中期以前，雕版印刷还不够普及，印书成本还不够低廉，市井百姓的读者群队伍还不够形成规模化的消费需要，纯粹商业性的书坊在这时还没有出现或刚刚出现，甚至活字印刷技术刚刚发明出来，还没有来得及走进日常生活。这样高成本、低需求的印刷水平，导致人们首先去考虑印刷最重要的佛经，印刷九经三传、历代正史等。个人文集诗集都要往后排，曲子词歌本更难有机会挤进印刷传播的渠道。仅仅靠文人与歌妓之间的相互传抄，词选缺乏产生的温床。

---

① 宋·司马光《资治通鉴进书表》。

尽管外部的天时地利条件较差，但台阁词人群的自身条件却是非常优越的，几乎可以和中兴词人群、临安词人群媲美。他们的生活阔绰富足，常年生活在遍地瓦肆歌栏的京城和其他富庶城市，拥有稳定的起居节奏与平和心态，这些公卿名臣家里普遍拥有数量不同的家妓歌女甚至乐工班子。晏殊家多歌妓，见叶梦得《避暑录话》。欧阳修家多歌妓，见葛立方《韵语阳秋》。宋祁家多歌妓，见魏泰《东轩笔录》。张先一大把年纪，身边还簇拥着莺莺燕燕，以至于被晚辈诗人所讥笑。这些公卿名臣醉心于享乐，门客诗友整日川流不息，开宴唱曲是最普通不过的日常生活点缀。这些都特别有利于曲子词的创作、传播、把玩、整理。可惜的是，曲子词卑贱的道德地位，词人崇高的社会地位，两者形成鲜明落差，给他们造成了严重的心理障碍。

我们惊喜地看到，北宋曲子词在它最后的五十余年里，出现了爆发式的辉煌。元祐词人群与大晟词人群双峰并峙，各领风骚。部分南渡词人也已经走上词坛，开始了他们最初的绽放。对于选家来说，天时降临，机遇点在这个时期开始出现。曲子词已经可以摆脱传唱歌本的束缚，大量的宋人自己的作品堆积如山，可供尽情选择，不同的流派、不同的家法、不同的题材，可以选成多种角度、满足多种需要的词选。可惜，没有人抓住这个历史机遇。

元祐词人群在旧党执政的年代里，纷纷来到京城，担任不同级别的文化官员，他们是有机会共同商榷选词的。元祐二年(1087)，吏部铨试文武选人，以同文馆为试院，邓忠臣等十三人参与考校事。他们像杨亿等台阁诗人一样，聚集在一起相互唱和，编辑有《同文馆唱和诗》十卷。这个十三人的诗人群中，邓忠臣、商倚后来被列入元祐党人，张耒、晁补之是坡门弟子，余幹是晁补之同窗，柳子文是苏轼的堂妹夫，黄庭坚的诗友。他们几乎就是一个元祐诗人群。而此时的苏轼已被朝廷召回，除起居舍人，迁中书舍人，再迁翰林学士知制诰，知礼部贡举。他们迭相往来，诗词唱和，完全可能也奉献出一部唱和词选。可惜没有。[1] 对于元祐词人群中的大多数来说，那还是他们创作的早期，大量最优秀的作品还没有创作出来。

这个群体自身最大的劣势是离多聚少，缺乏安定。元祐词人群这么私密、这么抱团和知心的朋友，竟然多年来一直各唱各的调，各弹各的琴，从来没有齐声过。实在令人难以相信。他们得势相聚于京城，时间过于短暂。而后来的大部分时间颠沛流离，各自飘零天涯。这种生存状态尽管非常有利于个人的曲子词创作和诗歌创作，有利于广开题材，咀嚼人生，但对于潜心选词、交换作品、商榷得失、讲论词法，形成群体审美上的强烈共鸣，却非常不利。身处贬责羁管的客居地，万里蛮荒，以一人之力辑天下之词，几乎是梦想。明代杨慎谪戍云南编选《词林万选》，就是一个失败的例子。等到他们伤痕累累流放归来，收获了无数最杰出的作品之后，却没有谁再有机会、再有心情来选词了。动和静，聚和散，元祐词人群和临安词人群分别代表了两个极端。

大晟词人群的情况比较复杂。他们的任职时间有的相同有的交叉，彼此之间的交往可能并不如我们想象的那么密切，只是一个松散的士大夫群体而已。在入选大晟府之前，他们的社会地位、文化教养、曲子词创作风格，都不完全相同，甚至还有很大差异。任职大晟府之后，才逐渐趋向于创作审美上的认同，形成风格典雅精美、音律严整协畅、章法细密繁复的"府体曲子词"。我们倾向于把大晟词人凡是符合这种词体标准的其他"非职务创作"、离任后的个人创作等，也视为他们的同一种声音。

与元祐词人群相比，大晟词人群的创作条件要优越得多。他们的生活状态比较安逸，艺术素养都不差。以皇家最高音乐机构

---

① 除了《同文馆唱和诗》之外，宋・陈振孙《直斋书录解题》卷十五著录苏轼与陈师道、赵令畤等又有《汝阴唱和集》一卷："元祐中苏轼子瞻守颍，与签判赵令畤德麟、教授陈师道无己唱和。晁说之以道为之序，李廌方叔后序。二序皆为德麟作也。"

的名义陆续聚集在一起，职业与爱好合二为一，朝廷行政管理与自己的个人创作合二为一，没有理由不出现类似杨亿《西崑酬唱集》那样的选本。大司乐刘昺著有《大晟乐书》二十卷是一个例证，[①]徽宗翰林画院编纂有《宣和书谱》、《宣和画谱》，也算得是一个旁证。大晟词人群的《政和曲谱》、《崇宁词谱》在哪里？他们的《大晟酬唱集》又在哪里？我们没有看见。大晟府设立于崇宁四年(1105)，到金兵南侵前夕，有二十年左右的黄金时期。这一批词人在为朝廷制订音乐制度的同时，还承担着撰写雅颂辞章的职责。如祭祀太庙、祭风雨雷神、封禅奉天书、祭九鼎等活动的祭辞创作。《宋史·乐志》十二就载有大晟府拟撰的释奠十四首。为大晟曲谱撰写标准规范的曲子词，颁行天下，是其主要职责之一。他们完全有条件、有机会、也有能力来汇编一部乃至若干部府体曲子词选集、群体唱和选集。按照“月进一曲”的创作密度，至少也应该有两百多首“标准版”的实谱作品可以汇总成集。更不要说他们私下之间的日常吟咏了。可他们始终没有这么做。对此，我们深感失望。

我们猜测，大晟词人或许不是没有这类计划，也不会没有人从事词籍整理和编纂。只不过金兵突然大举入侵，二帝北狩，宫室播迁，一切都来不及了。在汴梁的残垣断壁下，谁能保证没有他们已经整理好的词籍校稿呢。徽宗皇家画院的作品可能丢失多少，大晟乐府的曲子词作品就可能丢失多少。这是我们对大晟词人群勉强作出的无罪辩护。

再见了，辉煌的文化时代。永别了，那些失踪的伟大文字。

① 宋·陈振孙《直斋书录解题》作“刘炳”。

第五章　南渡时期的乱世雅音

一、南渡词坛的变声

（一）曲子词的地域轮回

靖康之乱导致了大规模的人口南迁。历史学家估计，南迁人口总数在一百五十万到两百万左右，是永嘉之乱以来的第二次惊天动地的衣冠南渡。它造成的中原空心化、文化重心南移、东南人口的密度压缩、南方社会的结构重组，乃至南方本土文化的大换血，伤及中华民族的腑脏筋骨，怎么评价都不为过。

我们关注的是，在我们的视野中，宋室南渡造成了一次地域轮回。

一百多年前，曲子词的故乡、音乐歌妓高度发达的南唐、吴越、西蜀，由于北方赵宋的崛起，而遭到灭顶之灾。曲子词随着它们的各种有形载体教坊乐工、器物、歌女、词人、曲谱、典籍、仪仗等，被连根拔起迁往中原京洛。有意思的是，雄心勃勃的宋太祖发兵攻打西蜀、南唐，唯独对吴越国和颜悦色，始终没有刀兵相见。冥冥之中，开国之君为他的子孙有朝一日退守东南留下了后路。一百多年后，宋室蒙难，北宋高度繁荣的曲子词连同音乐歌舞又一次被连根拔起，追随王室播迁重新回到它们的故里。曲子词遭遇的第二次重大变故，竟然是一场归去来兮：劫余的宫廷教坊、乐工、大晟旧谱，以及大量的词人、歌妓、民间的瓦肆勾栏，重新回到它们的钱塘故地。温软的民风，熟悉的乡音，曲子词的归来让人悲喜交集。少小离家老大回，乡音已改鬓毛衰。江左父老的重新拥抱和接纳，使曲子词很快从破碎伤痛中获得了安慰。（对比十国词坛的大规模北迁，曲子词重新恢复元气竟然用了数十年时间。）当然，作为宋金对垒的前沿，成都、扬州和建康虽是南唐、西蜀旧都，却没有迎来这种强烈的回归感。与之同时，东南地区本地原有的北宋南音，突然之间被这股泥石流般的南下北音所淹没、覆盖，变成了高度边缘化的、次要的旁支。

这场地域轮回，带来了第二次曲子词乡音的大范围改变：宋初的北地南腔，再度被逆转为南地北腔。

所谓南渡词人，一般是北宋末年业已登上词坛，遭遇靖康之乱后南下江、浙、闽、赣等地，继续其吟咏创作者。他们的生平和创作都较为明显地分为两段，以南渡为界划为前期和后期。典型者如向子諲《酒边词》自厘为“江南新词”和“江北旧词”。南渡词人以北方籍贯者为多，或者长年居官、淹留北地者为多。如陈与义号称“洛阳八骏”之一，朱敦儒为洛阳布衣。他们在北宋徽宗年间，就已经相互唱和，结社往来。张元幹曾经回忆说，大观年间（1107—1110）他曾经问句法于江西徐俯，与洪刍、苏庠、吕本中、汪藻、向子諲等人“为同社诗酒之乐”。① 这些诗人大多同时也是词人。他们的纷纷南下，导致了词坛中心南移，形成江西、浙江、福建几个新的词坛地域中心。

追溯起来，靖康之乱不仅导致了赵宋政权的“由北而南”，导致了词坛地域中心的“由北而南”，而且直接或间接导致了宋词词心、词体、词脉、词风的“由北而南”：南宋词的许多变化与新质的出现，几乎都是从南渡词坛开始，甚至是由南渡词坛完成的。北宋词言情，南宋词言志；北宋词作空中语，南宋词作纪实语。这个明显的变化，虽然肇始于元祐，但明显放大成词坛主旋律，却始自南渡。

① 宋·张元幹《芦川归来集》卷九《苏养直诗帖跋尾六篇》。

（二）曲子词变声

我们发现，曲子词的声调这时候出现了明显变化。

转变是突然到来的。刻骨铭心的流亡现实迫使词人将创作的笔触指向自身，北宋艳词的那种特有的提空虚拟、作"空中语"的风花雪月传统写法，突然间变得如此可笑，如此不合时宜。词人们的创作开始纷纷转型，流离失所的身世遭遇、山河破碎的家国民族之痛，一齐涌上笔端。尽情讲述，尽情宣泄。其结果让人怦然心动：词品与人品逐渐从分裂走向统一。从前那种"心画心声总失真，文章宁复见为人"的顽疾久治不愈，如今霍然而已。词体始尊，词风始健，词境始大。以往被人们视作小道，视作轻浮文学、厕所文学的小词，突然体现出一种深沉的历史感，一种苍凉梗概的时代风骨来。曲子词洗却浓妆，拆除诗词壁垒，重访诗歌殿堂。宋诗硬朗多骨的种种特征，赫然呈现在词人们面前。曲子词原来也可以纪实啊，也可以咏以言志，也可以叩问建安风骨，也可以浸染北方刚健峻爽的民族精神啊。这是多么惊人的发现。诗词同体的结果是：两百年不变的柔媚曲子词，终于出现了沙哑的变声。

有一个细节不容放过。王灼《碧鸡漫志》曾经谈到当时社会上流行重女声唱词，说："古人善歌得名，不择男女。……今人独重女音，不复问能否。而士大夫所作歌词，亦尚婉媚，古意尽矣。"（卷一）这是南宋绍兴年间的声音。王灼说的是演唱，但他联系到了崇尚婉媚的时风。我们从中"发现"：原来晚唐五代以来，词坛的声部一直是"女声"，一直是十七八女孩儿执红牙板唱小曲子。直到南渡，人们才想起天下原来还有男儿伟唱，才理解苏轼及其群体的自由叛逆。

荆轲欲刺秦王，高渐离击筑为变徵之调，送行者一片哭声。当变徵突然转成慷慨激昂的羽调时，所有送行者都瞪大了眼睛，头发直立冲冠。曲子词到了南渡时也是如此，缠绵娇羞的吟唱突然变成了士大夫的激越悲歌，天下声腔为之一变。曾经被词人们交口非议的东坡体，突然之间变得那么清晰悦耳，那么荡气回肠，让人心服口服。用起来又那么如意称手。南渡的禁乐，王灼的不满，不啻向我们讲述了这场变调已经到来。不妨说，王灼的证词是南渡这场变声的画外音旁白。

李清照是南渡词人群中的特例。作为女性，尽管她也是南渡词人，也经历了与其他南渡词人完全一样的毁家、漂泊、苦闷、变声，但却很少与群体中的其他词人交往。这使我们在谈论群体的时候感到为难。她是南渡词坛上最优秀、最璀璨的词人之一，但却不是这个群体的核心词人，把她列为群体的外围词人似更妥当。她与那些乱世男儿一样，经历了痛苦的变声换调。只不过，别人是将假女声变成真男声，她是将真女声变成假男声。她的哭泣、悲怆、离愁、伤痛，有一种近于呼天抢地的浓烈力量。更不要说那些"生当作人杰，死亦为鬼雄"的作品了。可以说，李清照是南渡时期最典型的变声代表，与南唐李煜可以并称为"变声双绝"。

就曲子词而言，我们把南渡视为一次事件，一次曲子词的罢演反思，一场曲子词的换血改造。至此，宋词终于转换声部，从北宋体那种甜美的女声(男作女声的假声)，变成了真实沙哑的男声。

(三) 高宗的禁乐令

蒙难迁徙，飘零悲歌，导致南渡词人群的创作面貌一变从前。一些特殊的朝廷政令如禁乐令也推波助澜，烘托了这场大范围的曲子词哗变。

南渡初年，宋高宗曾下诏禁止天下声乐歌舞。建炎元年(1127)，"以二帝未还，禁州县用乐。"次年又下诏云："朕方日极忧念，屏远声乐，不令过耳。"[1]此项禁令一直实施了十多年之久，直

---

① 元·脱脱等《宋史》卷二十四《高宗本纪》，卷一百三十《乐志》。

到绍兴十二年(1142),“始听中外用乐”。

如前所述,我们把北宋徽宗的禁淫哇令、南宋理宗的禁诗令,与高宗的这道禁声乐令,并称为影响两宋词坛的三大禁令。宋高宗在禁乐的同时,并没有禁止填词做诗,词的创作仍然在进行。十六年禁乐的结果,使得宋词第一次有机会暂时摆脱音乐与声妓歌舞的纠缠,让词人能够像写诗那样自由抒写(素吟),能够寻找到比艳情和女性更有吸引力的主题(素题),能够采用与诗歌吟诵同样直接的欣赏传播形式(素赏)。

同时,由于大晟乐谱、乐器、音乐典籍、黍尺制度、甚至乐工、教坊歌妓的散失流离,宫廷与民间瓦肆歌栏一样,无法唱曲演奏,无法按律合谱,词人们也无法继续拥妓赏曲。皓齿红唇的轻歌曼唱,终于化作了壮士男儿的伟唱与沉吟。试读张元幹《贺新郎》送胡铨词、寄李纲词,就可以感受到这种强烈的变化。

南渡词人群地域身份对照表

姓　名	籍贯	南渡年龄	南渡时身份	南渡后主要活动地
张元幹	永福	37 岁	李纲幕僚	江浙各地
向子諲	开封	43 岁	京畿路转运副使	临安、潭州、广州、江州
陈与义	洛阳	38 岁	太常博士	临安、湖州
朱敦儒	洛阳	47 岁	布衣	两广、南雄州、临安
吕本中	开封	44 岁	枢密院编修	江西
叶梦得	长洲	51 岁	朝廷地方官	建康府、福州、湖州
曾　慥	晋江	35—40 岁	下层微官	卢州、虔州、荆南、夔州
李清照	济南	44 岁	地方官夫人	温州、越州、衢州、临安、金华

仅列词人群中最主要者,较外围者未列举

(四) 苏轼的影响

除了上述各种变化之外,另一个值得关注的变化是苏轼的到来。元祐词人群领袖苏轼“再现”江湖,对南渡词坛产生了重大影响。

靖康元年钦宗即位,废除了元祐党籍学术之禁。迁都杭州后的宋高宗和宋孝宗,又先后追赠苏轼谥号"文忠",并追封为太师。元祐党人的余脉后人重新得到朝廷重用。在这种情况下,人们对于苏轼及其诗歌、散文、曲子词的崇拜日甚一日,到处传抄和吟咏他的作品。陆游回忆说:"建炎以来,尚苏氏文章,学者翕然从之。"[①]甚至到了"人传元祐之学,家有眉山之书"的地步。同时我们也看到,南渡动乱的现实也特别适宜于苏东坡式的高洁人品和词风。天下之事既不可为,兼济天下的梦想只能大面积地转型为独善其身。南渡词人追求人格之完美,追求词品高绝清逸,冀图由人格之完美而达至词格之完美;或者反过来,借清逸高洁的词品,向世人讲述自己的内心世界,讲述独善其身的那份自尊。整体上看,南渡词以潇洒飘逸的态度对待人生,超脱多于执着,山林隐逸之趣味也相对压过咀嚼苦难。这一切,无不是从东坡体延伸而来的。

从文化生态角度观察,任何没有父亲的单亲家庭,自然会产生替代角色。母亲或某个长子、长女会自然而然扮演父亲角色,承担起重体力及户外工作。由于《云谣集》失传,父系的北方传统缺失一百多年,在同时代古文、诗歌的影响和参照下,词坛自然会进行阴阳平衡的自我修复,而产生替代性的父系北方传统。所以,苏轼的到来是一种必然,具备自然科学的逻辑和生态依据。我们把"东坡体"和元祐词人群的创作,视为迟来的中国曲子词父本。南渡词人群是这个父本的第一代哲嗣,第一群前来祭拜的上香客。

温庭筠和苏轼的先后出现,向我们传递了一个重要信息。那就是:一个人的声音可以被多次复制放大,变成一群人的声音,一

① 宋·陆游《老学庵笔记》卷八。

个时代的声音。

随着生命克隆技术的发展，人类对于细胞繁殖科学的认识越来越深入。生物细胞分为两种主要类型：干细胞（stem cell）和体细胞（somatic cell）。干细胞是一类具有自我复制能力的多潜能细胞。在一定条件下，它可以分化成多种功能细胞，具有再生各种组织器官和人体的潜在功能，医学界称之为“万用细胞”。体细胞则是生物体中除了生殖细胞（精子和卵子）之外所有的活细胞，这些细胞的遗传信息不会像生殖细胞那样遗传给下一代。①

如果把词坛视为活着的生命肌体，词人及其作品就是组成这个肌体的各种不同细胞。他们也有干细胞和体细胞之分：干细胞词人常常构成群体的领袖、词派核心骨干、重要唱和活动的发起者、词选和词话的编撰者，体细胞词人构成群体派别的具体成员和羽翼。这还远远不够。干细胞词人最重要的特点，是他所创造

① 干细胞（stem cell）是一类具有自我复制能力的多潜能细胞。干细胞有两种分类方法，一是根据干细胞所处的发育阶段分为胚胎干细胞（embryonic stem cell）和成体干细胞（soma ticstem cell）。第二种分类方法是根据干细胞的发育潜能分为三类：全能干细胞（totipotent stem cell）、多能干细胞（pluripotent stem cell）和单能干细胞（unipotent stem cell）。胚胎干细胞的发育等级较高，是全能干细胞，而成体干细胞的发育等级较低，是多能或单能干细胞。在胚胎的发生发育中，单个受精卵可以分裂发育为多细胞的组织或器官。在成年动物中，正常的生理代谢或病理损伤也会引起组织或器官的修复再生。胚胎的分化形成和成年组织的再生是干细胞进一步分化的结果。胚胎干细胞是全能的，具有分化为几乎全部组织和器官的能力。而成年组织或器官内的干细胞一般认为具有组织特异性，只能分化成特定的细胞或组织。体细胞（somatic cell）是相对于生殖细胞而言的概念。其遗传信息不会像生殖细胞那样遗传给下一代。高等生物的细胞差不多都是体细胞，除了精子和卵细胞以及它们的母细胞之外。体细胞遗传信息的改变不会对下一代产生影响。体细胞的染色体数是经减数分裂得出的生殖细胞的两倍。例如人类的体细胞是双倍体（具有两套完整的染色体组），而精子和卵子则是单倍体（具有一套完整的染色体组）。

的曲子词体式能够被复制和模仿,能够随着时间的延伸被新的时代条件和人文环境重新激活而再生,能够被拆解开来按照不同的需要进行重组,从而衍生变异出其他新的近亲体式,能够被放大成一个群体的审美意识和话语方式,一个地域的流行观念和行为风尚,一个时代的整体精神和文化姿态。简而言之,能够被称为"干细胞体"的词体,必须具备可复制、可再生、可重组、可放大四种能力。这样的干细胞词人既可以是词人群的领袖,如苏轼;也可以不是词人群的领袖,而为后代遥尊为精神偶像,如温庭筠、姜夔。

"干细胞体"概念,与我们所说的曲子词之源的父本、母本比喻不一样,也与版本学上的底本概念不一样。成为别人的复制底版太容易了。宋代词人中,柳永、晏幾道、黄庭坚、朱熹、黄昇、赵彦端、赵昌父、朱敦儒、张辑、卢祖皋、施岳、孙惟信、李莱老、李彭老等人的词,都曾被宋人随意尊称为某种词体,而被模仿复制过。对于模仿者来说,他们都是父本母本。元代以后经常被模仿的宋代词人还有刘过、史达祖、康与之、陈与义等一大群二三流作家。这些底版当然是不同的创作样板,不同的艺术借鉴对象,但都仅仅具备可模仿再生的某些功能,达不到胚胎干细胞的全功能要求。它们能不能成为词史上经得起时间检验的曲子词一体,很值得商榷。为区别起见,我们把温庭筠和苏轼等大家创造的这种干细胞词体,定义为曲子词的"源范式"。

按照这样的全功能标准,曲子词的这种"胚胎干细胞体"少之又少。可以称为"源范式"作家的唐宋词人,我们认为只有五位。按照遗传辐射能量的大小降序排列,依次是:温庭筠、苏轼、姜夔、周邦彦、辛弃疾。他们分别在稍晚的时代成为整个词坛的膜拜偶像,并且分别在金、元、明、清各个时代衍生出庞大的多形态的细胞群后代。他们不仅被单个词人不断复制和模仿,而且被整个词人群所复制模仿;不仅被一个时代的一群词人所复制模仿,而且至少有两次以上被不同时代、不同群体以不同方式复制模仿。说明他们的范式具有多种变异的可能性,具有多次再生的优秀遗传基因。

唐宋曲子词源范式复制再生对照表

源范式	复制	再生	重组	放大
飞卿体	西蜀群	台阁体、云间体	常州群	明词体
东坡体	南渡群	南渡群、江西群	稼轩体、中兴群	金词、元词
白石体	临安群	浙西群、岭南群	吴中群	南宋骚体、康乾词坛
清真体	江湖群	临安群、常州派	常州群、吴中群	常州群、岭南群
稼轩体	江西群	阳羡群、岭南群	岭南群	阳羡群英雄体

巧合的是，在创作领域之外的传播领域，这几位词人刊刻流传的版本最多，被词话序跋评论得最频繁，历代词选选中的作品最密集，后代研究论文讨论得最热烈。在传播史上的这种被热烈追捧，也是他们源范式地位的有力旁证。

次一级的干细胞体词人，我们把他们比喻为多能干细胞词人或单能干细胞词人。比如冯延巳、柳永、晏幾道、秦观、李清照、吴文英、蒋捷等等。他们在明代和清代也有不同规模的模仿者、崇拜"粉丝"，也有不同程度的理论消化和再生，但再生的能量略低，没有出现多次多元的大规模复制和模仿。所以只能排在次一级方阵。

这不是谈论文学成就的高低，也不是以名声大小区分大家、名家的等级，而是按照可不可以复制模仿，有没有遗传再生功能，繁衍规模和活力有多大，来辨别不同功能的细胞单元。李白的诗歌成就够高了，但极难复制模仿，不构成后代诗坛的"源范式"。李煜的词也有这种高处不胜寒的特点，也很少有人能够模仿成功；李商隐、贾岛、姚合的诗歌成就只能算二流甚至三流，但大受后代追捧，屡屡成为诗家模仿祭拜的偶像，即使算不上"源范式"的全能干细胞，至少也是唐诗中最重要的多能干细胞之一。

按照生物进化理论，我们在本书第七章把具有这种性质的西蜀词人群和元祐词人群整体比喻作"源基因"，也是基于同样思维。论词体，不同词人的源范式就是一种源基因；论群体，词人群的共同范式如《花间》体、元祐体也是一种源基因。王兆鹏《宋南渡词人群体研究》曾经把苏轼这种可复制模仿的词体形态概括为“东坡范式”。虽然表达不同，但都触及到了人际、群际、代际、体际的复制传承关系。

两宋词人综合排行榜

词人姓名	流传版本名次	历代品评名次	被研究名次	历代词选名次	平均名次	最终名次
辛弃疾	2	4	3	4	3.25	1
苏　轼	6	1	1	6	3.50	2
周邦彦	4	3	7	1	3.75	3
姜　夔	1	2	5	12	5.00	4
秦　观	3	5	8	8	6.00	5
柳　永	14	7	4	2	6.75	6
欧阳修	11	10	9	3	8.25	7
李清照	8	13	2	15	9.50	8
吴文英	11	9	11	11	10.50	9
晏幾道	13	15	12	5	11.25	10

根据王兆鹏《唐宋词史论》，仅列前十名

从这个意义上说，苏轼标志着一个宏大家族和阵营的到来。南渡仅仅是它的开始。

（五）中兴群与南渡群的群际关系

中兴词人群是紧接南渡词人群之后崛起的英雄群体。他们是整个两宋时代最魁伟的背影，也是最宏亮的嗓音。从时代分期上看，他们都是成长于南渡之后的词人，其创作在高宗朝中后期与南渡词人群稍有重叠，主宰了孝宗、光宗两朝约三十年的词坛。从风格上看，他们的歌唱与南渡词人群一脉相承，主要是苍凉悲壮的乱世之歌。宋金交战、家国尊严、收复失地，是他们生活的全部或大部。从身份上看，他们都是仰天长啸的将帅、谋士、重臣，没有一个是为名图利的琐屑小人物。

辛弃疾的意义不是主盟豪放词派。正像姜夔创造了新的源范式骚体词以境写心一样，辛弃疾创造了新的曲子词源范式：英雄体。

古代西方诗坛曾经盛行过著名的英雄体诗歌（Heroic Couplet），它是一种风格雍容华贵、每行六音步十二音节的抑扬格式诗体，有着浓郁的古典贵族诗歌气质。我们所说的曲子词英雄体，与音步格律无关，甚至与风格豪放也没有直接关系。它是一种时代英雄从心底倾泻出来的、具有武将英雄气质（军人气质）的、承担天下兴亡和苍生苦难的、弥漫着英雄末路悲壮情怀的特殊词体。它一定是国士、英雄、霸主的仰天长啸，是大丈夫的浑厚嗓音，与一般文人雅士的吟咏形成鲜明对比。特别符合况周颐重拙大的论词标准。我们强烈地感觉到，这种英雄体天然有一种心灵的高度，一种精神上的伟岸姿态。就像两千年前恺撒大帝（Julius Caesar）征服小亚细亚，登高大喊："我来了！我看见了！我征服了！"（Veni！Vedi！Vinci！）在谈论南宋骚体词的时候，我们曾经列出中兴词人群的"纪实抒愤体"。辛弃疾所创造的英雄体，应该看作这类"纪实抒愤体"的最高境界，是骚体词的另一种极致。

如果需要举例，项羽《垓下歌》是最典型的英雄体诗歌。曲子词中，岳飞的《满江红》（怒发冲冠）、张元幹的《贺新郎》（曳杖危楼去）、文天祥的《沁园春·至元间留燕山作》，都是这种英雄体的代表作。类似作品我们还可以举出很多。唐宋词人中作龙吟虎啸者，辛弃疾当数词坛第一。他凭仗着北方人的地域优势、主持地方军政的身份优势，尤其重要的是凭仗着对民族复兴计划的参与激情，第一次全面确认了这种曲子词英雄体的词坛地位。他的盟友陈亮自许"推倒一世之智勇，开拓万古之心胸"，王霸之学时见于笔端，也是曲子词英雄体的杰出代表。以这种英雄体为旗帜，我们完全可以组织起一个“国士词人族”，或者“英雄体词流”。可惜，随着中兴时代的远去，这一词体也逐渐淡出我们的视野。清代词人陈维崧及其麾下的阳羡词人群沿着辛弃疾所开创的道路，汪洋恣肆，纵情宣泄，隔代再度放大了这种曲子词范式。

每一代人都是如此：与前一代群体拥抱对话，他们是晚辈，是继承者；与后一代群体聚会高歌，他们又是长辈，是先行者。他们究竟与前一代更相象，还是与后一代更相象，应该归到哪个更大的群体中，没有定法。从群际关系上看，南渡词人年轻时沾受过元祐词人群的雨露恩泽。遭遇国破家亡，漂泊南来，他们破碎悲怆的心境再度与东坡体相逢他乡，未免有一种恍如隔世、欣喜若狂的感觉。他们几乎是贪婪地继承和消化了元祐词人群的精神遗产，重组放大为新的南渡之声，却始终没有将这支家族的事业进一步提升壮大，残酷的现实也不允许他们去拥抱这样的梦想。他们继承元祐体更多的是守业而不是创业，倒是他们中间那些悲歌慷慨的英雄体作品，领唱了后来中兴时代的主旋律。所以，与其说他们是元祐词人群的第二代，不如说他们是中兴词人群的一次试水，一曲前奏，是中兴词人群冲天而起的一段激情助跑，是元祐词人群和中兴词人群这两个父本巨无霸之间权力交接的维系纽带和见证人。

确实，在曲子词史的大背景下，我们常常习惯于把南渡词人群与中兴词人群视为同一个大的词人群组（Association Group）。一方面，中兴词人群可以视为南渡词人群的升级版、精英版。绍兴三十二年（1162），辛弃疾追随耿京率北方义军南归，就是这个群体还保存着南渡身份的一个象征；另一方面，南渡词人群更应该看作中兴词人群的序幕和前奏。李纲、李光、赵鼎、向子諲和张元幹舅甥，他们身上那种肝胆磊落的英雄之气，奔走呼号的壮烈情怀，实在与中兴词人没有什么区别。尽管只是一个亚群，一组声部，南渡词人群的一小部燃烧开来，却成就了中兴词人群的全部，成就了一个时代的最强音。

中兴词人群交游事略表

姓　名	中兴事略	中兴交游略
辛弃疾	义军归宋、上九议十论、帅江陵、隆兴、浙东	陈亮、韩元吉、朱熹、杨炎正等
陈　亮	为王霸之学、六度诣阙上书、与鹅湖之会	辛弃疾、朱熹等
张孝祥	上疏言岳飞冤狱、建康留守、力主张浚北伐	朱熹、范成大、杨万里等
陆　游	王炎、范成大幕府、力主张浚北伐	韩元吉、范成大等
韩元吉	大理寺卿、吏部尚书、婺州守，力主抗金	陆游、张孝祥，范成大等
杨炎正	大理司直、知滕州、安抚使，力主抗金	辛弃疾等
程　珌	翰林学士、知制诰福建安抚使，力主抗金	辛弃疾等
朱　熹	江西提刑、荆湖南路安抚	辛弃疾、陈亮、张孝祥等

仅列词人群中最主要者，较外围者未列举

但是镜头推近，清晰度增加，两个群体的区别还是相当明显的。中兴词人群是从南渡词人群母体中分蘖出来的独立支脉，角色与心态已经发生了明显的变化：流亡天涯者变成了北伐策划者，向南的深一脚浅一脚，化作了向北的打探和张望。个人的生存焦虑被民族的生存焦虑所替代。东坡体也完全切换为稼轩体，苏轼的那种超逸清旷的道家姿态逐渐被儒家拯救苍生的悲壮情怀所覆盖。一个拥有众多英雄的大时代，悄然到来。

这个血脉贲张的中兴群体，无暇坐下来整理词籍，选词论词，是可以想象的。它使我们失去了深入剖析这个群体的理由和必要。但南渡词人群不一样，南渡词人群半生风月，富贵安宁，半生离乱，东奔西走。当他们获得喘息，坐下来重读李后主的亡国词时，会有一种什么样的感慨？当他们纷纷隐居下来，回首《花间集》的淫亵风流，又会发出什么样的叹息？他们会冲动地去整理故国文献，还是继续从前的风月吟哦？他们手下出现的词作和词选又会是什么样子？一片沙哑的哭声，还是满耳的元祐遗音？

二、乱世梅花

（一）《梅苑》编选者黄大舆

说不上失望，更多的还是意外。南渡第一选《梅苑》，竟然非常类似于纯粹私人的野史笔记，是唐宋人词选中的孤例。

编选者黄大舆字载万，自号岷山耦耕。有词集《乐府广变风》刊行于时，今失传。其《梅苑》一书，辑成于高宗建炎三年己酉(1129)冬。《梅苑自序》说：

> 己酉之冬，予抱疾山阳，三径扫迹。所居斋前更植梅一株，晦朔未逾，略已粲然。于是录唐以来词人才士之作，以为斋居之玩。目之曰《梅苑》者，诗人之义托物起兴，屈原制《骚》或列芳草，今之所记，盖同一揆。聊书卷目，以贻好事云。

考地名山阳者有二：一为河南修武旧称，汉献帝废为山阳公即居于此。二是楚州之旧称，即今之淮安。前者地在中原，建炎中已经沦入金人之手。故后人多认为《梅苑》辑录于淮安。《四库全书总目提要》卷四十称黄大舆爵里未详，而《梅苑》成书于淮安为不可思议："考己酉为建炎三年，正高宗航海之岁，山阳又战伐之冲，不知大舆何以独得萧闲，编辑是集？殆己酉字有误乎？"

今案，山阳当是泛指山之阳，谓岷山之阳。《梅苑》乃辑成于蜀中，与淮安无涉。黄大舆系蜀中士子，有关其人的记载多涉及西蜀。《成都文类》收录有黄大舆的《华亭山房象山》诗，其中写道："伟石罗众峰，寒砂结层塄。为谷既窈窕，置岭复绵邈。溪源互相注，花草纷已错。"[①]显然不是两淮平原的景观，而是峻伟雄奇的蜀中山川。黄大舆又有咏虞美人草的《虞美人》词。《益州草木记》中记载，"雅州名山县出虞美人草，如鸡冠花，叶两两相对，为唱《虞美人》曲，应拍而舞，他曲则否。"[②]又云："闻蜀中数处有此草。"雅州即今之雅安，南宋属成都府路管辖。可见黄大舆此词确作于蜀中。

黄大舆与王灼为诗友。《碧鸡漫志》卷二有黄大舆事迹的简略记载：

> 吾友黄载万，歌词号《乐府广变风》。学富才赡，意深思远，直与唐名辈相角逐。又辅以高明之韵，未易求也。吾每对之叹息。……载万所居斋前，梅花一株甚盛，因录唐以来词人才士之作凡数百首，为斋居之玩，命曰《梅苑》。……《乐府广变风》有赋梅花数曲，亦自奇特。

王灼曾于南渡初期久客蜀中。其《碧鸡漫志·自序》说："乙丑(1145)冬，予客寄成都之碧鸡坊妙胜院，自夏涉秋，与王和先、张齐望所居甚近，皆有声妓，日置酒相乐，予亦往来两家不厌也。"黄大舆当也是王、张诸友之一。该序作于绍兴十九年己巳(1149)，大舆和王灼的交游，始于此年以前。王灼《碧鸡漫志》记载中所流露出来的蜀中安宁平静的气氛，足以释四库馆臣之疑虑。

《四库提要》以为断黄大舆为蜀人没有确证。[③] 殊不知当时人周辉就有记载："绍兴庚辰，在江东得蜀人黄大舆《梅苑》，四百余

① 清·厉鹗《宋诗纪事》卷四十三引《成都文类》。

② 宋·王灼《碧鸡漫志》卷四引《益州草木记》。

③《四库全书总目提要》卷四十："厉鹗《宋诗纪事》称为蜀人，亦以原序自署岷山耦耕，及《成都文类》载其诗，以意推之耳，无确证也。"

阕。辉续有百余阕。”[①]庚辰乃绍兴三十年(1160),周辉所见到的这个四百余阕本,可能就是王灼所见本,是黄大舆的原刻。后来周辉踵黄氏之轨,辑晋宋以来诸家咏梅花的诗歌,为《梅史》三十卷,可惜周氏后来迁居上饶,《梅苑》被友人汤平甫借去。汤平甫客居王显道侍郎宅,遭遇大火,厦屋百间一夕焚毁。《梅苑》及其续编百余阕遂不存。《梅史》也因故未及时付梓刊行,在此前后散佚。

近年来,有关黄大舆的其他一些零星记载陆续被发现。根据这些记载,我们知道黄氏于北宋徽宗宣和四年(1122)曾摄官成都。南渡后高宗绍兴九年(1139),为四川安抚使司幕僚。撰有《重修清阴馆记》。《成都文类》载有黄大舆《似是斋记》一文,称:“宣和四年,予摄官成都,即官舍厅事之西庑为斋居一间,而名之曰似是。”[②]此外,根据晁公武《郡斋读书志》后志卷二,黄大舆除了《梅苑》之外,还曾辑有《韩柳文章谱》三卷。

(二)《梅苑》的选域和选型

我们看到,当中原战乱之际,西蜀锦城先后出现了赵崇祚《花间集》和黄大舆《梅苑》。五代十国时期象征性爱的群花,到了南宋初已经凋零尽净,只剩下象征士大夫精神品格的梅花。这一点变化,耐人寻味。

南宋绍兴年间流行的四百余首本《梅苑》,是黄大舆的原选,可惜今天已经见不到了。所能见到的版本都是南宋书棚增订重刊的《群贤梅苑》十卷的裔本,而且还有残缺。(增订重刊亦有可能出自诗人周辉之手。)其目录载词共五百零八首,实存词仅仅四百十三首(据曹楝亭本)。讨论该选的选域、选型,只能以此为依据了。

《梅苑》是最早的专题词选和咏物词选。所录各类梅花词,大

---

① 宋·周烨《清波杂志》卷十。

② 见扈仲荣等《成都文类》卷四十四引。

抵有两种主要类型：一是咏不同品种、不同环境、不同气候、不同形貌的梅花，如其中有：红梅、墨梅、野梅、雪梅、茶梅、岸梅、白梅、雪中梅花、(腊梅)、(杨梅)。另一种是咏各种与梅花有关的文人雅事，如有观梅、赏梅、催梅、献梅、探题赋梅、梅赠客、客答梅、梅馆小鬟、西园赋梅、梅开有感(据卷内各词词题列出)。此外，尚有咏梅扇、梅影、剪彩梅花、蜡点梅花、咏八梅、十梅等题。《四库提要》因此批评说：是书"虽一题裒至数百阕，或不免窠臼相因，而刻画形容，亦往往各出新意，固倚声者之所采择也。集中兼采腊梅，盖二花别种同时，义可附见。至九卷兼及杨梅，则务博之失，不自知其泛滥矣"。务博之失究竟系黄大舆所为，还是后来坊人诗客增订所为，尚难断言。疑系后者。

《梅苑》已经摆脱了晚唐五代和北宋的选歌旧轨，变应歌唱本为目治观玩的读本，这一点与南渡词人群暂时摆脱音乐的创作情形，倒是彼此呼应的。它以选词为主，不重选人。所选及的词人，包括唐五代、北宋和南渡前后几个时期。(《自序》云："录唐以来才士之作。")但主体部分是北宋。除了无名氏不可考之外，唐五代词人仅孙光宪等一二家，南渡时贤也仅有李清照、朱敦儒等少数词人。这种分布状态，完全出于辑录者无心而成，并非有意。卷四内《望梅》词下注称"或作王圣与"，案宋人王圣与有二：一是王沂孙，一是王梦应，皆字圣与，宋末人。此词可能是黄大舆的原选，也可能是后人的增补，①而注语出自后人之手，则无可怀疑。

所谓不重选人，从其体例可以看出。《梅苑》录词既不按词调排列，也不依词人排列，乃出于随手翻检随手誊录。题名中字、号、名、爵杂然纷陈，览者茫然。如题晏丞相、南山居士、山谷道人、大卿荣諲、林逋诗句、曾夫人、张尚书等等，不一而足。显然是据所翻检之原书而题，未能一一考辨姓名，统一改正。后来《草堂诗余》、《阳春白雪》甚至明人陈耀文的《花草粹编》等都受

① 近人陈匪石《声执》卷下断该词为非碧山词。

其影响而采用同样的署名方式。当然，这与它独特的选型是分不开的。据黄大舆自序，他抄录《梅苑》一编，本来并不是为了传刊天下，主要是为了自己的“斋居之玩”，战乱时期聊作消遣，不像黄昇《花庵词选》那样，“使人得一编，则可尽见词家之奇。”①有强烈的选家存史责任感和传播意识。故《梅苑》体例散漫，选得较为草率。

宋代咏花词数量对照表

梅花 1041	桂花 187	荷花 147	海棠 136	牡丹 128
菊花 76	荼蘼 60	腊梅 49	桃花 48	芍药 41
水仙 35	瑞香 33	杏花 27	茉莉 23	杨花 20
琼花 19	木香 15	兰花 15	梨花 14	拒霜 14
石榴 9	丁香 5	凤仙 5	含笑 5	林檎 5
素馨 5	黄葵 4	李花 4	山茶 4	山矾 4
玉蕊 4	紫薇 4	杜鹃 3	蔷薇 3	樱桃 3

根据许伯卿《宋词题材研究》，仅录三首以上者

梅花是宋代文人士大夫最喜欢的吟咏题材。许伯卿《宋词题材研究》对全部今存宋词进行过电脑检索，发现咏梅花的词数量多达一千多首，远远高于咏其他花卉的作品数量。我们觉得，《梅苑》的主要价值，并不在于它是一部宋人的词选读本，有多少可读性，而在于它折射了某种时代审美追求，体现了当日文人士大夫的特殊心态，与词坛的声音共鸣，与词人的脚步共振。黄大舆说：“目之曰《梅苑》者，诗人之义托物取兴，屈原制《骚》或列芳草，今之所记，盖同一揆。”这几句话，几乎是该词选的全部价值所在，是该选的“选眼”。曲子词千回百转，终于借选词与《离骚》扯上了关系，续上了宗亲族谱。词的地位与诗歌相颉颃，托物言志，上溯《离骚》，与南渡词坛上的复雅呼声，与人品与词品的双重追求，正

① 宋·胡德方《唐宋诸贤绝妙词选序》。

相一致。

遗憾的是，他没有把这份体尊大雅、源溯《离骚》的论词观融进具体的选词去取之中。一切仅仅停留在自序和他本人的议论上。黄大舆搜辑的是过去，而缺乏当代意识。他无法让前人的旧作每一首都“托物取兴”，正如后来的张惠言倡意内言外之说而选《词选》，终难强古人替自己说话一样。我们为他感到惋惜，如果黄大舆以南渡词人群为选源，选录一些“托物言志”的作品，采及向子諲、吕本中、朱敦儒、杨无咎等人的咏物词，那将是另一番天地了。比如这首梅花词：

> 古涧一枝梅，免被园林锁。路远山深不怕寒，似共春相趓。 幽思有谁知？托契都难可。独自风流独自香，明月来寻我。（朱敦儒《卜算子》）

与黄大舆的《自序》就可以彼此印证，说它们托物言志、自陈心迹可，说它们溯源《离骚》，是最早的骚体曲子词亦无不可。作为一部较早的文学读本，《梅苑》既无主体风格，也没有完整的词人阵营（选阵）和选择标准（选心）。令人猜想这是否是选歌过渡为选史、选派的合乎情理的初始状态：词坛准备好了，词选还没有准备好。词人们想清楚了，词选家们还选不出来。所以命运是必然的，它对后代词学理论的建设和词风的转移，都没有什么参照价值。黄大舆本来也没有存这样的奢望。

三、唐宋词的大规模检阅

（一）《复雅歌词》的选本概貌

国亡史作。北宋王朝终结后，一股搜集整理故国文献的热潮，随着宋、金对峙形势的逐渐稳定，随着岁月的逐渐流逝、怀旧情绪的逐渐滋生而越来越盛行，各种意在存史的野史笔记、回忆录、风俗志、诗文汇刻、文献残编纷纷出现。另一方面，由于朝廷禁乐，词的创作进入“冷处理”阶段，词人反思和总结晚唐五代以来所走过的历程，对淫艳和俚俗这两种源于宫廷和市井的传统习尚提出了越来越强烈的异议。全面地对唐五代和北宋词坛作一番清理和回顾，已经成为时代的需要。

应上述两股潮流而出的，是绍兴年间鲖阳居士所编选的大型词总集《复雅歌词》。按吴熊和先生《唐宋词通论》的推断，《复雅歌词》当辑成于绍兴十一年(1141)至绍兴二十四年(1154)这十二三年之间。

鲖阳居士姓名无考，事迹也不见记载。鲖阳，汉县地名，位于河南鲖水之阳。故城在今河南新蔡县东北。宋时属蔡州，南渡以后陷金。鲖阳居士或即是中原故老追随高宗南下之人。明抄本《诗渊》第二十五册，录有其人《满庭芳》一词，系颂寿祝嘏之作，传世作品仅此而已。

《复雅歌词》久已失传。南宋理宗时黄昇见过该书。他的《花庵词选》就是沿其选系而选。《中兴以来绝妙词选》十卷在时代上衔接《复雅歌词》；而《唐宋诸贤绝妙词选》十卷的时代跨度与《复雅歌词》重叠，有精选一过的意思。黄昇在《自序》中记载云：“长短句始于唐，盛于宋。唐词具载《花间集》，宋词多见于曾端伯所编。而《复雅》一集，又兼采唐宋，迄于宣和之季，凡四千三百余首。吁，亦备矣！”宋末陈振孙也曾经见过该书，称：“《复雅歌词》五十卷，题鲖阳居士序，不著姓名。末卷言宫调音律颇详，然多有调而无曲。”[①]元人马端临《文献通考·经籍考》也著录到了该选，谓《复雅歌词》凡五十卷。

除了上述宋元人的记载之外，明刻《重校北西厢记》中，引有李邴(汉老)《调笑令》词，注云：“出《复雅歌词》后集。”案李邴(1085—1146)为南渡前后人，《调笑令》若系南渡以后所作，则《复

① 宋·陈振孙《直斋书录解题》卷二十一。

雅歌词》后集有可能出于后来增补，非黄昇、陈振孙所见的五十卷本（该本迄于宣和之季）。不过从此词的情调来看，似是徽宗时代的产物，或是李邴官翰林学士时的作品。近人赵万里据《岁时广记》、《类编草堂诗余》、《花草粹编》等书，辑出《复雅歌词》残篇十则，收入《校辑宋金元人词》中。其中有苏轼、李邴、万俟咏、李清照、陈汝羲等人的作品。

根据上述残篇断简和著录，我们只能够约略窥见这部巨编的主要情况：第一，卷帙凡五十卷，可能分为前集唐五代部分和后集北宋部分；第二，选词数量多达四千三百多首；第三，时代跨唐五代与北宋，兼及南渡时贤作于北宋年间的作品；第四，体例新创，于录词之外，间附有大量的词话和本事杂记。卷末讨论宫调音律，记载曲调名称，可能与唐人《教坊记》有些相似。猜测北宋后期孔夷的《兰畹曲会》也属于此种选型，体例相近。

这样一部大型词选，其规模是空前的。它的篇幅较《花间集》多出八九倍，较《梅苑》多出十倍，比今传的宋人选唐宋词卷帙最巨的《花庵词选》（1277首），也多出三四倍。可以想见，这样一部词选，其“选”的意味已经很少，而主要意图在于访查收拾，保存一代文献。卷末附录音律宫调资料，乃是存大晟遗音的意思。卷内兼采词话本事等记载，特具远见卓识，有非常重要的史料价值。就读者来说，在阅读作品的同时，还能了解到词人经历、作品本事或背景、时人品藻等等内容。赵万里认定《复雅歌词》是一部词话，而不是词选，是对这种存史体例的误解。①

这部大型词总集的失传，是唐宋词史上第一次重大的作品丢失事件，前代所积攒的作品损失严重。

① 赵万里《〈复雅歌词〉辑跋》云：“观陈元靓《岁时广记》所引，知其体例与《本事曲子集》、《古今词话》及《本事词》、《诗词纪事》相类似，同可视为最古之《词林纪事》。”

（二）鲖阳居士的《复雅歌词序》

鲖阳居士原书的《复雅歌词序》今已散佚，宋人谢维新《古今合璧事类略要》外集卷十一有辑录，似已非原序全文。序略如下：

孟子尝谓：今之乐犹古之乐。论者以为：今之乐，郑卫之音也，乌可与《韶》、《夏》、《濩》、《武》比哉？孟子之言，不得无过。此说非也。

《诗》三百五篇，商、周之歌词也，其言止乎礼义，圣人删取以为经。周衰，郑卫之音作，诗之声律废矣。汉兴，制氏犹传其铿锵。至元、成间，倡乐大盛，贵戚、五侯、定陵、高平外戚之家，淫侈过度，至与人主争女乐，而制氏所传，遂泯绝无闻矣。《文选》所载乐府诗，《晋志》所载《砀石》等篇，古乐府所载其名三百，秦汉以下之歌词也。其源出于郑卫，盖一时文人有所感发，随世俗容态而有所作也。其意趣格力，犹以近古而高健。

更五胡之乱，北方分裂，元魏、高齐、宇文氏之国，咸以戎狄强种，雄踞中夏。故其讴谣淆糅华夷，焦杀急促，鄙俚俗下，无复节奏，而古乐府之声律不传。周武帝时，龟兹琵琶工苏祗婆者，始言七均。牛洪、郑译因而演之，八十四调始见萌芽。唐文收、祖孝孙讨论郊庙之歌，其数于是乎大备。

迄于开元、天宝间，君臣相与为淫乐，而明宗尤溺于夷音，天下薰然成俗，于是才士始依乐工拍但之声，被之以辞，句之长短，各随曲度，而愈失古之"声依永"之理也。温、李之徒，率然抒一时情致，流为淫艳猥亵不可闻之语。吾宋之兴，宗工巨儒，文力妙天下者，犹祖其遗风，荡而不知所止。脱于芒端，而四方传唱，敏若风雨，人人歆艳，咀味于朋游尊俎之间，以是为相乐也。其韫骚雅之趣者，百一二而已。以古推今，更千数百岁，其声律亦必亡无疑。

属靖康之变，天下不闻和乐之音者，一十有六年。绍兴壬戌，诞敷诏音，弛天下乐禁。黎民欢忭，始知有生之快，讴歌载道，遂为化国。由是知孟子以今乐犹古乐之言，不妄矣。[①]

这是一篇溯雅词之源而尊词体，倡导“骚雅之趣”，无情抨击郑卫以来放浪诗风、晚唐以来淫艳鄙俚词风的专论，有着重要的理论价值。在它和王灼《碧鸡漫志》、曾慥《乐府雅词》，以至整个南渡词坛之间，我们能够找到许多共同的东西。结合《复雅歌词》中的一些作品点评，以及两百零三年前欧阳炯的《花间集序》，我们发现鲖阳居士对于宋词发展的理论贡献主要有以下两点：

第一，溯源尊体，进雅黜俗，词比诗骚。鲖阳居士发挥孟子“今之乐犹古之乐”的观点，认为《诗》三百就是商周时代的曲子词，古乐府就是秦汉以后的曲子词。因此，唐宋以来新兴的曲子词也就是汉魏的古乐府，商周的诗三百。诗即词也，词即诗也。两者没有尊卑高下的区别。在此基础上，他提出了曲子词的审美理想：“骚雅之趣”。

鲖阳居士的溯源诗骚观点，代表了整个南宋词坛的主流看法。我们发现，几乎所有的南宋曲子词溯源言论，都保持了这样的统一立场。

雅正之乐微，乃有郑、卫之音。郑、卫虽变，然琴瑟笙磬犹在也。及变而为燕之筑、秦之缶、胡部之琵琶、箜篌，则又郑、卫之变矣。《风》《雅》《颂》之后，为骚，为赋，为曲，为引，为行，为谣，为歌。千余年后，乃有倚声制辞，起于唐之季世，则其变愈薄，可胜叹哉。（陆游《长短句序》）

词曲者，古乐府之末造也。古乐府者，诗之旁流也。诗出于《离骚》、《楚辞》。而骚辞者，变风变雅之怨而迫、哀而伤

① 宋·谢维新《古今合璧事类略要》外集卷十一引。又宋人祝穆《新编古今事文类聚》续集卷二十四亦有引用，文字稍有异同。

> 者也。其发乎情则同,而止乎礼义则异。名曰曲,以其曲尽人情耳。方之曲艺,犹不逮焉,其去曲礼则益远矣。(胡寅《向子諲酒边集序》)

> 《关雎》而下三百篇,当时之歌词也。圣师删以为经。后世播诗章于乐府,被之金石管弦,屈、宋、班、马由是乎出。而自变体以来,司花傍辇之嘲,沉香亭北之咏,至与人主相友善,则世之文人才士,游戏笔墨于长短句间,有能环奇警迈、清新闲婉,不流于淹荡污淫者,未易以小伎言也。(张镃《史达祖梅溪词序》)

鲖阳居士用大部分篇幅,叙述了上古以来整个诗歌发展变迁的历程。按照雅正、艳俗交替演绎的规律,叙述了历史上的三个轮回阶段:先秦阶段由商周雅正,而郑卫淫艳;汉魏南北朝阶段由古乐府雅正高健,而北朝乐府鄙俚俗下;南朝唐宋阶段,由后周新乐府雅正,而唐宋曲子词淫靡猥亵。鲖阳居士强烈抨击了唐代流行风尚,对北宋以来词坛的淫艳无度和众多词人的表现,更是语言激烈,痛心疾首。

意味深长的是,如果我们比较两百年前欧阳炯的《花间集序》,会发现他们叙述了两个完全不同的诗族道统,使用了两个完全不同的评价尺度。欧阳炯追溯曲子词源头至南朝宫体,除了对南朝宫体似有微词之外,完全以认同的态度展现了它的前世今生:由南朝宫体、北里倡风,而唐代红楼越艳;由近代温庭筠的香艳小唱,而当代无愧前人的《花间》群贤。每一个时代都对前代忠实传承,相沿不变,没有矛盾冲突和审美叛逆。一切都过渡得如此自然平滑。对于曲子词的现实,更表现出欣赏和肯定的温暖情怀。鲖阳居士不同,鲖阳居士的诗统溯源充满了尖锐的冲突、颠覆、挣扎,完全是雅正与淫俗两条路线的激烈斗争史。它们既相生,又相克,一步步推动了诗歌的发展。在如此大是大非面前,鲖阳居士以略带偏激的口吻,表达了极其鲜明的审美立场。很显然，欧阳炯刻意模糊了历史，是他那个时代的同谋；鲖阳居士放大了对立，是他那个时代的诅咒者。

第二，发挥寄托，以诗说词，倡导美刺。我们特别注意到，在《复雅歌词》中，鲖阳居士第一次采用汉儒说《诗经》的方式，点评前贤曲子词作品。《复雅歌词》原书中有这样一些议论评点：

> 诗人谓："睆彼牵牛，不以服箱。跂彼织女，终日七襄。虽则七襄，不成报章"者，以比为臣而不职也。夫为臣不职，用人者之责也，此诗所以为刺也。凡小说好怪，诞妄不终，往往类此。天虽去人远矣，而垂象粲然，可验而知，不可诬也。词章家者流，务以文力相高，徒欲飞英妙之声于尊俎间，诗人之细也夫。①

以诗经的讽谏美刺为曲子词的上上之境，而以一味追求才气文力、音律协婉为词家小道。显现出独特的批判眼光。此外，《花庵词选》和《草堂诗余》都引用过他对苏轼《卜算子》（缺月挂疏桐）词的点评：

> 缺月，刺明微也。漏断，暗时也。幽人，不得志也。独往来，无助也。惊鸿，贤人不安也。回头，爱君不忘也。无人省，君不察也。拣尽寒枝不肯栖，不偷安于高位也。寂寞吴江冷，非所安也。与《考槃》诗极相似。

他的这种美刺发挥，得到了稍后南宋理学家们的赞同。淳熙年间理学家曾丰就说："文忠苏公文章妙天下，长短句特绪余耳，尤有与道德合者。'缺月疏桐'一章，触兴于惊鸿，发乎性情也。收思于冷洲，归乎礼义也。"（《知稼翁词序》）两者观点高度一致。以至于有些学者猜测，鲖阳居士会不会就是这位曾丰。

满纸荒唐言，谁解其中味？清人王士祯《花草蒙拾》很看不

① 宋·陈元靓《岁时广记》卷二十六引用《复雅歌词》。

起鲖阳居士，嘲笑说：这是“村夫子强作解事，令人欲呕。”王士祯说得对，但没有往深里想，只图一已的是非快意。鲖阳居士的这些点评当然不是东坡词的原意，对于具体的一首作品来说，这是典型的误读。就像汉儒误读《诗经》一样。但是我们强烈意识到：鲖阳居士是在通过这样的努力，让越来越趋于淫猥下道的曲子词，变成与诗三百篇同样尊贵、同样具备思想品质和讽劝功能的诗歌体裁。尽管唐突，却宅心仁厚；尽管笨拙，却令人动容。他试图建立起一个“诗经体曲子词”的新范式。这种努力是值得尊重的。南宋理学家词人群体的创作，就在一定程度上尝试了他的曲子词“理想国”。尽管我们不认为那是成功的尝试，也不认为鲖阳居士的词论完全符合文学自身的规律，但他毕竟为宋代曲子词的健康发展，开出了一剂祛淫解毒、壮阳醒脑的药方，必须给予肯定。

鲖阳居士的词学理论为后代埋下了创意伏笔，启迪了六百年后的常州词派。张惠言倡为意内言外之说，以微言大义说词，完全沿袭了鲖阳居士的灵感。其《词选》在评论苏轼这首词的时候，就直接引用了鲖阳居士的原话。把鲖阳居士视为常州词派的不祧之祖，相信张惠言不会反对。

四、第一部宋人选宋词

（一）南渡词人曾慥

几乎与《复雅歌词》同时，南渡词人曾慥也出手编选了一部词选。曾慥创造了几个第一：第一个宋人选宋词、第一个代言词人群前来选宋词、传世词选中第一个以雅词为标榜的词人选词。虽然不是第一个以词人身份选词者，但谈论最早的词人选词，我们还是主张把他视为典型代表。

曾慥字端伯，号至游子、至游居士。温陵（今泉州）人。为北宋宰辅之后，曾孝宽之孙。[①] 生年不详，考北宋元祐词人李之仪有诗送曾慥，[②]之仪卒于政和七年(1117)，其时曾慥至少也应有二十余岁。又考周麟之《曾慥知卢州》制文云："以尔学广器裕，优于牧民，自荆易夔，卓见才刃，深惟制阃之旧久矣。祠庭之间，老而拨烦，尚有余地。"味其语，其时似已经接近致仕年龄。曾慥以右文殿修撰知卢州，在绍兴二十三年(1153)。如果此时他年龄在六十至六十五岁左右，则其生年应该在北宋哲宗元祐年间(1086—1093)，大约与张元幹、陈与义、向子諲、吕本中等南渡词家同龄。

① 宋·李之仪《送曾端伯之官济北》诗："貂禅七叶想前人，四世三公表一门。虎步龙骧推赞册，瑶环瑜珥见旁孙。"宋·曾敏行《独醒杂志》卷七："泉南之曾，自丞相鲁公，一传而有枢密孝宽，再传而为秘监诚，三传而为今丞相怀，又曾氏之最著者。"曾怀为曾慥之从兄。据此，略述曾氏家世于次：高祖曾会，字宗元，福建晋江(今泉州)人。端拱二年(989)，进士第二人。历仕真宗、仁宗两朝，凡出入四十五年，典领七郡。官至刑部郎中、集贤殿修撰知明州，卒赠楚国公。《乾隆泉州府志》有其事迹的记载。其子可考者四人：公度、公亮、公奭、公定。曾祖公亮字明仲，天圣二年(1024)举进士甲科。历端明殿学士知郑州，翰林学士知开封府，给事中，参知政事，加礼部侍郎，枢密使。嘉祐年间，拜吏部侍郎、同中书门下平章事、集贤殿大学士。熙宁二年(1069)进昭文馆大学士，累封鲁国公。晚年再拜司空兼侍中、河阳三城节度使，集禧观使，以太傅致仕。位极尊显。元丰元年(1078)卒，年八十。赠太师、中书令，谥宣靖。《宋史》有传。公亮之子可考者二人，长子孝宽，次子孝纯。从子可考者三人：孝广、孝蕴、孝序。曾孝宽、曾孝广和曾孝蕴，《宋史》有小传附于《曾公亮传》之后。曾孝序及其子曾纡，另有传见于《宋史·忠义传》中。曾慥之祖父曾孝宽，其字《乾隆泉州府志》作"孟绰"，《宋史》作"令绰"，清·厉鹗《宋诗纪事》又别作"公绰"，未知孰是。初，以荫知桐城县，历秘阁修撰、提点开封府界镇县。熙宁中，迁枢密都承旨，擢拜枢密直学士，签书枢密院。卒，年六十六，赠右光禄大夫。从父曾诚，字存之，元符年间官秘书监。吴坰《五总志》、张邦基《墨庄漫录》有其事迹记载，其父姓名不可考，事迹亦不详。外舅吴幵，字正仲，滁州人。靖康年间官翰林承旨。以使金被留，仕于伪楚。此外，《乾隆泉州府志》卷四十一又称曾公亮四世孙有从龙、用虎、治凤三人。

② 宋·李之仪《姑溪居士文集》卷三《送曾端伯之官济北》。

曾慥仕履始于北宋徽宗年间，据李之仪《姑溪居士文集》卷三记载，曾慥曾官济北。疑此系以荫入仕。建炎元年(1127)为仓部员外郎。[①] 建炎二年，登进士第（见《江西通志》卷五十）。之后以范宗尹荐，得任江西转运判官。"久司计漕，绩用有闻。"[②]绍兴元年(1131)侍御史沈与求弹劾范宗尹十九条罪状，其中之一就是引荐吴幵之女婿曾慥（吴氏曾仕伪楚），谓曾慥"指斥国家，语言不顺"，遂罢官奉祠，退居银峰。

闲居银峰期间，曾慥每以艺文自遣。绍兴六年(1136)，集前人之脞说杂著共六百二十余种，类纂成编，总名之为《类说》，前后集共数十卷，曾慥精于裁鉴，"故所甄录，大都遗文僻典，可以稗助多闻。"[③]这一年，朝廷以京西路转运判官兼宣抚司随军转运起用他，曾慥借口双亲年事已高，辞不赴官。[④] 第二年，又以湖北、京西路转运判官征召，乃出山赴任。[⑤] 绍兴九年(1139)，户部员外郎邵相侵夺榷酤，军储不供，为宣抚使岳飞所劾。朝廷遂以曾慥行尚书户部员外郎，总领应办湖北、京西路宣抚使司大军钱粮，取代邵相。[⑥] 是年冬，曾慥曾往衢州访诗人吕本中。吕本中作《病中曾端伯见访》诗，[⑦]有"不见仓漕十五年，江城相遇各华巅"之语。（时曾慥约五十岁左右。）绍兴十年(1140)，为太府少卿。绍兴十一年，为太府卿，总领湖广、江西、京西路财赋。[⑧]

也就在这一年，不知何故，曾慥上书以疾自请引退。乃充秘

---

① 宋·李心传《建炎以来系年要录》卷三、清·徐松《宋汇要辑稿》"食货"四十七。

② 宋·李弥逊《筠溪集》卷四《曾慥湖北兼京西路运副》。

③《四库全书总目提要·类说》。

④ 宋·李心传《建炎以来系年要录》卷一百二。

⑤ 宋·李弥逊《筠溪集》卷四《曾慥湖北兼京西路运副》。李氏之任中书舍人，在绍兴七年(1137)十二月至八年(1138)二月间。

⑥ 宋·李心传《建炎以来系年要录》卷一百三十三。

⑦ 宋·吕本中《东莱诗集》卷十七。

⑧ 清·徐松《宋会要辑稿》"职官"四十一。

阁修撰,提举洪州玉隆观。

绍兴十四年(1144),起知虔州(今江西赣州)。据《建炎以来系年要录》卷一百五十二记载,是因为当日秦桧怜悯吴幵赦还后的处境,故以其婿曾慥为虔州守。《乐府雅词》即编选于守虔州之时。绍兴十八年十二月,再拜荆湖北路安抚使,移知荆门军。次年春赴任,词友向子諲作《鹧鸪天》(曾端伯使君自虔守移帅荆南,作是词戏之)送别,其词云:

> 赣上人人说故侯,从来文采更风流。题诗漫道三千首,别酒须拼一百筹。 乘画鹢,衣轻裘,又将春色过荆州。合江绕岸垂杨柳,总学歌眉叶叶愁。

据说守荆南也是秦桧保举的。绍兴二十年(1150),始去任离开荆南。

绍兴二十一年,曾慥知夔州。明人有记载说:"(绍兴)二十一年,会曾慥安抚四川,辟府君幕下。"[①]宋人王灼也提到知夔州:"近夔帅曾端伯增损其辞,为勾、遣队口号,亦云'开宝遗音'。"[②]曾慥本人也有《到夔州》、《白帝城》、《巫山》等诗歌。诗人郭印与之唱和,有《夔州元宵和曾端伯韵四首》。在夔州任上,编纂有《集仙传》。

绍兴二十三年(1153),以右文殿修撰知卢州。次年,御史中丞魏师逊弹劾曾慥曾失节,曾慥上疏自陈不受张邦昌伪命,被斥为言语狂妄,"欲盗忠名以干进"。[③] 遂与吴幵之子吴祖棣同日罢官。

绍兴二十五年(1155),卒。

---

① 明·危素《说学斋稿》卷二《赵钤辖传序》。

② 宋·王灼《碧鸡漫志》卷三。

③ 宋·李心传《建炎以来系年要录》卷一百六十六。

曾慥博雅多识，能诗，兼通书法。都穆《铁网珊瑚》称苏庠诗翰帖跋，有温陵曾慥书。除了人品心迹后人多有非议之外，其博雅的特点颇像宋末元初的江湖雅人周密。南宋人曾经批评他过于矜多炫博，说："端伯观诗，有《百家诗选》；观词，有《乐府雅词》；稗官小说，则有《类说》。至于神仙之学，亦有《道枢》十巨编。盖矜多炫博，欲示其于书无所不读，于学无所不能，故未免以不知为知。诗选去取殊未精当，前辈多议之。"①据《宋史·艺文志》以及《乾隆泉州府志》，除了上述《乐府雅词》三卷拾遗二卷、《宋百家诗选》五十卷、续选二十卷、《类说》六十卷之外，其著述还有《通鉴补遗》一百篇、《高斋漫录》若干卷，又有《集仙传》若干卷、《至游子》若干卷，《道藏精华录》第三集还载其有《真诰篇》一卷，皆曾慥平日笃信道教，沉心于烟萝飞升之想所作。此外，他还曾广采诸家修炼之术，辑《道枢》一百二十二篇。绍兴二十一年(1151)，曾慥以《临江仙》调咏道家修炼秘诀，自称"简而备，且易行，普劝遵修，同证道果"。词见载于《修真十书杂著捷径》。

曾慥交游见于诗词唱和者，除了上述提到的李之仪、吕本中、向子諲之外，还有徐俯、李牧等不少南渡词家诗人。

我们注意到，曾慥身份上的"久司计漕"，交游上的多南渡词人，仕途遭遇上的屡被弹劾，以及爱好上的喜欢著述立说等等，这些对他的选词，都有不同程度的影响。唐宋词人中，士行尘杂、为官奸佞，不为清议所容者很多，温庭筠、欧阳炯、鹿虔扆、毛文锡、和凝、柳永、曾布、康与之、曾觌、史达祖等都是。但在选词者中，曾慥还是首见。

金代学者说，不能相信诗文与人品的正相关关系；清代学者也说，不能相信词品与人品的正相关关系。但一般认为，诗词与人品确实存在着一定的关系，只不过不能简单地等同而已。那么词选呢？我们很想知道词选与编选者的人品性情有没有密切关

① 宋·赵与时《宾退录》卷六。

系。性格上的瑕疵与完美、宽缓与急躁，人品上的端庄与狡黠、诚实与尖刻，信仰上的恭敬与亵渎、拘谨与任性，会不会影响到选词？谈论词学伦理学，这还是一个比较新的课题。

（二）《乐府雅词》选阵

《乐府雅词》共三卷，另有拾遗二卷。除了无名氏之外，共计选录词人三十三家（不包括拾遗部分），词七百余首，加上拾遗部分的一百多首，共九百三十四首。所选范围则限于北宋与南渡时贤，乃是已知最早的一部宋人选宋词，曾慥《乐府雅词引》中叙述其体例缘起云：

> 余所藏名公长短句，裒合成编，或后或先，非有诠次。多是一家，难分优劣，涉谐谑则去之。名曰《乐府雅词》。九重传出，以冠于篇首，诸公转踏次之。欧公一代儒宗，风流自命，词章幼渺，世所矜式。当时小人或作艳曲，谬为公词，今悉删除。凡三十有四家，虽女流亦不废。此外，又有百余阕，平日脍炙人口，咸不知姓名，则类于卷末，以俟询访，标目"拾遗"云。

这部词选的编排顺序，做过一定的安排考虑。编首为宫禁传出的转踏歌辞，卷末兼及女流，不知名者另入拾遗。较之随手抄录而成的《梅苑》已经严格得多。卷内各家也并非完全"或后或先，非有诠次"。卷上主要是仁宗、神宗时代的词人，卷中主要是哲宗、徽宗时代的词人，卷下则主要是南渡时贤，大致对应于北宋台阁词人群、元祐词人群以及南渡词人群。卷上雅词的第一家是欧阳修，卷中第一家是周邦彦，卷下第一家是陈与义，他们的时代基本上代表了各卷的时代层次。曾慥自序中特别提到了欧阳修，评价很高，词选中列为雅词第一家，选词八十三首，数量为全书之冠。显然有尊为矜式，作为雅词典范和标准的意思。

《乐府雅词》并非仅仅收录雅词，它还增选有转踏和大曲两类词体，冠于卷首。转踏部分选录了无名氏的《调笑》一套八首（为宫禁传出者），郑僅《调笑》一套十二首，晁补之《调笑》一套七首，无名氏《九张机》二套若干首。[①] 大曲部分录董颖道宫《薄媚·西子词》一套十首，其后始为雅词。雅词部分的选阵情况如列表。

《乐府雅词》的雅词选阵

卷上	欧阳修 83	王安石 13	晁补之 28	李元膺 8
	张　先 11			
卷中	周邦彦 29	陈　瓘 17	徐　俯 17	贺　铸 46
	舒　亶 48	叶梦得 55	赵令畤 22	王安中 19
	晁端礼 19	晁冲之 13		
卷下	**陈与义 18**	**苏　庠 23**	李　祁 14	**吕本中 19**
	毛　滂 12	曾　纡 9	李　甲 8	**向子諲 14**
	谢　逸 22	**朱敦儒 19**	沈　蔚 16	陈　克 36
	赵子发 10	曹　组 31	魏夫人 10	**李清照 23**

据《四部丛刊》本统计

曾慥是依家藏书而选择的，选源有较大的局限性，而且存史的意识几乎完全淹没了依稀微见的一点点选派的成分。欧阳修的作品多达八十三首，差不多变成了没有选择的单纯抄录，与其他作者的选录标准明显宽严不一。欧阳修一家之词，占到了雅词部分的九分之一，形成了词坛上一家独大的局面。另外，舒亶词竟然选了四十八首，叶梦得词也选了五十五首，我们都看不出来有什么特别道理可以如此高看一眼、厚爱三分。有的学者据此认为这是别集丛刻的收录形式，不能称为是严格的词选。因此，曾

① 除上述之外，卷上"雅词"中的欧阳修《采桑子》西湖词十首，也是转踏之辞，"西湖念语"即勾队词。卷中王履道《六花队冬词蝶恋花并口号》六首，诗词相间，也是转踏体，似应一并移入卷首的"转踏"部分。

氏的前两卷是不是在选词，都是一个问题。各家的选词多少，更不能说有什么议论轩轾的成分了。另外值得注意的是，卷下以当代的南渡词人为主要选录对象，南渡词人群中的核心成员，因为大多与曾慥有交往，差不多都被选到了。

整体上看，这是一部选源备料功夫不足、去取斟酌和选本布局的经验不够、审美观念尚未完全清晰的早期词人选词。曾慥有价值的努力，更多的落在了存史意义上。

拾遗二卷明显与前三卷不同，大约取自当时外间流行的无名氏作品，而非源于家藏的名公长短句。作品下都没有标姓字，但在后来的传刻过程中，这一部分不仅不断被增补，而且总有好事者应曾氏"以俟询访"之嘱，补注词作者的姓名。鲍渌饮校抄本拾遗词凡一百六十四首，秦恩复《词学丛书》本拾遗词凡一百零四首，补出词人姓名者各有数十首。

顺便说一句，选本后面附录补遗、拾遗、外集，是一种不负责任的流行做法。大多数情况下，它不仅与正卷难以形成统一的整体，而且往往选源不同、去取标准不同、编选者不同，徒乱自家选阵和选心。我们在分析古人词选的时候，常常需要小心甄别，切除掉这些狗尾续貂的部分。

（三）为什么选转踏与大曲

以"雅词"标榜，当然不是曾慥的首创。但提出"涉谐谑者则去之"的选择标准，却是选坛第一声。他推尊欧阳修，选中采录欧阳修词八十余首，而将欧公词别集中那些淫亵之什一律删削不录，断为小人伪作而嫁名欧公者。卷下选曹组词三十余阕，不可谓不多。据王灼记载："（曹）组潦倒无成，作《红窗迥》及杂曲数百解，闻者绝倒，滑稽无赖之魁也。"[1]这数百首谐谑之词，也被排斥于《乐府雅词》之外。

---

① 宋·王灼《碧鸡漫志》卷二。

证明了这一点，宋人许多大曲、转踏作品散佚不传，刻于别集幸得传世的仅有寥寥几家。曾慥未必有如此清晰的认识，但存史、存文献的意识无疑是强烈的。《乐府雅词》事实上也确实为后代保存下来了宋代的歌舞文献，尤其《九张机》转踏词，仅见此书，弥足珍贵。

其四，溯雅词之源以尊其体。从体裁形式看，转踏从唐代大曲衍变而来，大曲可以视作曲子词的前身，也可以视作曲子词的近亲。它们都是长短其句的音乐文学，在演化发展过程中存在血缘关系。南渡词人既倡导复雅，必然要尊词体，尊体又不外溯词源于古乐府，上至《诗》、《骚》。鲖阳居士序《复雅歌词》就是一例。又如《碧鸡漫志》卷一云："古歌变为古乐府，古乐府变为今曲子，其本一也。后世风俗益不及古，故相悬尔。而世之士大夫，亦多不知歌词之变。"后来南宋人词集序跋论及复雅尊体，几乎都是这一套词与诗同源同尊的理论模式。[①] 曾慥在雅词之前首列转踏、大曲两体，也多少隐含有这一层意思。元杨朝英辑选元人散曲为《乐府新编阳春白雪》，卷首却冠以宋人大曲，与《乐府雅词》情形相似，其用意正复相同。

我们高兴地看到，南渡时期的词选终于摆脱了传统的选歌模式，而偏重于选词、存史，转型为供人阅读的词选读本。但是，正如这个时期的词坛创作仍然难以彻底摆脱音乐的约束一样，操选政者也表现出对音乐的依恋，对选歌体的不能彻底割舍。《复雅歌词》于卷末附论音律甚详，著录大量宫调曲牌；《乐府雅词》于雅词之外兼及歌舞唱词，它们都拖着一条选歌型词选的退化尾巴。

---

① 类似的词论，可参看毛晋《宋六十一名家词》内宋人曾丰的《知稼翁词序》、宋人胡寅《向子諲酒边词序》以及宋人陆游《渭南文集》卷十四《长短句序》、韩元吉《南涧甲乙稿》卷十四《焦尾集序》、王柏《鲁斋集》卷四《雅歌序》、张炎《词源·自序》、柴望《凉州鼓吹·自序》、林景熙《霁山先生集》卷五《胡汲古乐府序》等。

（四）《碧鸡漫志》与《乐府雅词》的交叉观察

王灼《碧鸡漫志》是解读《乐府雅词》的钥匙。我们可以这样认识两者之间的关系：《漫志》是《雅词》的理论阐述，而《雅词》则是《漫志》的词论实践。彼此参证，共倡大雅。

曾慥与王灼是否有交游，今不可考。《碧鸡漫志》中曾经提到曾慥其人，但未提及《乐府雅词》。《漫志》撰写于绍兴十五年至十九年（1145—1149）之间，《雅词》辑成于绍兴十六年（1146）。同是一个时代背景，二人又基本同属于南渡词人群范围，（王灼有《颐堂词》，曾慥词亦有《全宋词》辑本）故他们所持的见解比较接近。

《碧鸡漫志》卷一首论词之起源，以及歌曲的衍变历史，乃是溯源以尊词体，为复雅寻找历史依据的意思。第三、四、五卷用了大量篇幅讨论大曲和转踏，这些都与《乐府雅词》选录转踏、大曲的做法不谋而合。王灼自称《漫志》出于"信笔以记"，曾慥也说《雅词》"非有铨次"，但我们相信，这种吻合决非出于偶然。

曾慥在《自序》中曾特别提到欧阳修艳词的真伪问题，肯定那些艳词出于小人的伪托，嫁名欧公，故一律予以删除。《碧鸡漫志》对欧阳修词评价很高，称其"风流蕴藉，一时莫及，而温润秀洁，亦无其比"。① 论及艳词真伪，王灼也同样认为："欧阳永叔所集歌词，自作者三之一耳。其间他人数章，群小因指为永叔，起暧昧之谤。"

这里存在着一个微妙的分歧。《乐府雅词》特尊欧公，乃是以欧词为雅词之矜式。《碧鸡漫志》虽然也推崇欧公，但其雅词的最高典范是苏轼的作品。王灼倡导复雅批判俚俗谐谑的武器是苏轼，不是欧阳修。《碧鸡漫志》卷二云：

长短句虽至本朝盛，而前人自立与真情衰矣。东坡先生

---

① 宋·王灼《碧鸡漫志》卷二。

非心醉于音律者，偶尔作歌，指出向上一路，新天下耳目，弄笔者始知自振。今少年妄谓东坡移诗律作长短句，十有八九，不学柳耆卿，则学曹元宠，虽可笑，亦毋用笑也。

所谓“向上一路”，即南渡词论中的溯源骚雅，以词言志，从而实现诗与词的同体同尊。而不仅仅是表面形式的“移诗律作长短句”。在这一点上，王灼推尊苏轼为雅词之宗主来抗衡俚俗势力，比曾慥以欧阳修为雅词宗主来抗衡俚俗势力，显得更为深刻，更符合实际，也更与南渡词人群之崇拜苏轼人品、词品的风尚契合。曾慥不选苏轼词，未能推举苏轼为宗法盟主，而权举欧阳修，并非不尊苏轼而另有心仪，实是历史原因所致。王灼既尊苏贬柳，故于卷二详尽清理了北宋一百余年间的五十多位词人，列出词坛雅俗两大门派阵营：

苏门族群：包括“学东坡”的晁补之、黄庭坚，“入东坡门”的苏在庭、石耆翁，“东坡客”李之仪、赵令畤，“后来学东坡者”叶梦得、蒲大受等等，基本上都是元祐词人群中的人。

柳系族群：他们或是“长短句中作滑稽无赖语”，或是“浅近卑俗”、“嫚戏汙贱”，专以刻画淫亵为能事，作插科打诨的无聊笑语。这一支脉起于仁宗至和年间(1054—1056)，实际上可能更早。柳永以下，田为、张山人、王彦龄、孔三传、曹组、张衮臣之流，“祖述者益众”。

王灼如此论词，颇有操选政者“选人”的味道。它与北宋元祐词人晁补之的《骫骳说》，以及旧题李清照的《词论》，都是早期词话逐家点评、臧否人物的模式，构成“纵论天下英雄”的三家村语。[①] 不妨视作仅存选人目录的特殊词选，或者一部待选词选的目录绪论。曾慥编选《乐府雅词》，由于限于家藏图书，许多元祐

① 三家论天下词人，除王灼所论见《碧鸡漫志》卷二外，晁补之《骫骳说》见吴曾《能改斋漫录》卷十六、胡仔《苕溪渔隐丛话》后集卷三十三，李清照《词论》见胡仔《苕溪渔隐丛话》后集卷三十三。

词人的作品未能寓目，因此无法组织起一个苏门阵营。他只能“选词不论人”，以雅词列成阵营，来排斥“涉谐谑者”。故曹组虽然被王灼指认为柳永一支，仍然有数十首比较雅正的作品入选。不过，《雅词》就词而论，《漫志》就人而论，其根本没有什么区别，都是着眼于作品。

此外，在复雅的大纛下，《乐府雅词》的矛头所向，主要是俚俗，其次才谈得上淫艳。这两者在北宋词人的创作讲论中，有时合二而一，有时则是彼此分开的。明清两代的大量词话序跋中，对这两者有比较清晰的分辨。或彼或此，守弃不一。我们看到，曾慥所排斥的主要还是偏向于俚俗滑稽者。而《碧鸡漫志》论雅俗分流，也同样体现出抨击俚俗为主，淫艳其次的倾向。或许，这正是南渡词人的一种共同观念。

与曾慥同时代的另一位词人胡仔，其《苕溪渔隐丛话》屡次提到《乐府雅词》，但就没有什么观点上的共鸣。鲖阳居士编选《复雅歌词》在绍兴十一年至绍兴二十四年间，与曾慥编选《乐府雅词》基本同时。我们很想对比分析这两部词选的异同，可惜前者详于序而选篇失传，后者选篇保存完好但选序过于简略，彼此无从对话。考虑到它们都是南渡词人群之选，我们也不妨把它们视为一个可以互相参见的整体。

（五）不选苏轼词的原因

这是让后人感到困惑不解的一段公案。曾慥的做法，出乎所有人的意料。

王灼尊苏轼为词家典范，代表了南渡词坛的基本创作倾向和理论倾向，也代表了曾慥的论词观点。明人都穆《铁网珊瑚》载有曾慥《题苏养直词翰轴后》诗，其中写道：“元祐文章绝代无，为主盟者眉山苏。”对东坡推崇至极。后来他还曾专门刊刻和辑补过《东坡词》以行世。但奇怪的是，尽管他如此敬重苏东坡，《乐府雅词》三十多家中，竟然没有选苏轼一家，没有采录东坡词。对此，人们作出了种种推测和分析。詹安泰先生认为：

> 有两种可能：一种是他不录已经成为万流宗仰的词，象王安石《唐百家诗选》不录李白、杜甫诗一样。一种是那类词不合他的雅词的标准。前者的可能性较少……关键还是在后者。曾氏是把苏轼那种截断众流、别开生面的词作，也和柳词一样看成不合乎雅词标准的。“过犹不及”，“横放杰出”和“淫冶讴歌”，“杂以鄙语”一样不算雅词，不能入选。[①]

此说缺乏历史依据，而且与南渡词坛普遍宗法苏轼的大背景相矛盾，值得商榷。

另一种说法是曾慥曾经刻过苏轼的词集，因此为避免重复，《乐府雅词》中不再选他的词。[②] 今案，曾慥刻《东坡词》时在绍兴二十一年辛未(1151)，而在此六年之前，《乐府雅词》已经选成刊刻，他不可能预先不选东坡词而留待日后另行刊刻别集。而且，刻东坡词集与选北宋词乃截然两回事，曾慥又不曾辑有《东坡词选》，何以有东坡词集之刻却反而不选东坡词呢？似于情理难通。我们看到清代有许多兼为刻词别集和同时选词总集者，似未有彼此回避之事。可以参证。

我们想，是否还存在这样一种可能：曾慥家藏的图籍文献中根本就没有东坡词集，因此无法选及。与王安石《唐百家诗选》不录李白、杜甫作品同一原因。[③] 也与曾慥自己的《宋百家诗选》中

---

① 詹安泰《从宋人的五部词选中所看到的一些问题》，见其《宋词散论》。

② 吴熊和《唐宋词通论》：“曾慥又刻其所藏《东坡词》二卷，拾遗二卷，故《乐府雅词》中不再收入苏轼词。”华东师范大学《词学》第一辑载舍之《历代词选集叙录》：“集中亦无苏东坡词，盖曾已刻东坡词集，故此书不复重出。”

③ 宋·陈振孙《直斋书录解题》卷十五：“《唐百家诗选》二十卷，王安石以宋次道家所有唐人诗集选为此编。世言李、杜、韩诗不与，为有深意，其实不然。按此集非特不及此三家，而唐名人如王右丞、韦苏州、元、白、刘、柳、孟东野、张文昌之伦，皆不在选。意荆公所选，特世所罕见，其显然共知者，固不待选焉？抑宋次道家独有此一百五集，据而择之，他不复及焉？未可以臆断也。”

不录欧阳修、王安石和苏轼的诗歌同一原因。证据有以下几点：

证据之一：在《乐府雅词·自序》中，曾慥曾经明确提到该选系根据“余所藏名公长短句，裒合成编”。我们可以把它视作编选者对本书的“免责声明”。这些家藏旧籍中，完全可能没有东坡词一种。清人黄丕烈士礼居旧藏毛晋汲古阁抄本《东坡词》二卷，拾遗一卷，源出于明人吴讷《百家词》抄本，即为曾慥原刻的裔本。其中有曾慥绍兴辛未的刻跋，称：“东坡先生长短句既镂版，复得张宾老所编，并载于蜀本者，悉收之。江山秀丽之句，樽俎戏剧之词，搜罗几尽矣。传之无穷，想像豪放风流之不可及也。绍兴辛未孟冬，至游居士曾慥题。”玩味“复得”诸语，似乎所刻的《东坡词》也不是出于自己的家藏，而是得自外间的传本。正因为《乐府雅词》没有选到东坡的词，所以一旦得到东坡词集，遂亟为刻印，传播天下，以弥补前憾。

证据之二：苏轼虽然在当时已经非常“热门”，但词集很少在社会上流传，只有部分诗歌的单篇零章流播人口。苏轼是元祐党魁之一，他的诗文集与他本人一样屡遭不幸。徽宗崇宁元年(1102)，朝廷追贬元祐党人，元祐党人一百二十人姓名被刊刻于石碑，公诸四海。之后更增加到三百零九人。天下始禁元祐学术。崇宁二年四月，诏毁三苏、黄庭坚、秦观诸人文集，“天下碑碣榜额，系东坡书撰者，并一例除毁。”[①]崇宁三年和宣和六年(1124)，朝廷又两度重申除毁苏轼诸人文集的禁令。“(苏轼)平日门下客皆讳而自匿，惟恐人知之。”[②]苏轼、黄庭坚、秦观、晁补之等党人的文集被下诏焚毁印版，禁止传播。很多年以后，东坡的作品才悄悄由半公开到公开，从地下走到地面上来。所谓“文词弛禁政和年，始有眉山墨迹传”。[③] 今《乐府雅词》中，不仅没有苏

① 宋·吴曾《能改斋漫录》卷十一。

② 宋·赵鼎臣《竹隐畸士集》卷二十《书杨子耕所藏李端叔帖》。

③ 清·田雯《古欢堂集》卷十三《读东坡集偶题》。

轼词，而且没有秦观、黄庭坚、李之仪等北宋主要词人的词。元祐党人中仅仅选到了词名不著的赵令畤、晁补之等少数几家。诚如近人陈匪石所说："使东坡词集未罗党禁，或已禁弛而流传，亦必存而不废。则可见东坡之词，不在藏弆之列，乃党禁初弛时情事。"[①]更何况曾慥该选编辑于知江南西路虔州（今赣州市）任上，南宋初年政局动荡，社会秩序比较混乱，随身所携带的家藏书也必定有限。观其选目，颇有可商榷之处。个别地方似有该选而未选，不该选而入选的遗憾，这都应该是限于选源的缘故。

证据之三：我们比较陈振孙《直斋书录解题》所著录的北宋至南渡词人的别集，迄止于赵鼎，（韩元吉以后诸家当归为南宋中兴词人群范畴，在此不作比较。）共三十五家，曾慥所选的三十三家中所及仅仅十八家，余十七家如晏殊、柳永（当录其雅词，如曹组者）、苏轼、黄庭坚、陈师道、秦观、晏幾道、谢薖、王观、葛胜仲、杜安世、李之仪、万俟咏、张元幹、刘一止、康与之、赵鼎等，都未见只字。虽然陈振孙时代略晚，著录中有些属于南宋曾慥以后所编所刻，但整个北宋词坛，曾慥仅仅窥及一半，另一半完全没有涉及。可见《乐府雅词》仅仅凭借家藏词集操作，选源不够丰富，不是一般的欠缺。没有选及东坡词，实在不值得大惊小怪。

《乐府雅词》与《直斋书录解题》词人对照表

<table>
<tr><td colspan="2">《乐府雅词》选阵</td><td>未入选</td></tr>
<tr><td>郑彦能、董颖、王安石、李元膺、陈莹中、徐师川、舒信道、李萧远、吕本中、曾公衮、李景元、沈会宗、赵子发、曹组、魏夫人</td><td>欧阳修、张先、晁补之、晁端礼、晁冲之、周邦彦、贺铸、毛滂、谢逸、赵令畤、苏庠、叶梦得、陈克、陈与义、朱敦儒、王安中、向子諲、李清照</td><td>晏殊、柳永、苏轼、黄庭坚、陈师道、晏幾道、李之仪、杜安世、秦观、万俟咏、谢薖、王观、张元幹、葛胜仲、刘一止、康与之、赵鼎</td></tr>
<tr><td>未入录</td><td colspan="2">《直斋书录解题》著录</td></tr>
</table>

① 陈匪石《声执》卷下。

证据之四：南宋当时人周辉在其《清波杂志》中记载说："近时曾公端伯亦编《皇宋百家诗选》，去取任一己之见。虽非捃摭诋訶，其间或未厌众论。且于欧公、荆公、东坡诗皆不载，虽曰用《唐诗选》韩、杜、李不与编故事，其亦大名之下，不容有所铨择耶？"自注云："曾帅江陵日，叔祖为参议官，亲见亟欲诗选成，仅得数篇，即撰小序以刊行。旋悟疏略，欲删去而不及。"[①]家藏书中没有东坡的诗集，也完全可能没有东坡的词集。尤其重要的一点，曾慥在选诗时的这种急于求成的心态，出手过快而搜访粗略的作风，一定也会出现在选词上。不管他是先选词后选诗，还是先选诗后选词，在没有收集到北宋最重要的大家苏轼作品的情况下，就草率定选并付梓，完全可能是曾慥的做派。之后刻《东坡词》，应该看作是他"旋悟疏略"的后悔补偿之举。南宋人陈振孙《直斋书录解题》也对曾慥《皇宋百家诗选》的粗疏马虎非常不满，说该选"识鉴不高，去取无法，为小传略无义类，议论亦凡鄙。陆放翁以比《中兴间气集》，谓相甲乙，非虚语也"。[②]

证据之五：与曾慥生活在同一时代的词人胡仔，在其野史笔记《苕溪渔隐丛话》中，多次批评《乐府雅词》选词张冠李戴。卷一云："曾端伯慥编《乐府雅词》，以秋月词《念奴娇》为徐师川作，梅词《点绛唇》为洪觉范作，皆误也。"卷二又云："曾端伯编《雅词》，乃以此词为杨如晦作，非也。"尤其重要的是，《乐府雅词》拾遗卷上录有无名氏《虞美人》、《翻香令》二词，实系东坡所作。其中之一还见于曾慥后来所刻的《东坡词》卷下。如果曾慥当时已经藏有东坡词集，必然不至于不知道系何人所作，而附之于"咸不知姓名"的拾遗中。拾遗里面还有晏殊的《诉衷情》、秦观的《阮郎归》、《海棠春》、《南歌子》等词，编者都不知道出自何人之手，他们的词集也都不在曾慥家藏的范围之内。可见，《乐府雅词》不选苏轼词，确实不是曾慥本人的主观愿望。

① 宋·周辉《清波杂志》卷八。

② 宋人陈振孙《直斋书录解题》卷十五。

没有选东坡词事小，苏轼在南渡时代的精神领袖地位因此而被遮蔽，被忽视，才事关重大。作为南渡词人群在选坛上的代言者，曾慥是有渎职之过的。

五、南渡选词收获评估

我们看到，南渡词人群在经历靖康之乱时，绝大多数年龄在四十多岁左右，正是人生心智成熟、精力旺盛、事业有成的阶段。如果他们差不多都是在二十多岁开始走上诗坛、词坛的，那么北宋升平时期大约有二十年左右属于南渡词坛。这时他们与元祐词人群、大晟词人群相互并存，但地位较低，影响较小，也没有太强的竞争力。

高宗绍兴末年、孝宗隆兴初年，南渡主要词人陆续下世。陈与义 1138 年卒，吕本中 1145 年卒，赵鼎 1147 年卒，向子諲 1153 年卒，曾慥 1155 年卒，李清照也大约在 1155 年卒，朱敦儒 1159 年卒，张元幹 1160 年卒。到了孝宗乾道末年，这些词人已经凋零殆尽。他们在南渡以后的词坛上的活跃时间大约持续了三十年左右。加上北宋的二十余年，横跨两宋被割裂在南北两个时空中的这些不幸词人，主宰了词坛。

目睹南渡词人群的上半场表现和下半场表现，我们基本认为，上半场只是他们的热身，只是词史研究上方便参照的背景。那个时代是别人的，不属于他们这些青涩无知的年轻词人。包括后来大名鼎鼎的李清照。取走南宋，他们在词史上最多只是些三流词人。而南渡以后的三十年词坛，才是他们的天下，他们的主场。他们与一个王朝一起流浪天涯，与一个皇帝共享了建炎、绍兴两个年号。他们甚至可以被直接称呼为高宗词人群、绍兴词人群。最值得我们激动的是：与十国北宋的衔接相比，南宋的最初几十年没有任何冷场，不需要什么酝酿情绪。第一个五十年，甚至第一个十年就已经热火朝天，悲歌四起。

我们认为，南渡作为一场民族灾难，对词坛创作来说却未必都是负面因素。天时和地利都出现了突变机遇和发展优势：首先，北宋灭亡，强行结束了大晟词人群的时代，为南渡词人群的自由发挥提供了充分的想象空间。权威不再，秩序不再，约束不再，民间草野词人、士大夫词人可以摆脱音律束缚，重新站在平等的起跑线上公平竞争。谁的声音最真挚、最响亮、最沉痛、最能感染读者，谁就能得到时代和后人的青睐。其次，最鼎盛的徽宗时期刚刚结束，许多书籍、文物、金石、碑刻还散在民间，比较容易搜集得到。苏轼作品的逐渐浮出就是很好的例子。面对这场民族浩劫，保存历史、整理故国文献成为文人士大夫的普遍冲动，普遍共识。顺应这个潮流，编纂刊刻词籍自然容易受到社会的欢迎。第三，朝廷的重建号召与鼓励（主要是制度重建和秩序重建），也推动了民间的文化重建热情。高宗绍兴二年（1132），宋室正式定都临安，依北宋旧制恢复秘书省建制，搜访天下图书。绍兴九年（1139），朝廷从尚书郎张彦实之请，诏令州郡取旧国子监善本，校对镂版印行。于是，国子监、临安府、绍兴府开始大规模的雕版活动，九经三传、群经义疏、前四史、南北朝七史等一大批经史典籍，都在绍兴年间刊行印发。[①] 第四，南宋朝廷立足的东南地区，是历史上著名的词乡，曾经是吴越、闽、南唐、楚国的故地，有着丰厚的歌舞和曲子词的民间基础。尤其浙中和吴中的杭嘉湖地区，“上有天堂、下有苏杭”，水乡泽国不仅富裕丰饶，而且文化歌舞相当普及，最有利于曲子词的创作、传播、刊刻、保存。东部、西部、东南部各地区的民间书坊，这个时期也逐渐开始兴旺。可以说，曲子词找到了全中国最柔软、最肥沃、最熟悉的生存土壤。

劣势和挑战表现在：第一，战乱兵燹构成了文化的噩梦。北宋一代创造的各种文化典籍、艺术作品、郊庙制度、金石文物，在动乱的颠沛流离中散失严重。李清照家藏十余间屋的书籍古董，

---

① 参见黄镇伟《中国版本・坊刻本》。

在逃难过程中一次次丢失被盗，晚年荡然无存，就是最典型的例子。叶梦得家藏书三万多卷，“丧乱以来，所亡几半”。① 词人们要选词，要整理故国文献，手边已不可能有现成的积累。必须花费大量精力，历岁经年到处寻找，才能有所成就。第二，生活环境动荡不安，词人们普遍缺乏稳定的居住条件与平和心态。从前面所列表可以看到，大部分南渡词人都不停地奔波在东南各地，很少十几年、几十年隐居在同一个地方。这给搜集文献、编选词选带来了巨大困难。试想承平时期选一部词选，都要三年五载，何况离乱年代搜罗不易。第三，大规模的战乱刚刚结束，宋金之间零星的对峙冲突还经常发生，军队驻防、官员调任，整个朝廷和社会还处在布棋未定的状态。地区交通常常中断，文人士大夫之间较少有聚会往来，至少与承平时代相比，宴会唱酬你来我往的频率大大减少。这些都非常不利于词作的交换、传播和收集。很难期望这时的选词不是个人行为，而是群体行为。鲖阳居士所编选的大型词总集《复雅歌词》，工程浩大，我们不知道是否有朋友的相助、交换、商榷，但黄大舆选《梅苑》，曾慥选《乐府雅词》，纯粹是他们的个人行为，则是完全可以肯定的。

综合上述利弊分析，我们认为，南渡词人选词的条件已经比北宋有较大改善，但所面临的挑战仍然大于机遇。有利因素偏少偏轻，不利因素偏多偏重。天时、地利上各有利弊，而人和则基本为不利因素——在这样的条件下，他们完成了三部词选：黄大舆的《梅苑》、鲖阳居士的《复雅歌词》、曾慥的《乐府雅词》，已属难能可贵。遗憾的是数量实在太少了。这个特殊时期，如果出现十多部、二十多部词选，我们认为都是非常正常的。南渡词人李清照和王灼都曾经清理过北宋词坛，历数大大小小词人，分别论述其创作得失。他们一定遍观过这些词人的作品，甚至有可能还拥有这些词人的作品。我们更猜测，这两家甚至还可能有过选词为集

① 宋·叶梦得《避暑录话》卷一。

的考虑。他们历数各家的点评，排列出来就像词选的选人目录，就像一部词选的序言。当然，这仅仅是猜测而已。

我们对南渡三选的总体评价是：鲖阳居士第一，曾慥第二，黄大舆最差。

《梅苑》的出现与时代毫无关系，脱离了南渡惊天动地的离乱现实。既不为保存文献出力，也不为品论高下而发，更不能还原和重建词坛，完全是游戏为之的私人野史性质。所以说它是最不成功的词选，最没有必要的词选。如果不是它沾了倡导骚雅的光，说实话，我们连谈论它的兴趣都没有。词选是传播媒体，必须流通天下，约见读者。把词选变成与他人无关的私人藏品，定位就完全错了。南宋以来，它的流行版本一直很少。读者和书商的冷淡，是对这部近于私人野史体词选的最准确公正的评价。

曾慥《乐府雅词》是词人群代言人第一次出面选词，有重要的标志意义。但它受限于南渡时期地域隔绝，词人之间往来较少，缺乏作品交换比勘等等不利因素，加上编选者本人性情急躁，没有沉潜勾稽的耐心，匆匆而选，匆匆付梓，标准又宽严不一，结果质量先天不足，留下了许多遗憾。总体上说，它努力了，也很不容易，它意义特殊，保存了部分重要的音乐文献资料，有功词史，应该给予较高的正面肯定。

鲖阳居士的《复雅歌词》是我们最敬佩的大型词选。它应时代而出，抓住了天时地利的优势因素，克服了所面临的各种劣势挑战，倾力而为，成功地整理出四千三百多首唐宋词作品。这在南宋初年是非常不容易的浩大工程。加上他的骚雅词论给人以深刻印象，所以它是最值得尊敬的词选，也是最值得保存的词选。可惜，这部最值得尊敬和保存的词选却遭遇不幸。红颜薄命，花谢匆匆，最终没有能够流传下来。煌煌五十卷巨帙，我们再也无缘目睹它惊艳的面目了。

第六章　江湖词人群与选型变异

一、形骸放浪的草野时期

（一）江湖时期与江湖诗禁

开禧北伐失败的第二年，中兴词人群中最伟大的旗手辛弃疾抱恨去世。一个热血沸腾的时代就此结束。在此之前，中兴词人大部分已经先后凋零。张孝祥 1170 年卒，范成大 1193 年卒，陈亮 1194 年卒，朱熹 1200 年卒。宋金之间重新达成和议的第二年（1209），陆游也以八十余岁高龄辞世。一个没有中兴梦想的时代冉冉前来。

就在中兴词人群大部分还没有退出词坛的时候，已经有无数江湖草野之辈联袂而至，拥挤着走上词坛。用他们那或粗豪或纤弱的歌喉唱出了新的江湖之音，直至宋末的吴文英、宋自逊、翁元龙、赵闻礼之时，光宗、宁宗、理宗、度宗四个朝代约八十余年，是两宋词史上非常特殊的阶段：江湖时期。

清季朱祖谋曾经提出过“江湖词人”的概念。密韵楼景宋本周密《草窗韵语》朱祖谋跋云：“南宋江湖词人兼以诗传者，前唯白石最著。草窗生当末造，虽风格稍弱，而举体修洁，庶几似之。”案南宋之江湖词人，依交游、年辈和创作年代，可约略分作前期和后期；若依出处、品格、性情，则又明显有狂者和狷者两支。[1] 刘过和姜夔就是比较鲜明的代表。

江湖时期的前半阶段，类似姜夔这样的狷者只占较小的比重，而类似刘过这样的狂者却比比皆是，充斥于湖山朝市之间。姜夔生当中兴词人群时期，却不属于那个群体。他虽然也像大多数江湖之士一样游食于权贵门下，但爱惜羽毛，举体修洁，在他那个时代踽踽独行。与苏轼一样，他是人格精神与艺术精神的时代先行者。他的人品与词品只是到了临安词人群登上词坛之后，才被理解、继承和放大。非常有意思的是，临安词人群的"发现"和崇拜姜夔，正像南渡词人群的"发现"和崇拜苏轼一样，有一种相见恨晚、不胜为怀的感觉。时代找到自己的精神偶像常常有一个时间差。西蜀词人群之于温庭筠、阳羡词人群之于辛弃疾，也是如此。

江湖词人群是一个相对松散庞大的群体。他们不一定都是唱和交往同一个圈子里的熟悉词友，可能因为游幕和客居，分别结成大大小小不同的亚词人群，而且前后还隔了两三代人。这是他们不同于其他词人群的地方。

江湖词坛前期，词人群跨光宗、宁宗、理宗三朝四十多年近五十年。尤其宁宗朝，"钱塘湖山，此曹什百为群。"部分较早的词人，还曾经与中兴词人群并立词坛。光宗登基的绍熙元年(1190)，姜夔客居合肥，走上了创作的高峰阶段。此年还曾访范成大于石湖，写下了那两首著名的《暗香》、《疏影》词。这一年刘过三十七岁，正狂热地奔走在江湖上。我们把光宗在位的五年，大致视为江湖词坛前期的开始。

江湖词人群的形成，与宋理宗初年临安书商陈起刊刻《江湖集》有很大关系。陈起刻书，客观上起到了网络东南在野文士、彼

① 宋·叶适《水心文集》卷十二《周会卿诗序》："周会卿诗本与潘德久齐称，盘搰生语，有若天设，德久甚畏之。德久浪漫江湖，吟号不择地，故所至有声。会卿常闭门，里巷不相识。居谢池坊，窟山宅水，自成深致，知者独辈行旧人耳。"此二人大体代表了狂者与狷者两种形象。

此形成呼应之势的作用。不久，该书因涉嫌讥讽朝廷，为“济邸之冤”抱不平而遭到朝廷查禁，诗人、书贾牵连坐罪。天下禁止士大夫作诗，以至于有些江湖诗人从此改而填词。[1] 这是中国历史上第一次查封出版社（书坊）的文化专制行为，这个案件所带来的后果是：朝廷和江湖草野之间的鸿沟进一步扩大，在野士子的群体意识更加强烈，他们甚至聚集在一起向官府请愿，表达他们的利益诉求。同时朝廷禁止作诗，造成许多诗人放弃现实关注，转而创作风月花草题材的曲子词，使江湖词坛大盛于前。同时，南渡以来曲子词纪实抒情的努力，也大面积还原为北宋体的虚拟言情。诗禁始于理宗宝庆初年（1225），解禁于端平元年（1234），也就是史弥远死后的第二年。我们把这诗禁的十年，作为江湖词坛前期的结尾。

理宗的禁诗，与高宗的禁乐，构成南宋词坛最重要的政策面事变。

江湖诗禁开放后的理宗朝到度宗朝，是江湖词坛的后期阶段。《四库全书总目提要》称江湖诗派“以刘克庄为领袖”。刘克庄是江湖诗人词人中官位做得最高的草野之士，诗词成就也比较高。领袖未必，为后期词坛的领军人物则无疑。他也在江湖诗案

---

① 宋·罗大经《鹤林玉露》卷十：“渡江以来诗祸殆绝，唯宝、绍间《中兴江湖集》出，刘潜夫诗云：‘不是朱三能跋扈，只缘郑五欠经伦。’又云：‘东风谬掌花权柄，却忌孤高不主张。’敖器之诗云：‘梧桐秋雨王子府，杨柳春风彼相桥。’曾景建诗云：‘九十日春晴景少，一千年事乱时多。’当国者见而恶之，并行贬斥。景建布衣也，临川人，竟谪春陵死焉。”元·方回《瀛奎律髓》卷二十云：“当宝庆初史弥远废立之际，钱唐书肆陈起宗之能诗，凡江湖诗人皆与之善。宗之刊《江湖集》以售，（刘潜夫）《南岳稿》与焉。宗之赋诗有云：‘秋雨梧桐皇子府，春风杨柳相公桥。’哀济邸而诮弥远，本改刘屏山句也……或嫁秋雨春风之句为器之所作。言者并潜夫《梅诗》论列，劈《江湖集》板，二人皆坐罪。初弥远议下大理逮治，郑丞相清之在琐闱，白弥远，中辍。而宗之坐流配。于是诏禁士大夫作诗。如孙花翁惟信季蕃之徒寓在所，改业为长短句。绍定癸巳，弥远死，诗禁解。”

中被牵连坐罪。废弃十年。自云“幸然不识桃并柳,却被梅花累十年”。诗禁解禁后,得到丞相郑清之和洪咨夔、真德秀的赏识推荐,从此仕途逆转。我们把他此后的创作时期视为江湖词坛后期词人群的主体阶段。

尽管时间跨度较大,群体构成比较松散,但江湖词人群的宗派群体特征还是非常鲜明的,出处行为、观念心态和创作风貌的共同点比许多词人群都更加突出。没有理由不把他们视为一个完整的群体。

(二) 草野名士的群体形象

辛弃疾、陆游的凋谢,宣告了精英时代结束。唐宋词主力重新回到市井草野,与民间握手言和。

江湖时代属于社会中下层的小人物,江湖词坛也主要属于宛如满天繁星的二三流中小词家。这是在野者们的篝火狂欢:大多数词人出身卑微,家境贫寒,多为布衣词客。[①] 当然,他们中也有少数人后半生踏入仕途,改变了角色身份,如在《江湖集》中列名的洪迈、刘克庄、吴渊等。他们普遍以干谒为进取的手段,以寄食、游食为主要谋生方式。当时人林希逸叹息说:“今世之诗盛矣,不用之场屋,而用之江湖,至有以为游谒之具者。少则成卷,多则成集,长而序,短而跋。虽其间诸老亦有密寓箴讽者,而人人不自觉。”[②]元人方回《瀛奎律髓》更详细记载当日风气说:

> 江湖游士多以星命相卜,挟中朝尺书,奔走阃台郡县糊

---

① 如张良臣“闭门读书,室无一物”。(楼钥《书张良臣集后》)赵紫芝“苦吟肩常瘦,移家债又新”。(薛师石《秋晚寄赵紫芝》)韩涧泉“忍贫长傲世,风节似君稀”。(戴复古《哭涧泉韩仲止》)宋伯仁“谨独甘居漏,安贫且饭蔬”。(宋伯仁《书座右》)孙惟信、戴复古、刘过等人更为典型。

② 宋·林希逸《竹溪鬳斋十一稿续集》卷十三《跋玉融林镈诗》。

口耳。庆元、嘉定以来，乃有诗人为谒客者，龙洲刘过改之之徒不一人。石屏亦其一也。相率成风，至不务举子业，干求一二要路之书为介，谓之“阔扁”。副以诗篇，动获数千缗以至万缗。如壶山宋谦父自逊一谒贾似道，获楮币二十万缗以造华居是也。钱塘湖山，此曹什伯为群。阮梅峰秀实、林可山洪、孙花翁季蕃、高菊硐九万，往往雌黄士大夫，口吻可畏，至于望门倒屣。①

他们的心灵是一个复杂的世界，性格也充满了矛盾，既狂放不羁，恃才傲物，又媚言谦恭，人品低下。他们所赢得的名声，常常与实际社会地位形成强烈的反差对照。在此，我们以最负盛名的几位江湖词人为例。

谒客刘过，江西人。“家徒壁立，无担石储”。流落江湖上，曾漫游荆襄、武昌、临安、建康等地。嘉泰年间依附辛弃疾为馆客，以布衣终。其为人“任侠能辩”，“惯于挥喝”。与同时的姜夔等人相比，人格观念似较淡薄。他“四举无成，十年不调”(《沁园春》)，感叹“我自匆忙天未许，赢得衣裾如土”(《念奴娇》)。他上词辛弃疾说：“长安道，奈世无刘表，王粲畴依?”(《沁园春》)上诗周必大说：“太平宰相不收拾，老死山林无奈何!”(《辞周丞相》)在这些干谒作品中，他经常把对方比作郭子仪、羊祜，甚至把韩侂胄比作周公、召公。因此方回讥笑这些作品是“外强中干，多谒客气”。② 张世南《游宦纪闻》卷一记载刘过为尚书黄由所书的《赤壁赋》卷题词，黄氏大喜而“厚有馈赠”。蒋子正《山房随笔》记载辛弃疾帅浙东、京口日，刘过敝衣拽履以计谋干谒，而登其座。无名氏《江湖纪闻》记载刘过客辛弃疾门下，索贿五千缗说情，辛弃疾增以

① 元·方回《瀛奎律髓》卷二十戴复古《寄寻梅》诗批语。又宋·周密《齐东野语》卷六：“游士多无检束，群居率以私喜怒轩轾人，甚者以植党挠官府之政，叩阍揽黜陟之权，或受赂丑诋朝绅，或设局骗胁民庶，风俗寖坏。”

② 元·方回《桐江集》卷一《滕文秀诗集序》。

万缗。岳珂《桯史》记载刘过摹仿辛词风格作《沁园春》，辛弃疾大喜，致馈赠数百千。“垂别，赒之千缗曰：以是为求田资。改之归，竟荡于酒。”尽管这些野史记载真伪搀杂，未必全部属实，但却为我们刻画了一个江湖之士的生动形象。无怪乎后人说刘过“纵横之士，志在功名，固不能规言而矩行”。[①] 刘过也有大量豪放词、英雄语，他力主北伐，谓中原可一战而取之。但他毕竟不属于中兴词人群，他和陈亮都曾上书朝廷陈恢复方略，而辛弃疾劝他去求田问舍，却邀请陈亮和朱熹为鹅湖之会，商讨中兴大计。这使我们不得不抱一份怀疑的态度来看待他的《龙洲词》。[②] 把刘过视为辛弃疾的同派盟友，恐怕是辛弃疾最不愿意接受的观点。

江湖词人群身份行踪对照表

姓名	基本身份	主要漫游地	干谒寄食主要对象
姜　夔	布衣食客	淮楚、潇湘、湖州、合肥、金陵、扬州	萧德藻、范成大、张鉴
刘　过	布衣食客	荆襄、武昌、临安、建康	辛弃疾、周必大
孙惟信	江湖名士	苏州、杭州	
戴复古	江湖名士	东吴、浙西、襄汉、北淮、南越	陆游、真德秀
史达祖	权贵堂吏	东南各地	韩侂胄、张镃
刘克庄	朝廷命官		郑清之、洪咨夔、真德秀
吴文英	游幕布衣	苏州、杭州、越州	贾似道、吴潜、赵与芮
黄　昇	江湖士子	福建	游九功、楼钥
赵闻礼	江湖士子	浙中	程公许

仅列词人群中最主要者，较外围者未列举

① 《四库提要》卷一百九十九。

② 宋・黄昇《中兴以来绝妙词选》卷五评刘过：“其词多壮语，盖学稼轩者也。”清・况周颐《蕙风词话》卷二评刘过：“其激昂慷慨诸作，乃刻意模拟幼安。”

堂吏史达祖，早年为草野布衣，江湖狂客。曾漫游东南，与诗友结为吟社。其《贺新郎》词写其江湖胸襟云：“道人不是尘埃物，纵狂吟魂魄，吹乱一巾凉发。不觉引杯浇肺渴，正要清歌骇发。更坐上、其人冰雪。”而其早年潦倒处境，作品中也有反映。“未暇买田青颍尾，尚须索米长安陌”。“三径就荒秋自好，一钱不值贫相逼”。（《满江红》）宁宗嘉泰年间，游于韩侂胄门下，遂与耿圣、董如璧诸人同为省吏，奉行文字，权势倾动一时，以至士大夫无廉耻者皆趋其门，呼为梅溪先生。[①] 开禧北伐失败以后，韩侂胄被杀，史达祖亦遭黥面，流放而死。他的一生，可以说是悲剧的一生。这主要指他从愤世嫉俗的江湖高士，最后变成一个权炙缙绅的俗吏，走过了一程自我人格从肯定到否定终至幻灭的道路。说史达祖是一位只会写燕子呢喃的缠绵婉约词人，未免以偏概全，错看了这位江湖老手。

名士孙惟信，是江湖诗坛、词坛上最享盛誉的名士之一。他的种种性格、行为也很有典型意义。他“长年湖海，蹇驴弊裘”，交游唱和范围极为广泛。江湖诗禁以后，乃致力于作词。刘克庄《夜□故书得孙季蕃词有怀其人》：“中年豪宕以词行，醉墨淋漓一座倾。”死后葬临安，满朝达官贵人为之送葬，时人甚至羡慕地说他：“卜宅西湖上，花翁死亦荣。”[②]刘克庄的《花翁墓志》对他的一生作了简洁的概括，说：

> 季蕃贯开封，少受祖泽，调监当，不乐，弃去。始昏于婺，后去婺游，留苏、杭最久。一榻之外无长物，躬爨而食，书无《乞米》之帖，文无《逐贫》之赋，终其身如此。名

① 宋·叶绍翁《四朝闻见录》：“韩侂胄为平章，专倚省吏史达祖奉行文字，拟帖撰旨，俱出其手，侍从柬札，至用申呈。”宋·周密《浩然斋雅谈》：“当韩平原用事时，尽握三省权，一时士大夫无廉耻者皆趋其（史达祖）门，呼为梅溪先生。”

② 宋·戴复古《孙季蕃死诸朝士葬之于西湖之上》诗。

重江、浙，公卿间闻花翁至，争倒屣。所谈非山水风月一不挂口，长身缊袍，意度疏旷，见者疑为侠客异人。其倚声度曲，公瑾之妙。散发横笛，野王之逸。奋袖起舞，越石之壮也。

游幕者吴文英，本姓翁氏，与江湖词人翁元龙、翁逢龙为兄弟。过继为吴氏后嗣，改今名。其时代略晚，虽然与临安词人群同时，与周密等人有交往，而不属于临安的江湖雅人群体。就其过继他人而改姓一事来看，其出身可能比较低微。其弟翁元龙也是江湖游士，曾寄食于右丞相杜范门下。吴文英一生未第，寄食于东南吴中、浙中等地。曾经在吴中为江南东路提举常平司幕宾十余年。江湖飘零，游食而已，先后客居于贾似道、吴潜、赵与芮等公卿宰执的门下，不得已而作有许多颂寿陪宴之词。晚年失所依傍，飘零困踬以死。吴文英是非常复杂的边缘词人。就其行迹心态而言，完全是江湖词人的典型；但他的吟咏创作已经悄悄融入到临安群中，与临安群词人的交往唱和也比较多。

这些模糊不清的影像叠加在一起，是多么令人吃惊的相似：他们都不是帕首腰刀的丈夫，不是大声鞳鞈的伟人。而是一群不得志的时代小人物，一群草野文人，流浪吟客和食客。一群处于才与不才、仕与不仕之间的所谓高士名流。他们的社会地位，决定了他们对功名富贵和世俗社会抱有浓厚的兴致。这些江湖词人相互鼓吹，彼此唱和，主宰了当时的词坛。加上许多名公巨卿如范成大、张孝祥、叶适、赵汝愚、辛弃疾、吴潜、贾似道、马廷鸾等热心与之往来，养士成风，为他们作序跋，作墓志，外示推重；加上南宋道学大盛，其风所至，流为修形而不修心，以道学为人品之装饰，为干进之资本。“弊衣菲食，高巾破履，人望之知为道学君子也。”(《癸辛杂识续集卷下》)几股潮流汇集在一起，构成了江湖时期草野名士主宰词坛的独特风景。①

（三）漂泊型词人群

群体迁徙和个体迁徙行为，是词人群研究的新课题。迁徙原因、迁徙线路、迁徙规律、迁徙类型、迁徙地域分布，迁徙所造成的群体更迭和风气转变，都是我们感兴趣的内容。唐宋的各个词人群中，迁徙最频繁、最不稳定的是江湖词人群，迁徙最少、几乎完全静止的是西蜀词人群。元祐词人群的大范围迁徙是受政治的牵累，南渡词人群的大范围迁徙是遭遇亡国而被逼逃难，都不是群体的本能行为。只有江湖词人群的迁徙，是整个群体的本能自觉行为，贯穿大半生甚至终生的

---

① 名士是一个复杂的文化现象。在统治者和社会大众眼里，他们是云间之鹤，岩上之松。历朝历代统治者总是处心积虑征召他们，希望把他们延揽到身边。但他们未必真有济世安邦的能力。汉代就已经有很多人怀疑他们“纯盗虚名，无益于用”。清代的有识之士甚至说他们是国家的“不祥之物”，认为“古今贪冒无耻之徒，多属于一时知名之士”。段玉裁就曾勉励龚自珍努力做一个名儒，一个名臣，千万不要去做名士。名士大抵具备声价、风流、玄想三种基本特征。声价是他们的知名度。名士必须有名，而且必须大名鼎鼎，才构成对社会的意义。同时他们自己也非常看重声望和清誉，养名和扬名往往是他们生活的第一目标。名士中的大多数都可以被定义为知名之士、逐名之士。风流是他们的仪态气质。名士的相貌和行为举止必须异于常人，具备某种供观赏谈论的韵味，值得天下人倾倒和崇拜，哪怕丑异怪诞。丑异怪诞也能够成为人们观赏追捧的对象。玄想则是他们的思维定势和知识结构。名士不是那些精通案牍公文的官僚和技术人才，而是一些柏拉图、亚里士多德式的哲人思想家。他们只关心形而上的哲学问题，对星算、风角、斗枢、卦验、璇玑、灾异、精符、元命等玄而又玄的学问感兴趣，不关心也不擅长社会管理的具体运作，是一群沉湎于演绎空想的高士。魏晋以来，名士之风大盛，相沿至唐宋。追求声价鼓励了品藻之风盛行，追求风流鼓励了吟啸之风盛行，追求玄想鼓励了清谈之风盛行。品藻、吟啸、清谈，组成了历代名士最典型的行为方式。南宋江湖时期，清谈演变为道学空谈，名士风流与江湖游客合流，成为朝野士林的一道风景。

行为。游食、游学、游幕、游吟、游谒，我们把群体的这种生态称之为“漂泊型”。

翻开《江湖集》，这样的叹息描写随处可见。刘过“十年着脚走四方”（《襄阳歌》），许棐“十年漫走江湖上”（《上赵兰坡》），徐集孙“一生踪迹任飘零”（《鹭》），沈继祖“江湖岁月久飘零”（《寄题新昌簿厅绿阴亭》）。最典型漂泊者是大名鼎鼎的江湖词人戴复古。戴复古字式之，号石屏，天台黄岩人。他出身寒微，流落江湖上数十年，“所游历登览，东吴、浙西、襄汉、北淮、南越”，“周遭何啻数千万里”。[①] 他常常在诗词中描写自己的漂泊生涯：“湖海三年客，妻孥四壁居。”（《思家用后山韵》）“狂游四海，一向忘家。”（《满庭芳》）“一生漂泊老江湖。”（《惜别呈李实夫运使》）他先后曾客于陆游、真德秀门下，真德秀甚至有意将他“邀入殿庐中，使一见天子”，最后没有成功。戴复古的交游极其广泛，武衍《悼戴式之》诗云：“四海诗人说石屏，一时知己尽公卿。”可见来头非常大。陈起《江湖集》中与之唱和者多至不可胜数，一时只有孙惟信可以与之媲美。元初人对戴复古如此享誉江湖，颇感到奇怪和不平。[②] 戴复古不是一个向往自然的江湖高士，他在词中如实地叙述早年追求和晚年心境说：“吾曹不堕尘埃，要胸次长随笑口开。任江湖浪迹，鸥盟雁序，功名到手，凤阁鸾台。”（《沁园春》）此时的他何等自信。等到他“费十年灯火，读书读史，四方奔走，求利求名。蹭蹬归来，闭门独坐，赢得穷吟诗句清”（《沁园春》），则落寞消沉，又变得何等的凄凉幽怨。

戴复古是江湖词人和江湖诗人的一个典型标本：本来一介寒士，既无卓越的才华，也没有超凡的美德；既无公卿贵胄的家族背景，也没有李白那样的大把金钱。何德何能，让天下人仰慕。不过是“每于广座中，口不谈世事”。凭着几十年的奔走结识了一大

① 戴复古《石屏诗集》附吴子良序。

② 元·方回《桐江集》卷二《跋戴石屏诗》：“石屏诗非千载不朽之文，未为极致。”

群名人,积攒了一大把美誉,留下了一大堆应酬唱和之作而已。孙惟信的情况也大抵如此。

这种生态行为值得深入研究。动物学根据鸟类的行为特征,把鸟类分为留鸟和候鸟两大类。留鸟是那些没有迁徙行为的鸟,它们常年居住在出生地,大部分留鸟甚至终身不离开自己的巢区。候鸟是那些有迁徙行为的鸟,它们每年春秋两季总是沿着固定的路线,往返于繁殖地和避寒地之间。除了这两大类之外,还有一些留鸟会进行不定向和短距离的迁徙。这种迁徙有的有规律,比如乌鸦会在冬季向城市中心区域聚集,而在夏季则会分散到郊区或者山区;雪鸡会根据季节的变化,在高海拔地区和低海拔地区之间迁移。这种规律性的、短距离的、不定向的迁徙被称作鸟类的漂泊行为。还有一些鸟类的短距离迁徙完全没有规律,完全随食物状况的改变而四处游荡,这些鸟是留鸟与候鸟之间的过渡类型,被称为"漂鸟"。

鸟类的这几种行为类型,对我们分析词人和词人群的迁徙行为很有帮助。分类容易,指证简单,深刻地把握到漂泊迁徙行为对词人们的性格、心态、取材、讲论、信仰、胸襟有什么影响,才是我们追问的目的。在没有搜集到更多的证据之前,至少我们相信:旷日持久的漂泊会使江湖词人缺乏坚韧永恒的道德信仰,缺乏稳定平和的文学心态,缺乏盘根错节的人脉根基,缺乏温暖高贵的良知尊严。①

---

① 我们注意到,唐代诗人也有浪迹江湖、游历天下的风气。但正像唐人的狎妓、干谒、行卷、游幕等行为与宋人的狎妓、干谒、行卷、游幕有很大的不同一样,唐人的游历与宋人的游历已经发生了非常大的变化。例如,同样是迁徙浪迹,唐人目之为壮游,宋人往往为了就食;唐人更像是今天的观光客,重在山水清赏。宋人更像是府邸门客,重在依附生存;唐代士子也干谒权贵,利用行卷邀誉,但没有宋代江湖士子那么极端,那样卑贱地穿梭奔走,不惜屈膝行贿。唐代和宋代两种江湖草野的不同生态,是值得我们深入探讨的课题。

(四) 矛盾的心态与双重人格

值得深思的是,这并不是一个丑恶堕落的时代。

在朱熹等大儒们的倡导下,南宋理学逐渐盛行天下,士林普遍重视清议和士大夫人品。文人士大夫在兼济天下的儒家理想破灭之后,自然纷纷转向追求独善其身。魏晋名士的精神风采和举止形象重新被士林顶礼膜拜。在这样的社会生态下,江湖时期的词人多少也受到感染,普遍将世外高蹈的魏晋风度,作为价值观标榜。翻开他们的诗集、词集,我们发现他们都是一种姿态,一种口径,以魏晋或晋宋赞美别人和歌颂自己。例如刘过"自谓晋宋间人物"。[①] 姜夔"襟期洒落,如晋宋间人"。[②] 陈起"生长京华地,衣冠东晋人"。[③] 史达祖也说自己"为狂吟醉舞,无失晋人风雅"。[④] 看上去如此之美,江湖时期宛然另一个魏晋名士时代。

然而这种标榜非常可疑。我们失望地看到,在绝大多数情况下,这不过是一个虚构的表达,最多只是江湖游士的精神幻觉。独善其身的追求和人品襟抱的审视,更多地停留在讲述和展示上,被异化成一种身价的装饰和空中理想。在他们的现实生活中却未必真实,也未必真心。

在大多数江湖词人身上,我们都发现这种人格精神追求普遍具有一定的虚拟性。他们的心灵世界充满破绽,要么是矛盾的双重人格,要么是堂皇的言行分裂。江湖词人的这种人格二元性表现在:创作表述中理想人格的自证存在,自我拔高,虚拟美化;社会生活中现实人格的游移不定,自我沉沦,甘心随俗。甚至他们的诗词文章本身,就是矛盾分裂的,忽狂忽媚,呈现着不同的神色

---

① 宋·张世南《游宦纪闻》。
② 宋·陈郁《藏一话腴》。
③ 宋·俞桂《寄陈芸居》诗。
④ 宋·史达祖《贺新郎》词。

和表情。尤其重要的是，人品完美的追求，本以自我实现、自我判断和自我审视为终极目标。是一种非功利性的心性功课。而江湖词人则把它变成了一种干谒炫耀的资本，到处讲述，追求得到朝廷公卿宰执以及整个世俗社会的承认与赞赏，人格价值的判断者不是自我，而恰恰是他们所傲视、并作出逃避姿态的世俗社会。这样，人格襟抱和士林清誉变成了一种被利用的外观装饰品。南宋人罗大经就曾经说："士岂能长守山林，长亲蓑笠？但居市朝轩冕时，要使山林蓑笠之念不忘，乃为胜耳。"①他的意思是，隐居可以仅仅是一个念头，有了这个念头，你的隐逸高蹈的人格就完美了。做的可以和想的不一样。按照这样的尺度推演，做的也可以和说的不一样，说的也可以和想的不一样了。文人的精神世界呈现破碎状态。

所以，江湖词人经常是一个矛盾体，他们既是惊世骇俗的狂士，又是低三下四的俗客。蹭蹬江湖的时候，他们吟着："既难求富贵，何处没溪山？不成天也不容，我去乐清闲？"②一旦春风得意，踏入仕途，他们又会换一种姿态，变成另一番口吻："落魄江湖十二年，布衫阔袖裹风烟。如今各样新装束，典却轻狂卖却颠。"③读到这样前后反差巨大的抒情，我们常常不知道哪一句才是他们的真话。总有一种口吻是假的，另一种口吻才是真的。如果两种口吻都是真的，都是当时襟怀心态的真实描写，那就是典型的双重人格。

江湖词人的精神世界，还潜藏着另一种渺小：在他们简傲自尊的狂歌下面，往往掩盖着不易琢磨的自卑感，以及宾幕食客常见的依附心态。缺乏独立的经济地位，导致人格的不完整和某种心理不健康。沿着这一思路，我们从史达祖《双双燕》中，依稀能

---

① 宋·罗大经《鹤林玉露》丙编卷五。

②《阳春白雪》外集：荣樵仲《水调歌头》。

③ 宋·李南金《登第后画师以冠裳写真戏题》诗。

够咀嚼出一丝“流露于不自知”[①]的幕僚味道,轻盈动人的燕子多么像依人而居的食客。[②]

(五) 诗坛词坛的两栖特征

有意思的是,江湖词人群与元祐词人群一样,是唐宋词史上的第二个两栖型词人群:同一个群体,既是诗人群,又是词人群,同时覆盖了诗坛和词坛两个领域。

宋代曲子词盛行,虽然未必每一个诗人都曾经填过词,但几乎每一个词人都写过诗,都同时是诗人,是不会有什么错的。而且他们诗歌的数量往往还大于曲子词,对诗歌的重视程度也超过曲子词。像晏殊、苏轼、黄庭坚、陆游、刘克庄、姜夔、周密等等都是。也就是说,词坛上所有的骚人墨客,都具备诗人和词人的双重身份。

按照这样的推理,我们所认定的所有词人群,同时也都可以看作是诗人群。诗词同群是必然的现象。问题在于,没有哪一个人诗歌和曲子词的成就是完全等值的,也没有哪一个人在诗坛上的地位和在词坛上的地位是完全等值的。诗坛上的大家可能是词坛上的小家,如黄庭坚、杨万里;词坛上的巨人可能是诗坛上的矮子,如秦观、周邦彦。而我们所定义的词人群,是词坛上最活跃、最有影响力、声音最响亮的背影。同样,诗人群也应该是诗坛上最活跃、最有影响力、声音最响亮的背影。这样一来,大多数情况下诗人群与词人群要么各成一体,要么部分重

---

① 清·况周颐《词学讲义》:“所贵乎寄托者,触发于弗克自已,流露于不自知。”

② 史达祖《双双燕》词:“过春社了,度帘幕中间,去年尘冷。差池欲住,试入旧巢相并。还相雕梁藻井,又软语、商量不定。飘然快拂花梢,翠尾分开红影。　芳径。芹泥雨润。爱贴地争飞,竞夸轻俊。红楼归晚,看足柳昏花暝。应自栖香正稳,便忘了、天涯芳信。愁损翠黛双蛾,日日画阑独凭。”此外,史达祖《满江红》词云:“老子岂无经世术,诗人不预平边策。办一襟风月看升平,吟春色。”似可与《双双燕》词相互参读。

叠，很难完全重叠在一起。例如北宋前期的台阁词人群与台阁诗人群，就是两个大部分核心成员重叠、外延不完全相同的群体。两个群体的盟主不同（诗人群杨亿，词人群晏殊），高峰活跃期也略有先后（诗人群真宗朝，词人群仁宗朝）。远看是一个整体，细察则各成方阵。

元祐词人群是词坛上第一个诗人群与词人群完全重叠的群体，我们把它称为两栖型词人群。无论把他们视为词人群还是视为诗人群，群体的盟主都一样，群体的核心骨干也一样，主要活跃期也大致一样。只有外围成员略有些异同。他们同时垄断了那个时代的诗坛和词坛。他们不是那个时代的单声道，而是立体的全声道；不是那个时代的单色谱，而是完整的全色谱；不是那个时代的单专业支脉群体，而是大型综合性的文人士大夫群体。苏轼的扩张影响，甚至还覆盖了古文、书法、绘画、学术。

江湖词人群再次重演了这种横跨诗坛和词坛的群体类型。它在声势和成就上，当然不能与元祐词人群相比，但它的群体规模和延续时间却远远大于元祐词人群。张宏生《江湖诗派研究》曾对江湖群体的成员进行梳理考证，"以今存诸江湖诗集为主要依据，以社会地位、活动时间、收录情况、酬唱情况、传统看法这五项条件作为主要标准。"最终确认江湖诗派的成员多达一百三十八人。可以算是两宋以来第一大诗派了。又据欧阳光《宋元诗社研究丛稿》，江湖时期先后出现的大小诗社，见于记载的有史达祖与高观国诗社、陈郁与陈世崇诗社、廖行之诗社、潘牥诗社、陈著鄞县诗社、林仲季真率会、王阮诗社、杨冠卿诗社、陈文蔚诗社、戴栩诗社、汪莘诗社、曹邍豫章诗社、苏泂诗社、陈造真州诗社、林希逸诗社、高翥诗社、胡仲弓与胡仲参诗社、徐集孙诗社、林尚仁诗社、敖陶孙诗社、王琮诗社、姚镛诗社、薛嵎诗社、薛师石诗社、李涛诗社、黄敏求诗社、刘植诗社、邓允端诗社、张辑诗社、吴潜诗社、戴复古江湖吟社、叶茵诗社，凡三十余家。这其中是否有重复记录，是否有同一诗社而称呼不同，我们不得而知。但这样大的群体规模，这样多的亚诗人群，是前所未有的。其中的许多诗人，都是词坛上我们非常熟悉的身影，或者在赵闻礼的江湖词选《阳春白雪》中，有不同数量的作品入选。

也许江湖词人群的规模要比这个庞大芜杂的江湖诗人群要小一些。但是放到两宋词坛上与其他词人群相比，它又是规模最庞大的超级群体。如果说元祐两栖群是突兀耸拔的峻岭，那么江湖两栖群则是低矮绵延的丘陵。尤其值得注意的是，理宗朝的十年江湖诗禁，导致了这个群体创作重心的整体转移。政策面的这种大面积封杀，无疑是诗坛上的一场"焚书坑儒"。很难说它对后来宋末临安词人群狂热地沉迷于曲子词音律，会没有什么影响。

（六）风格上的两种极端

江湖词坛的主要精神偶像是周邦彦。但这不是他们的全部。

非常普遍的情况是，江湖词人的作品，都是"软语"加"狂歌"模式，既作毫无加工修饰的粗豪伟唱，又精雕细刻作纤艳缠绵的软媚低吟，呈现为两极并蒂的现象。周邦彦的传统重新得到整个时代的消化和思考，并有所发展；苏轼的萧散放旷的人格精神则被畸形夸张为狂放不羁。两者都有现实表达的需要。刘过的《龙洲词》、戴复古的《石屏词》、史达祖的《梅溪词》、刘克庄的《后村别调》、吴文英的《梦窗词》，无不如此。

我们看到，在粗豪狂放的声调下，以雕琢为美的时代风尚，同时表现在人品观念和艺术创作两个方面。而且有意思的是，重音律、重咏物、追求辞藻形式之美的词坛风尚，恰恰是在一群自由怪诞而不拘守世俗礼法，人品不高、喜欢散发披襟、常常弊衣菲食的江湖词人中形成并盛行的。前后形成既矛盾又统一的共生现象。我们找到一个明显的细节证据。江湖词人刘克庄曾经为翁应星词集作序，专门谈到"软语"和"狂歌"一个都不能少的主张，相当有代表性。他说：

（翁应星词）其说亭鄣堡戍间事，如荆卿之歌、渐离之筑也。及为闺情春怨之语,如鲁女之啸、文姬之弹也。至于酒酣耳热,忧时愤世之作,又如阮籍、唐衢之哭也。近世惟辛、陆二公有此气魄。君其慕蔺者欤?然长短句当使雪儿啭春莺辈可歌,方是本色。范蜀公晚喜柳词,以为喜形容太平。伊川见小晏“梦魂惯得无拘检,又踏杨花过谢桥”之句,笑曰:“鬼语也。”噫,此老先生亦怜才耶?余谓君当参以柳、晏诸人以和其声,不但词进,而君亦自此官达矣。①

这样的寄望让我们读罢且惊且喜,又将信将疑。这是江湖词人对干谒献词最直接的表达:做词与做官有直接的目的联系。既要粗豪狂放,又要软媚香艳,你的仕途才有希望。

联想到宋人费衮《梁溪漫志》曾经叙述过一个历史细节:“近年以来,(江湖游士)率俟相见之时以书启面投,大抵皆求差遣、丐私书、干请乞怜之言。主人例避谢而袖入,退阅一二,见其多此等语,往往不复终卷。”(卷三)北宋也有行卷干谒之风,甚至唐代也盛行这种行卷干谒之风。但过去是有节制的,名刺与文章书启先行递进,主人阅后有意才能入见。南宋江湖之士则直接登门投递诗文书启,甚至还附赠各种厚礼(赵闻礼就曾以家藏多年的金石拓本七十种赠送达官贵人程公许),功利目的显得更为直接和迫切。

我们常常想,粗豪狂放和软媚香艳,到底哪一个才是他们的本相,哪一个不过是他们的假相呢?通观十国两宋各词人群,西蜀词人群宗法温庭筠,南渡词人群宗法苏轼,临安词人群宗法姜夔,都有稳定而又明显的基因表现、性别特征。为什么江湖词人群会使用两种极端的语言系统,宗奉两个截然不同的精神偶像呢?

踌躇斟酌,我们的解释是:粗豪狂放可能只是他们的外表,不

① 宋·刘克庄《后村先生大全集》卷九十七《翁应星乐府序》。

是他们的内心，只是他们为适应中兴词人群的伟唱，适应所干谒游食的寄主（如辛弃疾、张孝祥等）的喜好，而作出的姿态调整。刘过作《沁园春》（斗酒彘肩）仿声辛弃疾，就是一个典型的例子。对于这样的“假唱”，读者是极为敏感的。岳珂曾经当面贬之为“白日见鬼症”。① 况周颐也曾不留情面地说，刘过这种变脸无异于狐狸精幻形，应该“自焚其稿”。② 当所干谒的达官贵人喜欢柔媚风格的时候，他们又会显现出柔媚的风格和表情来。刘克庄的劝告，主张以婉约香艳之词为干谒手段，可能就是达官显贵中许多人更喜欢“柳、晏诸人”的风格，所以要努力“和其声”。不管是哪种情况，江湖词人都在作一种“适应性选择”，都在察言观色以决定自己的声腺、自己的面貌。我们把这种现象称之为“双声变脸”。

风格多重的双声现象对于我们来说并不陌生。元祐词人群普遍具有双声吟咏的特点，苏轼、黄庭坚、秦观、贺铸等词人都拥有两种甚至三种以上的风格，女声与男声、豪放与婉约、细腻与粗犷交替为之。用苏轼的话来说，叫做“不择地而涌出”。辛弃疾更是如此。但是不管如何变声，他们却从来不变脸，不易态，不失格。他们以奔放任性的个人姿态，尽情展现着自我。哪一种声腔都是本色，哪一种风格都是自我。根本不存在小心翼翼的变脸选择。这是他们与江湖词人群根本不同的地方。至于李清照、陈维崧等词人那样前期和后期完全不同的变声，则与江湖词人来回变脸更是截然不同的两回事情。

我们倾向于认为，江湖词人群先天就具备了两种不同的遗传基因。从群际关系上说，江湖词人群确实延续了中兴词人群的部分家族血脉，在纪实抒愤、诗词同尊、阳刚粗犷等特

---

① 宋·岳珂《桯史》卷二。

② 清·况周颐《蕙风词话》卷二：“龙洲词变易体格，迎合稼轩，与琴精幻形求合何以异。吾谓改之宜先自焚其稿。”

点上，并没有完全背叛中兴词人群。但是他们的内心深处，似乎更崇拜周邦彦，更渴望精雕细琢的七宝楼台，更渴望台阁词人群的雍容富贵。只不过贫困潦倒的生存窘境没有赋予他们音律声腔上的教养。江湖词人王炎说自己“家贫清苦，终身家无丝竹，室无姬侍，长短句之腔调，素所不解”。可以为证。想追随大晟词人群的遗风，想模仿台阁词人群的尊贵，对于他们来说实在太遥远了。

同时，江湖词人群又延续了西蜀词人群的部分家族血脉。对香艳的嗜好，对柔媚的沉迷，对清议的无所顾忌，都与西蜀词人群相似。尤其是他们特殊的群体人格，让我们再次看到了西蜀词人群的集体放浪无检束。不同的只是，西蜀词人是富贵中的道德堕落，江湖词人是贫困中的道德失守。西蜀词人追求的是声色纵欲，江湖词人追求的是官职权位。西蜀词人陶醉于“圣乐永无忧”，江湖词人则充满了焦虑和不平。在基本生存的压力面前，江湖词人丧失了理想，丧失了约束，一步步走进万丈红尘。

我们对江湖词人群没有偏见，也没有歧视，只有深深的同情和悲哀。他们主宰词坛，会给我们带来什么呢？属于他们的词选，又会是一种什么样的妩媚神态？这时的词坛已经与词选发生紧密联系，他们选词，一定会复制自己的江湖基因，突显自己的家族背景。曲子词从北宋到南宋，先是失去君王，接着失去了贵族群臣，至此又失去了精英，落入在野。江湖词人们该向何处寻找他们的外援呢？对此，我们充满了破解的期待。

二、选歌变体《草堂诗余》

——江湖三大词选之一

（一）书坊与士子的合作

我们把这个时代产生的《草堂诗余》、《花庵词选》、《阳春白雪》称作江湖三大词选。市井势力不断渗透，选歌冲动卷土重来，三部词选都流露出不同程度的迷茫神情。

《草堂诗余》是江湖第一词选。它原是一部南宋书坊商人根据当日市井选歌说唱需要而编辑的词选。陈振孙《直斋书录解题》卷二十一著录该书仅二卷，称其为“书坊编集者”，因为价值不大，而没有详细记载其版本情况。元代所流行的刊本题名作《妙选群英草堂诗余》，各卷的卷首标称“名贤词话”、“群英词话”，确系书商为招徕读者而常用的夸张提法。元刊本书前有“《草堂诗余》总目”，分门别类非常整齐。可惜它与卷内的篇目实际情况出入很大，甚至分类的子目与各词所拟的标题也往往不一致。① 编采之草率，标榜名目又与实际不符，都是书坊刻书陋习的表现。

书坊所编的这个二卷本，选录的时代主要是北宋，南渡词人也占有一定的数量，选域的时代跨度，大致与《乐府雅词》相近而略晚。填补了《乐府雅词》未选及的柳永、苏轼、晏幾道、黄庭坚、康与之各家词作的空白。它的编选年代，大约在宋孝宗、光宗两朝，宋宁宗庆元以前。清·宋翔凤《乐府余论》考证说：

> 《草堂诗余》，宋无名氏所选，其人当与姜尧章同时。尧章自度腔，无一登入者。其时姜名未盛。以后如吴梦窗、张叔夏，俱奉姜为圭臬，则《草堂》之选，在梦窗之前矣。

《四库全书总目提要》卷四十也考订说：“考王楙《野客丛书》作于庆元间，已引《草堂诗余》张仲宗《满江红》词，证‘蝶粉蜂黄’之语，

① 如卷内“春晚”词，既见于“春思”大类，又见于“春暮”大类。“春游”词既见于“春景”大类，又见于“春思”大类。而题作“春思”的三首词，反而不归于“春思”大类，却归在“春暮”大类。似此者颇多。

则此书在庆元以前矣。”[1]据王楙的叙述，他所见到的《草堂诗余》已经有笺注。

我们今天所见到的最早的刊本，是元至正年间（1341—1368）双璧陈氏的刊本，这个本子是在今已失传的书坊二卷本基础上增订的。全书注明“新添”字样的词共八十三首，注明“新增”字样的词二十三首，共一百零六首。增选的词人除了北宋、南渡范围之外，还涉及到五代的徐昌图、南朝的陈后主、金人吴彦高，以及众多的南宋江湖词人。其中黄昇、宋自逊、刘克庄、潘牥、史达祖等，时代都在宁宗、理宗时期，显然不是书坊原选所能及的。双璧陈氏刊本书前有“建安古梅何士信君实编选”牌子，书名为《增修笺注妙选群英草堂诗余》。这个何士信，我们相信就是该书的增订者，陈振孙著录书坊二卷本未及其人，似可为证。龙沐勋判断说“疑即书坊中人”，[2]可备一家之说。其人事迹不详，增修笺注本中多处征引黄昇《花庵词选》，故其时代不会早于黄昇，大概是南宋理宗、度宗年间的士子。建安，即宋时福建的建宁府。在何氏补选的江湖词人中，刘克庄、潘牥、黄昇等不少人都是闽中之士，或者流寓闽中者，增修本或即是重刻于闽中书肆。

何士信对原本《草堂诗余》大约做了如下几点修改：第一，增选一百多首新词，注明“新增”、“新添”字样。为何要分别题为“新增”、“新添”，我们猜测有可能出于两次增修或两个不同人所为，以示区别，当然也有可能是书坊刻者故弄玄虚所加。何氏对原书的次序也有所调整，重定分类子目。总目则可能为坊人漫列，未必出于何氏。第二，原编二卷，重加厘定为前集上卷、下卷，后集上卷、下卷。第三，大量增加笺注，凡各词作品之语典、事典，前人

---

① 宋·王楙《野客丛书》卷二十四：“《草堂诗余》载张仲宗《满江红》词‘蝶粉蜂黄都褪却’，注：‘蝶粉蜂黄，唐人宫妆。’仆观李商隐诗有曰：‘何处拂胸资粉蝶，几时涂额借蜂黄。’知《诗余》所注为不妄。唐《花间集》却无此语。或者谓蝶交则粉落，蜂交则黄落。”

② 龙沐勋《选词标准论》，载《词学季刊》第一卷第二号。

及时贤之词话品评等，一一列附，以便唱词者解读，观玩者征引。在此之前，南宋已经有笺注名家诗集、词集的风气，但笺注词选以供歌者选用、艺人讲唱、士子研玩，还从未有过。因此刊本颇为盛行于市井之间。

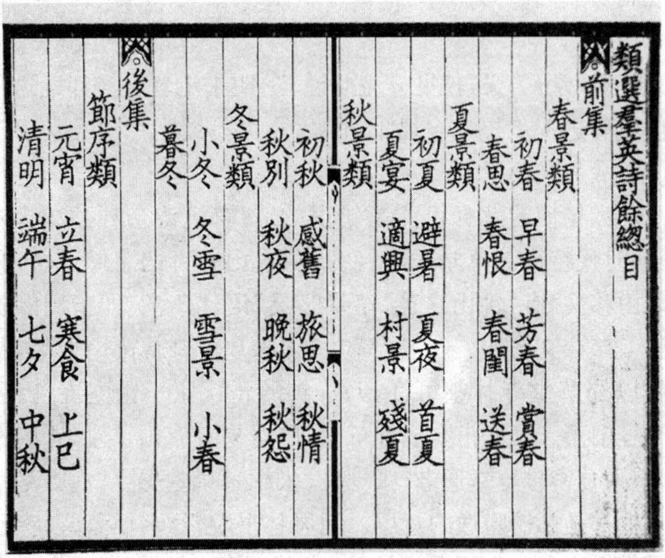
類選羣英詩餘總目
前集
春景類
初春　早春　芳春　賞春
春思　春恨　春閨　送春
夏景類
初夏　避暑　夏夜　首夏
夏宴　適興　村景　殘夏
秋景類
初秋　感舊　旅思　秋情
秋別　秋夜　晚秋　秋怨
冬景類
小冬　冬雪　雪景　小春
暮冬
後集
節序類
元宵　立春　寒食　上巳
清明　端午　七夕　中秋

明洪武遵正书堂本《草堂诗余》书影

我们注意到，南宋出现了越来越频繁的书坊与文士联手的合作。黄大舆辑《梅苑》，书棚很快增订重刊为《群贤梅苑》。陈起刻《江湖集》，更是书坊与诗人之间密切配合的结果。《草堂诗余》也是如此，只不过书坊与诗人词客之间的合作，有一个时间差而已。

（二）《草堂诗余》释名

《草堂诗余》没有原编者的选序刻序，故书名含义后世莫晓。最早为"草堂"释名的是明人杨慎。他在《词品·自序》中说：

> 昔宋人选填词曰《草堂诗余》，其曰“草堂”者，太白诗名《草堂集》，见郑樵《书目》。太白本蜀人，而草堂在蜀，怀故国之意也。曰“诗余”者，《忆秦娥》、《菩萨蛮》二首为诗之余，而百代词曲之祖也。今士林多传其书，而昧其名。故于余所著《词品》首著之云。

“前人释《草堂》名义，仅见升庵此说。”[①]明末毛晋曾经怀疑这种说法，但没有进一步提出自己的理解。[②] 吴昌绶则称：“唯其出于坊肆人手，故命名不伦。”[③]

今案，杨慎的解释可能是错误的。《草堂诗余》的取名，有着鲜明的时代特征。草堂，本系泛指隐逸山林者的茅屋庐舍，孔稚珪《北山移文》有“钟山之英，草堂之灵”语，“草堂”即指周颙隐居之处。李善《文选注》云：“梁简文帝《草堂传》曰：汝南周颙，昔经在蜀，以蜀草堂寺林壑可怀，乃于钟岭雷次宗学馆立寺，因名草堂，亦号山茨。”唐杜甫有成都草堂，白居易有庐山草堂，皆隐逸之所。宋人葛密号草堂逸老，张觉民、张辉号草堂先生，魏野号草堂居士，也都是标榜隐逸的意思。元凤林书院辑《名儒草堂诗余》三卷，顾瑛辑四方名士唱和之诗为《草堂雅集》十三卷，其作者大多为隐逸山林之辈，其作品也多为山林田园之唱。明人朱权《太和正音谱》卷上：“予今新定府体一十五家，及对式名目。……‘草堂体’，志在泉石。”亦可参证。

《草堂诗余》一选既以南宋江湖词坛为背景，为主要选源之一，并客观地折射出江湖词人的审美观念，那么，以“草堂”名集，实际上就是山林隐逸的意思，就是江湖的意思，《草堂诗余》就是《江湖诗余》，就是《隐逸诗余》，是陈起之前数十年词坛上的另一部《江湖集》。

---

① 吴昌绶双照楼影印本《草堂诗余》附秦士奇《沈际飞本草堂诗余序》。

② 明·毛晋《词苑英华》本《草堂诗余》刻跋。

③ 吴昌绶双照楼景明洪武本《草堂诗余》跋。

顺便指出，词集的名称对于认识词人、词风、词派、词选，是极为重要的参考，不可忽略。《花间》、《尊前》固不必说，如周密的词集名《蘋洲渔笛谱》，张炎的词集名《山中白云》，它们所形容的意境，就典型地反映了骚体词追求清空野逸的景境、借以展现个人高远胸襟的做派。《草堂诗余》取名也是如此，其意在草野隐逸，代表了"《草堂》体"的江湖身份。

（三）什么是"《草堂》体"

传世的唐宋人词选中，《草堂诗余》是最早的一部广开选源、内容庞杂的词选。在这一点上，它几乎可以与稍后出现的《花庵词选》相媲美。《花庵词选》为存史而广选，《草堂诗余》缘应歌而广选，两个方向的努力都落在多姿多彩上，殊途同归。

从《草堂诗余》的分类情况来看，该选所拥有的题材是非常丰富的。其中有言情，有言志，有咏物（咏物之形、物之情、物之品者兼具），有怀古，有中兴的悲歌，也有江湖的逸唱，当然也有儿女缠绵的娇语低吟。尤其是该选的后半部分（后集上下卷），于可歌之外，可读性也非常强。苏轼《水调歌头》（明月几时有）、《念奴娇》（大江东去）、朱敦儒《念奴娇》（插天翠柳）、周邦彦《西河》（佳丽地）、王安石《桂枝香》（登临送目）、晁补之《摸鱼儿》（买陂塘）、吴激《春从天上来》（海角飘零）等一大批名制佳作，都赫然在选。

然而，江湖士子与市井书坊合谋，必然有重大妥协。编选者在无意识地放宽题材、内容限制的同时，也无限制地放宽了对作品艺术水准的限制，因此选本特别给人以芜杂的感觉，高下不一，精粗兼存。佳作固然琳琅满目，而恶俗之词也俯拾皆是。《花庵词选》的多姿多彩是不同题材与风格并存，但艺术水准大致相当；《草堂诗余》的多姿多彩是不同题材与风格并存，不同文化层次和艺术质量也并存，书商的手眼品位和江湖士子的手眼品位混搭在一起。这是应歌选本最容易犯的毛病，也是最受人诟病的致命缺点。试读胡浩然的《东风齐着力》和《送入我门来》

两首词：

残腊收寒，三阳初转，已换年华。东君律管，迤逦到山家。处处笙簧鼎沸，会佳宴、坐列仙娃。花丛里，金炉满爇，龙麝烟斜。　此景转堪夸。深意祝、寿山福海增加。玉觥满泛，且莫厌流霞。幸有迎春寿酒，银瓶浸、几朵梅花。休辞醉，园林秀色，百草萌芽。（后集卷上《东风齐着力·除夕》）

茶垒安扉，灵馗挂户，神傩烈竹轰雷。动念流光，四序式週回。须知今岁今宵尽，似顿觉明年明日催。向今夕，是处迎春送腊，罗绮筵开。　今古遍同此夜，贤愚共添一岁，贵贱仍偕。互祝遐龄，山海固难摧。石崇富贵篯铿寿，更潘岳仪容子建才。仗东风尽力，一齐吹送，入此门来。（后集卷上《送入我门来》）

都是一味排比现成的吉祥用语，陈词滥调俗气熏人，根本谈不上什么艺术品位。《类编草堂诗余》卷三更选有他的另一首《满庭芳·吉席》，其下片足以让天下读者为之瞠目结舌：

欢娱，当此际，山盟海誓，地久天长。愿五男二女，七子成行。男作公卿将相，女须嫁、君宰侯王。从兹去，荣华富贵，福禄寿无疆。

胡浩然事迹不详，想来当是南宋江湖民间的草民词客。《草堂诗余》选他的词只有几首，但却给人留下了强烈印象。他的背影，让我们联想到过去乡村陋巷给邻里百姓写对联、抄喜帖的塾馆秀才。如果“《草堂》体”要评选它的三大体式或四大体式，这种“塾馆秀才体”怕是其中当之无愧的一体。可惜胡浩然没有专门的词集传世，流传下来的作品也太少了。否则这种让整整一个时代追捧到发狂的“浩然体”、“塾馆秀才体”，肯定会成为曲子词史上与东坡体、稼轩体齐名的源范式之一。这样的俚词，如果不是借助于入乐传唱，我们很难相信它会有大批读者。诡谲的是，明代的读者们正是在无法入乐的情况下，疯狂地拥抱了《草堂诗余》。

再如无名氏的《天香》词，也属于同类作品：

> 霜瓦鸳鸯，风帘翡翠，今年又是寒早。矮钉明窗，侧开朱户，断莫乱教人到。重阴未解，云共雪，商量不少。青帐垂毡要密，红炉放围宜小。　呵梅弄妆试巧，绣罗衣、瑞云芝草。伴我语同语，笑时同笑。已被金樽劝酒，又唱个、新词故相恼。尽道穷冬，元来恁好。（前集卷下）

也是一阕词鄙意俗的大众流行曲，属于痴儿骙女辈市井俚唱。不过较之前几例，还不那么烂熟得令人秽呕而已。

题材之外，《草堂诗余》对各种不同的艺术情趣和风格也没有太多的限制与亲疏。相对而言，前集以婉丽者为多，凡柳永之哇俚、周邦彦之典丽等兼而有之。后集风格相对比较复杂，有豪荡感激者，有清逸旷远者，有重彩繁辞者，有明白如话者，有纤仄轻艳者，有凝重沉郁者。若以词人而论，则柳永、胡浩然、康与之为一系，晏殊、晏幾道、欧阳修、张先为一系，苏轼、黄庭坚、晁补之为一系，张元幹、辛弃疾为一系，江湖词人宋自逊辈为一系，如此等等。总之，全书没有像《花间集》那样抱成一个统一的风格和群体。

作为书坊所编、面向市井的通俗性选歌唱本，这些作品以及这样的选法本来是无可厚非的，正如《云谣集》中选及早期词大多俚俗浅鄙不足非议一样。但是，市井书坊与文人士子的联手染指，使《草堂诗余》具备了双重身份。如果我们一定要把它作为文学读本来看待，将之与词人选词的《花庵词选》、《绝妙好词》等相提并论，情形就不同了。

事实上，唐宋词乐失传之后，人们再也无法唤醒它的唱本功能，无法不把它当作读本来消费使用。一切都是在误认选型的情况下发生的：明人崇拜它，清人排挤它，都错误地认定它是读本而没有意识到它只是当时的唱本。只有少数学者发现过这种错误，如宋翔凤《乐府余论》。清初王士祯曾经借司空图语说，《草堂诗余》之妙，乃在“采采流水，蓬蓬远春”。① 意谓其繁盛芜杂，所谓“暮春三月，江南草长，杂花生树，群莺乱飞”者。与之相反，浙派词人郭麐则讥其“玉石杂糅，芜陋特甚”。② 讲的却是同一个意思。后来谭献又称，此书只要删削掉其中柳永、黄庭坚、康伯可、僧仲殊等人的恶札，就不失为一部较好的词选，“则两宋名章迥句传诵人间者略具”。③ 黄蓼园氏以《草堂诗余》为选源重新选录一过，“汰其近俳近俚诸作”，浓缩为《蓼园词选》，就与谭献的想法一致。

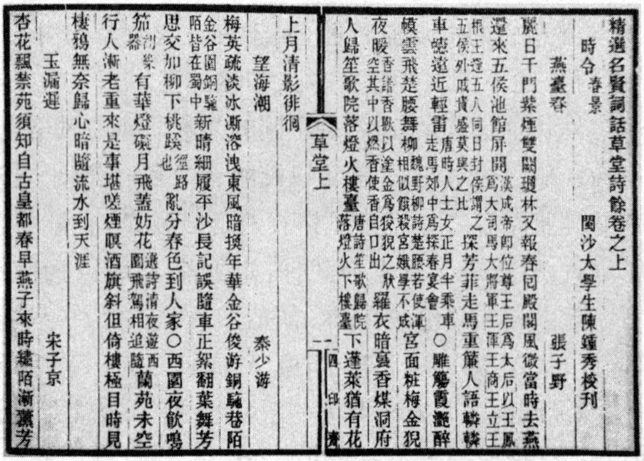
精選名賢詞話草堂詩餘卷之上
時令 春景　閩沙太學生陳鍾秀校刊
燕臺春　張子野
麗日千門紫煙雙闕瓊林又報春回殿閣風微當時去燕
還來五侯池館屏開漢成帝即位尊王后爲太后以王鳳爲大司馬大將軍王譚王商王立王
根王逢五人同日封侯謂之五侯外戚貴盛莫與之比探芳菲走馬重簾人語轔轔
車聲遠近輕雷唐時人士女正月半乘車走馬郊中爲採春宴會○雕鞍霞灑醉
模雲飛楚腰舞柳魏野柳詩楚腰若使渾相似餓殺宮娥學不成宮面粧梅金猊
夜暖香譜香獸以塗金爲狻猊之狀空其中以燃香使香自口出羅衣暗裛香煤洞府
人歸笙歌院落燈火樓臺唐詩笙歌歸院落燈火下樓臺下蓬萊猶有花
草堂上　一　四印齋
上月清影徘徊
望海潮　秦少游
梅英疏淡冰澌溶洩東風暗換年華金谷俊游銅駝巷陌
金谷園銅駝陌皆在蜀中新晴細履平沙長記誤隨車正絮翻蝶舞芳
思交加柳下桃蹊徑路也亂分春色到人家○西園夜飲鳴
笳樂器名有華燈礙月飛蓋妨花遯詩清夜遊西園飛駕相追隨蘭苑未空
行人漸老重來是事堪嗟煙暝酒旗斜但倚樓極目時見
棲鴉無奈歸心暗隨流水到天涯
玉漏遲　宋子京
杏花飄禁苑須知自古皇都春早燕子來時繡陌漸薰芳

四印斋所刻词景明陈钟秀本《草堂诗余》书影

看起来完全是一种悖论：多姿多彩没有统一风格样式的词选，不能凝聚成独具个性的词体。但元明以来，“《草堂》体”却日益风靡词坛，越来越为人们所承认，所关注。明代词人与清代词

① 清 · 王士祯《花草蒙拾》。
② 清 · 郭麐《灵芬馆词话》卷一。
③ 清 · 谭献《复堂词话》。

人在两个不同的时空中相互攻讦，对阵叫喊，明显构成保“《草堂》体”派和废“《草堂》体”派。这是中国曲子词史上最值得回味的重要景象之一。

我们的解释是：“《草堂》体”并不等于《草堂诗余》的全部作品体系，正如“稼轩体”并不等于辛弃疾的全部作品体系、“东坡体”并不等于苏轼的全部作品体系一样。它仅仅指《草堂诗余》中最有独家特色、最为人津津乐道或交口非议的那部分作品体系，这些作品密集出现，构成词选的“特产”而将它从众多词选中区别出来。那些其他词选也拥有的作品类型，无论题材、风格，还是体式、意旨，由于不能专属一家而被排斥在“《草堂》体”之外。所以，北宋元祐词人群作品体系、南渡词人群作品体系和中兴词人群作品体系，无论它们是豪荡感激，还是清逸旷远，是重彩繁辞，还是凝重沉郁，尽管在选，都不构成“《草堂》体”的组成部分。只有北宋台阁、元祐、大晟、江湖词人群的部分典范作品，尤其周邦彦、柳永、胡浩然、康与之、欧阳修等人的作品，才构成“《草堂》体”的基本骨架。

这很像现代管理学上所谓的“木桶定律”（The Law of Barrel）。一只水桶能装多少水，与大多数木板没有关系，只取决于它最短的那块木板。任何一个组织系统，它的各个部分总是优劣不齐，而最劣势的部分往往决定了整个系统的运作水平。“《草堂》体”中最俚俗的部分，构成了这部词选最短的那块木板。它不仅决定了整个《草堂诗余》的基本水准，而且形成了“注意力洼地”，吸引了读者的主要兴趣。也很像一部电影、一部长篇小说，不管它篇幅有多大，主题是什么，只要其中有几处过分的色情描写，必然也会成为这种“注意力洼地”，而给整部作品染色，成为人们谈论和定性的焦点。

“《草堂》体”可以看作是对北宋以来市井俚俗词阵营的一次归纳总结。题材的日常生活化、语言的通俗浅易化、精神境界的庸常粗鄙，不避淫艳，艺术水准的芜杂参差，随心所欲，组成了它的基本色调。它是宋代的《金瓶梅词话》，是词家的《清明上河图》。与《花间集》重淫艳相比，它第一次力挺市井俚俗词人，大开俗戒，公然倡导鄙俚。表现出对《乐府雅词》和《复雅歌词》的轻蔑与反叛；与原始的乡野民歌相比，我们把它称作“市井的民歌”，或者“市井流行曲”，它以浅俗为美，以甜熟为尚，代表了那个时代的市井眼光。

同样值得玩味的是，《草堂诗余》与它的前辈北宋词选一样，都有一种厚古薄今的倾向，看不清近处群雄并起的壮士身影，听不清耳畔激越清亮的旋律。它们的眼光落在远处。桃花源里的避难秦人不知有汉，无论魏晋。北宋词选是不知有北宋，无论台阁、元祐，只知道唐五代；江湖词选的情形类似，是不知有南宋，无论中兴词坛的英雄豪杰。它不是没有选南宋，而是没有兴趣、没有激情、没有“发现”南宋，只知道有至善至美的北宋。我们曾经说北宋词选反映出那个时代“唐五代崇拜”的心态；同样我们也可以说，《草堂诗余》也有一种“北宋崇拜”的心态。它混成的旋律主要是“北宋体”。

为什么要特别强调它的这种“北宋体”基因呢？当我们讨论到明代的“花草崇拜”，讲述云间词派各支脉和清初浙西词派的对垒冲突，解释“北宋体”词和“南宋体”词的时候，将会详细展开讨论（参见本书第九章）。

（四）《草堂诗余》选阵

我们说，“《草堂》体”基本上就是“北宋体”。但是，《草堂诗余》毕竟与当时词坛有千丝万缕的联系，毕竟是那个时代审美潮流的一面镜子。这也正是它比早期选歌词选更为深刻、更高出一个层次的地方。它所采集的这些“流行歌曲”，忠实而客观地为后人指示了当日的消费热点和特点，从而不以编选者主观意志为转移，暴露出一代人的审美追求。

简而言之，《草堂诗余》是一部属于江湖词人群或者江湖词坛的、以北宋词为主体选域的词选。或者换一种说法，它格调锁定北宋，趣旨归于江湖。重心在北宋，立场在江湖。试观该选的基本选阵，选词四首以上者，依据数量多少构成如表主力选阵。

《草堂诗余》主力选阵

词人	入选数量	词人	入选数量	词人	入选数量
周邦彦	45	**苏　轼**	21	**柳　永**	17
秦　观	14	**欧阳修**	10	康与之	9
辛弃疾	8	**黄庭坚**	5	李清照	5
胡浩然	5	**晏幾道**	4	**晁补之**	4
张　先	4	**李　煜**	4		

据明洪武本题名情况统计

在这里，周邦彦排在首位，与江湖三大词选中的另一部《阳春白雪》一样。选家的“第一词人”，从《花间》的温庭筠，到《乐府雅词》的欧阳修（若非选源限制，显然应该是苏轼），至此已经三易其主。这也正是群体审美风尚转移的一个醒目标识。南渡词坛曾经大受人们崇拜景仰的苏轼，被排挤在第二位。欧阳修甚至降到了柳永、秦观之下。从批风抹月中来的康、柳辈词人大量入选，也是一个引人注目的新情况。宗法美成，是江湖词人群创作和讲论的主要特点之一。周词在南宋大受欢迎，被整个时代重新接受、理解、揣摩、消化，词集刻本非常多，有长沙刻本《清真词》二卷后集一卷、陈元龙《片玉集注》、杨缵《圈法美成词》、曹杓《注清真词》二卷、佚名《周词集解》等。据今人罗忼烈考证，宋代的周词刻本有十二种之多，而且几乎都是南宋刻本。[①] 此外失于著录的还不

① 见罗忼烈《周清真词时地考略》，载香港《大公报在港复刊卅周年纪念文集》。宋人所编选刊刻的周邦彦词集，凡十二种：黄昇《花庵词选》卷七记载有《清真诗余》，陈振孙《直斋书录解题》记载有《注清真词》二卷、《清真词》三卷，张炎《词源》卷下记载有《圈法美成词》，沈义父《乐府指迷》记载有《周词集解》，毛晋《片玉词跋》记载有《美成长短句》、《清真集》、《清真词》二卷、《片玉集》二卷，毛晋《方千里和清真词跋》记载有《三英集》一卷，陶湘《景刊宋金元明本词》有《详注周美成词片玉集》十卷，今传宋刻本有《详注周美成词片玉集》十卷（藏国家图书馆）。

知道有多少。陈振孙称誉周邦彦是“词人之甲乙也”。[①] 陈郁说周邦彦“二百年来以乐府独步”，[②]刘肃也推崇周邦彦“足冠冕词林”，[③]这些议论，都可与《草堂诗余》和《阳春白雪》合观。

其次，《草堂诗余》的选择重心偏于北宋，这从选阵上可以看出来。上表列阵中姓名为黑体字者为十国北宋词人。全编选词四首以上的词人共计十四家，北宋九家，其他南渡和南宋三家、五代一家，时代不详者一家。选词最多的前五家都是北宋词人。明洪武本《草堂诗余》词凡三百六十七首，其中题名的有二百八十二首。在题名的作品中，北宋约占60%，南宋约占24%，五代约占3%略多，唐约占1%。若以文学读本来看待《草堂诗余》，不妨说它是一部北宋词系统的词选。清代人说《花间》犹唐音，而《草堂》为宋调。这个“宋调”，主要还是北宋调。至少明代和清代的大多数词人是如此理解的。此外，《乐府雅词》中缺失的苏轼、柳永、秦观、康与之、黄庭坚、贺铸等，都在《草堂诗余》中登场露面。尤其柳永、康与之和胡浩然辈的大量“音律甚协”，“然未免有鄙俗语”[④]的作品，竟然能够入选并风靡于一时，是曾慥等苦心倡导大雅的词家、选家所没有想到的。

该书初成于南宋中叶，曾经一度较为流行，时见有人征引。而后来何士信为之增订笺注，时代已在宋季。其时词坛已经逐渐为临安词人群所雄踞，江湖草野的时代告退，词人由人而词崇尚骚雅，黜郑卫之声，这样一部面向市井百姓瓦肆歌栏的词选，本来在文士圈内的消费市场就非常有限，至此更不可能得到人们的青睐。周密的多种野史杂著、张炎的《词源》、沈义父的《乐府指迷》等，谁都没有再提起《草堂诗余》。

但是历史证明，他们都大意了。他们没有想到，这部词选竟然蕴藏着那么巨大的传播能量和发挥空间。对于它的降临，我们

---

① 宋·陈振孙《直斋书录解题》卷二十一。

② 宋·陈郁《藏一话腴》。

③ 宋·刘肃《陈元龙集注〈片玉集〉序》。

④ 宋·沈义父《乐府指迷》。

常常感到矛盾和茫然，不知道究竟应该为它感到欢喜，还是应该为它感到悲哀。

三、以选为史的《花庵词选》

——江湖三大词选之二

（一）江湖之士黄昇

终于，我们看到江湖词人群的代言人悄然走来，这就是《花庵词选》。

《花庵词选》由两部相对独立的词选构成：《唐宋诸贤绝妙词选》十卷，《中兴以来绝妙词选》十卷。它们的成书似有先后。据黄昇自序，原书名乃《绝妙词选》。后人因其名与周密的《绝妙好词》相近容易混淆，而改称作《花庵词选》。

“花庵”是黄昇的斋居。黄昇字叔旸，号玉林，是南宋后期的江湖小词家。曾久居福建，隐居于玉林之散花庵，后人或疑其即是闽中士子。[①] 其人博雅能诗，藏书甚富。诗友胡德方在《唐宋诸贤绝妙词选序》记述其事迹云：“玉林早弃科举，雅意读书，间从吟咏自适。阁学受斋游公尝称其诗为‘晴空冰柱’。闽帅秋房楼公闻其与魏菊庄为友，并以泉石清士目之。其人如此，其词可知矣。”[②]这段

① 《续文献通考》卷一百九十八：“朱彝尊《词综》于昇未详其里籍，考胡德方《词选序》，称黄昇与魏菊庄相友善，并为闽帅所重。按菊庄名庆之，建安人，又昇以诗受知于游九功，九功建阳人，是昇为闽人无疑。”

② 胡德方《唐宋诸贤绝妙词选序》全文：“古乐府不作，而后长短句出焉。我朝巨公胜士，娱戏文章，亦多及此。然散在诸集，未易遍窥。玉林此选，博观约取，发妙音于众乐并奏之际，出至珍于万宝毕陈之中。使人得一编，则可以尽见词家之奇。厥功不亦茂乎？玉林早弃科举，雅意读书，间从吟咏自适。阁学受斋游公尝称其诗为‘晴空冰柱’，闽帅秋房楼公闻其与魏菊庄为友，并以‘泉石清士’目之。其人如此，其词选可知矣。淳祐己酉上巳，前进士胡德方季直序。”

文字很有意思，借名公巨卿的赏誉为标榜，提高身价，乃江湖积习。周密《齐东野语》卷十二记载了姜夔的一篇自叙，其中详细举出内翰梁公、枢使郑公、参政范公、待制杨公、复州萧公、待制朱公、丞相京公、丞相谢公、稼轩辛公、楼公大防、叶公正则等，前后二十余人，“或爱其人，或爱其诗，或爱其文，或爱其字，或折节交之”。可见作为前期江湖词人，连高洁自爱的姜夔都不能免俗，内心始终渴望着达官贵人的赏识厚爱，走到哪里都珍藏着达官贵人的赏鉴评语。游受斋即游九功，字勉之，号受斋先生，福建建阳人。曾出知福建泉州。理宗端平年间，仕至司农少卿、宝谟阁直学士。黄昇可能是当他闲居闽中或在泉州任时，以诗卷干谒。游九功有诗《答黄叔旸》回赠，诗中写道：

忽忻寄远声，秀句盈章吐。璀璨烂寒芒，晴空见冰柱。颇闻词场笔，漫焉弃如土。黄粱枕上过，得之亦不处。独行固不移，尤在审去取。①

末尾数语意味深长，似是赞美黄昇隐逸于江湖山林之中，又似是规劝他守志不移，不要去“抗尘容而走俗状”。看来黄昇并未因此得到引荐。

黄昇与魏菊庄的交往为时人所注目。魏菊庄即魏庆之，字醇父，号菊庄，福建建安人。著有《诗人玉屑》。该书中附有黄昇所撰的词话十六则。淳祐四年(1244)，黄昇为《诗人玉屑》作序，而淳祐九年(1249)《花庵词选》成书。想来黄昇多少是受到了魏庆之辑录诗话、词话的影响和启发，始而撰写词话，继而发散花庵所藏词家别集、总集，选为《花庵词选》。《诗人玉屑》所附黄昇的十六则词话，其中十四则引词被选入《花庵词选》，评语则不尽相同，有所删改。黄、魏二人有此文字之交，又都身在江湖草野，故楼秋

① 清·厉鹗《宋诗纪事》卷六十五引《诗家鼎脔》载。

房将他们并称为泉石清士。

不过，黄昇并非心如止水的隐逸高士。以诗干谒游九功，就是很好的例子。像大多数江湖之士一样，他早年曾经热烈向往建功立业，"有志封侯"。曾经与江湖诗友冯取洽讨论过中原形势和北伐中兴的计划，并且诉诸词中。这从冯取洽那首声情激越的和作中，可以依稀想见。冯词的下片吟道：

> 黄芦白苇迷千里，叹长淮、篱落空疏，仅余残垒！读父兵书宁足恃，击楫谁盟江水？有识者、知其庸矣。多少英雄沉草野，岂堂堂、吾国无君子！起诸葛，总戎事。①

晚宋苟安时代，竟然也有这样类似陈亮"尧之都，舜之壤，禹之封，于中应有，一个半个耻臣戎"（《水调歌头》）的激昂伟唱，实属难能可贵。类似这样的中兴遗音，在江湖词人的创作中是比较少见的。所以我们觉得非常珍贵。可惜黄昇的原作《贺新郎》没有流传下来。中年以后，他的功名之心不得不收敛起来，逐渐归于淡化。"少年事，成梦里，客愁付与流水。"（《西河·己亥秋作》）他的词中经常流露出江湖之士所常见的那份惆怅失意心绪："白发渐盈头，怅十载重来，略无欢意，唯有闲愁。"（《木兰花慢》）但《散花庵词》中，更多的却是飘逸洒脱的江湖兴致，山林乐趣。如其《水龙吟·赠丁南邻》上片：

> 少年有志封侯，弯弓欲挂扶桑外。一朝敛缩，萧然清兴，了无拘碍。袖里阴府，枕中鸿宝，功名蝉蜕。看舌端霹雳，剧谈玄妙，人间世，疑无对。

他所隐居的玉林，为闽中林泉胜地，略似南渡词人向子諲那长满

---

① 宋·冯取洽《贺新郎·次玉林感时韵》下片。

岩桂的芗林，经常有诗友过访吟咏。黄昇有一首《酹江月·戏题玉林》词，描绘了玉林的环境和自己的晚年生活，词云：

> 玉林何有？有一湾莲沼，数间茅宇。断堑疏篱聊补葺，那得粉墙朱户。禾黍秋风，鸡豚晓日，活脱田家趣。客来茶罢，自挑野菜同煮。　　多少甲第连云，十眉环座，人醉黄金坞。回首邯郸春梦破，零落珠歌翠舞。得似衰翁，萧然陋巷，长作溪山主。紫芝可采，更寻岩谷深处。

明人毛晋读此词，以玉林"酷似余水村风景"而爱之，"不觉卧游"。而且想象黄昇其人"殆五柳先生一流人也。恨不能绘玉林图悬之研北，时读词选数过耳"。①

黄昇词，仅《花庵词选》中保存下来三十八首，另外《翰墨大全》丁集卷二载有他的《鹧鸪天》一首。后人辑为《散花庵词》一卷。末有五首系戴复古词误入。其词以抒写隐逸高旷情怀者为较多，也较有特点，尤近似南渡词人"以境写心"的格局。如《贺新郎》词题写冯取洽风月楼："曾驾飙车蟾宫去，几回批、借月支风敕。斯二者，惯相识。"下片又云："玲珑窗户青红湿，夜深时、寒光爽气，洗清肝鬲。似此交游真洒落，判与升堂入室。有万象、来为宾客。"既有朱敦儒式的名士之仙风道骨，又有近于张孝祥那样的冰雪磊落之肝胆。《酹江月·夜凉》词："冰雪襟怀，琉璃世界，夜气清如许。划然长啸，起来秋满庭户。"塑造了一个孤鸿幽人的自我形象，是借境言志、言品格的典型吟咏。其现实人格是否与这种理想人格完全一致，我们还提不出更多的证据来加以说明。总的看来，黄昇词有较为突出的江湖词风特征。

（二）《花庵词选》的选源

《花庵词选》是唐宋人仅存的一部大型词选。

---

① 明·毛晋《词苑英华》本《花庵词选·刻跋》。

作为词人选词，这部词选体例非常工整讲究。《唐宋诸贤绝妙词选》十卷按照时代顺序分卷，僧人、女流独立成卷附后。与几乎同时出现的元好问《中州乐府》，采用了完全相同的史传体选法。《中兴以来绝妙词选》十卷也是按照时代先后分卷，自作词三十八首附录在最后。两种词选计选唐五代至南宋后期词人二百二十三家，词一千二百七十七首。如此庞大的词选，并非每一首都出于黄昇自己从别集、野史笔记、诗友馈赠、传抄等中采录。除了家藏别集之外，黄昇在选词过程中，参考了许多前人的选词成果。换句话说，他曾以前人的词选为部分选源，而最终集各家之大成。

从序跋安排的情况推测，黄昇选词的最初构思，是要在时代上继《乐府雅词》和《复雅歌词》，汇总南渡以后至他当时这一百多年的词坛历史，而成一代之南宋词选。除了家藏的别集之外，他花费了很大的力气四处搜集访求。许多江湖草野默默无闻的小词家，作品一阕、二阕，从未有集子刊刻收拾，陈振孙《直斋书录解题》中也未见姓氏，这些片玉碎璧都是黄昇辛苦抄录所得。黄昇亲友刘诚甫刻跋云："玉林此编，亦姑据家藏文集之所有，朋游闻见之所传。词之妙者，固不止此。嗣有所得，当续刊之。"可以为证。《中兴以来绝妙词选》卷五选录刘仙伦词，黄昇特别加注说："乐章尤为人所脍炙。吉州刊本多遗落，今以家藏善本选集。"根据这个家藏善本，他将《霜天晓角·题蛾眉亭》一词归在刘仙伦名下。而在《乐府雅词》中，这首词的作者是韩元吉。①

我们猜测，在这部《中兴以来绝妙词选》刊刻面世之后，书坊或黄昇本人才强烈地感觉到应该将南渡以前所有的唐五代北宋词重新选择一遍。晚唐五代和北宋尽管已经有多种词选，但繁简

① 宋·魏庆之《诗人玉屑》引黄昇词话云："蛾眉亭题咏甚多，唯《霜天晓角》一曲为绝唱。云：(略)词意高妙，几拍谪仙之肩。世传其词，不知为刘招山所作。余旧抄其全集得之。招山之词，佳者极多，近世庐陵刊本，余所有者，皆不载，莫知何也。"

不一,漏选极多,尤其是几乎全都为应歌而制,没有考虑为词坛保存历史全貌。因此,黄昇又以同样的选型,别选了一编《唐宋诸贤绝妙词选》,以与前一部配套。

由于时代久远,在编选《唐宋诸贤绝妙词选》时,黄昇使用了较多的前人词选作为现成的选源。根据书中线索,他至少使用了以下四种词选:

一是曾慥《乐府雅词》。黄昇《中兴以来绝妙词选自序》提到:"长短句始于唐,盛于宋。唐词俱载《花间集》。宋词多见于曾端伯所编。而《复雅》一集,又兼采唐宋,迄于宣和之季,凡四千三百余首。吁,亦备矣。况中兴以来,作者继出,及乎近世,人各有词,词各有体,知之而未见,见之而未尽者,不胜算也。暇日裒集得数百家,名之曰《绝妙词选》。"黄氏所提到的三种词选,以曾端伯所编的《乐府雅词》一种较为重要。他于北宋阶段的部分,大体沿袭曾慥之旧:删削去《乐府雅词》卷首的转踏、大曲词,北宋第一家亦为欧阳修,而最后系以李清照等女流;《乐府雅词》卷下所选的部分南渡前后词人没有采录,因为《中兴以来绝妙词选》卷首已经选用。属于南宋词部分;以词人为序排列,略系以传,称字而不称名。此外,黄昇亲友刘诚甫刻跋中称:"若其序次,亦随得本之先后,非固为之高下也。其间体制不同,无非英妙杰特之作,观者其详之。"实际上编者虽无轩轾之意,而各卷词人还是以时代先后排列,如《中兴以来绝妙词选》卷一首选为康与之、陈去非诸家,卷十末选及吴文英、冯取洽等宋末时贤。其方法与曾慥如出一辙。曾慥的《乐府雅词引》也如是说:"余所藏名公长短句,裒合成编,或后或先,非有诠次。多是一家,难分优劣,涉谐谑则去之,名曰《乐府雅词》。"

二是赵崇祚《花间集》。黄昇在《自序》中曾经提到该选,又《唐宋诸贤绝妙词选》卷一"温庭筠"下注云:"词极流丽,宜为《花间集》之冠。"《花间集》是《唐宋诸贤绝妙词选》中五代部分的最主要的参考书。温庭筠以下,除皇甫松一家被削去之外,其余十七家全部同于《花间集》,而且前后次序一点不乱;十七家所选七十多首词，仅有三首不见于《花间集》，系从《尊前集》补入；《花庵词选》所有词人的题名一律称字，惟有这十七家因为别无记载可考，而从《花间集》题名方式改题词人之名。此外，还有个别词人，系从《尊前集》也是题其名不题字。

三是北宋无名氏《尊前集》。《唐宋诸贤绝妙词选》中唐五代部分曾参考过该书，借以补《花间集》之不足。黄昇承《尊前集》之误，将南唐李璟《浣溪沙》（菡萏香消翠叶残）、（手卷珠帘上玉钩）二词误题为李煜所作。

四是五代吕鹏《遏云集》。《唐宋诸贤绝妙词选》卷一李白《清平乐令》下注云："翰林应制。按唐吕鹏《遏云集》，载应制词四首，以后二首无清逸气韵，疑非太白所作。"

《花庵词选》还可能使用过其他一些参考书，难以一一考述。选源的情况证明，黄昇选词的路子和眼界还是非常开阔的，甚至同一词集还有不同的版本可资比较取舍。博采众长，使得他的体例和质量臻于完美；大面积的选录爬梳，满足了他存词存人，保留一代完整词史的愿望。北宋词坛没有存史体词选的遗憾，也得到了弥补。

黄昇对于唐宋词史的贡献，功不可没。

（三）以选为史的特征

《花庵词选》是一部意在存史的选本。它所要展示和反映的，不是某一个作家群或某一种风格，某一种情趣，某一种体式。它是整个历史进程的实录，是每一届词坛的各种层次、各路群体和各个作家的完整面貌的全景记录和精品汇展。因此，黄昇基本上是抱持一种冷峻客观、不带任何艺术偏好和审美偏见的态度来别裁去取。他在自序中说：

> 佳词岂能尽录？亦尝鼎一脔而已。然其盛丽如游金、张之堂，妖冶如揽嫱、施之袪，悲壮如三闾，豪俊如五陵，花前月底，举杯清唱，合以紫箫，节以红牙，飘飘然作骑鹤扬州之想，信可乐也。

在唯一的宽泛标准“佳词”的尺度下，各种不同类型的风格都被兼顾到了。拿它与选派的周密《绝妙好词》相对照，可以明显见到两者间的差异。比如同是选南宋词，周密只着眼于清雅婉丽之什，而黄昇则无美不收：于张孝祥，周密只选其《念奴娇·过洞庭》、《西江月·丹阳湖》、《清平乐》（光尘扑扑）、《菩萨蛮》（东风约略吹罗幕）四首，黄昇还兼选到《六州歌头》（长淮望断）、《水调歌头》（猩鬼啸篁竹）、（青嶂度云气）等大气磅礴之作。于辛弃疾，周密选其《摸鱼儿》（更能消几番风雨）、《瑞鹤仙》（雁霜寒透幕）、《祝英台近》（宝钗分）三首，以证其骚雅沉郁之主张，而不在乎是否反映了辛弃疾词的客观全貌。黄昇选辛词多至四十二首，八面兼顾，为后世选出了一个真实完整的辛弃疾。吴激一家，原为金人，本不该阑入。以其词佳而破例入选《中兴》卷二，并特别加注释云：“右二曲皆精妙凄婉，惜无人拈出。今录入选，必有能知其味者。”胡德方在序《花庵词选》时，也特别提及该选的存史特点，说：“玉林此选，博观约取，发妙音于众乐并奏之际，出至珍于万宝毕陈之中。使人得一编，则可以尽见词家之奇。”可以尽见词家之奇，确实是该书的一大特点。

《花庵词选》主力选阵

唐宋诸贤绝妙词选	苏　轼 31	欧阳修 18	周邦彦 17	秦　观 16	谢　逸 13
	万俟咏 13	陈　克 13	晏幾道 12	柳　永 11	贺　铸 11
	温庭筠 10	僧仲殊 10			
中兴以来绝妙词选	辛弃疾 42	**刘克庄 42**	**黄　昇 38**	**姜　夔 34**	**严　仁 30**
	张孝祥 24	**卢祖皋 24**	康与之 23	**刘　镇 22**	**张　辑 21**
	陆　游 20	**高观国 20**	**刘仙伦 17**	**史达祖 17**	吴礼之 16
	洪　瑹 16	张　镃 15	曾　觌 14	赵善扛 14	**吴　潜 13**
	吕本中 12	张元幹 13	赵　鼎 11	马子严 11	朱敦儒 10
	谢　懋 10	刘光祖 10	**刘　过 10**	**戴复古 10**	

仅列选词十首以上者，据《四部丛刊》本

《花庵词选》的体例完全是围绕着存史目的而展开的。在这种选型下，选谁不选谁，多选谁少选谁，先选谁后选谁，并没有太多主观评价的权衡考虑。大家多取一些，小家少取一些而已。尽管如此，拿它与曾慥《乐府雅词》的任性去取相比，黄昇选词还是相对公允平衡的，宽严尺度做到了基本一致。该选存史的文献价值在所有的唐宋人词选中是最突出的。入选词人的题名之下，一般都系有小传和总评，凡词人之名之号之爵里，词集名称及卷帙，交游唱和情况，其词之特点，时贤的评价议论，何人为之刻集作序等等，靡不记载。或详或略，资料性非常强。各词之下又附录以品藻、考证。全书提到了很多宋人词集刻本、词选本以及其他文献，不少今天都已经失传。选中征引到或提到的如姜夔《梅溪词序》、杜月渚《清江欸乃集序》、周邦彦《大声集序》、戴复古《李耘叟词序》、尹焕《梦窗词序》、沈注《僧仲殊词序》等，一大批珍贵的宋人词论文献，都久已绝迹不传，赖该选记载而得以存其篇目，存其片言只语。我们能够依据《花庵词选》，辑录出《花庵词评》、《花庵所见书目》、《花庵所引宋人词话辑佚》等等。黄昇对于保存两宋文献也是有功的。

对于这种以选为史的做法，后人有的看得比较清楚，例如明人毛晋说："（是书）所选或一首，或数十首，多寡不伦。每一家缀数语纪其始末，铨次微寓轩轾，盖可作词史云。"[①]而有些论者则以选派的要求来责备它，或者用它作为选家准则，来攻击宗派之选。如张炎《词源》卷下就拿它与《绝妙好词》相比较，称是选与《阳春白雪》同样病在"所取不精一"。清人王士祯也曾贬它是"博而杂"，[②]李调元甚至激烈批评黄昇选词无目，说：

词至南宋而极，然词人之无行亦至南宋而极。而南宋之

① 明·毛晋《词苑英华》本《花庵词选·刻跋》。

② 清·王士祯《带经堂集·渔阳文》卷三《倚声集序》。

> 无行至康与之尤极。与之有声乐府，受知秦桧。桧生日，献《喜迁莺》词，中有“总道是文章孔孟，勋庸周召”。显为媚竈，不顾非笑，可谓丧心病狂。……乃黄昇《花庵词》取为压卷，且有“此词虽佳”等小跋，亦可为花庵咏《相鼠》之什矣。①

事实上，康与之此词谈不上什么压卷之选，黄昇之意，此词于艺术上尚有可取，不失为佳词，且此类颂寿媚竈之语，正是南渡初年享有盛名的应制词人康与之的主要特征，不选不足以见其人其词。黄昇为此词下的批注是：“此词虽佳，惜皆媚竈之语，盖为桧相作耳。”既选其词又暴其恶，正是史乘的冷竣做法。当然，作为江湖之士，黄昇在玩味“佳词”的时候，相对来说确实也存在忽视人品、词品，忽视词之思想境界的倾向。② 但既是选史存史，不是历史批判，这一点江湖时代词选的先天缺陷就显得不值一提了。

（四）花庵论词

按照黄昇的才学识，以存史的方式选词，是他扬长避短的明智选择。因为论审美批判，论宗派意识，黄昇都不具备出众的优势。

我们注意到，《花庵词选》为存史而选，《草堂诗余》为应歌而选，都有选域宽广，内容与风格多样的特点。但彼此之间格调却有高下雅俗之分。黄昇以词人选词，较为注重作品自身的艺术性，所求在“佳词”而不是“佳唱”。黄昇选词和论词主张典雅有致，对鄙俚淫哇格调低下的作品，一般都予以尽力删削。个别特殊情况者，如经名家点评、盛传当日，有存史之价值和必要的，也从宽罗列进来。例如，《唐宋诸贤绝妙词选》卷五选录了柳永淫冶

---

① 清·李调元《雨村词话》卷二。

② 如《中兴以来绝妙词选》卷一“康与之”小传云：“今得官本，乃其婿赵善贡及其友陶安世所校定，篇篇精妙。汝阴王性之，一代名士，尝称伯可乐章，非近代所及，今有晏叔原，亦不得独擅。盖知言云。”

之词《昼夜乐·赠妓》，又特地于词下系评语云：“此词丽以淫，不当入选，以东坡尝引用其语，故录之。”又如卷六沈公述《望海潮》（山光凝翠）词下，系有评语云：“公述此词，典雅有味，而今世但传其‘杏花过雨’之曲，真所谓‘吾未见好德如好色者也’。”不过，黄昇也并没有裁去这首世人盛传的《念奴娇》（杏花过雨），自己所爱赏的与世人所爱赏的并行不废。魏庆之《诗人玉屑》所引黄昇词话，其中也论及词与淫艳的问题。他说：

> 闺词牵于情，易至诲淫。马古洲有一曲云：“睡鸭徘徊烟缕长，日长春困不成妆。步欺草色金莲润，捻断花须玉笋香。轻洛浦，笑巫阳，锦纹亲织寄檀郎。儿家门户藏春色，戏蝶游蜂不敢狂。”前数语不过纤艳之词耳，断章凛然，有以礼自防之意。所谓发乎情，止乎礼义，近世乐府，未有能道此者。

以儒家所谓发乎情、止乎礼义的道德准则来规定生活，固然迂阔可笑。但用来要求文艺创作，要求闺情词黜淫复雅，却不能说是

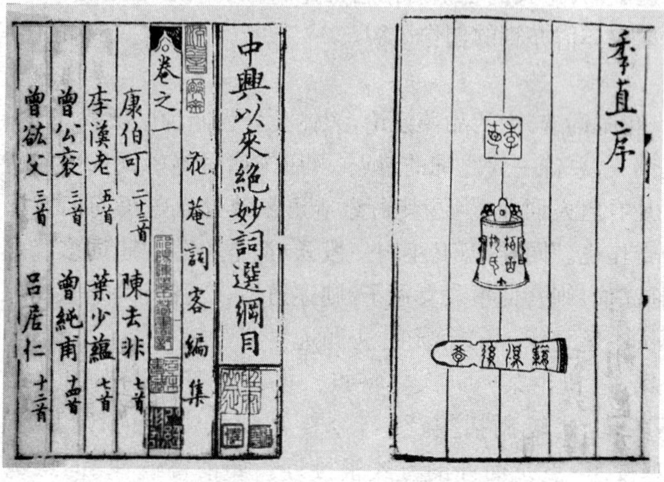

南宋淳祐闽刻本《花庵词选》书影

没有识见。后来临安词人群倡导骚雅之说，张炎《词源》卷下论赋情，“若能屏去浮艳，乐而不淫，是亦汉魏乐府之遗意。”就与黄昇之说一脉相承。

黄昇选词，兼重立意和字句之工拙，有时甚至因此而在格调方面有所让步。《唐宋诸贤绝妙词选》卷七评万俟咏词云：“雅言之词，词之圣者也。发妙旨于律吕之中，运巧思于斧凿之外。平而工，和而雅，比诸刻琢句意，而求精丽者远矣。”显然是重格调的议论。但同时他对那些“刻琢句意”者，也抱有浓厚的兴趣。如《中兴以来绝妙词选》卷四选吴子和《瑞鹤仙·秋思》，称其“词鄙意高”；卷五选刘仙伦《系裙腰·愁别》，称其“词猥薄而意优柔”。又评所选刘仙伦《菩萨蛮·怨别》一阕“辞鄙意浓”；同卷论严仁词，欣赏“其词极能道闺帏之趣”。这些都反映了黄昇作为江湖词人，受到南渡以来复雅思潮的巨大影响，而对鄙俚淫艳之积习有一定的警惕，并有一定程度的认识和批判，但又不能最终彻底割舍。同时，江湖词人人品与心灵最深处的世俗成分，也影响了他逡巡徘徊于世俗情趣与文人雅趣之间，不能如临安词人群那样真正在人品与词品两方面以骚雅为归宿。撇开他的议论倾向，仅就这种选法而言，我们也不妨把它视作因存史而客观地展示了江湖时代词人亦俗亦雅的创作风貌。

《花庵词选》中的品藻议论，大体上分为四种层次：

第一，总论一代之词的特点。《唐宋诸贤绝妙词选》卷一首论云：“凡看唐人词曲，当看其命意造语工致处。盖语简而意深，所以为奇作也。”同卷李珣《巫山一段云》词下论云：“唐词多缘题，所赋《临江仙》则言仙事，《女冠子》则述道情，《河渎神》则咏祠庙，大概不失本题之意。尔后渐变，去题远矣。”

第二，概论某一词人之特点。多系之于词人小传之中，语句不多，也比较概括空泛，与今传几种北宋人词评以及王灼《碧鸡漫志》点录简评的方式很接近。如谓鲁逸仲“词意婉丽，似万俟雅言”（《唐宋诸贤绝妙词选》卷八）。李玉词“虽不多见，然风流蕴藉"(《唐宋诸贤绝妙词选》卷八)。论仲殊云："仲殊之词多矣，佳者固不少，而小令为最。小令之中，《诉衷情》一调又其最，盖篇篇奇丽，字字清婉，高处不减唐人风致也。"(《唐宋诸贤绝妙词选》卷九)又论姜夔云："词极精妙，不减清真乐府。其间高处，有美成所不能及。"(《中兴以来绝妙词选》卷六)

第三，分论某一词之优劣得失。比如论聂冠卿《多丽》词，称："冠卿之词不多见，如此篇亦可谓才情富丽矣。"(《唐宋诸贤绝妙词选》卷五)论阮阅《眼儿媚·离情》词云："闳休小词，惟有此篇见于世，英妙杰特，所谓百不为多，一不为少。"(《唐宋诸贤绝妙词选》卷六)又评周邦彦《花犯·梅花》词："此只咏梅花，而纡余反复，道尽三年间事。昔人谓好诗圆美流转如弹丸，余于此词亦云。"(《唐宋诸贤绝妙词选》卷七)

第四，细论句意、章法、换头、歇拍等处奥妙，为读者研玩作提示。如《唐宋诸贤绝妙词选》卷五章楶《水龙吟·杨花》评语："傍珠帘散漫数语，形容尽矣。"同卷柳永《满江红·桐川》评语："换头数语最工。"卷二谢绛《夜行船·别情》评语："后段语最奇。"卷十李清照《念奴娇·春情》评语："前辈尝称易安'绿肥红瘦'为佳句，余谓此篇'宠柳娇花'之语亦甚奇俊，前此未有能道之者。"《中兴以来绝妙词选》卷六马古洲《鹧鸪天·闺情》评语："末二句有深意。"等等。

总体而言，黄昇评词较为空泛和抽象，不少地方乃是出于随意批抹和点缀，缺乏理论深度和整体感。在宋人词学批评理论之中，属于形态较为原始、简单的一类。但我们同时也看到，在传世的唐宋人词选中，存史而兼附论词评点的，《花庵词选》还算是最早而且最好的一种。后来《阳春白雪》以及《绝妙好词》都仅有个别零星的点评，表现远不如黄昇。这些评语虽然零碎和散漫，其中仍显露出一定的议论倾向，按照明人毛晋的说法是"微寓轩轻”，按照清人况周颐的说法则是“间涉标榜”，[①]他对后来明清人的选词评词，多少产生了一定的影响。

四、多重选型的混合体《阳春白雪》

——江湖三大词选之三

（一）编选者与编选年代

我们猜测，江湖时代曾经有过许多词人都分别选过词选，但没有流传下来。何士信、黄昇、赵闻礼不过是他们中间的幸运者而已。在江湖时代行将结束的后期，我们终于看到，江湖词人群需要一部选自己的词选了。

《阳春白雪》系南宋后期江湖词人赵闻礼所编选。赵闻礼字立之，一字粹夫（据《直斋书录解题》卷二十一），号钓月，山东临濮人。其生活时代大约在南宋理宗、度宗前后。作为江湖士子，赵闻礼诗词兼善，博雅多识，尤其喜好藏弆。有词集名《钓月集》刻于当时，不过其中杂有不少施岳、楼采的作品（二人都是赵闻礼同时的词人）。联想到黄昇《散花庵词》中也杂入江湖词人戴复古的作品五首。不知这种现象是否出于偶然？据程公许《沧洲尘缶编》卷六《谢新胥口监徵赵立之》诗序记载，赵闻礼曾身任胥口监徵，地位很低。尝以诗卷和金石拓本珍弆干谒达官权要。程氏诗序载称：

> 立之名闻礼，以声气相求，袖诗访我，欲赓而未暇也。后数日，裒箧中所藏汉魏隋唐碑刻七十种相遗，且逐一题识所自得。特以长歌，辞义与字画皆遒劲有英气。自念好而莫能精鉴，习篆隶而未得活法，愧无以胜此兼金叠璧之赠，借韵以

① 明·毛晋《词苑英华》本《花庵词选·刻跋》，清·况周颐《蓼园词选序》。

舒感臆。

程公许字季与，一字希颖，号沧洲，四川宜宾人。宋理宗时历将作少监，秘书少监和太常少卿，官至中书舍人、礼部侍郎、权刑部尚书。据程诗“岷峨之阳一茅宇，门无杂宾况市贾”的自叙，以及“有来剥啄契襟期，明诚无乃同尔祖”，“拜嘉深恐伤廉甚，赠诗想更用心苦”等语，知赵闻礼乃是访之于蜀中，以诗卷碑刻相赠为谒。此情此景，与南宋宁宗嘉泰年间(1201—1204)江湖词人史达祖袖词干谒张镃，颇有几分相似。[①] 其时史达祖似已经为韩侂胄堂吏，故张镃称其“须发未白，数路得人”。此皆江湖之士的惯常行为。

宋理宗淳祐年间(1241—1252)，赵闻礼曾一度客居临安，与江湖词人丁默、林表民(都有词见于《阳春白雪》)等人联吟唱和。丁默《齐天乐·庚戌元夕都下遇赵立之》词云：

> 倦云休雨风还作，交相醒花苏柳。字满吟灰，痕添坐席，赢得新愁痴守。归期未有，负小院移兰，故园尝韭。漫道春来，沈腰唯觉似秋瘦。　　烧灯时候是也，楚津留野艇，曾趁芳友。问月赊晴，凭春买夜，明月添香解酒。□知别久，怅帝陌论心，客尘侵首。戏鼓声中，旧情犹在否？[②]

参读林表民《玉漏迟·和赵立之》词中“凄凉瘦损文园，记翠管联吟，玉壶通语。事逐征鸿，几度悲欢休数”(《阳春白雪》卷五)。显然，其时赵闻礼仍然流落不遇，奔走于江湖与市朝之间。丁默字无隐，号书坞，事迹不详。林表民字逢吉，号玉溪，寓居临海为乡里布衣，与陈耆卿、戴复古诸人交游，戴复古《石屏诗集》及其续集

① 宋·张镃《梅溪词序》：“余扫轨林扃，草长门径。一日，闻剥啄声，园丁持谒入，视之，汴人史生邦卿也。……袖出词一编。”

②《阳春白雪》卷八：丁默《齐天乐·庚戌元夕都下遇赵立之》。

中与林氏唱和的诗篇很多。赵闻礼与这些人为诗友，有“旧情”，其地位和身份大致可以想见。

其余事迹不详，约卒于宋亡前后。[①]

《阳春白雪》八卷外集一卷本，未见有宋抄和宋刻传世和著录。可考的最早版本乃元初赵孟頫手录本。该书之编选年代，一般认为在宋末。集中所选词人时代最晚者，如卷三的王圣与（宋季王梦应和王沂孙皆字圣与），卷五的柴望、利登，卷八的朱嗣发等，元初都仍然在世。卷五的叶闾，元兵南下灭宋时叛降。不过这些时代跨宋、元两朝的词人，都未有入元以后的作品入选。至少没有可考的亡国以后的作品见于《阳春白雪》。

陽春白雪卷第七
臨濮 趙 聞禮 立之選
憶舊遊慢 賦東湖荷花再用方時父韻 趙虛齋
望紅蕖影裏冉冉斜陽十里隄平喚起江湖夢向沙鷗住處細說前盟水鄉六月無暑寒玉散清冰笑老去心情也將醉眼鎮爲花青 亭亭步明鏡似月浸華清人在秋庭照夜銀河落想粉香溼露恩澤初承十洲縹緲何許風引綵舟行尚憶得西施餘情裊裊烟水汀
霓裳中序第一 末利詠 尹梅津
陽春白雪卷七 一 粵雅堂叢書

粤雅堂丛书本《阳春白雪》书影

张炎《词源》卷下提到：“近代词人用功者多，如《阳春白雪》集，如《绝妙词选》，亦自可观。”刘将孙《养吾斋集》卷九《新城饶克明集词序》中也记载，“乐府有集，自《花间》始，皆唐词。《兰畹集》多唐末宋初词。曾慥集《雅词》，近年赵闻礼《阳春白雪》，它如称‘大成’，称‘妙选’，数十家未憖。”所谓“近代”、“近年”，当都是指宋亡以前而言。考陈振孙《直斋书录解题》卷二十一“歌词类”，著录有该选，称：“《阳春白雪》五卷，赵粹夫编。取《草堂诗余》所遗以及近人之词。”其卷帙和篇目情况

① 陈匪石《声执》卷下：“（《阳春白雪》）所录宋末词人，终于王圣与。而草窗、玉田及相与唱和者均未见。圣与之词，见于《花外集》、《乐府补题》者亦未见。则赵之时代虽难确指，而其人未见宋亡，且与梦窗、时可兄弟同时，可以想见。”

都与今传本有出入，[①]但可信肯定是同一部书。陈振孙约卒于宋理宗在位的后期。刘克庄《后村大全集》卷七十五有《故通奉大夫宝章阁待制致仕陈振孙赠光禄大夫》制文。据近人考证，“直斋盖卒于景定二年或三年春，而必不在三年三月以后也。”[②]

是否可以这样推测：《阳春白雪》初刻本仅有五卷，而且意在续书坊二卷本《草堂诗余》，补其不足，成书于景定以前；之后乃有何士信增订《草堂诗余》，赵闻礼遂也扩充部帙为八卷，外集一卷。当然，这仅仅是推测。

清人陈廷焯论《阳春白雪》卷八所选的张成子（榘）《应天长》十章咏西湖十景词，曾说：“此类皆有亡国之感，不及西麓之深厚，固胜似草窗作。赵闻礼录入《阳春白雪》集中，未为无见。”[③]今案，《应天长》词倘若确实抒写了“亡国之感”，那么《阳春白雪》就应该是元朝混一天下以后所编定。其实不然，据陈允平、周密西湖十景词的词序记载，张成子《应天长》十阕盖作于宋理宗景定四年（1263）以前，决无可能寄托亡国之感（详见后述）。陈廷焯以寄托论词，重于发挥而轻于考证，这也是一个例子。

（二）选型的三种倾向

在宋人选宋词中，《阳春白雪》是较晚出的一种。其选型颇为特殊，含一种过渡的性质。就主选型而言它属于选歌变体，但同时又具备了选派词选的轮廓，夹杂了存史的动机与实际效果。这部词选在编选时代顺序和词选选型演变过程两方面，都是从《草

---

① 《阳春白雪》所选，与《草堂诗余》所选多有重复，以《草堂》前集卷上为例，所录周邦彦九首词，三首见于《阳春白雪》。辛弃疾四首词，三首见于《阳春白雪》。李玉《贺新郎》（篆缕销金鼎）一阕，《阳春白雪》卷一录作潘元质（汾）词，而《草堂》、《花庵》俱作李玉词。《草堂诗余》非增补的原选中，也有与《阳春白雪》重出者。

② 近人陈乐素《〈直斋书录解题〉作者陈振孙》，见徐小蛮、顾美华点校本《直斋书录解题》附录引。

③ 清·陈廷焯《白雨斋词话》卷七。

堂诗余》、《花庵词选》到周密《绝妙好词》的一个中间环节。

今人一般认为，该选既不以人分，又不以调列，漫无体例，系赵闻礼随手抄录随手刊刻而成。实际上，它属于南宋一种选歌变体，仍为应歌而作，是南宋歌舞唱词之风大盛于前的一个时代产物。已见本书第二章讨论。与之同时，该选又具备较为浓厚的存词史的意义，具体说，就是选词以存人，记录下江湖词坛的历史概貌。单从体例上看，赵闻礼采用词下标注作者，不列小传，同一词人的作品散见于各卷各处的形式。所题姓氏，有的称字，有的称号，有的称爵，或竟阙如不书。通常是著其号而附书其名其字，或著其字而附书其名其号。这确实是一种不重词人的典型表现。不过另一方面我们也注意到，这部词选录词六百七十一首，[①]而词人竟多达二百三十八家(其中无名氏权作一家统计)，平均每人仅选词二首略多，似乎编选者在借选词为词人登记注册，为南宋江湖词史开列作者清单。稍后出现的周密《绝妙好词》、凤林书院《名儒草堂诗余》都有此种特征。近人叶恭绰编为《全清词抄》，于清代千百词人仅仅各摘其作品一首、二首，意在网罗词坛群星，登录姓氏，即是宋人选词之遗意。据孙望先生告，日本万治三年(当清顺治十七年)有林鹅峰氏，编辑有《本朝一人一首》，也是极典型的存人之选。

据宋人陈振孙的著录，《阳春白雪》原编的目的，是要在时代上补出书坊原刻《草堂诗余》身后江湖词坛的一段空白。事实上，该书中大部分词人都是南宋江湖之士，他们沉湮草野山林，名不见经传，与赵闻礼出处大抵相近。这些词人很多都没有完整的词集，没有见诸记载的仕履宦迹，宛如夏夜划过漫漫长空的流星，稍纵即逝。《阳春白雪》捕捉到了他们，一一予以登录记载。故“零

---

① 清·黄丕烈抄校本《阳春白雪》共六百八十一首，于卷八增出周密《木兰花慢》咏西湖十景词十阕，误。按此十词原系鲍氏知不足斋抄本《阳春白雪》所附录，词下注有“知不足斋补录”字样，显然不出于赵闻礼的原选。黄本删去此六字。

玑碎玉，皆赖此以存”，“凡经采摭，尤资考订”。铁琴铜剑楼藏黄丕烈校抄本黄氏序，高度评价了该选在存人存词上的功劳，他在大量举例之后又说：“至于孙惟信、翁元龙、李肩吾、冯去非、王嵎、韩嘐、奚淢、柴望诸人之词，□□传于世，《词综》所搜辑，寥寥一、二首。是集选录犹多，赖以存其涯略。其他词人为他选所只字未登者，指不胜屈。”

《阳春白雪》还注意到了词自身的文学性，注意到评价和认定词之风格和艺术水准。书名“阳春白雪”，谓所录的作品皆为高雅之唱，多少透露出选者对作品格调和艺术层次的注意。赵闻礼将鲜耀绵整的婉约之作构架为词选的主体（正集八卷），而将豪放不羁的铜琶铁板伟唱另行勒为外集一卷，仿佛删削之余而不忍割舍者。明显体现了编选者暨整个江湖时代以婉约为正、以豪放为变的论词思想，也与江湖词人词风两极分裂的现象相吻合。除了个别情况之外，全编已经较少看见浅陋俚俗之吟。当然，选中尚存有一些淫亵之作，似乎表明它所抛弃的主要是俚俗，而不是淫艳。《阳春白雪》的对立面是“下里巴人”，而不是“桑中濮上”郑卫之音。这一点，可与王灼《碧鸡漫志》、曾慥《乐府雅词》合观。

《阳春白雪》整体上典雅精妙，与书名相称。“彭甘亭（兆荪）《小谟觞馆集》有《徵刻宋人词学四书启》，称是书与《乐府雅词》斥哇去郑，归于雅音。宋代选家，此其职志。推崇已极。”[①]清人词话之中，除了少数认为它选词踳驳少条理、杂入一些游词之外，一般评价都还比较高。黄丕烈以为是选与《花庵》、《好词》为宋人选词中之最善者。[②] 谭献也把它与《绝妙好词》、《名儒草堂诗余》并称，谓可鼎足而三。[③] 都是承认它以词人选词，风格较纯，质量较好，

① 清·伍崇曜《粤雅堂丛书》本《阳春白雪》刻跋。

② 清·黄丕烈抄校本《阳春白雪》抄序。

③ 清·谭献《复堂日记》：“阅《乐府雅词》、《阳春白雪》，赵立之去取有意，似胜曾慥。与四水潜夫（周密）《绝妙好词》比肩鼎足者，其风林书院（按指《名儒草堂诗余》）乎？”

有一定的艺术眼光。

以某一词人群为主体选源，以某一类风格为统一之准则去取别裁，体现某种审美观念，这些都是它选派倾向的流露。从它走到选派的《绝妙好词》，期间有一痕明显深化、发展的印迹。

为徵歌而设，兼以选为史，并流露出宗派倾向，《阳春白雪》就是这样一个选型独特的三位一体的江湖词选。选型的多重性，让我们联想到江湖词人的人格多重性、风格多重性，同样是多重，同样是游移不定，形成了未必相关的一种有趣对照。

（三）《阳春白雪》与江湖词人群

《阳春白雪》以南宋江湖词人群为主要选择对象。全书计录词人二百三十八家，其中北宋词人约三十余家，占总数的12%。南渡词人约二十余家，占总数的10%。南宋前期中兴词人群时代的词人二十余家，占总数的10%。另有五代词人孟昶一家，金源词人吴激、蔡松年二家。所有这些词人加在一起，仅占全部词人的三分之一。而其他三分之二中约一百家左右有江湖行踪记载可考。另外有四十余人事迹不详，时代和身份无从推断，这些人多半也是默默无闻的江湖草野之流。江湖词人占全部入选者60%以上是肯定无疑的。

《阳春白雪》主力选阵

周邦彦 21	**史达祖 17**	辛弃疾 13	**吴文英 13**	**胡翼龙 13**
谭宣子 13	**姜　夔 12**	**翁元龙 12**	**张　榘 12**	康与之 10
卢祖皋 10	**高观国 10**	**赵以夫 10**	**利　登 10**	贺　铸　9
赵子发　7	**孙惟信　7**	**奚　淢　7**	赵汝茪　7	**赵闻礼　7**
刘之才　7	陆　游　6	韩元吉　6	韩　嘐　6	蔡松年　6
王沂孙　6	**曹　邍　6**	黄廷璹　6	范成大　5	**刘　过　5**
李从周　5	**吴　潜　5**	**俞国宝　5**	**徐　照　5**	**郭世模　5**
黄　载　5	**刘　翰　5**	**刘克庄　5**	**潘　汾　5**	

据瞿氏清吟阁本统计

各词人选词多少的情况，也体现了以江湖词人为中心、为重心的偏向。选词在五首以上者计有三十九人，依据多寡顺序（首数相同者大致以时代为先后），我们列出《阳春白雪》选阵。选阵中姓名为黑体字者，已有材料可以确认系江湖词人。[①] 姓名有下划线者，表示该词人事迹不详，身份暂时无从确定。

我们看到，在这里，周邦彦仍然雄踞阵首，为江湖词坛的不祧之祖。江湖词人宗法美成，由来已久。与赵闻礼同时代的陈振孙、陈郁都曾推崇美成为词家第一。著名的江湖词人吴文英与沈义父讲论作词之法，主张"凡作词当以清真为主。盖清真最为知音，且无一点市井气，下字运意，皆有法度，往往自唐宋诸贤诗句中来，而不用经史中生硬字面，此所以为冠绝也。"[②]沈义父认识吴文英在宋理宗淳祐三年（1243），其讲论词法诸事似也在淳祐年间。这与赵闻礼编选《阳春白雪》时代极为相近。词论和词选正可以互相参看。这个选阵中北宋词人仅有三家，南渡和中兴时代词人也仅有五家，而江湖词人就占了总数的百分之六十七。其中的史达祖、吴文英、姜夔、翁元龙、孙惟信、奚淢、曹邍、刘过、刘克庄等，都是极为典型的食客、官迷、隐士、行贿者、道学先生、词人。

翻开这一部"江湖词人宗派图"，我们不断地遇到这些奔走于江湖上的名士，遇到"绍、淳间名士"王嵎，[③]遇到"庐陵二名士"刘仙伦（一名仙伦）和刘过，[④]见到公卿闻其至争倒屣相迎的孙惟信，见到"一时知己尽公卿"的戴复古。我们的眼前，是一幅幅名士追逐名宦公卿的群游图：张良臣从宰相史浩、魏杞游，刘翰从范成大、吴琚游，郭世模从张孝祥游，刘过从辛弃疾游，许玠从周必大、刘克庄游，翁孟寅、吴文英、曹邍、宋自逊等从贾似道游……不胜枚

① 笔者有《阳春白雪笺校》一种，凡集中词人之事迹可考者，大体略有爬梳笺注。此处江湖词人身份的确认，即依据笺注所搜集史料。

② 宋·沈义父《乐府指迷》。

③ 见宋·陈振孙《直斋书录解题》卷二十。

④ 见宋·岳珂《桯史》。

举。彼此各显神通，托身攀附。以诗词干谒而求官谋财的事例，屡见史家记载。宋元之间的野史笔记中这些事例最为多见。典型者如戴复古、刘过等人，已见前述。又如翁孟寅游维扬，以《摸鱼儿》词阿谀贾似道，得席间饮器数十万巨赠。另一位词人宋自逊以诗干谒贾似道，也大获楮币二十万，用赏钱盖起了豪华别墅，命名为"专壑堂"（贾似道号秋壑，时人谀称"壑相"）。相比较之下，黄昇之干谒游九功，赵闻礼之干谒程公许，就显得格外微不足道，并且非常不幸。

《江湖集》中《阳春白雪》词人诗集表

序号	诗人姓名	诗 集 名	卷数
1	王同祖	学诗初稿	1
2	许 棐	梅屋诗稿、融春小缀、梅屋三稿、梅屋四稿	各1卷
3	施 枢	芸隐横舟稿、芸隐倦游稿	各1卷
4	高似孙	疏寮小集	1
5	刘仙伦	招山小集	1
6	刘 翰	小山集	1
7	张良臣	雪窗小集	1
8	姚 镛	雪篷稿	1
9	戴复古	石屏续集	4
10	刘 过	龙洲集	1
11	姜 夔	白石道人诗、诗说（非别集）	各1卷
12	周 弼	端平诗隽	4
13	徐 照	芳兰轩集	1
14	利 登	骳稿	1

《阳春白雪》词人又与钱塘书商兼诗人陈起所刊刻的《江湖集》有密切关系。我们知道，江湖之士中不少既是诗人，同时也是词人。因此，赵闻礼"宗派图"中的词人大量出现在《江湖集》中，

实在不值得奇怪。根据对清人辑本《南宋群贤小集》的统计，《阳春白雪》词人至少有十四家十八种诗集收在《江湖集》中。另外，至少还有十余家有零散诗篇被辑入《江湖集》。至于各诗人赠答唱和中所提到的《阳春白雪》词人，则至少在四十余家以上。

几乎可以说，这部词选是南宋江湖词坛的一次自我总结，也是江湖词人群的一座群体标志。以选而悟其群，而成其派，而证其说，《阳春白雪》大体可以与《西崑酬唱集》之于西昆体、《江西诗社宗派图》之于江西诗派、《江湖集》之于江湖诗人群、《名儒草堂诗余》之于江西词人群等相提并论，地标性的意义非常明显。

（四）江湖眼光与选词内容

正像江湖词人群创作上的两极变声一样，《阳春白雪》在选词审美上，也是鱼我所欲也，熊掌我所欲也。拥婉约而欲豪放，身在苏辛心在清真。

赵闻礼所理解的"阳春白雪"，当然是《花间》以来柔媚香艳的曲子词正统。所以他以婉约清丽为选，所录以闺情词为最多。其次则是咏物词，多至每十首中就有一阕咏物，而其中又以咏花为最盛。此种兴趣的程度，几乎与周密、张炎等宋末临安词人创作中的咏物嗜好程度相埒。自南渡以来，词人特重品格，包括词品和人品，甚至人格观念大多矛盾复杂的江湖词人也在崇尚人品，追求一种"人品知名度"，以为美饰干谒之资本。尽管这可能是非常表面的文章。香草美人的传统观念支配了词人去热衷于咏物，而士大夫之玩物意识与风气，也刺激着咏物词的发展。

除此之外，卷中抒写江湖之士失意牢落、无所依傍的空虚和寂寞，抒写东西飘零偶然遭遇友人的喁喁低诉和抱怨，以及借颂寿之机给自己看中的达官贵人大唱赞美诗，诸如此类也很引人注意。比如这样一些江湖吟：

> 征衣暗尘易染，算江湖、随人宽窄。（卷五，奚淢《声声慢》）

落叶西风，吹老几番尘世。从前谙尽江湖味，听商歌、归兴千里。（卷四，张辑《桂枝香》）

几夜江湖旧梦，空凄怨，多少销魂。（卷五，刘颉《满庭芳》）

江湖飘零久，频回首，无奈触绪难忘。（卷八，李肩吾《风流子》）

京尘衣袂易染，旧游随雾散，新恨难表。（卷八，黄廷璹《齐天乐》）

这些词句，都散发着江湖词人所特有的凄凉气息。集中还有不少兴寄高远、颇为沉郁浑厚的政治抒情词、吊古怀旧词，如卷七守蜀名将余玠的《瑞鹤仙》（怪新来瘦损），卷七李好古《谒金门》（花过雨），卷三辛弃疾《摸鱼儿》（更能消几番风雨），卷六郑梦协《八声甘州》（大江流日夜）等，都深契拙重大之旨，非“枕上、厕上、马上”者可以范围。

卷八选张榘（字成子）西湖十景组词《应天长》十阕，非常珍贵。张榘是周密的词友，《绝妙好词》选作张龙荣，或其别名。明陈耀文《花草粹编》又别作张矩。西湖十景之名，北宋尚未出现，南宋始见于歌咏，盖迁都临安之后好事者所为。传世的西湖十景组词，宋代仅有三套。周密《木兰花慢》西湖十景词序记载：“西湖十景尚矣。张成子尝赋《应天长》十阕夸余曰：‘是古今词家未能道者。’余时年少气锐，谓此人间景，余与子皆人间人，子能道，余顾不能道耶？冥搜六日而词成。成子惊赏敏妙，许放出一头地。”又陈允平西湖十景组词自跋云：“右十景，先辈寄之歌咏者多矣。霅川周公谨以所作《木兰花》示予，约同赋，因成。时景定癸亥岁也。”可见，张榘十首原唱作于景定四年癸亥（1263）或稍前。周密十咏，其《蘋洲渔笛谱》载之；陈允平十咏，其《日湖渔唱》

载之，唯张榘无词别集，赖《阳春白雪》得以保存此兼金叠璧之珍。如其咏“苏堤春晓”一景：

曙林带暝，晴霭弄霏，莺花未认游客。草色旧迎雕辇，蒙茸暗香陌。秋千架，闲晓索。正露洗、绣鸳痕窄。费人省、隔夜浓欢，酲处先觉。　　重过涌金楼，画舫红旌，催向段桥泊。又怕晚天无准，东风妬芳约。垂杨岸，今胜昨。水院近、占先春酌。恁时候，不道归来，香断灯落。（卷八）

其十阕《应天长》过片，都统一使用“××涌金楼”句式，构成联章体。与北宋欧阳修《采桑子》西湖组词，十首起句皆用“西湖好”三字，形式一样。

卷二的孟昶《洞仙歌》，为它书所不载，仅见于此。自苏轼作《洞仙歌》（冰肌玉骨），记载孟昶曾与花蕊夫人纳凉摩诃池上，作有“冰肌玉骨，自清凉无汗”一篇之后，因全篇失传，仅残首句，故宋人多有考证争议。有的说原作是诗，有的则说原作是词，词又有两种传本，一为七言八句的《木兰花》，一为长短句的《洞仙歌令》，真伪异说纷纷。[①] 赵闻礼于此之外，访得另一新发现的石刻词，并记载云：“宜春潘明叔云：蜀王与花蕊夫人避暑摩诃池上，赋《洞仙歌》，其辞不见于世。东坡得老尼口诵两句，遂足之。蜀帅谢元明因开摩诃池，得古石刻，遂见全篇。”尽管这首词后人也有认为系南宋人伪托，[②]但在未得最后确证之前，它仍然不失为一家之说，有重要的参考价值。

《阳春白雪》外集选词四十五首，特别引人注目。我们曾经讨论过江湖词人群的创作普遍呈现为软语加狂歌的两极模式。为了适应环境需要，他们常常采用变声变脸的方式，来展现自己，讲

① 参见宋·张邦基《墨庄漫录》卷九。
② 参见清·宋翔凤《乐府余论》。

述自己的品质优势。这种心态反映到选词审美上，导致赵闻礼既主张婉约清丽才能称为“阳春白雪”，又对慷慨磊落的稼轩英雄体、清旷高远的东坡体摩挲再三，实在不忍割舍。

他选了哪些阳刚伟岸的曲子词呢？外集前十首是：张元幹《贺新郎·寄李伯纪》(曳杖危楼去)、《贺新郎·送胡邦衡谪新州》(梦绕神州路)、辛弃疾《贺新郎·寄同甫》(把酒长亭说)、许及之《贺新郎》(旧俗传荆楚)、史达祖《贺新郎·六月十五日夜西湖月下》(同住西山下)、吴潜《贺新郎·吴中韩氏沧浪亭和吴梦窗韵》(扑尽征衫气)、宋自逊《贺新郎·雪堂吊东坡》(唤起东坡老)、辛弃疾《满江红》(笳鼓归来)、刘克庄《满江红》(金甲琱戈)、王居安《满江红》(八十归来)。或者是南渡、中兴词人的英雄体代表作，或者是江湖词人的东坡体代表作。这些被他选中的作品，在后世的传播过程中受到读者的广泛欢迎，入选率都非常高。此外，后世盛传的名作如戴复古《满江红·赤壁怀古》(赤壁矶头)、贺铸《小梅花》(缚虎手)、刘过《沁园春·寄稼轩》(斗酒彘肩)、刘克庄《沁园春·梦方浮若》(何处相逢)等等，他都小心翼翼地选进来了。

这些令人热血沸腾或者神清气爽的作品，我们在黄昇的《花庵词选》中大部分都见到过。不同的是，黄昇只顾保留历史的原貌，哪一党都拥护，哪一体都笑纳，并没有作审美上的倾向判断。而赵闻礼选词，却透露了江湖词人群典型的审美观念：清真体为正，稼轩体和东坡体为变。婉约词为正，豪放词为变。南方系的母本为正，北方系的父本为变。正为常态，进入正集；变为动态，进入外集。

另一部江湖之选《草堂诗余》也是同样的兼取并收。不仅婉约、豪放兼取并收，而且俚俗高雅也兼取并收，烂熟独创也兼取并收。两者不同的地方在于：《阳春白雪》是同一个群体的不同审美选择；《草堂诗余》则是不同群体(市井和江湖士子)的不同审美选择。加上《花庵词选》，三部江湖之选都是混杂型的大选天下，却一部比一部浑浊，一部比一部含糊。拿它们比照后来的《绝妙好词》，真有芙蓉出水、只可远观不可亵玩之叹。

受到选歌变体的选型制约，又由于江湖时期市井审美潮流的影响，《阳春白雪》中还混杂了不少的芜词、游词、俚词和淫词，尤其淫艳之作未能芟除净尽，是赵氏的斟酌过失。如卷五选李亿的《菩萨蛮》词：

画楼酒醒春心悄，残月悠悠芳梦晓。娇汗浸低鬟，屏山云雨阑。香车河汉路，又是匆匆去。鸾扇护明妆，含情看绿杨。

词描写男女交欢之后的情境，笔涉淫猥，与“花草”格调无异。属于“郑卫之音”而非“阳春白雪”。除此之外，赵闻礼还有少数词属于误选，如卷二宋徽宗《燕山亭》（裁剪冰绡）误题作僧仲殊词，同卷周邦彦《蝶恋花》（鱼尾霞收明远树）误题作何大圭词，卷六李煜《长相思》（云一窝）误题作孙惔词等等。

五、两部失传的南宋词选

（一）杨冠卿《群公词选》

杨冠卿（1138—?）字梦锡，江陵（今属湖北）人。曾举进士，知广州。与词人李结、张孝祥、谢懋诸人为友。从他的选序自述“漂流困踬，久客诸侯间，气象萎苶，时有所撄拂”诸语来看，他也曾漂泊江湖，久为江湖之士。著有《客亭类稿》，其中存词三十六首。该选编于宋孝宗淳熙十四年（公元1187年），系续曾慥《乐府雅词》而选。原书已佚，据《客亭类稿》卷七《群公乐府序》，此选初刻共三帙，取寇准和范仲淹冠于编首，余俱不详。《直斋书录解题》著录《群公诗余》前后编二十二卷，书名与该选相近，但陈振孙已注明为书坊所编，故与词人杨冠卿所编当各为一书无疑。杨氏序云：

乐府之作，盛于唐。自温庭筠而下，或者置而不论。天朝文物上轹汉、周，而其大者固已勒之金石，与五三六经并传于无穷。若夫骚人墨客，以篇什之余，寓声于长短句，因以被管弦而谐宫徵，形容乎太平盛观，则又莫知其几。名章俊语，前无古人。盛丽如游金、张之堂，妖冶如揽嫱、施之袪，幽洁如屈、宋，悲壮如苏、李，盖不但一方回而已也。温陵曾端伯虽加裒集，遗逸尚多。况自绍兴迄于今，阅岁浸久，贤豪述作，川增云兴，绝妙好词表表在人耳目者，不下数十百家。湮没于时，岂不甚可惜？余漂流困踬，久客诸侯间，气象萎苶，时有所撄拂，则取酒独酌，浩歌数阕，怡然自适，似不觉天壤之大，穷通之为殊途也。羁旅新丰，既获其助，遂掇拾端伯《雅词》未登载者，厘为三帙，名曰《群公词选》。锓木寓室，以广其传。得则书之，颇无铨次。唯以寇忠闵公、范文正公冠篇首，庶几浮靡之议无所容声。而是集之作，亦得所主盟焉。其或传诵失真，姓字讹舛，识者必能详辨。若铢铢而较，余则有所不暇云。

这段选序包含许多信息。大致说来，值得注意的有以下几点：

第一，无论杨冠卿的《群公乐府》、《群公词选》，还是《直斋书录解题》所著录的《群公诗余》，这些书名意味着江湖时代曲子词的雅俗分流，可能不限于风格划分，还延伸到群体划分、阶层划分。“群公”当然指在朝的有身份的士大夫群体，或许也包括少数在野但有较高声望的江湖布衣名士。至于市井草野间咏唱俚俗淫艳之曲的乐工、歌妓、坊人、下层百姓，则肯定不能入选。作为穷困潦倒的江湖布衣，杨冠卿如此“以人为本”选词，而不是“以词为本”选词，不排斥可能有文学之外的目的，同时多少也反映了江湖词人对士大夫阶层的身份敏感和渴望。

第二，按照杨冠卿自述，他长年依附达官显贵门下，常常与时不合，显然是典型的江湖之士。该词选是他流落新丰，得到某人士资助后所编选的。词选编选于宋孝宗淳熙十四年(1187)，处于中兴词人群陆续凋零、江湖词人群刚刚涌向词坛的交替时期。从多方面情况综合分析，这部词选当然属于江湖词人群，不属于中兴词人群。

第三,杨冠卿的溯源尊体与别人不同。他溯源曲子词仅仅至唐代,对《花间》鼻祖温庭筠那么重要的词人,以及五代十国的追随者们,采取回避不谈的态度含糊带过。却对北宋以来各名家评价很高,说“名章俊语,前无古人”。形容北宋诸家“盛丽如游金、张之堂,妖冶如揽嫱、施之袪,幽洁如屈、宋,悲壮如苏、李”。这几句话很经典,源出于北宋张耒的《贺方回东山词序》。后来的黄昇《中兴以来绝妙词选自序》也曾经引用过。但杨冠卿完全不提南渡以来风靡天下的大词人苏东坡,颇让人感意外。苏轼词恰恰就是杨氏自己所说的“《雅词》未登载者”,却没有掇拾进来。不知何故。他沿曾慥《乐府雅词》的选系而续选,表明他也赞同雅词观,所选作品也都是雅词。但他特别强调以寇准、范仲淹为首选,而不是以苏轼为首选,或许说明他更看中的是人而不是词,更看中的是朝廷地位而不是词坛影响,更看中的是道德而不是文学。当然,这些只是我们的猜测而已。

第四,杨冠卿坦然陈述自己选词是“得则书之,颇无铨次”。与南渡初年黄大舆选《梅苑》随见随抄差不多。尤其是他特意在选序的最后,强调说选词过程中可能“传诵失真,姓字讹舛”,“若铢铢而较,余则有所不暇”。完全不是专业的姿态,不是选词家严谨的选法。有鉴于此,我们将这部失传的词选与黄大舆的《梅苑》视为同类。作为一部比较业余的随意之选,它不值得去过多关注。

(二) 修内司刊《混成集》

这是两宋词史上最壮观的一部大型词选。

南宋之修内司,兼掌管临安城内瓦子勾栏。周密《武林旧事》卷六:“瓦子勾栏,城内隶修内司,城外隶殿前司。”所颁布的《混成集》,为官府所审订的词乐总谱,其性质推测略与北宋徽宗朝官颁大晟新谱相似。大晟谱初颁天下,乃是纯粹的新声雅乐,没有文辞,不便于传播流行,其后乃由乐府机关中的文字制撰逐一按谱创作。王灼《碧鸡漫志》卷二载:"政和初,召试(万俟咏)补官,置大晟乐府制撰之职。新广八十四调,患谱弗传,雅言请以盛德大业及祥瑞事迹制词实谱,有旨'依月用律,月进一曲'。自此新谱稍传。"《混成集》改进了编撰形式,乐谱与歌词兼而备录,依宫调类列排比。故而它既是词乐总谱,也是广义的词选总集。属于选歌变体,可以目之为最古的谱体词选。明、清两代这种选型的谱体词选非常流行,当推此选为始祖。

该书的情况,周密《齐东野语》卷十有简略的记载:"《混成集》,修内司所刊本,巨帙百余,古今歌词之谱靡不备具。只大曲一类,凡数百解,它可知矣。然有谱无词者居半。《霓裳》一曲共三十六段,尝闻紫霞翁(杨缵)云:幼日随其祖郡王曲宴禁中,太后令内人歌之,凡用三十人,每番十人,奏音极高妙。"

此书在明代尚有少量收藏,偶见著录。但外间就极少有流传。明人王骥德曾经见过该书的部分残帙,其《曲律》卷四载:"予在都门日,友人携文渊阁所藏刻本《乐府大全》,又名《乐府浑成》一本见示,盖宋、元时词谱。止林钟商一调中,所载词至二百余阕(依宫调类列),皆生平所未见。以乐律推之,其书尚多,当得数十本。所刊凡目,亦世所不传,所画谱,绝与今乐家不同。"明人孙能传《内阁藏书目录》卷五"乐律部"也有著录:"《乐府混成集》一百五册,不全。莫详编辑者姓氏,皆词曲也。内有腔板谱,分五音十二律类次。原一百二十七册,今缺二十二册。"清初黄虞稷《千顷堂书目》卷三十二著录得该书,名《乐府浑成集》,凡一百零五册。与周密"巨帙百余"之说相符。可惜今天已经无从寻访了。

《混成集》的失传,是唐宋词第二次重大的作品丢失事件。它与鲖阳居士《复雅歌词》的先后失传,是唐宋词史上无可估量的两次巨大损失。我们倾向于把这两部失传的词选称为唐宋人词选的巨人。它们为保存唐宋词所作出的伟大贡献,并不因为失传而黯淡无光。相反,巨人的轰然倒下,更增加了我们的无尽思念和惋惜。它们应该被记住,应该被视为唐宋时代最受尊敬的词选。

六、理学家词选《雅歌》

（一）理学家王柏及其词学观

《雅歌》是一部早已失传的理学家词选。编选者为江湖后期的理学大儒王柏。

王柏(1197—1274)字会之，号鲁斋，婺州金华人。其祖父王师愈、父王瀚，俱从理学大师朱熹、张栻、吕祖谦问学。王柏年轻时慕诸葛亮为人，自号长啸。年逾三十，始知家学之原，于是捐去俗学，从朱熹再传弟子何基(金华先生)游，得入性理之学堂奥，终于成为浙西南一代理学大儒。理宗时婺州守蔡抗、杨栋，台州守赵景纬，先后聘其掌教丽泽书院、上蔡书院。以布衣终。谥文献。王柏平生著述极多，有《大象衍义》、《太极衍义》、《伊洛精义》、《鲁经章句》、《论语通旨》、《孟了通旨》、《濂洛文统》、《拟道学志》、《朱子指要》、《帝王历数》、《涵古易说》等四十余种。《宋史》卷四百三十八有传。

在讨论这部失传的词选之前，我们先来看看王柏是如何谈论《诗经》，如何品藻时贤曲子词，自己的曲子词又是如何创作的。

《宋史》记载了王柏整理删削《诗经》的有关情况，并保存了王柏的一些言论。王柏说："今《诗》三百五篇，岂尽定于夫子之手？所删之诗，容或有存于闾巷浮薄之口，汉儒取于补亡。"于是乃定《二南》各十有一篇，两两相配，退《何彼秾矣》、《甘棠》归之《王风》，削去《野有死麕》，黜郑、卫淫奔之诗。[①] 可见王柏不迷信圣人删诗，坚持以圣贤礼义严格区分诗三百，重定二南，再整国风，甚至不惜驱逐郑、卫淫奔之诗于《诗经》之外。

对于理学大师朱熹，王柏仰慕之极。朱熹有《忆秦娥·雪梅二阕怀张敬夫》词，王柏赞不绝口，称其"有大力量，立大功德者"。

---

① 元·脱脱等《宋史》卷四百三十八。

他在《跋文公梅词真迹》中，特别强调了贤人君子孤洁挺特的操守、履霜和羹的心性品德，说：

> 昔南轩先生与先大父石笋翁在长沙赏梅分韵，有曰："平生绝佳处，心事付寒梅。"今又获拜观文公先生怀南轩之句曰："和羹心事，履霜时节。"由是知二先生心事与梅花一也。然此八字虽平熟，极有深意。盖"和羹"之用，正自"履霜"中来。自昔贤人君子有大力量、立大功德者，必有孤洁挺特之操，百炼于奇穷困厄之中而不变者也。异时先生又有"维艳谁怜，真心自保"，所以示学者尤亲切。梅花与二先生之心，果何心哉？不过一"真"字而已。①

王柏极力诋毁宋代流行的淫词艳语，甚至说"凡今词家所称脍炙人口者，皆导淫之罪魁"，但并不排斥曲子词本身。像朱熹一样，他自己也创作小词，可惜今天几乎已全部失传。词人刘克庄在《黄孝迈长短句跋》中提到："为洛学者皆崇性理而抑艺文，词尤艺文之下者也。昉于唐，盛于本朝。秦郎'和天也瘦'之句，脱换于李贺语尔，而伊川有亵渎上穹之诮。岂惟伊川哉？秀上人罪鲁直劝淫，冯当世顾小晏损才补德，故雅人修士，相戒不为。或曰：'鲁斋亦为之，何也？'余曰：'议论至圣人而止，文字至经而止。杨柳依依，雨雪霏霏，非感时伤物乎？鸡栖日夕，黍离麦秀，非行役吊古乎？熠燿宵行，首如飞蓬，非闺情别思乎？宜鲁斋之为之也。'"②王柏小于刘克庄十岁，但在当时名气似乎比刘克庄要大得多。舆论以为，连大儒王柏都填写曲子词，则曲子词何罪之有？曲子词者，诗经之苗裔也。

王柏的词仅存一首《酹江月·题泽翁梅轴后》，见《永乐大典》所引《王鲁斋甲寅稿》。词曰：

---

① 宋·王柏《鲁斋集》卷十一《跋文公梅词真迹》。

② 宋·刘克庄《后村题跋》卷八《黄孝迈长短句跋》。

今岁腊前，苦无多寒色、梅花先白。可惜横斜清浅处，谁访孤山仙客？玉勒寻芳，金樽护冷，定与心期隔。夜阑人悄，可无一段春月。　　怕它香已飘零，罗浮梦断，不与东君接。买得鹅湖千幅绢，留取天然标格。树老梢癯，蕊圆须健，不放风骚歇。花光何处，儿孙声价方彻。

与其说这是一首题画词、咏物（梅花）词，毋宁说是一首展现理学家精神品格的言志词，与他极口称赞的朱熹《忆秦娥》咏雪梅词非常相似。从风格套路上看，主要还是属于南宋骚体词中"以境写心"的体式，与白石词有较大的共同点。惟其中"留取天然标格"、"不放风骚歇"、"儿孙声价方彻"等语，性理之学的口吻比较明显。

（二）理学家的文选和诗选

从王柏的家学渊源、他的《诗经》观、曲子词观及其创作来看，《雅歌》肯定是一部理学家词选。其背景是理学家文人族群，不属于江湖词人群体系。

南宋中兴以来，理学家群体日益兴盛，影响颇广。陈亮、朱熹、吕祖谦、张栻、胡寅、胡铨、韩元吉、周必大、杨万里、曾丰、赵汝愚、叶适等一代公卿名儒，或者直接属于中兴词人群，既作曲子词又讲论理学；或者自创学派自成体系，开门授徒而衍为理学家亚群体；或者有着不同深度的理学师承渊源，属于其他理学词人族。到了王柏生活的江湖后期，大儒魏了翁、真德秀、郑清之等都名重一时，门人弟子满天下。王柏作为朱熹的再传弟子，他的选词当然代表了理学文人族群，有着强烈的理学色彩。

王柏选《雅歌》，不是一件孤立的理学事件。与其同时，他的前辈真德秀有理学文选《文章正宗》，他的门生弟子金履祥又有理学诗选《濂洛风雅》。三选构成文、诗、词互有交叉各有侧重的同一选系。

真德秀（1178—1235）字景元，号西山，世称西山先生，长于王柏一辈。学宗朱熹。其《文章正宗》二十四卷，选录了《左传》、《国语》以至唐代的各类文章，分为辞命、义理、叙事、诗赋四个部分。围绕着理学家穷理致用的思想核心，甄别诗文辞赋。实际上是一部历代诗文选。他在该选的“诗赋类”纲目发挥说：“或曰：此篇以明义理为主，后世之诗其有之乎？曰：三百五篇之诗，其正言义理者盖无几，而讽咏之间，悠然得其性情之正，即所谓义理也。后世之作，虽未可同日而语，然其间兴寄高远，读之所以忘宠辱，去鄙吝，翕然自得之趣，而与君亲臣子大意，亦时有发焉，其为性情心术之助，反有过于他文者。盖不必颛言性命而后为关于义理也。”

金履祥(1232—1303)字吉父，号仁山。与王柏同郡，遂为入门弟子。后又从何基游，专攻濂洛之学。宋亡隐居金华山中，晚年亦讲学于丽泽书院。元代金华学派诸儒多出其门下。盖朱子之学，一传门人弟子蔡元定、蔡沈父子、黄干(勉斋)，黄干二传门人弟子何基(金华先生)，何基三传门人弟子王柏、许谦(白云先生)、金履祥(仁山先生)、饶鲁。金履祥于王柏，既为门生又为师弟。所著有《通鉴前编》、《大学指义》、《尚书表注》、《论孟集注考证》等。

《濂洛风雅》是金履祥馆于韩良瑞家，在韩氏的帮助下编选的一部诗选。选录者是金履祥，排比条次的则是韩良瑞。这也是一部体例很特别的选本，说是诗选，其实也是一部诗文混选的理学家总集。全书凡六卷，分为诗、铭、箴、诫、赞几类，共选录两宋理学家周敦颐、程颢、程颐、张载、邵雍、朱熹、吕祖谦、张栻、真德秀、王柏等四十八家作品。诗歌之外，理学家重要的语录、铭诫、题辞如《太极图说》、《小学题辞》、《女诫》、《尊德性斋铭》、《言箴》、《西铭》等，都予以采选入编。韩良瑞在选序中以正变演绎诗歌历史，认为四言为风雅之正，楚辞歌骚、乐府韵语为风雅之变，五七言、古风则风雅之再变，绝句、律诗为风雅之三变。该选还特别在卷前模仿吕本中《江西诗社宗派图》，作《濂洛诗派图》，以师友渊源编织成一个理学诗派系统。

真德秀与王柏的关系，我们还掌握较少。他们的两部选集可以相互参见，但无法建立直接对应。金履祥就不同了，金履祥是王柏的入门受业弟子。尽管我们不知道他们的两部选集孰先孰后，但金履祥的理学思想来自于王柏，《濂洛风雅》的理学宗旨来自于师门讲授，与《雅歌》有着非常直接的对应关系，则是完全可以肯定的。也许他们是两个选择领域的不谋而合，也许是弟子受老师选词为集的启发，也许它们根本就是师友反复讲论、形成共识后的分工结果。基于这样的判断，我们可以采用诗法上的“互文法”，对失传的《雅歌》进行部分要素复原。

《雅歌》互文法要素复原表

选集	选型	审美倾向	选域	品藻	宗派意识
濂洛风雅	诗文箴铭混选	重义理轻艺文	本朝下及时贤	有时人品藻	专以选成宗派
雅歌	诗词歌谣混选	重义理轻艺文	历代下及时贤	有时人品藻	兼以选成宗派

（三）王柏的《雅歌序》

有了这些基本认识，现在我们可以来解读王柏的《雅歌序》了。王柏原序云：

> 古之诗犹今之歌曲也。但雅、颂作于公卿大夫，用于朝会燕享，用于宗庙祭祀，非庶人所敢僭。唯《周南》、《召南》，通上下而用之。被之于管弦之中，以约其情性之正，以范其风俗之美。此王化之所由基，非后世之所可及也。其于国风，杂出于小夫贱隶妇人女子之口，以述其闾巷风土之情，善恶纷糅，而圣人亦存之以为世戒，非皆取之以为吟咏之当然，读之者恢然知所羞恶，则圣人之功用远矣。正不必句句紬绎，而字字精研，求其美者玩味诵咏之可也。若以为圣人既删之后，列之经籍，而皆不可废，则又何以谓之郑声淫而放绝

之乎？今考《桑中》之诗曰："期我乎桑中，要我乎上宫，送我乎淇之上矣。"其《溱洧》之诗曰："维士与女，伊其相谑，赠之以芍药。"虽荡然无复羞愧悔悟之意，若概之以后世怨月恨花、殢红偎翠之语，艳丽放浪，迷痼沉溺者，又不可同日而语矣！

予尝谓郑、卫之音，《二南》之罪人也。后世之乐府，又郑、卫之罪人也。凡今词家所称脍炙人口者，则皆导淫之罪魁耳，而可一寓之于目乎？然《三百篇》之音调已亡，虽《鹿鸣》而天下篇腔律具于《仪礼》集传，又非乐工之所能通识。观其章叠句整，气韵和平，而渊永深穆之意，乃在于一唱三叹之表，孰能审其音以转移其气质，涵泳于义理哉？至于习俗之歌谣，辞俚而韵窒，又无足取。所以学士大夫，尚从事于后世之词调者，既可倚之于弦索，泛之于唇指，宛转萦纡于喉舌之间，忧愤疏畅，思致流动，犹有可以兴起人心之故也。

间因暇日，有传寇忠愍《阳关》之作，而子朱子为之感慨题赞，其意深矣。因并及它作，可以丽于此者，不问今古，类为《雅歌》若干卷，而窃有取于放郑声之遗义云。①

这是一篇珍贵的理学家词论。我们从中看到，王柏选词宗旨明显突出倡大雅、放郑声，以对抗北宋以来市井间流行的淫艳风气。选词围绕朱熹对寇准《阳关曲》的题赞，不分时代今古，只要符合圣人的道德教喻，符合九经三传的理学思想，即可采录。王柏特别尊崇朱熹，《雅歌序》还特意提到他的这位祖师，因此朱熹的理学思想构成了这部词选的精神纲领。从他序中"不问今古"的选择标准看，除了宋人曲子词之外，该选还可能选录有时代较早的隋唐清商乐系统的乐府曲辞、杂歌谣辞等。这与真德秀和金

① 宋·王柏《鲁斋集》卷四《雅歌序》。

履祥的选法套路完全一样。

我们认为,《雅歌》的意义也许不在于它是第一部理学家词选,而在于它代表词坛第三势力(理学家族群),开辟了清算唐五代两宋词的另一个新的战场。晚唐以来词坛上流行种种俗体词,一直伴随着各种非议。宋室南渡之后,南渡词人和中兴词人更群起而攻之。《乐府雅词》的矛头指向滑稽无赖太甚的谑词,《碧鸡漫志》的矛头指向大写女色淫冶的艳词和过于熟滥鄙陋的俚词,对滑稽无赖的谑词也予以无情的清算。但仔细分析,这些清算都是艺术家谈艺术,他们所捍卫的是曲子词的尊严、士大夫的尊严、文学的尊严。王柏所清算的不是曲子词本身,也不是词坛和词人,而是整个社会。他代表理学家群体,对南宋当时的社会道德和精神状态进行了审判。

鲖阳居士的《复雅歌词序》是较早批判淫艳俚俗的理论表述。对比鲖阳居士的《复雅歌词序》和王柏的《雅歌序》,表面上看,它们都是欧阳炯《花间集序》的反面影像,是晚唐以来词风的批判者、诅咒者。但具体到表述概念和批判角度,鲖阳居士似乎更重音律沿革,王柏更重道德演变;鲖阳居士不分淫艳、俚俗都深恶痛绝,王柏的深恶痛绝则更多地集中在淫艳上;鲖阳居士的审美理想是"骚雅之趣",王柏的审美理想是"二南之趣":"约其情性之正,范其风俗之美";鲖阳居士的诗歌史观是正邪交替,王柏的诗歌史观是一代比一代道德堕落。所以说,鲖阳居士更倾向于是欧阳炯文学上的反对党,王柏则完全是欧阳炯道德人格上的反对党、生活作风上的审判官。有一点他们俩非常相似:对两宋以来流行的大多数曲子词,他们都非常生气,都觉得后果很严重。

总体上看,王柏明显不同于前人的地方在于:他并不倡导骚雅、雅正等文学概念,他倡导的是圣人道德,善恶人心。其锋芒所及,主要是针对放浪于女色荧惑的淫荡狂迷。与法秀道人呵斥黄庭坚下犁舌地狱,属于同样的道德谴责,而不是艺术批判。

第一战场是为了尊体，第二战场是为了崇德。这从王柏的用语不断重复"善恶纷糅"、"悚然知所羞恶"、"导淫之罪魁"、"郑声淫"、"荡然无复羞愧悔悟"、"艳丽放浪"、"迷痼沉溺"等概念，可以看得出来，从他的弟子金履祥选《濂洛风雅》，也可以看得出来。

南宋词坛两种清算努力对照表

分野	代表词人	唐宋代表词选	对立概念	清算目的	清算代表
俚俗滑稽	曹组、万俟咏	《草堂诗余》	雅正	复雅以尊词体	《碧鸡漫志》
淫艳放浪	柳永、黄庭坚	《花间集》	礼义	复礼以守圣德	《雅　歌》

香艳与淫艳一步之遥，却从艺术风格的放纵病变为道德伦理的堕落，代表着那个时代的道德人心。我们曾经讨论过，在北宋众多的文人士大夫眼里，词是词，人是人，两者不能画等号。呈现为人品已醒、词品沉眠的分裂状态(参见本书第三章)。但在理学家眼里，词就是人，人就是词，两者没有区别。词品堕落就是人品堕落，淫词亵语、口孽意淫就是阿鼻罪过。两者的认识差别多么巨大！今天看来，警惕香艳词风，诅咒淫艳堕落，尽管有伦理保守主义的教化色彩，而且超出了文学批评的范畴，但对校正宋词发展的轨迹仍然有着重要的平衡作用，对道德人伦和社会风气的积极影响更不可忽视。理学家们的第三方努力，与南渡词人群、中兴词人群的复雅努力汇合成同一方向的力量，保证了宋词主流的品质成熟和流变分化。我们尊重理学家们的声音。①

① 词曲歌舞的淫艳与社会道德的堕落紧密相关。人们普遍注意到，近二十年来，中国各地的歌厅舞厅遍地开花，出现了极度繁荣，仿佛再现了一千年前宋代瓦肆歌栏畸形繁盛的都市景象。毫无疑问，这种歌舞繁盛的再现伴随着明显的社会道德堕落，伴随着淫靡生活方式的滋生。黄色二人转歌舞、异性包厢陪唱和脱衣舞表演等等，都是证明。因此，警惕和批判文学艺术上的淫艳、歌舞消费文化上的色情，是一个健康社会的应激本能。

如前所述，淫艳与俚俗是孪生现象，它们往往互为表里。区别俚俗和淫艳的不同分野，对于讨论明词弊端，理解清词不同的词学范畴，有着重要意义。因此，尽管《雅歌》在词坛上是一支孤军，独自代表着理学文人族群开辟战场，清算词坛，但仍然值得我们驻足屏息，向它行注目礼，值得我们重提《花间集序》和《复雅歌词序》。

另外，王柏溯源诗歌传统，指出淫艳之风从《诗经》时代就已经开始。郑卫之音是《二南》的罪人，后世乐府又是郑卫的罪人。至于如何拯溺起顽，兴起人心，重倡圣人道德，他没有说清楚。序文中的这一段："所以学士大夫，尚从事于后世之词调者，既可倚之于弦索，泛之于唇指，宛转萦纡于喉舌之间，忧愤疏畅，思致流动，犹有可以兴起人心之故也。"句理欠通顺，无从理解，可能原文有残缺夺文。

七、来自北方的《中州乐府》

编选者元好问(1190—1257)字裕之，号遗山，太原秀容(今山西忻县)人，北魏拓拔氏之后。父元德明，累举不第，放浪于山水间，有《东嵓集》三卷。元好问少时以诗受知于礼部赵秉文。金兴定五年(1221)登进士第，历内乡令、南阳令。哀宗天兴初(1232)，擢尚书省掾，旋除左司都事，转行尚书省左司员外郎。金亡，乃以搜辑网罗故国文献为己任。欲修《金史》，而金实录藏于顺天张万户家，终不可得，于是构亭于家，潜心野史、诗文的编撰。史称"凡金源君臣遗言往行，采摭所闻，有所得辄以寸纸细字为记录，至百余万言"。[1] 著述除了诗文词集之外，还有《杜诗学》一卷，《东坡诗雅》三卷，《锦機》一卷，《诗文自警》十卷，《壬辰杂编》若干卷，《中

① 元·脱脱等《金史》卷一百二十六本传。

州集》十卷等。

《中州乐府》一卷，原附刻于《中州集》之后，至明代嘉靖年间才单独刻词选行世。据元好问《中州集自序》，是书的编撰乃天兴二年(1233)之事。金天兴元年，诗友冯延登(字子骏，吉州人)、邓州守刘祖谦(字光甫，安邑人)曾与元好问相约编选金代诗词总集，未果。京师陷落，冯延登自投井中而死。次年，元好问留滞聊城，闭门隐居，遂独立编选成了《中州集》。

《中州集》以人分选，诗人各系有较为详细的小传。选中作品间附有诗话、品评。《中州乐府》体例同诗选，共录词人三十六家，词一百十三首。[①] 另于其父元德明《好事近》词下，附录二首。

中原词风尚雄奇俊伟，整体上明显异于南宋。“金、宋分疆，程学行于南，苏学行于北。”[②]元好问论词也最推崇苏东坡。《遗山乐府自序》说，“乐府以来，东坡为第一，以后便到辛稼轩。”又说：“自东坡一出，情性之外，不知有文字，真有‘一洗万古凡马空’气象。”[③]《中州乐府》以至整个《中州集》体现了这种审美思想。全编脱尽脂粉，大声鞺鞳，有深裘大马之北方男儿气魄。选者在卷末《自题中州集后》绝句中阐述其重性情、尚雄奇的选择倾向道：

> 邺下曹刘气尽豪，江东诸谢韵尤高。若从华实评诗品，未便吴侬得锦袍。(其一)

清人厉鹗也有《论词绝句》论《中州乐府》，从反面表达了同一个意思。说：“《中州乐府》鉴裁别，略仿苏黄硬语为。若向词家论风

① 《彊村丛书》本《中州乐府》附嘉靖十五年彭汝寔《近刻中州乐府序》云：“凡三十六人，总一百二十四首，以其父德明翁终焉。”其首数与《彊村丛书》本实际不符。彊村本实际仅一百十三首，另附录二首。

② 明·彭汝寔《近刻中州乐府序》。

③ 金·元好问《遗山先生文集》卷三十六《新轩乐府引》。

雅，锦袍翻是让吴儿。”[①]需要辨别的是，东坡体与稼轩体并不完全是一回事（参见本书第五章），只不过两种体式都构成了曲子词的父本。中原词人迎归它们，也改造了它们。很难说金词就简单地属于清旷自在的东坡体，或者是充满英雄色彩的稼轩体。

该选之主要意图，在存一代之文献，以选为史。元好问自序云：“念百余年以来，诗人为多，苦心之士，积日力之久，故其诗往往可传。兵火散亡，计所存者，才什一耳。不总萃之，则将遂湮灭而无闻，为可惜也。”明确地表示了他的担忧和愿望。故其《自题中州集后》特别提到了他的存史动机：

> 平世何曾有稗官？乱来史笔亦摧残。百年遗稿天留在，抱向空山掩泪看。（其五）

诗选部分分列“诸相”、“状元”、“异人”、“隐德”、“三知己”、“南冠五人”等类项，俨然史书的本纪、世家、列传。《中州乐府》因选人较少而没有分列，但史料比较丰富，记事以及采录词话品藻都很引人注意。彭汝寔誉之为“盖金人小史也”。

该选与宋人黄昇《花庵词选》的成书年代非常接近，它们的选型可以彼此参看。不同的是，《中州乐府》不是一部独立的词选，它只是附在诗选后面的一个单元部分。尽管毛晋等人曾经将它单独刻印出来，但在选阵、选心、选域、选源上它是无法与主体剥离开来的。已见于前面诗选部分的入选者列不列词人小传，就反映了这种尴尬。毛晋单刻本只有少数词人列有小传，大部分词人都没有小传，读起来显得非常怪异。我们倾向于把它与元人周南瑞的《天下同文》看作同一选系。《天下同文》也是一部诗词混选总集。甲集前四十七卷为诗歌，后三卷为词。共选录元人卢挚、姚云、王梦应、颜奎、罗志可、詹玉、李琳七家词二十九首。毛晋也

① 清·厉鹗《樊榭山房诗集》卷七《论词绝句》其八。

将这三卷合并为一卷,单独出来为元人词选。

让人难堪的是,这部词选在后代几乎没有产生任何影响。明代词人不喜欢它,清代词人也不屑于谈论它。好像它只应该被放到诗坛上去打量。元好问的“抱向空山掩泪看”,竟然一语成谶了。

八、江湖选词收获评估

江湖时期漫长而芜杂。在时代跨度上它与中兴时期、临安时期头尾略有重叠。孝宗朝后期,江湖词人群蜂拥而至,开始与中兴词人群争夺词坛空间。随后,大群这样的中小词人熙熙攘攘,主宰了光宗、宁宗、理宗、度宗四朝八十多年的词坛。不再有英雄,也没有梦想,他们为着名利,也为着基本生存,平凡而渺小地烘托着词坛的繁荣。他们总共为后代贡献了十部词选。其中出于江湖词人和理学家之手的有《草堂诗余》(加工重编)、《花庵词选》、《阳春白雪》、《群公词选》、《雅歌》五部,出于书坊选录或加工刊刻的有《草堂诗余》、《类分乐章》、《群公诗余》、《五十大曲》、《万曲类编》五部,出于官府修内司整理刊刻的有《混成集》一部。考虑到当时可能还有更多的词选曾经出现过,这个成绩已经非常不错了。

这个时期外部的天时地利优势表现在:整个社会赶上了繁荣升平的好年头,期间很少战乱惊扰。南中国歌舞升平,经济腾飞,诗歌、曲子词、绘画各种艺术门类都取得了较大的丰收。由于都市经济的发展,民间对于书籍的需要,对于传唱曲子词的渴望,明显比前代放大,形成了具有商业价值的规模化读者市场。江湖时期最大的机遇优势在于,民间书坊出现了高度繁荣。南宋初年,还仅仅只有建阳麻沙书坊和建宁府黄氏书铺等少数书坊。到了孝宗后期和宁宗时期,全国迅速形成了浙中、闽中、蜀中三大书坊密集地。(参见本书第二章)我们欣喜地看到:不仅江湖词人在大力选词，民间书坊也投入了高度的热情。不仅民间书坊投入了高度热情，朝廷官方也积极参与，理学家们也前来掠阵助威，形成了自上而下、各方齐头并进的格局。这是中国文化最美好、最和谐的格局。尽管也发生过丑陋的江湖禁诗事件，也发生过禁止书坊违章刻印策试书籍、非标准的经史书籍事件。[①] 但都影响不了这种多方联手的甜蜜状态。从《草堂诗余》刊刻改编上，我们看到了江湖词人与书坊联手的成就。另一方面，书坊商人也在向文人士大夫积极招手。南宋临安书商陈思选刻《两宋名贤小集》三百八十卷，大儒魏了翁为之作序，说："予无他嗜，惟书癖不可医，临安鬻书人陈思多为予收揽散逸，叩其书颠末，辄对如响。一日以其所梓《圣宋群贤小集》见寄，且求一言。盖屡却而请不已，发而视之，球玉琳琅，粲然在目。"这是诗歌领域的书坊与士大夫文人的合作。魏序作于绍定三年(1230)，正是江湖时期的后半阶段。为此我们相信，一定还有朝廷官府与民间书坊的合作，还有江湖诗人词人与朝廷官府的合作，只不过他们的合作或在经史典籍上，或虽有诗选、词选而今天已经失传，我们没有看到罢了。

从文化心理学角度分析，江湖时期应该是词选、诗选最高产的时期。我们发现，历史上选诗、选词最积极的人群，往往不是诗坛、词坛上最优秀的诗人词人。同时，最成功的选本，又往往不是诗坛、词坛上最伟大的作家所选，而是稍微二流一些的诗人、词人。他们的名声和地位还没有大到不屑于动手、没有时间动手、担心名誉不敢动手的地步；而他们又已经具有了较高的诗词专业眼光、创作经验、交游圈子，在一流大词人之下，达到了能力的最大化。所以特别适合献身于选词事业。近年北京大学陈平原教授提出，一流的教授不适合当大学校长，二流教授中能力素质比较均衡者，才特别适合当校长。也是这个道理。主选政者就是词坛上的"大学校长"，学生就是那些入选的曲子词作品。江湖时期

① 参见清·徐松《宋会要辑稿》"刑法"二。

不产伟大的诗人、词人，他们都是平凡的二三流作家，具有巡察词坛、品藻词人、奉献精力于整理前代词籍的可能。在这种情况下，他们使用一部分精力来创作，一部分精力来辑词、选词、论词，是最合理也是最明智的资源配置考虑。

我们没有把握的是，有一个特殊因素，是否应该视为词选的天时地利人和，姑系于此以备商榷：唐代以来盛行的行卷风气，到了南宋江湖时期恶性流行，常常被夸大扭曲为献诗颂谀、索赠行贿、利用诗文词集求序求赏等种种不良风气。许多朝廷名公宰执的门下，众多的江湖词人你来我往，争相登门，几无一日清净。江湖词人拿自己的诗集、词集去请名公宰执品鉴，屡见记载。黄昇、赵闻礼都做过这类事情。赵闻礼干谒权贵，甚至还以自己珍藏多年的金石碑刻拓本数十种相赠。我们因此猜测，选诗为集、选词为集，献给所干谒的达官贵人，可能也是他们展示才华的一种方式。尽管功利色彩太重，但风气所至，对推动词选繁荣，还是有一定促进作用的。

江湖词人群的自身劣势，主要是生活窘迫，常年浪迹各地，缺乏台阁词人群那样的安逸富贵、大晟词人群那样的音律教养、临安词人群那样的稳定抱团。藏书没有优势，拥妓听歌没有条件，校勘钩沉没有耐心。我们甚至认为，两宋时代没有哪一个时期的外部环境，比江湖时期更有利于词人选词。外部环境的机遇显然远远大于威胁；而两宋时代又没有哪一个词人群，比江湖词人群更不利于选词。他们群体自身的劣势又远远大于群体优势。他们选词失于草率，疏于校勘，去取引起后人非议，是先天就注定了的。

想来真是天意。在仅存的江湖三部曲中，《草堂诗余》呈现为江湖士子与书坊市井的喁喁私语，《花庵词选》呈现为江湖词人群替市井大众冠冕堂皇的代言，《阳春白雪》则呈现为江湖词人群对自我阵营的检阅和观礼。三种姿态，三种方式，分别演绎着江湖词人的不同做派。都是江湖词人群的词选，却有着全然不同的表情和声调。不管是公然的调情，还是遮遮掩掩，欲拒还迎，它们都与世俗社会有着斩不断的暧昧关系。这也许是一种背叛，南渡词人群所作出的抛弃选歌体的努力，被江湖词人群轻松放弃，适应民间消费娱乐需要的选歌体卷土重来，变异为分类选歌和分调选歌，而渗透到《草堂诗余》和《阳春白雪》之中。至于人格上的放弃崇高，回避理想，湮灭悲愤，回归日常，则肯定是对中兴词人群的背叛。

按重要性和词史价值来评估，我们认为，修内司刊《混成集》、黄昇《花庵词选》比较优秀，是能够代表宋代词选最高成就的选本之一。它们是志在存史的大型词选，有很强的历史责任感和严肃性。前者偏重音律，后者偏重文学，朝廷、词人群花开两朵，各领风骚。尤其是黄昇的《花庵词选》，能够克服江湖词人选词的先天弊端，表现出相对严谨的态度，是值得充分肯定的。王柏的《雅歌》则是一部非常特别的词选，作为理学家选词论词，它是江湖时期与众不同的一个异数。其审美观念和思维方式都与其他词选有别。我们太想看一看这部词选，太想知道这部两宋词坛上独一无二的词选究竟是什么样子。可惜，我们与它失之交臂。

《草堂诗余》和《阳春白雪》的成就略低，它们身上江湖风尘的味道比较浓重。文学性、文献价值、应歌功能兼而有之，但每一方面都不很突出，属于第二流的词选。我们不反对《草堂诗余》为下层市井立言，为俚俗阵营呐喊，如果它选成一部纯粹的市井俚俗词选，比肩《云谣集》，也许我们要向它表示更大的敬意。可惜它混杂了江湖和市井，窜乱了雅词和俗词两种不同的审美理想。书坊市井与江湖士子的联手，在这里暴露出双方的进退尴尬。几乎可以说，词选史上没有哪一部词选，能够像《草堂诗余》这样优秀和恶俗之间的落差如此巨大，如此互不嫌弃，把臂言欢。就像梁山悬起了“替天行道”大旗，忠义堂上鸡鸣狗盗之徒与名门将相之后并列而坐一样。这种分裂，当然是应歌选词的结果，但却与江湖词人的人格分裂形成了意味深长的对应。至于《草堂诗余》在后世暴得大名，流传得摇曳生姿，轰轰烈烈，是谁也没有想到的。

我们反对被明代、清代那些狂热的《草堂》迷们牵着鼻子走。无论哪个词派为之说情，也无论他们说了什么，我们都坚持认为：《草堂诗余》只是一部普通的江湖之选，一部书坊商人与江湖士子的甜蜜私语。它的成功，不是词选的骄傲，而是词坛的悲哀。

南宋官府的《混成集》、江湖士子的《群公词选》、理学家的《雅歌》、书坊的《类分乐章》、《群公诗余》、《五十大曲》、《万曲类编》，今天都已经失传了。我们所能看到的，仅仅只有上述江湖三部曲。单纯就数量讲，它们并不比北宋、南渡增加多少。这与我们的期望值有很大距离。但是我们不要忘记，那是一个官府、书坊、词人群、理学家的蜜月时期，词选有过辉煌，词选曾经纵情歌唱。

第七章　南宋遗民的回望与总结

一、南宋体绚丽的晚霞

漫长的江湖时期开始疲惫。常年奔走在草野和朝市之间的大群背影，越来越不受欢迎。他们该向何处去呢，继续奔走呼告，还是从此匿身草野，归于沉寂？

宋理宗朝中期以后的词坛，芜杂庞大的江湖词人群中，逐渐分化出一个层次较高的江湖雅人群体。这是一群特别推崇姜夔的人品和词品，并以之作为创作楷模的所谓“狷者”。他们的活动地域，主要集中在临安、湖州、会稽等地，尤其以临安为主。理宗景定五年（1264），杨缵、张枢、施岳、周密、李彭老等词人结盟于西湖之上，开西湖吟社。以讲论词法、商榷音律、删润词谱、分题唱和为事，从而形成了东南词坛新的中心。[①] 这是临安词人群的第一代。杨缵、张枢、施岳于度宗朝先后下世，周密、王沂孙、李彭老、张炎等词人遂为群体的中坚。入元以后，他们更迭唱和，凭吊故都，有《乐府补题》的五次咏物聚会，构成了临安词人群的第二代。

宋末元初四五十年，是姜夔的时期，苏轼和周邦彦的光辉尽管仍在，但已逐渐黯淡下来。逃避现实皈依自然的词人从容现

---

① 详见笔者《西湖吟社考》，华东师范大学编《词学》第七辑。

临安词人群身份素养对照表

姓名	基本身份	家族背景	素质才艺	职衔
杨缵	外戚琴师	杨太后兄孙、度宗淑妃父	精音律、善琴、绘画	司农卿、浙东帅
张枢	名门贵族	中兴名将后代	善音律，能自度曲	
徐理	琴师	杨缵琴友	精通音律，善琴	
施岳	湖山清客		精通音律	
陈允平	湖山清客		诗、词	制置司参议官
周密	湖山清客	中兴名臣后代	金石、书画、野史、诗词	义乌县令
赵孟坚	书画名师	宋宗室	精于书画、诗词、金石	翰林学士承旨
王沂孙	湖山清客		诗歌、词、音律	（庆元路学正）
张炎	落魄贵族子弟	中兴名将后代	音律、诗歌、词、绘画	
仇远	湖山清客		诗词、书画、野史	（杭州知事）

仅列词人群中最主要者，较外围者未列举

身，登上词坛。以往词人与世俗社会之间的那种时即时离、若即若离、貌合神离的暧昧关系被一扫而空。中兴词人“为现实而艺术”的精神，江湖词人“为个人而艺术”的精神，进一步演化为“为艺术而艺术”的精神。强烈的群体意识、宗派观念，整齐的唱和共鸣、人品追求，共同的词谱、词法、词社、词选、词论、词宗，一改过去江湖词人品流芜杂、群体散漫、追求各异的陈旧局面。在重音律、守词法的群体风气上，他们重归大晟词人群怀抱；在重私交、重师友同门的群体形态上，他们又与元祐词人群高度相似。

临安词人群的群体特征，归纳起来主要有三个突出的方面。

（一）尊显门第与优越地位

这是临安词人群显著区别于以往江湖词人群的地方。他们的官位大多不高，多数长年逍遥于湖山风月之中。除了杨缵之外，多为微官下僚，与江湖词人无异。但是门第出身高贵，社会地位和经济地位大大高于以往的江湖词人，都是钟鸣鼎食的公卿将相的后代。

如赵与仁、赵孟坚、赵崇嶓为宋皇室后裔，固不待言。杨缵原为江西洪氏，幼年过继为宁宗杨太后之兄杨次山孙，遂为外戚。后来他的女儿被选为度宗妃。官至司农卿、浙东帅。张枢、张炎父子为中兴四名将之一张俊的后人，其家“千金之装，列驷之骋，谈笑得之，不以为异”。[①] 时人目之为“鼓吹春声于繁华世界，飘飘徵情，节节弄拍，嘲明月以谑乐，卖落花而陪笑”的承平故家贵游。[②] 周密“上世为中兴名从臣，家弁阳，迩京师，开门而仕，则跬步市朝之上；闭门而隐，则俯仰山林之下。其所交皆承平诸王孙，觞咏流行，非丝即竹，致足乐也”。[③] “龟溪二隐”李彭老和李莱老亦为湖州大族，家园拥有湖山园林之胜。会稽王沂孙事迹不详，但仅有的记载也证实出于富贵之家。词友周密说他“结客千金，醉春双玉，旧游宫柳藏仙屋”。[④] 张炎说他“香留酒殢，蝴蝶一生花里”。[⑤]

他们都是从富贵中来，特殊的经济地位和社会地位，使得他们不必漂泊江湖，四方奔走，无意求田问舍，追逐名利，更不肯低三下四去干谒权贵，雕饰人格，被迫颂寿献谀。他们有闲情雅致，有资格也有资本鄙视世俗社会，沉醉于自然湖山，沉醉于艺术的

---

① 元·戴表元《剡源集》卷十三《送张叔夏西游序》。

② 宋·郑思肖《张炎〈山中白云词〉序》。

③ 宋·马廷鸾《碧梧玩芳集》卷十五《题周公谨弁阳集后》。

④ 宋·周密《踏莎行·题中仙词卷》。

⑤ 宋·张炎《琐窗寒》（断碧分山）。

象牙之塔，他们整理琴谱，传授词法，商榷音律，极尽风雅之能事。在宋末狂澜既倒的现实面前，词人追求自洁自爱，自我欣赏，自我沉吟，理想人格与现实人格最终得到不同程度的统一。

变化显而易见。江湖朝市间随处可闻的奔走吟号，转变为湖山深处传来的宁静歌声。松散庞大的阵营收缩为紧密的订盟社集，同门师友置换了干谒食客。躁动消失，目的退出，朝廷知音的寻访之旅宣告结束。移宫换羽的吟咏不再面对公卿宰执，不再面对富贵。作词选词与个人命运的功利关系被彻底截断。江湖词人中的狷者，最终羽化而出。

（二）博雅多识的艺术素质

博雅多识是姜夔的一个特点。这使得他的创作较之同时代的其他人更具有“为艺术而艺术”的纯艺术意味。临安词人群因其优越的门第出身和经济地位，全面发展了这一传统。他们不但像一般宋代文人那样能够兼擅诗歌、曲子词、古文，而且还精通音乐、绘画、法书、史志、金石藏弆等等。特别是精通音乐声律一项，是他们博雅的艺术素质的核心，这使他们能够与北宋台阁词人群、大晟词人群站在同一竞争线上，甚至更高的起点上，展开艺术较量。与台阁词人相比，他们不是重臣但不缺乏富贵；与大晟词人相比，他们不属太常、修内司、教坊但却是民间音律高人。（姜夔曾经以民间音律专家的身份献《琴瑟考古图》、《大乐议》，就是一个音律在野的象征。）作为姜夔的忠实追随者，他们的这份教养和优越，是过去出身寒微的江湖词人所不敢想象的。①

杨缵是姜夔之后最著名的音律大师，幼年即出入宫廷教坊，与乐工接触频繁。据其弟子周密记载，“（紫霞）翁知音妙天下，而

---

① 例如宋·王炎《双溪诗余自序》云：“予于诗文本不能工，而长短句不工尤甚。盖长短句宜歌而不宜诵，非朱唇皓齿无以发其要妙之声……（予）三十有二始得一第，未及升斗之粟，而慈亲下世。以故家贫清苦，终身家无丝竹，室无姬侍，长短句之腔调，素所不解。”

琴尤精诣。自制曲数百解，皆平淡清越，灏然太古之遗音也。复考证古曲百余，而异时官谱诸曲，多黜削无余，曰：此皆繁声，所谓郑、卫之音也。”[①]《浩然斋雅谈》也记载说：“当广乐合奏，一字之误，公必顾之，故国公乐师，无不叹服。以为近世知音，无出其右者。”（卷下）周密故人之子袁桷讲述琴法渊源说：

> 往六十年，钱塘杨司农（缵）以雅琴名于时，有容三衢毛敏仲、严陵徐天民在门下，朝夕损益琴理，删润别为一谱，以其所居曰“紫霞”名焉。自渡江来，谱之可考者，曰《阁谱》，曰《江西谱》。……方杨氏谱行时，二谱渐废不用。[②]

这个《阁谱》，我们猜测即是南渡初年保留下来的北宋大晟旧谱。《朱子语类》卷九十七记载张镃（约斋）曾经随行在录得旧谱，

---

① 宋·周密《齐东野语》卷十八。

② 元·袁桷《清容居士集》卷四十四《琴述赠黄依然》：“方杨氏谱行时，二谱渐废不用。或谓其声与国亡相先后，又谓杨氏无所祖，尤不当习。噫，杨司农匿前人以自彰，故所得谱皆不著本始，其为今世所议无可言。余尝习司农谱，又数与徐天民还往，知其声非司农所能创。间以问天民，时天民夸诩，犹司农也。谩对焉终不以悉。余益深疑之而莫以据。后悉得广陵张氏谱，而加校焉。则蔡氏五弄，司农号为精加细绎，皆张氏所载，独杨氏隐抵不述耳。今世琴调，清商号为最多，郭茂倩记古乐府琴辞，亦莫盛于清商。杜佑氏叙论雅乐，谓楚汉旧声，犹传于琴家。蔡氏五弄、楚调四弄，至唐犹存。则今所谓五弄，非杨氏私制明甚。议者悉去之不可也。按广陵张氏名岩，字肖翁，嘉泰间为参预，居雪时，尝谓阁谱非雅声。于韩忠献家得古谱，复从五市密购，与韩相合，定为十五卷。将锓于梓。以预韩氏边议罢去。其客永嘉，郭楚望独得之，复别为调曲。然大抵皆蔡氏声为之者。楚望死，复以授刘志芳。志芳之传愈尊，而失其祖愈远。天民尝言杨司农与敏仲少年时，亦习江西。一日敏仲由山中来，始弄楚望商调，司农惊且喜，复以金帛令天民受学志芳。故今紫霞独言刘、郭，而不言广陵张氏传授，皆杨氏与其客自私之蔽。越有徐理氏，与杨同时，有《奥音玉谱》一卷。以进《律鉴琴统》入官。其五弄与杨氏亦无异。晚与杨交，杨亟重之。益知楚汉旧声，非杨氏所作。”

或称之为行在谱，可能也是随高宗南渡保留下来的大晟旧谱。杨缵在大晟旧谱和江西谱的基础上，创制了新的《紫霞洞谱》。根据袁氏叙述，杨谱系源出于永嘉郭楚望及其弟子刘志芳，郭楚望琴法又源出于广陵张岩。远祖都是大晟遗音。惟洞谱与琴谱似为二途，袁桷不加区分，未知于乐理是否有误。除了精通古琴之外，杨缵还工于绘画，元人夏文彦称杨缵"好古博雅，善琴，倚调制曲，有《紫霞洞谱》传世，时作墨竹"。①

张枢和徐理也是当时的音律专家。张枢"笔墨萧爽，人物蕴藉，善音律，尝度《依声集》百阕，音韵谐美"。②"越有徐理氏，与杨(缵)同时，有《奥音玉谱》一卷，以进《律鉴琴统》入官。其《五弄》与杨氏亦无异，晚与杨交，杨极重之。"③张炎精审音律，著有《词源》一种，对音律宫商进行了详细的讨论。与姜夔标注工尺谱的词集一样，是最重要的宋代词乐文献之一。时人舒岳祥称其"诗有姜尧章深婉之风，词有周清真雅丽之思，画有赵子固潇洒之意"。④ 周密于金石、书画、诗词、音乐、史乘无所不工，著述极多，为宋末元初多才多艺作家的代表。"善画梅竹兰石，赋诗其上。"⑤赵孟坚为宋末著名的词人兼画家，《嘉兴府图记》称其"修雅博识，善笔札，工诗文，多藏三代以来金石名迹。又善作梅花、水仙、兰、竹，于山水尤奇。襟度萧爽，时比之米南宫"。其他如王沂孙工诗、晓畅音律，见周密《踏莎行》题辞；施岳精通音律宫商，见《武林旧事》卷五；仇远诗词、书画俱有时誉，有野史传世。

随之而来，他们的词中融入了多种艺术趣味：以散文入词而制长序，韵散相生；以风俗入词，演绎野史笔记的叙述功能；以骈文之法为词，在词中表现出音乐美感、书画美感。雅词比以往任

---

① 元・夏文彦《图绘宝鉴》。
② 宋・周密《浩然斋雅谈》卷下。
③ 元・袁桷《清容居士集》卷四十四《琴述赠黄依然》。
④ 宋・舒岳祥《赠玉田序》。
⑤ 元・夏文彦《图绘宝鉴》。

何时期都更精、更美、更高、更深，更宜于应社讲论和把玩。（“把玩”是临安词人群的认知关键词。姜夔《暗香》、《疏影》词，“石湖把玩不已”。）尤其是以音律严格约束曲子词，字斟句酌，务求音律谐美。我们知道，姜夔为词极力追求音律谐美。词序中屡屡提到诸如“以哑觱篥角吹之，其韵极美”（《凄凉犯》）。临安词人群也是如此，周密的羽调《解语花》，自称演奏出来“音韵婉丽”。自度曲《采绿吟》，“短箫吹之，音极谐婉”。他的咏西湖十景组词《木兰花慢》创作出来后，与其师杨缵相与订正协律，数月之后才最后定稿。整体艺术气氛决定了他们要句琢字炼，归于醇雅，决定了他们要严守声律，敛才归法。

这种整顿江湖、约束自我的情形，让我们联想到大晟词人群变元祐词人群的自由驰骋而为严格协律按谱。临安词人群与大晟词人群有许多相似之处。只不过，大晟词人群的变是“复礼”之变，是代表朝廷的体面和道德规范而严格协律按谱，落点似在郊庙雅颂；临安词人群的变是“复雅”之变，是代表艺术的体面和填词规范而严格协律按谱，落点偏于在野的骚雅。前者体现了北宋后期官府的意志，后者体现了南宋后期高士的意志。他们的原动力，他们的追求，大同之下还是有很多细微差别的。

（三）宗法姜夔以骚雅为体

我们强烈主张把宋末元初的词坛称为“姜夔时期”。这不仅仅是因为他们在创作上共同瓣香白石词，奉之为词家圭臬。在师法古人的基础上，或磨去棱角，变峭拔为圆润。或渲染景境氛围，而变幽冷为明净。或深化和升华咏物，特重寄托品格胸襟。用清人朱彝尊的说法是“皆具夔之一体”。① 更重要的是，临安词人群发现了狷者人格，悟到了人格上的清空高远，他们摆脱了大多数江湖词人的形象窠臼，蝉蜕而出，在人品境界、艺术素养、出处心

① 清·朱彝尊《曝书亭集》卷四十《黑蝶斋诗余序》。

境等方面，与姜夔越来越神似。

我们注意到，周密晚年退居的弁山，就是当年姜夔隐居的苕溪白石洞天所在地。周密词完全源出于姜夔，其《弁阳老人自铭》云："间作长短句，或谓似陈去非、姜尧章。"周密词大量摹写骚雅清空的意境，喜欢制作长序，甚至在刻琢语言上，也多处模仿姜夔。① 王沂孙词也追摹姜夔，张炎称其"琢语峭拔，有白石意度"。②张炎词源出于姜夔，尤其为世人所认同。仇远誉其意度超玄，律吕协洽，"方之古人，当与白石老仙相鼓吹。"③杨缵与张枢为一代著名词人，可惜作品流传下来的很少，难以见其全貌。仅就现存词看，也基本上是姜夔的作风。施岳、李彭老、仇远等人词风也显然受到白石词的影响，骚雅清空，成为整整一代人的追求和创作风格。

发现姜夔，不是临安词人群偶然的选择。我们倾向于认为，临安词人群所作出的这种姿态，完全是出于对江湖词人群中狂

① 周密词摹仿借鉴姜夔处，极为多见。举例如下：周密《忆旧游》"依依故人情味，歌舞试春娇"。借鉴姜夔《徵招》"重相见，依依故人情味"。周密《三犯渡江云》"澌鸣玉佩，山护云衣，又扁舟东下"，借鉴姜夔《探春慢》"无奈苕溪月，又照我、扁舟东下"。周密《忆旧游》"但梦绕西泠，空江冷月，魂断随潮"，借鉴姜夔《玲珑四犯》"酒醒明月下，梦逐潮声去"。周密《浪淘沙》"一春心事雨声中"，借鉴姜夔《小重山令》"一春幽事有谁知"。周密《乳燕飞》"趁熏风，一舸来时，翠阴清昼"，借鉴姜夔《念奴娇》"闹红一舸，记来时、尝与鸳鸯为侣"。周密《疏影》"闲想孤山旧事，浸清漪、倒映千树残雪"，借鉴姜夔《暗香》"长记曾携手处，千树压、西湖寒碧"。周密《徵招》"万景正悲凉，奈曲终人杳"，借鉴姜夔《蓦山溪》"万绿正迷人，更愁入、山阳夜笛"。周密《乳燕飞》"晚色一川谁管领，都付雨荷烟柳"，借鉴姜夔《八归》"最可惜一片江山，总付与啼鴂"。周密《凤栖梧》"涧底孤芳，冉冉吹诗句"，借鉴姜夔《念奴娇》"嫣然摇动，冷香飞上诗句"。周密《三犯渡江云》"那回乘夜兴，云雪孤舟，曾访故人家"，借鉴姜夔《庆宫春》"那回归去，荡云雪、孤舟夜发"。

② 宋·张炎《琐窗寒》词序。

③ 宋·仇远《玉田词题辞》。

者、俗者的强烈厌恶。与其说他们推尊姜夔，不如说他们推尊狷洁。与其说他们追捧清空骚雅，不如说他们憎恨污浊行迹。他们渴望做清亮高洁的人，唱出清亮高洁的歌声。格调，首先是人的格调，然后才是词的格调。

特别有意思的是，临安词人群宗法姜夔甚至不是一个孤立现象。如此眼熟的情景，三百多年前就曾经发生过：唐末五代初，诗坛曾经兴起过宗法贾岛的热流，众多诗人写诗怀念贾岛，追和贾岛，一时蔚为风气。贾岛诗格的细微闲逸、冷涩刻画被奉为神明。故而宋人蔡居厚把"晚唐诗格"直接称为"贾岛格"(《蔡宽夫诗话》)，闻一多认为"晚唐五代是贾岛的时代"(《唐诗杂论》)。他们如此相似：崇拜者群体比他们的偶像晚到了数十年，为了另辟蹊径，也为了内心的宁静，一个时代都沉浸到了苦吟之中。临安词人群是两宋词坛上最典型的苦吟词人群(吴中词人群则是清代的苦吟词人群)。这还不算，偏偏江湖诗人群急切地抛弃江西诗派，重新拥抱晚唐体，他们所拥戴的诗神偶像，正是贾岛与另一位诗人姚合。不同的只是，临安词人群发现姜夔，更多的是人格自恋；江湖诗人群发现贾岛，更多的是审美自虐。

除了姜夔之外，钱塘人周邦彦作为这个群体的乡贤，也是临安词人群追随的偶像。只不过影响要小得多。

(四) 杭嘉湖词文化圈的形成

临安词人群的重要性，不仅在于它总结了南宋体，为清代词坛准备了丰富的理论资源和创作范本，更重要的是，它在早已湮没的吴越词坛的废墟上重起炉灶，振兴曲子词，确认了杭嘉湖词文化地域圈的至高地位，再次构成了这个词学策源地的标志性起点。

俯瞰一千多年的曲子词发展历史，我们发现，除了中原地区的东京开封、西京洛阳之外，大部分词人聚集地都集中在长江流域和江南地区。主要有西蜀地区、金陵扬州地区、杭嘉湖地区、江西地区、闽中地区、岭南地区等。除了岭南地区词坛发育较晚外，其他几个地区在两宋时代都先后大放光芒。我们把这个广泛的地区定义为曲子词的南方地域圈，或者长江流域圈。

南方地域圈或长江流域圈是一个过于宽泛的概念。在这个辽阔的范围内，更吸引我们注意的词人密集地和活跃区是南唐故地的北部和吴越国故地，也就是今天的太湖周边地区，包括扬州、南京、常州、宜兴、无锡、上海、苏州、杭州、嘉兴、湖州等江浙城市。吴熊和先生曾经把它定义为曲子词的环太湖地域圈。除了扬州和南京原为南唐东、西都，不属于太湖流域之外，其他城市基本都在太湖流域范围之内。这个环太湖地域圈先后出现过南唐词人群、扬州词人群、常州词人群、阳羡词人群、吴中词人群等一大批重要的词人群体和词学流派。它们围绕太湖竞相出现，圈状布局，很容易让人联想到当年的罗马帝国。公元前二世纪至公元前

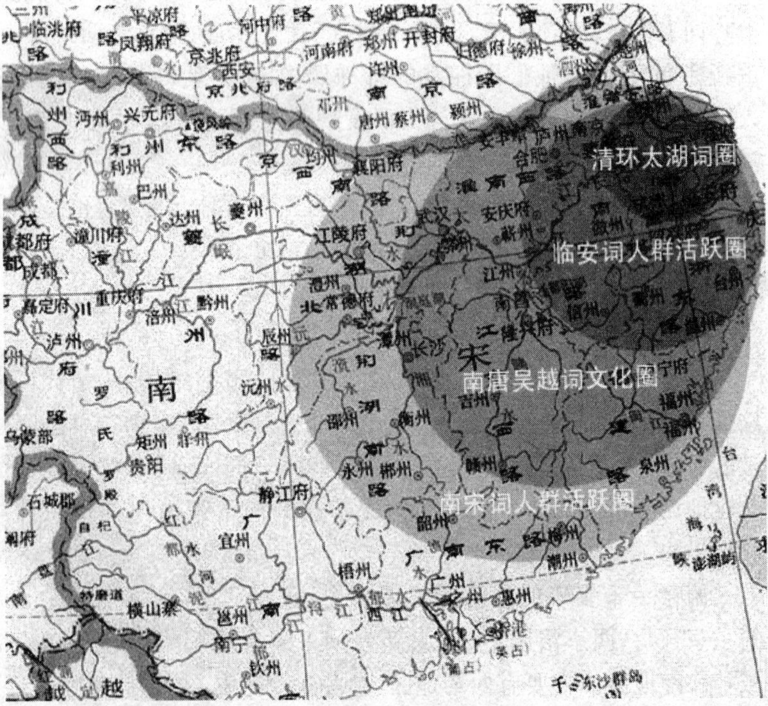

不同时代词文化圈重叠情况示意图

一世纪，与西汉王朝几乎同时的罗马帝国环绕着地中海沿岸，建立了一个庞大的帝国圈。当然，环海文明与环湖文化重量级不同。地中海面积250万平方公里，比太湖整整大了一千倍。

太湖流域是长江三角洲最下游的江南部分，西抵天目山和茅山山脉，北濒长江口，东临东海，南至杭州湾，总面积大约三万六千多平方公里，是中国最富庶的金三角地区。这个地区属于亚热带季风气候区，降水以春夏之间的梅雨和夏秋之间的台风雨为主，年平均降水量约1100毫米。地形整体上由西向东倾斜。流域西部为山区和丘陵，中部和东部为平原、洼地，面积分别占全流域的22%和78%。北部、东部和南部三边均筑有江堤或海塘。山区海拔大多在二百至五百米左右，丘陵海拔一般在十米到三十米左右，平原海拔在四到八米左右，最低的太湖东部和东南部地区海拔只有三到四米。流域内主要水系有流入太湖的苕溪、南溪水系，流出太湖的黄浦江水系和连接长江与太湖的沿江水系等。

它的平原地区由长江、钱塘江和太湖水系冲积形成，构成典型的水乡泽国。主要有三大特点：一是湖泊众多，区域内分布着大小湖泊近两百个，面积约三千多平方公里。在一千多年前的唐宋时代，可能水域面积更广。太湖现面积为2460平方公里，是中国的第三大淡水湖，湖水深二到三米，容积44.3亿立方，是调节流域洪水、枯水的中枢；二是区域内水网交错，河道密度达到每平方公里三到四公里。河网纵横交织，与湖泊相互沟通，兼起蓄洪和泄洪作用；三是河道比降平缓，容易受潮水顶托，泄水能力小，常常造成洪涝灾害，水位的变化对地区生态有很大影响。

南方地域圈是外圈，环太湖地域圈是中圈，还有一个更为活跃、词人群更为密集的内圈：杭嘉湖词文化地域圈。这个地域圈是词坛最重要的心脏地带。

我们所说的杭嘉湖词文化圈，范围包括太湖东部和东南部的湖州、嘉兴、嘉善、杭州、松江、吴江、苏州、太仓这几个主要的曲子词重镇。这里吴侬软语，越人棹歌，民风纤弱温和而儒雅好学。

明人王士性《广志绎》云："杭、嘉、湖平原水乡，是为泽国之民。金、衢、严处丘陵险阻，是为山谷之民。宁、绍、台、温连山大海，是为海滨之民。三民各自为俗。泽国之民，舟楫为居，百货所聚，闾阎易为富贵，俗尚奢侈，缙绅气势大而众庶小。"我们发现，南宋以来，几乎词坛上重要的词人群和词派，都出现在这个区域里：杭州前有临安词人群，后有西陵词人群，嘉兴和嘉善有浙西词人群、柳洲词人群，松江有云间词人群，苏州有吴中词人群，吴江有松陵词人群，太仓有太仓词人群。除了常州、宜兴、南京、扬州之外，太湖流域圈最重要的曲子词策源地都集中在这个狭小的范围之内。

两宋词人的现代省籍地域分布表

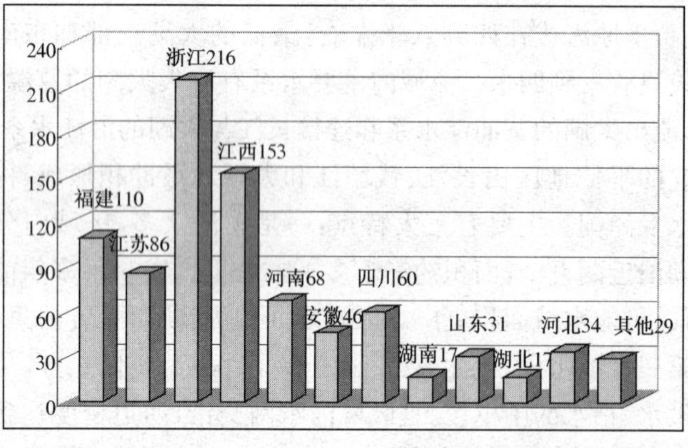

根据唐圭璋《两宋词人占籍考》

谈论这个词文化的策源地，我们不得不追溯到南宋的临安词人群，追溯到北宋后期的大晟词人群代表周邦彦。最让人浮想联翩的是，杭嘉湖词文化圈的范围，恰恰就是十国时代吴越国的疆域范围。这不是巧合，这是一条清晰的地域血脉。可惜，吴越词坛的情况没有任何历史文献可考，它对后来临安词人群和西泠词人群、浙西词人群的巨大影响，我们已经无从得知。高祖、曾祖已矣，父辈的身影仍在，临安词人群对浙西词人群和整个词派的影响，一脉相承，关系非常清晰。浙派词人大多来自杭嘉湖地域圈。曹溶、朱彝尊、李良年、李符、沈进是秀水（嘉兴）人，龚翔麟是仁和

(杭州)人,沈皞日、沈岸登是平湖人,柯崇朴、柯煜是嘉善人。只有汪森是安徽休宁人而流寓浙西。他们的密集出现,显示了这片水乡泽国极强的文化造血功能,是词坛当之无愧的心脏地带。凄清空阔的骚体词格调,尤其与水乡泽国的特殊地理环境密不可分。我们倾向于把临安词人群与浙派词人群的跨时空对话,视为地缘人文传统的血脉传承,视为地理环境规定下的文化复制。

拿湖州来说,唐代诗人张志和曾经长期隐居于此,自号烟波钓徒。晁补之《水龙吟·别吴兴至松江作》描写湖州说:"水晶宫绕千家,卞山倒影双溪里。"姜夔长年漂泊江湖,孝宗淳熙年间随萧德藻寓居湖州,一住十多年。其所寓白石洞天就在苍卞山下。其《惜红衣》词序也描写说:"吴兴号水晶宫,荷花盛丽。"周密是姜夔的异代邻居,家也在湖州苍卞山下。《草窗韵语》卷三十八载:"吾乡自昔号水晶宫,盖苕、霅二水交汇于一城之中,此他郡所无。而邦人习玩,往往不复管领。遂使水月之趣,溪山之胜郁而不彰,大是欠事。坡谓自太白去后,世间二百年无此乐。赤壁之游,实取诸此。坡去今复二百年矣,斯游也庶几追前贤之清风,为异日之佳话云。"

确认临安词人群是这个曲子词地域圈最重要的源点之一,意义非常重要。

(五) 江西词人群

江西词人群与临安词人群大致同时。他们的渊源传承,似乎也是从南宋后期庞大的江湖词人群中分化而来。他们不像临安词人群那样醉心于声律,那样从事"纯艺术"的创作。他们以诗人为词,充满现实精神,更饶梗概苍凉之气。特以风骨遒劲而称。遭遇宋亡变故,使他们越过江湖时代,直取南渡词人、中兴词人的创作精髓。尤其与南渡词人群的遭遇相似,心灵最为相通。他们最流行的创作主题是山林隐逸,避世逍遥。其风格和题材的这种特点,影响了整个元代的词坛。这种情形使人悲喜交集,不胜感慨:曾经被中兴词人群强行打断的东坡体再生放大的努力,这一次卷土重来，铺天盖地，整个文化阶层的精神出走，再也没有谁来打断它了。

江西词人群不仅在济世情怀上回归到南渡词人群、中兴词人群时期，而且在曲子词为诗文之余、诗文为立身济世之余的文化姿态上，回归到元祐词人群、台阁词人群时期。换句话说，他们的历史身份，首先不是诗人墨客，更不是专业的曲子词客，而是奔走救亡的忠臣志士，隐逸山林的故国遗老。这使他们与临安词人群形成截然不同的基因突变，在两个方向上共同解构了庞大芜杂的江湖词人群。

刘扬忠《唐宋词流派史》对这两支群体的差别作过生动论述，说："江西这边是激昂地呼喊，江东那边是低沉地细语；江西这边多直陈其事、直抒胸臆，江东那边多咏物寄情、曲折言怀；江西这边以悲壮慷慨为主调，江东那边以婉转缠绵为极致；江西这边以咏怀言志为目的，不暇计文字之工拙，音律之抗坠，江东那边却起劲地讲论词法，推敲乐律。"不同的是，他把这两支群体分别视为江西地区的江西词派和江东地区的学清真词派。

我们注意到，江西词人群的占籍地和主要文化圈，是宋代的江南东路和江南西路两地，也就是十国时代的南唐故地。并非仅限于江西一地。而临安词人群聚会吟唱的主要区域，则集中在杭州湾和太湖周边地区，即北宋的两浙路、南宋的两浙东路和两浙西路地区，尤其以十国时代的吴越国故地杭嘉湖平原地区为行踪密集。

所以，追溯地域人文传统，如果可以追溯南渡和中兴时期的豪放词人辛弃疾、陈与义、向子諲曾经寓居江西，影响了江西词人群创作的话，为什么就不能追溯北宋的江西籍词人晏殊、欧阳修、王安石，说他们影响了江西词人群的创作呢？如果可以把临安词人群视为吴越流（派）的话，为什么就不能把江西词人群视为南唐流（派）呢？风格影响，仅仅是群体基因遗传、地域文化复制的一种表现，不是全部表现。更多的传承关系，性格、心态、角色、素养、观念、群相、伦理、遭际、语系、环境等等，都有待我们去梳理发掘。我们甚至猜测，南唐词人群对江西词人群的影响，有可能还远远大于寓居者辛弃疾、陈与义、向子諲等人对江西词人群的影响。文天祥遭遇亡国变故前后形象的巨大反差，难道与李煜遭遇亡国变故前后的巨大反差一点也没有相似之处？“收拾起大地山河一担装”的悲剧背影，他们难道也没有一点相似之处？从心底迸发出的江西天籁，是不是都有某种带血的沙哑？这是流派研究和群际关系研究最复杂、最有挑战性的课题之一。

江西词人群身份职衔表

姓名	基本身份	职　衔	籍里	集名
刘辰翁	梗直幕僚	临安府学教授、文天祥江西幕僚	江西庐陵	《须溪词》
文天祥	抗元统帅	右丞相兼枢密使	江西庐陵	《文山乐府》
邓　剡	抗元朝士	秘书丞、礼部侍郎、直学士院	江西庐陵	《中斋词》
罗志仁	梗直布衣	元天长书院山长	江西庐陵	
赵　文	抗元幕僚	文天祥幕僚、元东湖书院山长	江西庐陵	《青山集》
赵功可	南宋遗民	赵文弟	江西庐陵	
彭元逊	南宋遗民	刘辰翁唱和词友	江西庐陵	
王炎午	抗元幕僚	文天祥幕僚	江西庐陵	《吾汶稿》

仅列词人群中最主要者，较外围者未列举

意味深长的是，江西词人群与临安词人群作为宋末元初词坛上的“双子星”，同时都是江湖词人群的后继者，却有着完全不同的朝向和归属。我们发现，尽管这两个词人群都是宋代词人群，但临安词人群是真正宋代词史的绚丽晚霞、辉煌尾声；而江西词人群则更像是元代词史的最初序幕。正如明末的云间词人群不像是明代词坛的词人群，更像是清代词坛的最初序幕一样。文天祥作为抗元领袖和诗词群体的领袖，与陈子龙作为抗清领袖和诗词群体的领袖，实在有太多的可比之处。江西词人群身为大宋臣民，唱着大宋挽歌，但他们的嗓音旋律和身后的布景，已经在不知不觉中被悄悄更换了。

二、基因进化与群际关系

叙述罢临安词人群和江西词人群，唐宋时代宣告结束。回眸四百年曲子词走过的道路，我们产生了对这些复杂的群际关系和词体关系强烈的追问渴望。

在生物进化的过程中，大自然遵守着它的基因遗传规律，从初起到全盛，从全盛到衰微，从衰微到基因突变，产生新的物种，新物种再进入下一轮进化循环。这是大自然最精美的起承转合，是生命基因演变最普遍的初盛中晚。

我们想问的是，文学呢？曲子词的进化呢？文人群的更替演变，是不是也有着同样的传承规律？从自然科学的思维跳跃到社会科学的思维，跨度是大了些，但充满了想象和发现的可能。两者之间可不可以借用比喻？现代人类学已经掌握了这样的技术，可以通过对细胞线粒体中的遗传物质脱氧核糖核酸（DNA）的密码普查，来追溯人类的起源。人们已经知道，今天世界各地的不同人种都来源于十五万年前非洲的同一个女性。不同的线粒体DNA识别片段，能够详细地还原出人类最初的部落走出非洲、向五大洲扩散的具体线路和大致年代。从事人类学研究的伯克利加里福利亚大学的阿伦·威尔逊（AllanWilson）报告认为："智人的古老类型向现代类型的转变，大约在十万年到十四万年前首先发生在非洲（事实上更早）。今天所有的人都是那个群体的后代。"这是非常刺激社会科学研究者想象的结论。宋、元、明、清曲子词也有类似走出非洲的进化过程。元、明、清历代几乎所有的词体或词人群，都是唐宋曲子词体和词人群基因的延伸。唐宋词体和词人群也有更早的家族源基因。理论上说，无论群还是体，每一个支脉都有自己的源头，都能找到自己相应的氏族祖先。可惜，社会学研究缺乏自然科学那样精确的基因识别方法。

在此，我们结合本书第五章关于源范式的分类考察，按照基因突变的进化规律，将唐五代两宋词人群体归纳为五个不同的进化阶段。

第一阶段：十国生台阁。晚唐温庭筠的新体曲子词，是唐代所有声诗、乐府曲辞、杂歌谣辞的基因突变。"飞卿体"是最早曲子词的源范式。它在南朝宫体诗的基础上，演绎改造了语言的节奏形态，保留了华丽香软的贵族审美习惯，以及专注于女性倡家生活情景的传统主题。由此形成第一代曲子词源基因（母本）。"飞卿体"本质上是宫体或者类宫体，我们把它定义为宫体曲子词（参见本书第四章）。西蜀词人群、南唐词人群、吴越词人群北上后解体，养育了北宋的台阁词人群。这四大群体构成一个完整的词人群组，对第一代源基因进行了完整复制和忠实遗传。我们将这个群组称之为"南方系群组"。这是一个相对比较完整的词流家族，整体性强，基因变异小，构成曲子词进化史上最早的寒武纪。①

第二阶段：台阁生元祐大晟。南方系群组继续复制进化，最晚的台阁词人群产生了两个支系。一个再度发生基因突变，形成元祐词人群。以人而论则是苏轼的出现。苏轼所创造的"东坡

---

① 寒武纪（Cambrian period）是古生代的第一个纪，始于距今 5.4 亿年，延续了 4000 万年。寒武纪是三叶虫的时代，生物界出现了第一次物种大爆炸，丰富多样的海生无脊椎动物纷纷出现。三叠纪（Triassic period）是中生代的第一个纪。始于距今 2.5 亿年至 2.03 亿年，延续了约 5000 万年。三叠纪是爬行动物和裸子植物的时代，原始哺乳动物在三叠纪末期出现，盘古大陆也在三叠纪末期形成。侏罗纪（Jurassic period）是中生代的第二个纪，始于距今 2.03 亿年，结束于 1.35 亿年，共经历了 6800 万年。侏罗纪也是爬行动物和裸子植物的时代，恐龙成为陆地的统治者。侏罗纪中晚期，盘古大陆开始分裂。白垩纪（Cretaceus period）是中生代的最后一个纪，始于距今 1.35 亿年，结束于距今 6500 万年，其间经历了 7000 万年。白垩纪晚期到第三纪，恐龙时代宣告终结。爬行动物和裸子植物由极盛走向衰亡。

体”以心灵的奔放自由为主要特征，汪洋恣肆，不择地而涌出，形成曲子词史上第二个著名的源范式。“东坡体”的放大和群体化，是影响了整整一代人的“元祐体”。我们把“东坡体”称为第二代源范式或源基因(父本)。在曲子词的进化史上，苏轼的意义与温庭筠同样重要(参见本书第五章)。他们都具有可复制模仿和重新激活的干细胞功能，具有强大的范式生命力；稍晚的另一个支系则继续复制南方系母本基因，诞生了基因更为完整、更为精密的南方系升级版：大晟词人群。周邦彦所创造的“清真体”典雅精工，章法细密，雍容华贵，是可以与徽宗画院的“院体画”并称的“府体曲子词”，是去掉了宫体诗遗传内核而保留其细胞壁形态的南方系词家族的完美标本。如果继续用地质年代作比喻，这个阶段可以视为曲子词进化史上的三叠纪。

第三阶段：元祐生南渡中兴。第二代源基因(曲子词父本)在较差的生态环境下，仍然迅速复制繁衍，形成了新的词人群组。元祐词人群、南渡词人群、中兴词人群，包括在此前后的多组理学亚词人群，共同组成了另一个声势壮观的词人群组。我们称之为“北方系群组”。这一群组中，除了父本群体之外，最耀眼的是中兴词人群及其核心词人辛弃疾。辛弃疾所创造的“稼轩体”消化解构了“东坡体”，以骚入雅，构成了唐宋词体的第四个源范式，也是整个南宋骚体词中最高亢壮丽的一体“纪实抒愤体”。我们把它定义为曲子词的“英雄体”(参见本书第五章)。北方系群组不断复制进化，遗传变异为江湖词人群。这个阶段是曲子词进化史上盛极一时的巨人时代：侏罗纪。

第四阶段：大晟中兴生江湖。江湖词人群不是基因突变，构不成源基因。它只不过兼取了母本和父本、南方系群组和北方系群组的双重基因。我们既可以说它是基因遗传上的“回到南方”，也不妨说它是南方系基因的隔代遗传。用生物学术语来说，它是变种、杂交的后代。

作为这个群体的特例，姜夔现实身份属于江湖词人群，却又茕茕孑立、独往独来，精神人格上超越了江湖时代而开创了临安词人群的风气之先。他所创造的“白石体”,不仅清空,且又骚雅,是唐宋词体的第五个源范式,并且构成了南宋骚体词中最典型的“以境写心”一体。为临安词人群和清代的浙西词人群提供了无限的想象空间。唯一的不同在于,《花间》体是放大了的飞卿体,元祐体是放大了的东坡体,中兴英雄体是放大了的稼轩体,而江湖体却不是放大了的白石体。南宋骚体、《乐府补题》体、浙西词派体等,才是放大了的白石体的一部分。换句话说,姜夔作为那个时代的先行者,比他自己的群体至少早出现了六七十年。

第五阶段:江湖生临安江西。意味深长的是,江湖词人群自身的基因复制也产生了两个方向的回归:一个发生较大的基因突变,形成临安词人群。这个群体呈现为进化上的返祖现象,沿着钱塘人周邦彦的足迹,回归到了南方系升级版的大晟词人群。在以曲子词而不是诗为创作讲论重心上,在严格协律按谱、追求句琢字炼上,在总结词法、整理词谱的音律专家身份上,他们都外貌酷似,血型相同,彼此重叠到了一起。可以确认为同一血缘的族群。特别之处在于,这个群体没有自己的源范式领袖,而遥祭六七十年前的姜夔为自己的源范式领袖;另一支系则继续复制江湖基因,也发生了局部的基因变异,形成江西词人群。江西词人群是南渡词人群和中兴词人群的基因延伸和回归,也是隔代遗传。只要想一想他们中兴名臣的身份,想一想他们奔走呼号的背影,就足以将他们归入同一个更大的词人群组。甚至,它还是南唐词人群的地域传人。我们把这个不断回归、不断返祖的混乱阶段,比喻为曲子词进化史上的白垩纪。

这是我们所观察到的唐五代两宋词人群基因谱系。

东方哲学的阴阳五行思维方式,谈论相生,必然也要谈论相克。为了获得更接近真实的立体影像,必须有另一只眼睛。让我们换一个角度来分析它们的群际关系。

实际上,两宋词人群基因谱系也在按照它自身的地域逻辑,不断在迁徙中复制进化,声腔的变化永远慢一拍:南地南声(西蜀、南唐、吴越)→北地南声(台阁)→北地北声(元祐、大晟)→跨地变声(南渡)→南地北声(中兴)→南地南声(江湖、临安)→南地变声(江西)。

细心的读者一定会发现,两宋各主要词人群基本上是大群体和小群体交替出现的。台阁词人群是小群体,元祐词人群是大群体,大晟词人群变回到小群体,南渡词人群又变回到大群体,中兴词人群再回到小群体,江湖词人群再变回到大群体,临安词人群又重新变成小群体。最后的江西词人群与临安词人群大致同时,而规模略大。当然,这里的大和小都是相对而言的。相对而言,大群体成员规模庞大,活动半径也相对比较大;小群体成员较少,活动半径也相对较小。大群体倾向于结构松散,群相多变,但生存周期较长;小群体倾向于更专业、更具备较完整的群体个性,但独立性相对要弱一些。

凭借词坛的这种长短、大小、强弱节奏的变化,[①]我们想追问的是:如果每一个大群体和小群体都可以两两组合成对应的群丛组(Association Group),那么是应该先有小群后有大群,还是应该先有大群后有小群?换句话说,小群体应该与前一个大群体形成群丛组,还是应该与后一个大群体形成群丛组?

通过本书各章的梳理,我们发现:小群体通常与它前面的大群体时代比较接近,而且还有一定的群体交往互动。先大后小,小群体往往呈现为大群体的一个叛逆分支,或孳乳派生的亚群。

---

① 词坛演进的强弱长短节奏,是划分曲子词发展时期的重要依据。除了词人群规模大小、声势强弱、周期长短的变化之外,我们也期待对所有词人的生卒年进行统一汇总排比,然后计算出每一年有多少词人生存在词坛上。如果假定每位词人都是二十岁登上词坛,直到去世为止一直活跃在词坛上,那么我们就可以用公元年代或帝王年号为X轴,词坛上活跃的词人数量为Y轴,建立起变量曲线。曲线的高峰低谷自然形成词坛演进变化的强弱节奏。目前,已有一些国学网站建立了历代人物生卒年查询系统,但远不够详细。词人生卒年汇总还没有见到。除此之外,可系年作品数量曲线、名作数量曲线、词人群盟主的生卒年区间等,也都可以作为词坛节奏的划分参照。

而它们与后来的大群体的关系则不太明显，缺乏归并成同一群丛组的理由。这样，我们就得到了另外四组进化演变的群丛组。

唐宋词人群规模比例对照表

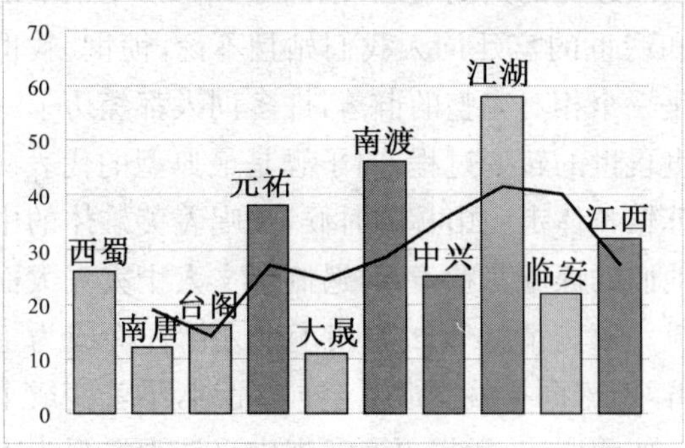

表中数值为规模测算指数，非具体人数

第一群丛组：多个十国词人群中孵化出了较小的台阁词人群。我们注意到，宋初政权更迭，曲子词的创作几乎是清场之后再重新启动，前后拉开了过长的时间距离。接上前朝的词脉关系尚且吃力，更不要说叛逆创新了。因此，它们的群丛组特征很不明显，需要在规律之外另行考察。在此暂时搁置不论。

第二群丛组：元祐词人群和大晟词人群。这两个群体有很长时间并存于北宋后期词坛，主要核心骨干还彼此熟识来往。我们曾把它们并称为"双子星词人群"。他们称霸京洛词坛有一个短暂的时间差：元祐时代苏轼和他的群体京城唱和的时候，大晟府还没有成立，大晟词人们还没有起来。等到徽宗设立大晟府的时候，元祐旧党们已经云散四方，过了鼎盛阶段走向低潮。我们倾向于认为元祐词人群是词坛上的叛逆"新党"，而大晟词人群才是典型的词坛"旧党"，是文学上的"克己复礼"党人。"旧党"从"新党"手中接过词坛领导权，便全力扭转主流风气。他们的曲子词创作，是对元祐体自由奔放的约法与对抗。两个群体前脚后脚，趋向两个极端，避免了北宋后期词坛的重心失衡。

第三群丛组：南渡词人群和中兴词人群。南渡词人群是宋代前所未有的庞大词人群体，其规模估计仅次于江湖词人群。按照同门王兆鹏君的分类，这个群体主要由愤世与救世的志士词人、遁世与玩世的隐士词人、颂世和谀世的宫廷词人三个亚词人群组成。由于亡国迁徙的共同遭遇，他们汇成了一个松散的南渡大群体。颂世和谀世的宫廷词人我们姑且不论，愤世、救世、遁世、玩世的词人是一个相对完整的群落，许多词人都经历了一个由愤世救世而遁世玩世的转变过程，向子諲是最典型的代表。在这个群体簇拥着苏轼整体走向山林的时候，高唱着英雄体的中兴词人群出现了。他们的慷慨悲歌，暂时遏制了文人士大夫大面积从现实逃亡的潮流。家国情怀暂时裹挟了个人情怀而成为主流。没有中兴词人群，南宋词早就变成了金词、元词，早就变成了东坡体的独家天下。如前所述，我们更愿意把中兴词人群视为南渡词人群的升级版和精英版，更愿意把这两个群体视为一个完整的群组。它们的差异构成了对立统一的整体。

第四群丛组：江湖词人群和临安词人群。后期的江湖词人群与前期的临安词人群同时活跃在理宗朝和度宗朝。在庞大芜杂的江湖词人群日益走向沉沦的时候，临安词人群作为白石体的传人，以叛逆者的姿态出现在词坛上。已见本章论述。问题的复杂性在于：从并列词坛的时间序列上，我们既可以把江湖词人群和临安词人群视为双子星群体，也可以把江西词人群和临安词人群视为双子星群体。只不过，江湖群与临安群并列，大群体早于小群体，小群体从大群体中分化出叛逆的支系，狷洁的欲望压倒了富贵的欲望，两个群体既相生又相克，规律非常明显；而江西群与临安群并列，尽管同时异地各成阵营，两者之间并没有逻辑递进关系。①

十国两宋词人群的家族源流谱系，列总表于此供读者参考。

① 关于词人群的组合类型，是词史研究中值得进一步探索的内容。我们还可以有多种分类方式和研究角度，每一种不同的分类方式和角度，都会带来新的发现和新的结论。几种主要的组合类型列表举例如下。（转下页）

十国两宋词人群源流关系总表

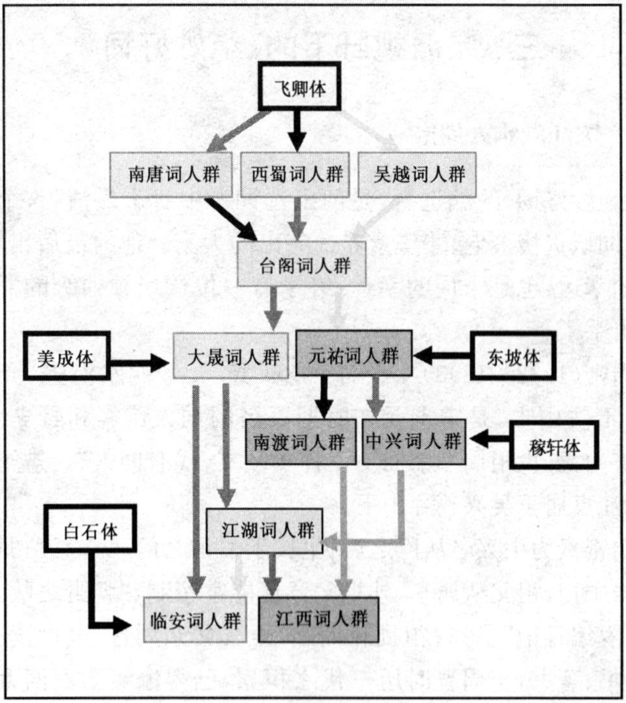

箭头颜色的深浅表示传承关系的远近

（接上页）　　　**历代词人群群际组合类型对照表**

群丛组	同类型的词人群家族
唐五代群丛组	西蜀词人群、南唐词人群、台阁词人群、云间词人群、兰陵词人群、常州词人群
北宋体群丛组	台阁词人群、大晟词人群、柳洲词人群、西泠词人群、扬州词人群、太仓词人群
南宋体群丛组	中兴词人群、江湖词人群、临安词人群、阳羡词人群、浙西词人群、常州词人群、吴中词人群、岭南词人群
声党群丛组	大晟词人群、临安词人群、吴中词人群、岭南词人群
北方系群丛组	元祐词人群、南渡词人群、中兴词人群、江湖词人群、江西词人群、阳羡词人群
杭嘉湖地域群丛组	临安词人群、云间词人群、柳洲词人群、西泠词人群、松陵词人群、浙西词人群、太仓词人群、吴中词人群

三、宗派视野下的《绝妙好词》

（一）江湖雅人周密

《绝妙好词》的编选者，是两宋选词者中身影最清晰、个性最鲜明、词坛资格最老、才华素养最突出的大家。他的最后出场，是词选的幸运，也是宋词的幸运：终于有一位词坛领袖级的群体代言人出手了。

周密（1232—1298）字公谨，号草窗，又号四水潜夫、弁阳老人、华不注山人，是宋末元初时期著名的词人诗客和野史巨擘。祖籍济南，五世祖周孝恭而上，“种学绩文，代有闻人”。遭靖康之变，渡江寓居于吴兴苕弁山下。

周密贵为中兴名从臣之后，生长于书香之门。[①] 南渡初年，曾祖父居中司，祖父从属车，外祖父章良能掌帝制，“朝野之故，耳闻目接，岁编日记”。[②] 曾祖周秘而下，至其父亲周晋，世世读书、藏书、校书、著书，至周晋时历三代之积累，已得家藏图籍四万二千

---

① 周密先世事迹简述于下：六世祖周芳，隐居历山下。神宗熙宁年间，以孝廉徵，不就，赐光禄少卿。五世祖周孝恭，官至吏部郎中，知同州。赠殿中监。高祖周位（一作周立），赠大中大夫。曾祖周秘，随高宗南下，以扈跸之功为高宗重用，历官尚书吏部员外郎、殿中侍御史、御史中丞。“遍历三院，径跻中司”。卒赠少师。祖父周珌，久官棘寺。淳熙年间，历大理评事、大理寺丞、大理寺正。后出守郡，庆元间官至刑部侍郎、大理寺卿。庆元末，拜浙东提刑。嘉泰元年放罢，差主管武夷山冲祐观，任便居住。三年，起为大理寺卿。开禧元年，以集英殿修撰知绍兴府。二年四月去任奉祠。卒，赠少傅。父周晋，娶参知政事章良能之女。绍定间为富春令。嘉熙四年调为福建路建宁漕属官。淳祐间，通判衢州。宝祐二年，知福建汀州，四年前后卒于汀州任。外舅杨伯嵒，名臣杨沂中诸孙。淳祐年间除工部员外郎，出守衢州。宝祐二年卒。余事详笔者《夏承焘先生〈周草窗年谱〉补证》，载《南京师大学报》一九八六年第二期。

② 宋·周密《齐东野语·自序》。

多卷,金石之刻一千五百多种。周密少时从其父宦游闽浙之间,嗜好史乘书画,有异才,为父执所爱。淳祐五、六年(1245—1246)周晋通守浙西衢州,与知州杨伯嵒等名流厚善,常为山水清游,周密即跻身其列:

> 岁丙午、丁未,先君子监州太末。时刺史杨泳斋员外,别驾牟存斋,西安令翁浩堂,郡博士洪恕斋,一时名流星聚,见为奇事。……诸公载酒论文,清弹豪吹,笔研琴尊之乐,盖无虚日也。余时甚少,执杖履,供洒扫,诸老绪论殷殷,金石声尤在耳。①

宝祐四年前后(1256),周晋卒于福建汀州任。次年周密北归。之后踏入春声鼓吹的繁华都市临安,加入到临安词人群中。

景定二年(1261)马光祖再任京尹,辟为幕僚,掌京畿漕运。四年(1263)春,贾似道行公田法,督诸路买田。"其间毗陵、澄江一时迎合,止欲买数之多。凡六斗、七斗者,皆作一石。及收租之际,元额有亏,则取足于田主,以为无穷之害。"②时周密被遣往毗陵督其事。到任,即除其浮额十之三,大忤奸臣贾似道意。"祸且不测,会母病,即日归养医药。"因此一端,贾似道在位时周密始终难以谋得一官半职,而周密的词集诗集中,也没有一首上贾似道的谀词寿词。可见周密其人"刚肠嫉恶,闻见不平,怒发抵掌,毅然不少贷"③的个性品格。

居临安日,周密尝游于音律大师杨缵门下,叩学词乐。与一时词坛名流张枢、陈允平、吴文英、施岳、李彭老等俱有交往。尤其景定五年(1264)春夏间,杨、张等人发起西湖吟社,诸词人歃盟于张枢家园的湖山绘幅楼吟台。自此以后,词人"每一聚首,必分

---

① 宋·周密《蘋洲渔笛谱》卷二《长亭怨慢》词序。

② 宋·周密《齐东野语》卷十七"景定行公田"条。

③ 明·朱存理《珊瑚木难》卷五《弁阳老人自铭》。

题赋曲”。[①] 周密为吟社主要成员，集中应社之制和记载吟社活动的文字很多。“东园（杨缵的家园）桃李记春时，杖履相从日日嬉。乌帽插花筹艳酒，碧莲探韵赋新诗。”[②]“甲子夏，霞翁会吟社诸友逃暑于西湖之环碧。（环碧园为杨郡王府，堂扁皆御书。见周密《武林旧事》卷五。）琴尊笔研，短葛練巾，放舟于荷深柳密间。舞影歌尘，远谢耳目。酒酣，采莲叶，探题赋词。”[③]诗友戴表元描述周密的风雅生活说：

> 公盛年藏书万卷，居饶馆榭，游足僚友。其所居弁阳在吴兴，山水清峭。遇好风佳时，载酒殽，浮扁舟，穷旦夕赋咏于其间。[④]

宋恭帝德祐元年(1275)二月，贾似道兵败鲁港，元伯颜沿江长驱而下直取临安。朝廷百官先后弃官远走。当此兵乱蹴扰之际，周密被朝廷起用为婺州义乌县令。是年冬，南下过会稽访词友王沂孙，逗留一月后赴任。次年三月，临安破，三宫播迁，幼帝北狩。东南婺州等地相继沦陷。时婺州七邑，县令不肯降节仕元者，仅长山令陈天瑞和义乌令周密二人。当年冬自剡北还，再访王沂孙，登蓬莱阁作《一萼红》（步幽深）词痛悼故国山川。之后辗转回到故里仓弁山下，而“兵火破家，一切散去”。遂挈家迁居到故都临安（杭州），得亲戚杨氏兄弟帮助，起宅于癸辛街杨氏瞰碧园。

在许多旧友如王沂孙、陈允平、戴表元、白珽、仇远、赵孟頫等先后被元朝统治者征召出来的情况下，周密在家园中树桑艺竹，垒石疏池。“间遇胜日好怀，幽人韵士，谈谐吟啸，觞咏流行。酒

① 宋·张炎《词源》卷下“杂论”。

② 宋·周密《草窗韵语》卷三《重过东园兴怀知己》。

③ 宋·周密《蘋洲渔笛谱》卷一《采绿吟》词序。

④ 元·戴表元《剡源集》卷八《周公谨弁阳诗序》。

酣，摇膝浩歌。摆落羁縶，有蜕风埃、齐物我之意。客去，则焚香读书，晏如也。”[①]宋室陵替之后，吟社之事仍有举行。著名的《乐府补题》五次咏物聚会，周密就参加了其中的三次。先后与王沂孙、王易简、唐艺孙、吕同老、李彭老、陈恕可、唐珏、张炎、仇远、李居仁诸公，聚集于浮翠山房、余闲书院、宛委山房，分别以白莲、寒蝉、龙涎香为题，借咏物追怀故国家山，抒写身世遭遇。

在此期间，周密还致力于前朝野史文献的编撰，借以寄托故国之思。其著述非常多，据其自述和史家著录，前后凡数十种。流传到今天的主要有《齐东野语》二十卷，《武林旧事》十卷，《癸辛杂识》四集六卷，《蘋洲渔笛谱》二卷，《绝妙好词》七卷，《草窗韵语》六卷等十多种。后人从旧籍中辑出者还有《浩然斋雅谈》三卷，《草窗词》二卷。

（二）草窗词的主要特征

周密的词，流传下来的共有一百五十二首，另残一首。其中见于词人手定付梓的《蘋洲渔笛谱》者一百一十首，见于《绝妙好词》者二十二首，见于后人掇拾成帙的《草窗词》者一百五十首。其中十七首为前二集中所无。

这一百多首词，相当一部分是在杨缵时代与词友唱和吟咏所作，它们多为风俗风景词和咏物词等应社之作。如《曲游春》写南宋游西湖风俗，“看画船、尽入西泠，闲却半湖春色。”为时人所激赏。又曾与张矩、陈允平斗才，分别吟咏西湖十景，创作了《木兰花慢》组词，为社友所称赞。

周密词成就最高的作品，要推宋亡以前的纪游言志词，和宋亡以后的凭吊故国词。这些作品大多发自肺腑，感情强烈，打动了千百年下的众多读者。他的纪游言志词完全追摹姜夔，以洵美空阔的意境表达自我的精神境界，是典型的“以境写心”体的骚体

① 明·朱存理《珊瑚木难》卷五《弁阳老人自铭》。

词。在这些词中，周密大量使用姜夔式的长序，作为骚体词的前奏。举如：

丁卯岁未除三日，乘兴棹雪访李商隐、周隐于余不之滨。主人喜余至，拥裘曳杖，相从于山巅水涯、松云竹雪之间。酒酣，促膝笑语，尽出笈中画、囊中诗以娱客。醉归船窗，纨然夜鼓半矣。归途再雪，万山玉立相映发，冰镜晃耀，照人毛发，洒洒清入肝鬲，凛然不自支，疑行清虚府中，奇绝境也。（《三犯渡江云序》）

所谓浮玉山、碧浪湖者，皆横陈于前，特吾几席中一物耳。遥望具区，渺如烟云。洞庭、缥缈诸峰，矗矗献状，盖王右丞、李将军著色画也。松风怒号，暝色四起，使人浩然忘归。（《乳燕飞序》）

越明年秋，复寻前盟于白荷凉月间。风露浩然，毛发森爽，遂命苍头奴横小笛于舵尾，作悠扬杳渺之声，使人真有乘槎飞举想也。举白尽醉，继以浩歌。（《齐天乐序》）

类似的小序还有很多。它们让人想起王维的《山中与裴秀才迪书》，想起姜夔的《庆宫春序》、《念奴娇序》、《湘月序》、《角招序》、《鹧鸪天序》。吴梅称赞说："学者作题，应从石帚、草窗。石帚题如（略），草窗题如（略），叙事写景，俱极生动，而语意研炼，如读《水经注》，如读柳州游记，方是妙题。且又得词中之意，抚时感事，如与古人晤对。"①

周密的亡国挽歌所作极多。据记载，他在宋亡后创作有《弁阳诗集》五大编，数量达数十百卷之多。可惜这些作品都没有流

① 吴梅《词学通论》。

传下来。凭吊故国的曲子词较少，保存下来的还不足十首。但就是这寥寥数首，却为我们讲述了一个苍凉阔大、沉郁悲壮的心灵境界，足以使我们对周密乃至整个临安词人群另眼相看。其主要代表作有：《一萼红》（步深幽）、《探芳讯·西泠春感》、《献仙音·吊雪香亭梅》等，都是格调凄清的骚体之唱。至于《乐府补题》中所收的《天香》咏龙涎香、《水龙吟》咏白莲、《齐天乐》咏蝉三首，凄咽低回，一唱三叹，更是代表了周密词最高水准的故国挽歌。

在这里，我们发现一个重要细节：周密的作诗与作词相通，作词又与选词相通。周密的诗友戴表元晚年为周密《弁阳诗集》作序，总结他的三个创作阶段和三种不同的诗风，概括说：

> 公谨少年，诗流丽钟情，春融云荡，翘然称其材大夫也。壮年典实明赡，睹之如陈周庭鲁庙遗器，蔚蔚然称其博雅多识君子也。晚年辗转荆棘霜露之间，感慨激发，抑郁悲壮，每一篇出，令人百忧生焉。又乌乌然称其为累臣羁客也。[①]

如此巧合，这三个创作阶段变化出三种诗歌风格，正好与周密曲子词的三种不同风格对应。周密词早年应社的清丽，中年纪游的高远，晚年凭吊的悲凉，与他的诗歌呈现为同步变化。

诗词同步容易理解。周密从来没有把曲子词视为诗之余，他是把诗和词作为同样的抒情言志体裁来对待的。而选词的同步就特别值得关注了。周密晚年选《绝妙好词》，基本内容与风格也是分为三大板块。清初柯煜概括该选本说：

> 薄醉尊前，按红牙之小拍。清歌扇底，度白雪之新声（其一）。况乎人间玉碗，阙下铜驼，不无荆棘之悲，用志黍离之感。文弦鼓其凄调，玉笛发其哀思（其二）。亦有登山临水，

---

① 元·戴表元《剡源集》卷八《周公谨弁阳诗序》。

胜情与豪素争飞。惜别怀人,秀句共邮筒俱远(其三)。[①]

这段文字归纳《绝妙好词》的三个方面:其一为清丽小唱,风格秀整而清雅,卷内以小令为多。其二为历史之沉吟,极饶勃郁不平之气,风格苍凉沉重。其三为雅人之高歌,风格超远清虚,多为所谓"以境写心"者。周密本人的词作,早期、晚期、中期的情形,也恰与此三类作品大体对应。

自觉或不自觉地以个体创作模式,判断和认定词坛的整体模式,这是一个很有意思的现象。如果它没有以偏盖全歪曲词坛面貌,我们认为周密个人的词是整个词坛的缩影版,就像个体生命具有整个物种进化的全部基因密码。他本人的创作是南宋体最标准的典型模板;如果它有偏向——事实上它回避了骚体词中所有的"纪实抒愤"体作品,以及放浪不羁的江湖体、俚俗谐谑的市井词——我们认为这是一个以个人标准肖像观察和放大词坛的宗派之选,所有显影出来的风格和体式,都是周密暨临安词人群"核准"和认可的风格体式。其他落在这个标准肖像框之外的部分,都被精心剪裁掉了。

(三)《绝妙好词》的选词动机

《绝妙好词》是一部很有个性特点、体例完备的词选。它有完整的断代体系,有浓厚的宗派意识,它的编选者被当时词坛前辈誉为"雅思渊才","乐府妙天下",乃是典型的词人选词。它又勒成于宋亡以后,这使得编选者能够完整而冷静地俯瞰和总结那个千岩竞秀、百舸争流的南宋词坛。

该书大约编选于元代至元年间后期,具体年代不详。词选卷六选有张炎《甘州·饯草窗西归》一词,今人夏承焘《周草窗年谱》引周密《癸辛杂识》中曾记载周氏于元贞元年(1295)自杭州

---

① 清·柯煜《绝妙好词·刻序》。

还霅省墓于杼山，故系张炎《甘州》词作于此年。今人又或据此而推断《绝妙好词》编选于元贞元年以后，周密卒前的二三年间。①

今案，周密晚年频繁来往于湖州、杭州之间，非仅元贞元年还霅省墓这一次。断张炎《甘州》词作于元贞元年嫌无确证。以词之内容与周密晚年事迹印证，该词似更可能作于周密六十岁时归故里卜选墓地营建复庵，并自作墓铭的至元二十八年(1291)。

《绝妙好词》于《乐府补题》的五咏三十七首，仅仅选了编者自己的一阕《水龙吟》咏白荷词。在其选录名单中，《乐府补题》的十四家仅有李彭老、王易简、张炎、周密、王沂孙、仇远六家，其余八家只字未见。这当然不排除有可能卷七以下有部分词人残缺，但从入选六家不录《乐府补题》咏物词来看，(周密自己的另外两首咏物词也没有入选)很可能《绝妙好词》成书在《乐府补题》成书之前，其时五咏活动仅有初咏，或者已有数咏而诸家之作尚未汇齐传出，因此权录一首以记其事。

此外，周密《浩然斋雅谈》一书多次提到已经编选成书的《绝妙好词》和野史《齐东野语》。如《雅谈》卷下载云："秋崖李莱老，与其兄筼房竞爽，号'龟溪二隐'。予已刊十三阕于《绝妙选》矣。"又："筼房李彭老，词笔妙一世，予已择十二阕入《绝妙词》矣，兹不重见。"又："薛梯飙长短句，予尝收数阕于《绝妙词》，今复得其《醉落魄》云(略)。"《齐东野语》成书于至元二十八年，而《浩然斋雅谈》成书年代则无考。但所引薛梯飙《醉落魄》(单衣乍著)一首，竟列于今本《绝妙好词》卷三，而且为薛梯飙名下的第一首。这当是选者后来所增补。由此可见，《绝妙好词》的选成与刊刻，约与《浩然斋雅谈》的撰述年代接近。

《绝妙好词》以张孝祥为首选，曾经引起后人的一些猜测。这

① 见吴熊和《唐宋词通论》第六章。

个问题涉及到对该书编选动机和目的(选心)的认识和理解。值得推究玩味。清人宋翔凤在《乐府余论》中说:

> 南宋词人系情旧京,凡言归路,言家山,言故国,皆恨中原隔绝。此周公谨氏《绝妙好词》所由选也。公谨生宋之末造,见韩侂胄函首,知恢复非易言,故所选以张于湖为首,以于湖不附和议,而早知恢复之难,不似辛稼轩辈率意轻言,后复自悔也。

这个判断尚值得进一步商榷。宋祥凤以"恨中原隔绝"来解释《绝妙好词》的编选动机,以"知恢复非易言"来解释张孝祥为首选的意图,与事实不符者有三:

其一,我们且不论张孝祥和辛弃疾对中原恢复大计的主张是非得失如何,就周密本人而言,他对恢复中原的宏观战略未见有任何创见议论。他从来不是熟悉兵家韬略的谋士。无从谈起把任何中兴思想贯穿到选词中。咸淳二年(1266),周密作《南郊庆成口号》绝句组诗,这里倒有一点有关恢复的文字:"喜看回杖自青城,十里东风五色云。露布西来天一笑,舆图新复广安军。"(自注:"是日广安之捷适至。")又云:"太平寰海扇皇风,千载风云喜际逢。行见版图恢旧宇,泰山父老徯东封。"[①]可这哪有一点"知恢复非易言"的影子?

其二,论者似乎未注意到,《绝妙好词》选录于宋王朝烟消云散之后,而不是徽宗、钦宗北狩王室南迁的南宋初期。张孝祥系心中原故域、渴望恢复还在情理之中,而周密遭遇国破家亡,脚下已经没有寸土。此时选词,是可能拳拳于整个大宋江山故国呢,还是一如从前仍然系念于失去的中原故土?答案是不言而喻的。

其三,《绝妙好词》中抒写亡国黍离之痛的作品,远远多于寄

① 宋·周密《草窗韵语》卷三。

托中原恢复的作品，所录词人中，遗民词人也占有很大比重。周密自选的二十二首词中，故国哀歌就有七八首，而“恨中原隔绝”的作品一首也没有。

我们以为，该选编撰的基本出发点，首先是整理和保存前朝故国文献。借以寄托对故国的无限眷怀以及对词林先贤的景仰。所谓“追想昔游，殆如梦寐，而感慨寄之矣”。[①] 周密晚年醉心于野史笔记风俗志的撰写，即国亡而史作之意。选录《绝妙好词》乃同一揆。与元好问在金源亡国后赶忙编选《中州集》，保留一代文献的用心完全一样。晚清况周颐在《蓼园词选序》中说：“弁阳翁《绝妙好词》，泰半同时侪辈之作，往往以词存人。”今人詹安泰也有类似的见解。[②] 此书全编凡选词三百九十首（其中六首残缺），词人一百三十二家（据今传七卷本统计），人均选词不足三首，与《阳春白雪》接近。显然也有开列词史名单的意味。该书选及《阳春白雪》已见的词人六十余家，其他六十余家都是从前没有出现过的，基本上都是周密的同时代人。“零玑碎玉，皆赖此以存”。

其次，在客观上存史还不是这部词选的最主要的特点，甚至可以说在主观上存史也不是周密的最主要的原始动机和出发点。它的情形，让我们联想到清初的朱彝尊《词综》，以博徵词，兼存史与选派两端。《绝妙好词》是以选为论，以选为宗派图，建构临安词人群的宗派门户，借选词申述江湖雅人以骚雅幽怨之格调、严格协律之形式、言志言品之立意三大主体特征为核心的词学审美观念。就临安词人群群体而言，至宋亡以后的至元后期，它已经经历了自己的兴起、发展、成熟阶段而进入薄暮黄昏，需要有所总

① 宋·周密《武林旧事·自序》。
② 詹安泰《从宋人的五部词选中所看到的一些问题》：“周氏这个选本在词学上的贡献，还是在于他选录了许多不见史传的词人的作品，其中很大一部分又是他平生的交游，声应气求，使我们从中可以看出当时这派词流行的情况。”载其《宋词散论》。

结和回顾。它曾经有过自己的词社(西湖吟社),自己的词法(杨缵《作词五要》),自己的词谱(杨缵《紫霞洞谱》),但还没有自己的词选和词论专著。也许这个时候张炎也正在埋头撰写着他的词学理论著作《词源》(《词源》成书晚于《绝妙好词》)。周密选为《绝妙好词》,正是应此群体的整体需要而出现的,它主要还是一部选派型的词选。

至于以张孝祥为首选,我们认为,首先这体现了编者严格断代之限,不选南渡词人的体例准则。其主观意图,推测是崇尚张孝祥的高洁人品及其江湖胸襟,以其人品词品为全编之主脑。张孝祥的第一首词,即是那首著名的清气四溢、迥绝凡尘的《念奴娇·过洞庭》,正是"以境写心"的典型范本。此种人品和词体,正是临安词人群所心仪、周密所激赏的完美境界。

南宋杨冠卿的《群公词选》、王柏的《雅歌》皆以儒林大贤为首选,意在主盟全编,领袖一代,是很有说服力的旁证。杨冠卿《群公词选自序》云:"遂掇拾端伯《雅词》未登载者,厘为三帙,名曰《群公词选》。锓木寓室,以广其传。得则书之,颇无铨次。唯以寇忠民公、范文正公冠篇首,庶几浮靡之议无所容声,而是集之作,亦得所主盟焉。"可为参考。

(四)《绝妙好词》的选域

流传至今的《绝妙好词》诸版本都是七卷,但清人以为原书有残缺,应该有八卷。分装二册,各为四卷。清初康熙年间,该选从钱氏述古堂传出,仅七卷。朱彝尊跋云:"第七卷仇仁近残缺,目亦无存,可惜也。"[①]《宋史艺文志补》、黄虞稷《千顷堂书目》的著录都称是书凡八卷,想有所据。不管第八卷是否存在,根据平衡匀称的原则,第七卷选人和选词明显少于前六卷,很不合理。似乎确实有残缺。

---

① 清·朱彝尊《曝书亭集》卷四十三《书绝妙好词后》。

《绝妙好词》各卷数量分布表

卷次	卷一	卷二	卷三	卷四	卷五	卷六	卷七
词人数量	28	13	30	11	22	24	4
词数量	64	59	62	56	55	56	39

据道光杭州爱日轩刻本统计

《绝妙好词》是最早的一部完整的断代词选。所录作品以词人分列，首张孝祥，末仇远（按今本）。除了极个别者如卷二录及蔡松年之外，纯乎南宋词家。我们发现，南宋人选词，黄昇的《中兴以来绝妙词选》采及金人吴激，赵闻礼《阳春白雪》也采及金人吴激、蔡松年，《绝妙好词》采及蔡松年，似乎为一种共同的观念。盖吴激为北宋宰相吴栻之子，米芾之婿，以使金被留。蔡松年为北宋旧臣蔡靖之子，曾任宋职。故仍其旧目之为宋人。

卷一至卷四词人的世次递降，以各卷第一人为例：卷一张孝祥生于绍兴二年（1132），卷二姜夔约生于绍兴二十五年（1155），卷三刘克庄生于淳熙十四年（1187），卷四吴文英约生于庆元六年（1200）前后，都大体相隔一代。卷五至卷七（当为卷八），则基本上为临安词人群体，并且以西湖吟社的同仁为重心，不少都是周密自己的词友。

该选于各词人名下未系小传，选词之余也没有附采词话等文献史料，不能不说是一个遗憾。不过，它与《阳春白雪》一样，偶然也有一些选者的按语点评，如卷四施岳《步月·茉莉》词下就有一则。又有评张炎词一则。[①] 另外《御选历代诗余》屡屡征引“草窗词评”、“周密词评”、“草窗词选”中词话，出处无考，可能系辑自旧本《绝妙好词》亦未可知。清人陈廷焯曾经说，“草窗《绝妙好词》之选并不能强人意，当是局于一时闻见，即行采入，未窥各人全豹

① 吴则虞《山中白云词校辑》附录“参考资料辑”引道光本《绝妙好词》。

耳。”[1]综观全书,少数宋末元初临安词人的佳制确有漏选,如王沂孙、张炎的一些词。但即便如此,它还是在选人和选词两方面都经过深思熟虑,决非随见随采。在选各词无一首庸滥者,不得不令人叹其精纯。

在这里,我们可以见到奇情壮彩的吴文英《高阳台·丰乐楼分韵得如字》,见到回肠荡气的辛弃疾《摸鱼儿》(更能消几番风雨),见到凄凉掩抑为古扬州唱挽的姜夔《扬州慢》(淮左名都),见到喷雪轰雷为中原一恸的施岳《水龙吟》(翠鳌涌出沧溟)。更令人触绪难忘的是那些白头遗民的故国之吟,如王易简《酹江月》(暗帘吹雨)、范晞文《意难忘》(清泪如铅)、王沂孙《醉蓬莱·归故山》、《法曲献仙音·聚景亭次草窗韵》、周密自己的《探芳信·西泠春感》、《一萼红·登蓬莱阁有感》等等。如周密著名的《法曲献仙音·吊雪香亭梅》词云:

> 松雪飘寒,岭云吹冻,红破数椒春浅。衬舞台荒,浣妆池冷,凄凉市朝轻换。叹花与人凋谢,依依岁华晚。　共凄黯。问东风、几番吹梦,应惯识当年、翠屏金辇。一片古今愁,但废绿、平烟空远。无语销魂,对斜阳、衰草泪满。又西泠残笛,低送数声春怨。(卷七)

雪香亭在杭州故宋废苑聚景园内。此园宋末即已荒败。时人记载:“聚景园在清波门外,孝宗皇帝致养北宫,拓圃西湖之东,又斥浮屠之庐九以附益之。亭宇皆孝宗皇帝御扁。尝恭请两宫临幸。光宗皇帝奉三宫,宁宗皇帝奉成肃皇太后,亦皆同幸。岁久芜圮,今老屋仅存者,堂曰揽远,亭曰花光,又有亭植红梅。有桥曰柳浪,曰学士,皆粗见大概。惟夹径老松益婆娑。”[2]故此园此亭在词人的笔下,成为宋帝室衰微最终祀绝的象征,悼废园实际

① 清·陈廷焯《白雨斋词话》卷二。
② 宋·潜说友《咸淳临安志》卷十三。

上是悼念故国江山。词友李彭老、王沂孙皆有同题唱和之作。清人陈廷焯对该词评价很高，誉之为“即杜诗‘回首可怜歌舞地’之意，以词发之，更觉凄惋”。[1]

抒写江湖雅人之逸怀远致、山水幽情，也是《绝妙好词》的主旋律之一。如开卷第一首就是张孝祥著名的《念奴娇·过洞庭》词，格调迥绝，一片冰雪肝胆。大儒魏了翁跋此词真迹叹息说：“洞庭所赋，在（于湖）集中最为杰特。方其吸江酌斗，宾客万象时，讵知世间有紫微青琐哉？”[2]而卷七的末选（依今传七卷本），为仇远的《八犯玉交枝·招宝山观月上》，同样是极清空高远的逸唱，“其纵横之妙，直似东坡”。[3] 南宋初年“以景言志”的东坡体，是怎样演变为后来的南宋骚体词，已见本书第三章论述。

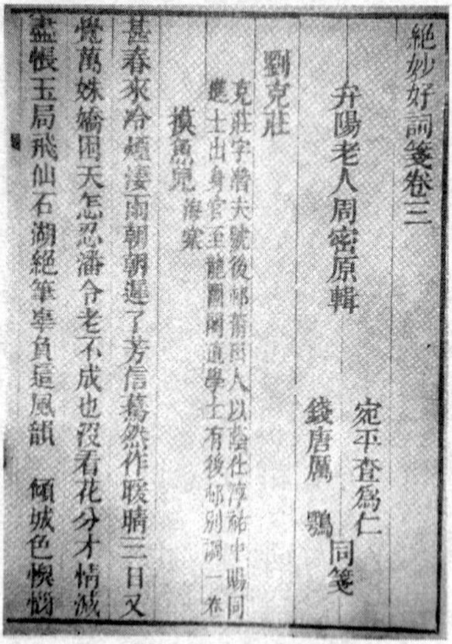
絶妙好詞箋卷三
弁陽老人周密原輯
宛平查爲仁 錢唐厲 鶚 同箋
劉克莊
克莊字潛夫號後邨莆田人以蔭仕淳祐中賜同進士出身官至龍圖閣學士有後邨別調一卷
摸魚兒 海棠
甚春來冷煖淒雨朝朝遲了芳信驀然作暖晴三日又覺萬姝嬌困天怎忍潘令老不成也沒看花分才情減盡悵玉局飛仙石湖絶筆辜負這風韻 傾城色懊惱

扫叶山房石印本《绝妙好词》书影

洞庭青草，近中秋、更无一点风色。玉界琼田三万顷，着我扁舟一叶。素月分辉，明河共影，表里俱澄澈。悠然心会，妙处难与君说。　　应念岭表经年，孤光自照，肝胆皆冰雪。短鬓萧疏襟袖冷，稳泛沧溟空阔。尽吸西江，细斟北斗，万象为宾客。叩舷独啸，不知今夕何夕。（卷一：张孝祥《念奴娇·过洞庭》）

---

① 清·陈廷焯《白雨斋词话》卷二。

② 清·查为仁、厉鹗《绝妙好词笺》卷一引。

③ 清·沈辰垣等《御选历代诗余》引《词苑》。

沧岛云连，绿瀛秋入，暮景却沉洲屿。无浪无风天地白，听得潮生人语。擎空孤柱，翠倚高阁凭虚，中流苍碧迷烟雾。惟见广寒门外，青无重数。　　不知是水，不知是山是树，漫漫知是何处？倩谁问、凌波轻步。谩凝伫、乘鸾秦女。想庭曲、霓裳正舞。莫须长笛吹愁去，怕唤起鱼龙，三更喷作前山雨。（卷七：仇远《八犯玉交枝·招宝山观月上》）

二词一临水，一登山，前后呼应，体现了《绝妙好词》从词品到词意、词风各方面的一种追求。类似这样空灵夭娇的笔墨，玲珑澄澈的境界，潇散清逸的远思，我们在每一卷里都可以举出许多。

（五）宗派门户意识

《绝妙好词》选词主醇雅清虚、协律谐美和意深思远，这当然是一种宗派意识，或称之为群体审美观念在选词上的表现。但它还存在另一种宗派意识和门户之见的表现，那就是选人和选词的党同伐异，以本群体为核心，以左右词友为核心，直至以自我为核心。《绝妙好词》选词在四首以上者排列如表。

《绝妙好词》主力选阵

周　密 22	**吴文英 16**	姜　夔 13	**李莱老 13**	**李彭老 12**
施　岳 12	卢祖皋 10	史达祖 10	**王沂孙 10**	高观国 9
陈允平 9	李肩吾 7	楼　采 6	赵闻礼 6	**张　枢 6**
李　演 6	杨　恢 6	**赵与仁 6**	范成大 5	刘仙伦 5
孙惟信 5	张　辑 5	赵汝茪 5	翁元龙 5	**赵与仁 5**
张孝祥 4	谢　懋 4	刘克庄 4	**薛梦桂 4**	**莫　崙 4**

据道光杭州爱日轩刻本统计

选阵中姓氏为黑体字者，都是临安词人群中周密的词友（限于史载文献可考者,余不计)。全书七卷一百三十多家词人中,几乎有半数都是宋末元初临安词人群中人。这半数中,有周密的父辈词人,词坛耆宿,如杨伯嵒、杨缵、吴文英、施岳、李彭老、陈允平等,以及周密的父亲周晋。也有他的晚辈小友、词坛新人,如张炎、仇远等等。其中二十多人已有资料证明与周密有唱和交游活动,相信实际的数字应该更多。

不仅如此,选者在把注意力集中在这些词友身上的同时,又特别留心选择那些与自己唱和的作品。如李彭老十二首中有四首标明与周密唱和,李莱老十三首中有三首,王易简三首中有一首,张炎三首中也有一首,王沂孙十首中有三首,共十二首注明是与周密的唱和之作。

最后,周密自选的作品居南宋众家之冠,达二十二首。乃是人均选词的七倍,与位居第二、第三的词人拉开了较大的距离,雄踞于群体盟主的尊显地位。按照临安词人群的一般词论观念,南宋第一词人非姜夔莫属。我们不知道这是否存在选源方面的原因。清代朱彝尊特别尊崇姜夔,但白石词五卷不传于当时,故《词综》选词,姜夔远不是第一,就是一个例子。我们看到,实际结果是周密自己僭位称王,挟词选以号召天下。相信这是编选者有意为之的。这在唐宋人的词选中还从未出现过。试观黄昇选词,不过附己作于选末,数量也远非第一。他还在选序中惶恐地声明:"又录余旧作数十首附于后,不无珠玉在侧之愧,有爱我者,其为删之。"绝无与群贤争辉斗艳的勇气,更不用说党同伐异。至于《阳春白雪》中寥寥几首自选词,散见于各卷之中,又不可与黄昇同日而语。

周密这样以自我为中心的选法,虽然不排斥有选源上就近方便的因素,但主要与他在元初词人群中的地位与声望是分不开的。咸淳初年词坛盟主杨缵去世之后,周密就逐渐成为临安词人群的骨干词人。更替之后,前辈词家相继凋零,不少词人又因赴征召而云散四方,或者归来后抱愧隐居,不再露脸词坛。陈允平诗:"抱玉归来泪满襟,世间何许觅知音?此生虽有噬脐悔,到死终无尝胆心。"[①]"此一时只有弁阳老人耳。"[②]故"艺林推为领袖",[③]执当时词坛之牛耳。《绝妙好词》在这样的词坛背景下选成,流露出门户之见和以个人为中心的倾向,不值得奇怪。只不过,没有看到姜夔主盟词选,越出了选派词选的一般规律,我们感到有些失望而已。

(六)《绝妙好词》与《词源》的比较

作为一部选派词选,《绝妙好词》不是周密个人的词选,它属于临安词人群所共有。这个宗派群体,西湖吟社构成了它最初的组织核心,[④]张炎《词源》代表了它的共同理论主张,杨缵所倡导的词法《作词五要》树立了它的创作纲领,张炎的词法《要诀四则》传其灯火,为临安词人群的创作实践的客观总结概括。周密的《绝妙好词》,则是它词史观和词论审美理想的具体运用,也是群体自身创作实践的一次全面检阅。

我们把《绝妙好词》与《词源》放在一起,来分析这个群体的选词标准。

《词源》卷下提出了几个重要的命题,其中之一就是格调骚雅。其含义,首先是指格调雅正,词品端庄。"赋情"条云:"(词家)若能屏去浮艳,乐而不淫,是亦汉魏乐府之遗意。"又"杂论"条之七:"词欲雅而正,志之所之,一为情所役,则失其雅正之音。"所谓北宋词重情,南宋词重品。从这里可以看到。此外,骚雅的精神还应该包括人品与词品高洁完美并且统一,词言志写心,感情幽怨深沉等内容。当然这些张炎并没有展开讨论。

周密其人,首先具备了这种雅人骚怀,其所吟所论所选,能够

① 宋·陈允平《西麓诗稿》之《留鹤江有感》诗。
② 清·沈雄《古今词话·词评》卷上引《柳塘词话》。
③ 清·刘毓崧《通义堂文集》卷十三《重刊周草窗词稿序》。
④ 西湖吟社词人,参见笔者《西湖吟社考》一文,载华师大编《词学》第七辑。

严守骚雅壁垒。故宰相马廷鸾称他"雅思渊才",诗友陈存敬说他"趣尚修雅",清人江宾谷叹其"风雅博洽",《新元史》本传也说其人"学问渊雅"。他以"志雅"命名藏书楼(志雅堂),以"雅谈"命名随笔杂著(《浩然斋雅谈》)。他自称欲"琴书存雅道",[1]欲与诗友"相期在大雅,一洗哇俚淫"。[2] 其《浩然斋雅谈》卷下引张直夫《李彭老词序》云:"(词欲)靡丽不失国风之正,闲雅不失为骚雅之赋,摹拟《玉台》不失为齐梁之工。"原序者之意虽系为小词言情一辩,但其以诗、骚严律小词的基本观点,显然周密是认同的。草窗之词也正体现了这种骚雅精神而为后世所称道。[3]

《绝妙好词》在选录上,于辛弃疾不录其喑呜鹜悍、大声鞺鞳的作品,与《词源》谓"辛稼轩、刘改之作豪气词,非雅词也"。正可参看。周密《浩然斋雅谈》卷下提到:"辛幼安尝有句云:'闻道绮陌东头,行人曾见,帘底纤纤月。'则以月喻足,无乃太媟乎?"故此词《绝妙好词》亦未收录。相反的例子,《词源》说:"辛稼轩《祝英台近》云:'宝钗分(词略)'皆景中带情,而有骚雅。"翻开《绝妙好词》,此阕果然录在卷一之中。又如刘过,其为岳珂讥为"白日见鬼"而江湖气味特浓的《沁园春》(斗酒彘肩)词,盛传一时的《沁园春》咏美人指甲、美人足词,都未见采录。至于翁孟寅、廖莹中、陆叡、奚淢、陈合、从橐、郭应酉等词人媚颂贾似道的寿词,周密一概斥为"谄词呓语",而"戏书"于杂史笔记《齐东野语》卷十二,词选中绝对不予采录。《绝妙好词》通编自首至尾,没有一首淫词、俚词,没有一阕寿词、戏词,没有一篇粗豪词、芜杂词(如回文体、隐括体等)。几乎至纯至洁,一归骚雅。因此,眼光很高的清人多对它这种"雅音正轨"、"不涉鄙俚之习"表示满意。无论浙西派、常州派还是吴中派,都给予了很

---

① 宋·周密《草窗韵语》卷六《喜张九至》。

② 宋·周密《草窗韵语》卷一《上平舟杨先生》。

③ 如清·高士奇《绝妙好词·刻序》云:"公谨生于宋末,以博雅名东南。所作音节凄清,情寄深远,非徒以绮丽胜者。"

高的评价。[①]

骚雅格调之外,协律合谱是西湖吟社以至整个临安词人群创作的最高宗旨。杨缵提出的《作词五要》:要择腔,要择律,要填词按谱,要随律押韵和要自立新意,注意力绝大部分落在词乐与声律上。(按,今人或推测说该词法即是西湖吟社的唱和社约。)张炎《词源》用了大量篇幅详细讨论律吕宫商,讨论协律问题。其"杂论"条强调说:"词之作必须合律。"但又接着说,"音律所当参究,词章先宜精思。俟语句妥溜,然后正之音谱,二者得兼,则可造极玄之域。"此论系从姜夔填词法"初率意为长短句,然后协以律"[②]得来,似与杨氏词法微有异同。但协律合谱的总体精神是完全一致的。

周密早年曾经追随杨缵左右叩学音律,与"王碧山、陈西麓、施梅川、李篔房辈相与讲明而切究之,宜其律之无不谙矣"。[③] 他的早期许多词不少都出于杨缵的"监制",往往墨迹未干辄按之箫管。如其《采绿吟》"音极谐婉",羽调《解语花》"音韵婉丽"。著名的西湖十景词《木兰花慢》初稿写成后,周密拿去请杨缵审读,"霞翁见之曰:'语丽矣,如律未协何?'遂相与订正,阅数月而后定。是知词不难作,而难于改。语不难工,而难于协。"[④]《绝妙好词》没有编选者之选序刻跋可以确切验证此论,但其选词情况,和张炎

① 清·朱彝尊《曝书亭集》卷四十三《书绝妙好词后》:"周公谨《绝妙好词》选本,选未全醇(按朱氏持论可谓严格)。然中多俊语,方诸《草堂》所录,雅俗殊分。"清·戈载《宋七家词选》云:"(公谨)所辑《绝妙好词》,采掇菁华,无非雅音正轨。"清·谭献《复堂词话》:"读《绝妙好词笺》,南宋乐府,清词妙句,略尽于此,高于唐人选唐诗矣。四水潜夫填词名家,善别择,非《花间》、《草堂》之繁猥。"此浙西词派、吴中词派、常州词派三家之公论也。此外,如清·张宗泰《鲁岩所学集》卷十四《书绝妙好词笺后》:"周密《绝妙好词》七卷所选之词,大抵声情美丽,意致绵邈,不涉鄙俚之习,盖其持择者审也。"

② 宋·姜夔《长亭怨慢》词序。

③ 清·戈载《宋七家词选》。

④ 宋·周密《蘋洲渔笛谱》卷一《木兰花慢》词序。

《词源》的观点，充分说明了这一点。

临安词人群的这种努力，为后来的清代吴中词人群预留下了审美接口。

周密和张炎的讲论，还非常强调字句的精雕细刻，“句琢字炼，归于醇雅”。

《词源》卷下花费了较多笔墨讨论字面、句法、用事，以及词的反复雕琢原则等。如论句法说：“词中句法，要平妥精粹。一曲之中，安能句句高妙？只要拍搭衬副得去，于好发挥笔力处，极要用工，不可轻易放过，读之使人击节可也。”这条原则恰恰在周密的词集中有所反映。[①] 周密论书画诗词重视情趣。其《志雅堂杂抄》品论丹青法书，有“天真烂漫”、“极有天趣”诸语。其《浩然斋雅谈》卷中论杨万里诗云：“诗家谓诚斋多失之好奇，伤正气。若‘梅子流酸软齿牙，芭蕉分绿与窗纱。日长睡起无情思，闲看儿童捉柳花。’极有思致。诚斋亦自语人曰：‘工夫只在一捉字上。’”津津乐道于某种只可意会难以言传的诗趣。卷下推赏翁元龙词“类多佳语”，又谓其《鹊桥仙》一阕“真《花间》语”。对何籀《宴清都》词中“天远、山远、水远、人远”，表现出极大的兴趣。又曾论叠字词云：“葛立方《卜算子》词用十八叠字，妙手无痕，堪与李清照《声声慢》并绝千古。本邑学道人，胸中乃有此奇特。”[②]这类文字小慧，在草窗词中我们经常可以遇到。如“欲成诗，未成诗。生怕春归春又归，花飞花未飞”，如“云无心，竹无心，我亦无心似竹云”等等。以“句琢字炼”验证《绝妙好词》，无不吻合。张炎《词源》在当日就认为，该选高于《花庵词选》、《阳春白

---

① 宋·周密《曲游春》词序云：“禁烟湖上薄游，施中山赋词甚佳，余因次其韵，盖平时游舫，至午后则尽入里湖，抵暮始出，断桥小驻而归。非习于游者不知也。故中山极击节余‘闲却半湖春色’之句，谓能道人之所未云。”案此词“看画船尽入西泠，闲却半湖春色”的描写，“盖纪实也”。符合张炎《词源》提出的另一原则：“不独措辞精粹，又且见时序风物之盛，人家宴乐之同。”

② 清·沈辰垣等《御选历代诗余》引“周密词评”。

雪》之处，在于“精粹”二字。朱彝尊说它“多俊语”，钱曾说它“选录精允，清言秀句层见叠出，诚词家之南董也”。谭献《复堂词话》也称“南宋乐府，清词秀句，略尽于此”。

赞美之辞尽管不少，但我们仍然有所警惕。王国维就非常讨厌这类所谓的清词秀句。这种对字句的推敲讲究，显然是应社商榷的必然结果。它与协律合谱密切相关。讲究可以，但如果把它当作填词的最高追求，我们就不得不有所保留了。也许，这是我们对临安词人群暨周密选词、论词唯一不敢恭维的地方。

我们看到，在协律合谱之外，立意深远，强调托物比兴，寄托人格精神，以词言志，也是临安词人群创作的一个重要特点，尤其是后期临安词人群的重要特点。不过它们更多地体现在宋亡之后的实际创作中，较少见到正面展开论述。《词源》有“意趣”一则，其他所论也略有涉及，但论述没有深入展开，也不像对前二者那么重视。再看《绝妙好词》，从今天流传的七卷本中，我们并不感觉到编选者特别强调立意寄托，宋亡以后大量凭吊故国、咏物言志的优秀作品也没有密集现身。

这只有两种可能：要么它们主要集中在第八卷里，因旧本残缺而造成视野盲区，被我们忽略，这不是编选者的错；要么周密选词确实疏忽了意趣深远，托物比兴。考虑到这是南宋体尤其临安词人群创作的最重要特点之一，这种疏忽是不可原谅的：往后看，它影响了后来的浙西词派轻视立意寄托，给常州词派留下了口实和机会；往前看，它反映了临安词人群在杨缵时期过于强调音律和格调的偏颇，而这种偏颇在宋亡以后已经得到了临安词人群的自我矫正。他们的亡国悲歌已经构成立意深远、托物比兴的杰出的骚体词典范。

这种想法也许过于浪漫：如果《乐府补题》的三十七首咏物词并不是单独的词选，而恰是《绝妙好词》第八卷所残缺的那部分，该有多好。两部各有残缺的词选合成完璧，南宋骚体词比兴寄托的立意追求，也在这部词选中完美充分地体现出来。对于实证研究，这种假设毫无意义。但对于阅读词选、了解南宋骚体词，这种假设极为重要。为此，我们不反对把《乐府补题》和《绝妙好词》看作是临安词人群的同一部词选。

在选人方面，《绝妙好词》与《词源》配合得很好。

张炎词法《要诀四则》推举的词家“一祖三宗”，是周邦彦、姜夔、史达祖、吴文英。陆辅之《词旨》云：“周清真之典丽，姜白石之骚雅，史梅溪之句法，吴梦窗之字面，取四家之所长，去四家之所短，此翁之要诀。”除了“一祖”周邦彦是北宋词人，限于断代体例未予采录，而以编选者自己所取代之外，其他三家在《绝妙好词》中，占有显著位置，都居前五名之列：吴文英第二，姜夔并列第三，史达祖并列第五（参见选阵表）。《词源》论词，采用要点阐述和举隅示例相结合的方法。其反复举出的词人，第一是苏轼和姜夔。“北苏南姜”的词品和人品是临安词人群所追求的最高境界。其次是周邦彦、史达祖、吴文英，偶然举到的还有秦观、李清照、陈与义、辛弃疾、陆淞、刘过等词人。《绝妙好词》不录北宋和南渡词人，其他各词人都被一一选录。《词源》举全篇或摘句的词凡十七首，除了刘过《沁园春》咏美人足、美人指甲二首之外，其他都被选进《绝妙好词》，甚至张炎只提到篇名的姜夔《澹黄柳》、《一萼红》等，也见于选中。张炎作《词源》之时，可能曾见过初版的《绝妙好词》，故依其所选举例，受其影响而立论。果真如此的话，我们更应该以《词源》来解读《绝妙好词》了。

（七）《绝妙好词》与南宋体

一卷《绝妙好词》在手，南宋体呼之欲出。

根据前述内容，我们归纳《绝妙好词》三大选词标准：其一，以骚雅清空为体的高格响调；其二，以严格协律按谱受制于词乐为准则的外在形式；其三尚不能完全确定，是以寄托人品襟抱借词言志为特征的深沉内涵。

这也是宋末元初临安词人群创作和讲论的三大追求。如果有一个“临安体”词存在的话，这就是它的三大基本体征。在我们的视野中，至少周密、王沂孙、张炎这宋末三大家的词无一例外，都是如此。

更进一步，《绝妙好词》还编织和讲述了一个“南宋体”词的基本模式。在清代的词话理论批评中，常常使用到“南宋词”的概念。尤其是推尊姜张和姜史的浙西词派。在他们的话语体系中，“南宋词”并不是指所有南宋人的词，而是主要指中兴词人群和江湖词人群的部分作品，以及全部的临安词人群作品所组成的作品体系。我们把它定义为“南宋体”。“骚体词”就是这种南宋体中最主流的体式。狭义的南宋体就是骚体词，它适宜于叙述清代词学理论的变迁；广义的南宋体大于骚体词，还包括一些次要的组成部分，如江湖体、理学家词体等等，它适合于叙述词史的创作面貌和宏观走向。

《绝妙好词》除了纪实抒愤体较少表现之外，“骚体词”的以境写心体展现得相当丰满，甚至淋漓尽致。托物言志体也有部分表现。我们说，《绝妙好词》的三大选择标准，构成了“南宋体”和“骚体词”最主要的核心特征，但不是它们的全部。同时，与《花间集》和《乐府补题》那种从形到神高度统一的情况相比，我们不赞成使用“《绝妙好词》体”的概念，《绝妙好词》也不能完全与南宋体画等号。但是，南宋体的凝聚形成，南宋体的高潮表述，《绝妙好词》起到了极其重要作用，是完全可以肯定的。

南宋体与骚体词关系对应表

<table>
<tr><td></td><td colspan="2">南宋体的主要特征</td><td></td></tr>
<tr><td rowspan="4">《绝妙好词》标准</td><td>严格协律的形式</td><td>无</td><td rowspan="4">骚体词形态</td></tr>
<tr><td>骚雅清空的格调</td><td>以境写心体</td></tr>
<tr><td>寄托人品的内涵</td><td>咏物言志体</td></tr>
<tr><td>无</td><td>纪实抒愤体</td></tr>
<tr><td>《乐府补题》体</td><td colspan="2">寄托人品咏物言志</td><td>属骚体词的典范</td></tr>
<tr><td></td><td colspan="2">其他组成部分</td><td></td></tr>
</table>

清代康熙以来三个词坛流派：浙西词派、常州词派、吴中词派，都是从《绝妙好词》所确定的南宋体中受到启发，演绎发展出来的。

清初康熙年间的朱彝尊为改变有明三百祀词风鄙俗淫哇的积习，发现了变化无端的南宋体；同时，骚雅清空的特殊格调又特别切合清初心怀创伤的文人士大夫的表达需要。故而词人们首先着眼于南宋体的醇雅格调，以姜、张的骚雅清空为号召。既用以改造明代香艳词风，又用以传达士大夫的高远胸襟。很显然，这是对"南宋体"第一种特征的继承发挥。浙西词派实为传承南宋体的"格调派"。但由于后来许多词人一味追求意境清空，以境写心，而较少顾及立意寄托和其他方面，因此往往滑向徒存格调的弊端。

张惠言兄弟崛起于常州，以词坛外援的身份重新祭起晚唐五代和北宋，尊温庭筠为词家最高境界，以示与南宋一系词派决裂。"塞其下流，导其渊源"。他们的努力，似乎又是云间词家"指出向上一路"的老调重弹。不同在于，常州词派的指出向上一路是借香软艳情为载体，发挥其比兴寄托、抒写襟抱志尚的词论新说，是在呼唤虚构的诗经体曲子词。这种艺术精神来源于汉儒说诗，来源于南渡词选，根本不是晚唐五代香艳词人所能梦见的。不管张惠言如何附会，也不管我们是否愿意承认，常州词论本质上也是源出于南宋体，是对寄托人品襟抱、借词言志的继承和发挥。常州词派是传承南宋体的"立意派"。

与常州派同时而稍晚的是吴中词派。这个词派前人很少注意到。它以戈载为盟主，"吴中七子"为宗派的核心，创作和讲论特重音律与词韵。他们编订词韵、研讨词乐理论，商榷音律，选词"律韵不合者虽美弗收"，[①]呈现为一种极为专注的"以学术为词"的乾嘉考证作风。这种对律与韵的讲究和痴迷，商榷推敲，字斟

① 清·戈载《宋七家词选》。

句酌，恰恰是对南宋体第二种特征的继承和演绎。所以，吴中词派是传承南宋体的“声律派”。

《绝妙好词》对前代的总结和对后代的指引，承上启下，功莫大焉。

四、托物言志的《乐府补题》

（一）《乐府补题》社课活动

《乐府补题》是最早出现的社课词选，也是最早的咏物词专集之一。据元人墓志，系临安词人群中陈恕可所编。而清人则著录为仇远所编。[①]

陈恕可（1258—1339），字行之，一字如心，号宛委居士，山阴（今浙江绍兴）人。宋度宗咸淳十年（1274）中铨试。授泗州长虹县主簿。元至元二十七年（1290）任西湖书院山长。后又曾任庐州路教授、宝庆路知事。泰定二年（1325），以平江路吴县尹致仕。仇远（1247—1320后）字仁近，一字仁父，号山村，钱塘（今浙江杭州）人。宋咸淳中以诗名世。元大德九年（1305），为溧阳州学教授。后以杭州知事致仕。延祐七年（1320）尚在世。有诗文集《金渊集》、《山村遗集》以及词集《无弦琴谱》二卷。

《乐府补题》全书仅录有词人十三家，另有一阕题无名氏，夏承焘《乐府补题考》断为余闲书院主人王英孙。词作则仅存五题三十七首。原选题名和选词数量如下：玉笥王沂孙圣与六首，天柱王易简理得四首，紫云吕同老和甫四首，宛委陈恕可行之四首，菊山唐珏玉潜四首，蘋洲周密公谨三首，瑶翠唐艺孙英发三首，篔房李彭老商隐二首，五松李居仁师吕二首，友竹冯应瑞祥父一首，月洲赵汝钠真卿一首，玉田张炎叔夏一首，山村仇远仁近一首，此

① 见元·陈旅《安雅堂集》之《陈行之墓志铭》，清·倪灿、卢文绍《补辽金元艺文志》。

外未署名一首，当归到余闲书院王英孙才翁名下。

细按这些咏物聚会活动，有几个现象值得我们注意。

第一，五次活动的地点，宛委、紫云、余闲、天柱都在越中，浮翠山房所在不详，可能也在越中。其山房书院之主人，根据《乐府补题》题名可得推知。惟独"浮翠山房"无归属，清人曾怀疑是"瑶翠山房"之误。[①] 当然，"瑶翠"也可能反过来是"浮翠"之误。这样排列出来，我们发现每次活动的东道主都没有参与吟咏。是像月泉吟社那样主事品评者不参与创作竞赛呢，还是另有他故？

《乐府补题》社课分题表

地　点	主　人	赋　题	限　调	参加人数	得　词
宛委山房	陈恕可	龙涎香	天　香	8	8
浮翠山房	唐艺孙？	白　莲	水龙吟	9	10
紫云山房	吕同老	莼	摸鱼儿	5	5
余闲书院	王英孙？	蝉	齐天乐	8	10
天柱山房	王易简	蟹	桂枝香	4	4

第二，五次活动没有一次十四名词人全部参加的，也没有哪一个词人五次活动都参加的。似乎说明活动的随意性很大。应该把《乐府补题》看作一个整体来索解呢，还是应该把它看作几次偶然的、随意性较大的词坛活动？

第三，五次活动选择了不同的地点，似乎是在轮流做东，而且每次相隔时间似乎也比较长，非同时所为。所咏各物，它们各自代表的季节不同：白莲在夏季秋初，寒蝉在秋季，蟹与莼为深秋之物产，龙涎香虽然四季可用，似尤以冬春闭户之日为多。这些活动究竟是因为一事而起在短时间内先后举行，还是因为不同的触发机缘，相隔不同的时间而作？

第四，参加者中如王沂孙、周密、李彭老等人都是一时词坛之

---

① 见清·朱祖谋《彊村丛书》本《乐府补题》附王树荣跋。

名流,足以使这些咏物活动在当时产生一定的影响。而事实是,在这些参加者和他们的诗友、词友的诗文集和野史笔记中,没有任何人提到过这些社课活动。是当时吟客们秘而不宣,还是戏而为之,偶尔为之,不足为外人道?

这一段词坛故实对于我们后人来说,实在是一个朦胧而瑰丽的谜。

(二) 是否为哭宋皇陵而作

清初,《乐府补题》被浙西词人发现于常熟,由朱彝尊抄携至京师,传刻天下。从这时起,人们开始猜测和探究它的身世来历,它的本事到底是什么。曾经为周密《绝妙好词》作笺注的厉鹗,根据十四词人中的唐珏曾经参与裒集宋皇陵弃骨之事,因此很自然发生了联想。说:

> 头白遗民涕不禁,《补题》风物在山阴。残蝉身世香莼兴,一片冬青冢畔心。(自注:"《乐府补题》一卷,唐义士玉潜与焉。")①

"冬青冢"即指收拾帝骸骨之事。南宋灭亡不久,西僧杨琏真伽率领元人闯入会稽宋室陵寝,盗发宋高宗以下历朝帝、后陵墓十多座,"劫取宝货,毁弃骸骨",殴打陵使,诸帝、后的尸骸或被悬挂树林间沥取水银,或被曝于山野荒地任凭日晒雨淋,景象极为惨烈。据史书记载,当时唐珏、林景熙、谢翱等人事发后都曾潜入陵地,悄悄收拾骸骨,另葬于兰亭之下,一说另葬于东嘉,并在新陵寝旁种植冬青树以为标识。

以此事解释《乐府补题》,始于厉鹗。其后常州派词人周济分正变高下选为《词辨》十卷,即以唐珏的《水龙吟》咏白莲词为正选

① 清·厉鹗《樊榭山房诗集》卷七《论词绝句》其六。

的第一卷之压卷，其《介存斋论词杂著》亦将唐珏称之为忠义之士而论之。至王树荣(刚斋)为《乐府补题》作跋，更将寄托发陵之说推及到每一个词人，每一首词：

> 荣前读周止庵(济)宋词选，于唐玉潜赋白莲曰："冰魂犹在，翠舆难驻"，曰"珠房泪湿，明珰恨远"，以为当为元僧杨琏真伽发宋诸陵而作。又赋蝉曰："佩玉流空，绡衣剪雾"，曰"晚妆清镜里，犹记娇鬟"，疑亦指其事。今读此卷，依类求之，此意无不可通。殆即玉潜所谓"只有春风知此意，年年杜宇哭冬青"者也。

今人夏承焘又撰有《〈乐府补题〉考》，支持其说，谓"依周、王之说而详推之，大抵龙涎香、莼、蟹以指宋帝，蝉与白莲则托喻后妃"。①

这些神秘难解的咏物词，果真是为哭宋皇陵而作吗？在参加吟咏聚会的词人中，周密是唯一记载了杨琏真伽盗发宋陵事件于野史笔记中的人。他在《癸辛杂识续集》卷上和《癸辛杂识别集》卷上里，两次详细记载了这件震惊当时的暴行。仔细分析这些记载，我们认为寄托发陵之说是值得怀疑的。

细节一：《癸辛杂识续集》卷上："杨髡发陵之事，人皆知之，而莫能知其详，余偶录得当时其徒互告状一纸，庶可知其首尾云。"可见周密于此事件，既非客居会稽时亲眼目睹，也不是在吟咏席间得知于义士唐珏。至元二十五年(1288)前后，周密作《癸辛杂识后集》，叙述徽宗梓宫时曾提到一笔，说："近者杨髡盗诸陵，于二陵梓宫内略无所有。"此时他还仅仅是风闻其事，到了至元二十六年至二十九年(1289—1292)间，才偶然录得告状得

① 夏承焘《唐宋词人年谱·周草窗年谱》附《乐府补题考》。

知其详。元贞二年(1296)以后又采集到一些新的细节，于是再次详细记载于《癸辛杂识别集》中。[1] 由此可证，若吟事举行于发陵事件之后不久，其时周密诸人对之并不十分清楚。夏承焘提出“胡僧残行，殆为诸词人所目击”，是值得斟酌的。十四人之中倘有知情者，周密也不至于晚年依凭状纸才弄清真相。

细节二:《癸辛杂识》的两处记载，都说事件发生于至元二十二年乙酉(1285)，而与谢翱《冬青树引》诗中的“知君种年星在尾”(星在尾者，岁在寅也)的说法，以及唐珏“犬之年，羊之月，霹雳一声山石裂”(犬之年者，戌年也)的说法，都不吻合。如果确曾以咏物共同寄托发陵，则至少周、唐二人的说法应该一致。夏承焘谓周密记载发陵年代失准，倘若当初曾经目击详情，又与众词人有吟咏之事，何至于会误记误书?

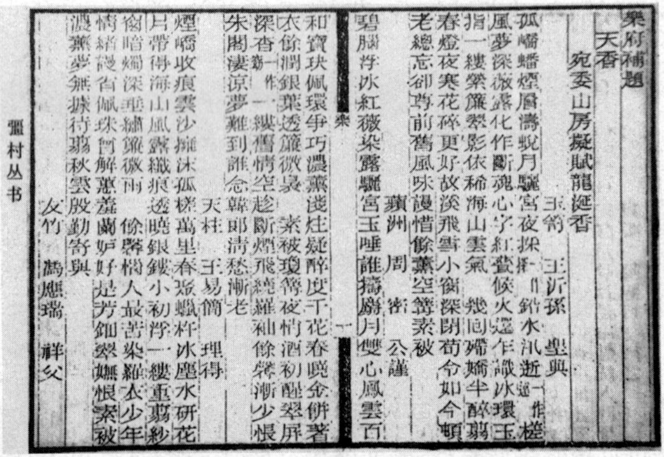
樂府補題
天香
宛委山房擬賦龍涎香
玉笥　王沂孫　聖與
孤嶠蟠煙層濤蛻月驪宮夜採鉛水汛逝槎
風夢深薇露化作斷魂心字紅甆候火還作識冰環玉
指一縷縈簾翠影依稀海山雲氣幾回殢嬌半醉翦
春燈夜寒花碎更好故溪飛雪小窗深閉荀令如今頓
老總忘卻樽前舊風味謾惜餘薰空篝素被
蘋洲　周密　公謹
碧腦浮冰紅薇染露驪宮玉唾誰擣麝月雙心鳳雲百
和寶玦佩環爭巧濃薰淺炷疑醉度千花春曉金餅著
衣餘潤銀葉透簾微裊　素被瓊篝夜悄酒初醒翠屏
深杳一作窈　一縷舊情空趁斷煙飛繞羅袖餘馨漸少恨
朱閣淒涼夢難到誰念韓郎清愁漸老
天柱　王易簡　理得
煙嶠收痕雲沙擁沫孤槎萬里春聚蠟杵冰塵水研花
片帶得海山風露纖痕透曉銀鍱小初浮一縷重翦紗
窗暗燭深垂繡簾微雨　餘馨惱人最苦染羅衣少年
情緒謾省佩珠曾解蕙蓋熏爐好是芳鈿翠嫵恨素被
濃薰夢無據待翦秋雲殷勤寄與
友竹　馮應瑞　祥父
樂　一
彊村丛书

彊村丛书本《乐府补题》书影

细节三:唐珏是唯一既参与咏物聚会，又参与了收骸骨之役的词人。然而奇怪的是周密的消息来源并不是他。与周密一样，其他十二位词人也不清楚发陵和收骨二事。这只有三种可

① 周密野史笔记的撰述年代，从夏承焘《周草窗年谱考》。

能：一是收骸骨事件在前，咏物事件在后，唐珏因为惧怕惹祸秘而不宣。二是唐珏参与咏物聚会时，还没有发生盗陵、收骸之事件。三是唐珏本人未曾参与收骸骨之役，后人误把林景熙的事迹误记在他的身上。正像把林景熙的发陵诗歌误植于他的名下一样。无论哪一种可能，都不能说明咏物聚会与发陵收骨有关系。

细节四：《癸辛杂识》两处都有“断理宗头，沥取水银含珠”的记载。夏承焘遂以为《乐府补题》中“忆君清夜，暗倾铅水”、“铜仙铅泪如洗”、“骊宫夜采铅水”诸句即隐指其事。但周密及其词友在未得凶徒互告状之前，并不清楚这些细节。《癸辛杂识》中还记载，一村翁于孟后陵中拾得一髻，发长六尺余，其色绀碧。夏承焘认为“此赋蝉十词九用鬟鬓字之本事也”。又引谢翱为此而作的《古钗叹》诗证之。却不知周密在至元二十五年(1288)之后作《癸辛杂识续集》时还不知道有此细节，元贞二年(1296)以后作《癸辛杂识别集》才详细补述了此事。故不可能在当初的吟咏中就已经隐指其事。我们知道，《乐府补题》的咏物活动肯定不会晚于这之后。

细节五：夏承焘又引唐珏《冬青行》、林景熙《梦中作》来佐证《乐府补题》，以为兼寄托元僧发陵和唐珏等义士葬骨二事。而事实上，周密的记载中根本没有提及后者。并且只有“焚骨”而没有“葬骨”。《癸辛杂识别集》曾经提到一个名叫罗铣的陵使，在皇陵遭劫一空后，“买棺制衣收敛，大恸垂绝”。陵寝第二次被盗发后，“罗陵使亦如前棺敛后，悉从火化。”人名、事迹都与唐珏、林景熙等义举不符合。[①] 故《乐府补题》各咏物词决无可能暗指其事。

我们推测，咏白莲作于宋亡之最初，大抵借刻画白莲出污泥

---

① 今疑“罗铣”有可能是林景熙之误传。罗、林为双声，铣、熙则叠韵。或为西僧互告状之音译、方言的误传，亦未可知。姑系于此俟考。

而不染的高洁形象明其心迹，不愿与元朝统治者同流合污。咏龙涎香较可能系追赋张世杰厓山之败，寄托幼帝沉海不返的绝望和悲哀。咏蝉一题情调极为凄苦，其背景似为元朝统治者开始大规模"寻访遗贤"，强行征召南士并委任授职，以缓和民族矛盾。这对心系故国的遗民来说，不啻肃杀秋风之于生命危在旦夕的残蝉。至于咏莼和咏蟹二题，材料不足，难以推测索解。就表面上看，主要是写及时归隐和不涉尘世的情怀。①

（三）"《补题》体"咏物词

咏物词在南宋一百多年间得到充分的自由伸展和发挥。同时，又存在走向程式化、抽象化，以玩物态度为之的危险。不用举太远的例子，周密、张矩、陈允平斗才分韵的《木兰花慢》咏西湖十景，就是典型的玩物之咏（景观咏物）。刘过的《沁园春》咏美人指甲、美人足等，更是这类玩物之咏的代表。庆幸的是，《乐府补题》咏物词，因其特殊的创作现实背景，而得以避免了虚拟情怀、把玩故实、一味讲求辞藻的种种弊端。尤其一般南宋词人都多少沾染的"玩物意识"，没有侵染到它们。

这部词选所采录的三十七首词，展示了一个被剥夺了尊严和自由的民族以及个人的痛苦灵魂，充满了极度沉重的人生忧患和历史悲哀，以灵魂附体式的代物陈情手法，深刻讲述了词人的内心世界和人格操守，委婉再现了遗民们的凄苦处境和社会氛围。没有清晰影像，没有明确能指，主题模糊，心迹深藏。从而把南宋咏物词推进到了它的发展巅峰。试读王沂孙的咏蝉和周密的咏白莲二词：

一襟余恨宫魂断，年年翠阴庭树。乍咽凉柯，还移暗叶，重把离愁深诉。西窗过雨，怪瑶珮流空，玉筝调柱。镜暗妆

① 关于《乐府补题》寄托发陵之事的考证，详笔者《乐府补题寄托发疑》，载《文学遗产》一九八五年第一期。

残，为谁娇鬓尚如许？　　铜仙铅泪似洗，叹移盘去远，难贮零露。病翼惊秋，枯形阅世，消得斜阳几度？余音更苦，甚独抱清高，顿成凄楚？谩想薰风，柳丝千万缕。（王沂孙《齐天乐·蝉》）

素鸾飞下青冥，舞衣半惹凉云碎。蓝田种玉，绿房迎晓，一奁秋意。擎露盘深，忆君凉夜，暗倾铅水。想鸳鸯、正结梨云好梦，西风冷、还惊起。　　应是飞琼仙会。倚凉飙、碧簪斜坠。轻妆斗白，明珰照影，红衣羞避。霁月三更，粉云千点，静香十里。听湘弦奏彻，冰绡偷剪，聚相思泪。（周密《水龙吟·白莲》）

这些咏物杰作，由于创作背景和起因、环境、限题限调都是共同的，更由于吟咏者们身世遭遇和情感相同相通，故而风格意境和表现手法非常接近。周密、张炎、王沂孙、仇远等人的词风在共同宗法姜夔的总旋律下，本来存在着一定的差别。比如王沂孙的亡国之吟比较深沉幽咽，周密的亡国之吟感情比较浓烈外露。但当他们共同走到社集的吟咏台前，距离却消失了，这里纯然是一片心绪的共鸣，灵感的共鸣，和艺术个性的共鸣。这是一个非常奇特的文学现象。在他们的笔下，呈现的是一种可以与“《花间》体”、“《草堂》体”相提并论、而且意义更为深远的“《补题》体”咏物词。

这种“《补题》体”咏物词，特点是格调幽怨骚雅，具有深沉的历史感和忧患意识，借物我一心、主客同体的描绘手法，展示家国之恨和身世之感，偏重于个人心绪的自我体验和咀嚼，内向隐晦，欲说还休，字琢句炼，典故叠出。没有人会想到，这些作品沉埋三百多年后，将在明末清初的遗民词人群手中，闪烁出金子般的夺目光芒。

在这些作品中，语典和事典的重复率很高。每题中有五位词人共用一典者，如“凌波”、“齐姬”；有四位词人共用一典者，如“鲈鱼菰米”;有三位词人共用一典者,如“荀令”、“泛槎”。两位词人共同使用一个典故的就更多了。在用韵上,似未有限定,同题有四人同韵的,三人同韵的,两人同韵的,和各用一韵的。最使人感到惊异的是语辞的大量雷同。我们不知道这究竟是因为词人们悲怆痛哭而心迷神乱,不暇选择繁辞,还是只有这些特殊的字眼和语汇最能够传达内心的感受,故而争相落笔互不避嫌。为了让读者了解“《乐府补题》体”的特殊体征,姑将它们一一胪列于此,以备检读。

《乐府补题》高频语辞表

关键词	赋题	高频语辞
冰	龙涎香	冰尘、冰环、冰片、浮冰、冰脑
	白莲	冰绡、冰肌、冰魂、冰肌、冰壶、冰肌
	莼	冰痕、冰涎、冰丝
	蝉	冰绡、冰奁、冰栩、冰笺、冰笺
凄	龙涎香	凄凉、凄凉
	白莲	凄凉、凄愁、凄凉、凄凉
	莼	凄楚、凄凉
	蝉	凄凄、凄楚、凄楚、凄凄、凄凉、凄凄、凄咽、凄婉、凄吟、凄楚、凄凉
	蟹	凄凉
旧	龙涎香	旧风味、旧情、旧愁
	白莲	旧盟、旧游
	莼	旧事、旧游
	蝉	旧情、旧处
	蟹	旧游、旧风味
余	龙涎香	余熏、余馨、余馨、余熏
	蝉	余音、余悲、余恨、余音、余悲、余悲、余悲、余音
惊	蝉	惊嘶、惊起、惊秋、惊秋、频惊、梦惊、易惊、惊起
	蟹	惊竹
	莲	惊起

我们只能做这样的猜测:"冰"志其人格,"凄"状其心境,"旧"喻其身份,"余"谓其老之将至,"惊"写其当时的实际处境。这些无一不是遗民词人的自身写照。

这样一种特殊的"《补题》体",在唐宋曲子词历史上还是第一次出现。唐朝灭亡,我们没有听到唐遗民悲歌;十国灭亡,我们也没有听到西蜀、南唐、吴越的遗民哀唱。只有一个李煜,一个从天堂坠落到地狱的囚徒,被俘后写下了许多惊天动地的亡国哀歌,成了曲子词史上几乎空前绝后的孤例(另一个勉强相近的例子是宋徽宗赵佶)。他是一个人的声音,一个失位君王肝胆俱碎的声音,一个绝望比恐惧更为强烈的声音,一个哭自己比哭天下、哭王朝更投入的声音。与遗民的声音完全不同。作为遗民群体,临安词人群和江西词人群是词史上最早发出亡国哀音的创作整体。临安词人群以"《补题》体"痛楚地低吟,江西词人群以英雄体或东坡体慷慨地高唱,形成了词坛上前所未有的悲凉景象。

该怎样来归纳这种声音呢?江西词人群的声音来自辛弃疾的英雄体和苏轼的东坡体,不需要另行定义。"《乐府补题》体"呢?踌躇再三,也许我们可以说:"《乐府补题》体"是曲子词中的"亡国之音"。

亡国之音分为两种:一种是《玉树后庭花》那样的糜烂音乐、堕落文学,它有类似毒品那样的精神致幻作用,最终会导致一个王朝的覆灭,所以叫亡国之音。《礼记》说,"治世之音安以乐,其政和。乱世之音怨以怒,其政乖。亡国之音哀以思,其民困。声音之道与政通矣。"就是描述的这种毒品音乐、毒品文学。另一种则是王朝已经灭亡,前朝遗民们怀念故国岁月、凭吊故国家山的哀怨悲歌。显然,这种声音完全是旧王朝的安魂曲,是一个失败民族的"悼亡词",是为远去的时代举行葬礼的哭泣和哀乐。它们不仅不是毒品,而且是一种伟大的文学:由于政治环境的压迫,它们往往表现得冲动而压抑,强烈而缥缈,似火山爆发,却又欲语还休,总是王顾左右而言它。想的和说的不一样,说的和指的不一样。咏物题材，不过是他们口边、手边的道具而已。这就是我们所理解的《乐府补题》体。深刻体察这种亡国之音的内心挣扎，就能够知道为什么《乐府补题》在清初的词坛上会突然大放光芒。

痛饮酒，诵《离骚》，即可为名士。《世说新语》如是说。闻一多先生激赏此语，多次引用。《乐府补题》中深藏的悲哀愤懑，让我们自然而然想到屈原的《离骚》。我们强烈地感觉到，这些“《乐府补题》体”咏物词，是两宋曲子词中最接近《离骚》的咏叹，最符合南渡以来众多词论家们所倡导的骚雅理想。它们应该直接当作咏怀诗来读，直接当作宋代《离骚》来读。如果没有《乐府补题》这些咏物词，南宋“骚体词”的“骚”就会让挑剔的学者们认为是一句空话，骚雅的审美理想就缺乏最有震撼力的创作落点。基于这样的认识，我们主张把《乐府补题》定义为南宋骚体词中最浓缩、最精华的部分。

（四）一部没有完成的词选

唐宋时代的词选，经过约四百年的发育成长，到宋亡之时，已经非常成熟。几种主要的选型先后被尝试。选歌变体也好，存史也好，选派也好，断代也好，通代也好，编选者们都能运用自如，并且找到自己独特的选择角度。而且，随着观念的转变，词人们越来越对选词、辑词、论词感兴趣，把编选词集视为与创作同样重要的事情。

在这样的背景下，南宋灭亡了。为此，我们期待着出现高度成熟的词选，出现史诗般壮观的曲子词总集，是非常自然的事情。理论上说，南渡时期的鲖阳居士《复雅歌词》，南宋时期的修内司《混成集》，这两部巨型词选，是两次总结一代、冲击记录的大手笔尝试，现在，该轮到临安词人群出手，该出现第三次总结一代、冲击记录的大手笔尝试了。

如我们所见，结果却是这样地出人意外。周密《绝妙好词》

并没有挺身出来总结一代，而是以选派的方式探索总结南宋体。《乐府补题》更特殊，不仅没有总结一代，甚至连一部完整词选的规模都没有形成，只有非常简单的三十七首词，抄录在一起。

我们不禁要问：这是一部词选吗？没有序跋，没有词人小传，没有词话品藻，没有分卷，没有署编选者姓氏，简单到不能再简单。没有序跋小传词话品藻，我们可以理解。分卷选词却是唐宋人选诗选词最常用的办法，为什么没有分卷？三十七首够一卷吗？不署编选者姓名也非常奇怪。它的匆忙和草率，它的神秘和不完整，非常像几百年前的老古董《云谣集》抄卷。也许我们可以把它的出现，视为词选史上的“返祖现象”？唐宋人词选以草率模糊的方式开始，四百年后，竟然再次以同样草率模糊的方式结束。多少悲凉，多少隐衷，想起来令人叹息。

这样的联想让我们有一种直觉：它可能是一部尚未完成的词选素材。三十七首作品，还不够组成一部词选。编选者还在等待，等待第六次、第七次乃至更多次的咏物聚会，等待有咏兰草、咏菊花、咏竹子、咏梅花等其他作品。在这些作品还没有变成词选之前，仇远和陈恕可分别把它们抄录在一起，并且约定了《乐府补题》的书名。这些稿件在当时没有刊刻成书，也没有明确署名，只不过朋友圈中知道此事而已。元人陈旅在写朋友的墓志铭中，透露是陈恕可所编选。而清人编纂辽金元《艺文志》，则又说是仇远所编选。如果他们的记载都没有错的话，证明这部计划中的书确实还没有完成，不过由二人分头辑录而已。我们倾向于认为，他们还谈不上编选，他们还仅仅停留在搜集抄录的阶段。只不过随着时间推移，咏物聚会没有再继续下去，他们再也实现不了最初的愿望了。孤零零的三十七首词，像被遗弃在这个世界上的孤儿，只能勉强组合成一部不像词选的词选。

当然，这只是没有确证的推断，不能成为词史的定案。值得庆幸的是，这些素材抄在一起，竟然演绎出了最早的词选新样式：社课词存。而且，它们抱成一团，创造出了南宋骚体词中最杰出的一种体式：“《乐府补题》体”咏物词。

五、江西词人群与《名儒草堂诗余》

（一）选阵和选心

《名儒草堂诗余》又名《续草堂诗余》、《凤林书院草堂诗余》和《元草堂诗余》，为凤林书院所辑。凤林书院无记载可考，疑为江西庐陵一带的书坊。其编选年代，约要晚于《绝妙好词》和《乐府补题》。

《名儒草堂诗余》选阵

卷上	**刘顺德 2**	**许　衡 3**	文天祥 1	邓光荐 3
	刘辰翁 4	**杨西庵 2**	**杜善夫 2**	詹　玉 9
	滕　宾 6	司马昂甫 3	彭元逊 20	**曹通甫 2**
	谢醉庵 4			
卷中	罗志仁 7	姚云文 8	赵　文 9	杨樵云 3
	李　琳 3	宋　远 1	**滕宾(重出)1**	周　景 1
	刘将孙 1	萧　烈 1	刘应雄 1	王学文 1
	曾　隶 1	赵功可 8	黄水村 1	危复之 1
	姜个翁 1	鞠华翁 1	彭芳远 1	戴山隐 1
	李裕翁 1	龙端是 1	萧东父 1	颜子俞 2
	王从叔 5			
卷下	王梦应 2	吴元可 4	刘　铉 3	李太古 5
	彭履道 3	黄子行 6	龙紫蓬 1	萧允之 6
	萧汉杰 4	段弘章 1	刘贵翁 1	黄霁宇 1
	王鼎翁 1	刘天迪 6	张半湖 2	刘景翔 4
	周伯阳 2	尹公远 2	李天骥 1	刘应儿 1
	周孚先 3	尹济翁 5	彭泰翁 3	曾允元 4

据双照楼景刊元刻本

该选与《花间集》一样，基本上是一部时贤词选，共录宋、元间词人六十二家，词一百九十四首。① 清人厉鹗访得旧抄，几次据《翰墨大全》、《天下同文》等书补选，故凡源出于厉鹗抄本的《名儒草堂诗余》，除了补出原来漏署名的高信卿一家之外，还补选了九首词，凡得二百零三首。

选阵中姓名为黑体字者已确认为元人。其他当为宋遗民。另外原本于赵文九首之下残缺二页，未知失落几人几首。

迫于当时特殊的政治环境，作为宋遗民词选的《名儒草堂诗余》，不得不披上一件元人词选的外衣。凤林书院编选者开卷即声言："唐宋名贤词行于世，尚矣。方今车书混一，名笔不少，而未见之刊本。是编辄欲求备不可，姑摭拾所得，才三百余首（案今传本与之不符），不复次第，刊为前集。"（原序）似乎此编为车书混一大一统时代的名家名笔，与"唐宋名贤"无涉。另一个假象是开卷第一、第二家，分别为元朝达官显贵、北人刘秉忠（字仲晦，号藏春）和许衡（字仲平，号鲁斋）。第一首词是刘秉忠歌颂元朝覆灭南宋、天下归一的《木兰花慢·混一后赋》。其下片颂德云：

> 龙蛇一屈一还伸，未信丧斯文。复上古淳风，先王大典，不费经纶。天君几时挥手，倒银河、直下洗嚣尘。鼓舞五华鸑鷟，讴歌一角麒麟。

这样的文字，八百年后的今天读来，仍然非常刺眼。更不要说在宋亡之初。按刘秉忠卒于临安城被攻破、宋王室祀绝的前夜（1274），不知何以有如此豪唱？难道是无名氏作品故意托名刘氏所为？这样的词放在首选，操选政者要么无心无肺，要么煞费苦心。清人厉鹗就曾怀疑这样的选法事出有因，他说："（是编所录）

① 依据双照楼景刊元刻本《凤林书院草堂诗余》。

皆南宋遗民也，词多凄恻伤感，不忘故国。而于卷首冠以刘藏春、许鲁斋二家，厥有深意。”①

在这部词选中宋遗民究竟占有多大的比重？近人陈匪石《声执》卷下说：“其确为元人者，只刘藏春、许鲁斋两家，余皆南宋遗民。”这与实际情况略有些出入。但是，朱彝尊《词综》把仅除文天祥、刘辰翁、邓剡几家外的所有词人一律列入“元词”部分，则更是有悖历史事实。《松筠录》云：

> 宋季高节，盖推庐陵、吉水、涂川，亦同一派。如邓剡字光荐，刘会孟号须溪，蒋捷号竹山，俱以词鸣一时者。更如危复之于至元中，累征不仕，隐紫霞山，卒谥贞白。赵文自号青山，连辟不起，与刘将孙为友，结青山社。王学文号竹涧，与汪水云为友，不知所之。至若彭巽吾名元逊，罗壶秋名志仁，颜吟竹名子俞，吴山庭名元可，萧竹屋名允之，曾鸥江名允元，王山樵名从叔，萧吟所名汉杰，尹碉民名济翁，刘云间名天迪，周晴川名玉晨，皆忠节自苦，没齿无怨者。必欲屈抑之为元人，不过以词章阐扬之，则亦不幸甚矣。②

根据圭璋先师《全宋词》和《全金元词》的划分来统计，南宋遗民凡五十人，占总数的百分之八十二。元人仅十家，另有一家归属不详。事实上元词人的比例可能更小，收入《全金元词》中的萧烈、周景、宋远都事迹无考。诸人曾与刘将孙、滕宾邂逅于古洪，流连数月，分韵唱和。其词皆见载于《名儒草堂诗余》选中。刘将孙一般断为宋人，滕宾一般断为元人，而萧烈、周景、宋远三人究竟应目为宋词人还是元词人，似仍值得商榷。因此，《名儒草堂诗余》中真正可靠的元人，恐怕只占十分之一，属摆设应景而已。

① 清·厉鹗《名儒草堂诗余·抄跋》。

② 清·沈雄《古今词话·词话》卷上引《松筠录》。

在这里，不仅宋遗民在阵容上压倒了元人（选人优势），更主要的是所选作品以写民族悲愤、写铜驼陵谷之变、写怀旧情绪、写隐居山林生活者为尤多。主旋律是遗民心声，而决非大一统颂（选词优势）。刘秉忠与许衡的作品，除了首选的《木兰花慢·混一后赋》之外，都是描写布衣隐居生活。紧承其后的是文天祥那首气吞河岳、震撼千古的《沁园春·至元间留燕山作》：

> 为子死孝，为臣死忠，死又何妨！自光岳气分，士无全节，君臣义缺，谁负刚肠？骂贼睢阳，爱君许远，留得声名万古香。后来者，无二公之操，百炼之钢。　人生翕欻云亡，好烈烈轰轰做一场。使当时卖国，甘心降虏，受人唾骂，安得流芳！古庙幽沉，仪容俨雅，枯木寒鸦几夕阳。邮亭下，有奸雄过此，仔细思量！①

如果岳飞《满江红》词不伪的话，那么，这两首壮烈的民族伟唱，堪称为宋代词林之"忠烈双璧"。此词与篇首刘秉忠歌颂功德的《木兰花慢》是那样地不协调。在它之后，接踵而至的无不是凭吊江山追怀故国之作，如刘辰翁《宝鼎现·丁酉元夕》、詹玉《齐天乐·赠童瓮天兵后归杭》、罗志仁《金人捧露盘·钱塘怀古》、《霓裳中序第一·四圣观》、《风流子·泛湖》等，都是其中的佳制。除此而外，该选中也还有少数赋闲之作和闺情词。像至元十四年（1277）大都行酒禁，罗志仁作《木兰花慢·禁酿》。刘将孙与周景、萧烈、滕宾、宋远邂逅，携手清游，相与移宫转羽，以"重与细论文"分韵赋词，等等。

从各方面的情况来看，该选一定出于宋遗民之手，应属于宋人词选。尽管它编选于元代，也选有元人的词作，也无法改变其基本性质。《绝妙好词》和《乐府补题》也都成书于元代，也都不妨

---

① 文天祥该词一本别题作"题潮阳张许公庙"。

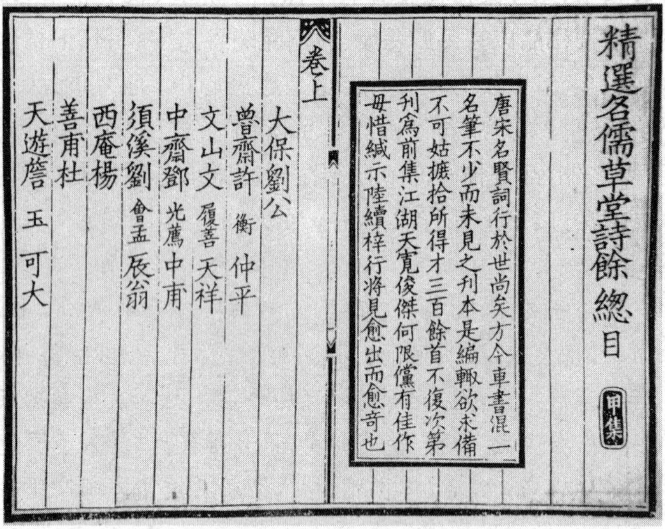
精選名儒草堂詩餘總目 甲集

唐宋名賢詞行於世尚矣方今車書混一名筆不少而未見之刋本是編輙欲求備不可姑摭拾所得才三百餘首不復次第刋爲前集江湖天寛俊傑何限儻有佳作毋惜緘示陸續梓行將見愈出而愈奇也

卷上

大保劉公

魯齋許 衡 仲平

文山文 履善 天祥

中齋鄧 光薦 中甫

須溪劉 會孟 辰翁

西庵楊

善甫杜

天遊詹 玉 可大

吴昌绶景元本《名儒草堂诗余》书影

碍它们的宋人词选身份。后人常常称《名儒草堂诗余》为《元草堂诗余》,以区别于宋《草堂诗余》。如果这不仅仅是指元代所出现的词选,也意味着属于元代的词选,那就实在有违编选者的初衷了。

(二)《名儒草堂诗余》和江西词人群

也许是因为选刻于江西的缘故,该选所录词人特别以江西人为多。江西词人族群因该选而凝聚成阵,而为后人所认识了解。清人厉鹗《论词绝句》说:

> "送春"苦调刘须溪(辰翁),吟到壶秋(罗志仁)句绝奇。不读凤林书院体,岂知词派有江西。(自注云:"《元凤林书院词》三卷,多江西人。")①

---

① 清·厉鹗《樊榭山房诗集》卷七《论词绝句》其九。

就籍贯统计，六十二家中江西词人就占了三十四人。紧邻江西者还有三人：湖北黄冈、湖南长沙、湖南攸县各有一人。在非江西籍的词人中，还有不少系寓居、守官于江西者。如湖南攸县人王梦应，咸淳十年进士，调庐陵尉。又如湖北黄冈人滕宾，至大年间官翰林学士，出为江西儒学提举。在这一大群词人之外，北人仅有六人，泰州、眉山、江陵各有一人，籍里不可考者有十五人。我们估计，该选中属于江西词人群者，大约占到百分之七八十。

《名儒草堂诗余》江西籍词人分布表

庐陵12人	涂川4人	高安1人	西昌4人	安成3人
修水1人	丰城1人	禾川2人	太和1人	吉水2人
清江1人	临川1人	宜春1人	总计34人	

元初的词坛上，宋遗民诗家词客在地域分布上主要有两个中心，一个是浙中的杭州、会稽、浦江一带。杭州为旧宋故都，遗民特别多。浦江之月泉书院有吴思齐、吴渭、方凤诸人举月泉吟社汇咏之事，也是遗民萃集之地。另一个中心就是江西，尤其以庐陵、吉水、太和、清江、丰城等依傍赣水的地方为甚。这两个地域群落可分别归入“吴越词流”和“南唐词流”两大体系。形成江西地域词人密集状分布的原因主要有以下两点：

第一，地域文化传统与文化素质的原因。江西为南唐故地，文化特别发达。北宋神童晏殊、文坛巨擘欧阳修、大改革家王安石都是江西人。北宋徽宗年间，徐俯、张元幹、汪藻、吕本中、洪刍兄弟、苏坚父子等，结吟社吟啸于赣中。[①] 被同人标榜为江西诗

① 宋·张元幹《芦川归来集》卷九《苏养直诗帖跋尾六篇》：“往在豫章，问句法于东湖先生徐师川。是时洪刍驹父、弟炎玉父、苏坚伯固、子庠养直、潘淳子真、吕本中居仁、汪藻彦章、向子諲伯恭，为同社诗酒之乐。余既冠矣，亦获攘臂其间。大观庚寅、辛卯岁也。”

派。令人回味的是，江西词人群的词风，与江西诗派的诗风，有可能存在着某种精神默契和审美相通之处。南宋百余年间，此地诗人墨客长盛不衰。宋人罗大经说："江西自欧阳子以古文起于庐陵，遂为一代冠冕。后来者莫能与之抗。其次莫如曾子固、王介甫，皆出欧门，亦皆江西人。"①

第二，当时较有影响的人物如宋末状元宰相文天祥、礼部侍郎邓剡、著名遗民词人刘辰翁、毁家以纾国难的志士王炎午，文天祥的幕客赵文及其弟赵功可等，都出于江西庐陵。国破家亡之际，他们政治影响和道德人望成为耀眼的光斑，他们的诗词吟咏在诗坛词坛上形成了激越的高音部，黄钟大吕，众望归焉，自然而然相互结为词人群核心，而与东部的临安词人群形成分庭抗礼之势。

《名儒草堂诗余》也微有存史的意思。其中许多小词家事迹杳无片纸记载，连名甚字谁也无处查找。赖编选者登录采择其名其号，存片玉寸金于书中。可以想象，如果没有《绝妙好词》和《名儒草堂诗余》，我们元初的遗民词坛将会是多么地苍白和寂寞。

话到英雄失路，凉风索索，天地苍茫。厉鹗的那首论词绝句（送春苦调）与前一首论《乐府补题》的绝句（头白遗民），好像特意为两宋词所作的一对挽联。厉鹗的词学眼光世所公认，不过我们建议改动一个字："岂知词派有江西"，是否可以改作"岂知词体有江西"，或者"岂知词族有江西"。江西词人群能不能成派，我们还没有充分的依据。

六、遗民选词收获评估

亡国与群体聚散，是词人群研究中最值得发掘的富矿。

---

① 宋·罗大经《鹤林玉露》卷三。

在唐宋词人群体中，西蜀词人群、南唐词人群，包括可能存在过的吴越词人群，都是突然遭遇亡国，而群体被迫解散，我们把它们称为“亡国词人群”。对于他们来说，亡国是一个句号。尽管个体词人的创作还偶然存在，但群体的聚会唱和与商榷一去不返；对于后人来说，亡国事件与这些群体的发生、成长和创作几乎没有什么关系，它们仍然是升平的词人群、富贵的词人群、君臣相狎的词人群。相比之下，南渡词人群、江西词人群、临安词人群虽然也遭遇了亡国，也是亡国词人群，但经历了国破家亡之后群体仍然存在，不仅没有解体，甚至往来交游、群体唱和还可能更加密切，至少也转换了形式、变化了主题、更迭了心境。亡国事件横跨在群体发育成长的前期与后期之间，构成明显的标志和巨大的阴影，对后期的创作产生了深刻影响。我们把这一类词人群体称为“跨朝词人群”。三百多年后的云间词人群，也属于这种类型。

同样跨朝，临安词人群与南渡词人群有不少相似的地方。他们都经历了反差巨大的承平歌舞和乱世兵燹，心态变化和风格变化非常剧烈。如果有人专门进行比较研究，一定非常有意义。同时我们发现，他们之间也有明显的不同，主要表现在两个方面：一是南渡词人群失去了家乡，并没有失去祖国。跨的是同朝不是异朝，心态是不断被抚平和得到安慰的。临安词人群则遭遇亡国，成了社会边缘的前朝遗民。心态处于一蹶不振；二是南渡词人群只是一代人，呈现为过渡性的松散大群体，不久就被强势的中兴词人群取代。临安词人群分为两代人，前一代以杨缵为领袖，以西湖吟社为凝聚点，以商榷音律为日常活动重心，时代上集中在理宗朝后期和度宗朝。后一代则以周密为核心，以《乐府补题》咏物聚会为凝聚点。以隐匿湖山咀嚼亡国痛楚为日常生活重心。时代上集中在宋亡以后的二十余年间。没有时间可以等待，也没有更强势的词人群前来承接他们的薪火，他们无处过渡，成了整个两宋词坛上最后压阵的殿军。

临安词人群的群体优势非常明显，几乎可以与北宋的台阁词人群的优势媲美。他们的群体艺术素养较高，生活条件相当优

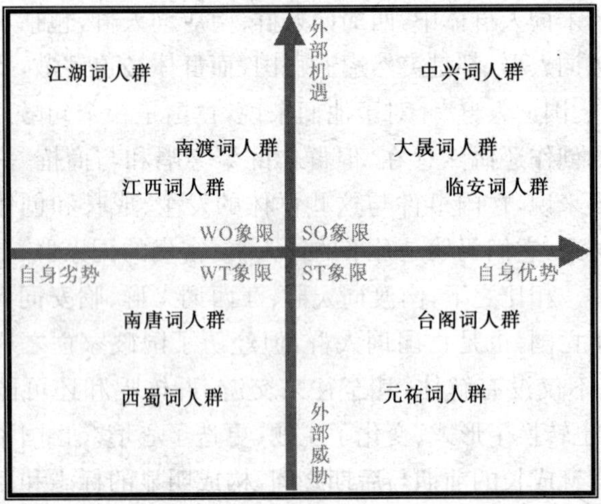

十国两宋词人群 SWOT 坐标图

越，生活状态比较宁静安定，地域主要集中在杭嘉湖范围内。甚至遭遇亡国之后，大多数词人仍然保持了湖山隐居的状态，特别适宜于整理文献，商榷学术。宋亡前三十年，前一代临安词人常常聚集在一起，讲论曲子词句法，切磋音律宫商，积累了大量的经验体会、观点品藻、历朝曲谱、各家作品等等资料，什么词符合清空，什么词算得上协律，什么词意趣骚雅，开列出来就是现成的最好词选。这些都为后来周密的选词、张炎的论词，以及各家的曲子词创作打下了坚实的基础，甚至文献档案都可能基本完好地保存到了亡国之后。我们相信，周密的选择标准就是整个临安词人群的标准；张炎的议论，就是整个临安词人群的议论。周密、张炎尽管辈分较低，但亲耳聆听过第一代词人群的议论，并且都有自己的家学渊源。①

① 宋·张炎《词源序》："昔在先人侍侧，闻杨守斋、毛敏仲、徐南溪诸公商榷音律，尝知绪余。"周密《长亭怨慢》词序叙述幼时曾聆听参与父辈词人群的聚会研讨，"诸公载酒论文，清弹豪吹，笔研琴尊之乐，盖无虚日也。余时甚少，执杖履，供洒扫，诸老绪论殷殷，金石声尤在耳。"已见前引。

亡国变故是外部环境的威胁，还是一种机遇？

我们注意到，群体被主流社会所抛弃，所打压，对于创作和选词来说可能是好事，也可能是坏事。要具体情况具体分析。元祐词人群受到政敌迫害，天涯飘零互不谋面，严重地影响到群体的艺术研讨和聚会唱和。相比之下，临安词人群尽管遭遇亡国，个别词人也有北上南下的短暂经历，但总体上看没有外部的力量强行遣散他们，没有各自流落异乡的不幸，平稳过渡，延续群脉，倒是与南渡词人群的情况非常相似。

如果这种情况属实，那么对于选词来说，亡国变故就有可能是一种有利的外部机遇。这听起来非常残酷，但却是事实。假如我们爱自己的民族，爱自己的文化，就不会在它面临毁弃丧失的危险时无动于衷，而不去做任何事情。游牧外族不会在意高度发达的前朝文化，作为遗民，作为有责任感和良知的前朝文人士大夫，必然会感到心痛，会努力收藏散佚，尽量保存一点故国的记忆。亡国变故最能够刺激前朝文人士大夫编书选词的热情。元好问在金亡的时候是如此，周密在宋亡的时候也是如此。

由于在政治上被彻底抛弃，在文化和日常交往上也被高度边缘化，他们成为了多余的一族。没有了功名仕途的念头，他们所有的时间、所有的兴趣、所有的追求，都可以全部用在词籍的搜集和校对上，用在文献资料的整理研究上、野史笔记的撰写上。谁也不会来打扰他们，谁也不会来关心他们。周密就充分利用了这一天时地利条件，编纂创作了大量的历史文化著作。

外部的威胁和挑战，主要是失去了朝廷官府的支持和参与，失去了整体文化氛围的呵护，市井书坊的刻书选词也因为战乱而骤减。与南宋中期书坊市井大规模刻印诗集、词集销售的盛况相比，此时社会上已极少有人关心和阅读词集，极少有人前来购买、收藏、索取、传抄、议论。“文化主场”的环境优势基本丧失，选词行为突然间变成了身在“客场”的孤军作战，甚至还可能转入地下。《名儒草堂诗余》和《乐府补题》的背景情况和篇目情况，告诉我们选词在当时有可能还存在一定的政治风险。另外据词人张炎回忆，他当时就已经很难在外间找到《绝妙好词》版本了。可见词选的流传范围多么狭小，市井需求的萎缩又是多么迅速。文人士大夫不得不孤独地行走在故国文化的荒野，在没有任何喝彩声的寂静中，独自埋头故国文献，日复一日地坚守着这些文化工程。荒江野水，长夜漫漫，一灯如豆，孤心泣血。正像元好问所吟唱的那样，他们所有的努力，只为着“抱向空山掩泪看”。这是多么艰难的选择，多么勇敢的面对。为此，我们应该向临安词人群的遗民们致以深深的敬意。

另一个跨朝词人群江西词人群情况比较特殊。他们与南渡词人群也非常相象。在没有其他词人群承接薪火、变风变雅的情况下，他们的吟咏逐渐被放大为整个元代词坛的声音。而临安词人群却日渐萎缩，晚辈仇远、张翥一脉余音袅袅，最终消失在元末明初的飘摇风雨中。

我们的评估结果是，《绝妙好词》代表了两宋时代词选的最高水平，是宋代词史的骄傲。就是把它放到整个唐、宋、元、明、清一千多年的曲子词史上来评价，它也是最优秀的词选之一。它所潜藏的巨大能量，要等到清代康熙年间浙西群贤们出现，才得以最终爆发出来。它不仅成就了一个词派，而且引起连锁反应，各门各派围绕着它争锋斗法，激情演绎，一直燃烧到清代末年。

《乐府补题》的情况比较特殊，它是一部社课作品的简单汇集。作为词选，它并不出色，形式上简单到不能再简单，像几百年前的老古董《云谣集》抄卷。只能算个词选变体，是广义上的词选。但问题是：它所收录的作品太出色了。这些咏物词不仅来历神秘，而且含义复杂，风格独特，让读者永远看不到底，玩味不尽。它们是南宋骚体词的最高境界。它的出现，为后代开启了无限法门，提供了无限的想象空间。母以子贵，爱屋及乌，我们同意把这部词选也视为宋代最重要的词选，最杰出的收获。

与它们同时的凤林书院《名儒草堂诗余》，显得要平凡很多。这个凤林书院看上去是一家书坊，但出自前朝文人士大夫之手的可能很大。我们认为它也是一部宋遗民所选的遗民词选。江西词人群是一个松散的群体，大多数又不是专业词人，词坛成就比较一般。所以这部词选也就显得相当平平，在词坛上没有太多的建树。它对后代的影响也比较小。

最后，还是数量问题：三部词选。仅仅三部词选，就总结了一个王朝，挥别了一场曲子词的狂欢。这是不可思议的，却又如此真实，无法改变。

遗民时期没有出现更多的词选，尤其没有出现大型的总结一代文献的词总集，让我们感到无限遗憾。这个时代没有奉献出众多的通俗性词选，是可以理解的。那是江湖时代的责任和事情。但是一部存史性的大型词选都没有，无论如何，都是让我们不甘心的。也许临安词人群在宗派意识中陷得过深，只能交出两部自家词选：一部是属于临安词人群的词选（of Lin'an Association），一部是自选临安词人群的词选（about Lin'an Association）。未免过于自私，过于自恋了。这是我们坚持要指出的。

第八章　唐宋人词选的明代传播

一、曲子词的衰微与迷惘

(一) 萧条的元代词坛

无法想象,再借大宋王朝一百年国祚,宋词会演变成什么样。

美国历史学家罗兹·墨菲(Murphey Rhoads)在其《亚洲史》中,对南宋的文化、科技、农业、制造业高度评价,认为它在商业化、城市化、市场发育方面,很像十八世纪的欧洲。为此他叹息说:

这些进展有可能导致中国发生一场真正的工业革命和它应有的一切深远影响吗?我们将永远无法知道这个问题的答案,因为蒙古人的进犯把这一切都打断了,而以后各个朝代又不可能全面重复宋朝的模式。近代欧洲前期的伟大英国历史学家理查德·亨利·托尼曾经警告我们,不要"用把已经得胜的势力硬拖到前台和把被吞没的势力猛推到后台的方法,来造成一种不可避免性的表象"。我们忍不住要想想,如果宋朝存在再稍微长些,或者成吉思汗年轻时就死去(确实多次差一点死去),那么中国可能一直在无间断地领导世界,而近代欧洲的兴起也不会是已经发生过的那样。没有什么东西是"不可避免的",历史学家不喜欢这个词。

文明的中断，首先是最脆弱的文化艺术的中断。对于曲子词来说，狂欢的时代终于结束了。紧承其后的元、明三百余年，必须从头再来。它们构成了词史发展的谷底时期和衰微时代。元代萧条，明代芜杂。就词史自身阶段而言，这种低潮和衰微状态始于元代中叶，结束于明代万历、泰昌、天启年间。元初属于宋末，明季属于清初。

有时我们也怀疑，这是不是历史演化的宏大节奏，是不是曲子词极盛之后必然到来的疲软与暂歇，是不是一种诗体（曲子词）经历过充分发育生长之后，尚未寻找到新出路之前的迷惘、困惑和徘徊的表现？正像唐诗有齐梁陈隋在前，宋词有晚唐五代在前一样，清词要再度崛起，必须有这样一个喘息和低迷的过程。

元代词坛是一个匆匆而过的历程。元初近三十年（元武宗、仁宗以前），词坛中心在东南，宋遗民词人占尽风流。赣中有江西词人群，浙中有临安词人群，论词选词，迭相唱和。而北地词人则影响较小，原因一是多以诗人余兴作词，偶尔为之，少填词专家。二是作者星散棋分，各自为之，未能凝聚成唱和群体。至元代中叶，遗民词人相继凋零，南方词坛遂告衰落。张翥等词人传仇远一脉，却始终未能形成南方词人群势力。相反，因为官或北游先后汇入北方词坛。至此，元词重心北移，逐渐形成"北方文学"占统治地位的局面。北地的民族气质与审美风尚，代替了南宋中叶以来南中国儿女情长、吐属缠绵的传统审美风尚。词人从过去的瓣香姜夔，逐渐转而宗法苏轼、辛弃疾一流开阔雄壮的格调。

至治初年李长翁氏序《古山乐府》论云："诗盛于唐，乐府盛于宋，诸贤名家不少，独东坡、稼轩，杰作磊落，倜傥之气，溢出毫端，殊非雕脂镂冰者所可仿佛。"又如刘敏中《江湖长短句引》论词以苏、辛、元好问并称云："（词）逮宋而大盛，其最擅名者东坡苏氏，辛稼轩次之，近世元遗山又次之，三家体裁各殊，并传而不相悖。”[1]元好问为北方金人，辛弃疾为山东人，气质属于北方民族类型。宋南渡以后程学南行苏学北上，证明苏轼之学也属于北方。三家并称，体现了一种对北方文学传统的认可。

在“宋亡以来，音韵绝响”的现实面前，元代的词人们索性抛开词乐，无视词律，放笔以诗为词。从风格主旋律到题材内容的主流，相对来说，此阶段的词较接近于宋末元初的江西词人群的创作。山林隐逸替代了男女艳情而成为最常见的创作母题，在大多数词人的作品中，我们窥见到一片随处弥漫的忧患意识、历史意识和生命意识。

（二）明代词坛的几个阶段

明代词坛非常特殊。明词的规模总量，无论词人数量还是作品数量，都大致与宋代相当。明代两百七十多年，词史的发展衍变主要经历了过渡、沉寂、繁杂、复苏四个阶段。

初明三十余年，即洪武、建文两朝，是元词的延伸时期。词人如刘基（有《写情集》）、高启（有《扣舷集》）、杨基（有《眉庵词》）、张肯（有《梦庵词》）、贝琼（有《清江词》）、瞿佑（有《乐府遗音》）等皆由元入明，创作上大抵仍为宋调元音。人为明人而词非明词，其情形与初宋太祖、太宗两朝，初唐高祖、太宗两朝，都非常相似。其时去宋不远，虽然经历战乱兵燹，唐宋词乐大抵失传，而唐宋人词籍传世者尚多。填词家对两宋仍记忆犹新，仍可以从元词而上溯宋词。诸老或法江西，或法临安，或法台阁，初无定质。此阶段为由元而明、由元词而明词的过渡时期。

自永乐而下，至明代中叶成化、弘治年间，前后约百年，为明词的沉寂和酝酿时期。在此期间，前代词籍尤其是南宋人的词籍严重散佚，逐渐形成《花间集》和《草堂诗余》的一统天下，“花草”

---

① 元·刘敏中《中庵集》卷九。

成为唐宋词的代表和化身，成为千家万户所供奉的神祇。在此期间，明人的词最终舍弃了元词的成分，真正蜕变和凝定为“明体词”：体尊小令，格尚香软，思致浅鄙，语言烂熟。基本特征体现为“浅、小、艳、俗”四字。浅者才识浅薄、意境浅露、语言浅淡，小者观念上词为小道、体裁上崇尚小令、境界上格局狭小，艳者题材内容上追求情色爱欲、艺术风格上追求淫艳香软，俗者词体混淆于曲体、情调鄙俗、语言烂熟、文人俗气。晚唐五代与北宋的艳词，被用一种非常市井化的眼光和方式所接受，所消化，并加以夸张和改造。

明词的第三阶段，为正德、嘉靖、隆庆、万历四朝一百余年。这是明词走向自己高潮的时期，外表的繁荣下面，实际上是一片良莠丛生的芜杂局面。大量有影响的词家名流如夏言（有《桂洲集》）、杨慎（有《升庵长短句》）、王世贞（有《弇州山人词》）、陈铎（有《坐隐先生精订草堂余意》）、陈继儒（有《陈眉公诗余》）、施绍莘（有《花影集》）、徐渭（有《徐文长先生词》）、陈霆（有《水南词》）、张綖（有《南湖诗余》）等，竞相涌上词坛，放声吟唱。明代数量众多的词选刻本，“花草”翻刻本，也大多出现在这个阶段，与词坛形成水涨船高之势。与之相对应，明代不少诗文宗派，如弘正四杰、前七子、后七子、济南诗派、唐宋派、公安派、竟陵派等等，也如雨后春笋此起彼伏，无一日宁静。此阶段为词坛的繁荣期，也是明体词的成熟期。

晚明二十年，词坛渐渐出现了辉煌的曙光。

（三）重现曙光的明末词坛

汉族政权亡于异族铁蹄，明末清初再现了三百多年前宋末元初的悲怆历史。

相同的环境，相同的身份，相同的遭遇，相同的挑战。在气节出处上，明代的文人士大夫毫不逊色于宋代的文人士大夫。但在曲子词领域，明代遗民词人却比宋代遗民词人稍有逊色，没有像宋人那样绝地悲鸣，为宋词留下最后一抹辉煌的晚霞。

明末二十年(泰昌、天启、崇祯三朝)至清初二十年,是一个相对完整的词史大转型时期。它是由明词而清词的中间过渡,是由崇拜晚唐五代北宋体,转而崇拜南宋体的中间过渡,是从衰微走向中兴的中间过渡。既是明代词史余音袅袅的尾,也不妨视作清代词史冉冉而来的头。这中间许多词人回首明词历史,感慨万端,纷纷表现出对明词的不满和反叛倾向,但经历犹疑徘徊,甚至多少尝试了一些异端,他们最终没有能够走出明词的巨大阴影。最多只能说,这个过渡时期的词人词作,是明词的变体。

赵尊岳总结明末词坛,对这个时代的词人词作评价很高,略有因人而尊词之嫌。说:“明代亡国时,词人特多,尤极工胜。以视南宋末年,几有过之,殊无不及。且煌煌巨著,如曹元方、王屋、曹堪诸家,均积至数百首,更视稼轩、后村为富。而夏存古(夏完淳)、陆钰(陆宏定之父)、陈卧子(陈子龙)诸作,雄奇凄丽,更夺水云诸贤之席。盖甲申之变,内乱外患,相迫而来,忠义之流,势穷力促,或挥鲁阳之戈(陈、夏均以儒生起义),或励薇葛之节(陆系国亡后饿死),而要多托于变徵之音,其人固大节凛然,其词自亦纯金璞玉矣。”(《惜阴堂汇刻明词记略》)

在这个短暂的觉醒和探索过程中,崇祯年间常熟人毛晋刻《宋六十名家词》,与云间陈子龙创立幾社并结为云间词人群,是词坛上的两个重要事件。

早在明朝初年,曾经有人编选过大型诗词总集《诗渊》,辑录了魏晋至明初的五万余首诗词作品,其中保留下来的先明曲子词大约有近千首。明正统六年(1441),又有吴纳汇抄《唐宋名贤百家词》,保存了大量的南宋人词集。可惜的是,这两部重要的总集都深藏民间,外间几乎没有流传。明代词人对于前人作品的了解是非常有限的。

毛晋《宋六十名家词》词人表

第一集	**晏殊**、**欧阳修**、**柳永**、**苏轼**、**黄庭坚**、**秦观**、**晏几道**、毛滂、陆游、辛弃疾
第二集	**周邦彦**、史达祖、姜夔、叶梦得、向子諲、谢逸、毛幷、蒋捷、程垓、赵师侠
第三集	赵长卿、杨炎正、高观国、吴文英、周必大、黄机、石孝友、黄 昇、方千里、刘克庄
第四集	张元幹、张孝祥、程珌、葛立方、刘过、**王安中**、陈亮、**李之仪**、蔡伸、戴复古
第五集	曾觌、杨无咎、洪瑹、赵彦端、洪咨夔、李公昂、**葛胜仲**、侯寘、沈端节、张 榘
第六集	周紫芝、吕滨老、**杜安世**、王千秋、韩玉、黄公度、陈与义、**陈师道**、卢祖皋、**晁补之**、卢炳

表中黑体字词人为北宋词人

毛晋(1599—1659),原名凤苞,字子晋,为东南藏弆刻书巨擘。由于唐宋人词籍在明代大量失传,明代词人无法全面地利用前人的词学遗产,对唐宋词的认识如同盲人摸象。毛晋所刻的六十一家中,北宋词人十四家,而南宋词人多达四十七家,占据了大半。南宋许多重要作家的作品终于得以浮现出来。尽管许多词集出于他的辛勤辑录,并没有找到词人完整的别集,但毕竟重新打开了人们的眼界,展示了一片比“花草”广阔得多、美妙得多的曲子词世界,使得词人们有机会重新权衡自己的选择。

可惜的是,毛晋刻词没有提供充足的时间差,来给词坛消化反省。毛晋的出手太晚了。陈子龙创立幾社几乎与之完全同时,明词根本没有机会进行绝地反击了。陈子龙主盟诗坛,与夏允彝、周立勋、杜麟徵、徐孚远、彭宾并称“幾社六子”,环绕在他周围的云间词人也经常聚集在一起商榷词学,彼此唱和,逐渐形成词家云间一派。[①] 崇祯年间，陈子龙、李雯、宋徵舆三家往来唱和，合刻有诗集《云间三子诗合集》、词集《幽兰草》行世，遂有"云间三子"之称。此外，云间代表词人还有宋徵璧、宋存标、周茂源、夏完淳、钱芳标、董俞、张渊懿、计南阳、吴骐、蒋平阶、沈亿年等。入清以后，云间词人张渊懿、田茂遇于康熙十七年(1678)编选了一部大型词选《清平初选后集》，代表了这一词派对整个明末清初词坛的审视和判断。

所以，云间词派所拥有的主要资源，仍然只是《花间集》和《草堂诗余》并没有突然放大。为救明词浅俗熟烂之失，云间词派主张严守唐五代家法，溯源正体，划清词和曲之间的界限。同时也主张流露性情，以香草美人为词家之准则。在今天看来，它的思维模式没有超出它的前辈，不过是希冀借复古溯源，回到纯粹纤巧香艳的曲子词起点。欲以《花间》体取代过度流行的鄙俗《草堂》体，从而达到补救和改良明词的目的。

云间词人蒋平阶《支机集·凡例》论云间宗旨云："吾党持论，颇极谨严。五季犹有唐风，入宋便开元曲。故专意小令，冀复古音，屏去宋调，庶防流失。"这是云间词派最经典的理论表述。另一位云间词人田茂遇在《清平初选后集叙》中也说："我乡前辈言词者以《花间》为宗，几置长调不作，戒勿涉《草堂》以后蹊径。"从理论上，说它似乎是成立的。但实际上宗法晚唐五代，根本无法拒绝北宋，尤其无法拒绝北宋台阁词人群的作品体系。晏殊、欧阳修、张先、宋祁、晏幾道等词人，都是《花间》词的直系后裔。无法拒绝北宋，等于无法否定《草堂》。至少不能全盘抛弃《草堂》。云间理论的"屏去宋调，庶防流失"于是成了一句空话，独尊《花间》成为一种词学理论的假说。

① 清·宋琬《安雅堂全集》卷一《尚木兄诗序》："三十年来，海内言文章者必归云间。方是时，陈(子龙)、夏(允彝)、徐(乾学)、李(雯)诸君子实主齐盟。而皆以予兄尚木(宋徵璧)为质的。复有子建(宋存标)、直方(宋徵舆)为之羽翼。于是诗学大昌，一洗公安、竟陵之陋，而复见黄初、建安、开元、大历之风。所谓云间幾社者，皆朋友倡和，鸡鸣风雨之作，何其盛也！"

面临理论上的这种疏漏，云间词论不断作出让步，不断修改自己的理论主张。但有一条底线，就是承认北宋而严斥南宋。宋徵璧有一段名言，叫做“词至南宋而繁，亦至南宋而敝”。他所推尊的宋代词人七大家，几乎纯为北宋人：欧阳修、苏轼、秦观、张先、贺铸、晏幾道、李清照。（试比较王世贞所推尊的“词之正宗”：李璟、李煜、晏殊、晏幾道、柳永、张先、周邦彦、秦观、李清照。有半数相同。）后来朱彝尊激烈提出：“词至南宋始极其工，至宋季而始极其变。”即是针对云间词论而发的。清初扬州词人群领袖王士祯也清醒地认识到，云间一派“其于词，亦不欲涉南宋一笔。佳处在此，短处亦坐此”。他在《花草蒙拾》中尖锐地批评说：

> 近日云间作者论词有云：“五季犹有唐风，入宋便开元曲。故专意小令，冀复古音，屏去宋调，庶防流失。”仆谓此论虽高，殊属孟浪。废宋词而宗唐，废唐诗而宗汉魏，废唐宋大家之文而宗秦汉，然则古今文章，一画足矣，不必三坟八索至六经三史，不几几赘疣乎？

所以说，云间词派的理论仍然属于明词系统，并没有走出明词的巨大阴影。它于明词之弊端，欲避其重而就其轻，乃是站在明词的平台上欲以改良之法修正明词。这几乎是一件无法完成的挑战，就像试图自己把自己举起来一样困难。结果可以想象：他们的创作仍然香艳，仍然狭小，并且在复古溯源的口号下，明人向来轻视南宋的偏执，被云间党人们进一步强化了。①

① 清·田同之《西圃词说》：“云间诸公，论诗宗初盛，论词宗北宋，此其能合而不能离也。”王士祯《花草蒙拾》：“云间数公论诗拘格律，崇神韵。然拘于方幅，泥于时代，不免为识者所少。其于词，亦不欲涉南宋一笔。佳处在此，短处亦坐此。”又如宋徵璧云：“词至南宋而繁，亦至南宋而敝。作者纷如，难以概述矣。”（见《西圃词说》引）计南阳《词坛妙品·刻序》云：“（词）意欲其曲而婉，思欲其巧而隽，彩欲其艳而纤，调欲其变而雅，吐纳乎《香奁》、《金荃》之腴，而进退乎李、晏、秦、柳之度。”

当云间词派活跃于词坛的同时和稍后，它附近的词乡孕育出四大云间支脉。它们是：以嘉善为地域中心、曹尔堪为群体领袖的柳洲词人群，[①]以常州为地域中心、“陈黄邹董”四才子为主体的兰陵（毗陵）词人群，[②]以杭州为地域中心、“西泠十子”为主体的西泠词人群，[③]以及以扬州为地域中心、王士祯为盟主的扬州词人群。[④] 这四大支脉都呈现出对云间改造发展的倾向。具体说来，

① 清·朱彝尊《曝书亭集》卷四十《柯寓匏振雅堂词序》：“崇祯之季，江左渐有工之（按指词）者。吾乡魏塘诸子和之，前辈曹学士子顾雄视其间，守其派者，无异豫章诗人之宗涪翁也。”又邹祗谟《远志斋词衷》：“词至柳洲诸子，几二百余家，可谓极盛。无论袁、钱、戈、支诸先辈，吐纳风流，如尔斐（钱继章）、子顾（曹尔堪）、子更（陈增新）、子存（魏学渠）、卜臣（魏允枚）、古喤（孙钵）诸家先后振藻，飙流符会，实有倡导之功。要之阮亭所云：不纤不诡，一往熨贴，则柳洲词派尽矣。”顺治年间，戈元颖等编选有《柳洲词选》六卷。

② 清·王士祯《带经堂全集·渔阳诗集》卷十二《岁暮怀人绝句》诗：“籍籍兰陵四才子，陈黄邹董各名家。难忘雪夜吴儿曲，檐角寒梅正作花。”所云“陈黄邹董”，乃陈秀才维崧、黄比部永、邹进士祗谟、董秀才以宁也。沈雄《古今词话·词话》卷下引吴绮云：“词家旧推云间，次数兰陵，今则广陵亦称极盛。”陈维崧《陈迦陵文集》卷二《任植斋词序》：“忆在庚寅、辛卯间（顺治七、八年间），与常州邹、董游也，文酒之暇，河顷月落，杯阑烛暗，两君则起而为小词。方是时天下填词家尚少，而两君独矻矻为之，放笔不休，狼藉旗亭北里间。”又邹祗谟《远志斋词衷》：“同里（兰陵）诸子，好工小词，如文友（董以宁）之儇艳，其年（陈维崧）之矫丽，云孙（黄永）之雅逸，初子（黄京）之清扬，无不尽东南之瑰宝。今则陈、董愈加绵渺，二黄益属深妍。更如庸庵之醇洁，风山（孙自式）之超爽，卓人（毛重倬）之精腴，介眉（龚百药）之隽练，公阮之幽峭，紫曜（钱理）之鲜圆，陶云（杨大鲲）之雅润，赓明（陈玉璂）之秀濯，含英咀华，彬彬可诵。”

③ “西泠十子”，见清·张德瀛《词徵》卷六。毛先舒《白榆集·小传》：“……其后西泠十子各以诗章就正（于陈子龙），故十子皆出卧子先生之门。国初，西泠派即云间派也。”康熙年间陆进、俞士彪合选为《西陵词选》八卷，即是西泠词人群之群体词选。

④ 详本书第九章有关扬州词人群注释。

就是以云间所守晚唐五代《花间》体为正，而兼及南宋辛弃疾、陆游诸家的豪放格调，甚至还尝试了南宋姜夔、史达祖一系的咏物体，如扬州词人群和兰陵词人群中的彭孙遹、邹祗谟等。正是在这个基础上，才最终出现了彻底背叛明词和"花草"、宗法南宋的阳羡词派和浙西词派。

二、书坊与市井控制下的选坛

明代词选与其简称"明选"，不如简称"民选"。对于绝大多数词选来说，它们既是属于民间大众的普及性词选，也是迎合民间大众消费需要的娱乐性词选。大权旁落，瓦釜雷鸣，书坊与市井的民意完全操控了这个时代的选坛。

宋末元初临安词人群与江西词人群退出词坛之后，元词逐渐走向沉寂，选词一事也极少有人问津。见于著录的元人词选，似乎只有彭致中《鸣鹤余音》一部，此外还有二三种诗词混选的总集，仅此而已。这种白卷状态一直持续到明代初叶。

正德、嘉靖以后，明诗出现了前所未有的繁荣，门户宗派之说川增云兴，直接刺激了诗选的发展。嘉靖至明末，词选也出现了所谓的繁盛景象。估计这期间产生的词选，不下一二百种之多。名家各有其选，门派各有其选，甚至书坊也竞相选词，士子秀才为沽名钓誉，也纷纷出手选词，似乎真是"人人自谓握灵蛇之珠，家家自谓抱荆山之玉"。遗憾的是，这中间能够与宋选、清选媲美抗衡的佳制实在太少了。这是历史的遗憾：明人选词虽多，而选坛仍不免凋敝荒芜之感。

明代的众多词选，由于选型、选系、选心、选源等诸多方面的趋同，而集合为一个单一的明代词选群。总体而论，它们与宋人词选比相去甚远，与清人词选更不可同日而语，文学层次、理论深度、文献价值要差很多。它们更远离文人士大夫而更接近市井百姓，基本上是一种纯粹的大众文学读物，通常偏重在帮助欣赏、指导阅读理解，少有旁涉者。只有《花草粹编》是个例外，另外还有部分词选兼起订谱的作用。它们虽然多少也含有词学批评的成分，却还没有发育成一种理论批评的方式。甚至没有一部词选，其选派的意味能够比宋人的《绝妙好词》更清晰。

明人选词，大抵持一份非常随意的浪漫态度。许多学者自矜淹博，凭记忆、凭兴致，漫不经心为之。没有史学家的耐心，也没有词学理论批评者的眼光。至于一般剽窃抄袭之徒就更不用说了。加上书商的利诱，市井时尚的影响，词人失去了自我，失去了选择立场。选词不严肃，乃是明人词选的最大弊端。我们可以举出一个手边的例子。沈际飞《古香岑草堂诗余四集·发凡》"诫翻"条提到：

> 坊人嗜利更惜费，翻刻之弊所由始也。迩来讦告追板，而急于窃其实，巧于掩其名……(是书)吾惧夫后来市肆有以春夏秋冬故局刻之者，不然以四集合编稍增损评注刻之者，而能逃于"翻"之一字乎？夫抹倒阅者一片苦心为不仁，詈吞刻者十分生计为不义，讵默默而已也。先此布告。

沈氏此书四集，除《草堂诗余别集》是自选之外，《正集》用顾从敬《类编草堂诗余》翻刻，《续集》用长湖外史《续草堂诗余》翻刻，《新集》用钱允治《国朝诗余》为底本，去其什之五，补其什之七。皆沈氏自己所谓"稍增损评注刻之者"。自己翻刻他人之选，又担忧别人翻刻自己的书，这就是明代士子的行为方式和心态。

又如明天启中许宇翻刻梯月主人周之标《吴歈萃雅》四卷，删去原编选者姓氏，改易书名为《词林逸响》。又将元、亨、利、贞四卷改为风、花、雪、月四卷。顾梧芳刊刻《尊前集》，有意含混其辞，称"余斯编"，令人不详究竟是宋人原选还是顾氏自己的新编，引起词学界争议不休。而顾从敬刊刻其《类编草堂诗余》,情形正好相反,明明是自己的赝品,却伪称家藏宋本,以招徕读者和崇拜者。杨慎《词林万选》也是一个典型的例子。王世贞曾因该选而誉杨氏为词家功臣,实际上大谬不然。该书辑录于杨慎谪居云南永昌之时,系根据手边仅有的一点词籍漫抄而成,加上自己的博闻记忆。其间体例散漫,题名混乱不堪,选篇良莠杂陈,刊刻者楚雄府知府任良榦序称,此选系据"升庵太史公家藏有唐宋五百家词"采择而成,又称所选"取其尤绮练者","皆《草堂诗余》所未收录者"。此三条没有一句是真话,都是欺世之谈,都与该书的实际情况不符合。① 书名"万选",取万中选一的意思,更是夸大其辞,书商习气。

选源方面,明代词选借古选为选源者很多。许多选家缺乏严谨的学术态度,很少有耐心整理故籍,发掘词学秘藏,去广开选源沙里淘金。他们不是把前人的词选拿来改选一番,为前人词选修修补补,添上前编后续,就是从前人词选中略加增删去取,拼剪出自己的新选。在各种旧选本中,被改选得最多、用作选源频率最高的是《草堂诗余》。

选心方面,明代词选以香艳为选词标准,为词选基调者非常普遍。茅映《词的》、杨慎《词林万选》、陆云龙《词菁》、钱允治《国朝诗余》、潘游龙《古今诗余醉》等无不如此。明人选诗论诗,宗派理论异说纷陈,而词选与词论都众口一词,共同发出一种声音,主张香艳就是一切。其单调与诗坛形成鲜明对比。

选型方面,明代词选流行加批注圈点,或为眉批,或为总评,

---

①《四库提要》卷四十:"考《书录解题》所载唐至五代,自赵崇祚《花间集》外,惟《南唐二主词》一卷,冯延巳《阳春录》一卷,此外别无词集。南北宋则自《家宴集》以下,总集、别集不过一百七家。明末毛晋穷搜宋本,只得六十家耳。慎所藏者,何至有五百余家?此已先不可信。且所录金元明人,皆在其中,何以止云唐宋?序与书亦不相符。又其中时有评注,俱极疏陋。"

或双行夹注，或为笺引，所谓“开卷灿然，太素全失”。不仅新选本喜借名家批抹，卷首罗列参释者、批评者、解注者、编次者、校订者，少则二三人，多则可至十多人；而且旧选重刻，也经常有名家批点。杨慎、汤显祖、唐顺之、李廷机、张綎、陈继儒、徐士俊、陈仁锡、董其昌等，都是名重一时的“花草”评点专家。这些批注，大多系肤浅空泛之语，赏析评说，随意发挥议论，尤以阅读感叹和赞美语为最常见。缺少清人那样的理论色彩和品词特点。后人讥其“徒为蛇足，莫尽阐扬，恶札枝言，徒乱人意”（赵尊岳语）。特别有意思的是，甚至词选的序文、发凡，也经常有圈点和眉批。让人觉得在他们眼中，读者简直就是一群无知的孩子，天地万物都需要他们的讲解和点评。

选系方面，追随和模仿《草堂诗余》者最为疯狂。详见后述。

赵尊岳《惜阴堂汇刻明词记略》总结说：“明人治词独少总集，《百琲明珠》、《词林万选》，均宋选之刍狗也。钱允治、沈天羽诸家，赓续《草堂》，增赓续补，其于唐宋各家，固不足尽探骊之妙，而于明人所作，既不能求备家数，又未能循流溯源。”

必须承认，在这个漫长的时期中出现的词选数量并不少，但质量好的实在不多。能够置身明代词选群之外，有个性、有创造的更是凤毛麟角。苛刻地说，整个明代有创新、有影响、值得讨论的词选只有两部，一是学术性较强的陈耀文《花草粹编》，一是创造性较强的顾从敬《类编草堂诗余》。前者一反明人浪漫草率的商贾习气，而变为态度严谨的考据式选词。与毛晋刻宋六十名家词并肩，堪称明代后期的两大词学工程。后者在唐宋词乐失传的情况下，创造性地借鉴小令、中调、长调的概念并施诸词选，领导了明嘉靖以后直至清代康熙年间的选坛潮流，无数词选都沿用这种体例。同时，它还启迪了清代词学家们的订谱工作。可惜它是旧选重编，而且伪托宋本，把自己的创新专利拱手让给了宋贤。

三、"花草"家族的极盛与狂欢

(一)审美与视野的迎合

《花间集》和《草堂诗余》二选,后人合称"花草"。元代以后,"几屈百指"的各种唐宋人词选陆续沉湮失传,或受到冷落,散落在民间藏书家尘埃之中,逐渐被人们遗忘。惟独"花草"备受世人青睐,明人家弦户诵,家抄户刻,无不奉之为填词的圣经宝典。连明代最有学术性的词选《花草粹编》、最有创造性的词选《类编草堂诗余》,都落在它们那巨大的阴影之中。明末词人徐士俊(野君)概括得最为生动:

> 《草堂》之草,岁岁吹青。《花间》之花,年年逞艳。①

"花草"在明代之盛行,明人对"花草"之崇拜,于此俱可想见。万历年间,温博为《花间集》作补编,也曾经说:"古今词选,无虑数家,而《花间》、《草堂》二集为最著也。"②

有一个历史细节耐人寻味。明无瑕道人遭遇人生变故,废举业,忘寝食,痛不欲生。缙绅同袍百般劝解都不见效。自谓"不复欲居人间世矣",想自杀。后一友携二书来访,视之,乃杨慎、汤显祖评点的《花间集》和《草堂诗余》。朋友劝他说:"旦暮玩阅之,吟咏之,牢骚不平之气,庶几稍什其一二。"于是无瑕道人带着这两部词选散发披襟,遍历名山大川,临风对月,反复把玩。最后不仅走出了精神抑郁,而且大澈大悟,兴奋地宣称:"始知宇宙之精英,人情之机巧,包括殆尽。而可兴、可观、可群、可

---

① 清·冯金伯《词苑萃编》卷八引明·徐士俊语。

② 明·万历茅一桢刊本《花间集补》温博序。

怨，宁独在风雅乎！”[①]这几乎是我们所见过的古往今来诗词点评中最没有见识的议论。其眼界之狭窄，理解之肤浅，姑且不论。“花草”悬壶治病，竟然变成了文人士大夫治疗心理创伤、抚慰痛苦的精神舒缓剂，特别具有象征意味。

我们注意到，“花草”二书中，又以《草堂诗余》尤为明人所钟爱，其书“流遍人间，枣梨充栋”。[②] 著名画家祝枝山甚至还曾用小楷精书过《草堂诗余》全书。明末毛晋对《草堂诗余》如此大受世人青睐感到不可思议，说：

> 宋元间词林选本几屈百指，惟《草堂诗余》一编飞驰。几百年来，凡歌栏酒榭丝而竹之者，无不拊髀雀跃。及至寒窗腐儒，挑灯闲看，亦未尝欠伸鱼睨，不知何以动人一至此也！[③]

“花草”不仅是明代词家的经典读物，也是明人词话的主要讨论对象、词论的主要观点的依据。杨慎《词品》、陈霆《渚山堂词话》、王世贞《艺苑卮言》等著述，都是以“花草”为主要参考书和主要研究范围。视野基本囿于晚唐五代和北宋。《词品·自序》还特别首先讨论了《草堂诗余》取名之义。

在这里，就被接受者“花草”方面而言，“《花间》犹唐音也，《草堂》则宋调矣”[④]。《草堂诗余》虽为书坊选歌之什，其宗法重心落在北宋名贤，故“宋调”其实是北宋调。明人的心目中，原本就没有南宋词的一点位置。就接受者明代词人（读者）方面而言，他们于《花间》得香艳淫冶之致，于《草堂》得鄙俗哇俚之格，从而构成明词的两大典型特色，或者说两大典型弊端。因此，明人词论都不出以唐五代、北宋为尊，以香艳鄙俚为词家本色的范围，一叶障

---

① 明·万历汤显祖评点本《花间集》无瑕道人跋。
② 明·万历汤显祖评点本《花间集》汤显祖序。
③ 明·毛晋《词苑英华》本《草堂诗余·刻跋》。
④ 清·蒋景祁《陈检讨词抄序》。

目不见泰山。“花草”障目不见全宋。

嘉靖年间何良俊为《草堂诗余》刻本作序，云：“乐府以皦迳扬厉为工，诗余以婉丽流畅为美。如周清真、张子野、秦少游、晏叔原诸人之作，柔情曼声，摹写殆尽，正辞家所谓当行，所谓本色者也。”[①]也很能代表明人的一般看法。

杨慎评点过几种《草堂诗余》刻本，他的《词品》围绕《草堂诗余》进行了多方面的探讨。关于书名的解释，我们已经在前面讨论过了。他评价《草堂诗余》，称赞某些篇目选词恰当，但某些词人又选词不够，像陈与义、万俟咏，都有更好的佳词没有收入。评高观国说：“旧本《草堂诗余》选其《玉蝴蝶》一首，书坊翻刻，欲省费，潜去之。予家藏有旧本，今录于此，以补遗略焉。”尤其对词人柳永，极力推尊其《八声甘州》（对潇潇暮雨洒江天），称：“《草堂诗余》不选此，而选其如‘愿奶奶兰心蕙性’之鄙俗，及‘以文会友’、‘寡信轻诺’之酸文，不知何见也。”

王世贞对《花间集》的态度与大多数明代词人略有不同，大抵肯定香艳之体而有所保留，认为《花间》词人群的创作是曲子词变体而非正体。所以他所推尊的“词之正宗”是李氏父子（李璟和李煜）、晏氏父子（晏殊和晏幾道）、柳永、张先、周邦彦、秦观、李清照，基本是宋南渡以前的北宋词家。《艺苑卮言》说：“《花间》以小语致巧，世说靡也。《草堂》以丽字取妍，六朝隃也。”又说，“《花间》犹伤促碎，至南唐李王父子而妙矣。”

杨慎和王世贞都是明代重量级的诗人词客，能量和影响力很大。以他们的修养和眼光，能够商榷“花草”，提出不同于俗流的这些见解，已经十分难能可贵了。但是他们指出的都是“花草”的皮毛缺点，没有触及筋骨要害，更没有否定二选而别开天地。总体上看，他们的眼界还是囿于“花草”之内，他们的思维还是被“花草”牵着鼻子走。

---

① 明·毛晋《词苑英华》本《草堂诗余》何良俊序。

（二）"大雅罪人"理论

我们注意到，宋代的文人士大夫经历了漫长的心灵挣扎，终于凭借复雅拟骚，找回了词人的人格自尊，改变了曲子词一步步滑向堕落的命运。可惜，他们的努力不到一百年便被世人弃如敝屣。用韩愈的两句诗来比喻，真是"跻攀分寸不可上，失势一落千丈强"。这是曲子词史上最令人叹息的情景之一。

明代词人是保留曲子词"道德特区"的狂热拥护者。在明代词论中，非常有代表性的学说是"大雅罪人"理论。让我们来看看这些说法：

> 王世贞：词须宛转缠绵，浅至儇俏，挟春月烟花于闺幨之内奏之，一语之艳，令人魂绝，一字之工，令人色飞，乃为贵耳。至于慷慨磊落，纵横豪爽，抑亦其次，不作可耳。作则宁为大雅罪人，勿儒冠而胡服也。①

> 秦士奇：（前人词选）集名《兰畹》、《金荃》，取其逆风闻薰，芳而弱也。则词宁为大雅罪人，必不尚豪爽磊落明矣。②

> 姚希孟：《花间》、《草堂》为中晚诗家镂冰刻玉、绵脂腻粉之余响，与壮夫弹铗、烈士击壶何啻河汉。且创为之者，出于《望江南》，本大雅罪人，岂可令慷慨激射入于幽咽旖旎之中哉？③

> 顾宋梅：词以艳冶为正则，宁作大雅罪人，弗带经生气。④

---

① 明·王世贞《艺苑卮言》。

② 明·秦士奇《古香岑草堂诗余四集序》。

③ 明·姚希孟《响玉集·媚幽阁诗余小序》。

④ 清·沈雄《古今词话·词话》卷下引明顾宋梅语。

茅映：(曲子词)旨本浮靡，宁亏大雅。意非训诂，何事庄严。①

这种千人一辞宁愿为“大雅罪人”说，成为明代最为流行的词学观念和话语模式。南宋群贤倘若在世，听到这种轻飘浮滑的议论，真不知道会作如何感想。宋室南渡以来，无数的词人、选家奔走呼号，终其一生努力倡导大雅骚雅，抗衡民间俚俗淫艳潮流的诱惑，建立曲子词作为严肃文学的终极地位。南宋骚体词终于在诗歌、古文面前挺起了胸膛，找回了自己的诗格尊严。这沉重的光荣与梦想，明代词人却如此轻轻抹去，心甘情愿地降低身段，重新混迹到市井俚俗的阵营中，直至宣称不惜做“大雅罪人”。我们认为，这与明代《花间》体、《草堂》体的泛滥盛行，互为因果。晚唐五代和北宋香艳小词，给了明代词人以强烈的体裁规范暗示：只能如此，别无二径。率土之滨，天下一体。走出了香艳浮靡，就是叛逆不臣，就不再是正宗的曲子词。

比照宋人的“复雅”理论，我们把明人的这种“大雅罪人”说称为“弃雅”理论。不是我们苛刻，不允许词家宗法《花间》香艳体、或黄庭坚、柳永一脉，而是这种理论反映了明代词坛的一种可怕景象：没有流派，没有争鸣，也没有自由，整个词坛呈现为天下一家、共倡一体的单调局面。这是我们所不愿意看到的。

“花草”影响左右了明人词论，明人词论又完全以“花草”为最高范式和审美准则。陈霆《渚山堂词话》卷二评陈铎《木兰花慢》冬雪词，说：“论者谓其有宋人风致，使杂之《草堂》集中，未必可辨也。”这漫不经心的评语，其实很值得回味。我们有没有注意到，在这里，审美标准、宋人风致、《草堂诗余》，这三个外延完全不同的概念，被等同起来：审美标准就是《草堂诗余》，《草堂诗余》就是

---

① 明·茅映《〈词的〉序》。

宋人格调。

（三）创作上的迎合

明词的创作，同样徘徊于“花草”格局之内，沿晚唐五代和北宋轨制，没有突破。表现主要有三：

其一，摹拟“花草”词体蔚为风气。如陈铎曾和《草堂诗余》，“几及其半，辄复刊布江湖间。”陈铎字大声，号秋碧。有《秋碧轩稿》和《香月亭诗》。其追和草堂的作品订为《草堂余意》，凡和《草堂诗余》中唐宋词人四十九家，得一百四十七首。其中和周邦彦二十首、和秦观十六首，为诸家之冠。有汪氏环翠堂《坐隐先生精订草堂余意》刻本。此外，还有黄陂张杞（迁公）全和《花间集》五百首，范文光（仲闇）作画舫青楼词为《续花间集》等等。

其二，词家一边倒偏嗜小令，以求合唐五代北宋词体。而于慢词长调普遍缺乏兴趣。《古今诗余醉》编选者潘游龙就曾说：“余于诗则醉心于绝句、于歌行，而于词则醉心于小令，谓其备极情文而饶余致也。”（自序）

其三，题材和风格上亦步亦趋。举如沈文华作词“最工香奁，《玉楼春》数阕，此其零膏剩粉，座间犹留三日香者也”。[①] 马洪（浩澜）在明代词坛影响很大，时人誉其“含吐珠玉，锦绣胸肠，裒然若贵介王孙也”。[②] 其《花影集·自序》称其自作多轻艳浮词，昔法秀道人呵斥黄庭坚作淫语当下犁舌狱，黄庭坚自谓“空中语耳”。故欲以空中语名集，因不文而改名《花影集》，“花影者，月下灯前，无中生有。以为假则真，谓为实犹涉虚也。”[③]（按明末清初词人施绍莘词集也是同名《花影集》。）明季卓人月《蘂渊词》和徐士俊《雁楼词》，时人谓之“风致淋漓，艳诡竞响，但过于尖透处，未免浸淫元

---

① 清·沈雄《古今词话·词评》卷下引《兰皋集》。

② 明·杨慎《词品》卷六。

③ 明·杨慎《词品》卷六。

曲耳”。[1] 甚至于有“文高两汉，诗铁三唐”之誉的大诗人陈子龙，其词风也缠绵依倚于《花间》之下，“作字不胜绮罗”。

清初浙西词人为明词盖棺定论，曾如是说：“词始于唐，衍于五代，盛于宋，沿于元，而榛芜于明。明词佳者不数家，余悉踵《草堂》之习，比例亵狎，风雅荡然矣。”[2]

（四）选词上的迎合

明人选词也少有跳出“花草”范围之外者。

分而言之：或选心合于“花草”。《词林万选》专录“尤绮练者”，茅映《词的·发凡》：“幽俊香艳，为词家当行，而庄重典丽者次之。”陆云龙《词菁》以香艳为体，踵“花草”而特重《草堂诗余》，“试取《花间》、《草堂》并咀之，《草堂》自更新绮者。”[3]管贞乾《古今诗余醉附言》所论极为典型，可与王世贞诸人的议论参看：

> 今人庄语、雄语、经济语、金华殿中语，毕竟不如情致语为流畅。今文台阁体、碎金体、诰诏羽檄体、天才人才鬼才三绝之体，毕竟不如风流体为骀荡。

或以“花草”为选源，陈耀文于万历年间铨粹“花草”，之后漂泊东南，与淮阴吴承恩、苏州吴岫交游，得以假阅二家藏书，乃抄录成十二卷《花草粹编》。吴承恩《花草新编》五卷也是用“花草”为主要选源辑成的。嘉靖年间张綖据明刻浙本《草堂诗余》，将原帙三百余首择出四分之一，勒为《草堂诗余别录》行世。又如董逢元《唐词纪》十六卷，也是主要以《花间集》等为参考文献选成的。

---

① 清·尤侗《尤西堂全集·西堂杂俎三集》卷三《璧月词序》引邹祗谟语。
② 清·高佑釲《陈维崧湖海楼词序》。
③ 明·陆云龙《词菁·自序》。

或沿“花草”之选型。主要是沿《草堂诗余》的分类体和分调体。嘉靖二十九年(1550),上海顾从敬伪托家藏宋本而作成分调体《类编草堂诗余》,以小令、中调、长调三分法排列,体例特创。《花草粹编》、《词的》、天启钟人杰本《花间集》、雪艳亭本《花间集》,以及大批明末清初的词选都沿用了这种三分法编排体例。明中叶以后“选调”型词选异军突起,有合订谱与选词二者为一的倾向。清初吴绮《记红集》、官修《御选历代诗余》是典型选例。

或与“花草”选系同列。有明一代,各种续补、删订、新编“花草”之选汗牛充栋,不胜枚举。温博《花间集补》、万历长湖外史《草堂诗余续集》、钱允治《国朝诗余》、沈际飞《草堂诗余新集》、《草堂诗余别集》,皆是其例。

明代刻版传抄的唐宋人词选,以“花草”为最多。表中所列,虽然有不少挂漏,但总体比例是大致准确的。所列八种唐宋人词选,除了收藏著录者之外,明代共有五十二种抄刻版本(今可考者),而“花草”就占了其中的三十五种。除了《花庵词选》一种之外,其他选本都已濒临绝迹,仅从这一点看,说明代是“花草”的极盛时代,绝非虚语。

历代唐宋词选版本数量比较表

词　选	宋元	明	清	近代	版本总数
花间集	9	19	11	7	46
草堂诗余	3	22	17	2	44
乐府雅词	3	1	13	1	18
花庵词选	3	10	10	1	24
阳春白雪	3	3	19	0	25
绝妙好词	2	2	18	4	26
乐府补题	1	3	8	2	14
名儒草堂诗余	1	3	18	1	23

根据本书所附唐宋人词选版本叙录统计

四、《草堂诗余》的追随者

确实，明代词人崇拜“花草”，选词追随和摹仿《草堂诗余》者甚多，在选型、选系、选阵、选域甚至选源各个方面亦步亦趋，或对原书反复再三重编改造，或扩编、缩编，整枝修叶另成一番光景，或另为续编与原书同传。月映千江，一身幻出无数身。宋人诗法有所谓“夺胎换骨”、“点铁成金”之说，明人选词之法似亦是此道，夺《草堂》之胎，换《草堂》之骨，蔚然成风。这里仅就明人追随改造《草堂诗余》者，列出明代《草堂诗余》词选家族二十余种，并择其主要者叙述于次，供读者参考。

（一）张綖《草堂诗余别录》

张綖（1487—1543）字世文，号南湖居士，高邮（今属江苏）人。明正德八年（1513）举人，屡试进士不第，谒选为武昌府通判。该词选即编录于通判任上。官至光州（今河南潢川一带）知州，罢归。卒年五十七。所著有《杜诗通》、《诗余图谱》、《南湖诗集》。清初人因其《诗余图谱》一编，称其“真填词家功臣也”。其论词首倡婉约、豪放二体说，对明、清人词体观念的发展乃至现代学术界的词史研究有很大的影响。张綖于宋代词人中，特尊秦观、苏轼二人。秦观为张綖的高邮乡贤，故尤其为张氏所推重，谓其词为北宋人的典范风格。又曾刊刻《淮海集》行世。于苏轼，亦喜其清丽和畅之作。张綖自作词“风流蕴藉”，香倩婉转。《四库全书总目提要》说他“多艳体，颇涉佻薄，殆《玉台》、《香奁》之末流”。

《草堂诗余别录》编定于嘉靖十七年（1538），是明代众多的《草堂》改编本中较早的一种。该选将原编四卷删削成一卷，原编三百多首作品缩减为七十八阕。其中前集和后集各占三十九阕。仅得原编四分之一。该选不依人分，不依题材分，也不依词调分，属于漫录体。据张綖自跋称，此书其实是与吴文节公共同去取批点而成。吴文节公名字无考，当系武昌地方人氏。张踱云：“当时集本亦多，唯《草堂诗余》流行于世，其间复猥杂不粹，今观吴先生硃笔点取，皆和平高丽之调，诚可则而可歌。复命愚生再校，辄敢尽其愚见。因于各词下，漫注数语，略见去取之意，别为一录呈上。倘有可取进教，幸甚。”

明代《草堂诗余》选系家族表

词选名称	编选者	卷帙	时代	选型	选系
草堂诗余别录	张綖	一卷	嘉靖	漫录	缩编
草堂遗音	陈霆		嘉靖		续编
精选名贤词话草堂诗余	陈钟秀	二卷	嘉靖	分类	重编
新刊古今名贤草堂诗余	李谨	六卷	嘉靖	分类	重编
类编草堂诗余	顾从敬	四卷	嘉靖	分调	重编
花草粹编	陈耀文	十二卷	万历	分调	扩编
花草新编	吴承恩	五卷	万历	分调	扩编
草堂诗余补遗	杨慎				续编
新刻题评名贤词话草堂诗余	李攀龙	六卷	万历		扩编
类编草堂诗余评林	田一隽	六卷	万历	分调	重编
新镌订正评注便续草堂诗余	董其昌	七卷	万历		重编
类编草堂诗余	胡桂芳	三卷	万历	分类	重编
续草堂诗余	长湖外史	二卷	万历	分调	续编
国朝诗余	钱允治	五卷	万历	分调	续编
草堂诗余别集	沈际飞	四卷	明末	分调	续编
草堂诗余新集	沈际飞	五卷	明末	分调	续编
草堂诗余隽	吴从先	四卷	万历	分类	重编
诗余广选	卓人月等	十六卷	崇祯	分调	扩编
词菁	陆云龙	二卷	崇祯	分类	扩编
草堂诗余合集	潘游龙		明末		扩编
续草堂诗余	秣陵一真子	二卷	明末		续编
新刊增修笺注妙选群英草堂诗余	钟惺	二卷	明末		重编

按其选阵，全编录晚唐四家五首，北宋二十一家四十八首，南渡九家十一首，南宋五家八首，其他五家六首。苏轼入选十三首，秦观入选八首，为选词最多者。在总体倾向上，该书保存了原编重心落在北宋的特点。

该书删除《草堂诗余》中众多猥杂恶词，表现出对《草堂》的一定程度的不满。但未能彻底割舍抛弃。希望通过选粹来扶正其形象，对于明代词学批评和词选来说，都是一件没有太大意义的工作。何况原编中那么多的猥鄙之作并没有一一删除干净。沈际飞《古香岑草堂诗余四集·发凡》中曾经提到，《草堂诗余》在当时有金陵本、闽中本、浙中本、吴中本。据张綖书中岳飞《小重山》词的笺评，知该选的选源为浙本《草堂诗余》。洪武本何士信原编中没有岳飞这首《小重山》词，唯嘉靖闽沙陈锺秀本有之。我们推测，可能陈锺秀和张綖一样，都参照了浙本《草堂诗余》。该书流布不广，有四明天一阁藏本。

（二）陈钟秀《精选名贤词话草堂诗余》

陈钟秀，何人不详。刻本署款为“闽沙大学生陈锺秀校刊”，盖嘉靖间之太学生。明洪武本何士信原编《草堂诗余》，各卷的卷首均有“名贤词话”或“群英词话”字样，想来南宋书坊的原刻有可能即是如此，故陈锺秀是编也以“名贤词话”为名。

书前有嘉靖十七年（1538）南京国子监监丞陈宗谟序，略云：“《草堂诗余》，诗之余也。说者疵其慢要俚俗，流连光景，故其弊也。致使语言颠覆，首尾混淆。……卜子夏云：虽小道，必有可观。其在兹乎？吕峰子偕其外君子仙洲，方将极意于诗者也，因予言遂录以序之，梓而达诸天下也。”此序有两点值得注意。一是当《草堂诗余》大盛天下之时，还是有一些人对它有所批评和不满。这与前述张綖《草堂诗余别录》可以参看。二是此序语言含糊暧昧，未详其所谓“精选”，究竟是出自宋人还是出自陈钟秀自己。或许这正是编者、序者所不愿意明说的。清末王鹏运跋是编，就相信它是古本《草堂诗余》，而据天一阁藏本刻入《四印斋所刻词》。事实上，是编系据何士信原选增删改造而成的。

书凡厘两卷，六类四十五小类：时令类一百八十一首，节序类五十九首，怀古类十首，人物类十七首，人事类六十五首，杂咏类三十首。较原编的分类为简洁恰当，显然系从何本增删改造而来。六类共计得词三百六十三首，比原书少四首，因此又设附录一项，补选岳飞《满江红》、《小重山》、范仲淹《渔家傲》、文天祥《沁园春》，以合原书之数。笺注内容也较何士信原编为简省。

此书与何士信原编本、顾从敬改编本齐名，为后世公认的《草堂诗余》三大版本之一。其实陈本、顾本都已经从《草堂诗余》原书脱胎换骨，各自独立成书，可以不再目之为《草堂诗余》诸版本之一。此书嘉靖刊本刻工草率，讹误几不可卒读。光绪中，王鹏运自宁波天一阁获抄明本，遂与友人详考正误，逐一补出词人姓氏，收入《四印斋所刻词》，流传遂广。

（三）胡桂芳《类编草堂诗余》等

胡桂芳《类编草堂诗余》。胡桂芳号瑞芝，金溪（今属江西）人。万历年间进士，司李杭州，历晋湖广大参。以副都御史巡抚贵州，旋督河道。卒谥忠端。是编辑录于万历中，书名与顾从敬分调本相同，而实为分类体词选。系用顾氏《类编草堂诗余》为底本改编。分为时令、名胜、花卉、禽鸟、宫闱、人事、杂咏七类，并为三卷。万历三十五年（1607）黄作霖等刊刻。

李谨《新刊古今名贤草堂诗余》。是编六卷，分为天时、地理、人物、人事、器用、花鸟六大类。所分类别仅为何士信原编十一大类的后半部分，春景、夏景、秋景、冬景、节序都没有涉及。嘉靖十六年（1537）刘时济刊刻。又有嘉靖二十八年刻本。

吴从先《草堂诗余隽》。吴从先字宁野，南京歙县（今属安徽）人。是编书名题做“新刻李于麟先生批评注释草堂诗余隽”，下署吴从先汇编，袁宏道增订，何伟然参校。万历中，有《唐诗隽》、《明诗隽》诸书行世，故吴氏亦以“隽”字重编《草堂诗余》。凡四卷词四百三十三首，分四部选词：春景类二百二十二首，夏景类六十五首，秋景类九十二首，冬景类五十四首。原编后半部分中的警悟、钱塘、怀古、渔父、梅花、旅况、风情、离别等类，则分别附列于春夏秋冬四部中。有圈点批注。初刻于京师，万历四十七年(1619)又有师俭堂萧少衢覆刻本，书前系毛伯丘己未《草堂诗余(隽)序》。刻本粗劣庸恶，讹误满纸，如词人丁仙现误为下先观，辛幼安误为新幼安，鹿虔扆误作鹿虔衮，宋谦父误作宗谦父，俯拾皆是。明人刊本往往如此。

上述几种经过增删改造、脱胎换骨后的《草堂诗余》，有什么共同的特点呢？通过定量分析，我们发现，这些改编本虽然有不同的增删变化，卷帙多少也不一样，但《草堂诗余》原编以北宋词为选择重心的宗法特点都被选家们继承下来了，选择比例都保持在全书的60%以上。看似随意却都没有走形。北宋周邦彦、秦观、苏轼、柳永四大家地位最为显赫，几乎不可动摇。周邦彦经常雄踞于词选榜首，只有张綖的选本仅仅选录周邦彦一首，颇出人意料之外。不知道他为什么这样做。秦观、苏轼二家在明代词选与词论中的地位日渐重要。当然，苏轼从来没有以其壮浪恣肆的豪气词赢得明人的欢心，明人对东坡是另有所爱，别具痴情。此外，南渡词人康与之、李清照也比较受欢迎，这在明人词论中很容易得到印证。

总而言之，明人对于《草堂诗余》的改编都不过是一些小修小补，变化形式，没有人尝试彻底否定它，更没有人能够从历史的高度指出其弊病，从而扭转明人的“花草”崇拜理念。一片喝彩欢呼、交相评议之中，非议的声音如此微弱，《草堂诗余》始终高高地君临着这个时代。

在这群追随者中，有一个与众不同的背影，值得我们刮目相看。

五、分调选词与谱体词选

在明、清词选史上，顾从敬《类编草堂诗余》是一座非常重要的里程碑。

顾从敬字汝所。或作子汝，误。盖由误断“顾子汝所”一语而致。自号武陵逸史，南京松江府(今上海一带)人。生平事迹未见记载。何良俊序顾氏该书提到：“顾子上海名家，富诗书，代传礼乐。尊公东川先生博物洽闻，著称朝列。诸子清修好学，绰有门风。故伯叔并以能书供奉清朝，仲季将渐以贤科起矣。”东川先生为广南知府顾英(1434—1508)之孙顾定芳(1489—1554)。定芳字世安，号东川。精通医术，以荐召为太医院御医。有子数人：顾从仁字汝元，顾从礼字汝由，顾从德字汝修，顾从义字汝和，顾从敬字汝所。何序仅称有伯仲叔季四子，未知何故。或其间有其从子，俟考。其中从礼、从德与从义三子最为知名。顾从义(1523—1588)精于赏鉴，喜好收藏，尤工于书法。嘉靖中诏选端行善书，从义名列第五。授中书舍人。

据上述情况，大体可知顾从敬出身于诗书艺文之家，富于收藏。编选此书时尚未有功名，年龄仅在三十余岁左右。

《类编草堂诗余》四卷，署名“武陵逸史编选，开云山农校正”。武陵为上海之古称，开云山农不详何人。全编依词调排列，同调之词放在一起。按词调之篇幅短长，划分为小令、中调、长调三大类别。卷一为小令，四十六调一百五十九首。卷二为中调，四十五调八十六首。卷三为长调，四十三调一百首。卷四也是长调，五十九调九十八首。共计选调一百九十三，选词四百四十三。篇幅较何氏原编的三百六十七首增多七十多首。从选词的情况看，是编并没有什么引人注意的地方。其重北宋、重周(邦彦)秦(观)苏(轼)柳(永)与原编并无二致。何良俊嘉靖庚戌(1550)序伪称斯编为顾氏家藏宋本，借此抬高续书价值，尤为明人惯常的投机无聊的书商行径。

该选的真正价值,不在于它的内容,而在于它的形式。在于它的选型所包含的理论价值。其以小令、中调、长调三分法选词,反映了唐宋词乐既失传之后,词家对词体声律的寻找和补救心理。反映了选家欲合订谱与选词为一体,将词选选成既是玩味欣赏的读本,又是填词创作的格律准式的努力和追求。小令、中调、长调三分法,起于明代张綖的《诗余图谱》。他以三分法订谱,并未引起当时人们的注意,而顾氏以三分法选词,却使明人惊喜异常,耳目一新。纷纷起来效尤。《类编草堂诗余》在词选史上的地位,未可低估。

从词选的选型方面看,它在宋人词选以宫调分列体、以词人分列体、分类选歌体、分调选歌体、漫录体五大选型之外,第一次创造性地运用小令、中调、长调三分法选词,开辟了一个全新的词选世界。考其渊源,它在一定程度上继承了南宋人分调选歌的方法,与《阳春白雪》、《白石道人歌曲》、《日湖渔唱》等词总集、别集为血缘近亲。它又不完全同于分调选歌,"慢词"变成了"长调","引令"发展为"中调"和"小令",完全抛弃了分调选歌体中的音乐成分,仅仅着眼于纯粹文本的篇幅字数。我们把它称之为分调选词体。从词学批评的角度来看,三分法理论由于顾氏引进到词选中,而在社会上迅速流传开来,明代中叶以后逐渐成为词学理论界的一个热门话题。赞成者有之,完善者有之,批评反对者亦不乏其人。众说纷纭,丰富了明、清词学批评理论,推动了人们对词体的检讨和认识。而作为一部旧选新编的词选本,它的去取标准和眼光,它的选篇情况,它的阅读价值,反而被人们所忽视,无人谈起,或者说,从未引起过人们的兴趣。

这真是一场意外。也许顾从敬从来没有想到结果会是这样。种瓜得豆,插篱成荫,顾从敬的《草堂》命运,与何士信的《草堂》命运,真是何其相似。

该选对明、清两代的词谱订正,起到了巨大的推动作用。有意思的是,词谱从唐宋时代的乐律谱,发展到明、清时代的文字平仄谱，这个变化的起点竟然不是首倡者张綖的《诗余图谱》，而是顾从敬的《类编草堂诗余》。我们看到，唐宋乐律失传之后，元代与明代中期以前是一个没有词谱的世界。词人无乐可按，无律可守，无法可依，只有一味模仿前人作品，生硬填词。曲子词无可挽回地走向它的听觉死亡。顾氏三分法选词，无异是在惘然不知所措的词坛上，开辟出了一条可行走的道路，从而引起了人们的订谱热情，引起了人们创制谱体词选的强烈兴趣。因此，尽管三分法理论和三分法选词存在很大的局限性，尽管时人和后人对它有很多批评和不满，尽管它最初是以宋本赝品的面目出现在世人面前，这一切，都无法掩盖这部词选所具备的独特的价值光芒。

近代学者赵万里论该书说："自分调本行，而分类本渐微。嘉靖后所刻《草堂诗余》，如李廷机本、闵映璧本、《词苑英华》本，皆直接间接自此本出。即钱允治、卓人月、潘游龙、蒋景祁辈所著书，亦无不标小令、中调、长调之目。故欲考词集之分调本，不得不溯此本为第一矣。"①明、清之际，沿用顾氏三分法选词的选本不计其数，举如：陈耀文《花草粹编》、吴承恩《花草新编》、茅映《词的》、陈淏《精选国朝诗余》、顾彩《草堂嗣响》、戈元颖等《柳洲词选》、邹祗谟《倚声初集》、蒋景祁《瑶华集》、张砚铭等《词坛妙品》、赵式《古今别肠词选》、吴绮等《记红集》、陆进等《西陵词选》、夏秉衡《清绮轩词选》……蔚然构成一支三分法的词选大军。

这其中有两点情况值得我们注意：

第一，三分法选词在它的发展过程中，孳乳出另一种变体，即废除容易引起争议的小令、中调、长调概念，选词严格依据词调的字数多少排序，字少的在前，字多的在后。三分法选型的根本精神没有改变。清康熙帝主持的《御选历代诗余》，

① 赵万里《校辑宋金元人词·引用书目》。

明末卓人月、徐士俊的《诗余广选》(即《古今词统》),就是这种变体。

第二,这种三分法词选,其订谱的味道越来越浓,用作词谱的机率越来越大,一些词选如《记红集》等,几乎已经完全蜕变为词谱。《御选历代诗余》起初的编选动机也是欲兼选词与订谱。之后发现无法两全其美,才另外编撰了《钦定词谱》与之配套。这类趋向于订谱的词选,我们称其为谱体词选。谱体词选在词选史上的消极作用,是把文人的选词行为从文学活动置换成科学实验,把艺术权衡降低为学术分析。它们的兴起,顾氏《类编草堂诗余》有着直接的示范效应。

六、选系的延伸与选型的模仿

(一)《草堂诗余》的续选者

《草堂诗余》的明代续选本,流传下来的为数不多,有代表性的主要有以下数种,简要介绍于次。

长湖外史《续草堂诗余》。长湖外史,未详其人。为昆陵(今常州一带)人氏。是编约成书于明嘉靖、万历年间。卷首黄河清序云:"《草堂诗余》,何元朗(良俊)氏序而行之矣。又有《续诗余》者,编自长湖外史氏,而张次君重校刻于茂苑。"黄河清,福建南安人。弘治十五年(1502)进士,历任太常寺少卿,提督四夷馆。嘉靖中累官至南京右通政。长湖外史之年辈,当小于黄氏。

《续草堂诗余》或名《续选草堂诗余》、《草堂诗余续集》,二卷,以小令、中调、长调分选。卷上小令三十二调一百三十二首,卷下小令部分七调三十一首,中调部分十二调三十五首,长调部分十七调二十七首。全编共计六十八调二百二十五首。以两宋人词为主,兼及元、明人词。苏轼、秦观、李煜、杨基、欧阳修、晏幾道诸家所录为多。所选作品虽然都是原《草堂诗余》中所未及者，选域也有所扩大，但晚唐五代和北宋人的词作仍然占据突出地位。刊本除了张次君校刻本之外，流传者还有万历四十二年(1614)钱允治笺释本、明末沈际飞评释《古香岑草堂诗余四集》本。

钱允治《类编笺释国朝诗余》。钱允治，字功父，吴郡人。是编编选于万历年间，凡五卷，系续顾从敬《类编草堂诗余》和长湖外史《续草堂诗余》二选而新编，专门选录明人词。又与陈仁锡(？—1634)相与笺评注释。卷首钱氏自序略云："若其分类笺释，则起于胜国人所为，大都如六家文选，必引某句出于某人，未免牵合傅会，殊为东坡所厌。今兹集一遵旧本，旁求博采，汇萃本朝名人所制，续于二集之后，凡若干卷。然什百之一，尚多遗亡也。与陈明卿孝廉(仁锡)稍为注释，略加标记。然亦什百之一，尚多挂漏也。"万历四十二年(1614)，与顾从敬本、长湖外史本合刻。

此编后来又经沈际飞增删重订。沈氏《古香岑草堂诗余四集》中的《草堂诗余新集》五卷，即是依据钱书为底本而成。沈氏《发凡》"分帙"云："《新集》，钱功父始为之，恨功父搜求未广，到手即收。故玉石杂陈，竽瑟互进。兹删其什之五，补其什之七。甘于操戈功父，不至续尾顾公。"卷一小令三十二调一百二十九首，卷二小令三十一调一百二十五首，卷三中调三十七调一百一十七首，卷四长调二十三调七十八首，卷五长调三十调七十一首，总计五百二十首。起杨慎《荷叶杯》，终杨慎《莺啼序》。选词以王世贞、马洪、杨慎、夏言、刘基诸家为最多。沈际飞自作词亦杂列其中。

沈际飞《草堂诗余别集》。沈际飞自号天羽居士，南京昆山(今属江苏)人。是编四卷，作为《古香岑草堂诗余四集》系列词选之三，它主要是顾从敬《类编草堂诗余》的续集或补编，同时也有作为《草堂诗余新集》五卷(原钱允治《国朝诗余》的增删本)的前编的意思。故《新集》版心有"国朝"二字,《别集》版心则有"历朝"二字,卷首署称"娄城沈际飞选评,东鲁秦士奇订定"。娄城,即昆山一带的旧称。沈氏又经常自署吴郡人。

据沈际飞自述,"《别集》则余僭为排缵。自宋溯之,而五代,而唐,而隋。自宋沿之,而辽,而金,而元。博综《花间》、《尊前》、《花庵》选、宋元名家词,以及稗官逸史。卷凡四,词凡若干首。"①卷一小令,四十四调一百五十三首,卷二小令部分二十调九十一首,中调部分九调二十七首,卷三中调部分三十一调五十首,长调部分三十九调一百首。总计四百六十三首。主要采选自《花间》、《花庵》二选。北宋人词相对较少,晚唐五代与南宋人词比重较大。蒋捷一家最为突出,其词竟然达三十九首,为全书之冠。辛弃疾二十首,苏轼十六首,刘克庄十三首次之,余如史达祖、刘过、黄昇、姜夔、吴文英、陆游、欧阳修等,也有较多的作品入选。这种稍稍偏重南宋的倾向,在明人的词选中是不多见的。遗憾的是未见沈氏有议论阐述其观点,或许仅仅是因为其续补体例所致。《古香岑草堂诗余四集》本,前有沈际飞小序。

(二)《草堂诗余》选型的模仿者

作为宋人分类选歌体代表的《草堂诗余》,其选型在明代仍然有许多选家模仿采用。由于词乐的失传,词选所原有的应歌功能已经不再具备,因此,这种分类已经没有音乐上的意义,纯粹是一种仿古。分类选歌变成了分类选词。比较起来,它似乎还没有分调选词(三分法选词)那样流行。这里我们简要介绍明人的三种分类选词。

董逢元《唐词纪》。董逢元字善长,号芝田生,常州人。事迹无考。该选编定于万历二十二年(1594)。以唐词为宋词之初

① 明·沈际飞《古香岑草堂诗余四集·发凡》"分帙"条。

祖，故博采《花间》、《尊前》以及诸家说部，汇为《唐词纪》十六卷。计录唐代与五代十国词人九十七家（其中黄昇为宋人，误为十国词人），词九百二十二首。各家少则一首，多则数十首不等。冯延巳一百零四首，温庭筠六十九首，孙光宪六十一首，顾敻五十五首，为各家之最。全编依题材分类，每卷各为一类，凡十六类。

全编按题材分为景色、吊古、感慨、宫掖、行乐、别离、征旅、边戍、佳丽、悲愁、忆念、怨恩、女冠、渔父、仙逸、登第。其中有些类别又分出若干子目，景色类分为时序、水波、虫鸣、花木等四子目；吊古类分为仙词、故国二子目；宫掖类分为称庆、宫游、宫燕、宫晓、宫晚、宫姝、宫怨七子目；行乐类分为睡赏、游行、游遇、舟游、采莲、游女、游归、追游、宴饮、醉归、俳调、会合、追会十三子目；征旅类分为征行、舟征、羁旅三子目。其余各类不分子目。其分类方法，大体源于何士信《草堂诗余》。《四库提要》讥其“或以词语而分，或以词名而分，忽此忽彼，茫无定律，尤为治丝而棼。”

书前除了有“词人目”、“词卷目”之外，又有“词名徵”一项，载录全编所选一百二十八调，详细考证各词调的起源、同调异名，其于研治词调的演变史不无裨益。该书见于《四库全书存目》著录，有知圣道斋抄本，董逢元万历甲午(1594)序。刻本未见著录和流传。

陆云龙《词菁》。陆云龙字雨侯，浙江钱塘人。有《翠娱阁文韵》、《翠娱阁皇明十六家小品》、《文奇》诸刻。《词菁》二卷，编选于崇祯四年(1631)，题作“翠娱阁评选行笈必携词菁”。其选源与选型皆从《草堂诗余》来。自序略云：“至我明郁离(刘基)，具王佐才，厕身帷幄，宜同稼轩，时露英雄本色，乃似柔其骨，丽其声，藻其思，务见菁华之色，则所尚可知已。其后名贤辈出，人巧欲尽，悉为奇险之句，幽窈之字，实缘径穷路绝，不得不另开一堂奥。试取《花间》、《草堂》并咀之，《草堂》自更新绮者。特其中有欲求新而得误，似为吴歈作祖，予不敢不严剔之，诚以险中有菁，俳不可为菁耳。具眼者倘不罪我而知我。”认识到《草堂诗余》存在格调鄙俗混淆于吴歈歌曲之病，欲从中精加选粹，删除恶词，其观点与张綖编选《草堂诗余别录》的观点，倒是非常相似。

全书按照题材分类列次，卷一分为天文、节序、形胜、人物、宴集、游望、行役、称寿。卷二分为离别、宫词、闺词、怀思、愁恨、寄赠、杂咏、题咏、居室、动物、植物、器具、回文，共二十一类。每类选词少则二、三首，多则六十首，凡选录唐代至明代词二百七十多首。始于盛唐李白，终于明末歌妓王修微。所选以明人词为较多。其间讹误、妄改、衍夺之处不胜枚举，点评也颇为简略肤浅，无甚可取。

潘游龙《古今诗余醉》。潘游龙，明末荆南（今湖北沙市一带）人。该选凡十五卷，刊本前有崇祯九年（1636）白下屺人陈珽序、管贞乾《诗余醉附言》及潘游龙自序。《附言》云：“余落魄无似，日与鳞长潘先生闲评世务。人未尝不笑余辈之未字理嫁娘衣也。而余两人言之极恳，至每怆怀……先生取宋彦之所集，与国朝名胜之所作合而编之，曰诗余醉。”《自序》略云：“余于诗则醉心于绝句、于歌行，而于词则醉心于小令，谓其备极情文而饶余致也。”盖明人香艳之选。

全编计录唐五代宋金元明词一千三百四十六首，宋、明两朝词为尤多。词按题材排列，自拟上巳、清明、踏青、中秋、旅思、七夕等分类标题，而将各词所用词牌小字附注于题下。自拟标题起于宋人《草堂诗余》，系为方便选歌而设。此法最为后人所不满。明时选词已非为应歌，沿用拟题分类的做法，实在属于无谓。又有圈点批抹，短浅无多可取。刊本有潘氏十竹斋原刻本，又有清人玉田斋刻本一种。前附武林陈淏《精选国朝诗余》（清人选清词）一百三十八首。卷首有“大宗伯沈归愚先生鉴定”字样。

七、明代词选群之外的掉臂独行者

这是一个极其特殊的例外，我们把它称为明人词选群之外的掉臂独行者。

正如嘉靖年间顾从敬在改编《草堂诗余》的热潮中，走出了自己的新路，而成为明代词选史上的一个意外一样，万历年间陈耀文从粹选"花草"入手，经过多年努力，结果选出了一个与绝大多数明代词选风格迥然不同的存史巨编：《花草粹编》，成为明代最有学术价值的一部词选。

陈耀文，字晦伯，号笔山，河南确山县人。嘉靖二十九年(1550)进士。清人丁丙《善本书室藏书志》卷四十谓万历三十八年(1610)进士，非是。盖误嘉靖庚戌为万历庚戌所致。嘉靖三十三年(1554)，由中书舍人选刑科给事中。以假归。三十四年复除。三十六年(1557)由工科左降为直隶魏县县丞，至陕西苑马寺卿。万历二年(1574)免官。① 后官至按察司副使。② 陈氏长于考证之学，除了《花草粹编》之外，还有大型类书《天中记》六十卷。《花草粹编自序》提到该书为一百卷，乃其未完成全书时估测之言。又有《经典稽疑》、《正杨》、《学圃萱苏》等。

《花草粹编》始辑录于万历初年，与《天中记》的编选约略同时。万历十一年杀青告竣。全书分为十二卷，沿用顾从敬小令、中调、长调三分法排列。卷一至卷六为小令，卷七、卷八为中调，卷九至卷十二为长调。共计收录词调八百六十余，词三千六百五十五首。陈耀文《自序》称录词三千二百八十余首，与书中实际数字不符。其卷帙之浩繁，备调之完整，为明代所罕觏。明代的词谱，明代的词选，没有一部能够在分量上

---

① 以上事迹，据明·萧彦《掖垣人鉴》卷十四。

② 据清·丁丙《善本书室藏书志》卷四十。

与之抗衡。

该书的编选，经历了一个由于选源放大而导致选型转变的过程。最初是选粹“花草”，选源限于《花间》、《草堂》，选心为别录佳制，与张綖选《草堂诗余别录》的做法相同。最后则是广搜博采，不限选源，选词目的转变为辑佚钩沉，广备词调。全书以选唐宋词为主导，形成了一个常见之词以佳词入选、不常见之词以搜逸入选、元词则以备调入选这样一个三位一体的格局。总的选型，则定型为存史辑佚体。陈耀文《花草粹编自序》对此有较详细的记载。其略云：

> 余自牵拙多睡，尝欲铨粹(花草)二集，以备一代典章。顾以纪辑《天中》，因循有未果者。嗣以漂泊东南，纳交素友淮阴吴生承恩、姑苏吴生岫，皆耽乐艺文，藏书甚富。余每得之假阅，辄随笔位序之。久之，遂成六卷。移疾归来，游息竹素，综缀正业之余，因复易以诸人之本集、各家之选本、纪录之所附载、翰墨之所贻留，上溯开(元)天(宝)，下迄宋末。曲调不载于旧刻者，元词间亦与焉。其义例以世次为先后，以短长为大小，为卷一十有二，计词三千二百八十余首。丽则兼收，不无有乖于大雅。文房取玩，略阙前辈之典型。

这部志在存史的大型词选，之所以具有较高的学术价值，是因为它采用了类似印刷术中的影印技术，原样保存了许多珍贵的版本文献资料。要言之，其特点有四：

一曰广开选源，以求齐备。除了参考“花草”之外，它还参考了《乐府雅词》、《梅苑》、《古今词话》、《天机余锦》、《翰墨大全》，以及各种别集总集、说部丛脞。仅这一点，陈氏就比大多数明代选家站得更高，基础更厚。其选词不限于选佳作，水平较差的作品亦可因备调、存佚而入选。清人或批评它“不分珉玉，杂采取盈,挂漏复多"。[①] 或批评它"异体怪目,渺不可极。或一调而名多至十数,殊厌披览"。[②] 都没有从求备务博的方面来理解选者的苦心。

二曰原样采录,以存真貌。所录各词无论正误得失,一律不加校改。所录词人,题名、题字、题号一律依据原书,不加统一改动。数百年后的今天,许多被陈氏引用过的古籍(如《天机云锦》)散失不传,无处寻访,赖此编保存下来一点原貌片段。近人赵万里校辑宋金元人词,《花草粹编》是其最重要的辑佚来源之一。清咸丰年间,钱塘金绳武重刻此书,"颇憎其体例未善,因遍查核,咸改署名。其无可考及疑信参半者,仍依原本书字"。[③] 好心办成坏事,不仅出现了许多错改漏改,而且原书的版本价值也随之失去。同时人张文虎也曾贬斥该书名字号并列,体例杂乱,校订疏舛,抉择不精。[④] 也未得陈氏之用心。此编之特点恰恰正是题名从旧,不妄校改,抉择从宽。

三曰注明出处,以备检核。《花草粹编》的署名情形,让我们回想起宋南渡时期的黄大舆《梅苑》,以及杨慎的《词林万选》。不同的是,《花草粹编》卷中各词都一一注明采自何书。无名氏之词,则标注出处书名以代替词人姓名。如《九张机》下署名"《乐府雅词》",即是其例。因此一端,该书虽然与《梅苑》、《词林万选》一样题名杂乱无章,却有本质不同。我们评价《梅苑》题名中字、号、名、爵杂然纷陈,览者茫然,没有一语赞美。因为它本来就是给自己看的杂抄,没有学术价值情有可原,而且编选者直言相告,没有欺骗社会;《词林万选》不注出处,作品版本依据无考,来源可疑,不仅没有任何学术价值,而且假称依凭古本,欺骗不知真相的世人,迹近狡黠书商。相

---

① 清·先著、程洪《词洁·发凡》。

② 清·邹祗谟《远志斋词衷》。

③ 清·咸丰评花仙馆校本《花草粹编》金绳武刻跋。

④ 见清·张文虎《舒艺室杂著甲编》卷下。

比之下,《花草粹编》出处历历,事事可稽,成为后来词学研究者所必备的重要总集。

四曰附录笺证,以富闻见。凡作品有本事、词话、和作等记载,陈氏一一加以罗列附在词下,使得词选的资料性更强。又于全书之前附刻宋人沈义父《乐府指迷》一卷,亦是有功于词学批评之举。沈氏此书在宋末元初即已很难见到,外间罕见流传。赖《花草粹编》始得以绝而复传,重现人间。

《花草粹编》兼选词与订谱二事,作为较早出现的谱体词选,堪称开明末清初谱体词选风气的拓荒者。唯一值得商榷的是,它在选型转变之后,没有把书名作相应的改动。读者所看到的已经完全不是"花草"的粹编,而是"唐宋元词调全编"。清人或以为陈耀文是以"花"代唐,以"草"代宋。非也。这样一部庞大的具有词谱意义的总集,让我们想起早已失传的南宋修内司刊刻的曲谱总集《混成集》。有这样一部异代姊妹编,《混成集》可以含笑九泉了。

对于这样一部词选,清代馆臣《四库提要》、赵万里《校辑宋金元人词》、陈匪石《声执》等,都给予了很高的评价。兹录《四库提要》的叙述以为定评:

> 其书捃摭繁实,每调有原题者,必录原题。或稍僻者,必著采自某书。其有本事者,并列词话于其后。其词本不佳,而所填实为孤调,如《缕缕金》之类,则注曰备题。编次亦颇不苟。盖耀文于明代诸人中,犹讲考证之学,非嘲风弄月者比也。虽纠正之详,不及万树之《词律》;选择之精,不及朱彝尊之《词综》,而裒辑之功,实居二家之前。创始难工,亦不容以后来掩矣。

《花草粹编》初刻于万历十五年(1587),十二卷,有陈耀文万历十一年自序及顺阳李蓘(或作李簑)万历十五年序。明末有翻刻万历本者，用原本版式而别厘为二十二卷。又将卷首陈耀文自序一字不易沿用，而伪题作元延祐四年(1317)陈良弼序。以伪充元人词选。序中提及明人吴承恩、吴岫与延祐年代相去几近三百年，作伪者竟然无所避忌。清代《四库全书》采用此本，实不应该。清咸丰七年(1857)，钱塘金绳武(韵仙)假得瞿世瑛清吟阁所藏万历本，参照王吉甫的二十四卷抄本重加校订，统一题名，以聚珍版印刷百部。金氏词友丁丙《善本书室藏书志》卷四十有详细记载。除了上述几种主要版本之外，民国二十二年(1933)陶风楼曾影印善本书室所藏明万历本。又据《四库简明目录标注续录》，尚有明刊十卷本、明抄本、王鹏运抄本、缪荃孙抄本等。

八、《草堂诗余》家族的总荟萃

《古今词统》，又名《诗余广选》，是明代最晚出的一部大型谱体词选。编选者为明末词人卓人月和徐士俊。它是各种《草堂诗余》选本的一次总汇萃。

卓人月字珂月，浙江仁和人。有词集《蕊渊集》。徐士俊字野君，也是浙江仁和人，有《雁楼集》。二人以乡党往来唱酬，又有词合集《徐卓晤歌》一卷。卓人月和徐士俊是明末词坛上非常活跃的词家，其词、其论、其选，每见时人征引评议。徐士俊有流传后世的名言："《草堂》之草岁岁吹青，《花间》之花年年逞艳。"已见前引。蒋景祁选《瑶华集》，也录有这两家的作品。他们与沈谦、丁澎、毛先舒诸名家同里，共煽浙中词风，大抵与云间支脉之一的"西泠十子"取径相同，是西泠词人群的代表作家之一。其风格，主要沿《花间》一路，尖新而纤丽。他们的部分慢词则渐开南宋宗风，往往作豪唱壮语，和苏东坡韵者二家甚多。这种尝试南宋的倾向，与西泠词人群以至整个明末清初词坛的风尚，都是吻合一致的。创作上的这种倾向，对《古今词统》的编选也起到了积极影响。

《古今词统》共十六卷，原系为扩编《草堂诗余》而设。初刻行世，名为《诗余广选》，而各卷之卷首则题作“草堂诗余卷某”，书后附录《徐卓晤歌》一卷。此书署名“陈继儒眉公评选，卓人月珂月汇选，徐士俊野君参评”。陈继儒(1558—1639)字仲醇，号眉公，又号麋公，松江华亭人。工诗文书画，名重一时。屡奉诏征用，皆以疾辞。有《眉公全集》。《诗余广选》书前有陈继儒己巳序，略云：“予友卓珂月，生平持说多与予合。己巳秋，过云间，手一编示予，题曰《诗余广选》。予取而读之，则自隋唐宋元以迄于我明，妙词无不毕具。其意大概谓词无定格，要以摹写情态，令人一展卷而魂动魄化者为上。他虽素脍炙人口者，弗录也。”己巳为崇祯二年(1629)，时陈氏已七十余。《诗余广选》当刊刻于此年。

崇祯六年(1633)，是书易名为《古今词统》重新刊刻，仍为十六卷，附《徐卓晤歌》一卷。各卷选调选词及卷首附录一依原书未加改动。唯将陈继儒《诗余广选序》改题为孟称舜《古今词统序》。孟氏何人不详，疑为明末会稽人。序文则全抄陈序，仅前引一段文字改为：“予友卓珂月，生平持说多与予合。己巳秋，过会稽，手一编示予，题曰《古今词统》。予取而读之”云云。此外又另增徐士俊崇祯六年《古今词统序》一篇。书前署名为“卓人月珂月汇选，徐士俊野君参评”。明人选词刻词颇为狡黠和随意，难以摆脱书商习气，这或许又是一个例子。

明人选词，习惯于在卷首卷末附录若干资料。是编亦然，分为“旧序”、“杂说”二项。旧序一组分别为何良俊《草堂诗余序》、黄河清《续草堂诗余序》、陈仁锡《续诗余序》、杨慎《词品序》、王世贞《词评序》、钱允治《国朝诗余序》、沈际飞《诗余四集序》和《诗余别集序》，凡八篇。由此可以推知，《古香岑草堂诗余四集》是该选的主要选源。卓、徐二家将顾从敬的《类编草堂诗余》、长湖外史的《续草堂诗余》、钱允治的《国朝诗余》、沈际飞的《草堂诗余别集》、《草堂诗余新集》，以及杨慎的《词品》、几种明人词谱等，荟萃在一编之内，成为明代各种《草堂诗余》的一次大检阅，大盘点。沈际飞所为，是将《草堂诗余》系列化，上起隋唐，下迄明代。而卓人月和徐士俊所为，则是将各种不同系列的《草堂诗余》一体化，也是上起隋唐，下迄明代。思路各异而本质相同。所附“杂说”六篇：张玉田《乐府指迷》（即《词源》卷下部分）、杨万里（当为杨缵）《作词五要》、王世贞《论诗余》、张綖《论诗余》、徐师曾《论诗余》、沈际飞《诗余发凡》。

徐士俊《古今词统序》叙述该书体例云：“兹役也，吾二人渔猎群书，裒其妙好，自谓薄有苦心。其间前后次序，一以字之多寡为上下，自十六字至于二百三十字有奇。如岁朝之酌，其先少者，后其老者……又必详其逸事，识其遗文，远徵天上仙音，下暨荒城之鬼语，类载而并赏之。虽非古今之盟主，亦不愧词苑之功臣矣。”全书依词调字数多寡排列，起十六字的《十六字令》，终二百三十四字的《莺啼序》，共计得三百二十九调，词二千零三十二首。所录词人，隋唐五代五十三家，宋代二百十六家，金元一百一十二家，明代一百零五家，共计四百八十六家。规模稍逊于陈耀文的《花草粹编》。

该选在明末清初这样一个过渡时期的词坛上，有其不可忽视的意义。分而言之，主要有以下几点。

第一，选词兼重婉约与豪放，体现并推动了尝试南宋词的风气的转变。盖卓、徐二家自作词“兴会所到，无不曲尽（婉约与豪放）两家之美。故能出其手眼以与作者之情合。”①徐士俊序还特别提到该选取词不拘一格，“曰幽，曰奇，曰淡，曰艳，曰敛，曰放，曰秾，曰纤，种种毕具，不使子瞻受词诗之号，稼轩居词论之名。”可以说，它是云间各支脉开始纷纷争趋“向下一路”，走出“唐五代北宋崇拜”藩篱的一个比较醒目的标志。

① 明·孟称舜《古今词统序》。

第二，作为一部大型词选，它吸取了前人改编、新编《草堂诗余》的众多成果，内容丰实，资料庞杂，注释笺证、圈点批抹一应俱全。成为清初人研究词学的重要参考书。在这方面，其功能约略与《花草粹编》相似，是一种"词学资料库"或"词学百科全书"式的选本。

第三，在选型上采用顾从敬的分调选词办法，而不用其小令、中调、长调的概念，严格按照字数排列，构成分调选词的变体选型，是较为科学的一种谱体词选。后来的《御选历代诗余》、卓回《古今词汇》、陈鼎《同情集词选》、陆次云等《见山亭词选》，都纷纷沿用这种选型。而清人的词谱，也从此有了一个科学的统一模式。

当然，这部词选也存在许多问题。总体上说，它仍属于明代词选群，有粗糙之处，有烂熟之处，陈陈相因，讹误屡见，庸恶之词往往滥收。如卷四无名氏《点绛唇·幽会》词："殢雨尤云，靠人紧把腰儿贴。颤声不彻，肯放郎教歇。檀口微微，笑吐丁香舌。喷龙麝，被郎轻啮，却更嗔人劣。"如此放浪淫亵的作品，竟然也被网罗在选。柳永当年最粗俗最遭人诟病的淫艳词也不过如此。其择录标准可想而知。再如卷一开篇第一首周邦彦《十六字令·月影》词，实为元人周玉晨所作，见其《晴川词》。陈耀文《花草粹编》不误。《词统》则沿杨慎《词品》卷二之误，指为周邦彦所作。又据沈雄《古今词话·词辩》卷上的考证，其首句"明月影，穿窗白玉钱。""明"字为"眠"字之误，当断句为"眠，月影穿窗白玉钱。"方与词牌格律吻合。此类卷中尚多。从学术价值方面来说，它远不能与《花草粹编》相比。

附刻《徐卓晤歌》一卷，为徐士俊、卓人月二家自作词。亦以词调字数排列，凡七十调一百三十六首，婉约、豪放两体兼备，以香艳小唱为主。

九、"花草"极盛的生态原因

（一）薇甘菊现象

中国怎么了？中国的社会怎么了？看到"花草"在明代如此大红大紫，我们有一种被淹没和覆盖的窒息感。不是谁歧视书坊市井的流行文化，而是唐五代以来曲子词的多极世界，正在变成毫无生机的可怕的单极世界。

茂密连天的"花草"让我们想到了植物杀手薇甘菊。薇甘菊学名小花假泽兰（Mikania micrantha）是一种多年生藤本植物，原产中南美洲。在它的原产地，它有一百六十多种天敌控制其生长。但入侵东南亚和我国南方珠江三角洲地区之后，由于失去天敌而出现了爆发性蔓延。它遇草覆盖，遇树攀援，迅速形成厚重而严密的覆盖层，使其他植物缺乏光合作用而大面积窒息死亡。

自然界有自己的生态平衡法则。各种乔木、灌木、藤蔓、花草相互竞争又相互依存，分享空间、阳光、水和养分资源。动物也是如此。任何单一物种垄断资源都会造成生态灾难。文学也有自己的生态平衡法则。不能想象一个时代只能允许曲子词存在，而没有诗歌、古文、书法、绘画、篆刻、戏剧、音乐、杂耍、说书、歌舞。同样，我们也不能想象文学只能有一种风格、一种题材、一种情调、一种感受，而没有其他任何声音。正如西方圣贤罗素（Bertrand Russell）所说："参差多态，乃幸福之本源。"如果同一种声音覆盖了所有地域、所有人群、所有阶段乃至整个时代，我们就应断定出现了文坛薇甘菊，出现了严重的生态失衡危机。明代词坛的"花草"盛行，面积之大，时间之久，程度之烈，前所未有，显然就是这样一种怵目惊心的单物种覆盖灾难。[①]

"花草"是五代和南宋时期的两部选歌型唱本词选，按其本来性质，它们主要不是文学读本而是选歌的唱本，不是面向词人文士消费层次，而是面向普通市井百姓的消费层次。这两点，在经历了宋末和元末两度兵燹战火之后，在唐宋人词乐失传的情况下，被明代词人于有意无意间忽视了。

明人接受"花草"，正像历代无数诗人怀着敬畏的心情顶礼膜拜《诗经》、《楚辞》一样，把它们视为诗体鼻祖和艺术典范。他们从"花草"中寻找唐五代和北宋，又把唐音宋调与"花草"画上等号，撷花掇草，自以为深得词家三昧，窥入唐宋人藩篱，实际上却从《花间》染上了淫艳轻俊之病，从《草堂》染上了熟烂鄙陋之习。"拈毫托兴，徒尚浮华，鄙语村谈，俯拾即是。"有时他们似乎也警

① 植物和动物种群都有脆弱的生态平衡关系，一旦破坏就可能引发连环崩溃。谈论植物杀手，非洲人曾经与风信子大战过，澳洲人曾经与仙人掌大战过，美洲人曾经与葛藤大战过，现在轮到亚洲人与薇甘菊大战了。在此我们更关注的是：近几十年来，中国文化界也出现了可怕的薇甘菊式的泡沫文化。众所周知，文化是一个完整的生态雨林。有的文化是高大的乔木，有的文化是低矮的灌木，还有各种各样的攀缘植物和杂草苔藓。薇甘菊是攀缘植物，不能独立生存，需要依附在乔木灌木上，通过为别人喝彩鼓掌、复制抄袭来换得自己的生存空间。它们能够夸张和渲染文化的声势，点缀整个生态系统的繁荣景象。不同种类的植物都有自己的生存理由，包括薇甘菊。但平衡不能破坏，单一物种不能覆盖整个社会环境。我们觉察到，当代中国的文化生态出现了铺天盖地的薇甘菊。没有百花齐放，可以通过复制和粘贴来放大数量规模，虚构出百花齐放。没有百家争鸣，可以让千万个声音来争相表达同一个意思，形成热烈争鸣的气氛。抄袭盛行于高校、文坛、学术界每一个角落：中国人抄外国人，活着的人抄死去的人，电视抄报纸，报纸抄杂志，杂志抄书籍，书籍抄网络。每一种攀缘植物都寄生在前一种攀缘植物身上，每一次复制粘贴都仅仅是数量的增加和地点的转移，没有任何新的创造。日长天久，这种薇甘菊式的泡沫文化会深入骨髓，荼毒下一代的灵魂。会鼓励和放大整个社会虚与委蛇的道德风气，弄虚作假的行为习惯，察言观色的奴才精神。我们需要高度警惕这种薇甘菊文化。

觉到明词过于浅鄙而近于曲，看到《草堂诗余》的泛滥导致了明词奄奄一息，也曾试图以“花”代“草”，提倡复《花间》之古道。而《花间》自身给明词所带来的巨大的不良影响，又使明人无法自我振拔，找不到出路，永远走不出审美思维的误区和迷途。香艳的小词，大雅的罪人，谁也割舍不得。曲子词难道还有其他选择吗？没有人相信。

这是明代词坛的悲剧。“花草”独盛天下二三百年之久，其原因在哪里呢？

我们认为，它与明代的学风有关，与明代学术思潮有关，还与明代社会的整体心态有关。

（二）古籍流传与明人学风

我们首先想到，唐宋数百年积累留下来的巨大词学遗产，至明代已经大量毁散。经过宋末元初的兵燹战乱，唐宋人的词选只保留下来数十种。明末毛晋根据其收藏和闻见，也证实说宋元间词林选本几屈百指。这些选本大多数未能流传下来，不是锁进了藏书家竹箧书柜，就是尘封鼠啮，最终绝传。整个明代二百七十七年，只有《花间集》、《草堂诗余》和《花庵词选》三部词选广为人知，我们把这三选并称为“花花草”。其中《花庵词选》尽管常见，但并不怎么流行。只有“花草”二选被书商们刻了又刻，词人们评了又评，一代又一代词人观玩吟咏、商榷讲论，谨守不坠。没有好的宋人词选可资开拓眼界，是明人的不幸。但这不是一个时代堕落无为的理由。

与此同时，宋人词别集的散失情况也恰好“配合”了词选的散失情况：南宋词人的别集湮没得特别多，史达祖、吴文英、王沂孙、张炎、周密、陈允平以及南宋词的典范作家姜夔，其词集都不传于世，或者极其罕见。清人王昶《明词综序》就说：“及永乐以后，南宋诸名家词，皆不显于世。唯《花间》、《草堂》诸集盛行。”而唐五代北宋各大家的词别集则相对保存得较为完整。

我们注意到子嗣传承的秩序出现了断裂。理论上说，在诗词发展的创造上升期，每个朝代的词坛，都对前朝词坛的名家巨子抱有天然的崇拜。北宋崇拜唐五代，南宋崇拜北宋，而轮到南宋词坛巨子们该被崇拜的时候，元蒙异族入侵，打乱了这个香火传承的秩序，造成了南宋词（南宋体）没有子嗣、百余年无人崇拜的尴尬局面。因此，南宋诸贤的别集传刻、词话讨论等也没有得到从前同样规格的恭敬待遇，没有一个时代前来充分地消化它们，谈论它们，模仿它们。等到明代的子孙们重新踏进宗庙，前来觐见唐五代两宋词的时候，他们所看到的是被朝拜过的唐五代北宋、和没有被朝拜过的南宋。一半是熟土，一半是生地。如同梁元帝徐妃的"半面妆"。所谓"休夸此地分天下，只得徐妃半面妆"。（李商隐）我们发现，明代词人们所继承的曲子词遗产，主要是"花草"所展示的唐五代，以及台阁词人群、大晟词人群和部分元祐词人群的作品体系。断裂由此出现。

这种传与不传，幸与不幸，相信有客观的历史原因，也有主观人为的冷漠和一哄而起，更有学风浮躁浅陋、缺乏耐心的原因。否则就难以解释南宋词人别集并未完全绝迹，《花庵词选》和《草堂诗余》中也有不少南宋词，却一直未能引起人们的注意。同样是辛弃疾词，明代多有传本而没有人追捧，宜兴陈维崧却最终据以成派。同样是《花庵词选》，明人视而不见，嘉兴朱彝尊却从中"发现"了姜夔，并选入其宗派大纛之书《词综》。当时白石词五卷不传，朱彝尊却能据《花庵词选》采选出二十二首，推为典范。我们真想追问那个堕落的时代，作为存史的《花庵词选》，选录了那么多南宋词，包括最优秀的骚体词绝唱，为什么没有人去开拓发现？这样一部词选在明代几乎没有发生任何影响，实在是一件非常奇怪的事情。

生在一个伟大时代的后面，对于强者是一种福分，因为可以继承巨大的文化遗产；对于弱者却是一种不幸，因为所有的机遇和资源空间都被利用尽了，再也无路可走。钱钟书曾经说，"有唐诗做榜样是宋人的大幸，也是宋人的大不幸。"（《宋诗选注自序》）宋代诗人是真正的强者，隔着五代，他们超越了唐诗而登上了另一座诗歌巅峰。明代的词人却是一个彻底的弱者，隔着元代，他们蜷缩在宋词的山脚下，望山兴叹。所有的撷花弄草都显得做作矫情，所有的左冲右突都显得盲目脚软，始终走不出唐宋词的山麓地带，更不要说超越。说得好听，是弱水三千，只取一瓢饮；说得不好听，是子孙不肖，坐吃山空。

明人学风不正为后世所公认，明代词家在创作上缺乏创新精神，一味守成、复古，而于词籍文献的整理又缺乏必要的耐心和毅力，不愿抱严谨的态度发掘前人秘藏珍宝，只热衷于翻新改造眼前的那一点点烂熟古董。一而再、再而三地仿刻、增删、笺评、续补，全然不知道“花草”之外，还有更灿烂的春光可以沐浴，还有更广阔的原野可以驰骋。于是，“花草”二选顶着唐音宋调唯一合法代表的冠冕，迅速在这片土壤中蔓延繁殖。

从这一点上看，朱彝尊和浙西词人群确实犀利深刻。他们在明词最脆弱的一环上，准确地捕捉到了历史机遇。

（三）复古溯源意识的影响

明朝整个文坛，除了新兴的文体小说、南戏等之外，传统文体如诗歌、古文、词，都程度不同地涌动着复古思潮。贵远而贱近，所宗所守必溯其源，以为非如此不足以言道统，不足以论纯正。“诗必盛唐”，“文必秦汉”，词坛也大有“词必唐五代”的意思。

曲子词观念上的复古倾向，使人们一味崇拜唐五代，造成人们对词体重新持有轻浮的看法和冷淡态度，诗文为重，词与散曲、小说乃游戏小道，为轻，为贱。因此明人论词一般都戏称“小词”，与北宋台阁词人群的观念相似。也有一种“唐五代崇拜”的幼稚心态。宋人的复古努力是将曲子词上溯古乐府，直至汉魏先秦的诗骚。而明人的复古努力则是将曲子词上溯到唐五代为止。尽管他们也谈论汉魏先秦，也谈论乐府骚雅。但在他们的心目中，唐五代词体什么样，今天就应该是什么样。唐五代人怎样看待小词，今天就应该怎样看待小词。

正像欧阳炯认祖溯源拜错了祖宗一样，明代词人的复古溯源再次拜错了祖宗，盲目地跪倒在风流放浪的祖宗面前，唯祖宗是从。在这种观念的支配下，词人淫心冶意，放纵笔墨，怀着一种调侃人生的游戏情致去填词，无所顾忌地描写淫亵的、下道的物事。小词因此而愈小愈贱。仿佛时光倒流，人们又重新回到了十国的西蜀南唐，回到了北宋台阁词人群时代。

同时，唐宋词乐失传也大大削弱了人们对曲子词的兴趣，以元、明时乐相配合的散曲南戏，可以比词发挥得更加俚俗有趣，更加肆意任情，足以取代小词的位置。既生瑜，何生亮。词体遂在这种两端受挤压的尴尬处境下，日渐枯萎。元人就曾经说："宋亡以来，音韵绝响，士大夫悉意诗文名理之学，人罕及之(指词)。"①明人吴讷也发出过这样的慨叹："自元世套数诸曲盛行，斯音(指词与词乐)日微矣。"②清初朱彝尊总结明词衰微的原因，也部分地归罪于明人的复古观念。他说：

> 宋、元诗人无不兼工乐章者，明之初亦然，自李献吉论诗，谓唐以后书可勿读，唐以后事可勿使，学者笃信其说，见宋人诗集辄屏置不观。诗既屏置，词亦在所勿道。焦氏《经籍志》其于二氏百家，搜采勿遗，独乐章不见录，宜作者之日寥寥矣。③

词风流变上的复古倾向，也表现为以唐五代为至尊，北宋以后的词不足道。我们知道，北宋词的主体与晚唐五代乃是同一格局，尤其台阁词人群的作品体系，属于晚唐五代残响，没有发育成真正的宋体、宋音。故后代宗法晚唐五代，不可能完全割断北宋。"花草"二选恰好成了这两个时代的化身，花是唐五代之花，草是北宋之草。故而宗法"花草"，崇拜"花草"，即是宗法唐五代老套

---

① 元·朱晞颜《瓢泉吟稿》卷五《跋周氏埙篪乐府引》。

②《皇明文衡》卷五十六吴讷《文章辨体序题·近代词曲》。

③ 清·朱彝尊《曝书亭集》卷四十《柯寓匏振雅堂词序》。

路的一种表现。

明词走进了这样一个困境：唐宋词乐既失传，加上大量词籍也相继失散，明词逐渐失去了体裁依托和创作范型，造成词体模糊不定，不是诗化，便是曲化。尤其严重的是受到曲的干扰，词不词，曲不曲，散漫无从收拾。同时，千人一面群起模仿追随《草堂诗余》，越来越受到天下人的质疑、非议、不满，除了坚持立场捍卫《草堂》名声之外，就只能选择退缩到《花间》格局中苟全自保。此外就不知道该转向何方了。可以开垦"花草"之外的世界吗，还有比"花草"更美好的世界吗？没有人想到，也没有人相信。明代词人似乎没有从这些方面加以思考，从而设法去发掘词籍（如清初康熙年间浙西词人群所为），深化内蕴（如清代嘉庆年间常州词人群所为），整理词乐（如清代嘉、道年间吴中词人群所为），颠覆原罪（如晚清岭南词人群所为），最后摆脱"花草"。却都自我诊断，归过于词家忘源逐流，因此一般主张寻访北宋，上溯唐五代。《花间集》由此而地位日尊，骎骎而上欲夺《草堂》之席。

让我们来听听这些高论。杨慎《词品》卷一云："宋人长短句虽盛，而其下者，有曲诗、曲论之弊，终非词之本色。予论填词必溯六朝，亦昔人穷探黄河源之意也。"黄河清（宿海）《续草堂诗余序》也有类似的说法："《花间集》止及唐，而不及宋，犹诗之汉魏乘矣。"张杞全和《花间集》，意在"使人不流于庸滥之句"。[①] 汤显祖评点《花间集》也是复古溯源的意思："试取而点次之、评骘之，期世之有志风雅者，与诗余互赏。而唐调之反而乐府，而骚赋，而三百篇也。"[②]至毛晋汲古阁梓《花间集》，竟然也怀有类似动机，其刻跋云："近来填词家，辄效柳屯田作闺闱秽媟之语，无论笔墨劝淫，应堕犁舌地狱，于纸窗竹屋间，令人掩鼻而过，不惭惶无地耶？……急梓斯集，以为倚声填词之祖。"《花间集》竟然成了拯救词坛堕落的良药秘方了。与毛晋同时代的云间词派，以陈子龙为

① 清·沈雄《古今词话》引《词统》。

② 明·万历汤评本《花间集》汤显祖跋。

代表,也极力推崇《花间集》,把《花间集》当作完美的神祇来虔诚供奉。

我们更想追问:《花间集》是曲子词之源吗?在《云谣集》重现人间的今天,这已经不是问题。但在没有《云谣集》的元代、明代、清代,《花间集》有没有替代源头成为百世之祖的资格?它能够成为曲子词的源头吗?我们的结论是,不能。

历观中国诗歌、散文、书法、绘画、雕塑各个艺术门类,它们的发育成长都经历了大致相同的生态阶段:儿童期呈现为浑朴稚拙的天真姿态,青年期呈现为华丽夸张的绚烂姿态,壮年期呈现为雄浑阔大的稳健姿态,中老年期呈现为变化多端、众流奔竞的分化姿态。《诗经》是儿童期的代表,南朝宫体诗是青年期的代表,唐宋诗是壮年期的代表,明清诗是中老年期的代表。曲子词也不能例外。论浑朴稚拙,当然是《云谣集》。《花间集》搔首弄姿,华丽夸张,是典型的青年期曲子词的代表。这是一个整体心智成长的必然过程。词人们必须像幼稚的少男少女一样,要走过对形式精美的陶醉、趟过对香艳浮华的沉迷,才能够真正长大成人,走向完美成熟的大时代。后代词人以《花间集》为曲子词之源,只能回到华丽夸张的年代,而找不到浑朴稚拙,更没有雄浑阔大。清末岭南词人群论词主张拙重大穆,也是溯源求本的意思。但他们没有见到《云谣集》,仓促中错误地推举《花间集》为浑朴稚拙的代表,致使理论推导漏洞百出,遭人诟病。

如果说"《云谣》体"是曲子词的孩童体的话,那么,"《花间》体"便是曲子词的五陵年少体。作为历史的旁观者,讪笑它的轻浮是没有意义的。这是曲子词成长的必然阶段。我们应当有"孩子你慢慢来"(龙应台语)的宽容心态。但是把它奉为完美的神祇,香火供奉,跪拜如仪,就值得商榷了。

(四)社会道德观念和世俗审美情趣

明代的社会道德观念和世俗的审美情趣,为"花草"流行提供了适宜的环境。也许我们应该强调，明代市民阶层的文化消费需求如此强烈，流行的力量如此巨大，以至于“绑架”和“操控”了明代词人的选词和论词。

随着都市经济的不断发展，资本主义因素在明代社会中逐渐孳生萌芽。市民阶层膨胀上升为文学消费的主体大军，从而有力地影响了甚至决定了文学发展的具体走向。明代文学特别是被视为小道的词曲、小说、丛脞等样式，受到消费潮流的刺激和呼唤，日趋于通俗浅近，趋于日常实用，追求市民大众所欢迎的玩笑滑稽、情色离奇等种种富有刺激性的内容和情趣。新兴的元明散曲，也是这个大文化背景下的产物。如果说，一千多年前魏晋时代社会整体上处于“人的觉醒”状态的话，那么到了明代，可以说，整个社会则处在“感官的觉醒”状态，或者更直接地说是处在“情欲的觉醒”状态。社会化的性意识经过漫长的培养、骚动之后，终于冲决而出，扩散到整个文化消费领域。大量的市井色情文学和色情春宫画四处流传。兰陵笑笑生的《金瓶梅词话》，是其中最著名也最有社会价值的代表作品。其他如江浙人吕天成的淫猥小说《绣榻野史》和《闲情别传》（一说即江西野人之《怡情阵》）、无名氏描写纵欲乱伦的《株林野史》、杭州艳艳生描写狐精采阳淫乱的《昭阳野史》、直至晚明最色情的小说《肉蒲团》（一名《觉后禅》）等等，都大开色戒，尽情渲染男女性事。流行于明代的春宫画册更多，较著名的有《风流绝畅》、《花营锦阵》、《鸳鸯秘谱》等。它们往往与小说配合作为插图，或者用词来配画，刺激读者的想象。① 相比之下，明代诗人李开先编选《市井艳词》选集，选录盛行于当时的民歌时调《山坡羊》、《琐南枝》等小曲艳词一百多首，放在宋代是件大事，而在明代就实在算不了什么了。

文学总是趋向于淫荡堕落，有点像热力学“熵增加原理”的物

① 参见荷兰高罗佩（H. R. Van Gulik）《中国古代房内考》（Sexual Life in Ancient China），《秘戏图考》（Erotic Colour Prints of the Ming Period）。

质总是趋向于混乱无序：诗歌不让堕落，它便孳生出堕落的曲子词；曲子词不让堕落，它再变出春宫画、淫艳小说；绘画小说不让堕落，它还能演绎出二人转、黄段子、荤笑话。① 明代的文人士大夫只不过是这个堕落长河中最不争气的狂热分子。这个时代的肉欲横流，固然与都市经济的高度繁荣、市井享乐主义盛行有关，更与严酷的朝廷专制暴政有关，与整个社会和士大夫精神世界的萎靡空洞有关。怎样来评价我们的风流祖先，是一个问题——往前追溯，他们更早的祖先晚唐五代的文人士大夫一样风流放荡，士行有缺，宋代不少文人士大夫也同样沉湎于青楼妓院，纵情于声色犬马。甚至欧阳修那样的宗工巨儒也免不了惹上风流艳遇的官司；往后细数，他们的子孙也不比四五百年前的祖宗长进多少。弥漫在整个社会上下的情欲脂粉气味，我们每个人都能嗅到。

明代这样一个红尘万丈的世俗社会，在选择和甄别流行文学上，必然会有自己强烈的个性表达。想想他们会选择谁：端庄娴雅的淑女，还是风情万种的艳妇？试比较晚唐五代北宋的《花间》体与南宋体之间的品相差别：前者荡于情，后者约以品。前者通俗尚浅，后者深刻尚醇。前者宜歌美听，后者宜咏把玩。前者如花中牡丹、茉莉，后者如花中寒梅、兰草。前者如民间年画，后者似文人水墨。前者属于市井大众、歌妓乐工，后者属于文人雅士、骚人墨客。作为前者的化身，"花草"既含冶艳之心，又具鄙俗之调，深惬明代广大文学消费者之心。所以，我们不得不面对这样

---

① 二人转、黄段子、荤笑话是近十余年来最盛行的民间文化。荤笑话几百年前早已出现，二人转也盛行民间日久，算不上新兴文化。唯有黄段子起于二十世纪的最后几年，极盛于二十一世纪的最初几年，蔚为当代中国民间文学之大观。凡市井间聊天、短信、酒宴、公务、聚会、旅游，黄段子必为佐酒助兴的谈资。与北宋年间到处盛行谐谑词的风气非常相似。我们倾向于认为，这种文学样式是一种成年人的语言恶作剧，一种专为刺激感官想象的性挑逗。它通常在有异性听众的场合下，取得最大的快慰效果。它的盛行，从另一方面见证了当代中国信仰的焦虑和精神的极度落寞。

的词坛现实:所有的词人都在缠绵无力地浅斟低唱,所有的词人都说自己宁愿做大雅罪人,所有的词人都说自己是“花草”最正宗的后裔。

什么样的内心世界,寻找什么样的外在对象。不仅如此,同样一部《红楼梦》,经学家看见《易》,道学家看见淫,才子看见缠绵,革命家看见排满,流言家看见宫闱秘事。同样一部《花间集》,晚清推尊常州派理论的王鹏运和况周颐,却从中看到了静穆朴拙,看到了凝重阔大;从《草堂诗余》中,他们也看到了醇雅清朗,性情襟抱。而明代词人从“花草”中,只看到淫艳香软,只看到平庸烂俗。他们的迷离眼神,展现了那个时代士大夫的内心世界。

我们分不清这两百七十多年间,《花间集》和《草堂诗余》哪个地位更至高无上。它们并列一起君临天下,俯视词坛,完全可以骄傲地说:“天下英雄,尽入吾彀中矣。”

甚至可以这样说:不是明代词人因为自己的爱好选择了“花草”,而是整个明代世俗社会假借词人之手,最终选择了“花草”。在所有流传的唐宋人词选中,看来看去,确实只有“花草”更适合明代世俗社会。也只有在明代,作为古老歌本的“花草”,才深刻地意识到自己真正的民间身份、世俗基因。它们应该为自己感到高兴:因为在应歌选唱之外,它们不仅实现了自身的文学读本价值,而且还实现了理论批评价值。而这些,是它们的编选者做梦也没有想到的。

“花草”的命运,让人感慨万千。该怎样来表达我们的态度呢?想起圣哲伏尔泰(Francois－MarieArouet)的名言:“我不同意你的观点,但誓死捍卫你说话的权利”。借用他的句式,也许我们应该说:我们不同意明人对“花草”的认识,但我们尊重明人崇拜“花草”的权利。或许反过来更为恰当:我们尊重明人崇拜“花草”的权利,但决不认同这种盲目的崇拜。

第九章　唐宋人词选的清代传播

一、清代词派的由北而南

（一）阳羡词人群

明末清初是一个词的大时代。明词帝国此时摇摇欲坠，词家豪杰并起，跨州连郡者不可胜数。令人回想秦汉之际那场波澜壮阔的诸侯争霸。

如前所述，清代紧承云间词派，最早涌现的地域宗派群体有四支：柳洲词人群、兰陵词人群、西泠词人群、扬州词人群。它们都属于云间的旁支分脉。其于明词，犹如北宋台阁词人群之于晚唐五代，还是一种旧时代的余音残响。不过，正是在他们纷纷尝试了南宋词的基础上，或者说受到彼此的影响和鼓励，清代的词人们才最终勇敢地走进了南宋。

这四支群体在词坛的争霸兼并中，很快就被后起的群雄所分化取代。陈维崧和朱彝尊各自利用地域文化传统的优势，结群而起：阳羡词人群由蒋捷上溯辛弃疾，以南宋雄奇诡伟、汪洋恣肆的英雄体格调取代明词；浙西词人群重点守南宋临安词人群的家法，以南宋醇雅清虚的骚体格调取代明词。两支声势浩大的义军，都是举着"格调反叛"的旗帜发动的叛明起义。秦失其鹿，天下共逐之。曲子词格调，就是当时词坛上群雄共逐的失鹿。

阳羡词人群兴起的时代稍早于浙西词人群。陈维崧早年与乡里词人邹祗谟、董以宁交游，号"兰陵一支"。顺治十五年

(1658)客居如皋冒襄门下。冒氏与陈维崧父亲陈贞慧号“东林四公子”,为人狂放,以气节称。[①] 陈维崧受其影响非常大。顺治十七年王士祯开词坛于扬州,陈维崧遂因与王士祯唱和而加盟该词人群。其时陈维崧的词已经兼具香艳和豪放两体,与其他扬州词人无异。后王士祯北归,邹祗谟、董以宁下世,陈维崧乃归乡里,“僦居里门近十载,专攻填词”,放声豪歌,学者靡然从风,遂成阳羡一派。[②] 朱彝尊评价陈词说:“擅词场、飞扬跋扈,前身可是青兕?风烟一壑家阳羡,最好竹山乡里。”[③]指出了他宗法辛弃疾、蒋捷的特点。他是稼轩英雄体最杰出的异代传人。

陈维崧再铸英雄体,终于结束了稼轩体这种源范式世无传人的遗憾。他非常像唐代诗坛上的韩愈。硬语盘空,大气磅礴,有一种君临天下的霸气。但事实上,他复制再生的英雄体,已经与稼轩体的范式有了很大的不同。我们在前面谈到,辛弃疾所创造的英雄体,是一种时代英雄从心底倾泻出来的、具有武将英雄气质的、承担天下兴亡和苍生苦难的、弥漫着英雄末路悲壮情怀的特殊词体。陈维崧的英雄体,保持了原有的英雄气质和悲壮情怀,仍然是国士的仰天长啸,大丈夫的浑厚嗓音。但承担天下兴亡的那种圣徒色彩,悄然淡化了很多。而且,它为当时人所关注

---

① 《清史稿》卷五百零一本传:“冒襄字辟疆,别号巢民,如皋人。父起宗,明副使。……与桐城方以智、宜兴陈贞慧、商丘侯方域并称‘四公子’。襄少年负盛气,才特高,尤能倾动人。尝置酒桃叶渡,会六君子诸孤,一时名士咸集。酒酣,辄发狂悲歌,訾詈怀宁阮大铖。大铖故奄党也。”

② 清·蒋景祁《陈检讨词抄序》:“其年先生幼工诗歌,目济南王阮亭先生官扬州,倡倚声之学,其上有吴梅村、龚芝麓、曹秋岳诸先生主持之。先生内联同郡邹程村、董文友,始朝夕为填词。然刻于倚声者,过辄弃去。间有人诵其逸句,至移呕不欲听。因励志为《乌丝词》,然《乌丝词》刻,而先生志未已也。向者诗与词并行,迨倦游广陵归,遂弃诗弗作,伤邹、董又谢世,间岁一至商丘,寻失意返。独与里中数子晨夕往还,磊砢抑塞之意,一发之于词。诸生平所诵习经史百家古文奇字,一一于词见之。如是者近十年,自名曰《迦陵词》。”

③ 清·朱彝尊《迈陂塘·题陈其年填词图》。

的重点是格调，而不是精神。

此外值得注意的是，以陈维崧为首的阳羡词人群并非一味纵情挥喝，慷慨豪放，他们都有纤艳缠绵的一面，表现出一份对过去的眷恋。陈维崧本人在词坛上“历仕数朝”：由兰陵词人群而扬州词人群，由扬州词人群而阳羡词人群。风格有一个摸索变化的变声过程，姑且不论。其他阳羡词人也大多兼取南北宋两体。阳羡词人群的宗派之选蒋景祁的《瑶华集》这样说：“片玉珠玑，体宗妍丽，《金荃》、《兰畹》，格尚香纤。以是求词，大致具矣。集名《瑶华》，亦犹师古人之意云尔。”（《刻瑶华集述》）就这一点来看，阳羡词派其实是柳洲、西泠、扬州各系清词的进一步发展，从而引起质变。它将各系特别是扬州词人群的以晚唐五代北宋为正、南宋为变的格局推演扩大，而变成南宋辛弃疾、蒋捷为正，晚唐五代北宋为变。这一群体的努力摧枯拉朽，最终导致了整个清词大举“南来”，抛弃唐五代和北宋，进入南宋体独霸天下的时期。

（二）浙西词人群

阳羡词人群是第一支真正靠创作实力，杀出明词围城的力量。但反过来大破围城，彻底攻陷明词堡垒，还要等待浙西词人群的到来。

浙西词人群的起来，最初悄无声息。康熙十八年（1679）前后，浙西词人群最终形成气候，揭竿而出，成为词坛上影响最大的势力，词派由此凝聚成型。在短短的两三年时间里，他们发现了南宋临安遗民的《乐府补题》，通过刊刻传播和模仿创作，引起了词坛轰动；他们在朱彝尊的领衔下，共同完成了大型宗派之选《词综》的编选（1678）；他们四处寻找南宋人词集，发现了张炎的《山中白云词》，（《绝妙好词》的发现则略晚数年）从而为他们的骚雅清空理论找到了创作样本；他们自己的曲子词创作，又由龚翔麟汇集为《浙西六家词》，刊刻于金陵，并附刻张炎《山中白云词》于其后（1679）；然后，盟主的政治地位也得到朝廷拔擢。康熙十八年（1679），朱彝尊入京应博学宏词试，除翰林院检讨。

朱彝尊的主要创作活动都在康熙十七年(1678)五十岁之前。他家境贫寒,以布衣词客追随乡前辈曹溶,两入幕府,漫游大江南北。有词集《江湖载酒集》,取杜牧"落魄江湖载酒行"诗意。其身世和心境都与南宋江湖词人姜夔相似。曹溶是最早倡导整理发掘前代词籍的有识之士,家中各种词籍收藏丰富。朱彝尊在他的基础上,更加不遗余力地寻访、抄录、购买民间秘本,以辑佚钩沉为己任,从而形成了整个浙西词派热衷于词籍研究、对历史极为渊博的朴学风气。他们眼法精准,视野开阔,一变明代词人对历史浅薄无知的状况。仅从这一点说,他们就比明人站得更高,想得更远,具备了大时代的气宇和风范。朱彝尊暨浙西词派的词学理论,主体是宗法南宋,标举醇雅,推姜夔、张炎为填词止境。以南宋词骚雅清空的高格响调救明词的纤靡淫哇,以南宋词言品写心的深厚意蕴,救明词芜滥浅漏之弊病。

崇拜南宋是朱彝尊党人的理念核心。首先,这里所谓的"南宋词"是一个宗派理论的概念,而不是词史断代的概念或者风格的概念。更准确的表达应该叫做"南宋体",已见第七章论述。它不仅指姜夔以及宗法姜夔的临安词人群作品体系,还包括江湖词人群中的部分清雅密丽的作品。甚至还包括除了稼轩英雄体之外的整个南宋骚体词。"浙西六家"中的李良年,就主张要兼法梦窗之密和玉田之疏。[1] 朱彝尊的创作也兼法"姜张"和"姜史",并不仅限于骚雅清空一轨。其论南宋词,谓张辑、卢祖皋、史达祖、吴文英、蒋捷等"皆具夔之一体",就是他的"南宋体"观念的一个模糊表白。

其次,浙派宗法南宋体,主要是着眼于醇雅凄清的格调,以扭转明词格调低下的局面。而南宋骚体词所包含的托物言志的深沉内涵、纪实抒愤的现实精神等等,就没有被突显强调,而是被放在了相对次要,甚至完全忽略的地位上。面对明词强大的传统惯性防线,我们把浙西词派(包括阳羡词派)的努力看作是明智的"格调攻击"

① 清·曹贞吉《秋锦山房词序》引述。

策略。选择攻其一点，不及其余。利用南宋骚体词的高格响调，最终全面撕开明词的稳固阵地。这是浙西词人的智慧。

陈维崧笔下的悲风吼、黄叶中原走的景象，终于出现在康熙词坛上。当浙派词人的群体身影越来越清晰地出现在世人面前的时候，当他们挟词选以号令天下，高谈阔论南宋体的时候，人们这才惊讶地发现：明代两百多年的轻浮风气终于落叶纷纷，被他们席卷而去。曲子词的另一个大时代，正在与他们一起到来。这是一群极端较真的寻访者，他们对明体词病象的无情和冷峻、对词籍整理的狂热和虔诚，对南宋体的精确把握、及时传播，最终撼动了整个词坛。

（三）常州词人群

康熙末年，极盛一时的词坛逐渐沉寂。雍正年间，钱塘人厉鹗重新振作浙派，使浙西词派又统治词坛数十年。"雍正、乾隆间，词学奉樊榭为赤帜，家白石而户梅溪矣。"只不过，厉鹗主盟的浙西词派已经与朱彝尊主盟的浙西词派不完全是一回事。乾隆之后的嘉庆词坛风会转移，新的地域群体出现了。

嘉庆年间，太仓词人群王时翔、王策、毛健、徐庾、顾陈垿，以及"太仓三秀才"王辂、王嵩、王愫等人结为词社，迭相唱和。他们抛弃浙派所倡导的南宋体，独尊温、李、晏、秦之学，倡导重新回归到唐五代和北宋，成为词坛上的反潮流者。王时翔论词云："词至南宋始称极工，诚属创见。然笃而论之，细丽密切，无如南宋；而格高韵远、以少胜多，北宋诸君，往往高拔南宋之上。"[①]他们在创作和讲论上的努力，为避免词坛出现明词那样一边倒的危险局面，起到了积极的平衡作用。周济所谓"南宋有门径，有门径故似深，而转浅。北宋无门经，无门经故似易而实难"。显然就与太仓词论的声音相同。

就在太仓词人群竞相唱和的同时，常州词人群也悄然出现在

---

① 清·谢章铤《赌棋山庄词话》卷十一引王时翔《小山全稿自跋》。

词坛上。嘉庆二年(1797),张惠言、张琦兄弟坐馆安徽歙县,为了给喜好填词的门人金氏诸生讲论示范,他们编选了汉儒说诗体的读本《词选》二卷。该选共选录唐宋词人四十四家,作品一百十六首,是一部小型选集。原名《宛邻词选》。书后附录了本宗派的同邑作家黄景仁、左辅、恽敬、钱季重、李兆洛、丁履恒、陆继辂七家词。之后郑抡元又增补了张氏兄弟和他们的弟子金应瑊、金式玉、以及他本人郑抡元的作品。由此勉强构成常州词派的第一群体。常州词人群针对浙派末流徒存格调、内容空洞的弊端,提出以宗法晚唐五代取代宗法南宋,以宗法温庭筠取代宗法姜夔,是典型的浙派反对党。不同于太仓词人群的是,这个宛邻词人群并没有回到明体词,他们借经学家疏注经书的方式来阐述发挥唐宋词,强调立意为重,意内言外,[①]追求比兴寄托,抒写人品襟抱,搭建了一个潜在能量极大的词派理论平台。

今天看来,常州词派的本质精神,其实仍源于南宋体。张惠言的同榜进士许宗彦就认为张氏的理论与浙派的理论是相通的,都是强调立意。他说:"王少寇述庵先生(昶)尝言:北宋多北风雨雪之感,南宋多黍离麦秀之悲,所以为高。亡友阳湖张编修皋文(惠言)为《词选》,已深明此意。"[②]"黍离麦秀之悲"是什么?就是南宋骚体词中的纪实抒愤传统。所以我们说,常州词派本质上也是南宋派。只不过它放弃了对格调的偏执,转而强调寄托立意,形成了另一种极端:立意偏执。并且,这种宗派理论是建立在强行解读古人、神化唐五代的基础上的,有它先天的不足。之后的周济发挥常州词论,有所谓的求空、求实之说,有寄托、无寄托之说,乃兼取北宋词精神;况周颐再度发挥常州词论,有所谓重拙大静穆之说,乃兼取诗家精神,完善了常州词派的理论。

常州词人群是一支外援队伍。它在当时词坛上的创作影响比较小,更倾向于是一个理论宗派。按照严迪昌《清词史》的研究,它

---

①《周易章句·系词上传》:"意内而言外谓之词。"

② 清·许宗彦《莲子居词话序》。

在当时甚至并没有形成理论影响。而且常州词人群体的代表作家，都不以词著称当时，主要还是一些经学家、古文家、诗人、地理学者、医学家。我们把它称为来自文坛其他学科的外援势力。他们在词坛上的影响，主要不是靠群体唱和来形成风气，而是靠讲论批评、选词评词。这是一个很有意思的现象：扬州词人群主要靠炒作活动形成影响，浙西词人群主要靠词籍整理形成影响，常州词人群主要靠倡导主张形成影响。除了浙西词人群有比较实在的创作配合之外，他们都有创作不匹配、说的和做的不平衡的先天不足。阳羡词人群正好相反，做功远远大于说功，创作上的成就大于理论上的发挥。而清末岭南词人群则是创作和讲论两翼最对称的完美群体，他们的创作和理论批评同样出色，都是第一流的。

清代主要词人群要素对照表

词派	主盟领袖	群体核心	群体身份	群派关系	群体规模	地域中心
柳洲词人群	曹尔堪			单群成派	大型	嘉善
兰陵词人群		陈黄邹董		未成词派	中型	常州
西泠词人群	陈子龙	西泠十子		强群弱派	大型	杭州
扬州词人群	王士祯	邹董彭王	临时组合	未成词派	中型	扬州
阳羡词人群	陈维崧		悲歌词人	单群成派	大型	宜兴
浙西词人群	朱彝尊	浙西六家	词籍史家	多群成派	超大型	嘉兴
太仓词人群	王时翔	王氏族人		未成词派	小型	太仓
常州词人群	张惠言	常州七友	经学家	多群成派	小型	常州
吴中词人群	戈　载	吴中七子	声　党	单群成派	大型	苏州
岭南词人群		王文郑况朱	松散群体	未成词派	小型	不明显

这真是前所未有的文学现象：词坛的积弊和重新寻找出路，需要经学家们的点拨，由其他学科的学者们强行介入，干预提醒。常州词人群的努力既有外行说词的先天缺陷，但更有恰中时弊的清醒。他们对词坛的望闻问切，为晚清词坛开列了对症的良方，产生了积极的影响。

值得庆幸的是，他们没有被后人讥笑，没有被专业词人排挤。除了因为他们确实摸准了词坛盛衰变化的脉搏之外，稍后出现的荆溪（今江苏宜兴）词人周济主盟该派，选词、论词、作词，多方面发挥常州派宗法理论，有重要功劳。我们倾向于认为，周济才是真正的常州词派始祖。张惠言只是第二个鲖阳居士，第二次用词选来张扬他们“诗经体曲子词”的文学理想。这不是有意降低张惠言在词史上的地位，而是要提高周济的词派领袖地位。

周济著述丰富，汇辑有《词辩》，词话有《介存斋论词杂著》，词选有《宋四家词选》，创作有《味隽斋词》、《存审轩词》。在他的努力下，常州词派终于成为词坛主流。

（四）吴中词人群

与常州词人群同时而略晚的是声势浩大的吴中词人群。当时人目之为“吴派”。“当嘉庆、道光间，吴中词流极盛。”①顾广圻（千里）倡之于前，戈载继之于后，揭倡阴阳清浊之辨，坚持律与韵不苟之说。

吴中词人群是清初松陵（吴江）词人群的自然更迭与升级。戈载是吴中词人群的核心。② 他曾经于稠人广众之中，高谈阔论

① 清·蒋敦复《芬陀利室词话》卷一：“近来浙、吴二派，俱宗法南宋。独常州诸公，能瓣香周、秦以上，窥唐人微旨。”又民国二十六年刊本清·王嘉禄《桐月修箫谱》卷末附王大隆跋。

② 清·王嘉禄《摸鱼子词序》：“声律之学失传久矣，今所谓词，短长其句而已，抑仍诗也。吾友戈君宝士，以词名吴中，独能力振坠绪。”又潘遵璈《古香慢词序》：“戈丈顺卿，吾吴词学中指南也。”吴嘉洤《晓梦春红词序》：“自吾友戈顺卿以词学为东南倡，而后进之士，率能按谱倚声，人著一集，彬彬盛乎。”杨敬傅《香隐庵词序》：“盖近代吴中词手，竞推七子，而精研律韵，尤以《翠薇》为宗，补红友之阙，正《蒙斐》之讹俗耳。”又张茂炯《井眉轩长短句序》：“予惟吾吴词学之盛，莫过嘉道间。若自翠薇花馆宏开坛坫，同时名宿如吴清如、朱酉生、沈兰如、陈小松、沈润生、王井叔诸先生，皆相与唱和，时有‘吴中七子’之目。而戈顺卿实执牛耳，隐然为盟主。”

宋人诸家词的工拙，众口纷然争议不休。等到他开始辨析阴阳清浊及九宫八十一调之变，满座皆默然无声，翕然服其所论。

戈载《词林正韵·发凡》论词云："填词之大要有二：一曰律，二曰韵。律不协则声音之道乖，韵不审则宫调之理失。"戈载自己作词，"律求七始，颇具苦心。韵究四声，间有新得。"[①]他曾经从汲古阁所刻《宋六十名家词》中精挑细选，为《宋六十名家词选》。又选录唐五代至明人词为《乐府正声》十二卷，选录清人词为《续绝妙好词》若干卷。他特别选录了宋代严守声律者周邦彦、史达祖、

清代环太湖词人群地域分布图

① 清·戈载《翠薇花馆词续刻·自序》。

姜夔、吴文英、陈允平、周密、王沂孙、张炎八家为《宋八家词选》。之后反复斟酌，又删去陈允平一家，变成《宋七家词选》。道光元年(1821)，他又有《词林正韵》一种开雕于吴下。

在他的积极倡导下，嘉庆、道光间吴中词人群起讲论律韵，商榷填词。嘉庆丙子(1816)，戈载发起四春词唱和活动，仿临安词人群的《乐府补题》咏物，分别题咏《疏影·春影》、《国香·春香》、《声声慢·春声》、《意难忘·春意》。吴中参与的词人有董国琛、蒋志凝、沈沂曾、沈彦曾、朱绶、沈传桂、陈彬华、吴锦等八人。《四春词》付梓刊印，一时词人吴翌凤、顾广圻、吴嘉洤、陆损之先后为序，上元梅曾荫、吴县吴嘉亨、长洲韦光黻、吴县曹楙坚、嘉定沈眐等先后题词。相隔数年之后，道光二年(1822)长洲王嘉禄又发起合刻《吴中七家词》，汇总戈载《翠薇雅词》、沈彦曾《兰素词》、朱绶《湘弦别谱》、陈彬华《瑶碧词》、吴嘉洤《秋绿词》、沈传桂《二白词》、王嘉禄《桐月修箫谱》七家别集(后《二白词》一种因故未刻)。各家都将自己的新作旧制“重加订正，又细考四声，必求合乎古人之名作以为法。”[①]精选一编付梓。顾广圻为序。“吴中七子”由此得名，吴中词派也由此声势大振。

除了“吴中七子”之外，吴派声律词人还有朱和羲(有《万竹楼词》)、宋志沂(有《梅笛庵词》)、张鸿卓(有《绿雪馆词》)、徐本立(有《荔园词》)、沈廷炤(有《蘅梦楼词》)、潘钟瑞(有《香禅词》)，此外还有王寿庭、沈沂曾、蒋志凝、董国华、董国琛、潘曾沂、潘曾绶、潘曾玮等，皆为吴中声党。其时吴中词坛之盛，规模已远非常州、扬州、浙西等地可比。顾文彬作《忆故人》词，一时和之者自陶梁以下，竟多至五十多人。社友潘钟瑞《香禅词》杀青付梓，吴中词人题词者达二十多人，为其作跋者十多人。戈载的十七卷词集于嘉庆中刊刻，争相为序者六人，题辞者竟达三十人。沈传桂词集晚出，词友作序、题辞者也多达十九人，作跋者二十多人。形成群

---

① 清·道光刻本《吴中七家词》之戈载《翠薇雅词·自序》。

起响应、一唱百和的壮观声势。

咸丰、同治年间“吴中七子”先后凋零下世，继之而起的是杜文澜。时吴中孙麟趾（月坡）持论与戈载不同，论者或欲调和两家之论。杜文澜坚持说“余则谓词仍当以韵律为主，未可越戈氏之范围，不敢附和月坡也”[①]鲜明地表示了自己的宗派门户立场。他的《憩园词话》六卷，倾力于“审定律调，讨论宫商”。录时人百余家词作，“专以协律为主，稍一背驰，虽有佳词，亦从割爱。”该书第一卷专门讨论律韵，所录的吴中词人又特别多，实为吴中词派的一大总结。

吴中词派也是南宋派。谭献誉其为“声律诤臣”（《箧中词》）。在他们手中，整理完成了一系列的词谱、词韵、词乐、词话、词律、词选、词集丛刻。它远绍大晟词风，完全继承发展了临安词人群严格协律按谱的创作特点。他们时代稍晚，注意到了常州一派“以立意为本，以协律为末”的倾向，而有意反其道而行之。遗憾的是，匆忙中他们走向了另一个极端，创作上出现了“以协律为本，以立意为末”的弊病。

这是词坛上非常有意思的景观：太湖的那一边，一群曲子词的外行在高谈阔论“诗经体曲子词”的文学理想。认为美刺寄托、批评现实比什么都重要；而太湖的这一边，一群精通宫商律吕和古今词韵的曲子词专家们，聚集在一起高谈阔论谁也不懂的韵律绝学，创作讲论严谨到了无以复加的极致，而现实则不值得关心。每一边都构成对另一边的嘲弄和挑战，每一边都自信超越了浙西词派，找到了拯救清词的真谛。

我们发现，曲子词发展史上多次出现的词坛“双子星”现象，都有这种相互排斥、各趋一极的共同点。它们并不发生直接的交锋论战，只是专注地各行其是，各证其果，形成客观上暗中较劲、

① 清·杜文澜《憩园词话》卷一。

争夺词坛正统地位的对峙和冷战。

词坛"双子星"词人群对照表

词坛阶段	北宋后期	宋末元初	康熙前期	嘉道时期
叛逆群	**元祐词人群**	江西词人群	**阳羡词人群**	**常州词人群**
约法群	大晟词人群	**临安词人群**	浙西词人群	吴中词人群
占主流地位者	元祐词人群	临安词人群	浙西词人群	前吴后常

黑体字群体时代略早于对方

北宋后期的词坛"双子星"是元祐词人群和大晟词人群。元祐词人群登上词坛,以极端自由奔放的激情演绎曲子词,开辟了从未有过的阔大境界;几乎与之同时的大晟词人群则选择了另一个极端,以特别严谨规范的声律和章法,小心翼翼地演绎了曲子词的另一种可能,开辟了从未有过的深邃境界。两群相争的结果,元祐词人群声势更大,无疑是词坛主流。宋末元初的词坛"双子星"是临安词人群和江西词人群。江西词人群以诗人态度为词,重日常感受的内容表达而轻艺术审美的讲究,表现为对曲子词的漫不经心甚至粗鲁;与之几乎同时的临安词人群则开词社、订词法、审词谱、撰词话、编词选,形成了声党族群。两群相争的结果,临安词人群成为词坛主流。(如果将临安词人群所对抗矫正的群体置换为后期江湖词人群,则更符合"双子星"出现的普遍规律。参见第七章大词人群与小词人群群际关系论述。)清代康熙前期词坛"双子星"词人群是阳羡词人群和浙西词人群。这一对词人群比较特殊,它们之间较少敌意和对抗,更多的是盟友和近亲关系,都是明体词的反对党,因此对抗竞争的色彩不明显。第四对词坛"双子星"就是嘉道词坛的常州词人群和吴中词人群。

毫无疑问,吴中词人群是临安词人群的后代,是大晟词人群的嫡传子孙。与临安词人群一样,吴中词人群过于注意对艺术规律的研究探讨,而更脱离社会现实。我们看到,嘉庆以来,大清帝国内忧外患接踵而至，嘉庆有白莲教之乱，道光有鸦片战争，咸丰年间更有惊天动地的太平天国，以及后来英法联军入侵北京，咸丰帝避难热河。这一切，词人都默默地转过头去，无动于衷。“知心聚首，迭举消寒会。”“修岛佛故事，祭所作词。”[①]“清明日，吴下诸君子悬（白石）道人小像，设酒果奠之，各谱是调（《石湖仙》）以当迎神。”[②]与当年临安词人群前期的西湖吟社极为相似。他们像贾岛、陈师道一样苦苦吟咏着，字斟句酌，小心翼翼，完全就是唐宋时代苦吟诗人的翻版。[③]

不同在于，他们的创作已经越过了“为艺术而艺术”，多少还含有“以学术研究为词”的特点和味道，精确、规则成为文学创作至高无上的宪法。与清初以来的订谱选词风气遥相呼应。他们对唐宋词乐以及声律理论的潜心整理研究，乃是乾嘉朴学风气在词学领域的一种对应表现。[④]

---

① 清光绪十一年重刊本戈载《宋七家词选》跋王沂孙词。

② 清·潘钟瑞《香禅精舍集》本王寿庭《吟碧山馆词》《石湖仙》词序。

③ 苦吟的基本特征是完全不考虑生命的成本，用极度缓慢的耐心来获得逼近完美的艺术结晶。苦吟诗人不惜以拙示人，采用缓慢的创作节奏一点点雕琢，一字字斟酌，无论这个过程多么漫长。苦吟诗人是一群心灵上的受难者。他们以吟咏结盟，以诅咒声相互倾诉衷肠，彼此讲述对这个世界的失望和绝望。他们字斟句酌，极度挑剔，往往到了苛刻不近情理的地步。从训诂学角度来说，苦吟的“苦”，与艰苦、痛苦、苦难、苦涩等含义没有关系。在古汉语中苦是甚词，苦吟本意指反复推敲，刻意雕琢，只是一种专注的文学创作态度。但是，唐宋诗人贾岛、陈师道们在实践这种艺术行为的时候，已经把它发挥为一种生存方式和人生信仰。苦吟之苦，弥漫在创作者、创作风格、创作过程、创作内容各个方面。完整地说，所谓苦吟，是一些苦难的诗人，用苦涩的声调，在痛苦地吟唱着他们的贫苦生活。这四种苦，只要涉及到其中任何一种，都构成苦吟。甚至我们可以把苦吟归纳为四种审美理想，即：人生以贫寒为美，风格以艰涩为美，吟咏以缓慢为美，题材以丑怪为美。清代吴中词派专注于律韵的苦吟，在痛苦地吟唱和吟咏以缓慢为美上，直接继承了唐宋诗人的苦吟精神。

④ 详见笔者《“吴中七子”和吴派词人群》，载上海华东师范大学《词学》第十一辑。

常州词人群和吴中词人群对峙的结果是戏剧性的：以当时词坛声势而论，吴中词人群绝对人多势众，声势浩大，但转瞬即逝；常州词人群尽管在当时势单力薄，影响和后劲却更胜一筹，成为晚清词坛压倒性的主流。

（五）岭南词人群

晚清词坛，除了时代较早的谭献之外，主要是王（鹏运）文（廷式）郑（文焯）况（周颐）四大词人，以及执近代词坛牛耳的朱祖谋。叶恭绰将他们概括为"桂派"，①后来人又称其为岭南词派。盖王鹏运、况周颐皆广西临桂人，朱祖谋曾官广东学政。文廷式其家世宦粤东，少居广东，师事番禺陈澧。稍后继起的词人易孺、陈洵、汪兆镛、梁启超、叶恭绰等，也都是广东人。这些词人交游讲论，主持词坛，构成了明显的词人群体。但称其为一个完整的词派，就显得有些勉强。

在这诸家中，王鹏运论词力主常州，但创作上呈现为强烈的南宋骚体词特征。文廷式词大致与王鹏运相似而更饶苍劲之气，兼法稼轩。郑文焯重音律，况周颐重寄托，朱祖谋则"幽忧怨悱，沉抑绵邈，莫可端倪，于太史迁所释《离骚》之旨，固有旷百世与之冥合者"。② 也是南宋骚体词的大家。作为改朝换代之际的末世词人和跨朝词人，他们的内心世界和创作表达，与宋末元初的临安词人群有许多共同之处。

总体上看，岭南词人群特别推崇晚唐五代《花间》体，力主比兴寄托，在词学理论上是常州词派的传人。但在实际创作中则是浙西词派与吴中词派的合流，尤其是他们潜心师法南宋骚体，成为《乐府补题》之后骚体词最优秀的创作典范。"本张皋文意内言外之旨，参以凌次仲、戈顺卿审音持律之说，而益发挥光大之。此派最晚出，以立意为体，故词格颇高。以守律为用，故词法颇严。"（蔡嵩云《柯亭词论》）完全可以说，他们是浙派之后的另一座词坛高峰。过去认为

① 见叶恭绰《广箧中词》卷二。

② 清·陈三立《朱孝臧墓志铭》。

晚清词坛乃常州词派的一统天下，可能是片面的。①

回望来路，之前的清代三大词派都存在走极端的弊病。浙派的格调偏执，常派的立意偏执，吴派的声律偏执，都是根据需要只取一瓢饮，导致了其他重要养分和元素被忽略，被屏蔽，结果越走越偏，不得不有赖其他流派前来矫正弥补。相对而言，岭南词派显得比较理智，能够集前代流派学说的大成。当然，他们的宗派特征也不如前人那样鲜明突出。而且我们发现，他们谈论历史、评价前人，也有自己的偏见和固执。

二、大繁荣时代的词选景观

清代是词学的中兴时代。其间出现的词选犹如大海汪洋，种类繁多，派系各异，能够跻身于第一流的词选也不在少数。可谓词选历史上的全盛时期。

清初四大选派型词选对照表

词选名称	编选者	所属词人群	年　代
倚声初集	邹祗谟、王士祯	扬州词人群	顺治十七年
清平初选	张砚铭、田茂遇	云间词人群	康熙十七年
词　综	朱彝尊	浙西词人群	康熙十七年
瑶华集	蒋景祁	阳羡词人群	康熙二十五

① 晚近词坛学者诸见解可以为证：查猛济《刘子庚先生的词学》云："近代的词学大概可以分做两派：一派主张侧重音律方面的，象朱古微、况夔生诸先生是。一派主张侧重意境方面的，象王静庵、胡适之诸先生是。"（载《词学季刊》第一卷第三号）文廷式《云起轩词・自序》："迩来作者虽众，然论韵遵律，辄胜前人。"张尔田《朱祖谋彊村遗书序》将清词分作四个鼎盛阶段，一是万树著《词律》，二是戈载辨律韵，三是张惠言尊词体，四是朱祖谋的登坛主盟："守律则（承）万氏，审音则（承）戈氏，尊体则（承）张氏，而尤大有功于词苑者，又在校勘。"

清代前期顺治、康熙二朝，词选缤纷，名家辈出，有一种大选天下的姿态。比较著名和重要的词选有四种，它们分别是：(A)编选于顺治十七年(1660)的邹祗谟、王士祯的《倚声初集》二十四卷，该选基本体现了扬州词人群的词论观念，并从此而开清人填词、选词风气之先。(B)编选于康熙十七年(1678)的朱彝尊的《词综》三十卷，补遗六卷。该选为浙西词派之选本。它不仅在宗派理论方面意义深远，在选坛上的影响也非常大，它的身后逐渐衍生出一支"《词综》体"词选系列，最初由浙西词人不断增补和完善《词综》，或依其选系别选。之后宗派色彩逐渐褪去，变为辑佚搜奇志在存人存词的存史型词选。(C)编选于《词综》同一年的张砚铭、田茂遇的《清平初选》二十卷(后集十卷又名为《词坛妙品》)，该选为明末清初云间词派的总结性词选。(D)编选于康熙二十五(1686)的蒋景祁的《瑶华集》二十二卷，该书的选词重心和议论都体现了阳羡词派的宗派倾向。

清初四大地域词选对照表

词选名称	编选者	地域	年代	所成词人群
柳洲词选	戈元颖等	嘉善	顺治十六年	柳洲词人群
松陵绝妙词选	周铭	吴江	康熙十一年	松陵词人群
西陵词选	陆进、俞士彪	杭州	康熙十四年	西泠词人群
荆溪词选初集	曹亮武、蒋景祁等	宜兴	康熙十七年	阳羡词人群

此外，顺治、康熙两朝江浙各郡县地方的词人相互结群，演绎出了多种地域宗派性词选。主要有四大代表：刻于顺治十六年(1677)的《柳洲词选》六卷，戈元颖等编选，地域中心为嘉善；刻于康熙十一年(1672)的《松陵绝妙词选》四卷，周铭编选，地域中心为吴江；刻于康熙十四年(1675)的《西陵词选》八卷，陆进、俞士彪编选，地域中心为杭州；以及选刻于康熙十七年(1678)《荆溪词初集》七卷，曹亮武、蒋景祁、潘眉等编选，地域中心为阳羡。它们的竞相面世，明显有一种急于坐拥大镇、划疆

割据的领土宣言意味。为同时或稍后的阳羡词派（荆溪词人群）、浙西词派（嘉兴词人群）、吴中词派（吴中词人群），提供了法理依据和宗派预言。

这个时期选坛的特点，总结起来主要有三。

第一，宏选巨编为其主流。这些大型词选通常选词丰富，选人众多，蒐罗宏富，卷帙浩繁。上举各选就是典型的代表，其卷帙动辄数十，词家数百，词作至有数千。惩于明人治词的心浮气躁，不肯沉下心来整理发掘词籍文献，浙西一派词人特别注重整理词籍，注重搜佚勾沉，校勘笺注之事。朱彝尊、高士奇、汪森、柯崇朴，以及后来的厉鹗、边浴礼、杜文澜、江昱、王昶、陶梁等，都曾花大量精力于词籍发掘，从而"发现"了南宋词。可以说，浙派是从整理宋人词籍入手得到启发的。朱彝尊《词综》就是他多年搜访残籍广征博采的结果。在此种风气的影响下，选家无不广开选源，扩充部帙。

另一个原因是明亡之初，前朝文献亟待收拾，历史亟待总结，国亡而史作，选家自然首先把注意力集中于存史一途。甚至于专意选派的词选也大多兼为选史，追求多多益善。同时，清初康熙年间词学大盛，群体派别由云间而兰陵、而西泠、而柳洲、而扬州、而松陵、而阳羡、而嘉兴，一时之间"人文蔚起，名制若林"。时人称：

南唐北宋以还几数百年，振兴之功，于今为烈。若荔裳（宋琬）独步于莱阳，悔庵（尤侗）扬芬于吴苑，西樵（王士禄）、阮亭（王士祯）兄弟竞爽，绎堂、子山（计南阳）同邑联镳，其年（陈维崧）、椒峰（陈玉瑾）启兰陵之秀，顾庵（曹尔堪）、羡门（彭孙遹）蔚浙水之宗。一时才子，各自名家。[1]

① 清·丁澎《徐钒菊庄词序》。

词学中兴,作品绚烂纷呈,因此选家胃口被大大刺激了起来。选而又选不得自休。

还有一种原因,那就是康熙皇帝的提倡和过问。康熙皇帝曾经御定《全唐诗》、《全金诗》、《历代赋汇》、《四朝诗》、《题画诗》、《御选唐诗》等大型总集。康熙四十六年(1707),在玄烨的领衔下,侍读学士沈辰垣等众人奋力编选,完成了卷帙浩瀚的《御选历代诗余》。全书分为词选、词人姓氏、词话三大部分。前一百卷为词选,共计收录唐五代迄明代各家词九千零九首,一千五百四十调。卷一百零一至卷一百一十为词人姓氏,分朝代先后列词人小传,共九百五十七家。卷一百一十一至卷一百二十为历代词话汇辑,共七百六十三则,各则下皆署明原书名称或撰人。资料之丰富前所未有。后人誉之为“集词话之大成,备骚坛之盛事”。这种皇家气派,往往是私家选词者所不敢奢想的。后来又因为此选难以兼为词谱,康熙又于五十四年(1715)再命王奕清等编撰《钦定词谱》行世。这些大型项目,对选坛的风气无疑有很大的影响。

第二,这个时期词选的体例大多徘徊于订谱与选词之间,很难摆脱顾从敬分调本《草堂诗余》的巨大吸引和诱惑。相对来说,以人分选和以类分选等方式退居于次要地位。吴绮《选声集》、《记红集》、张砚铭、田茂遇《词坛妙品》等都是以谱体选词。赵式《古今别肠词选》、顾彩《草堂嗣响》、陈淏《精选国朝诗余》、夏秉衡《清绮轩词选》、邹祗谟《倚声初集》等比较著名的选本,都沿袭小令、中调、长调三分法排列。至如钱葆酚《词瞑》、蒋景祁《瑶华集》、沈辰垣等《历代诗余》、陈鼎《同情集词选》等,舍弃小令、中调、长调的概念,改以词调字数多寡顺次排列,虽然有朱彝尊、况周颐称善此种方法,而实际上仍然没有跳出分调体的模式,反映了一种订谱、选词欲两全其美的心理。

第三,这个时期的选家大多具有清醒的“中兴意识”,选词重心较多地落在近代和当代,而不是像北宋选家那样,始终把眼光盯在晚唐五代,只仰望前朝。清初大量的选本都冠以“本朝”、“国朝”、“昭代”、“熙朝”字样,仅采清词。以选成派割据称雄的意识非常强烈。这在过去是从没有出现过的。清词繁荣，与这些词选的及时收拾，广泛传播是分不开的。我们说顺治、康熙二朝是一个大时代，今天保留下来的两朝词作，数量多达五万余首，已经远远超过了唐宋四百年的作品总量。

这个全盛时期的第二阶段，以嘉庆二年(1797)张惠言所编选的《词选》二卷为标志。以博徵词的主流逐渐变为精选细论。这些词选的特点是主观性、主体意识比较强，议论多，通常是以选代替词论，或以选证其词论，理论色彩浓厚。其中又存在两种不同的走向：一种是传统的宗派选法，如常州派选词主寄托襟抱，立意浑厚，重心系于晚唐五代和北宋。张惠言《词选》、周济《词辨》、谭献《箧中词》(清人选清词)、陈廷焯《词则》、端木埰《宋词赏心录》、梁令娴《艺蘅馆词选》都是。另一种是清人所独创的门径词选，我们把它称作词法体词选，借选词来指示学词途径，从而达到选家所追求的最高境界。如周济的《宋四家词选》，不完全以风格和流派分列四家群体阵营，打破词史的通常顺序，提出"问途碧山，历梦窗、稼轩而还清真之浑化"的向上一路。他的四家不是四派，也不是四个词史时期，而是填词的四个层次、阶段、步骤、境界。乃是一种着眼于创作由浅入深、由低而高、由人工而天然的思路。后来吴中词派的戈载从严究声韵的角度，选为《宋七家词选》，不限一轨，家家皆是法门。周之琦《心日斋十六家词录》，陈匪石《宋词举》等，也都是这种门径词选。

此外较为盛行的还有各种郡邑词徵。这种"词徵体"总集与《柳洲词选》等宗派之选最大的不同在于，它们以保存地方文献为主要目的，抄录重于选择，甚至完全不选择。只为存史，不为立派。道光十二年(1832)叶申芗的《闽词抄》是其中较突出的一种，冯登府《闽词抄序》称其体例特创。其实这种"词徵体"的编纂形式，诗选中早已盛行多年，元明以来尤其清代最为选家青睐，种类不可胜数。如元代汪泽民、张师遇就编选有《宛陵群英集》二十八卷，专门抄录宋元时期宣城一地的诗人作品。郡邑词徵作为后起之秀，清代后期较为盛行，可以视为《词综》以博徵词一系的余脉。它们除了保存文献之外，在词选史和词学理论史上没有太大的意义。

三、扬州词人群的"花草"情结

要理解朱彝尊们当年所面临的挑战，必须从扬州词坛说起。

清顺治十六年(1659)，年仅二十六岁的王士祯得选江南扬州推官。在此之前的顺治十四年，他曾在济南发起大明湖秋柳唱和，参与者丘石常、柳焘、杨通久、杨通睿、杨通俊、孙仲儒等，当时还是藉藉无名之辈。但很快四方群起追和，一时诗人冒襄、顾炎武、曹溶，以及同辈俊杰陈维崧、朱彝尊、王士禄、汪懋麟等纷纷操笔响应。后二年，他在京师又与王士禄、彭孙遹唱和香奁体，刻《彭王唱和集》流传天下。顺治十七年到任扬州之后，王士祯即大开词坛，吸引了众多的词友。彭孙遹、王士禄、陈维崧、邹祗谟、董以宁、尤侗等人先后来寓、来官、来游扬州，而扬州籍词人宗元鼎、汪懋麟、吴绮、冒襄、孙枝蔚等，以及客寓扬州已经十多载的孙默，皆加盟词坛，极一时之盛，形成扬州词人群。王士祯"昼了公事，夜接词人"，"召宾客泛舟红桥、平山堂，酒酣赋诗，断纨零素，墨渖狼藉"。①

康熙元年(1662)，王士祯发起红桥唱和活动，一时诗人词客

① 清·王士祯《渔阳山人精华录训纂》附《渔阳山人自撰年谱》。又王士祯《居易录》记载："予尝与袁昭令、杜于皇诸名宿宴于红桥。予自为记，作词三首，所谓'绿杨城廓是扬州'是也。昭令酒间作南曲，被之丝竹。又尝与林茂之、孙豹人、张祖望纲孙辈修禊红桥，予首倡冶春诗二十余首，一时名士皆属和。"又吴伟业《程昆仑文集序》记载："吾友新城王贻上为扬州法曹，地殷务剧，宾客日进，早起坐堂皇，目览文书，口决讯报，呼謈之声沸耳，案牍成于手中。已而放衙，召客刻烛赋诗，清言霏霏不绝。坐客见而诧曰：王公真天才也。"(《梅村家藏稿》卷二十九)

袁于令、杜浚、张养重、陈维崧、朱克生、丘象随、曹贞吉、陈允衡、刘梁嵩、蒋平阶等群起响应，在词坛上造成很大影响。王士祯《红桥游记》回忆说："壬寅季夏之望，与箨庵（袁于令）、茶村（杜浚）、伯玑（陈允衡）诸子偶然漾舟，酒阑兴极，援笔成小词二章，诸子倚而和之。箨庵继成一章，予亦属和。"其《居易录》和《香祖笔记》也有相应的记载。除了红桥唱和之外，扬州词人群还先后组织过群和李清照词活动、题咏绣娘余氏《洛神图》唱和、题《柳毅传书图》唱和、题《浣纱图》唱和、修禊如皋冒氏水绘园活动、题青溪遗事画册唱和等活动。

顺治十七年（1660），邹祇谟编选成清代第一部大型词选《倚声初集》前编四卷，正编二十卷，以续明人卓人月的《词统》。王士祯倾力相助。《居易录》卷四云："余在扬州，与故友武进邹程村（祇谟）撰《倚声集》，起万历，迄顺治初年，以继卓珂月、徐野君《词统》之后。"这部词选远简近繁，大致囊括了云间诸子、柳洲各家、扬州群贤，选择重心则落在扬州群贤上。邹祇谟以主选政者身份，入选一百九十六首，高居全编之冠。与宋代周密选《绝妙好词》的做法非常相似。各卷均列有专职的选家和参阅者，包括董以宁、王士禄、陈维崧、王士祜、黄京、王士禧、黄永、钱珵、孙自式、彭孙遹、程康庄、陈世祥、刘体仁、汪琬、米汉雯、唐允甲、邓汉仪、程可则、秦松龄、沈谦。《倚声初集》张扬了词坛风会，从而把清词推到了大繁荣时代的入口。当时即有清词始盛于《倚声初集》的说法。①

孙默刻十五家词，也是扬州词坛上的一件重要史实。孙默字无言，一字桴庵，号黄岳山人。徽州歙县人，身为布衣，久寓扬州。康熙初始萌生刊刻当代百家词籍的念头。康熙二年，乃前往海盐访彭孙遹索要词集。初刻三家始梓于康熙三年（1664），凡四刻而

① 清·汪懋麟《梁清标棠村词序》："本朝词学，近复益胜，实始于武进邹进士程村《倚声集》一选。"后来况周颐《蕙风词话》卷五则云："词格纤靡，实始于康熙中。《倚声》一集，有以启之。集中所录小慧侧艳之词十居八、九。"

孙默《十五家词》刊刻群体表

刻序	入选者	选评者	作序者
初刻	王士祯《衍波词》	邹祇谟、彭孙遹	杜濬
	邹祇谟《丽农词》	王士祯、彭孙遹	
	彭孙遹《延露词》	邹祇谟、王士祯	
二刻	曹尔堪《顾庵词》	王士祯、邹祇谟	孙金砺
	王士禄《炊闻词》	尤侗、邹祇谟、董以宁、彭孙遹	
	尤　侗《百末词》	王士禄、邹祇谟、曹尔堪、彭孙遹	
三刻	陈世祥《含影词》	王士禄、宗元鼎、王士祯、陈维崧	汪懋麟
	陈维崧《乌丝词》	王士祯、邹祇谟、王士禄、曹尔堪等	
	董以宁《蓉渡词》	王士祯、邹祇谟、季振宜、陈玉璂	
	董　俞《玉凫词》	邹祇谟、王士禄、陈维崧、彭孙遹	
四刻	吴伟业《梅村词》	杜濬、尤侗	邓汉仪
	梁清标《棠村词》	尤侗、邓汉仪、陈维崧、汪懋麟等	
	宋琬《二乡亭词》	曹尔堪、尤侗、陈维崧、王士禄	
	黄　永《溪南词》	王士禄、邹祇谟、龚百药、董以宁	
	陆求可《月湄词》	尤侗、曹尔堪、陈维崧、王士禄等	
	龚鼎孳《香严斋词》	陈维崧、杜濬、邓汉仪、纪映钟	

积累至十六家(后四库馆臣删去龚鼎孳一家)。初刻和二刻、三刻的王士祯、邹祇谟、彭孙遹、曹尔堪、尤侗、王士禄、董以宁、陈维崧,都属于扬州词人群。三刻之后才逐渐放眼整个词坛。杜濬等四家刻序也基本上属于扬州词论。特别值得注意的是,所有十六部词籍的编选和评点者几乎完全由扬州词人群体组成。这是令人慨叹和眼热的情景:一个布衣词人的虔诚奔走,最后竟然演绎成一场高手之间的大型观摩品藻活动,一场组织严密却又旷日持久的当代曲子词创作收获大展。

这些唱和、选词、刻词，构成了扬州词人群的三大史实。① 当时人说："词家旧推云间，次数兰陵，今则广陵亦称极盛。"②

扬州词人群守云间词派的家法，宗法晚唐五代的香艳小令，批判明人以曲为词、格俗趣浅的弊病，主张本色自然。③ 不同于云间的是，他们开始对淫艳儇薄之习采取怀疑、批评的态度。同时又存有一份恋恋不舍的感情。④ 他们开始注意南宋，探索和尝试辛弃疾、陆游的雄放，姜夔、史达祖的醇雅，以正变论南北宋，谓云

① 清·顾贞观《与陈栩园书》记载："自国初辇毂诸公，尊前酒边，借长短句以吐其胸中。始而微有寄托，久则务为谐畅。香岩、倦圃领袖一时。……吴越操觚家闻风竞起，选者、作者妍媸杂陈。渔阳之数载广陵，实为斯道总持。二三同学功亦难泯。最后吾友容若，其门第才华，直越晏小山而上之，欲尽招海内词人，毕出其奇，远方骎骎渐有应之者。而天夺之年，未几辄风流云散。渔阳复位高望重，绝口不谈。于是向之言词者，悉去而言诗古文辞。回视《花间》、《草堂》，顿如雕虫之见，耻于壮夫矣。"（缪荃孙《国朝常州词录》附辑引）

② 清·沈雄《古今词话·词话》卷下引吴绮语。

③ 清·邓汉仪《孙默十五家词序》："夫词而谓之诗余，则犹未离乎诗，而非下等于优伶之杂曲也。"彭孙遹《金粟词话》："柳七亦自有唐人妙境，今人但从浅俚处求之，遂使《金荃》、《兰畹》之音，流入《挂枝》、《黄莺》之调，此学柳之过也。"邹祗谟论卓人月、徐士俊词："风致淋漓，艳诡竞响，但过于尖透处，未免浸淫元曲耳。"（尤侗《璧月词序》引）此论词不可格俗趣浅而近于曲。彭孙遹《松桂堂全集》卷三十七《旷庵词序》："梦窗、后村、白石以下，雕缋过之，终无尚其天然之美也。"宗元鼎云："词以艳丽为工，但艳丽中须近自然本色方佳。"（田同之《西圃词说》引）彭孙遹《金粟词话》："词以自然为宗。"王士禛《花草蒙拾》："前辈谓史梅溪之句法，吴梦窗之字面，固是确论，尤须雕组而不失天然。"此论词须本色自然。

④ 如被王士禛称为"艳词专家"的彭孙遹，其《松桂堂全集》卷三十七《旷庵词序》论词云："历观古今诸词，其以景语胜者，必芊绵而温丽者也。其以情语胜者，必淫艳而佻巧者也。情景合则婉约而不失之淫，情景离则儇浅而或流于荡。……黄九、柳七，一涉儇薄，犹未免于淳朴变浇风之讥，他尚论哉？"

间法正而不知有变。例如王士祯在《花草蒙拾》中说："(云间数公)其于词，亦不欲涉南宋一笔。佳处在此，短处亦坐此。"他们的探索和努力，为孕育和分蘖出阳羡、浙西两大词派打下了创作基础。

基于这样的词学观念和认识层次，扬州词人群仍然痴迷于"花草"。略有区别的是，云间词人比较冷淡《草堂诗余》，而扬州词人由于兼尚南宋，对《草堂诗余》则颇有好感。"词以艳丽为本色，要是体制使然。"[①]邹祗谟序王士祯的《衍波词》说："《花间》句雕字琢，调或未谐，句无不致。是昌谷之靡也。《草堂》音协调流，句或未研，体无不秀，是西崑之变也。至所云字必色飞，语必魂绝，则美出自然，诚非缘借矣。"又其《远志斋词衷》云："余常与文友(董以宁)论词，谓小调不学《花间》，则当学欧、晏、秦、黄。《花间》绮琢处，于诗为靡，而于词则如古锦纹理，自有黯然异色。"王士祯论词作词，皆以"花草"为尚。其《花草蒙拾》也说："或问《花间》之妙，曰蹙金结绣而无痕迹。问《草堂》之妙，曰采采流水，蓬蓬远春。"

有一个历史细节，很能说明扬州词人群的"明词血统"：某日，彭孙遹冒雨访邹祗谟扬州寓舍。二人相与读词友董以宁的《蓉渡词》、沈谦的《云华词》，彭孙遹大发感慨说："此非秀法师所诃耶？如此泥犁安得有空日？"又说："自山谷来，泥犁尽如我辈，此中便无俗物败人意。"二人为之大笑。此事分别见于邹祗谟《远志斋词衷》和沈谦《填词杂说》记载。沈谦还特别为之辩解说："山谷喜为艳曲，秀法师以泥犁吓之，月痕花影，亦坐深文，吾不知以何罪待谗谄之辈。"

关于法秀道人，黄庭坚在《小山词序》中回忆说："余少时间作乐府以使酒玩世，道人法秀独罪余以笔墨劝淫，于我法中，当下犁舌之狱。"南宋初胡仔记载："《冷斋夜话》云：法云秀老，关西人，面

① 清·彭孙遹《金粟词话》。

目严冷，能以礼折人。……黄鲁直作艳语，人争传之。秀呵曰：翰墨之妙，甘施于此乎？鲁直笑曰：又当置我于马腹中邪？秀曰：公艳语荡天下淫心，不止于马腹中，正恐生泥犁耳。”①

五百年后，扬州词人们竟然纷纷以泥犁狱中人相互标榜，并引以为自豪。这让我们联想起明代众口一词的“宁为大雅罪人”的说法。在我们看来，无论大雅罪人，还是犁舌狱人，都是一家人，都是香艳轻佻词风的传人。我们惋惜地看到，扬州词人群的创作，仍然与云间、乃至与整个明词没有太大区别，都是从“花草”中来，到“花草”中去。

这不仅仅是我们的感觉，也是整个词坛的自我共识。如王士禄《炊闻卮语·自序》说他的词，“取《花间》、《尊前》、《草堂》诸体，稍规抚为之。”②时人读其词也称赞他“静情艳致，撮‘花草’之标，似未肯放阮亭独步”。③ 又如尤侗曾与柳洲词人曹尔堪“扁舟过从，商榷《花间》、《草堂》之胜事”。④ 其《百末词·自序》解释他的词集命名的含义说：“汉人以百花百草末造酒，号百末酒。予所作词，亦《花间》、《草堂》之末也，故以名之。”王士祯的词更是追随“花草”：“其工致而绮靡者，《花间》之致语也。其婉娈而流动者，《草堂》之丽字也。洵乎排黄轶秦、凌周驾柳，尽态穷姿，色飞魂断矣。”⑤（彭孙遹语）“束其鸿博淹雅之才，作为《花间》隽语，极哀艳之深情，穷倩盼之逸趣。其旖旎而秾丽者，则璟、煜、清照之遗也。其芊绵而俊爽者，则淮海、屯田之匹也。”⑥（唐允甲语）“阮亭沿凤洲（王世贞）、大樽（陈子龙）绪论，心摹手追，半在《花间》。”⑦（谢章铤语）

---

① 宋·胡仔《苕溪渔隐丛话》前集卷五十七。
② 清·李调元《雨村词话》卷四引。
③ 清·尤侗《王士禄炊闻卮语序》。
④ 清·曹尔堪《尤侗百末词序》。
⑤ 清·邹祗谟《远志斋词衷》引彭孙遹语。
⑥ 清·唐允甲《王士祯衍波词序》。
⑦ 清·谢章铤《赌棋山庄词话》卷八。

他如彭孙遹被王士祯戏推为“艳词专家”①,而心下不快。董以宁词香艳太甚,毁之者谓其“淫言媟语,不免秀铁面所呵”。② 誉之者则谓其“嫣然以媚,婉约而多思”。③ 显然都是“花草”的苗裔,没有跳出明体词的基本格局。

扬州词人群是一个临时性组合,这是它的一个致命的先天弱点。它的盟主和核心词人都是短暂客居,很容易曲终人散。他们在短短的六七年时间里相聚在一起,自我炒作性质的吟咏唱和过多,而冷静的商榷思考较少,对于明词的弊病和今后清词的走向,还缺乏完整深入的探讨研究。尽管他们开始批判明词,开始尝试南宋,但他们始终是“花草教”的虔诚教徒。没有哗变,没有惊醒,没有醍醐灌顶式的大彻大悟。期望他们踏倒明词藩篱,闯出一条新路来,还为时过早。

四、康熙词坛与“花草”的衰微

被云间词人群修正放大的明体词,仗着人多势众,盘踞清初词坛不肯退位。

康熙四年(1665),王士祯内迁礼部主客司主事,离开扬州,赴京提督两馆。扬州词坛随之而解体。陈维崧离开扬州云游,邹祗谟、董以宁、王士禄先后去世。词坛前辈吴伟业、龚鼎孳也陆续凋零,曹溶则隐居乡里不出。十年之后王士祯重返京师,不再言词,专意于诗歌开拓。词坛一度较为沉寂。

不过,这种低落是短暂的。天阔云低,青山一发。康熙词坛此时山雨欲来,正酝酿着剧烈的变化。阳羡词人群和浙西词人群

① 见清·邹祗谟《远志斋词衷》。
② 清·郭麐《灵芬馆词话》卷二。
③ 清·杨岱《董以宁蓉渡词序》。

这两大宗法南宋的流派群体都在秣兵砺马，积蓄力量。许多词人不仅不满明词，而且对云间词派及各支脉群体，对当代词坛的流弊也提出了越来越强烈的非议。

陈维崧早年属于兰陵词人群，中年加盟扬州词人群，中年以后不满于往日的作风和词坛积习，遂自开阳羡一派。他说："今之不屑为词者固无论其学，为词者又复极意《花间》，学步《兰畹》，矜香弱为当家，以清真为本色。神瞽审声，斥为郑卫，甚或爨弄俚词，闺襜冶习，音如湿鼓，色若死灰，此则嘲诙隐廋，恐为词曲之滥觞。"[1]又论时风云："余曰今天下词亦极盛矣，然其所为盛，正吾所谓衰也。家温、韦而户周、秦，抑亦《金荃》、《兰畹》之大忧也。"[2]

纳兰性德曾经与顾贞观合编过《今词初集》二卷，"主于铲削浮艳，舒写性灵"。毛际可跋该选也有类似陈维崧的议论，说："近世词学之盛颉颃古人，然其卑者掇拾《花间》、《草堂》数卷之书，便以骚雅自命，每叹江河日下。"康熙四十八年（1709）赵式编选《古今别肠词选》，其自序论康熙词风说："迄今词人辈起，更唱叠和指不胜屈。《花间》、《草堂》其行风而炙脍也久矣。然予遍阅数家，聆音察理，尚声华者或遗情绪，崇简朴者或忘骚雅。"都是对前人或时人一味崇尚"花草"，守为《兔园册》的不满和批判。

朱彝尊早年曾经提倡"小令宜师北宋，慢词宜师南宋"的改良主张。这与柳洲词人群、西泠词人群、扬州词人群的创作实际非常贴合，没有太大的理论冲击力，也比王士祯的以正变论南北宋前进不了多少。显得过于温和，过于胆怯。之后浙派群贤经过大量的词籍整理工作和漫长冷静的思考探索，才在抛弃晚唐五代和北宋、全心全意宗法南宋的基础上，凝聚形成自己的派别风貌。[3]

---

① 清·陈维崧《陈迦陵文集》卷二《词选序》。

② 清·陈维崧《陈迦陵文集》卷二《蝶庵词序》。

③ 清·蒋景祁《刻瑶华集述》："今词家率分南北宋为两宗。"陈廷焯《白雨斋词话》卷三："国初多宗北宋，竹垞独取南宋，分虎、符曾佐之，而风气一变。"又同书卷八："词家好分南宋、北宋。国初诸老几至各立门户。"

针对云间一派“词至南宋而弊”的观点，朱彝尊在《词综·发凡》中提出：“世人言词，必称北宋（实际上是唐五代和北宋）。然词至南宋始极其工，至宋季而始极其变。”这个口号不仅比王士祯的“南北宋正变论”前进了一大步，而且重心南移，发生了质的变化。宗法南宋，意味着要与“花草”彻底划清界线。

清初词坛由北而南线路图

重心转移	主论者	理　论　核　心	所代表宗派
尊源贬流	陈子龙等	五季犹有唐风，入宋便开元曲	云间词人群（前）
尊北贬南	宋徵璧	词至南宋而繁，亦至南宋而敝	云间词人群（后）
北正南变	王士祯	南北宋止可论正变，未可分工拙	扬州词人群
南北并尊	朱彝尊（早年）	小令宜师北宋，慢词宜师南宋	浙西词人群
南正北变	陈维崧	（作品的集体无意识）	阳羡词人群
尊南退北	朱彝尊（中年）	词至南宋始极其工，至宋季而始极其变	浙西词人群

康熙初年以来，浙西词人们充满了焦虑。三百年下，我们已经无法清楚地知道究竟是先有词籍整理，还是先有宗法南宋的理论，还是边整理边形成理论，有一个逐渐清晰的过程。但我们能够想象，避开晚唐五代，避开北宋，重新寻找能够代表南宋作品体系的古词选，或者重新编选能够代表宗法南宋这一群体观念的新词选，以建大将旗鼓，一度曾是朱彝尊们所面临的当务之急。俯瞰康熙前期的词坛，我们发现，几乎所有的浙西词人都在埋头忙于这两大使命。只要有一项使命得以完成，他们就能够挟以号召天下，解体明词，开创清词自己的时代。

在朱彝尊的领衔下，桐乡汪森、嘉善柯崇朴、柯煜、嘉兴周篔并力辑词校词。朱彝尊率先完成大型历代词选《词综》十八卷，特意携稿前往桐乡拜访汪森，商榷选词，并将初稿托付给汪森。之后朱氏北游京师，南至金陵。三年后再将原词选扩充至二十六卷。汪森也遵照朱彝尊嘱托，发尽藏书，增补出四卷。该选前后共计观览宋元词集一百七十家，传记、小说、地方志三百多家。历时八年方告功成。浙西众词人又共同校勘辨讹、序次词人爵里，这部三十卷的浙派纲领大纛《词综》，终于得以问世。这一年是康熙十七年(1678)。我们注意到，也就在这一年，词坛上的另外几支力量也举起了自己的词选大纛：张砚铭、田茂遇编选成《清平初选》二十卷，总结了云间词派的创作成就；曹亮武、蒋景祁、潘眉等编选成《荆溪词初集》七卷，总结了阳羡词派的创作成就。但《词综》太耀眼了，太壮观了。它没有指向浙西词人群自己，而是放眼整个唐宋金元。因此赢得了整个康熙词坛的敬意与回眸。

曲子词发展史上，有几个重要年份是特别应该被记住的。如果要列出词史十大最重要年份，后蜀广政三年(940)《花间集》面世，必入选无疑；而康熙十七年则是另一个必选的重要年份。前者有点像秦王嬴政自号始皇帝，开创中国封建帝制；后者有点像辛亥革命废去宣统，终结封建帝制。

尽管是比喻，但“花草”被废黜，逐出公众视野，却是公认的事实。尤其《草堂诗余》转眼之间成了人们争相唾弃的垃圾。朱彝尊在《词综》付梓之后兴奋地说，“别裁乐府，谱渔笛蘋洲，从今不按、旧日《草堂》句。”以《词综》取代《草堂诗余》，目的表达得非常明确。汪森也不无骄傲地宣称：此选一出，“庶几可一洗《草堂》之陋，而倚声者知所宗矣。”(《词综序》)

紧接其后，另一条战线也捷报频传。《乐府雅词》、《绝妙好词》等罕见的南宋人词选也在浙西词人的不倦寻访下，陆续重现人间。朱彝尊跋《乐府雅词》称：“得是编，《草堂诗余》可废矣。”在《绝妙好词》刻序中又说，“词人之作，自《草堂诗余》盛行，屏去《激楚》、《阳阿》，而巴人之唱齐进矣。周公谨《绝妙好词》选本中多俊语，方诸《草堂》所录，雅俗殊分。”在其他一些场合，朱彝尊也有“去《花庵》、《草堂》之陈言，不为所役，俾滓窳涤濯，以孤技自拔于流俗”[①]一类

① 清·朱彝尊《曝书亭集》卷四十《孟彦林词序》。

的议论。

这确是词史上少见的激动人心的场面。项羽少时随叔父出游，见到秦始皇威严的仪仗，脱口说："彼可取而代也。"朱彝尊好像也在心底默默说过这样的话。曾几何时，"花草"是词坛上高不可攀的秦始皇。现在，终于有人要取而代之了。

正如我们所见，王者削为庶人，列侯黄袍加身。词坛终于改朝换代。我们把《词综》完成的康熙十七年，视为《草堂诗余》时代彻底结束的标志线。更广而言之，《词综》与当时新发现的《绝妙好词》、《乐府补题》、《乐府雅词》一起，共同宣判了"花草"时代的彻底终结。至此，明体词宣告寿终正寝，清词开始使用自己的正朔，开始书写自己的宏大编年史。

五、南宋体的重新出土与风靡

完全可以说，朱彝尊是康熙词坛第一人。他是词籍考古队的首席、词选大纛的护旗手、明词体最卖力的掘墓人、清空骚雅格调最积极的鼓吹者。南宋新大陆，是他带领浙西群贤历尽千辛万苦，在茫茫的词籍海洋中"发现"的。

康熙初叶王士祯退出词坛之际，"朱子锡鬯出而振兴斯道。俞子右吉、周子青士、彭子羡门、沈子山子、融谷、覃九、李子武曾、分虎，共阐宗风。"①浙西词派由此逐渐凝聚成形。其中诸子为词，彭孙遹(羡门)似更倾向于扬州词人群，当作别论。

我们现在已经确认，浙派是从整理南宋人词籍入手得到启发的。朱彝尊早年从词坛前辈曹溶治词，曹氏家藏南宋人词集非常多，又历年寻访整理，对朱彝尊后来的创作议论深有启迪。朱彝尊在《曹溶静惕堂词序》中回忆说："往者明三百祀，词学失传。先

① 清・高佑钜《陈维崧湖海楼词序》。

生搜辑南宋遗集，尊曾表而出之。数十年来，浙西填词者家白石而户玉田，春容大雅，风气之变，实由先生。”浙西词人李符在《龚翔麟红藕庄词序》中也记载说：

> 词至晚宋极变而工，一时名流，往往托迹西泠，篇章传播最盛。数百年来残谱零落，未有起而裒集之者。竹垞工长短句，始留意搜访，十得八九。当其客通潞时，蘅圃（龚翔麟）与之朝夕，悉取诸编而精研之。

如宋遗民之选《名儒草堂诗余》，清以前极为罕见。曹溶、朱彝尊都有手抄本。雍正十一年(1733)，浙派著名词家厉鹗又于扬州购得元刻，遂亟抄校增订，流传外间。曾慥的《乐府雅词》，也是朱氏遍访藏书家，始得于上元焦氏，传抄后流布词坛。浙西词人群整理发掘唐宋人词选，尤其以《绝妙好词》、《乐府补题》、《山中白云》等书最具重要意义。它们的“出土”面世，极大地影响了康熙词坛的创作风尚。

（一）《乐府补题》的发现与刊刻

大约在康熙十七年(1678)前后，[①]浙西词人汪森于长兴藏书家处发现了久已失传的南宋人秘籍《乐府补题》，遂购归。朱彝尊获睹之后，“爱而亟录之”。据朱氏云，此本系常熟吴氏抄白本。大概就是《词综·发凡》中提到的“常熟吴氏讷汇有《宋元百家词》，抄传绝少，未见全书”者。康熙十八年(1679年)，朱彝尊赴京试博学宏词，遂将该书抄本携带至京师。客寓京师的阳羡词人蒋景祁见到此书，“激赏不已，遂镂版以传”。

《乐府补题》的出现，引起了当时词坛的很大震动。其时，云间词派及其各支脉群体都已经日过中天，走向低沉。康熙初年曾

---

① 据今人严迪昌《〈乐府补题〉与清初词风》一文考证。

经号召天下的词坛领袖王士祯，此时早就不再填词，全力转向开拓诗歌流派。乘着这一历史契机，浙西与阳羡两大势力迅速崛起，尤其浙西词人群声势较大。朱彝尊以布衣入京，授翰林院检讨，得到康熙皇帝的倚重，实有一种将浙西的势力影响伸展到北方和京师词坛的象征意义。随着《词综》、《浙西六家词》等书的出现，浙西词派名声大噪，附和追随者日众。《乐府补题》这部宋遗民咏物专集，恰在这个时刻被发现，并首先刊刻于政治文化中心的京城，无疑为浙派的理论和创作提供了一个极好的历史证据和摹仿对象。蒋景祁后来回忆说，

> 得《乐府补题》，而辇下诸公之词体一变。继此复拟作“后补题”，益见洞筋擢髓之力。[①]

据同时人毛奇龄记载，该书刻版京师，传诵一时。朱彝尊曾遍邀同馆作和词，每人五首。[②] 陆棻也记载说：“去岁竹垞表兄自金陵来，携《乐府补题》一卷，皆南宋名家之作，偕余属和。”(见李富孙《鹤征录》)之后数十年间，各地词人更群起追和《乐府补题》的各题各韵。仅今天可以找到的这些唱和咏物词，其作者就不下百家。

为什么《乐府补题》会引起这么大的轰动呢？究竟是什么，触动了文人士大夫的心弦？一个最直接的判断是：宋亡而入元，明亡而入清，同样经历了改朝换代之痛的遗民词人，都面对着同样的情感宣泄的需要和表达的苦恼。他们需要一种最恰当、最委婉的倾吐方式。所以，当清初的词人们第一次看到《乐府补题》，便突然有一种被击中的感觉，顿生知音之叹。《乐府补题》体咏物词

---

① 清・蒋景祁《刻瑶华集述》。

② 清・毛奇龄《西河集》卷一百三十六《乐府补题和词》自注：“《乐府补题》者，南渡越州诸处士所作词也。……合一抄本，在梅市祁斋藏书中。禾中朱竹垞为序之，而镂版京师，且属同馆作和词，各五首。”

表达含蓄、有物依凭、情调凄苦、怨而不怒。遍观唐宋词，没有哪一家、哪一体比它们更适合遗民词人的了。原来宋词还有这样的咏物体，原来宋人还有这样的骚体词！简直就是为他们度身订制的“遗民体”。通过它们，词人可以直接上溯《离骚》，尽情抒写胸中之痛，而不至于有什么政治上的麻烦。一时之间，京城词人们如醍醐灌顶。

当然，这种感受不可能如此直白的讲述出来。朱彝尊在《乐府补题序》中委婉地评价说：“（其作者）大率皆宋末隐君子也，诵其词可以观志意所存，虽有山林友朋之娱，而身世之感别有凄然言外者。其骚人《橘颂》之遗音乎？度诸君子在当日唱和之篇必不止此，亦必有序以志岁月。惜今皆逸矣。”而陈维崧在他的《乐府补题序》中则略微直接，谈论到了“赵宋遗民”、“援微词而通志”等等关键词语。他们谈论的角度不同，都表达了与异代遗民的强烈的情感共鸣。

朱彝尊编选《词综》，选录了《乐府补题》全部三十七首作品中的三十五首，只有王沂孙的两首没有选录。可能是因为王沂孙词已经选录过多而不得不有所割爱。康熙四十六年（1707）侍读学士沈辰垣编选《御选历代诗余》，也几乎全部收录了《乐府补题》咏物词。乾隆年间厉鹗和查为仁笺注《绝妙好词》，也在李彭老、王易简、王沂孙、仇远、周密等人名下，补录了多首《乐府补题》作品。

《乐府补题》在浙西词派的鼓吹下，词坛地位如日中天。雍正、乾隆、嘉庆时期达到顶峰。词人们竞相模仿南宋咏物词，风气之盛，渐失骚雅本意。晚清谢章铤对此极为不满，《赌棋山庄词话》续编卷五抨击说：“（近日词集）开卷必有咏物之篇，亦必和《乐府补题》数阕，若以此示人，使知吾词宗南宋，吾固朱、厉之嫡家也。究之满纸陈因，毫无意致，此尤习气之不可解者矣。”又说：“夫咏物南宋最盛，亦南宋最工。然尚无白石高致，梅溪绮思，第取《乐府补题》而和之，是方物略耳，是群芳谱耳。”

我们注意到，在常州词派主导词坛的近百年时间里，《补题》体咏物词始终为词家所追随，所喜爱，只是程度有所不同而已，并没有随浙派一起完全沉沦。这是不是意味着：这些骚体咏物词所蕴涵的托物言志精神，与常州词派的追求没有矛盾？

(二)《绝妙好词》的发现与刊刻

周密于元初所辑选的《绝妙好词》，在张炎尚在世的时候，就已经传本寥寥，不易见到了。《词源》卷下提到："近代词人用功者多，如《阳春白雪集》，如《绝妙词选》，亦自可观，但所取不精一。岂若周草窗所选《绝妙好词》之为精粹。惜此板不存，恐墨本亦有好事者藏之。"元刻今已不可寻觅，唯元抄一种孤本，为清初钱谦益绛云楼所收藏。绛云楼被火之后，余烬散出，是书遂归钱曾述古堂。此本"经前辈细勘批阅，姓氏下各标其出处里第。"①康熙二十三年(1684)，浙西词人柯煜以与钱氏姻亲(族婿)的关系，将该抄本借抄一过，持归与从父柯崇朴以及柯氏兄弟共同谛味研玩，审校订误，刊为小幔亭刻本。柯崇朴(寓匏)曾与朱彝尊共同搜辑《词综》，每以未见《绝妙好词》为憾。既得秘本传刻，乃广为传布。

此本之外，朱彝尊也曾据钱氏本重新点定一本。康熙三十七年(1698)浙西词人高士奇再次将抄本批校一过，刊为清吟堂刻本。十余年间，该书被一刻再刻，风靡大江南北词坛，成为浙西词人心目中醇雅清虚的"南宋词"的作品标本。

乾隆年间，厉鹗、查为仁不约而同为此书作笺注，之后二家又合为一处，并力为之，冥搜极讨而成。乾隆十五年(1750)，宛平查氏澹宜书屋刊刻。《绝妙好词》因此而更为词家所珍爱。

唯一让我们感到遗憾的是，《绝妙好词》的归来，错过了康熙十七年或十八年这个最重要的历史转折时刻。如果它再早五六年被发现，将会对康熙词坛造成更大的冲击。即便如此，它对南宋体的讲述，也给了清代词人们以极大的启发。说新天下耳目可，说醍醐灌顶亦无不可。它的发现，对康熙、雍正、乾隆词坛产

① 清·钱曾《读书敏求记》卷四。

生了积极深远的影响。

(三)《山中白云》的发现与刊刻

张炎的《山中白云》词别集,最初刊刻于元代前期张炎尚在世之时,同时好友舒岳祥、邓牧、仇远、郑思肖皆为之序。但此后即未见流传。临安词人群中辈分最小的仇远后来传学于弟子张翥,张翥再传学于陶宗仪、李孝光、杜本。陶宗仪(南村)是元末明初最著名的大学者之一。为古学无所不窥,隐居松江著书授徒,晚年入于明朝。他著述宏富,有野史笔记多种,诗词法书皆工,与宋末元初的词人周密非常相似。陶宗仪一生搜访天下藏书,曾经有《山中白云》抄本一种,八卷。但不为外间所知,明代很少有人见过。

明代流传的张炎词,当时仅有一种《玉田词》抄本。不全。李符从宋员外牧仲借抄《玉田词》,只有一百五十三阕。朱彝尊倡导南宋,推尊姜夔、张炎,可他编选《词综》时,手头既没有姜夔的词集,也没有元版的《山中白云》。前者只能根据《花庵词选》辑录,后者只能根据明抄本的《玉田词》选出三十八首,后又增补十首。

陶抄本于成化二十一年(1486)被偶然发现。据陶抄本井氏序记载:"成化丙午春二月朔,偶见是帙鹤城东门药肆中,即购得之。南村先生手抄者。盖百余年矣。凡三百首,惜无目录。后归钱中谐(庸亭),朱彝尊录以传布。"井氏何人不详。朱彝尊根据陶本抄录后,立即组织力量校对、增补、刊刻。《山中白云》从元刻,到陶抄,到朱抄,至康熙十八年(1679),龚翔麟刊刻《浙西六家词》于金陵,附刻上整理完好的《山中白云词》于其后,终于使该书遍传天下。曹溶的弟子、"浙西六家"之一的李符是当时参与整理校对者之一。他在《山中白云词序》中记载:

> (吾乡朱检讨竹垞录钱编修庸亭所藏本)厘为八卷,与诸同志辨正鱼鲁,缄寄白门,余复与龚主事蘅圃(翔麟)取他本校对,或字句互异,题目迥别,则增入两存之,锓枣以传,可称

善本。继又从戴帅初(表元)、袁清容(桷)集内得送赠序疏与诗,因附刻于后,而其生平约略可见。

这几部南宋人词选和别集,凭借机缘巧合,都在康熙前期的一、二十年时间里密集现身,旋风一样取代了风靡数百年之久的《花间集》、《草堂诗余》。不妨说,从《绝妙好词》中,浙西词人群悟到了南宋词骚雅清空的格调,从而得以摆脱明人淫艳鄙俚的习气;从《乐府补题》中,浙西词人群悟到了比兴寄托、借物言志、借物写心的内蕴,从而得以较彻底地抛弃了明人浅陋滥熟之弊端;(相对而言,浙派这方面的努力稍觉不够,要等到后来常州词派崛起,加以更彻底的补偿。)从《山中白云》中,浙西词人群找到了以境写心骚体词的理想创作标本,从而树立起自己的审美偶像。“不师秦七,不师黄九,倚新声,玉田差近。”(朱彝尊《解佩令》)不过我们有时候真怀疑,如果姜夔的《白石道人歌曲》、周密的《蘋洲渔笛谱》、吴文英的《梦窗词集》等早于《山中白云》出现,朱彝尊及其浙派群雄的填词楷模会不会不是张炎,而另有心仪?不是没有这样的可能。饥不择食,寒不择衣。在词坛群雄争霸、各家各派争相推举自己的精神偶像的关键时刻,再冷静的词人都可能是机会主义者。

毕竟这是一场伟大的胜利。郑卫之音、巴人之唱,终于被宏亮的骚雅旋律压倒。清词在不断寻找、探索和尝试,以至最终完全师法南宋体的过程中,在不断发掘、整理、刊刻,以至倾心追随和摹仿南宋人词选(当然也包括其他唐宋人词选)的过程中,迈出了它的第一大步。

六、常州词派与“花草”的和解

对于南宋体的养分,浙西词派只消化了它的格调,其他重要的营养仓促间都被忽略了。这就给后来的各种流派学说留下了充分的想象空间。

乾隆、嘉庆年间，浙西词派走向式微，常州词派与吴中词派乘势而起，取而代之，成为清代词坛最有影响的另外两大主流派别。晚清岭南词派兼取常、吴二派之长，颇集清词之大成。这些不同的派别，或者消化了南宋体的营养，提出重新否定南宋词，否定南宋人的词选，回到唐五代；或者利用南宋体的营养，放弃崇尚格调，转而寻找韵律声调的学术密码，把自己变成乐工琴师式的行家。

吴中词派较少涉猎对唐宋人词选的整理、消化、利用、发挥。他们更专注于自己的创作实践，更专注于研究词律，刊刻自己的词集。这使我们失去了深入探索这一词派的理由。仅见的少数议论评价，如戈载《宋七家词选》说："（周密）所辑《绝妙好词》，采掇菁华，无非雅音正轨。"对《绝妙好词》给予了较高肯定。常州词派则不同。尽管常州词派第一群体宛邻词人群也很少谈论唐宋人词选，但他们的后继者开始重视古选，把对唐宋人词选评价的拨乱反正作为他们理论建设的重要组成部分。否定浙西词派，必须否定浙西词派的纲领旗帜；否定浙西词派的纲领旗帜，就必须否定浙西词派对《花间集》和《草堂诗余》的否定结论，也就是回归到重新肯定。结果是必然的：在认识、对待和评价唐宋人词选上，常州词派的传人实现了与《花间集》和《草堂诗余》的重新和解。

环顾四周，我们看到，自从朱彝尊痛贬《草堂诗余》以来，《草堂诗余》一书受到了清代词人学者们最无情的奚落，刻本不多，批评不少。试举各家之论于此：先著、程洪《词洁·发凡》推尊《花间集》，说它"诚词家之法物也。"而攻击《草堂诗余》说："《草堂》流传耳目，庸陋取讥，续集尤为无识。"浙派词人郭麐称："《草堂诗余》玉石杂糅，芜陋特甚，近皆知厌弃之矣。然竹垞之论未出以前，诸家颇沿其习。"①丁绍仪指斥该选"鄙秽已甚"，②李佳说该选"所录

① 清·郭麐《灵芬馆词话》卷一。
② 清·丁绍仪《听秋声馆词话》卷七。

皆鄙俚,万不可读",[1]谢章铤目之为"污下选本",[2]词家甚至以"恶札"看待它。晚清词论家陈廷焯指出:"《花间》、《草堂》、《尊前》诸选,背谬不可言矣。所宝在此,词欲不衰得乎?"[3]

失去《草堂》,《花间集》顿时成了词坛上的"孤子"。我们注意到,《花间集》在康熙、乾隆时期虽然不像《草堂诗余》那样陷于万劫不复,但在词坛上的地位和影响力已经大幅下降。乾隆词坛盟主厉鹗并不完全排斥《花间集》。他眼中的《花间集》是另一种骚体词。其《论词绝句》云:"美人香草本《离骚》,俎豆青莲尚未遥。颇爱《花间》肠断句,夜船吹笛雨潇潇。"这比朱彝尊宽容北宋词来得更为智慧,也更为深刻。南宋体把西蜀的宫体曲子词也兼并进来了。

重新接过云间词派话头,高调推尊《花间集》的是阳羡人周济。

周济字保绪,一字介存,号止庵。嘉庆九年(1804)进士。晚年闭门著述,有《晋略》八十卷、《词辨》十卷(残存二卷)、《宋四家词选》,以及《介存斋论词杂著》。周济词学渊源,系通过董晋卿的再传师承张惠言兄弟。《词辨自序》云:"余年十六学为词,甲子始识武进董晋卿。晋卿年少于余,而其词缠绵往复,穷高极深,异乎平时所仿效,心向慕不能已。晋卿为词,师其舅氏张皋文、翰风兄弟。二张辑《词选》而序之,以为词者,意内言外,变风骚人之遗。其叙文旨深词约,渊乎登古作者之堂而进退之矣。……予遂受法晋卿,已而造诣日以异,论说亦互相短长。"

周济的词学理论在消化两宋词人的过程中,经历了多次变化,最后凝定为以周邦彦"浑化"为最高止境。"浑化"这一词学概念,包涵了寄托、醇厚、圆润、天然、真朴等基本要素。往后看,它直接启迪了况周颐的重、拙、大、静、穆之说;往前看,它继承了云间词派对《花

① 清·李佳《左庵词话》卷下。
② 清·谢章铤《赌棋山庄词话》卷十一。
③ 清·陈廷焯《白雨斋词话》卷八。

间》体真性情、纯天籁的崇拜。所以，肯定《花间集》，赞美温庭筠，几乎是没有悬念的选择。他在《介存斋论词杂著》说："飞卿酝酿最深，故其言不怒不慑，备刚柔之气、针缕之密。南宋人始露痕迹。《花间》极有浑厚气象，如飞卿则神理超越，不复可以迹象求矣。然细绎之，正字字有脉络。"重新抬出温庭筠和《花间集》作为偶像，是否与推尊周邦彦的"浑化"能够融为一体，我们不置评论。只是他的"南宋人始露痕迹"云云，口吻太像云间词派了。从词法上肯定《花间》词，与从词品上肯定《花间》体、从词选上肯定《花间集》，显然都不是一回事。

最早为《草堂诗余》辩护，提出重新认识《草堂诗余》的，则是另一位常州词派骨干谭献。谭献字仲修，号复堂，浙江仁和人。曾编选唐宋迄明代词为《复堂词录》十卷，选评清词为《箧中词》九卷，此外还曾评点过周济的《词辨》。其论词推演常州一脉，力尊词体，上溯风骚，主张"作者之用心未必然，而读者之用心何必不然"。比周济"有寄托入，无寄托出"的观点走得更远。其《复堂词话》"衍张茗柯（惠言）、周介存（济）之学"。"遂开近三十年风尚"。后人将他与王鹏运并称为"北王南谭"。

谭献比较推崇《乐府补题》，认为这是一部"别有怀抱"的词选。对康熙以来词坛群起模仿"《补题》体"咏物词，他认为是"巧构形似之言，渐忘古意。竹垞、樊榭不得辞其过。"（见《箧中词》）与谢章铤的观点比较一致。对于《草堂诗余》，他则持有非常强烈的好感和不平。他在《复堂日记》中，几度表达了对《草堂诗余》的肯定，说："村舍点阅《草堂诗余》，拥鼻微吟，竟忘身作催租吏也。《草堂》所录，但芟去柳耆卿、黄山谷、胡浩然、康伯可、僧仲殊诸人恶札，则两宋名章迥句传诵人间者略具。宜其与《花间》并传，未可废也。"又特别强调说："是书人以恶札目之，然去柳、黄、康、胡诸俚词，则名篇秀句大略具在。予欲仿渔洋十种唐诗例，取《花间》、《尊前》、《草堂》、《花庵中兴》、《元儒草堂》，各选删正之。周公谨《绝妙好词》可以孤行，则不措手。"

这是康熙以来非常罕见的声音。谭献当然是对的，倒洗澡水不能连孩子一起倒掉，《草堂诗余》中确实有大量精品，尤其是南宋人的优秀作品，让人爱不释手。不过我们认为，阅读的态度不能代替评价的尺度。这种精选《草堂诗余》的想法，明代词人早就有过，而且还实际选过，张綖的《草堂诗余别录》就是一部《草堂诗余选》。与谭献差不多同时的黄苏所编选的《蓼园词选》，也是一部《草堂诗余选》。他们想到了一起：尽可能一分为二，把原选中应歌的恶俗之词排斥在词选之外，保留其中较好的作品，从而使《草堂诗余》由灰姑娘变成白天鹅，出落为相对高雅的文学读本。这在阅读层面上没有问题，继承任何文化遗产都应该如此。但在词学理论建设上，则没有意义。

我们曾经说，词选史上没有哪一部词选，能够像《草堂诗余》这样优秀和恶俗之间的落差如此巨大（参见本书第六章）。词选本来就是对众多原生态作品的甄别挑选，如果它选成之后还是混乱的原生态，还需要后人重新再挑选一遍才能提供给读者，那它根本就没有完成选择的天职。更何况精选过的《草堂诗余》，就不再是原来市井大众所熟知的《草堂诗余》了，只是另一个以《草堂诗余》为选源的当代读本。去掉了柳永、黄庭坚、胡浩然、康与之、僧仲殊等人作品，《草堂》体就不存在了，《草堂诗余》就不成其为宋人的《草堂诗余》了。准确公正地评价一部词选，我们不能仅仅着眼于它的优秀部分，而忽略其他负面部分（木桶定律的短板），更不能以另一部精选版来替代对它真身的客观评价。

应歌的特殊选型，可以成为宽容《草堂诗余》的理由；但有部分优秀作品，却不能成为赞美这部词选的依据。我们对常州词派的这种和解努力，心存敬意而持保留态度。

七、岭南词人群的辩护

晚清时代剧变，中华帝国日渐衰落。西方文明开始逐渐渗透到政治、文化、经济、风俗等各个方面。我们发现，传统文化的许多方面都在被新异的眼光重新打量，被新异的口吻重新叙述。

况周颐是晚清词学理论大家，其《蕙风词话》论词宗旨主常州词派之说，兼取吴中词派严格律韵之法，同时也不排斥浙西词派对南宋体的憬悟。在评价唐宋人词选上，况氏特重《花间》，称《花间》高绝，至不易学。而对《草堂诗余》情有独钟，有许多溢美之评。

况周颐姊夫之曾大父黄苏，曾经以《草堂诗余》为选源选为《蓼园词选》。该选凡录唐宋词人八十八家，词二百一十三首。况周颐庚申(1920)序，称该选"取材《草堂》，而汰其近俳近俚诸作。"况氏早年曾从该书悟得论词、作词之道，自称《蓼园词选》是"余词之导师"。由于这层关系，他对《草堂诗余》评价很高。况序更论《草堂诗余》云：

> 综观宋以前诸选本，《花间》未易遽学，《花庵》间涉标榜，弁阳翁《绝妙好词》，泰半同时侪辈之作，往往以词存人，或此人别有佳构，翁未及见，而遂阙如。乌在其为黄绢幼妇也。唯《草堂诗余》、《乐府雅词》、《阳春白雪》，较为醇雅。（按况氏亦以醇雅论词选，颇值得注意。）以格调气息言，似乎《草堂》尤胜。中间十之一、二，近俳近俚，为大醇之小疵。自余名章俊语，撰录精审，清雅朗润，最便初学。学之虽不能至，即亦绝无流弊。于性情，于襟抱，不无裨益，不失其为取法乎上也。

以醇雅格调推崇《草堂诗余》，而且说有益于读者的性情襟抱，让我们大跌眼镜，有一种不知从何说起的感觉。它与我们对该词选的检测结论完全不吻合，也与清代中叶以前大多数词论家们的议论判断不吻合。我们承认，况周颐是晚近词坛的大家，一生致力于词的创作和研究，对词史和词学批评史作出了重要贡献。但他的眼光再独到，理论再新颖，都不应该与历史事实不符。说实话,这些辩护与我们所观察到的事实完全相矛盾,是我们所无法接受的。建议初学者从《草堂诗余》入手,也特别值得商榷。

之所以况氏会作出这样看上去显得外行的惊人之语,我们分析,可能是《草堂诗余》中的部分优秀作品曾经滋润启发过他的早年论词和创作,况氏对此记忆犹新,深有感悟。他对于启蒙者的赞美和感激,对于自身学词经历的肯定,是可以理解的。但由于这样的因素而影响对《草堂诗余》的公正评价,我们则难以附和。我们猜测他会不会与谭献一样,都是以局部完美的判断,遮蔽和替代了整体的判断,从而看到了一个美仑美奂的《草堂诗余》。是不是那些早期应歌的质朴之唱,那些南宋中兴词人的纪实抒愤,打动了这位清末遗老的苍凉的心。

况周颐和王鹏运以重、拙、大论《花间集》,观点更加惊世骇俗。

《蕙风词话》卷二说:"词有穆之一境,静而兼厚、重、大也。淡而穆不易,浓而穆更难。知此,可以读《花间集》。"他又特别举例说:

> 《花间集》欧阳炯《浣溪沙》云:"兰麝细香闻喘息,绮罗纤缕见肌肤,此时还恨薄情无?"自有艳词以来,殆莫艳于此矣。半塘僧鹜(王鹏运)曰:"奚翅艳而已,直是大且重。"苟无《花间》词笔,孰敢为斯语者?

这是词学批评史上最令人尴尬的举例。欧阳炯描写男女交媾行为的词,那么淫亵放纵,那么毫无顾忌,却突然被人发现是又大,又重,又静,又穆。这是什么眼光?这又是什么词学理论?有些研究词学批评史的学者勉强解释说:"从某种角度讲,一是相思离别本来就是词的大题材,久别乍见之时,以闺帏中的性爱场面写其深情,不失为大题材的重笔;二是常州词派以比兴寄托论词,多以《花间》词有寄托，可从男女艳情通之于主臣关系。”①

纯粹为了照顾大师情面，我们拒绝这种圆场。我们看到的只是大胆和直接，不是阔大和厚重，更没有什么君臣隐喻。王鹏运、况周颐的想象太丰富了。读者之用心再“何必不然”，也不能这么随意地联想发挥。读词必须尊重历史，必须尊重词和词选产生的社会生态事实。如果欧阳炯像司马光、苏轼那样为人端正，是文坛圣人，也许我们会相信这种分析。偏偏欧阳炯像西蜀大多数词人一样，放浪无检束，士行有缺。我们观察到，明人崇拜《花间》，是冒着宁为大雅罪人的堕落风险，来放纵游戏其间的；晚清岭南词人群崇拜《花间》，却是把它当作静穆、厚重、高大、朴拙的完美神祇，虔诚惶恐地祭拜。同样一部《花间集》，明人看到的是“艳”，浙派看到的是“淫”，王鹏运和况周颐看到的是“圣”。这是词史上多么罕见又多么有意思的奇特场景。

传说宋儒程颢、程颐赴宴，席间有歌妓佐酒，程颐拂袖而去。次日兄弟相见，程颐仍然面有怒色。程颢平静地说：“昨夜座中有妓而我心中无妓；今日书斋无妓，而你心中有妓。”这段野史给了我们一种解释：王鹏运、况周颐心中充满了拙重大，所见无非拙重大。再香艳的《花间》、再俚俗的《草堂》，也都是拙重大，都是情人眼里出西施。他们的理论是受人尊敬的，无可指责。但过于主观地举例解释，就不能称作历史的、客观的评价了。他们只是在让古人为自己说话，在“利用”词选，“利用”古人的作品。所以我们强烈建议，应该把他们的词学理论和他们对词选的历史评价，分开来对待。

我们的理解是，岭南词人群倡言拙重大，推尊“花草”，是词史上的第三次复雅运动。它的本质与南渡以来宋人的努力、清初以来阳羡、浙西、常州各派的努力，没有什么区别。不同的只是途

---

① 见方智范、邓乔彬、周圣伟、高建中《中国古典词学理论史》。

径:南宋的第一次复雅运动是以复雅的观念、拟骚的体式来纠正词的品格,以尊词体。我们把这种模式称为“尊体复雅”;阳羡、浙西、常州各派的第二次复雅运动,是各选不同的源范式作家为标准模版,来替代纤弱萎靡的末流,以尊词体。我们把它称为“尊偶复雅”;岭南词人群的复雅则是彻底否定词体的“原罪”和先天性别,来尊词体。他们不承认曲子词本来就小,不承认曲子词必须玲珑精致,也不承认曲子词天性轻盈、轻浮、轻松,他们认为词的最高境界恰恰是这些原罪的反面:重、拙、大、穆,才是真正的绝妙好词。这是一种非常现代的艺术眼光,是一场彻底的颠覆。必须承认,汉魏以前的诗歌、书法、雕刻等各种艺术,都有一种雄浑质朴、粗拙真率的天然本色。而唐宋以后无论是诗文、词曲、书画,还是雕塑、园林、戏剧,都越来越趋于精致玲珑,追求文人士大夫的雕琢把玩情趣,而越来越多地失去天然真率、雄浑阔大的气象。这几乎是各种艺术门类进化的共同规律。岭南词派追求返朴归真,应该说把握到了艺术规律的本质。勉强为这种模式命名,可以称之为“尊源复雅”。

可惜,在他们那个时代,没有更多的唐代民间曲子词出土,《云谣集》还没有来得及赶到。甚至词史上还没有人有意识地如此创作。单亲家族的曲子词史上,根本找不到他们所需要的这种标准件样品。仓促中,他们一次次传唤错了证人。

这些挺身而出的辩护,是否与晚近以来风会转移有关,我们还提不出更多的证据。晚近以来,西方文化观念影响到中国学术界,出现了越来越尊崇民间草野、贬抑文人士大夫主流的新文化价值观。通俗文学的身价日益看涨,许多过去被人看不起的庸俗鄙俚文学、淫艳滑稽作品,开始得到大赦,有了重新评价。朱祖谋当初读到唐人最俚俗粗鄙的《云谣集》后,没有一点鄙夷看不起,相反却兴奋地说:“其为词朴拙可喜,洵倚声中椎轮大辂。”[①]表现

---

① 清・朱祖谋《彊村遗书》本《云谣集杂曲子》跋。

出一种开明的现代的新学术眼光。这是应该予以充分肯定的。

与“花草”的命运相反，《绝妙好词》在清末则遇到了质疑。我们没有忘记，浙西词派始终将它视作“词家之准的”，作为南宋词的典范代表加以鼎礼膜拜和效仿。甚至四库馆臣的评价也明显受到浙派宗风的影响，对《绝妙好词》有“去取谨严，犹在曾慥《乐府雅词》、黄昇《花庵词选》之上”，“于词选中最为善本”的议论。

常州词派登上词坛之后，即开始竭力排挤《绝妙好词》，指责其缺陷。与张惠言同时代、同样为经学家的焦循在《雕菰楼词话》中就说：“周密《绝妙好词》所选，皆同于己者，一味轻柔润腻而已。黄玉林《花庵绝妙词选》不名一家，其中如刘克庄诸作，磊落抑塞，真气百倍，非白石、玉田辈所能到。可知南宋人词，不尽草窗一派也。”这是清人论宋人词选的议论中，不分选型而强分高低的典型言论。其意所在，不仅要伐倒《绝妙好词》这杆大旗，而且欲以辛、刘、陆、蒋的豪放伟唱，取代姜、史、王、张的清空雅歌。从而改变康熙以来词家所构建的“南宋词”体系和概念。陈廷焯《白雨斋词话》卷二也批评说：“草窗《绝妙好词》之选，并不能强人意。当是局于一时闻见，即行采入，未窥各人全豹耳。不得以草窗所辑一概尊之。”这些批评，都有自己的角度，自己的理由，但也都是一家之说而已，不能成为定论。

王国维是旧文化的守墓人，也是新潮流的先行者。有意思的是，他对南宋词有一种固执的偏见，也痛贬《绝妙好词》而抬高《草堂诗余》。他说：“自竹垞痛贬《草堂诗余》，而推《绝妙好词》，后人群附和之。不知《草堂诗余》虽有亵诨之作，然佳词恒得十之六、七。《绝妙好词》则除张、范、辛、刘诸家外，十之八、九，皆极无聊赖之词。古人云：小好小惭，大好大惭，洵非虚语。”①

显然这是非常叛逆的评价，完全倒转了前人的看法，价值取

---

① 清·王国维《人间词话删稿》。

向有些偏激。《绝妙好词》和《草堂诗余》既然都有部分佳作、部分劣作，凭什么尊彼贬此？凭优劣的比例还是亵诨无聊的程度？他的重视民间真率天然，厌恶士大夫词人的精雕细刻，与岭南群贤的审美观念完全一样。但矫枉过正了。我们对王国维的学术成就怀有深深的敬意，同样对大师的偏激也怀有疑虑，心有不安。不知道这是他激愤的辩护，还是冷静的公论。也许，他从《人间词话》中删掉了这段文字，将之列入《删稿》，自己也觉得还需要斟酌？

八、深刻与偏执并存的清代传播

（一）传播的深刻

叙述罢清代纷繁的争议，我们有无尽的感慨。

清代词人的智慧和深刻，在于他们意识到：词选不仅仅是一种文学读本。他们更多地把词选理解为对历史的话语权，和对现实词坛的权威裁断。在他们的潜意识中，词选不啻词坛分疆裂土的文本宣言、词史认祖攀亲的宗谱凭据、词派缔约结党的群体纲领。对于词人们来说，它们又是辨别众多不同族群和流派的语言系统，是确认自己血缘归属和身份的标识。没有词选的词坛，就像没有宗教的社会，没有宪法的国家，无法想象。

抱守着这种清晰而深沉的想法，清代词人们普遍以狂热的态度传播和消化着唐宋人的词选，同时又以更加狂热的态度，不断地重新选词、重新评词、重新刻词：选前代词人词作以表明自己的审美理想，每一个群体都自视为词家的太史公，忙着给历史下最后的结论；选当代词人词作以划定彼此的宗派疆域，把众多词人变为自己麾下的臣民。

清代词坛不同于前代的最大特点之一，就是这种对词选的高度迷信和倚赖。这大概要归功于朱彝尊及其党人们的成功示范。他们对于词籍的寻寻觅觅，对于词选的仰仗利用，不仅大获成功，而且强烈刺激了后来人的想象力。清初顺治、康熙年间，环太湖地区的各词人群纷纷设坛祭祖，打出自己的地域宗派旗帜，选词为集成为非常流行的词学工程。浙西词人群不是首开风气者，却是其中的表现最杰出者。我们看到，几乎所有的清代词人群和词派，都在从事前代词选的咀嚼消化，或者自家词选的刻意经营。没有谁忽视词选，没有谁再把词选当作乐工歌妓的事情，当作不入流文人的琐屑工作。与之相比，北宋前期的公卿巨儒们对于词选的漠视和麻木，是多么地浅陋，多么地缺乏悟性。应该说，在传播消化古选、创新再造新选的两条战线上，清代词人都交出了前所未有的出色答卷；更应该说，在选词和作词两大领域中，清代词人的表现也都是绝对一流的。

这也意味着，唐宋人词选成功地影响了整个清代词坛。不仅传唱，而且订谱。不仅阅读，而且存史。不仅开宗派，而且立法度。实现了它们的价值最大化和多元化。无论是消极负面的词学遗产，还是积极正面的词学遗产，它们都构成了几十万首清词这座庞大金字塔的厚重基石。

同时我们也清醒地看到：清代词人的这种深刻是一种“总和深刻”。借用前人术语，它如同七宝楼台，碎拆下来不成片段。每一个词坛流派、每一个词人群体，或多或少都固执己见，充满了自负和偏执。他们在传播和解读唐宋人词选的时候，经常从某一角度出发，为了建立自己的宗派理论，一味放大自己所需要的局部真理，而忽略和舍弃了其他真理。否定和推翻前派，成为新派政变上台的固定模式，全然没有兼存交融、互相取长补短的宽厚胸怀，造成各种词派之间总是刀兵相见，水火不容。不同的概念术语争来争去，不同的观点结论各说各话，常常不在同一个语境下对话交锋，给人以超时空的幻觉。

为这些流派的争执辨析梳理时，我们经常会问自己：这些错综复杂的争论真的有对错是非吗？它们是不是一场场清官难断的家务纠纷？也许核查每一宗冤案，给出每一个公正的判决，超出了我们的能力范围。也许，这样的细节普查和纠纷调停根本不重要，也无法做到完全公正。也许，丰富的词学理论、深刻的词学史观就在这些混乱无谓的争吵声中，一点点、一层层地积累起来。谁能断言它们没有意义呢？

（二）传播的偏执

正像词选在选型上有选史和选派之分一样，词选在清代的传播，竟然也有“史传播”和“派传播”之分。传播者为了保存历史完整面貌，不偏不倚，不以一己之喜好轩轾古人，褒贬古选，愿做曲子词史的司马迁，是“史传播”。传播者为了开创新的词坛流派，伐倒对手的理论大旗，力主一家之说，发挥和放大词学局部真理，按照自己的审美标准进行选择性评价，是“派传播”。

我们所观察到的清代传播，大多数是这类抱有主观倾向的“派传播”。在这种情况下，要写唐宋人词选史，要给唐宋人词选下客观公正的结论，我们必须听完原告再听被告，把辩护、主张、动机、起因放在一起审理。清人对唐宋人词选的批评讨论，经常会出现以下几种偏向，需要我们在审理讨论中予以警惕。

第一，批评对象的身份混淆。对唐宋人词选或褒或贬的种种争论，无论哪一派、哪一家，大多缺乏选型意识，很少考虑到它们选型上的彼此差异，相互之间存在不可比性。《绝妙好词》原为选派之什。在宗派门户之争中或浮或沉，被喜爱被抛弃，当然无可厚非。而《草堂诗余》本来出于书坊之手，是面向市井大众的唱本型词选，数百年之下竟然时而被尊为圣经法典，时而被斥为丑陋垃圾，作为《绝妙好词》的对立面历尽荣辱。选歌与选派被放在同一标准尺度下，加以衡量比较。你拿你的尺子，我拿我的秤杆，他拿他的斗觚，非要决出双方高下。其情形，就像强行让女子体操运动员与男子举重运动员同台较量一样。

焦循《雕菰楼词话》让不同的选型相互较量，陈廷焯《白雨斋词话》、王国维《人间词话》用自己的审美标准衡量古选的选词质量，都值得重新商榷。当然，你可以说“作者之用心未必然，读者之用心何必不然”。从接受美学的角度说，创造性的错误解读也是合理的，也有积极作用。但作为客观的学术判断，作为对一部词选的结论性的历史评价，这些不分选型的盲目指责，就显得不够厚道了。

第二，批评者的身份混淆。清人对于唐宋人词选的开发、研玩、探讨、评价，大多带有浓厚的创作实用主义和宗派门户之见，没有抱客观公允的历史态度，平心静气讨论它们的是非得失。在上面的例子中，显然，《绝妙好词》和《草堂诗余》都被"利用"了。利用可以，但不要影响对它们本身的客观评价。评价明词好不好，浙西词派好不好，与评价《草堂诗余》、《绝妙好词》好不好，是完全不同的两件事情。可这些君子们在每一场争执中，都代表着各自的山头宗派，扮演不同流派的代言人。没有谁能够超越自身宗派利益，公正地谈论历史。没有谁愿意做司马迁，站在无关派别主张的中立席上，不动声色地审察评价唐宋人词选。他们总是既要当选手，又要当裁判。每一派站出来都是原告，一边在法庭上慷慨陈词，一边又试图当最终的裁决法官。

中国传统文化的规矩是，本朝人不能编写本朝历史。只有等到这个朝代灭亡之后，下一个朝代的人们才有权来撰写它的历史。因为历史必须将话语权赋予局外人，不管是朝代的局外人，还是地域的局外人，还是宗派的局外人。词史也应该如此。任何词人尽可以研究评价和解读利用前代的词人词选，但只要他成为词人群流派的代言人，所有陈述就只能是一家之说，只能是一派之见，而不构成天下公论。公正的叙述必须集合所有的这些各家之说，各派之见，才能最后得出。谁也不能成为观点的霸主。

第三，敌友是非的判断混淆。流派更替是另一种形式的朝代更替。改朝换代，构成历史。流派更迭，构成词史。在谈论流派时我们是否意识到：流派的敌意和偏激常常让我们模糊是非，意气用事之下作出许多误断，看错了敌人，走失了朋友，从而失去与古人的结缘。

浙派是令人敬重的。他们具备一种拓荒者的牺牲精神，更有一种开创大局面的气魄。这也与大清帝国初期的开阔气象有关。

相比之下，常州词派和吴中词派要局促得多，多少给人一种固执己见的印象。手笔较小，心胸较窄。这不是抱有偏见。举例来说，就常州词派的宗派理论而言，《绝妙好词》也崇尚比兴寄托、以词言品、抒写襟抱、重视立意。常州派的取法追求，本质也在此。但由于此选是浙派的旗帜，不砍伐无以另立门户。故这样一部未必不是常州派佳选的词选，终于不得不随浙派末流一起，无可奈何花落去。甚至像《乐府补题》这样一部完全符合常州词派理论的选本，也被毫无道理地冷落在一旁。不是追求“意内言外”吗？不是标举“比兴寄托”吗？《乐府补题》咏物词就是他们一直在寻找的最完美的寄托样板。为什么它就不能成为常州词派的宗法代言人呢？就因为它曾经被浙派染指，就因为它没有等到常州派崛起之时才被“发现”，被刊刻，被鼓吹？所以必须冷落它，淡化它，楚河汉界划清关系，而去另外找一个风流士子温庭筠的香艳词来附会胡扯？这也太不公平了罢。开宗立派哪能这么意气用事，哪能这么不顾事实呢？

历史总是令人叹息。唐宋人词选中，胜过《草堂诗余》的选本还很多，但人们最关心、最感兴趣的，绕来绕去总是这三两部词选。像《花庵词选》、《阳春白雪》、《名儒草堂诗余》这样一些质量还比较高的选本，就很少有人提起。论质量，它们也都选有大量好词。差不到哪里去；论弊病，它们都不像《草堂诗余》那样明显，小疵不掩大雅。可就是没有人来关心它们，给它们捧场。是它们选得太多太满，还是它们选得太平衡、太没有特点？不知道。

古人感慨说：“使李将军遇高皇帝，万户侯何足道哉。”词选的遇和不遇，也常常和人的命运一样，有说不清的历史因缘。

第十章　唐宋人词选的终结陈词

在结束本书的叙述之前,我们略作几点最后的陈述。

唐宋词流传至今的作品,总数约为二万三千七百五十多首。仅宋代可考的词人,就有一千四百多家,作品二万一千多首。作为最重要的载体之一,历代词选尤其是唐宋人的词选起到了极其重要的作用。它们及时收拾,及时筛选,反复斟酌消化,为后人保存下来了大量珍贵的词人词作。

唐宋词的创作总量究竟曾经有多少,也许将永远是一个谜。今存的这两万多首,占总量的百分之多少,也就是保存的成功率究竟多高,是一个我们渴望知道却又无法精确评估的指标。不过有一点是肯定的:对照清代词选的数量和作品保存情况,我们认为唐宋时代的作品保存率是比较低、比较原始的。我们现在能够看到和知道的全部唐宋人所选的词选,数量只有寥寥三十种。这个数字实在是太少了。明代人毛晋曾经提到,宋元时代的词选有近百部。不管怎么说,对于一个将近四百年的曲子词狂欢时代,几十部词选算什么呢?有三四百部词选来拥抱它们,收养它们,赞美它们,一点也不为过。

清代的词人多么智慧,多么精明。他们普遍有一种颗粒归仓的意识。据估计,清代保留下来的词人和词作,大概都是宋代的十倍以上。清词的大繁荣,与清代词人们热衷于选词、刻词的贡献是分不开的。许多偶然作词、作品只有一首、两首的作家,他们不可能专门去刻印自己的词集;一些三流、四流词人的作品,也很少有别集流传,这些词人词作,没有词选去宽容地接收他们,是很难流传下来的。唐宋人在这一点上,远远比不上他们的子孙聪明。由于时代较早,由于忙于创作上的探索,由于印刷术的不够广泛普及,也由于读者消费群还没有发育成熟,唐宋词选的这种稀疏和慵懒,这种低效率、低生育率,完全可以理解。

唐宋词的流传史上,曾经有过两次重大的作品丢失。一次是鲖阳居士的大型词总集《复雅歌词》的丢失,另一次是南宋修内司刊刻的大型词总集《混成集》的丢失。它们造成的作品数量损失是惊人的。除了这些损失,南宋书坊曾经几度刻印过大型词人别集丛刻,也都散失了。这是历史的无奈。但它们毕竟是收拾起来之后丢失的。对于一个伟大时代来说,缺少几百部词选的在场,缺少几百双眼睛的审视捕捉,缺少几百双手的及时辑录抄藏,所造成的数量损失,恐怕要远远大于这些词别集、词总集的失传。我们所面对的残酷事实是:宋词大丰收了,可远远没有颗粒归仓。

词选当然是它们的时代造就的。时代物色自己的代言人,代言人创造那个时代的词选。作为直接的缔造者,这些代言人对于词选来说太重要了。

他们是谁?他们会赐予选本以怎样的美貌和命运?纵观历代选词者,我们初步认为:非词人是不适合选词的。像身居高位的宫廷贵族、考虑销售赚钱的书坊商人、发起组织选词徒挂虚名的皇上等等,最好不要染指。他们身在词坛之外,不了解词坛创作的情况,也不熟悉哪些词人有哪些代表作,哪些该选哪些不该选,更缺乏填词专业的训练和理论眼光。词人也并不是全都适合选词。过于极端的词人,如北宋的俚俗滑稽词人喜欢恶搞笑谑,插科打诨,缺乏正规的艺术感觉,就不适合选词。社会口碑较差、读者可能产生抵触情绪的一些词人,如万俟咏、曹组、刘过等,也不适合选词。除此之外,生活节奏过于忙碌、行踪漂泊不安定、家庭经济条件过于贫穷、性格孤僻交游狭窄的词人,都不太适合选词。勉强从事选词,都会因为家藏书太少、空闲时间太少、商榷协助者太少,而无法选出高质量的词选。一个很好的反证是:清代初年,朱彝尊非常想选一部优秀的历代词选。当时他游幕于曹溶幕府中,比较悠闲,又有朋友汪森等人的鼎力相助,前后花费了漫长的八年时间,最后终于选成了质量较高的浙派旗帜之选《词综》。朱彝尊唯一的劣势是家境贫穷,但他成功地使用了乡前辈恩师曹溶家所收藏的大量词籍文献,以及结交的词友们广泛搜集所得。我们的评估结果是,在已知的唐宋选词家中,曾慥和黄大舆是比较不适合选词的,周密的条件最优裕,最适合从事选词。

唐宋选词者生活状态评估表

编选者	赵崇祚	黄大舆	曾　慥	黄　昇	赵闻礼	周　密
基本身份	贵族公子	一般士子	财政官员	**江湖士子**	**江湖士子**	**贵介清客**
选词时出处		**闲居中**	地方官任上	草野	草野	**湖山隐居**
政坛地位	高	很低	较高	很低	很低	较低
才学			**较博学**	**较博学**		**博雅多才**
经济状况	**阔绰**	拮据	宽裕	拮据	拮据	**阔绰**
藏书量		一般	**较丰富**	**较丰富**		**宏富**
性情			性急贪名			善谈笑 性刚直
交游面	**较广**	较狭窄	一般	一般	一般	**宽广**
时誉			屡遭弹劾			有清誉
选词功利目的	**无**	**无**	疑有	疑有	疑有	**无**
有无干谒行为	无			有	有	无
生活安定程度	**悠闲**	**悠闲**	忙碌	常奔波	常奔波	**悠闲**
著述多寡			**极多**	有诗词集	有诗词集	**极多**
群体讲论		无	无	无	无	**经常**
唱和	无	少	少	少	少	**非常多**
词坛地位		低	一般	低	低	**很高**
选词时年龄段		中年	约50余岁	中年		**晚年**
条件综合评估	部分有利	较不适合	不适合	条件一般	条件一般	非常适合

黑体字者为选词优势因素

我们惋惜地看到，许多条件非常优越的词人，错过了选词的机会，没有为后世留下他们的词选。我们多么盼望像晏殊、苏轼、姜夔这样的一流词人能够出现在选坛上。他们都有崇高的词坛地位，都有大量的悠闲时间，都有众多的词坛朋友和唱和作品，更有他们独到的艺术眼光和独创的艺术风格。他们是词人群的领袖，至少也接近群体核心人物。可惜，他们始终没有出手。我们曾经说过，期望一流的大词人选词，是不切实际的奢望。但作为后人，作为读者，我们无法不这样梦想。苏轼唯一的不利因素是一生东奔西走，较少稳定地隐居在一个地方。姜夔唯一的不利因素是家境比较贫穷，常年飘零东南。这都是很容易解决的障碍。如果他们出手选词，中国的曲子词史将完全不是我们今天所看到的样子。这几乎是可以完全肯定的。也许是他们的生活不尽如人意，也许是他们太忙于自己的诗词创作，并不看重选词刻词，也许是他们从内心深处根本就看不起选词。结果，不是他们错过了选词，而是词选和词史错过了它们最伟大的选手。

不仅如此，我们还遗憾地看到，唐宋时代本来注定应该出现的几部词选，却始终没有出现。一千多位词人忙于填词，却极少有人分出精力，去回顾刚刚走过的词坛，及时收拾散落遍地的作品。我们本来应该拥有一部完整的南唐词选。不管它是应歌的，还是存史的，还是漫录的。至少，它将为我们讲述一个完整的南唐词坛，保留一份南唐词人群的清单。有了它，我们今天对南唐词坛的了解，决不至于如此单薄浅陋，南唐词人群决不至于只有今天所能看到的三五位词人。这个责任，也许不应该归咎于李后主，论身份、地位、才华，冯延巳都是最合适的人选。可惜他没有活到入宋以后，来不及回头再看一眼他所熟悉的南唐词坛。同样，十国中的吴越国也没有人挺身而出，选出一部吴越词选来。音乐歌舞那么发达的地区，生活那么富裕香软的水乡泽国，前后那么长的割据时间，五主八十余年的国祚，怎么可能没有人填词传唱呢？《湘山野录》和《后山居士诗话》都记载钱俶曾经写过曲子词。钱俶父子与南唐李璟父子极为相似。清人李调元辑录《全五代诗》,收录到大量的吴越诗人及其作品,这些诗人都不写曲子词吗？蜀中能选出《花间集》,金陵、钱塘就选不出来,怎么可能呢？

再往后,我们还应该拥有一部大晟词选。这既与战乱有关也与战乱没有直接关系。靖康之乱造成了大晟府词人群提前解体,这一词人群体本该延续更长时间,产生更多作品,却突然间被匆匆画上了句号。南渡后鲖阳居士所编选的大型词总集《复雅歌词》,附录了许多北宋的音律宫调资料,似乎有大晟词人群的愿望背景。但它选词多达四千三百多首,是一部唐五代北宋全景式的词选,而不是专选大晟词人群作品的词选。至于南宋灭亡以后,宋遗民们应该整理编选出一部卷帙浩瀚的大型词总集来,对整个宋代进行一次总结性观礼,就更是我们所不敢梦想的了。

除了群体和时代需要自己的词选之外,词体也需要自己的词选。理想的结果是:每一种源范式都有一部属于自己的选派词选(或具有选派功能的词选)。但唐宋选坛的实际情况却与美好的理想相差很远。飞卿体幸运地拥有一部《花间集》,得以纵横天下。白石体和东坡体也比较幸运,拥有一部《绝妙好词》。尽管该选在元明两代流传不广,也算身有所托。《阳春白雪》也许可以勉强看作是清真体的代言人(选周邦彦词最多),也许根本不配,但至少《草堂诗余》和《绝妙好词》中都有清真体的绰约风姿。唯独稼轩的英雄体,竟然从没有一部词选前来喝彩,前来推波助澜,不免让人大失所望。不是我们故意与历史计较,有词选代言的源范式,与没有词选代言的源范式,在后代传播过程中被复制、放大、重组的机遇概率,是完全不一样的。我们惋惜地看到,在五种唐宋人源范式中,只有稼轩体在元明清人的传播复制过程中,没有得到词学理论上的总结升华。

今人举天下而选一人(总统),古人为一人而选天下(选妃)。选美,这个古老的群众运动正在成为当下中国最流行的娱乐产业。选词很像选美。优秀的、漂亮的作品总是容易被众多选家看中，而普通的、较差的作品被挑中的机会总是很少。这也是一种物竞天择，优胜劣汰。唐宋人选唐宋词，和元明清人选唐宋词，理论上说没有什么区别，都是历史对作品的挑选，社会对作品的消费。是一轮又一轮的选美大赛。历史假借不同的手，有些假借词人诗人，有些假借商贾官员，有些假借市井百姓，有些假借皇家翰林，寻寻觅觅，挑挑拣拣，由此产生形形色色的入围花名册：词选。入选者喜气洋洋，落选者灰头土脸。每一个时代、每一场选美都有幸运者和落榜者。幸运者在下一场选美中机会概率更高，落榜者在下一场选美中机会概率更低。既然是随机的、开放的自由挑选，这其中必然存在现代市场概念中的所谓"马太效应"。

《圣经》中曾经写道："凡是富有的，还要再给他让他更多；凡是贫困的，连他那点所有也要夺走，让他更少。"（马太福音第二十五章）一九七三年，美国科学史研究者罗伯特·莫顿（Robert K. Merton）引用这句话来概括一种社会现象，把它命名为"马太效应"。莫顿也许没有读过老子，不知道两千多年前中国的智者也说过同样的话，叫做"天之道，损有余补不足，人之道则不然，损不足而奉有余"（《道德经》）。后来的经济学家们用"马太效应"来描述市场逐渐被巨头垄断，形成赢家通吃的现象。在任何市场领域，强者总是会越来越强，弱者总是会越来越弱。中间不断被稀释，两极不断被放大，最后两极分化不可避免。

唐宋词在后世，就遭遇了这种"马太效应"式的两极分化。部分优秀作品被千百遍地刊刻、选录、点评、传唱、摹仿、神化，而大量的普通作品，则越来越受到冷落，越来越鲜为人知。从明代到清代、近代、现代，这种热者越热、冷者越冷的贫富差距正在不断拉大。理论上说，受欢迎的作品，和一般常见的作品、不受欢迎的作品、被淘汰的作品，应该大致有一个合理比例。总是有一些人喜欢这类作品，一些人喜欢那类作品。一味追逐热门流行，而忽视其他大量的普通作品，由此形成两极分化，不是一种正常的分布结构。可惜的是，流行就是这样冲动无知，就是这样嫌贫爱富。

有鉴于此，我们特别看重学者和选家的使命。他们不仅要顺应社会需求而传播，更要不断寻找和平衡传播热点，努力降低传播过程中过于贫富分化的基尼指数。眼光比学问重要，胆略又比眼光更重要。选词的最高境界，一定会叩问我们的文化良知。

很显然，唐宋人的词选也遭遇了这种"马太效应"。《花间集》和《草堂诗余》构成强者越强、热者越热的一极；其他词选则构成越来越无人理睬的另一极。即使在清代，"花草"遭遇到了最严厉的抨击，仍然有大量的词话批评在关注它们，讨论它们，被它们纠缠而不能摆脱。浙西词派与《草堂诗余》的争斗固不必说，云间词派的叛逆，常州词派的指出向上一路，岭南词人群的强词辩护，都被深深套牢在《花间集》的温柔乡里。捧它们是热，骂它们也是热；追随它们是受影响，背叛它们也是受影响。总之话题被它们垄断了，思维被它们钳制了。相比较之下，《尊前集》、《金奁集》、《梅苑》、《乐府雅词》、《花庵词选》、《名儒草堂诗余》、《中州乐府》这些词选像被冷落的可怜宫女，门前冷落鞍马稀，很少有人讨论它们。随着时间的推移，越人老珠黄越没有人理睬，越没有人理睬越黯淡模糊，越容易失去再版刊刻的机会。

帕累托定律流行量测值表

测算口径	现存量	流行量	最热门量（叠加最大值）	最热门量（叠加最小值）
全部唐五代词人	170 余家	约 34 家	10 家	7 家
全部唐五代词	2700 余首	约 540 首	162 首	108 首
全部宋代词人	1422 家	约 280 家	85 家	57 家
全部宋代词	21055 首	约 4200 首	1263 首	842 首
已知唐宋人词选	30 部	6 部	2 部	1 部
今存唐宋人词选	13 部	2 部	——	——

采用帕累托定律进行流行量计算，理论上说，我们只能拥有一小部分最流行的词人、最流行的作品、最流行的词选。按照今

存的词人、词作总数进行缩量推算，今天我们只能熟知六十家到八十家左右的宋代词人，熟知八百首到一千二百首左右的宋词，也就是一部《花庵词选》的容量。按照今天已知的所有唐宋人词选三十部计算，最多只能有六部词选会比较流行，而大热门的词选只能有两部。如果按照今天保存下来的唐宋人词选十三部计算，则最多只能有两部词选比较流行。这也许就是天意了：《花间集》和《草堂诗余》大红大紫，最终验证了帕累托的预言。流传影响稍微大一些的《绝妙好词》、《乐府补题》、《花庵词选》、《乐府雅词》，加上"花草"二选，六部词选凑成了比较流行的份额。

根据今天流传下来的唐宋人词选，我们统计平均后，可以建立起一个虚拟的标准唐宋人词选：这部虚拟词选的卷帙为八卷，大约唐五代和北宋四卷，南宋四卷。选录词人共八十家，入选作品六百九十首。平均每家八首至九首。

对照帕累托流行量的测算结果，这个虚拟词选的词人数量(80)与帕氏法测算的数量范围(64—95)相当吻合，而且恰巧就落在这个范围的平均值(79.5)附近。这种高度吻合的结果令人惊讶。说明该选的它们都选到了，天下人挑选的它们也挑选了。一千年漫长历史的自然淘汰率，与四百年唐宋人词选的取舍保存率完全一致。可以说选人的使命，唐宋人词选没有辜负。

相比之下，唐宋人词选的入选作品数量(690)则与帕氏法测算的最小值(950)相差很远，更不要说最大值(1425)了。这说明唐宋人选词的"供血量"严重不足，流行作品中的三分之一甚至二分之一都没有选到，都是靠词选之外的别集、丛刻、传唱、题壁等其他载体，在社会上流行。即使把已经失传的两种大型词选的因素考虑进去，唐宋时代的选家们也没有充分行使历史赋予他们的选词使命。作为旁证，唐宋词人今存的作品，共计 23750 多首，已知词人 1590 多家，平均每位词人拥有十五首词。而唐宋人词选平均每位词人只选八到九首。唐宋人词选的选人比(从 1590 多家中挑选 80 家)为 5.03%，而选词比(从 23750 多首中挑选 690

首)只有 2.90%。与选人量的精准到位相比,唐宋人词选在选词量上如此不足,令人叹息。这也许要归咎于大型词选的失传,或者中小型词选过多,存史的大型词选过少。但是不是也有选词过于拘谨,过于挑剔,对于不能应歌、不合审美的作品往往视而不见、见而不采?是不是也有认为曲子词过于轻佻、游戏之作不值得认真收拾的心态?是不是选词者们普遍存在视野不够开阔、交际不够广泛、藏书不够丰富、交换不够充分的问题,由于书坊催促、干谒需要或其他原因,而仓促出手选词?倘能起古人于地下,这些都是需要再三追问的历史细节。

传播讲究天时地利人和,选词也是。选词在时机把握上存在两难处境:一方面,越是离作品创作出来的时间近,越容易采集到真实、丰富的作品,甚至还能够与原作者接触,询问了解作品的本事和缘由,抢到第一落点。这时候文献资料散失较少,选择起来难度也较小。相反,越是离创作出来的时间久远,尤其隔朝代而选,跨地区而选,真实资料越不容易找到,作品面貌越容易失真,词坛动态和创作细节也越不容易掌握。另一方面,越是离创作出来的时间近,选择者越看不准作品得失、水平高下,越看不准这一词人与其他词人的优势劣势差别,看不准他究竟属于哪家宗派、哪个群体、哪路家法。越是离创作出来的时间久远,我们的视野会变得越宽阔,参照系也越多,词人相互之间的关系、前代后代的承接沿袭变化,都历历在目,整个词坛一目了然,谁也无法欺骗我们的判断。早选还是晚选,快选还是慢选,就看不同编选者的造化了。

在唐宋人的词选中,有选同时代的,如《花间集》和《乐府补题》。有选前代的,如《尊前集》、《唐宋诸贤绝妙词选》。如果选者跨代选词,从遥远的过去一直选到当代时贤,他就同时具备了早选和晚选两种方式的利弊。对于隔代的选择,他是晚选慢选;对于当代本朝,他又是早选快选。黄昇的《花庵词选》就是这样的一个例子。周密《绝妙好词》略于远而详于近,严于远而宽于近,特重当代和身边,为清代词选开创了一种特殊范例。

我们不认为哪一种时机把握更值得提倡。对于词史来说,既需要大批的快选词选,也需要沉静缓慢的慢选词选。快选如蜜蜂采蜜,它们需要有牺牲自己的精神。它们流行短暂,质量粗糙,但为后代保存了鲜活的文献资料,作出了自己的初级贡献。后世的慢选如蜜蜂酿蜜,需要时间的沉淀,需要拉开距离的观察,它们的成功完全建立在前者的累累成果之上。它们不断利用前人的词选作为选源,抓住第二落点,进行二次再造,升级换代为更精美、更优质的词选。我们说,宋人词选的历史成就固然有限,而清代词选的大辉煌、大成就,倘若没有宋人所打下的基础,所提供的范式,所采集的原始资料,是无法想象的。作为读者,我们也许不在乎时间相隔多远,只希望读到最优质、最精美的词选。但是我们必须明白:一部好的词选,往往是几代人的共同劳动、共同选择相互叠加的结果。

目睹了这些词选的前生今世,我们自然会问:怎样才能选出一部好的词选来?什么样的词选最受读者的欢迎?唐宋人的这些词选,给我们提供了哪些成功的经验和失败的教训?或者,换一种更直接的表达方式:如果我们想选一部流传天下、人人叫好的词选,该怎样来选择?是选已经非常流行熟悉的作品,还是选尚未流行的陌生作品?是选社会上大家都说好的作品,还是选我们自己判断认为好的作品?是与别人一样争着选名家、大家的作品,还是眼光独到发掘一些有潜力的作品?是重点考虑迎合当代读者,还是重点考虑后世的永久流传?

要想选本成功,这些都是需要再三斟酌的因素。

唐宋人词选的经验教训告诉我们:如果需要考虑市场和读者的需要和愿望,通常兼顾当代和后世,兼顾流行与高雅,兼顾大家、名家和小作家,兼顾市场需要和专业判断,是比较稳妥的选择策略,也比较能够争取到最大多数的读者群,并保证尽可能长的阅读流传寿命。在熟悉和陌生之间,选择“三分熟”的作家作品,最受读者欢迎。这些半熟的作家作品，读者知道一点，又不完全知道；刚有点喜欢上，有点好奇，但还没有欣赏够，品味够。今天的流行歌曲的一般规律可以帮助我们了解这种传播心态。放大这种规律，在一部词选中，如果三分是已经非常流行的、熟知的，七分是比较陌生的、新鲜的；三分是名家大家之作，七分是二三流小词人的精彩作品，可能比较能够适合读者需要。想从唐宋人词选中挑选这样一个成功的例子，似乎很难。勉强可以为例者，大概只有《绝妙好词》了。

唐宋人词选的经验教训还告诉我们：如果不是为了存词、存人而选，通常在总量控制上，保持三百首到五百首左右的卷帙厚度，最受广大读者的欢迎。超过八百首就显得沉重庞大了。唐五代人选唐诗，大多数都控制在这个数量之内，超过一千首的选本比较难以流传。黄昇的《花庵词选》体例很完善，内容很丰富，词选元素的配置在所有的唐宋人词选中也是首屈一指。但它面世后，历朝历代总是不温不火，热不起来。除了存史体的选型因素外，我们想不出有其他什么原因。只有选得太满，作品数量过多，时代跨度过长，不利于精研细读，是一个比较可疑的因素。从这个角度理解，《复雅歌词》和《混成集》的丢失，实在是因为它们太庞大了，刊刻一次不容易，购买一部也不容易，通读一遍更不容易，携带全套出行就更是难上加难。而丢失起来，却比其他任何书籍都要容易得多。它们是不利于阅读携带和传播的重型词选。

唐宋人词选的经验教训也告诉我们：如果完全不考虑市场和大众流行需要，不考虑争夺低端读者，编选一部选派型词选，通常需要尽可能显现出与众不同的艺术个性和选本风格。与其他词选拉开的距离越远，自己的形象品牌就越呼之欲出，越能吸引某一部分读者。这就是现代的分众传播策略。如果我们不能讨好所有的读者，就必须争取讨好某一部分读者，并尽量使这一部分读者来自整个社会中最有影响力、最有消费力、最有话语权的主流人群或者精英人群。他们的消费能力最强，他们的口碑影响面最大，他们的著作评价最有分量，他们的宗派理论见解更具有专业水准和经久的词史生命力。用当代的传媒术语说，就是要尽量“影响有影响力的人”。

在这一点上，《绝妙好词》和《乐府补题》是最成功的范例。尤其《绝妙好词》，它完成了一个“南宋体”的塑造，用入选作品解释了什么叫做南宋骚体词，论格调有清空，论立意有寄托，论规范有协律。薄薄一部词选，撼动了整整一代人的词学观念，无论浙西词派，还是常州词派，还是吴中词派，乃至最晚的岭南词人群，都深陷在它绵绵无尽的话语体系之中。如同世代相传的武林秘籍，沾溉后人，其泽甚远。相比之下，《花间集》和《草堂诗余》走的是底层传播路线，追逐传播的广度和阅读消费人群的总量优势。但深度不够，传播力显得要单薄得多，尤其是《草堂诗余》与明代读者的疯狂相爱，彼此追逐嬉戏，指天为誓。双方爱完了也就完了，挥一挥衣袖不带走一片云彩。

所有流传下来的词选，都是成功传播的词选。只有《云谣集》例外，它是个偶然的幸存者，已经被历史遗忘，却又幸运地被重新找到。是一部几乎没有传播史的特殊词选。其他没有流传下来的词选，无论怎样优秀，都是传播的失败者。这完全是以成败论英雄。作为文学消费对象，词选当然应该首先以成败论英雄。

接下来的问题是，我们能不能依据这些词选，统计出唐宋人最喜欢的唐宋词？或者推举出唐宋人最喜欢的唐宋词人？我们的回答是不能。就像我们不能推举出哪一部唐宋人词选最受唐宋人欢迎一样。柳永、晏殊们与张炎、仇远们相比，在传播起跑线上几乎多了三百年的优势，多了数不清的歌妓、词选、序跋、书坊的捧场。后者刚刚登上词坛，传播大幕就匆匆落下了。唐宋人词选中选到他们的，只有《绝妙好词》和《乐府补题》两部，数量也少得可怜，怎么能够与前者公平较量呢？拿他们与更早的温庭筠、李煜们相比，就更没有公平道理可言了。唐宋人词选也是这样，《花间集》拥有整个两宋三百年，以及五代尾、元代头；《名儒草堂诗余》、《绝妙好词》、《乐府补题》拥有多少年？十年还是二十年？

它们之间怎么进行受欢迎程度的比较,怎么进行版本传播的定量分析呢?这种不公平甚至还延续到元朝、明朝的传播。严格地说,词选传播史的量化研究,只有在清代才具备相对科学严谨的意义。

所以,在定量分析唐宋人词选传播的时候,必须首先承认传播周期不一样。起点不同,机遇不同,我们所看到的,并不是严格意义上的公平竞争。

最后,我们对唐宋人词选做一个简要的综合评估。

在讨论它们的过程中,我们始终没有忘记,评价词选必须用不同的标准,不同的尺度。任何单一标准衡量它们都是不公平的。总结性评估更应该如此。我们挑选了普适性较强的五项指标:传播广度、传播深度、独创性、信息量、美誉度。

传播广度(Scope of Dissemination)　又称知名度,指词选在当时和后世的流行程度、读者追捧的痴迷程度、词家模仿谈论和提及的频度、书商刊刻传播的热情程度等等。《草堂诗余》当之无愧排名第一,《花间集》其次。它们既占了传播历史最久远的光,又占了香艳俚俗、读者歌者人缘最广的光。无论版本数量还是词话文章的讨论频次,无论是争执的激烈程度还是支持者与反对者的阵营规模,任何大型、小型的词选,任何精美、深刻的词选,都无法与它们抗衡。

传播深度(Depth of Dissemination)　又称影响力,是指词选对词坛和词人群产生了多大程度的影响和推动,对一个时代的审美风尚、词学批评、乃至社会思潮、心灵人格起到了多大程度的干预效果,不管这些效果是正面的还是负面的。在这项指标上,我们也不得不承认,《花间集》和《草堂诗余》都算得上是传播深度上的佼佼者。它们是审美的源范式,容易引起人们的模仿兴趣;它们又是审美的混杂体,是非美丑,特别容易引起不同流派的争议,从而成为传播热点。《绝妙好词》和《乐府补题》当然更是传播深度上的杰出代表,它们对清代词坛的撼动,几乎达到无与伦比的程度。如果说“花草”霸占了明代，那么“绝乐”则霸占了清代，应了清人赵翼“各领风骚数百年”的话。

唐宋人词选综合评估表

词选名称	传播广度	传播深度	独创性	信息量	美誉度	综合价值
云谣集	☆☆☆☆	☆☆☆☆	☆	★	★	★
花间集	★★★★	★★★★	★★★	★★	★★	★★★
尊前集	★	☆	☆	★	☆	★
金奁集	★	☆	☆	★	☆	★
梅　苑	★	☆	★	★	☆	★
复雅歌词	☆☆☆☆	☆☆☆☆	★★★	★★★	★	★★
乐府雅词	★	★	★	★★	★	★★
草堂诗余	★★★★	★★★★	★★	★★★	★★	★★★
中州乐府	★	★	★	★	★	★
混成集	☆☆☆☆	☆☆☆☆	★★	★★★	★	★
雅　歌	☆☆☆☆	☆	★★★	★★	★	★
花庵词选	★★	★	★★	★★★	★★	★★
阳春白雪	★	★	★	★	★	★
绝妙好词	★★	★★★★	★★★	★★★★	★★★★	★★★★
乐府补题	★	★★★★	☆	★★★	★★★★	★★★
名儒草堂诗余	★	★	★	★	★	★

★为正评价，☆为负评价

独创性(Originality)．　包括在选本形态(选型)、理论见解(选心)、搭配排列(选阵)、覆盖范围(选域)、话语方式上的与众不同，这些不同是否为词史和词学批评贡献了新的文化元素，提供了新的想象空间。《花间集》、《雅歌》、《绝妙好词》的独创性相对较高。《雅歌》如果没有失传，很可能是一部独一无二、并且备受争议的词选。

信息量(Volume of Information)　指词选所呈现的内容与形式的丰富程度,以及它们可延伸发挥的空间大小,对后代有多大程度的启迪帮助能力等。信息量不仅仅取决于选人选词的多少,还在于它内涵的复杂性和多样性。《乐府补题》只有寥寥三十七首,但它提供给后人创作发挥、理论咀嚼的空间非常大,像一种压缩过的能源,能够随着时间推移不断释放出潜藏的能量。在唐宋人词选中,《绝妙好词》的信息量首屈一指。《草堂诗余》、《花庵词选》、《乐府补题》略次一些,也是信息量比较丰富的词选。

美誉度(Good Reputation)　是指词选在艺术成就、学术水准、审美探索、思想观念上所达到的专业高度,指它们被专家学者们评价认可的完美程度,它们超越自己的时代和芸芸众生,而贡献给整个民族的永恒价值。在这项指标上,相对而言,《绝妙好词》和《乐府补题》的分量要重得多。它们是值得我们尊敬的词选。

显然,这五项指标都是无法量化的定性分析指标,只能采用等级评估。我们用星号区分等级,最高四星,最低一星。★为正评价,☆为负评价。最后综合出它们的成绩。

在现代媒体研究中,传播广度的电视量化指标是收视率和覆盖率,报纸为发行量和阅读率,广播为收听率,网络为点击率。传播深度的量化指标是忠诚度、满意度、注册量、回贴量等。分别以它们为X轴和Y轴,可以建立起不同媒体的市场评价坐标。词选传播没有具体的历史数据,但并不妨碍对应研究。传播广度讲述的是流行程度,是叫座评价,相当于电影百花奖;美誉度讲述的是艺术水准,是叫好评价,相当于电影金鸡奖。以它们为X轴和Y轴,也可以建立起不同词选的市场评价坐标:第一象限既叫好又叫座,词人可推李煜、李清照、周邦彦、辛弃疾等人,词选则很难有哪一部可被普遍接受。第二象限叫座不叫好,词人可推柳永、康与之、万俟咏、胡浩然等人,词选当然要数《草堂诗余》。《草堂诗余》和《花间集》都是传播广度上的表现最杰出者。第三象限属于既不叫座也不叫好，没有任何优点。这样的词人词作很难流传下来。唐宋人词选中的《梅苑》、《尊前集》、《金奁集》都属于这一类，我们把它们称为平庸的词选，或者失败的词选。第四象限叫好不叫座，美誉度很高而流行性较差，词人或可推姜夔、吴文英、王沂孙等人，词选则应数《绝妙好词》和《乐府补题》。

按照这样的组合方式，我们还可以分别建立起传播广度与传播深度的坐标图，还可以建立起独创性与信息量坐标图、信息量与美誉度坐标图、美誉度与传播深度坐标图、传播深度与独创性坐标图等等。

综合五项指标的评估结果，我们给出它们的最终成绩：《绝妙好词》是唐宋人词选中最成功、最丰富、最具影响力的词选。它沾了选型比较成熟、编选者特别专业的光，各方面表现都相当出色。除了在明代刊刻流传这一项上表现不佳之外，其他表现几乎都非常好。《草堂诗余》、《花间集》、《乐府补题》并列第二，是众多词选中的大获成功者。不管它们是来自哪一社会群体的代表，我们都要向它们表示祝贺。这些笑到最后的词选，既不是文人士大夫的胜利，也不是市井商贾的胜利，而是艺术的胜利，文学的胜利，唐宋词的胜利。所有唐宋时代的词人们都有理由感到骄傲。

十二世纪的波斯诗人阿塔尔（Farid od-Din Attar）写过一篇叙事诗 The Conference of the Birds，讲述一群鸟儿飞越大海，飞过高山，千辛万苦寻找它们的国王西摩格。鸟儿一只接一只死去，但它们始终没有放弃，仍然不停地寻找。最后，幸存下来的三十只鸟儿终于找到了国王所在的那座山，卡夫山。它们惊讶地发现，原来它们自己就是国王西摩格。西摩格是它们全体，也是它们中的一个。这个故事如此震撼人心，让人一读难忘。我们觉得，三十部唐宋人词选就像这些传说中顽强的鸟儿，在飞越历史的漫长过程中，尽管一部接一部地失传，但它们没有放弃。最后，幸存下来的十三部词选终于跨越千年，战胜了时间的风化，成为中国曲子词史上的王者，西摩格。

遥远的选美和唇枪舌剑终于寂静下来。几百部古老的词选告别读者，告别辉煌，静静地躺在了历史的尘埃中。看到今天社会上流行的各种歌词、歌厅、歌舞，我们常常觉得似曾相识。想起那些远去的苍老背影，想起它们曾经的绝世风流，不由感慨唏嘘：它们还会有明天吗？它们还会有明天吧。

附录一

唐宋人词选版本叙录

本附录所叙述的各种版本，主要为民国以前所传世的、著录的、存目的版本。少数为一九四九年以后的印刷版本。限于知见所及，部分版本情况系依据前人序跋著录、野史记载、馆藏目录，笔者未能逐一寓目，只能依据可考记载予以酌书。以天下之大，民间藏书之秘，未及获睹和未见著录的唐宋人词选版本一定还有不少。姑叙录知见者如次，以俟寻访增补。

一、《云谣集》二十种

【伦敦博物馆藏敦煌写本】 原藏敦煌鸣沙山石窟，为唐五代人写本。题《云谣集杂曲子共三十首》，抄写于《励忠节》抄卷背面。仅存十八首，《倾杯乐》以下各词残缺不存。写本行十七、十八字不等。凡七十五行。鲁鱼亥豕触目皆是。几不可卒读。一九〇〇年，英人斯坦因盗运石窟藏本，《云谣集》即在其中。后归英国伦敦博物馆收藏，编号为“斯 1441”。

【巴黎国家图书馆藏敦煌写本】 亦出自敦煌鸣沙山石窟，题《云谣集杂曲子共三十首》，抄卷背面为唐僖宗中和四年《算会呈报都僧统之帐目》（或称破除历）。与《云谣集》同面为金山天子之《杂斋文式》，《云谣集》即接书其后，笔迹与前有所不同，当是另一人所书。仅存十四首，亦为残本。疑与伦敦本系出自同一祖本。抄卷行十六至二十字不等，凡六十四行。前半部分字大行疏，后半部分字小行密，伪误亦多。一九〇〇年此卷被法人伯希和盗运往法国。今归巴黎国家图书馆收藏，编号“伯 2838”。

【日本狩野直喜博士传抄本】　此本源出何处不详。任半塘断为录自斯坦因本。其卷首亦题《云谣集杂曲子共三十首》，其目次为《凤归云》四首、《天仙子》二首、《竹枝》、《洞仙歌》、《破阵子》、《浣沙溪》、《柳青娘》、《倾杯乐》则不著首数，次第与伦敦本同。然其目录下仅存《凤归云》二首、《天仙子》一首凡三词。此抄本归王国维收藏，王氏有跋。罗振玉刻《敦煌零拾》前曾经获睹此本。

【武进董康校抄本】　一卷，从伦敦本录出。董康游欧洲，在伦敦录得《云谣集》，复加校订。归国后将此本交朱祖谋，朱氏再校后刻入《彊村丛书》。

【罗振玉敦煌零拾本】　一九二三年冬，法国人伯希和抄录一本，寄给罗振玉，罗氏旋收入其《敦煌零拾》之中。原书线装一册，辑录敦煌文献凡七种。《云谣集杂曲子共三十首》一种卷首注云：“出敦煌，今藏伦敦博物馆。”该本十八首，一般认为系源出自斯坦因本。但与斯本相比，文字颇有出入。故任半塘以为是伯本、斯本之外的另一种残本，未知孰是。刊本于原件空白残缺处俱删削，而旧貌全失。卷末有王国维狩野抄本跋，以及罗振玉甲子年(1924)跋。

【朱祖谋彊村丛书本】　一卷，校记一卷。用董康校抄伦敦本。朱氏既得董本，遂与况周颐细意钩撢，又从吴昌绶处索得罗振玉本，相互参订。一九二四年刻入《彊村丛书》卷首。附校记一卷，有朱氏中元甲子跋。

【刘复敦煌掇琐本】　一九二三年，刘复赴法国研究语音学，暇中抄得巴黎图书馆所藏敦煌写本一百零四种，分类编成《敦煌掇琐》，一九三一年中国科学院考古研究所考古学特刊第五号刊出。“伯 2838”《云谣集》列于“小唱”类第二十五种。文字一一依据原抄本摹写，未作校改。末阕《喜秋天》词旁注云：“原本未抄完。”

【朱祖谋彊村遗书本】 一卷，校记一卷。朱氏既刻《彊村丛书》，其弟子龙沐勋于一九三一年得到刘复《敦煌掇琐》，亟奔走告朱氏。朱氏遂合巴黎本与伦敦本，除去重复，恰得三十首，成一完帙。乃命龙沐勋、杨铁夫共为参校，又采董康、况周颐校，写定一本。朱氏下世后，龙沐勋刻入《彊村遗书》。此本卷首题“彊村老人手校足本”，卷末附“云谣集杂曲子校记”、龙沐勋壬申刻跋以及朱氏《彊村丛书》原跋。

【吴昌绶石印本】 据董康校抄本石印。

【郑振铎世界文库本】 参用罗振玉本、刘复本及朱祖谋本校订成帙。既承罗本、刘本原刻有误不校，又间采朱本校勘而有所改动，校例未善。

【唐圭璋校释本】 参用上述各版本详加校释。一九四三年刊于《中央大学文史哲季刊》第一期。圭璋师于互校、理校之外，复以词律校之，间附录五代宋人之作参证，多所创获。卷首有序论，卷末又有余论。

【胡适校本】

【冒鹤亭新斠云谣集杂曲子本】

【卢冀野敦煌文抄本】

【饶宗颐敦煌曲本】

【王重民敦煌曲子词集本】 原书厘为三卷，上卷录曲子词一百零八首，中卷即《云谣集杂曲子》三十首，下卷录曲子词二十四首。一九五〇年商务印书馆初版，一九五六年修订再版。卷首有阴法鲁序及王氏一九四〇年序。

【任二北敦煌曲校录本】 原书分三类：普通杂曲、定格联章和大曲。《云谣集杂曲子》收在“普通杂曲”类中。任氏列原三十首为三十三首，与它本皆异。所参校版本多至十三种。又复商之王文才、刘泪村等学者，详校而成。一九五五年上海文艺联合出版社出版。

【潘重规敦煌云谣集新书】 民国六十六年(1977)台湾石门

图书公司出版。附有《云谣集卷子解说》、《云谣集》敦煌卷子照片。

【沈英名敦煌云谣集新校订本】　民国六十八年(1979)台湾正中书局出版,七十年再版。沈氏专以词律校字,似有可商榷处。卷首附敦煌卷子及摹本的照片、潘氏《敦煌云谣集新书》原序。

【任二北敦煌歌词总编本】　由《敦煌曲校录》增订而成。《云谣集》一种三十三首之前,有"云谣总说"。该本坚持罗振玉本非源于斯本之说,对饶宗颐《敦煌曲》本多有批评。上海古籍出版社一九八七年出版。

二、《花间集》四十六种

【北宋旧刊本】　四册,见毛扆《汲古阁珍藏秘本书目》。又《增订四库简明目录标注续录》亦著录有北宋刊本。

【尤袤所藏本】　尤氏《遂初堂书目》著录,卷帙不详。尤袤乃南渡初人,此本或即为北宋本。

【建康旧刊本】　晁谦之跋绍兴本云:"建康旧有本。比得往年例卷,犹载郡将、监、司、僚幕之行,有《六朝实录》与《花间集》之赆。"疑其亦为北宋本。

【季振宜藏宋刊本】　见孙石芝《上善堂书目》。

【袁寒云藏宋刊本】　见《增订四库简明目录标注续录》。

【朱澂结一庐藏宋绍兴刊本】　十卷,四册,疑其即是晁谦之跋本。《结一庐书目》又别著录"宋绍兴十八年晁谦之刊本,每半叶十行,行十八字,席玉照藏书。"此本实乃明正德覆宋本,非晁氏刊本。

【南宋绍兴晁谦之刊本】　十卷,绍兴十八年晁谦之据建康旧有本校刻,有晁氏刻跋。刊本半叶八行行十七字,白口,左右双边。镂版精好,楮墨俱佳。版心刻工有:丁洋、于洋、王琮、毛仙、林青、周清、黄祥、刘实等。卷内弘、擎、镜、树、絃等字缺笔避讳。

清初钱曾藏有该本，宋版二册。其《也是园藏书目》、《读书敏求记》、《述古堂书目》都有著录。《天禄琳琅》所著录该本，一函二册，词凡三百九十四首(明人钟人杰刊本亦为此数)。疑著录有误。今北京图书馆藏有该本，绍兴十八年建康郡斋刻，四册，与结一庐藏本册数吻合。书中收藏印甚多，有"虞山席鉴玉照氏收藏"、"赵宋本"、"酿华草堂"、"桃原衣冠"、"颜仲逸印"、"子子孙孙永保之"、"侯印富民"、"灵石杨氏墨林藏书之印"等。

【南宋淳熙鄂州本】　十卷，此本无刻家题跋，用淳熙十一、二年鄂州公文册纸背面刊印。故又称宋刻递修公文纸印本。半叶十行行十七、八字不等。白口，左右双边。版心下刻工有：陈彦、李浩、余岩、吴永年等。卷内树、惊、紘等字缺笔避讳。此本因用鄂州公文纸印，前人多断其为鄂州刻本。《增订四库简明目录标注》、杨氏《盈书偶录》俱有著录。但杨氏径称该本乃"宋淳熙十四年鄂州使库刊本"，则出于臆测。聊城杨绍和海源阁所藏该本，凡二册。海源阁收藏散出后，一九三五年为周叔弢所得。后捐赠北京图书馆收藏。该本钤印有"昆山徐氏家藏"、"乾学之印"、"健庵"、"听雨楼查氏有圻珍赏图书"、"宋存书室"、"杨绍和藏书"、"杨印承训"、"海源残阁"、"周暹"等。

【南宋开禧陆游跋本】　十卷，该本有陆游开禧元年二跋。陈振孙《直斋书录解题》所著录的《花间集》即为此本。毛晋后据以刻入《词苑英华》。毛扆《汲古阁珍藏秘本书目》著录一"南宋版精抄"《花间集》，似为抄本，又似为刻本，二册，未知是否即该本。又《增订四库简明目录标注续录》谓该本为陆游校本，非是。

【明正德陆元大翻刻晁本】　十卷，正德十六年吴郡陆元大氏用晁谦之本翻刻，半叶十行行十八字，遇宋讳则缺末笔，行间每句加小墨圈。陆氏又校正晁本刻误数十处，各词皆分行抬头刻写。卷末有"正德辛巳吴郡陆元大宋本重刻"牌子，后人往往铲去以充宋本。《增订四库简明目录标注续录》、周弘祖《古今书刻》著录有明·苏州府刊本《花间集》，当即是此本。

【明正统吴讷百家词本】　二卷，此本厘为二卷，与宋本异。

目次于各词人名字上俱冠一“唐”字。卷末无跋。或谓其源出于宋开禧陆游跋本。

【明万历茅一桢刊本】　十卷，补二卷，万历八年茅氏以正德翻晁本为底本，刊刻于凌霞山房。卷后又增温博《花间集补》二卷，补录李白以下词人十四家七十一首词。有乌程温博《花间集补序》。今北京图书馆藏有该本。四册。又郑振铎《西谛书目》著录此本，称刊于万历四十年，则当是重刊本。

【明万历玄览斋巾箱本】　十二卷，补遗二卷，以茅一祯本为底本重刻，别分为十二卷。欧阳炯原序下，有“万历壬寅孟夏玄览斋重梓”牌子。补遗乃“西吴温博编次”，有“花间集补叙目”，分上下卷，十四家五十四首，较茅本少十七首。此刻本讹误满纸，刻工草草。祁承㸁《澹生堂书目》著录有“《花间集》十二卷”，当即是该本。今上海历史文献图书馆有藏本。

【明震泽王氏刊本】　见《增订四库简明目录标注》、《佳趣堂书目》。

【明李廷相藏本】　二本，见《濮阳浦汀李先生家藏目录》。

【明高儒藏本】　十卷，见《百川书志》。

【明万历汤显祖评点本】　四卷，原题“唐赵崇祚集，明汤显祖评”。有汤显祖万历四十三年序，无暇道人闵映璧四十八年（泰昌元年）刻跋。半叶八行行十八字，朱墨套印。卷内有圈点眉批评语，卷末有音释。其内容无甚可取，或疑为明人伪托汤氏之名。四卷共四册，各词次第与十卷本相同。

【明朱睦㮮藏本】　十卷，见《万卷堂书目》。

【郑振铎藏明刊本】　十卷，一册，见《西谛书目》。

【明新安吴氏校刊本】　十卷补二卷，疑系用茅一祯本为底本校刊。凡二册，丁丙善本书室藏书，今藏南京图书馆。

【明翻宋刊本】　八卷，凡四册。其翻宋刊而别厘为八卷，未知何故。有“堇斋昌龄、堇斋收藏印、赵氏子印、文王我师、方鼎、子印印”等收藏印。丁丙善本书室藏书，今藏南京图书馆。

【明昭觉僧寺所传旧本】　杨慎《词品》卷二：“《花间集》久不

传,正德初,予得之于昭觉僧寺,乃孟氏宣华宫故址也。后传刻于南方。”今人或疑为伪托之辞。

【明朱之蕃词坛合璧本】 杨氏既得旧本,万历四十八年朱氏遂刻入《词坛合璧》四种之中。《增订四库简明目标注续录》谓有《词林万选》本,疑即是该本之误。

【明天启钟人杰笺校本】 二卷,天启四年钟氏合刻“花草”。该本二册,原题“杨慎品定,钟人杰笺校”。钟氏将原十卷本各词次第打乱,重新据字数多寡排列。又删落一百余首,仅存三百九十四首。温博补选亦删落若干首后,混列于原选之中。卷中署名多有讹误,所谓校笺,亦仅一二评点而已。

【明万历吴勉学师古斋刊本】 十卷,补二卷,用茅一祯本为底本,万历间刻。半叶九行行十八字。卷首题“唐赵崇祚弘基集,明吴勉学师古校”。附补删去温博原序。

【明汲古阁词苑英华本】 十卷,用南宋开禧陆游跋本,又与南宋鄂州本接近。然其行款字体已非宋本之旧。民国初年,宣古愚曾重刊该本。今中山大学图书馆尚藏有一陈帆朱笔评点《词苑英华》本,二册。

【雪艳亭活字排印本】 二卷,明清间活字排印,系以茅一祯本为底本,打乱原书顺序,重新以词调分列。温博补选仅删去薛能一家,余词俱与原选混列,臆改误植之处颇多。卷首题曰“唐卫尉少卿赵崇祚选花间集”,板心下有“雪艳亭”三字。

【清朱彝尊藏旧刻本】 见《竹垞行笈书目》,凡一册。《曝书亭集》卷四十三《书花间集后》云:“此旧刻,稍善,爰藏之,而书其后。”或是明人刻本。

【清厉鹗藏断句本】 见《增订四库简明目录标注续录》。

【清四库全书本】 十卷,用明汲古阁刊《词苑英华》本。

【清扫叶山房石印本】

【清光绪邵武徐氏丛书本】 十卷,光绪十四年徐幹翻刻明正德本,凡二册。有光绪戊子徐幹刻跋。

【清光绪王鹏运四印斋刊本】 十卷,光绪十九年王鹏运从聊城杨氏海源阁借得南宋淳熙鄂州本，如式影写，付梓工精刻。有王氏光绪癸巳刻跋。

【姚氏刊本】　十卷，补二卷，见《孝慈堂书目》、《增订四库简明目录标注》。

【清光绪江宁刊本】　见《增订四库简明目录标注续录》。

【清吴昌绶双照楼景刊宋元本词本】　十卷，用明正德陆元大翻宋本。有吴氏甲寅岁刻跋。

【涵芬楼影印本】　十二卷，补二卷，用杭州叶景葵家藏万历玄览斋本影印，刻入《四部丛刊》初编。

【四部备要本】　十卷，用王鹏运四印斋刊本。

【上海碧梧山庄石印本】　民国四年用厉鹗藏断句本刊印，见《增订四库简明目录标注续录》。

【日本京都炳文堂刊本】　见《增订四库简明目录标注续录》。

【李若冰评注本】　书名《花间集评注》，一九三五年上海开明书店出版。

【华连圃注本】　书名《花间集注》，一九三五年商务印书馆出版。

【上海世界书店铅印本】　一册，一九三五年出版。

【上海中央书店铅印本】　一册，一九三六年出版。著录称："后蜀赵崇祚原辑，近人张咏青编"。

【赵味辛刊本】　《增订四库简明目录标注续录》。

【李一氓校本】　书名《花间集校》，一九五八年人民文学出版社出版。

三、《尊前集》十六种

【北宋本】　《尊前集》所采不涉及北宋，当是宋初人编选。元丰中崔公度跋《阳春录》已引《尊前集》，可以为证。南渡初胡仔《苕溪渔隐丛话》，王灼《碧鸡漫志》俱曾言及该书。又南宋罗泌校跋欧阳修《近体乐府》,所引《尊前集》与今本不符,当是后人传刻有所增删。

【宋抄本】 一卷,见《佳趣堂书目》。《增订四库简明目录标注续录》亦著录有宋抄本一种。

【明初影抄宋本】 见《增订四库简明目录标注续录》。

【明正统吴讷百家词本】 不分卷。吴讷是本早于吴宽本、顾梧芳本一百多年,刻于明正统年间。该本各词俱无题,宫调注于词牌之前,不知其仅为该词之宫调,抑或以下数词共用之宫调。各词下间有双行小字注,如李王《更漏子》下注云:"《金奁集》作温飞卿。"为它本所无。该本颇有讹误,文字略与顾梧芳本接近。

【明吴宽手抄本】 书法精楷,卷首钤有吴氏私印。其词人之先后、乐章之次第,与顾梧芳本靡有不同。康熙二十年冬,朱彝尊于吴下书肆得此本,后不知所终。见《曝书亭集》卷四十三《书尊前集后》。

【明抄本】 一卷,今北京图书馆藏本。又《增订四库简明目录标注续录》亦著录有明抄本一种。

【明万历顾梧芳刻本】 二卷,该本刻于万历十年。有万历壬午存一居士顾梧芳撰《尊前集引》,顾氏称《尊前集》为"余斯编"云云,似出于其自辑,非宋人原选。故毛晋重刻顾本跋即断为顾氏重辑本。后朱彝尊得明人吴宽本核校,始信其确为宋人旧编,非顾氏重辑。今又有吴讷本为证,可信不诬。顾本与吴讷本相近,或出于同源。郑振铎有藏本,仅存卷下一册。

【明宣城梅鼎祚抄本】 一卷,该本无撰人姓名,钤有"梅鼎祚印"图记,末又有"四十五叶"字样。此抄本文字与吴讷本、顾梧芳本稍微有所不同。丁丙善本书室收藏,今藏南京图书馆。

【明汲古阁词苑英华本】 二卷,用顾梧芳刻本。前有顾氏《尊前集引》,毛晋有刻跋。其文字较胜。南京图书馆另藏有一汲古阁刊本,二卷一册,有焦氏藏书一印。或亦是《词苑英华》本。

【清钱曾藏旧抄本】 二卷,一册,见《也是园藏书目》、《述古堂藏书目》。

【清朱彝尊手抄本】　一卷，见《结一庐书目》及《增订四库简明目录标注续录》。朱彝尊《书尊前集后》曾提及于吴下得明人吴宽抄本，而未言及过录副本。未知该本是否即吴宽本之过录本。

【清四库全书本】　二卷，用顾梧芳刻本。《四库提要》谓此书出于顾梧芳氏重编，非宋人原选。且云陈氏《直斋书录解题》不著录《尊前集》，疑宋时本无此书。失于考证。

【朱祖谋彊村丛书本】　一卷，据丁丙善本书室所藏明梅鼎祚本刻入。卷内文字间有諟正改动，其脱误处，兼采毛晋本校补。凡词有题者俱存其原貌，词牌下标宫调，与吴讷本异。卷末附"尊前集校记"以及朱祖谋甲寅冬跋。

【吴昌绶双照楼写本】　用毛晋汲古阁本，与《金奁集》一种并附于所刊《花间集》后。有吴氏跋。

【郑振铎校点本】　二卷，见《世界文库》第五辑。

【蒋哲伦增校本】　一卷，据《彊村丛书》本增校，一九八四年江西人民出版社出版。

四、《金奁集》十一种

【宋本】　宋庆元二年吉州本《欧阳文忠公集》，其《近体乐府》中校语已引《尊前》、《金奁》、《兰畹》诸集。又陆游《渭南文集》卷二十七有淳熙十六年所作《金奁集跋》，则其时已有版本流行。《金奁集》中十五首和张志和《渔父》词，误题张志和撰。《声画集》载高宗驻跸会稽，因览黄庭坚所书张志和《渔父》词十五首，戏同其韵。据此，黄庭坚所见宋本已经误题张志和撰。

【明正统吴讷百家词本】　一卷，录唐、五代词一百四十七首，词人有名氏者四家：温庭筠、韦庄、张泌、欧阳炯，《渔父》十五首误题张志和，实为唐诸子和张氏之作。各词以宫调分列，乃宋人之选歌唱本。原题温飞卿庭筠撰，非是。当系宋初人所辑。

【明梅鼎祚评点本】　以吴讷本为底本评点批注。见鲍渌饮跋。该本后归钱塘汪氏收藏。

【清鲍渌饮知不足斋抄本】 一卷,从钱塘汪氏所藏梅鼎祚评点本借抄,凡一卷一百四十七首。有鲍氏抄跋。

【唐宋八家词本】 一卷补一卷,用鲍氏知不足斋本,魏之琇校,附鲍氏抄跋及吴昌绶跋。凡二册。今藏北京图书馆。

【旧抄本】 一卷,亦题唐温飞卿庭筠撰。前人以朱笔校过,有"璠案"云云。抄本钤有"双溪草堂图记"朱印、"孙星衍印"朱印各一。该本后归李木斋氏收藏。见傅增湘《藏园群书经眼录》。

【孝慈堂藏本】 一卷,见《孝慈堂书目》。

【清抄本】 一册。翁同书跋,翁之润校并跋。今藏北京图书馆。

【朱祖谋彊村丛书本】 一卷,此本原注明系"鲍渌饮抄本",题温飞卿庭筠。朱刻归入唐词别集类,而实为总集。凡一百四十二首。目录详列作者姓氏,卷中各词则仅标宫调,不注词人。《渔父》十五首,依曹元忠说定为和张志和词。卷末附曹元忠丙辰岁《抄本金奁集跋》、鲍渌饮原跋以及朱祖谋丙辰刻跋。

【清何元锡家抄十家词抄本】 一卷,何元锡校勘,丁丙跋。

【蒋哲伦校点本】 一卷,据《彊村丛书》本校,附于《尊前集》之后。一九八四年江西人民出版社出版。

五、《梅苑》十五种

【南宋本】 是编辑成于建炎三年,凡四百余首,有编辑者黄大舆之自序。周辉《清波杂志》云:"绍兴庚辰,在江东得蜀人黄大舆《梅苑》,四百余阕。"成书于绍兴年间的王灼《碧鸡漫志》,亦曾论及该书。则绍兴中已有版本流传无疑。

【南宋书棚增订本】 曹楝亭本易名为《群贤梅苑》,目录所载词凡五百零八首，杂有建炎以后词人诸作，知其已非黄氏原选之旧。书名冠以“群贤”字样，当是南宋书棚的增订刊本。

【明文渊阁藏本】　一册，题为《梅苑词》。见杨士奇《文渊阁书目》。疑是宋元旧本。

【明叶盛藏本】　一册，题为《梅苑词》。见《菉竹堂书目》。或即与文渊阁藏本为同一本。

【明李廷相藏本】　凡三册，见《濮阳蒲汀李先生家藏目录》。

【明毛晋汲古阁景宋抄本】　见《增订四库简明目录标注》。清陆心源皕宋楼曾藏有该本，卷五、卷十有脱文。又近人赵万里有摄影照片。

【清钱曾藏本】　十卷，见《也是园藏书目》。又钱氏《读书敏求记》卷四题跋，误以黄大舆载万为载方。据此似该本刻写不精，或系明代书贾所刊。

【清朱彝尊藏本】　一册，见《竹垞行笈书目》。

【旧抄本】　见《增订四库简明目录标注》。

【清乾隆曹楝亭刻本】　十卷，乾隆三十一年，曹寅刻于扬州，收入《楝亭十二种》之中。题作《群贤梅苑》，前有黄大舆自序，目录存词凡五百零八首，卷中实存词四百十二首，疑卷五、卷十残缺不全。该本伪夺满纸，版本不精。民国初年有宣古愚重刻本，文字依戈载氏校本校改。上海古书流通处亦曾影印曹寅《楝亭十二种》。《增订四库简明目录标注》谓曹寅该本有康熙本，影康熙本，康熙当是乾隆之误。

【扬州使院重刊本】　一册，见《增订四库简明目录标注》。今藏南京图书馆。

【清四库全书本】　十卷。

【李祖年圣译楼刊本】　十卷，二册，宣统元年武进李祖年据吴县曹元忠校何焯、戈载本移录，并杂采其他书校勘。末附校记一卷。刻入圣译楼刊《宋人选宋词十种》。然其卷五、卷十脱文依《花草粹编》补入者，仅《月上海棠》和《朝中措》二首，其他伪误讹夺未能悉正。该本或著录作民国八年刊。

【松陵朱鹤龄重编本】 十卷，该本题《群贤梅苑》。卷一、卷二为黄大舆原选之卷六、卷七，卷三则如其旧，卷四后八调移为卷五之首，而卷五又删去九调，卷六、卷七即原选之卷一、卷二，卷八又如其旧，卷九后五调移冠于卷十之首，而卷十复删去十阕。颠倒错乱，殆系书商售伪所为。《四库提要》存目著录一本，乃清陆锡熊家藏本。

【赵万里辑佚本】 一卷，赵氏从《花草粹编》、《永乐大典》中，辑得《梅苑》佚词凡十八首，其中卷五共十一首，卷十共七首，勒为一编，名《群贤梅苑》，刻入其《校辑宋金元人词》中。此十八首当是曹楝亭本所佚九十余首中的一部分。

六、《乐府雅词》十八种

【南宋本】 曾慥自序作于绍兴十六年，其书结集付梓亦当在此年。胡仔《苕溪渔隐丛话》曾提及该书，尤袤《遂初堂书目》亦有著录。

【陈振孙所见南宋刊本】 三卷，拾遗二卷，见陈振孙《直斋书录解题》。元马端临《文献通考》引陈振孙《直斋书录解题》，别作十二卷，拾遗二卷。

【赵辑宁星凤阁校抄本】 三卷，拾遗二卷，赵万里《校辑宋金元人词》云："此书星凤阁本，校《词学丛书》本，无甚出入。《四库全书》本于空缺处辄臆为填补，不足据。"

【上元焦氏藏本】 三卷，拾遗二卷，见朱彝尊《乐府雅词跋》。张德瀛《词徵》卷四著录，称："上元焦氏藏本，阙后二卷。"

【清朱彝尊抄跋本】 三卷，拾遗二卷，从焦氏藏本过录。见朱彝尊《乐府雅词跋》、张德瀛《词徵》。《增订四库简明目录标注续录》著录云："旧抄三卷本，朱竹垞跋。"

【清鲍渌饮校抄本】 三卷，拾遗二卷，抄本半叶十行行二十一字，鲍氏手校，乙正补脱处甚多，一一圈画句读。卷首有曾慥原序，目录分列于各卷卷首。卷内各词人之姓名及第一首词，俱另叶抬头抄写。钤有鲍氏知不足斋藏书印、休宁汪季青家藏书籍等印。后归涵芬楼收藏。《增订四库简明目录标注续录》、傅增湘《藏园群书经眼录》皆有著录。

【赵魏著录本】　三卷，见《竹崦庵传抄书目》。

【陈第家藏本】　十四卷，见《世善堂藏书目录》。疑此十四卷即《文献通考》所称十二卷拾遗二卷本。

【清四库全书本】　三卷，补遗一卷。

【旧抄本】　三卷，拾遗二卷，抄本半叶八行行十六字。钤有"豫斋珍藏、织帘后裔、栖云主人、支煋"诸印。傅增湘《藏园群书经眼录》著录。

【清秦恩复词学丛书本】　三卷，拾遗二卷，该本凡四册，各词人名下系有爵里事迹小传。各词下间有据词律、别集校刊之案语。卷上末有秦恩复嘉庆二十一年跋。光绪年间，该本又曾重修。

【清皕宋楼藏旧抄本】　见《增订四库简明目录标注续录》。

【清伍崇曜粤雅堂丛书本】　六卷，拾遗二卷，用秦恩复本，别厘为六卷。卷首题"宋曾慥编"，为鲍抄本所无。各卷末又有"谭莹玉生覆校"字样。卷内小传、校刊与秦本相同。拾遗卷上标词人名氏之作七十三首，卷下二十首。（鲍抄本卷上为五十四首，卷下仅一首。）卷六末附秦恩复刻跋，拾遗卷下末附朱彝尊跋，伍崇曜咸丰三年刻跋。

【四部丛刊本】　三卷，拾遗二卷，涵芬楼据所藏鲍渌饮校抄本影印。

【孝慈堂藏抄本】　□卷，拾遗二卷，二册，见《孝慈堂书目》。

【孙星衍藏本】　三卷，拾遗一卷，见《孙氏祠堂书目》。

【朱祖谋曹元忠批校本】　今藏重庆图书馆，有曹氏、朱氏诸校跋。又平湖葛氏亦藏有另一朱、曹批校本，无跋，有曹元忠评点。

【丛书集成本】　六卷，拾遗二卷，用伍崇曜《粤雅堂丛书》本。

七、《草堂诗余》四十四种

【宋刊本】《增订四库简明目录标注续录》著录有宋刊本，卷帙不详。宋陈振孙《直斋书录解题》谓有书坊编辑《草堂诗余》二卷，此当是《草堂诗余》最早之刊本。《四库提要》称宋人王楙《野客丛书》曾提及《草堂诗余》，王楙《野客丛书序》作于宁宗庆元元年，则《草堂诗余》成书刊刻必在此年之前。

【元至正庐陵泰宇书堂刊本】 至正三年癸未泰宇书堂刊刻。日本狩野直喜博士所藏该本仅存前集，半叶十二行。原版多已刓敝，中多缺叶。狩野该本后集半叶十三行，注语行款与明洪武遵正书堂本相同，盖后人据明本补刻配成。

【元至正双璧陈氏刊本】 前集二卷，后集二卷，该本原题《增修笺注妙选群英草堂诗余》，至正十一年刊刻。卷首有"建安古梅何士信君实编选"十一字。半叶十三行行大二十三、小三十字不等。总目分春景、夏景等十二类，而不记调名。卷内注明"新添"者凡七十六首。各词俱有笺注词话。不详何士信其人为原编选者，为增订者，抑为笺注者。疑原书二卷出自书坊之手，后何氏据以增订笺注。总目之后有"至正辛卯孟夏双璧陈氏刊行"牌记。北京图书馆所藏该本凡四册，卷内钤有"沈明卿印、季振宜藏书、韩氏藏书"诸印。延令书目著录《类选群英诗余》二本，《增订四库简明目录标注》著录"韩氏有元刊本"，即指该本。

【明洪武遵正书堂刊本】 前集二卷，后集二卷，是本题作《增修笺注妙选群英草堂诗余》，洪武二十五年刊刻。行字与双璧陈氏本相同，而卷首"类选群英诗余总目"分为十一大类，六十六子目。卷中注明"新添"之什凡八十三首，注明"新增"之什二十三首，全编计选词三百六十七首。唯前集卷下柳永《望梅》一首、后集卷上沈会宗《天仙子》后附注《苕溪渔隐》云一节，元本俱全而该本夺去，其所据原本尾叶残缺故也。

【明成化刻本】 前集二卷,后集二卷,题《增修笺注妙选群英草堂诗余》,宋何士信辑。二册。今北京图书馆有藏本。

【影抄元庐陵泰宇书堂本】 前集二卷,该本无目录,亦无何士信编选字样。有"至正癸未新刊,庐陵泰宇书堂"牌记。半叶行字与原本相同。北京图书馆藏一本,仅一册。

【明嘉靖陈钟秀校刊本】 二卷,原题《精选名贤词话草堂诗余》。刊本半叶十行行二十二字,刻工草草。有"闽沙太学生陈钟秀校刊"字样,又有嘉靖十七年冬南京国子监监丞陈宗谟序。所谓精选,不过据何士信原选删削改编而已,分为时令、节序、怀古、人物、人事、杂咏六类,词凡三百六十首。次第窜乱,全失旧貌,笺注亦较原选简略。

【明嘉靖李谨刊本】 嘉靖二十八年李氏刊刻。首天时,次地理、人物、人事、器用、花鸟,凡六类,亦非原选之旧。《增订四库简明目录标注续录》著录。

【明嘉靖安肃荆聚校刻大字本】 前集二卷,后集二卷,原题《增修笺注妙选群英草堂诗余》。半叶九行行大小均十八字,黑口,四周双栏。荆聚春山居士校刊。其与明洪武本大抵相似。

【明嘉靖刘时济刊本】 见《增订四库简明目录标注续录》。

【明嘉靖杨金刻本】 前集二卷,后集二卷,嘉靖三十三年刊刻。跋称:"是本不分小令、中调、长调,乃《草堂诗余》之元本也。"北京图书馆藏一本,有江藩跋。四册。

【明嘉靖顾从敬重编分调本】 四卷,嘉靖二十九年,上海顾从敬重编《草堂诗余》,改按词调分类,题《类编草堂诗余》。卷一小令,卷二中调,卷三、卷四长调。录词四百四十三首,较明洪武本多七十六首。较陈钟秀本亦多八十三首。辑录词话为笺。刊本半叶十一行行十九字,卷内题"武陵逸史编次,开云山农校正"。武陵逸史即顾从敬之号。前又有嘉靖庚戌东海何良俊序,假托是编为顾氏家藏宋刻本,比世所行本多七十余调云云。其实该本系据何士信原选重编,分类本必早于分调本,赵万里《校辑宋金元人词》已有考证,可信无疑。《结一庐书目》、《增订四库简明目录标注续录》皆著录为"明嘉靖间重刊宋本",非也。

【明万历李廷机批评本】 六卷,原题《类编草堂诗余评林》,以调分列,明人田一隽重编,唐顺之解注,李廷机批评。万历十六年,勉斋詹圣学重刻一本,四册,有曹丹云墨笔点校。万历三十二年,书林郑世豪宗文书舍有《新刻注释草堂诗余评林》,李廷机批评,翁正春校正,硃批套印。上海图书馆藏有该本。又北京图书馆所藏本仅存三卷,称万历二十二年书林刊本,原为郑振铎藏。

【明万历胡桂芳重辑本】 三卷,原题《类编草堂诗余》,宋何士信辑,明金溪胡桂芳重辑,万历三十五年黄作霖等刊刻。该本书名与顾从敬分调本相同,而实为分类本,用顾本改分时令、名胜、花卉、禽鸟、宫闱、人事、杂咏七类。北京图书馆有藏本,二册。

【明万历钱允治等合刊本】 三种共十三卷,《类选笺释草堂诗余》六卷,《续草堂诗余》二卷,《国朝诗余》五卷,万历四十二年刊刻。半叶九行行二十字。《类选笺释草堂诗余》用顾从敬本,题"上海顾从敬类选,云间陈继儒重校,吴郡陈仁锡参订"。《续草堂诗余》又名《草堂诗余续集》、《续编草堂诗余》,原为昆陵长湖外史所辑,万历中有单刻本。合刊本增笺释,题"长洲钱允治笺释,同邑陈仁锡校阅"。《国朝诗余》乃钱允治所辑,题"长洲钱允治功甫编,同邑陈仁锡明卿释"。亦有单刻。合刊本前后凡有万历四十二年陈仁锡二序、钱允治二序,及嘉靖二十九年何良俊原序。

【明万历闵映璧朱墨套印本】 五卷,卷内题"西蜀升庵杨慎批点,吴兴文仲闵映璧校订"。刻本半叶八行行十八字,白口,四周单边。有杨慎序。万历四十八年朱之蕃刻《词坛合璧》四种,该本即是其一。或云杨氏批评本仅四卷,疑误。

【明万历上元崑石山人刊本】 四卷,用顾从敬本,略增故实。见《增订四库简明目录标注续录》。

【明万历董其昌评本】 七卷,原题《新锓订正评注便读草堂诗余》,董其昌批评,万历间乔山书舍刊本。

【明沈际飞评刻草堂四集本】 四集共十七卷,该本《草堂诗余正集》六卷,用顾从敬本。《草堂诗余续集》二卷,用昆陵长湖外史辑本。《草堂诗余别集》四卷，沈际飞自选。《草堂诗余新集》五卷，钱允治原本，沈际飞重编。各集卷中俱有沈氏评注。书前有发凡，又有秦士奇序。刻本半叶九行行十九字，原题"古香岑草堂诗余四集"俗称《草堂四集》。明末天启、崇祯年间翁少麓刊刻，十二册。

【明汲古阁词苑英华本】　四卷，用顾从敬分调本，删去原本中词话笺注。傅增湘《藏园群书经眼录》所著录汲古阁刊本，末有识语云："癸亥秋日，得写本勘讫。中有脱有增，似非完璧。朴学斋老人识。"又藏书家著录有《毛订草堂诗余》，武陵逸史辑，隐湖小隐订，当即是该本。

【明高儒著录本】　四卷，见高氏《百川书志》。

【明叶盛著录本】　一册，见《菉竹堂书目》。

【明吴从先辑本】　四卷，原题《草堂诗余隽》，吴从先辑，师俭堂刊本。上海图书馆有藏本。

【明经业堂刊本】　四卷，用顾从敬分调本为底本，韩愈臣校刊，经业堂刊刻。

【明祝枝山小楷书本】　见《增订四库简明目录标注续录》。

【陈第世善堂藏本】　七卷，见《世善堂藏书目录》。

【李西涯辑南词本】　知圣道斋旧藏。

【清钱曾家藏本】　四卷，有续集二卷，凡四册。见《述古堂藏书目》及《也是园藏书目》。

【清康熙金昌天禄阁刊本】　四卷续编二卷，康熙二十三年刊刻，用明顾从敬本。

【清宛平查氏隐书楼本】　三卷，该本题《草堂诗余》，宋何士信辑。半叶十行行二十二字，版心有"隐书楼藏"四字。钤有"查氏隐书楼藏书印"、"宛平查氏藏书印"诸印记。宛平查氏，即莲坡查为仁也。傅增湘《藏园群书经眼录》著录。

【清四库全书本】　四卷，用顾从敬分调本。

【清石渠阁重订本】　四卷，原题《石渠阁重订草堂诗余》，清张汝霖辑。《西谛书目》著录，凡八册。

【清光绪忏花庵丛书本】 五卷，目录一卷，原题《评点草堂诗余》。光绪十三年，宋泽元据闵映璧朱墨套印杨慎批评本覆刻校刊，收入《忏花庵丛书》。

【清河仲子校刊本】 四卷，题作《类编草堂诗余》，丁丙善本书室藏书。

【清光绪四印斋所刻词本】 二卷，光绪二十二年，王鹏运借抄明天一阁所藏陈钟秀二卷本，刻入《四印斋所刻词》。原抄讹夺几不可读，乃与李髯校雠再四，有光绪丙申王鹏运跋。

【涵芬楼四部丛刊本】 前集二卷，后集二卷，影印明安肃荆聚校刊大字本。

【清王兰泉评本】 见《增订四库简明目录标注续录》。

【董康影印明洪武遵正书堂本】 前集二卷，后集二卷，见《增订四库简明目录标注续录》。

【吴昌绶双照楼景刊宋元本词本】 前集二卷，后集二卷，用明洪武遵正书堂本影印，有跋。

【清刊本】 四卷，续编二卷，据顾从敬本重刻，六册。《西谛书目》著录。疑是金昌天禄阁本。

【顾汝成校本】 四卷，见《孝慈堂书目》，二册，绵纸。

【四部备要本】 四卷，用汲古阁《词苑英华》本。

【近代铅印本】 四卷，原题武陵逸史辑《草堂诗余》，二册。见《西谛书目》。

【中华书局排印本】 一九五八年中华书局据吴昌绶双照楼影印本断句排印，笺注词话俱删去。

八、《花庵词选》二十四种

【宋刘诚甫原刻本】 十卷，《中兴以来绝妙词选》。四册，淳祐九年刻。刘氏为黄昇亲友，黄昇自序云："亲友刘诚甫谋刊诸梓，传之好事者，此意善矣。"即此人也。该本今藏北京图书馆。

【宋刻本】　十卷,《中兴以来绝妙词选》。宋刊,半页十三行行二十三字,细黑口,左右双栏。各卷第二行俱有"宋词"二字,上加黑盖。有淳祐己酉黄昇自序及胡德方序。卷末有木记三行云:"玉林此编,亦姑据家藏文集之所有,朋游闻见之所传。词之妙者,固不止此。嗣有所得,当续刊之,若其序次,亦随得本之先后,非固为之高下也。其体制不同,无非英妙杰特之作,观者其详之。"各册皆钤有"陈道复印"、"圣雨斋印",又有"乾隆御览之宝"、"天禄琳琅"诸玺印。傅增湘《藏园群书经眼录》著录。

【元刊本】《增订四库简明目录标注续录》云:"《天禄后目》有元刊本。"

【明万历舒伯明覆宋刊本】　十卷,《中兴以来绝妙词选》。万历二年桐源舒伯明据宋刘诚甫原刻本覆刻,梁溪寓舍印行。该本间有缺字。清初钱曾《读书敏求记》曾著录。今北京图书馆有藏本。又《增订四库简明目录标注》著录有明万历四年舒伯明刊本,且称"万历本多缺字"。其刊刻年代与前稍有不同。

【明万历秦堣刻本】　十卷,《唐宋诸贤绝妙词选》。原书题花庵词客撰。万历四十二年秦氏刊刻。半叶十行行二十字,白口,左右双边。有刻序。

【明万历刊本】　十卷,《唐宋诸贤绝妙词选》。共二册。郑振铎收藏,见《西谛书目》。

【善本书室藏明刊本】　十卷,《中兴以来绝妙词选》。丁丙善本书室藏书,今归南京图书馆。

【郑振铎藏明刊本】　十卷,《中兴以来绝妙词选》。十册,见《西谛书目》。

【明伯嵓胡氏刊本】　十卷,《唐宋诸贤绝妙词选》。刻版精好,或疑系宋本重刊。缪艺风藏,见《增订四库简明目录标注续录》。

【明汲古阁词苑英华本】　二十卷,《唐宋诸贤绝妙词选》十卷,《中兴以来绝妙词选》十卷,总名《花庵绝妙词选》。毛晋据万历舒伯明本刻入《词苑英华》。有毛氏二刻跋。乾隆十七年，洪振珂重刻《词苑英华》本，有花源真隐顾起纶序。

【明汲古阁影宋抄本】　三卷，《唐宋诸贤绝妙词选》，汲古阁影抄一册。清初钱曾《也是园藏书目》著录《花庵绝妙词选》三卷，未知是否系同一本。今藏北京图书馆。

【抄配汲古阁本】　二十卷，《唐宋诸贤绝妙词选》十卷，《中兴以来绝妙词选》十卷，共六册。丁丙善本书室藏书，今藏南京图书馆。

【八千卷楼藏旧抄本】　见《增订四库简明目录标注续录》。

【丁丙善本书室藏黑格抄本】　二十卷，《唐宋诸贤绝妙词选》十卷，《中兴以来绝妙词选》十卷，共六册。今藏南京图书馆。

【钱曾家藏本】　二十卷，《唐宋诸贤绝妙词选》十卷，《中兴以来绝妙词选》十卷。见《也是园藏书目》。

【蟫隐庐影宋本】　三卷，《花庵词选》，凡三册。《增订四库简明目录标注续录》谓是影宋刊本，南京图书馆所藏一本乃影宋写本。汲古阁影宋抄本三卷，或与之同源。

【清四库全书本】　二十卷，题为《花庵词选》，用内府所藏本。疑系南宋旧本。

【涵芬楼景印明覆宋刊本】　二十卷，《唐宋诸贤绝妙词选》十卷，《中兴以来绝妙词选》十卷。前一种十卷用明胡伯峕刊本，有"胡氏伯峕"、"绩溪后学"诸印。后一种十卷用无锡孙氏小渌天所藏万历二年舒伯明覆宋刻本。刊入《四部丛刊》。

【石渠宝笈旧藏宋本】　十卷，《中兴以来绝妙词选》。版本精好。

【陶湘续刊景宋金元明词本】　十卷，《中兴以来绝妙词选》，用《石渠宝笈》所藏宋本影印。

【佳趣堂著录本】《唐宋名贤绝妙词选》、《中兴以来绝妙词选》。见《佳趣堂书目》。

【金星轺藏本】　二十卷，书名《绝妙词选》，见《文瑞楼藏书目录》。

【扫叶山房石印本】 十卷,《唐宋诸贤绝妙词选》。一九一九年上海扫叶山房石印,四册。

【中华书局排印本】 二十卷,书名《花庵词选》。一九五八年中华书局据《四部丛刊》本断句排印。

九、《阳春白雪》二十五种

【南宋刊本】 五卷,见陈振孙《直斋书录解题》著录,其卷帙、篇目俱与今本不同,或是原刊。元初张炎作《词源》,亦曾提到该书。

【赵氏星凤阁元抄本】 八卷外集一卷,元赵孟頫手抄,字体行草,非按文理求之,几不可辨认。抄本原藏范氏天一阁,后鲍廷博借归过录,藏于家。为湖州人吴纯窃去,不知所终。嘉庆间钱塘何梦华得一元抄本,仅八卷而无外集,似即该本。何氏后以此本归黄丕烈士礼居收藏。今传清人抄本多出于此本。

【元版小字本】 凡二册,藏经纸面,见毛扆《汲古阁珍藏秘本书目》。未知该书系赵闻礼氏《阳春白雪》,抑或杨朝英氏《阳春白雪》,姑存其目。

【明叶盛藏本】 一册,见《箓竹堂书目》。亦不详系赵选还是杨选,姑存其目。

【明文渊阁藏本】 一册,见杨士奇等《文渊阁书目》。不详系赵选还是杨选,姑存其目。

【明朱岱翁集篆重编本】 卷帙不详。原本题"皇明宗室高唐王岱翁集篆刻本",据赵闻礼原选增广重编,次第窜乱无复旧貌。刊本前篆后楷,便于参照对读。郑振铎藏一本,仅残存二册,今归北京图书馆。

【清鲍氏知不足斋抄本】 八卷,外集一卷,据赵孟頫手抄本过录,改原抄行草为正楷,颇精善。原抄不可识者,鲍氏商之友人奚铁生(冈),兼证以宋人词集,尚多阙疑。该本于卷八增出周密

十、《绝妙好词》二十六种

【元刊本】《绝妙好词》辑成于入元以后，有宋亡以后诸作品。周密《浩然斋雅谈》卷下屡言及该书已经辑成。张炎《西江月》词亦称："《绝妙好词》乃周草窗所集也。"《词源》卷下记载当时该书刻本已经极少见到，"惜此板不存，恐墨本亦有好事者藏之。"原本卷帙不详。

【明毛晋汲古阁藏旧抄本】 二卷，该本与通行各本颇有异同，惜其不传。圭璋先生谈论词籍，曾经提到近人顾鹤益曾见一抄本，亦与通行本异。疑或即是该本。同门王兆鹏君告，今人于此版本已有详细考证辨析。惜未见其详，姑系于此。

【明毛晋汲古阁精抄本】 七卷，二册，见《汲古阁珍藏秘本书目》。后此本归朱祖谋收藏，朱氏有跋。今藏北京图书馆。朱祖谋后来曾据此抄本精校抄录一过，拟刊入《彊村丛书》，未果。该朱氏校抄本今藏平湖葛氏处。

【清钱谦益绛云楼藏元抄秘本】 七卷，此本总目后又有目录，前人有批阅，姓氏下各朱笔标注其出处里第。题弁阳老人撰。

【清钱曾述古堂藏抄本】 七卷，即钱谦益藏本。绛云楼被火后余烬散出，遂归述古堂收藏。钱曾《也是园藏书目》、《读书敏求记》及《述古堂藏书目》俱称此本名《弁阳老人绝妙词选》，仅一册。又朱彝尊得柯氏所过录钱曾本，称其"第七卷仇仁近残缺，目亦无存。"

【黄虞稷所藏本】 八卷，见《千顷堂书目》。疑系明刊足本。

【清康熙柯南陔刊本】 七卷，康熙二十三年，钱曾之族婿柯南陔(煜)从钱氏处录得抄本，归与其从父柯崇朴(寓匏)及兄弟辈共同审校订补。次年，柯氏小幔亭刻印。凡二册。有柯煜刻序。郑振铎氏曾藏一本，存一册，今归北京图书馆。

【清康熙高士奇清吟堂批校本】 七卷，柯氏既得钱本与父兄辈校勘，复又商之高士奇。康熙三十七年，高氏据以重刻一本，凡四册。卷中有批校。此高氏清吟堂刊本也。《增订四库简明目录标注续录》著录。今南京大学图书馆有藏本。《增订四库简明目录标注续录》又称有清吟阁刊本，未知是否系清吟堂刊本之误。

【清朱彝尊点定本】　七卷，题弁阳老人辑，亦源出钱曾所藏抄本。《佳趣堂书目》、《增订四库简明目录标注》俱有著录。

【清康熙扫叶山房石印本】　一册，康熙六十年刊印。次年再刻，分装二册。

【清厉鹗抄配残本】　据厉鹗《题绝妙好词》称，柯南陔本、高士奇本刊行若干年后，购之颇艰难。康熙六十一年，厉鹗得吴氏所馈残帙二卷，又借其他版本抄配，乃成一完帙。

【清雍正群玉书堂刻本】　七卷，凡一册，雍正三年项絪氏刊于群玉书堂。有澹斋项絪序。各卷末俱有勘订人姓名：卷一项絪，卷二陈撰，卷三徐逢吉，卷四金士奇和张隆，卷五赵昱和江洁，卷六洪正治和程鸣，卷七某氏，刻版极精好。今北京图书馆有藏本。

【清戴熙手校群玉书堂本】　七卷，戴熙（鹿床）以项氏群玉书堂本为底本校过。卷内有"味经阁戴氏藏"印。《增订四库简明目录标注续录》有著录。该本后归丁丙善本书室，今藏南京图书馆。

【清陆钟辉刊本】

【清乾隆查氏澹宜书屋笺本】　七卷，乾隆十三年，查为仁、厉鹗二人先后各为《绝妙好词》作笺注，之后合为一处，相与搜讨，凡词人之爵里事迹、词之本事、唱酬、佚作，俱录附卷中，览者称便。十四年书成，题名《绝妙好词笺》。十五年，始付梓刊刻。凡二册。今北京图书馆有藏本。

【清四库全书本】　七卷，用查为仁、厉鹗笺本。

【清道光杭州爱日轩徐氏刊本】　笺七卷，续抄一卷，又续抄一卷。乾隆间，仁和余集以周密杂著中所录宋人词尚多，遂辑为《绝妙好词续抄》一卷刊行。其后杭人徐楙又续补一卷，合为《绝妙好词续抄》上下卷。道光八年，徐氏重刊查、厉笺注本，即以此上下卷附录于卷末。各卷均有钱塘汪沆、陈皋同校勘字样，卷首附《四库提要》、柯序、高序、厉序、题跋附录、纪事等，卷七末附乾隆庚午查氏二子跋，《续抄》前有余集序，后有徐楙跋。一九五六年文学古籍刊行社曾影印，一九八三年上海古籍出版社又影印。

【清同治会稽章氏刊本】 笺七卷，续抄一卷，又续抄一卷。同治十一年章寿康（硕卿）式训堂用杭州爱日轩本重刻，李慈铭评注并跋。

【清小瓶庐刻本】 七卷，用高士奇清吟堂本重刻。扉页有“宋本重刊”四字，显然系伪托。周密该选成书于入元后，从无宋本。卷首有柯、高二序。各卷之前又有“清吟堂重订”字样。

【清姚梅伯手校小瓶庐刻本】 七卷，郑文焯《绝妙好词校录》曾参考此本。

【清光绪覆钱塘爱日轩本】 笺七卷，续抄一卷，又续抄一卷。见《增订四库简明目录标注续录》。

【四部备要本】 笺七卷，续抄一卷，又续抄一卷，据钱塘爱日轩徐氏刊本校刊。一九五七年中华书局用《四部备要》纸型重印。

【袖珍古书读本本】

【上海启新书局石印本】 笺七卷，续抄一卷，又续抄一卷，一九二二年印行，凡四册。

【大中书局铅印笺本】 一九三二年印行，一册。

【上海有正书局铅印本】 笺七卷，民国□□年印行，凡三册。

十一、《乐府补题》十四种

【元本】 是书为宋遗民咏物社课总集，凡十四家三十七首。元人陈旅《安雅堂集》有《陈行之墓志铭》，谓此书乃陈行之（恕可）所编撰。据此知元代已有流传。

【明吴讷百家词本】 不分卷，无撰人及序跋。目录于词牌下分列词人姓氏。此本抄于明正统年间，去元代不远，疑元本亦仅如此。

【明毛晋汲古阁抄本】　一卷，该本与元《天下同文》合抄为一册。《增订四库简明目录标注》著录，今藏北京图书馆。

【常熟吴氏抄白本】　一卷，见朱彝尊《乐府补题序》。疑即是常熟吴讷所抄《百家词》本。

【清朱彝尊抄本】　一卷，休宁汪晋贤于长兴藏书家所购得常熟吴氏抄白本，朱彝尊借归过录。

【清康熙蒋景祁刊本】　一卷，用朱彝尊抄本。见朱彝尊《乐府补题序》。《增订四库简明目录标注》著录。

【清四库全书本】　一卷，前有朱彝尊序。当是从蒋景祁本刻入。

【清乾隆知不足斋刊本】　一卷。

【清道光王氏刊本】　见《漱六编》五种第一册。南京图书馆有藏本。

【清杭州顾氏刊本】　一卷，见张德瀛《词徵》卷四，以及《增订四库简明目录标注续录》。

【清朱祖谋彊村丛书本】　一卷，用《知不足斋丛书》本。目录仅列词牌及首数，卷中间有双行夹注校语。末附归安王树荣庚申岁跋，首倡此集三十七首词俱为元僧盗宋皇陵而作之说。

【清黄虞稷所藏本】　一卷，题仇远撰，见《千顷堂书目》。

【天苏阁丛刊本】　徐珂校，一九一四年出版，铅印一册。

【丛书集成本】　一卷，用《知不足斋丛书》本排印。

十二、《名儒草堂诗余》二十三种

【凤林书院原刊元本】　三卷，是书又名《元草堂诗余》、《续草堂诗余》和《凤林书院草堂诗余》。卷首原刻序称凡三百余首，刊为前集。与今本不符，亦未见有后集。傅增湘《藏园群书经眼录》著录元凤林书院刊本，三卷，题作《精选名儒草堂诗余》，九行行十八字，黑口，左右双栏。钤有“姑苏吴岫尘外轩读过、慎言、玉屏珍赏、上郈冯氏藏书”诸印。今北京图书馆藏元刻《精选名儒草堂诗余》三卷，当亦是原刊本。

【明崇祯叶氏朴学斋抄本】　三卷，崇祯十二年，叶石君借己苍冯氏所藏元凤林书院原刊本过录。所据原刊本，即钤有“姑苏吴岫尘外轩读过”诸印，后为傅增湘著录者。过录本后有崇祯己卯冬叶石君抄跋。该本曾归铁琴铜剑楼收藏，《增订四库简明目录标注续录》亦著录。今归北京图书馆。

【明抄本】　见《增订四库简明目录标注续录》。

【明朱睦㮮藏本】　二卷，见朱氏《万卷堂书目》卷四。

【清钱曾也是园藏本】　二卷，钱氏《也是园藏书目》著录《续草堂诗余》二卷，抄刻不详。

【清钱曾述古堂藏本】　三卷，钱氏《述古堂藏书目》著录《元草堂诗余》一本，三卷。又其《也是园藏书目》亦别著录一本《元人草堂诗余》三卷，未知是否一书。

【清曹溶手评抄本】　三卷，《孝慈堂书目》著录，仅二十二家，尚不及原书之半。抄本一册凡百二十二番。

【清朱彝尊手抄本】　见厉鹗抄本跋。其上卷姓氏多遗落。

【清吴尺凫绣谷亭藏本】　见厉鹗抄本跋。厉鹗称该本“颇多颠倒残缺”。

【佳趣堂书目著录本】　三卷，题作《元草堂诗余》。

【清孙星衍家藏本】　三卷，孙星衍《孙氏祠堂书目》著录，题作《名儒草堂诗余》。

【清厉鹗所购元刻本】　雍正十一年，厉鹗于扬州购得，凡三册，见厉鹗抄本跋。

【清厉鹗抄校本】　三卷，厉鹗跋云：“（雍正）甲辰春晚，读书于外家蒋氏之水轩，凡十日，录成此本。”雍正庚戌岁再跋云：“此本借抄于吴尺凫绣谷亭所藏，颇多颠倒残缺，略为校定。”其后又得朱彝尊本、扬州所购元刻本参校。复据《翰墨大全》、《天下同文集》补选若干首。抄本有厉氏五跋。

【清陈皋过录厉鹗抄本】　三卷，雍正庚戌冬，陈氏客扬州日，借厉鹗抄本过录，有抄跋。

【清读画斋丛书本】　三卷，据厉鹗抄本刻入《读画斋丛书》丙集。前有厉鹗五跋，总目下为凤林书院原跋。卷首“精选名儒草堂诗余卷上”之下，有“仿元本重雕”字样。目录分卷上、卷中和卷下。篇目与卷内实际篇目往往不吻合。

【旧抄本】　三卷，一册，南京图书馆藏。

【秦恩复词学丛书本】　三卷，嘉庆辛未用《读画斋丛书》本刊刻。秦氏刻跋称赞读画斋本“鱼鲁颇多，暇日以樊榭手校本更加厘正。”刻本附厉氏五跋、陈皋跋、严长明跋，以及嘉庆辛未岁自跋二则。光绪年间有重修本。

【伍崇曜粤雅堂丛书本】　三卷，用秦恩复本，亦源自厉鹗抄本。

【清缪艺风藏元刻残本】　一卷，纸墨粗率，仅存上卷。缪氏得之于京师，见陶湘景元本跋。

【清何梦华景抄本】　傅增湘藏。见陶湘景元本跋。

【吴昌绶双照楼景刊宋元本词本】　三卷，用傅增湘所得元刻本影印。陶湘《景元本凤林书院草堂诗余跋》称：“江安傅沅叔有何梦华景抄本，行款正同。伯宛初据以上版。阅数年，沅叔复得元刻全本，重加改补。”

【清内府刊宛委别藏本】　三卷，用厉鹗抄校本。

【丛书集成本】　三卷，用秦恩复《词学丛书》本。

十三、《中州乐府》二十九种

【元宪宗刊本】　《中州乐府》一卷，附元氏《中州集》十卷后。元好问自序作于金哀宗天兴二年。原刻未见著录。今见于著录之最早版本，乃元宪宗五年(1255)刊本。丁丙《善本书室藏书志》卷三十八称：“斧季丈曾从都下得蒙古宪宗五年刊本，为东海司寇公豪夺以去。”

【元至大曹氏进德斋刊本】 一卷，附《中州集》十卷后。至大三年庚戌平水曹氏进德斋所刻，龙山赵国宝标题《翰苑英华中州集》。刻本半叶十五行行二十八字，末叶有“至大庚戌良月平水进德斋刊”牌记。今北京图书馆藏有一本，六册。有黄丕烈跋。又傅增湘亦藏有进德斋刊本《中州集》十卷，唯《中州乐府》一卷系从进德斋刊本影写。卷内有“佛桑仙馆、姚氏畹贞、杨希铨印”等印，有傅跋，亦六册。此外有蒋氏元刻本一种。黄丕烈影抄元本藏书跋云：“嘉庆己巳春正月晦日，校濂溪坊蒋氏元刻本与此异字。”吴昌绶跋《中州乐府》亦称：“独蒋氏乃翰苑英华本，故有至大庚戌良月平水进德斋刊碑牌。”疑即是同一刻本或重刻本。

【元本】 一卷，附《中州集》十卷后。《艺芸精舍宋元本书目》著录。

【元延祐乙卯新刊本】 一卷，附《中州集》十卷后。延祐二年乙卯刊刻。

【日本五山翻刻本】 一卷，附《中州集》十卷后。用元延祐乙卯新刊本翻刻。刻本半叶十五行行二十八字，与进德斋本同。傅增湘藏有一本。其《藏园群书经眼录》著录云：“首自序，次张德辉序，次目录，目录题‘乙卯新刊中州集’。总目卷首题‘中州甲集第一’，每卷有总目，目后低二字分目，有黑盖子。”

【明陆氏家藏本】 一卷，丁丙《善本书室藏书志》卷三十八谓有“俨山陆公家藏本”。嘉靖本彭汝寔序云：“蜀左辖我俨山陆先生会计之暇，目不瞬于检阅，偶得是编，示予兑阳山楼。”

【明嘉靖九峰书院刊本】 一卷，单刻《中州乐府》。嘉靖间陆氏既得家藏本，遂谋梓于彭汝寔。嘉靖十五年嘉定守高登遂刊刻于九峰书院。刊本凡一册，半叶八行行十六字，版心有“山水源头”四字。有嘉靖十五年“汉嘉后学彭汝寔”序，及“属吏麻城毛凤韶”后序。其后汲古阁刊本、《彊村丛书》本俱从此本出。郑振铎曾得天一阁旧藏该本，赵万里《西谛书目序》称于郑氏寓所得见此本,卷帙甚厚,“字大如钱,刻工于粗犷中寓有质朴气息。”傅增湘《藏园群书经眼录》卷十八亦有著录。

【明高儒藏本】 一卷,见高氏《百川书志》卷十八著录。单行《中州乐府》,凡三十六人百有十阕,与嘉靖本彭汝寔序称“凡三十六人,总一百二十四首”,以及董康诵芬室影刻元至大本一百十五首之数,皆不吻合。

【明弘治刊本】 一卷,附《中州集》十卷后。前有弘治九年丙辰华容严永濬序,后又有颐斋张德辉序。北京图书馆所藏一本十二册,称“明弘治九年李瀚刻本”。丁丙《善本书室藏书志》卷三十八著录有马笏斋所藏一本,钤有“马玉堂”、“笏斋”二印。题作《新刊中州集》十卷,《中州乐府》一卷。又识云:“《士礼居藏书题跋》云:复见一本每叶二十二行,每行二十一字,殆弘治刻也。”毛晋汲古阁所刻《中州集》十卷,即据此本《中州集》上版。

【明汲古阁抄本】 一卷,从元本影抄。后归黄丕烈士礼居收藏。抄本有嘉庆戊辰李德经题跋:“余应文选局之募,佣书于读未见书斋。主人出毛抄《中州乐府》,属摹补目录及碑牌于首尾。”清人张德瀛《词徵》卷四著录有“毛氏影写元至大本”,当即是该本。吴昌绶《中州乐府跋》亦云有张芙川氏重摹士礼居藏毛抄本。毛扆《汲古阁珍藏秘本书目》著录一本一册,未知是否即此本。

【明汲古阁刊本】 一卷,附《中州集》十卷后。毛晋既据弘治本刻《中州集》,复据明嘉靖九峰书院本刻《中州乐府》。毛氏以为《中州乐府》中词人俱有小传见于《中州集》,故凡系小传者一律削去。不知元好问之体例乃二选互见,凡《中州集》中已见小传者,《中州乐府》不复系传。《中州集》未见者诸如邓千江以下诸家,乃另设小传,删之大误。

【何焯批校汲古阁刊本】 一卷,以汲古阁刊本为底本,参校元本,有“逍遥游”、“松斋”、“古怀堂”等二十余印。傅增湘《藏园群书经眼录》谓:“以卷中各印证之,盖何义门(焯)校本。”《善本书室藏书志》引袁又恺注云:“乾隆乙卯八月三日,有书贾持何批《中州集》来，索价甚昂。”今北京图书馆藏一本十册，称“明末毛晋汲古阁刻本，失名录何焯批校题识”。又一本十二册，“明末毛氏汲古阁刻清寒松堂印本，失名录何焯批校”。

【旧抄本】 一卷，附《中州集》十卷后。系毛晋刻本之过录抄本，故诗集前有弘治本之严永濬序，后则有张德辉序、毛晋重刻跋、彭汝寔序、毛凤韶后序等。丁丙《善本书室藏书志》卷三十八著录。

【清钱曾家藏本】 一卷，抄本一册，单刻《中州乐府》。钱氏《述古堂藏书目》、《也是园藏书目》俱著录。

【结一庐藏本】 一卷，附《中州集》十卷后。见《别本结一庐书目》。

【清冯班评本】 一卷，见《别本结一庐书目》。

【清四库全书本】 一卷，附《中州集》十卷后。

【清黄丕烈校景元抄本】 一卷，张芙川据汲古阁抄本摹写，黄丕烈以蒋氏元刊本校过。李德经抄补并跋。该本今藏北京图书馆。

【元遗山先生全集本】 一卷，附《中州集》十卷后。

【旧抄本】 一卷，单行《中州乐府》。一册九十番，有彭汝寔序。见《孝慈堂书目》。

【精抄本】 一卷，附《中州集》十卷后。今藏南京图书馆。

【清光绪读书山房本】 一卷，附《中州集》后。光绪七年刊刻，凡十一册。

【旧抄本】 一卷，傅增湘《藏园群书经眼录》著录：“旧写本，八行十五字，板心题‘山水源头’四字。卷末有‘至大庚戌良月’、‘平水进德斋刊’二行。从明九峰书院本出。”九峰书院本半叶八行行十六字，较此抄本每行多出一字。

【朱祖谋彊村丛书本】 一卷，用明嘉靖九峰书院刊本，有朱氏刻跋。

【吴昌绶双照楼景刊宋元本词本】 一卷，陶湘《景元至大本中州乐府一卷跋》称：“元本《中州乐府》每半叶十五行，行二十八字，末有‘至大庚戌良月’、‘平水进德斋刊本’木记。伯宛从德化李氏所藏张芙川家景写本上版。”吴氏有跋。

【董康诵芬室景印本】　一卷，附《中州集》十卷后。民国九年董氏据日本五山本影刻，又以傅增湘所藏元刊本校补成书，收入《诵芬室丛刊》初编。

【四部丛刊本】　一卷，用董康诵芬室本。

【日本近藤元粹评点本】　一卷，铅印本，一册。

【金元总集本】　一卷，附《中州集》十卷之后。中华书局一九五九年铅印。

附录二

主要引用书目

A

《安雅堂集》	元·陈旅撰	《四库全书》本
《安雅堂全集》	清·宋琬撰	乾隆丙戌续刊本

B

《北梦琐言》	五代·孙光宪撰	上海古籍 1981 版
《白石道人歌曲》	宋·姜夔撰	《彊村丛书》本
《碧鸡漫志》	宋·王灼撰	《词话丛编》本
《宾退录》	宋·赵与时撰	上海古籍 1983 版
《碧梧玩芳集》	宋·马廷鸾撰	《豫章丛书》本
《补辽金元艺文志》	清·倪灿、卢元弨编	中华书局《二十五史补编》本
《白雨斋词话》	清·陈廷焯撰	《词话丛编》本
《伯希和西域探险记》	法·伯希和撰	云南人民 2001 版

C

《楚辞章句》	汉·王逸撰	《丛书集成》本
《词源》	宋·张炎撰	《词话丛编》本
《草堂诗余》	宋·何士信编	《词苑英华》本

《草堂诗余》	宋·何士信编	吴昌绶双照楼景印本
《沧洲尘缶编》	宋·程公许撰	《四库珍本初集》本
《藏一话腴》	宋·陈郁撰	文渊阁《四库全书》本
《草窗韵语》	宋·周密撰	蒋氏密韵楼覆宋本
《朝野新声太平乐府》	元·杨朝英编	《四部丛刊》本
《唱论》	元·燕南芝庵撰	《中国古典戏曲论著集成》本
《词品》	明·杨慎撰	《词话丛编》本
《草堂诗余别录》	明·张綖编	四明天一阁藏本
《词林万选》	明·杨慎编	《词苑英华》本
《词菁》	明·陆云龙编	崇祯初刻本
《词的》	明·茅映编	《词坛合璧》本
《陈迦陵文集》	清·陈维崧撰	《四部丛刊》本
《词综》	清·朱彝尊编	上海古籍 1981 版
《词坛妙品》	清·张渊懿编	康熙戊午刊本
《翠薇花馆词续刻》	清·戈载撰	嘉庆刊本
《词洁辑评》	清·先著、程洪撰	《词话丛编》本
《词概》	清·刘熙载撰	《词话丛编》本
《词林正韵》	清·戈载撰	上海古籍景印道光元年刊本
《词苑萃编》	清·冯金伯撰	《词话丛编》本
《词学季刊》	龙沐勋主编	上海开明书店版
《词学》	上海华师大主编	华师大出版社
《词话史》	朱崇才撰	中华书局 2006 版

D

《大唐新语》	唐·刘肃撰	《笔记小说大观》本
《东莱诗集》	宋·吕本中撰	《四部丛刊》本
《东京梦华录》	宋·孟元老撰	中华书局 1962 版
《东轩笔录》	宋·魏泰撰	中华书局 1983 版

《东原录》	宋·龚鼎臣撰	上海书店 1990 版
《都城纪胜》	宋·耐得翁撰	中华书局 1962 版
《独醒杂志》	宋·曾敏行撰	《知不足斋丛书》本
《带经堂全集》	清·王士祯撰	民国十年鸿宝斋局石印本
《读书敏求记》	清·钱曾撰	《丛书集成》本
《雕菰楼词话》	清·焦循撰	《词话丛编》本
《赌棋山庄词话》	清·谢章铤撰	《词话丛编》本
《敦煌曲子词集》	王重民编	商务印书馆 1956 版
《敦煌零拾》	罗振玉编	民国排印本
《敦煌掇琐》	刘复编	民国刊本
《敦煌歌辞总编》	任半塘编撰	上海古籍 1987 版
《敦煌云谣集新校订》	沈英名编	台湾正中书局民国七十年版
《敦煌遗书总目索引》	商务印书馆编	商务印书馆 1962 版

F

《樊榭山房集》	清·厉鹗撰	《四部丛刊》本
《芬陀利室词话》	清·蒋敦复撰	《词话丛编》本
《复堂词话》	清·谭献撰	《词话丛编》本
《坊刻本》	黄镇伟撰	江苏古籍《中国版本文化丛书》本

G

《归田录》	宋·欧阳修撰	《笔记小说大观》本
《姑溪居士文集》	宋·李之仪撰	《丛书集成》本
《过庭录》	宋·范公偁撰	《笔记小说大观》本
《癸辛杂识》	宋·周密撰	《津逮秘书》本
《古香岑草堂诗余四集》	明·沈际飞编	明刊本
《古今词统》	明·卓人月、徐士俊编	明末崇祯刊本

《古今诗余醉》	明·潘游龙编	十竹斋刻本
《古今别肠词选》	清·赵式编	康熙聆蛩书屋刊本
《古今词选》	清·沈时栋编	康熙丙申刻本
《古今词话》	清·沈雄撰	《词话丛编》本
《古诗源》	清·沈德潜编	中华书局 1963 版
《古欢堂集》	清·田雯撰	商务印书馆景印四库珍本
《国朝常州词录》	清·缪荃孙编	光绪缪氏云自在龛刊本

H

《汉书》	汉·班固撰	中华书局排印本
《花间集》	五代·赵崇祚编	《词苑英华》本
《海陵集》	宋·周麟之撰	《四库全书》本
《花庵词选》	宋·黄昇编	《词苑英华》本
《鹤林玉露》	宋·罗大经撰	《笔记小说大观》本
《后村先生大全集》	宋·刘克庄撰	《四部丛刊》本
《浩然斋雅谈》	宋·周密撰	《丛书集成》本
《花草粹编》	明·陈耀文编	明万历刊本
《花草粹编》	明·陈耀文编	清咸丰评花仙馆校本
《皇明文衡》	明·程敏政编	《四部丛刊》本
《花草蒙拾》	清·王士祯撰	《词话丛编》本
《蕙风词话》	清·况周颐撰	《词话丛编》本
《花间集校》	李一氓点校	人民文学 1981 版

J

《金奁集》	宋·无名氏编	《彊村丛书》本
《建炎以来系年要录》	宋·李心传撰	《丛书集成》本
《金史》	元·脱脱等撰	中华书局排印本
《今词初集》	清·顾贞观、纳兰性德编	雪浪山房重刻本

《金粟词话》	清·彭孙遹撰	《词话丛编》本
《绝妙好词笺》	清·查为仁、厉鹗笺	中华书局影印爱日轩本
《介存斋论词杂著》	清·周济撰	《词话丛编》本
《绝妙近词》	清·孙麟趾编	咸丰五年刊本
《校辑宋金元人词》	赵万里辑	国立中央研究院 1931 本
《江湖诗派研究》	张宏生著	中华书局 1995 版

K

《客亭类稿》	宋·杨冠卿撰	《湖北先正遗书》本
《柯亭词论》	蔡崧云撰	《词话丛编》本

L

《芦川归来集》	宋·张元幹撰	上海古籍 1978 版
《鲁斋王文宪公集》	宋·王柏撰	《金华丛书》本
《类聚名贤乐府群玉》	元·无名氏编	上海古籍 1982 版
《梨园按试乐府新声》	元·无名氏编	卢前校刻本
《类编草堂诗余》	明·顾从敬编	明刊本
《类编笺释国朝诗余》	明·钱允治编	明刊本
《灵芬馆词话》	清·郭麐撰	《词话丛编》本
《林下词选》	清·周铭编	丰草庄定本
《鲁岩所学集》	清·张宗泰撰	张氏模宪堂重刻本

M

《穆天子传》	晋·郭璞注	《四部备要》本
《梅苑》	宋·黄大舆编	《楝亭十二种》本
《梦粱录》	宋·吴自牧撰	中华书局 1962 版
《茅亭客话》	宋·黄休复撰	《宋元笔记小说大观》本
《名儒草堂诗余》	元·凤林书院编	《词学丛书》本
《名儒草堂诗余》	元·凤林书院编	《粤雅堂丛书》本

《明词综》	清·王昶编	《四部备要》本
《秘戏图考》	荷·高罗佩撰	广东人民 1992 版

N

《能改斋漫录》	宋·吴曾撰	上海古籍 1979 版
《南宋群贤小集》	清·顾修重编	石门顾氏读画斋刊本

P

《瓢泉吟稿》	元·朱晞颜撰	四库珍本初集
《曝书亭集》	清·朱彝尊撰	《四部丛刊》本
《蘋洲渔笛谱疏证》	清·江昱疏证	《彊村丛书》本

Q

《青箱杂记》	宋·吴处厚撰	《笔记小说大观》本
《清波杂志》	宋·周辉撰	《笔记小说大观》本
《齐东野语》	宋·周密撰	《说库》本
《青楼集》	元·夏庭芝撰	《中国古典戏曲论著集成》本
《清容居士集》	元·袁桷撰	《丛书集成》本
《曲律》	明·王骥德撰	《中国古典戏曲论著集成》本
《全唐诗》	清·彭定求等编	上海古籍 1986 版
《全唐文》	清·董诰等编	中华书局 1982 影印本
《乾隆泉州府志》	清·黄任、郭赓武撰	乾隆二十八年刻本
《千顷堂书目》	清·黄虞稷撰	《适园丛书》本
《清名家词》	陈乃乾编	上海书店 1982 版
《清史稿》	赵尔巽等撰	中华书局 1976 版
《全宋词》	唐圭璋编	中华书局 1980 版
《清词史》	严迪昌撰	江苏古籍 1990 版
《全唐五代词》	张璋、黄畬编	上海古籍 1986 版

R

《日湖渔唱》	宋·陈允平撰	《彊村丛书》本
《容斋随笔》	宋·洪迈撰	《笔记小说大观》本
《容斋四笔》	宋·洪迈撰	《笔记小说大观》本
《儒林公议》	宋·田况撰	《笔记小说大观》本
《人间词话》	清·王国维撰	《词话丛编》本

S

《涑水记闻》	宋·司马光撰	《宋元笔记小说大观》本
《宋文鉴》	宋·吕祖谦编	《四库全书》本
《蜀梼杌》	宋·张唐英撰	《丛书集成》本
《双溪诗余》	宋·王炎撰	四印斋刊本
《水心文集》	宋·叶适撰	《四部备要》本
《石屏诗集》	宋·戴复古撰	《四部丛刊续编》本
《石徂徕集》	宋·石介撰	正谊堂本
《邵氏闻见后录》	宋·邵伯温撰	《宋元笔记小说大观》本
《诗人玉屑》	宋·魏庆之撰	古典文学 1958 版
《四朝闻见录》	宋·叶绍翁撰	《知不足斋丛书》本
《宋史》	元·脱脱等撰	中华书局点校本
《剡源集》	元·戴表元撰	《丛书集成》本
《珊瑚木难》	明·朱存理编	《适园丛书》本
《诗渊》	明·无名氏编	书目文献出版社景印明抄本
《诗余广选》	明·卓人月、徐士俊编	明末崇祯刊本
《宋六十名家词》	明·毛晋编	《国学基本丛书》本
《松桂堂全集》	清·彭孙遹撰	乾隆八年刊本
《十五家词》	清·孙默编	《四部备要》本
《四库全书总目提要》	清·纪昀等撰	民国二十二年排印本
《善本书室藏书志》	清·丁丙撰	中华书局 1990 版

《宋史艺文志补》	清·倪灿、卢文弨撰	中华书局《二十五史补编》本
《宋七家词选》	清·戈载编	光绪十一年重刊本
《宋诗纪事》	清·厉鹗编	上海古籍 1983 版
《宋四家词选》	清·周济编	滂喜斋刻本
《宋六十一家词选》	清·冯煦编	冶城山馆刊本
《宋人轶事汇编》	清·丁传靖编	中华书局排印本
《四印斋所刻词》	清·王鹏运辑刻	上海古籍 1989 版
《松邻遗集》	清·吴昌绶撰	民国刻本
《宋会要辑稿》	清·徐松辑	民国二十五年北平图书馆刊本
《宋词四考》	唐圭璋撰	江苏古籍 1985 版
《声执》	陈匪石撰	《词话丛编》本
《宋词通论》	薛砺若撰	上海开明书店 1944 版
《宋词散论》	詹安泰撰	广东人民 1980 版
《宋金元文论选》	陶秋英编	人民文学 1984 版
《宋元诗社研究丛稿》	欧阳光著	广东高等教育出版社 1996 版
《宋元小说话本集》	欧阳健、萧相恺编	中州古籍 1987 版
《宋词题材研究》	许伯卿著	中华书局 2007 版
《宋本》	张丽娟、程有庆撰	江苏古籍《中国版本文化丛书》本

T

《苕溪渔隐丛话》	宋·胡仔撰	人民文学 1981 版
《太平广记》	宋·李昉等撰	《笔记小说大观》本
《桐江集》	元·方回撰	宛委别藏本
《图绘宝鉴》	元·夏文彦撰	《丛书集成初编》本
《太和正音谱》	明·朱权撰	《中国古典戏曲论著集成》本

《铁网珊瑚》	明·都穆撰	乾隆二十三年光霁山房重刊本
《桐月修箫谱》	清·王嘉禄撰	民国二十六年重刊本
《听秋声馆词话》	清·丁绍仪撰	《词话丛编》本
《通义堂文集》	刘毓崧撰	《求恕斋丛书》本
《唐宋词人年谱》	夏承焘撰	上海古典文学 1955 版
《唐宋词通论》	吴熊和撰	浙江古籍 1985 版
《唐宋词流派史》	刘扬忠撰	中国社会科学出版社 2007 版

W

《文选》	南朝梁·萧统编	中华书局 1981 版
《五代史补》	宋·陶岳撰	《豫章丛书》本
《武林旧事》	宋·周密撰	中华书局 1962 版
《问花楼词话》	清·陆蓥撰	《词话丛编》本
《吴中七家词》	清·王嘉禄辑刻	道光刻本

X

《新唐书》	宋·欧阳修等撰	中华书局排印本
《新五代史》	宋·欧阳修撰	中华书局排印本
《续资治通鉴长编》	宋·李焘撰	上海古籍 1985 版
《咸淳临安志》	宋·潜说友撰	《四库全书》本
《新编古今事文类聚》	宋·祝穆编	元刊本
《续草堂诗余》	明·长湖外史编	明万历刊本
《西河集》	清·毛奇龄撰	《四库全书》本
《续文献通考》	清·纪昀等撰	商务印书馆《万有文库》本
《西圃词说》	清·田同之撰	《词话丛编》本
《新元史》	清·柯劭忞撰	开明书店铸版《二十五史》本

Y

《玉台新咏》	南朝梁·徐陵编	成都古籍书店景印本
《乐府诗集》	宋·郭茂倩编	中华书局 1979 版
《乐府雅词》	宋·曾慥编	《四部丛刊》本
《夷坚志》	宋·洪迈撰	《笔记小说大观》本
《筠溪集》	宋·李弥逊撰	文渊阁《四库全书》本
《阳春白雪》	宋·赵闻礼编	黄丕烈校抄本
《阳春白雪》	宋·赵闻礼编	《粤雅堂丛书》本
《游宦纪闻》	宋·张世南撰	中华书局 1981 版
《乐府指迷》	宋·沈义父撰	《词话丛编》本
《乐府补题》	宋·仇远、陈恕可编	《彊村丛书》本
《养吾斋集》	宋·刘将孙撰	四库珍本初集本
《遗山集》	金·元好问撰	《四库全书》本
《瀛奎律髓》	元·方回撰	上海古籍点校本
《乐府新编阳春白雪》	元·杨朝英编	《国学基本丛书简编》本
《永乐大典》	明·解缙等编	中华书局 1960 景印本
《艺苑卮言》	明·王世贞撰	《词话丛编》本
《掖垣人鉴》	明·萧彦撰	文海出版社民国五十九年本
《渔阳山人精华录训纂》	清·王士祯撰	《四部备要》本
《御选历代诗余》	清·沈辰垣等编	杭州古籍书店景印本
《远志斋词衷》	清·邹祗谟撰	《词话丛编》本
《瑶华集》	清·蒋景祁编	中华书局景印康熙天藜阁本
《雨村词话》	清·李调元撰	《词话丛编》本
《吟碧山馆词》	清·王寿庭撰	潘钟瑞《香禅精舍集》本
《乐府余论》	清·宋翔凤撰	《词话丛编》本

Z

《尊前集》	宋·无名氏编	《词苑英华》本
《尊前集》	宋·无名氏编	《彊村丛书》本
《尊前集》	宋·无名氏编	万历顾梧芳刻本
《紫微集》	宋·张嵲撰	《湖北先正遗书》本
《直斋书录解题》	宋·陈振孙撰	上海古籍 1987 版
《中州集》	金·元好问编	中华书局 1959 版
《渚山堂词话》	明·陈霆撰	《词话丛编》本
《紫桃轩杂缀》	明·李日华撰	《国学珍本文库》本
《支机集》	明·蒋平阶等撰	华师大《词学》刊本
《左庵词话》	清·李佳撰	《词话丛编》本
《詹安泰词学论稿》	詹安泰撰	广东人民 1984 版
《中国古典词学理论史》	方智范、邓乔彬、周圣伟、高建中著	华师大出版社 2005 版
《中国历史地图集》	谭其骧主编	中国地图出版社 1982 版
《中国古代房内考》	荷·高罗佩撰	上海人民 1995 版

再版后记

接到出版社的再版约请，许多已经淡远的记忆重新浮现在眼前。我找出《群体的选择》最初的复印稿本，坐在窗前。孙望教授阅改的那些蝇头小字，悄然映入眼帘。

二十多年前，我与王兆鹏、王步高、史双元诸君考入唐圭璋先生门下攻读唐宋词。先生一生治词，著述宏富，早已名满天下。在他的指导下，我们学到了许多治词的学问和方法。先生的好友程千帆教授和孙望教授也是我们的授业导师，他们讲授的诗歌史、校勘学、版本学，让我们终身受益。遥想当年，先生第一届博士研究生钟振振、王小芸还没有毕业。我们在常国武教授和曹济平教授的带领下商榷词学，吟咏填词，唐门宾客往来出入，极一时之盛。

一九九〇年是记忆中最寒冷的一年。在撰写论文的同时，我频繁往来于镇江和南京之间，母亲和岳母都被晚期癌症折磨得奄奄一息。那年的六月一日，孙望教授忽然去世了。接着十月一日我岳母在镇江去世，十一月七日我母亲在南京去世，十一月二十八日，唐先生去世。短短几个月，我失去了四位亲人。凛冽的寒意，不仅仅来自于失去亲人。记得当时填写过一首《踏莎行》词悼念唐师："落叶满天声似雨，底事难眠、泪洒西州路？忍按宫商谁与诉，魂幡月影空梁宇。触处凄凉无意绪，又踏桐花、凌乱窗前舞。山碧云深闻笛谱，先生校罢西泠句。"词里面用了一些冷僻的典故，来表达一个年轻知识分子内心彷徨无依的孤独感。后来我告别了大学，转而从事传媒研究。

特别难忘的是，这部论文与孙望先生去世有关。许多人都向我打听过、讲述过孙先生去世的情形，因为孙先生的生命句号正好画在我的博士论文上。据孙先生女儿孙原靖告，当时孙先生已经批阅完这部论文，正在为评审委员会起草最后的评语。写到一大半的时候，有人敲门。两个五十年代的老学生从福建远道而来探望老师。先生放下笔把他们让进书房，聊了很久。之后突然剧烈头痛，突发脑溢血倒在地上。家人急忙把他送到医院抢救，已经来不及了。先生的绝笔已经永远凝定在没有写完的评语上了。过了一段时间，孙原靖把孙先生评阅的博士论文和没有写完的评语送交到系主任那里，系主任又转给了我。这珍贵的评点本和先生手稿，成了我的永久珍藏。

还有曾经帮助和指点过我撰写论文的施蛰存先生、于北山先生，也都先后去世了。他们在我还非常年轻的时候，热心地指导方法，慷慨地提供研究线索，甚至还平等地与我书信来往商榷得失。北山先生性情刚直，声音洪亮，常常站在古籍图书馆寂静的走廊上，对着我这样一个年轻后生高谈阔论。那样的情景是多么温暖，多么令人怀念啊。

坐在书窗下，想起教过自己的先生，想起他们熟悉的音容笑貌。常国武先生、曹济平先生、金启华先生、吴熊和先生、马兴荣先生、刘乃昌先生、吴企明先生、徐永端先生，难以一一悉数。他们曾经那样精力弥满，那样神采飞扬，如今都垂垂老矣。对于他们的栽培，我充满了感激。尤其常国武先生对我帮助最大，多年来奖掖扶持不遗余力。在我告别南京的时候，还特意为我饯行送别，题辞相赠，令我终生难忘。

《群体的选择》完成答辩后，作过一些增补修改，补充了明代和清代的词人群流变和唐宋人词选的影响。一九九二年台湾文津出版社出版。这次再版修改，主要在原稿的基础上，补叙了两宋各阶段选词成就评估，增列了两宋词人群和词选的多种图表，添加了最后一章唐宋人词选的终结陈词。当年论文答辩时，施蛰存先生曾经建议说，这部论文要是有一个最后的总结性陈述，就更完整了。初版没有来得及增补进去。十八年后的今天,终于有机会来弥补这个遗憾了。

这部书稿的校对修改始于四月下旬。五月十二日,发生了汶川大地震,成千上万的孩子和成年人被埋在废墟下。整个中国失声痛哭。在那些日子里,书稿的修改时断时续,进展缓慢。黑色的五月,是一段刻骨铭心的旅程,永远不能忘记。六万九千名遇难者,一万七千名失踪者,化成了一个民族的永远伤痕。

特别感谢姜小青先生和责任编辑郭馨馨女士,他们与我素昧平生,却古道热肠、尽心尽力,帮助我完成了书稿的修改校订。同门王兆鹏君与我多年知交,词学研究恢弘开阔,早已成就斐然。屡蒙赠送新书,本书再版也得到他的帮助。在此致谢。

我的电子信箱是:wangyuanyin1000@yahoo.com.cn。期待读者赐教。

肖鹏

二〇〇八年十二月于深圳兰溪谷